御製

佛光恩照　三千大千　隨緣徧滿
恒沙法界　普度衆生　悉證菩提
身心安泰　年時豐稔　風雨調順
日月升恒　乾坤清寧　百昌蕃熾
上下樂利　中外協和　庶物咸亨
萬善圓成　情與無情　同登正覺

大清雍正十三年四月初八日

第二一册　大乘經　大集部（一）

大方等大集經

北涼天竺三藏曇無讖譯

清刻龍藏佛說法變相圖

大方等大集經卷第一

北涼天竺三藏曇無讖譯

序品第一

如是我聞一時佛在王舍城耆闍崛山中往古諸佛本所住處大塔之中諸大菩薩之所讚歎其地潔淨微妙最勝諸佛法座諸天龍鬼乾闥婆等常所稱詠又能增長無量善根常有諸佛微妙光明成就無量無邊功德具足諸佛所行之處如來得成菩提道已轉妙法輪調伏無量無邊衆生於一切法而得自在世尊逮得一切法中無礙智慧能善分別一切衆生諸根利鈍永斷一切煩惱習氣不待莊嚴了知諸法與大比丘僧六萬八千一切調伏斷煩惱習氣皆是佛子善解深義悉是福田能斷諸有得淨戒果不生不滅復有

無量諸菩薩僧具無礙智甚深智無知智大慈大悲降注法雨能施一切甘露法味於諸衆生等心如地增長成就助菩提法智慧光明能破黑闇悉能照明善惡之道能開衆生善心蓮華能令衆生善根成熟增長善芽乾煩惱濕具智慧翼遊空無礙喻之如日善能增損衆生善惡喻之如月爲諸善本如須彌山至心寂靜修行梵行不爲世論之所動轉安住無上出世之法能見諸佛一切世界積善法藏猶如大海具足成就諸陀羅尼寂靜聖行及大慈悲清淨莊嚴定慧二目久已遠離深法怖畏無量劫中所修菩提未畢竟者終不休息成就菩薩所有功德其名曰慧光無礙眼菩薩摩訶薩見一切田莊嚴瓔珞菩薩摩訶薩不斷如來性出世意菩薩摩訶薩爲諸衆生示現細行神足菩薩摩訶薩無量樂說無礙神足幢名稱菩薩摩訶薩淨衆光自在王菩薩摩訶薩善能論解字義廣說論議神足菩薩摩訶薩無量功德智慧莊嚴住菩薩摩訶薩如是等菩薩常與如來同止共住如來常爲分別宣說菩薩所行法門之法

爾時如來成正覺道始十六年廣知衆中多修梵行悉來大集堪任受持菩薩法藏爾時如來即作是念我今當於如是無量象王衆中宣說菩薩所行之法先當示現諸佛如來大神通力爲諸菩薩令知諸佛深境界故爾時世尊即入三昧其三昧名佛境神通實見衆生以佛功德威神力故於欲色天二界中間出大坊庭猶如三千大千世界定福二力之所成就其處堪任佛所遊居復出大光其

明清淨遍照十方諸佛世界能令衆生得知足心於諸天宫最爲殊勝能勸十方放逸菩薩其坊四帀白瑠璃樹眞金爲牆功德寶室碼碯垂簷雜寶欄楯白眞珠網以覆其上種種旛蓋以爲莊嚴衆香塗地燒散雜香十方世界衆生所有上妙莊嚴悉於中現安置無量百千萬億師子法座其座各有無量雜色柔輭敷具能令衆生歡喜愛樂諸四天下各以七寶作四梯陛金剛階隥廣十由旬如其行時出微妙音如四天下三千大千世界亦復如是爾時世尊從三昧起大千世界六種振動亦放無勝最大光明即與聲聞菩薩大衆前後圍遶欲往彼坊一切諸天尊重讃歎香華妓樂塗末燒香曼陀羅華摩訶曼陀羅華曼殊沙華摩訶曼殊沙華等以爲供養能動無量無邊世界光明遍照無不大明示現諸佛神通福德當爾之時耆闍崛山一切大衆忽然不現隥中階節上昇虛空時無量億諸天龍等及不護神妓樂神非天神金翅鳥舞神腹行神嗜肉神善餓鬼神聾耳鬼神住廁羅刹厭人鬼能狂鬼影鬼産乳羅刹持髮鬼常醉鬼如是等衆悉侍從佛以天香華微妙天樂而供養之爾時四天王合掌長跪以偈讃佛

如來光明勝一切　能壞三惡道黑闇
今我歸依樂依止　薩婆悉達無上尊

時四天王與諸天人偈讃佛已尋侍佛後爾時帝釋與忉利天人於其界次階上見佛以天香華微妙妓樂而供養之以偈讃佛

如來具足大神通　所得大悲無能勝

以佛功德嚴十方　我今敬禮無與等

時天帝釋與忉利天偈讚佛已尋侍佛後爾時夜摩天王與夜摩天子於其界次階上見佛以天香華微妙妓樂而供養之以偈讚佛

無礙智慧無有邊　善解衆生三世事
一心能知無量心　是故稽首禮無上

時夜摩天王與夜摩天子偈讚佛已尋侍佛後爾時兠率天王與兠率天子於其界次階上見佛以天華香微妙妓樂而供養之以偈讚佛

佛知諸法如幻炎　無受無作無字說
愍衆故說不可說　記說無我知法性

時兠率天王與兠率天子偈讚佛已尋侍佛後爾時化樂天王與善化樂天子於其界次階上見佛以天華香微妙妓樂而供養之以偈讚佛

如來具足得十力　知諸法界如虛空
無色哀愍示形色　其心平等示衆生
如來常行世尊行　爲衆生故行世行
開無分別諸法界　我今敬禮非天人

時化樂天王與諸天子偈讚佛已尋侍佛後爾時他化自在天王與他化自在天子於其界次階上見佛以天香華微妙妓樂而供養之以偈讚佛

如戒而住寂靜地　修集無上三昧定
其智無礙無有邊　我禮畢竟解脫者
大慈大悲微妙語　眞實能知道非道
勇健精進力無勝　我今敬禮無能動
常能修習三解脫　無能稱讚盡其德
烏雖不同金鳥飛　亦能任力而遊翔

我今如烏任力讚　唯願哀愍受微歎
不種不收其果實　不讚如來無解脫
憐愍爲莖智慧葉　三昧爲鬚解脫敷
菩薩蜂王食甘露　我今禮佛法蓮華
大悲智慧光圓滿　能破衆生無明闇
其戒清淨衆樂見　我今敬禮佛法月
其心平等如虛空　香塗割刺心無二
能淨無量衆生垢　我今敬禮佛法河

時他化自在天王與諸天子偈讚佛已尋侍佛後諸天各各讚歎佛已爾時如來示現無量神通道力漸漸至彼七寶坊中如四天下見佛上昇三千大千世界所見亦復如是爾時世尊至寶坊中昇師子座聲聞菩薩各各次第坐於寶座爾時世尊入佛三昧其三昧名無礙解脫一一毛孔放大光明其數無量如恒沙等照於東方無量世界南西北方四維上下亦復如是地獄蒙光衆苦得息其餘衆生除貪恚癡慈心相向如父如子爾時以佛功德力故其光明中說如是偈爲勸放逸諸菩薩故

如來精進無量邊　精進力過無量劫
誰能讚佛光明德　唯有十方諸世尊
爲勸十方諸菩薩　樂於放逸不修禪
釋迦如來放是光　召諸菩薩集此界
成就具足佛十力　能破世界諸魔王
世法不汙如蓮華　是其光明無有量
如來轉此無上輪　諸天世人所不能
爲諸衆生轉法輪　如本十方佛所轉
如來今者集大會　難見猶如優曇華
若有信心成就者　悉爲聽法至佛所

是光明中所説偈頌遍告十方勸喻一切諸菩薩等震動一切世界大地普施一切衆生安樂能淨一切衆生煩惱破壞衆生無明癡闇能蔽一切天魔宮殿光遍十方還從頂入爾時東方有佛世界名無量功德寶聚神通有佛世尊號淨大淨光七菩提分寶華無斷光王彼有菩薩名諸法自在功德華子遇斯光已與十恒河沙等諸大菩薩俱共發來至娑婆世界大寶坊中見釋迦牟尼佛頭面禮敬右遶萬帀以妙香華而供養佛即於佛前以偈讚曰

一切功德到彼岸　常爲十方佛所稱
無礙名號遍十方　大慈大悲釋師子
如來法界無差別　爲鈍根者説差別
宣説一法爲無量　如大幻師示衆事

時諸菩薩偈讚歎佛頭面禮已以已神力於佛東邊化作牀座次第而坐爾時南方有佛世界名曰佛光有佛世尊號無量功德寶彼有菩薩名曰寶杖遇斯光已即與十恒河沙等諸菩薩衆俱共發來至娑婆世界大寶坊中見釋迦牟尼佛頭面禮敬右遶萬帀以妙香華而供養佛即於佛前以偈讚曰

大慈法雲降法雨　常説無常空無我
以八正水滅結火　能長衆生諸善根
佛光能破無明闇　能誨放逸諸菩薩
能焦三有諸愛種　能示眞實道非道

時諸菩薩偈讚歎佛頭面禮已以已神力於佛南邊化作牀座次第而坐爾時西方有佛世界名曰光明佛號普光彼有菩薩名稱力王遇斯光已即與十恒河沙等諸菩薩衆俱

共發來至娑婆世界大寶坊中見釋迦牟尼佛頭面禮敬右遶萬帀以妙香華供養於佛復於佛前以偈讚曰

於無量劫發善願　是故得身淨無漏
如來行業如虛空　無礙音聲遍十方
如來梵聲如雷音　此聲無業非因出
無聽無受無衆生　大悲何故音聲說

時諸菩薩偈讚歎佛頭面禮已以已神力於佛西邊化作牀座次第而坐爾時北方有佛世界名寶莊嚴佛號無量功德莊嚴彼有菩薩名大海智遇斯光已即與十恒河沙等諸菩薩衆俱共發來至娑婆世界大寶坊中見釋迦牟尼佛頭面禮敬右遶萬帀以妙香華供養於佛復於佛前以偈歎曰

如來無上金光明　能壞一切世間闇
若有衆生遇斯光　遇者悉能壞煩惱
設身高出大千界　神通道力無邊際
是人不能見頂相　大悲曠世造何業

時諸菩薩偈讚歎佛頭面禮已以已神力於佛北邊化作牀座次第而坐爾時東南方有佛世界名曰無憂佛號能壞一切闇彼有菩薩名無勝光遇斯光已即與十恒河沙等諸菩薩衆俱共發來至娑婆世界大寶坊中見釋迦牟尼佛頭面禮敬右遶萬帀以妙香華供養於佛復於佛前以偈讚曰

無量界入一毛孔　亦不嬈害諸衆生
如來境界無知者　是故神通難思議
能令一身作無量　而其眞身無增減
雖爲衆生現神變　然其內心無憍慢

時諸菩薩偈讚歎佛頭面禮已以已神力於

佛東南化作牀座次第而坐爾時西南方有佛世界名曰善見佛號心平等彼有菩薩名大悲心遇斯光已即與十恒河沙等諸菩薩衆俱共發來至娑婆世界大寶坊中見釋迦牟尼佛頭面禮敬右遶萬帀以妙香華供養於佛復於佛前以偈讚曰

無量世中護禁戒　猶如犛牛愛其尾
見有毀戒生悲心　亦不憍慢讚已身
如來之心如須彌　十方邪見不能動
智慧甚深無得底　猶如大海難思議
佛自解脫一切有　亦令苦縛得解脫
所得解脫實無差　隨道行時有別異

時諸菩薩偈讚歎佛頭面禮已以已神力於佛西南化作牀座次第而坐爾時西北方有佛世界名曰壞闇佛號大神通王彼有菩薩名曰寶網遇斯光已即與十恒河沙等諸菩薩衆俱共發來至娑婆世界大寶坊中見釋迦牟尼佛頭面禮敬右遶萬帀以妙香華供養於佛復於佛前以偈讚曰

如來世尊猶如幻　而爲衆生說幻事
實無眞物故名幻　無有衆生說衆生
如人夢中見諸色　寤已眞實無色相
爲度衆生示世行　如來眞實無世行

時諸菩薩偈讚歎佛頭面禮已以已神力於佛西北方化作牀座次第而坐爾時東北方有佛世界名曰淨住佛號心同虛空彼有菩薩名無邊淨意遇斯光已即與十恒河沙等諸菩薩衆俱共發來至娑婆世界見釋迦牟尼佛頭面作禮右遶萬帀以妙香華供養於佛復於佛前以偈讚曰

佛知甚深諸法界　常樂寂靜修無想
及知衆生諸心想　亦說諸法如虛空
住一心中知三世　亦復能知種種業
不生心想衆生想　無量世修無相想

時諸菩薩偈讚歎佛頭面禮已以己神力於佛東北化作牀座次第而坐爾時下方有佛世界名曰樂光佛號寶優鉢華彼有菩薩名莊嚴樂說遇斯光已即與十恒河沙等諸大菩薩俱共發來至娑婆世界見釋迦牟尼佛頭面禮敬右遶萬帀以妙香華而供養佛復於佛前以偈讚曰

無量智者佛眞子　數如十方微塵等
於無量劫諮問佛　不盡如來一字義
是故如來智無邊　功德總持亦如是
名稱力勢無邊際　猶如大海十方界

時諸菩薩偈讚歎佛頭面作禮以己神力於如來下方化作牀座次第而坐爾時上方有佛世界名瓔珞莊嚴佛號大名稱彼有菩薩名一切法神通王遇斯光已即與十恒河沙等諸菩薩衆俱共發來至娑婆世界見釋迦牟尼佛頭面禮敬右遶萬帀以妙香華而供養佛即於佛前以偈讚曰

佛身身業無邊際　心口及業亦如是
唯佛能知佛三業　餘不知如虛空邊
如來無師無教者　是故衆生稱大師
諸佛法界叵思議　菩提法輪入涅槃

時諸菩薩偈讚歎佛頭面禮已以己神力於佛上方化作牀座次第而坐爾時一念中間十方無量諸大菩薩一時雲集大寶坊中爾時世尊即從三昧安庠而起謦欬之聲徹于

十方一切衆生悉得聞之聞已即於佛法僧寶生信敬心十方世界所有比丘比丘尼優婆塞優婆夷若人非人聞佛聲已身心寂靜以佛功德威神力故悉得覩見寶階梯隥於一念頃悉登寶階至寶坊中各隨其位次第而坐諸梵天人亦聞其音梵天大梵天梵師天梵衆天光天少光天無量光天淨天少淨天無量淨天無雲天福德天廣果天無狂天無熱天善見天樂見天阿迦尼吒天亦一念頃俱至寶坊見佛世尊頭面禮已次第而坐化作牀座爾時世尊見諸大衆皆已集會放眉間光其光名曰示菩薩力遶諸菩薩滿七帀已於諸菩薩頂髻而入爾時會中有一菩薩名諸法自在功德華子即入三昧其三昧名瓔珞莊嚴以三昧力故於寶坊中出師子座座高八萬億多羅樹七寶莊嚴散種種華爲諸衆生之所樂見能淨一切衆生之心爾時諸法自在功德華子菩薩摩訶薩化作如是師子座已從其三昧安庠而起合掌恭敬頭面作禮即於佛前以偈讚曰

日月光明壞現冥　佛光能壞三世暗
如來具足神通力　勝於一切諸天光
佛了法界無覺知　如幻水月無去來
無生無受無作者　眞實知已爲衆說
知色心中無色心　方便爲衆說色心
如來神通猶如幻　知諸法界亦復然
一切衆生心常淨　或時爲客煩惱汙
諸佛如來得解脫　示現神通等如幻
虛空無地無住處　如來之心亦如是
爲衆故昇師子座　如先諸佛說甘露

一切大衆無去來　亦無聽說無受者
諸法悉皆如虛空　唯願開闡眞實界
世尊受我師子座　願爲衆生師子吼
愍衆故演梵音聲　熾然智燈破癡闇
十方諸來聽法衆　悉來集會此寶坊
願佛當施大法施　破無量世貧窮聚

爾時世尊以大慈悲憐愍諸法自在功德華子菩薩摩訶薩昇其所奉師子寶座欲說一切諸菩薩行無礙法門具足一切佛法十力四無所畏入一切法自在陀羅尼法門入四無礙智法門入大神通法門不退轉法輪不退住處攝一切乘眞一切法界無分別法界善知一切衆生心根法界眞實堅固難沮能壞一切四魔怨讎調伏一切惡見煩惱獲得不共善權方便得大平等心無二故一切諸佛等入之處無罣礙處說一切法悉眞實故演說諸法非覺非非覺故十二因緣平等相觀故具足智慧大莊嚴故莊嚴佛身佛音聲故無盡念意行智慧故演說眞實四聖諦故能令聲聞身心淨故令辟支佛坐紹位牀故大乘菩薩得法自在故廣宣諸佛所有功德故解說宣示一切法故說諸菩薩大功德故裂諸衆生疑網心故摧滅一切惡邪論故增長如來佛正法故顯示衆生佛神力故以如是等諸因緣故如來昇于師子寶座爾時寶杖菩薩承佛神力入佛瓔珞莊嚴三昧以三昧力故能令大衆悉得種種瓔珞莊嚴時稱力王菩薩復承佛神力入蓮華三昧以三昧力故悉令大衆皆得妙華供養於佛及諸菩薩時大海慧智菩薩亦承佛神力入妙香三

昧以三昧力故能令大衆皆得妙香供養於佛及諸菩薩時寶網菩薩亦承佛神力入光明三昧以三昧力故悉令大衆身得光明時悲心菩薩亦承佛神力入無瞬三昧以三昧力悉令大衆仰瞻如來目未曾瞬時無邊淨意菩薩亦承佛神力入喜樂三昧以三昧力悉令大衆喜樂聽法時莊嚴樂說菩薩亦承佛神力入寂靜意三昧以三昧力悉令大衆遠離五蓋時一切法神足王菩薩亦承佛神力入不忘三昧以三昧力悉令大衆專念菩提心不忘失時勇健菩薩亦承佛神力入無勝三昧以三昧力悉令大衆摧伏諸魔時破魔菩薩亦承佛神力入壞魔三昧以三昧力召此三千大千世界一億魔王來集寶坊至於佛所頭面作禮合掌恭敬咸作是言唯願

如來廣爲衆生開甘露門我等皆因破魔菩薩威神力故當得遠離一切魔業於諸大衆心無妨礙佛言善哉善哉善男子汝等今已得離魔業以是因緣於未來世復當得離一切魔業善男子譬如一處百年闇室一燈能破汝等亦爾無量世中無明黒闇今日能破如日月寶光住信戒施慧禪定亦爾善男子汝等今者請佛說法以是因緣汝等當得破無明闇爲諸衆生作智慧明爾時衆中有一菩薩名法自在王白佛言世尊如來境界不可思議何以故如來發心將欲說法能令一切大衆雲集爲菩提故作大莊嚴大法神通無量世間得大名稱身心寂靜獲得解脫及得不可思議法界十方諸佛之所讚歎具足一切十波羅蜜成就通達善權方便能裂一

切諸魔疑網能滅衆生惡邪諸論能善分别一切法界逮得具足無礙智慧具念意行智慧勇健具足獲得四無礙智善知衆生諸根利鈍知衆生界隨意説法常能宣説清淨法界善解一切方俗之言能得一切清淨梵音具足成就慈悲之心諸邪異見不能令動不可破壞如金剛山具修三相建立法幢巳度甚深十二因緣河斷於常見能調大衆無量劫中得不可思議法聚能療衆病如大醫王聞深法巳不生怖畏三十二相八十種好莊嚴其身具足成就三十七品及八解脱身口意業純善無雜能令衆生悉來聽法世間之法所不能汙常受安樂常修法界惠施法寶於法無猒於諸有法心不染著猶如蓮華塵水不染明勝諸光智深如海紹三寶性調衆生界能開佛藏護持佛法具足無量功德智慧無量劫中修習莊嚴無量功德常欲獲得一行一心一色一處具如是等功德菩薩悉來集會唯願如來説菩薩行無礙法門利益過去未來現在諸菩薩等令初發心得不退故久發心者得增長故行菩提道得淨意故不退菩薩學佛法故一生菩薩瓔珞莊嚴故後身菩薩得阿耨多羅三藐三菩提故定性衆生增長因緣故未定性者作因緣故未入佛法者令得入故巳入佛法者敬佛法故樂三乘者説一乘故施於世間人天樂故世尊如來出世有如是等不可思議事世尊今此大衆一一菩薩悉能示現諸大神通是故諸佛及諸菩薩不可思議世尊云何衆生無明愛重雖見菩薩如是神通而故生於聲聞緣

覺畢下之心世尊菩薩初發菩提心時已勝一切聲聞緣覺世尊譬如有人捨諸瑠璃取於水精一切衆生亦復如是捨於大乘喜樂聲聞辟支佛乘若有衆生巳發欲發阿耨多羅三藐三菩提心者如是之人悉當獲得如是功德爾時會中有三十億那由他百千萬億衆生天與人發阿耨多羅三藐三菩提心

陀羅尼自在王菩薩品第二之一

爾時世尊知諸菩薩悉已大集作是思惟今日如是善丈夫等咸欲得知諸法實義能持如來甚深法藏欲得聞受諸菩薩行無礙法門尋放眉間白毫光明名無所畏遶諸大衆滿七帀已於陀羅尼自在王菩薩頂上而入爾時陀羅尼自在王菩薩承佛神力化作寶蓋猶如三千大千世界七寶莊嚴以覆如來寶座之上頭面作禮合掌長跪說偈讚佛

如來於法得自在　其光能破世間闇
世尊佛眼無罣礙　能見諸法眞實義
具足無量諸功德　無師獨悟諸法界
如來放光爲衆生　今入我身何因緣
我本所知念不明　陀羅尼眼亦如是
此光今來入我身　了了得知諸法界
身心獲得大清淨　受樂無上無有邊
我今巳知佛境界　亦得樂說無礙辯
十方諸佛親近難　愚者不能師事之
我今承佛神力故　欲少發問利衆生
何因緣發菩提心　復以何義佛出世
何緣放光遍十方　復以何因示神通
何緣佛爲衆受記　願爲大衆分別說
今此大衆勝無上　悉能受持佛法界

此衆無魔及魔業　唯有開示佛法藏
我智淺近有邊涯　何能諮請無上尊
今問如來無邊智　云何得知諸方便
願今教誨諸弟子　我學已得法自在
得已能施大法雨　當報十方諸佛恩

世尊諸佛如來不可思議菩薩所行無有邊際是故我今欲問如來無上法王大慈悲衆爲利衆生問甚深義云何名爲菩薩之行以何瓔珞莊嚴菩薩能令菩薩所行清淨云何能壞愚癡諸闇云何能斷疑網之心云何菩薩爲諸衆生修慈悲心云何菩薩擁護衆生云何菩薩眞實能修菩薩之業善業不誨業唯願如來哀愍宣說又此大衆利根智慧能解佛語能知法界能達菩薩所行無礙法門能壞一切魔及魔業破大疑心能解諸佛甚深境界知衆生界衆生心性能見無量諸佛世界能護如來無上正法能於諸法得大自在爾時佛讚陀羅尼自在王菩薩言善哉善哉善男子能問如來甚深之義能善行佛無量行者乃能知汝發斯深問汝今至心當爲汝說菩薩若能成就具足如是功德當於諸法得大自在世尊今正是時唯垂宣說佛言善男子菩薩有四瓔珞莊嚴一者戒瓔珞莊嚴二者三昧瓔珞莊嚴三者智慧瓔珞莊嚴四者陀羅尼瓔珞莊嚴戒瓔珞莊嚴有一種謂於衆生無有害心菩薩若無惡害之心一切衆生常所樂見復有二種一者閉塞惡道二者能開善門復有三種一者身淨二者口淨三者意淨復有四種一者所求悉得二者所願具足三者所願成就四者所欲能作復

有五種一者信二者戒三者定四者念五者慧復有六種一不破戒二不漏戒三不雜戒四不悔戒五自在戒六無屬戒復有七種所謂七淨一者施淨二者忍淨三者精進淨四者禪定淨五者智慧淨六者方便淨七者善方便淨復有八種謂八具足一者無作具足二者地具足三者不忘心具足四者不緩具足五者諸根具足六者佛世具足七者離難具足八者善友具足復有九種一者不動二者不畏三者定智四者寂靜五者至心六者清涼七者結緩八者調心九者住調伏地復有十種一者淨身爲三十二相故二者淨口爲言無二故三者淨意爲解脱故四者淨田爲令衆生福德增故五者淨心爲調衆生故六者淨有爲行化衆生故七者菩薩名淨爲得如來諸功德故八者淨慧大神通故九者淨方便破諸魔衆故十者淨戒爲不共法故善男子如是等事名戒瓔珞莊嚴三昧瓔珞莊嚴有一種所謂爲諸衆生修習慈心復有二種一者質直二者柔輭復有三種一不虛誑二不麤獷三不邪諂復有四種一者不愛行二者不瞋行三不畏行四不癡行復有五種所謂遠離五蓋三昧復有六種所謂修習六念三昧復有七種所謂修七覺三昧復有八種所謂修習八正三昧復有九種一者菩薩修習菩提心及大慈悲心於一切無量衆生修習念心遠離惡欲不善之法有覺有觀寂靜喜樂得初禪二者遠離覺觀內得喜心至心思惟無覺無觀定生喜樂得第二禪三者離喜修捨具足念心無有放逸身受安樂

得第三禪四者遠離苦樂滅憂喜心非苦非樂修習捨念寂靜念得第四禪五者遠離色相修無量空相六者遠離空相修無量識相七者遠離識相修無所有相八者遠離無所有相修非想非非想相九者雖未成就善方便智以三昧力教化衆生復有十種一者觀法無有錯謬二者具足成就舍摩他三者精進無有休息四者善能了知時節五者至心受持善法六者寂靜其心七者觀身八者常觀法界九者心得自在十者獲得聖性是名三昧瓔珞莊嚴智慧瓔珞莊嚴有一種所謂心無疑網復有二種一者遠離疑心二者遠離瞋心復有三種一者遠離無明二者破無明㲉三者作大光明復有四種一者知苦二者斷集三者證滅四者修道復有五種一者戒聚清淨二者定聚清淨三者慧聚清淨四者解脫聚清淨五者解脫知見聚清淨復有六種一者淨檀波羅蜜有三種一者內淨觀法如幻二者衆生淨觀之如夢三者菩提淨不求果報二者淨尸波羅蜜有三種一者觀身如影二者觀口如響三者觀心如幻三者淨羼提波羅蜜有三種一者聞毀不瞋二者聞讚不喜三者若被割截及奪命時能觀法界四者淨毗梨耶波羅蜜復有三種一者不想二者堅固三者不見法相五者淨禪波羅蜜有三種一者不著諸法二者心不退轉三者所緣清淨六者淨方便波羅蜜有三種一者攝取衆生爲解脫故二者淨陀羅尼爲持法故三者所願清淨爲淨佛土故復有七種一者修四念處不取不著二者修四正勤不

出不滅三者修四神足身心清淨四者修於五根知根無根五者修於五力能破煩惱六者修菩提分知法界眞實七者修習聖道無有去來復有八種一者修定爲畢竟淨故二者修智爲壞闇故三者修知陰智爲知法聚故四者修知界智爲解法界等虛空故五者修知入智爲知諸法性平等故六者修知十二因緣智觀無我無我所故七者修觀諦智壞四倒故八者修習分别知法界智爲知眞實故復有九種一者觀無常想二者觀無常苦想三者觀苦無我想四者觀食不淨想五者觀於世間不可樂想六者觀諸生死多過患想七者觀解脱想八者觀離貪想九者觀於盡想復有十種一者觀於諸法猶如幻想二如夢想三如炎想四如響想五如芭蕉樹想六如水中月想七如影想八者觀於法界無增減想九者觀諸法界無有去住十者觀於無爲無有生滅是名爲慧瓔珞莊嚴善男子陀羅尼瓔珞莊嚴有一種所謂不失念心復有二種一者先受二者畢竟能持復有三種一者知義二者知字三者知說復有四種一者正語二者了語三者無礙語四者不謬語復有五種所謂五依一者依義不依於字二者依智不依於識三者依了義經不依不了義經四者依法不依於人五者依出世不依於世復有六種一者如說而持二者所言誠實三者發言人所樂聞四者憐愍語五者生善芽語六者時語復有七種一者利語二者莊嚴語三者無礙語四者無滯語五者無二語六者先知而語七者了語復有八種一

者知方俗語二者知鬼神語三者知諸天語四者知諸龍語五者知乾闥婆語六者知阿脩羅語七者知金翅鳥語八者知畜生語復有九種一者無畏語二者無縮語三者無難語四者知解脫語五者知如法答語六者知廣說語七者知次第語八者知說無常語九者無盡語復有十語一者壞疑網語二者開示界語三者開法門語四者開智慧語五者破闇冥語六者解一一字語七者讚歎佛語八者呵煩惱語九者分別根利鈍語十者開佛功德妙語善男子是名陀羅尼瓔珞莊嚴

爾時世尊欲重宣此義以偈頌曰

四莊嚴瓔珞　能端嚴大乘　所謂戒定慧
無上陀羅尼　能令三業淨　一切人所愛
永斷三惡道　是名戒瓔珞　如願得具足
獲得人天身　能修勤精進　是名戒瓔珞
能修無上定　得二種解脫　見無上涅槃
是名戒瓔珞　其戒不破漏　無上戒不雜
能得大自在　名瓔珞莊嚴　戒淨能淨施
戒淨能淨忍　戒淨淨五度　名戒瓔珞嚴
戒淨能淨有　淨大不放逸　無畏心不悔
是名戒瓔珞　戒淨得聖性　亦能淨身心
獲得無邊定　是名戒瓔珞　不怖畏不動
定得清淨有　能斷煩惱縛　是名戒瓔珞
能調難調根　能得大名稱　莊嚴自在心
是名戒瓔珞　能如說而作　能淨口四種
遠離諸煩惱　名瓔珞莊嚴　能淨自佛土
能調諸衆生　能修大慈悲　名瓔珞莊嚴
不作諸惡業　修於菩薩行　得十力無畏
名瓔珞莊嚴　能嚴大涅槃　能得大因果

慈心滿衆生　名瓔珞莊嚴　能離慳誑心
修柔輭四攝　斷愛瞋怖癡　名瓔珞莊嚴
能破五惡蓋　修習大念心　助道不放逸
名瓔珞莊嚴　具足於二翼　如法思惟義
樂喜住寂靜　名瓔珞莊嚴　於法無所疑
亦無癡亂心　眞實解四諦　名瓔珞莊嚴
持戒心無著　亦復不生慢　不取戒戒者
名瓔珞莊嚴　無上慧淨定　不知二淨慧
能了知三界　名瓔珞莊嚴　意淨不生慢
見不淨不輕　知法不可說　名瓔珞莊嚴
慧能莊嚴智　智亦莊嚴慧　自他菩提淨
名瓔珞莊嚴　知法如夢幻　不說諸法無
能隨世間說　名瓔珞莊嚴　慧能莊嚴戒
戒能瓔珞慧　身口菩提淨　名瓔珞莊嚴
見法如水月　亦如熱時炎　說法如響相
如乾闥婆城　非法不作法　名慧瓔珞嚴
慧能莊嚴忍　忍能莊嚴慧　身口菩提淨
名瓔珞莊嚴　隨法不增減　解已調衆生
至心觀法身　名瓔珞莊嚴　慧能莊嚴進
進能莊嚴慧　不悔動心淨　名瓔珞莊嚴
慧能莊嚴定　定能莊嚴慧　能說深法界
得無勝神通　能知諸方便　得無上總持
法土衆生淨　名瓔珞莊嚴　知衆根利鈍
壞煩惱諸魔　身心得自在　名瓔珞莊嚴
道無有去來　亦無去來者　非過非未來
非現非修者　不分別法界　能淨畢竟定
知諸陰入界　名慧瓔珞嚴　陰入界如空
無我無我所　生滅因十二　是名智慧淨
諦知第一義　亦知陰入界　於法不生諍
知三世無礙　分別三聚衆　能爲說三乘

能以三寶教　修三無相定　無相知一相
非幻知如幻　無說能爲說　空說於不空
諸法非常變　不毀壞法界　和合因緣故
流布於法界　是名爲眞智　不分別法界
知二動不動　知於二淺深　知二常無常
是名大淨智　常不失念心　了知於法界
知字及知義　於世諦無闇　一聞能持法
解了衆生語　能壞諸邪道　修於無上智
依無上四依　瓔珞大總持　我說功德鬘
爲嚴菩提心　於衆說無畏　善解天神語
能壞衆疑網　能開諸法界　能讚於三寶
勸人令供養　親近佛與衆　修習無上智
我說四瓔珞　能嚴佛菩薩　若有至心信
即得是莊嚴

大方等大集經卷第一

音釋

欄楯（欄落干切勾欄也楯豎尹切欄檻也）柔輭（柔耳由切順也輭而兗切亦柔也）梯陛（梯土鷄切木階也陛旁禮切升堂之階也）階隥（階古諧切梯也級也隥都鄧切登陟之道曰隥）翅（式利切翼也）嗜（常利切喜欲之也）[illegible]（烏貢切）犛（莫交切長髦牛也）謦欬（謦去挺切欬苦蓋切謦欬逆氣聲也小曰謦大曰欬）瞬（書閏切目動也）麤獷（麤倉胡切疎也獷古猛切麤惡也）錯謬（錯七各切乖也謬靡幼切誤也）

大方等大集經卷第二

北涼天竺三藏曇無讖譯

陀羅尼自在王菩薩品第二之二

佛復告陀羅尼自在王菩薩善男子菩薩摩訶薩有八光明以是八明能壞諸闇淨菩薩行何等爲八一者念光二者意光三者行光四者法光五者智光六者實光七者神通光八者無礙智光念光有八種一者不失過去善法二者作未來善三者聞法不忘四者思惟實義五者不爲六塵所壞六者憶持如守門人遮止惡法爲眞善法守善法城門七者不爲邪法之所誑惑八者能大增長純善之法是名念光八種意光亦有八種一者義意非字意二者智慧意非識意三者法意非人意四者實意非虛意五者菩薩意非聲聞意六者上意非下意七者佛意非退意八者憐愍意非害意是名意光八種行光亦有八種一者法行二者一切行三者衆生行四者衆生心行五者十二因緣行六者廣說行七者行行八者一切佛法行是名行光八種法光亦有八種一者世法光二者出世法光三者無漏法光四者無爲法光五者解脫法光六者心解脫法光七者畢竟解脫法光八者破無明慧法光是名法光八種智光亦有八種一者八正智光二者須陀洹智光三者斯陀含智光四者阿那含智光五者阿羅漢智光六者辟支佛智光七者菩薩智光八者正覺智光是名智光八種實光亦有八種一者正定行二者得須陀洹果三者斯陀含果四者阿那含果五者阿羅漢果六者辟支佛果七

者菩薩八者佛菩提是名實光八種神通光亦有八種一者眼光能見正色二者耳光能聞正聲三者念光能念過去阿僧祇劫所有衆生四者性光爲觀性淨衆生之心五者虛空光以大神通光遍到十方無量世界六者方便光具無漏智故七者功德莊嚴光爲利益一切衆生故八者智慧莊嚴光爲壞一切衆生疑心故是名神通光八種無礙智光亦有八種一者智光二者意光三者慧光四者佛光五者正見光六者淨衆生心光七者解脫光八者畢竟光是名八無礙智光爾時世尊欲重宣此義而說偈言

修習於念心　不忘善惡業　樂聞讃誦經
修習不放逸　能調伏諸根　安住於寂靜
增長於善法　修習於念光　能遮止惡法
猶善守門者　能守護法城　不令四魔入
不隨逐音聲　思惟眞實義　親近善知識
喜樂如法住　其意無邊上　永斷諸煩惱
邪法不能動　惡世不生謗　誠心念菩提
不說小乘心　常樂念上意　爲衆破下意
不畏魔煩惱　修習大慈悲　不念害衆生
具得大智光　能壞諸疑心　解了甚深義
知眞實方便　修四無礙智　樂觀十二緣
衆生之所因　知無作受者　能修大光法
能知諸佛法　行世出世行　能到十方土
了知人天業　修習無上智　說三歸一乘
修習八正道　爲壞三世法　於有漏無漏
如實而知之　能利益人天　令斷有漏法
不論爲無爲　眞實而知之　寂靜光無礙
不著有爲相　知結入出緣　知衆心性淨

若有大乘定　即知如是法　樂住無漏流
了四沙門果　知菩提道行　故修無礙智
破邪修實光　入衆無所畏　樂説眞實義
爲破生死法　眼耳淨無障　能見聞色聲
過去念不謬　亦了知他心　到十方無礙
知法如虛空　得無漏智慧　爲調諸衆生
具功德智慧　爲利諸衆生　於無量世中
求是二莊嚴　樂受持淨戒　樂護於佛法
修習眞實光　爲於如法住　佛説無量光
爲令衆生得　有信此經者　即得此諸光

爾時世尊復告陀羅尼自在王菩薩善男子菩薩摩訶薩修習大悲有十六事何等十六一者菩薩摩訶薩見諸衆生貪著我見以我見故增長諸見常爲生死之所繫縛是故菩薩爲此衆生修大悲心悲因緣故宣説法化爲壞衆生如是妄見二者見諸衆生心懷顛倒常見無常無常見常苦見於樂樂見於苦淨見不淨不淨見淨我見無我無我見我是故菩薩爲此衆生修習悲心悲因緣故宣説法要爲壞衆生如是四倒三者見諸衆生心懷憍慢實無有物而生物想實無有事而生事想以是因緣起七種慢以是慢故增長惡法是故菩薩於此衆生修習悲心悲因緣故宣説法要破壞衆生如是憍慢四者見諸衆生五蓋所覆以覆蓋故心多生疑不解深義是故菩薩於此衆生修習悲心悲因緣故宣説法要爲壞衆生如是五蓋五者見諸衆生沉六入海眼取色相耳取聲相鼻取香相舌取味相身取觸相意取法相是名爲沉是故菩薩於此衆生修習悲心悲因緣故宣説正

法爲拔衆生如是沉没六者見諸衆生有七種慢一者慢二者大慢三者慢慢四者我慢五者增上慢六者下慢七者邪慢菩薩摩訶薩於下慢者自言勝汝於慢慢者自言最勝我色勝乃至識勝於增上慢者菩薩語言汝實非聖不應便起聖人之想爲邪慢者宣説正見是故菩薩於此衆生修習悲心悲因緣故宣説正法爲斷衆生如是憍慢七者見諸衆生離於聖道樂行世道惡道是故菩薩於此衆生修習悲心悲因緣故宣説正法爲斷衆生世道惡道八者見諸衆生造惡道行屬無明愛妻息所繫不得自在是故菩薩於此衆生修習悲心悲因緣故宣説正法爲斷衆生如是繫縛出離惡道九者見諸衆生親近惡友遠離善友其心甘樂造作惡業是故菩薩於此衆生修習悲心悲因緣故宣説正法爲斷衆生如是惡業遠離惡友親近善友十者見諸衆生造作慳貪於無明愛心無猒足爲施智慧是故菩薩於此衆生修習悲心悲因緣故宣説正法爲斷衆生如是慳貪無明及愛施與智慧十一者見諸衆生我見斷見爲施衆生十二因緣眞智慧故菩薩於此而生悲心悲因緣故宣説正法爲斷衆生我見斷見施與十二因緣智故十二者見諸衆生行無明闇我見衆生見命見士夫見别異見邪見著見菩薩爲施智光明故於此衆生而生悲心悲因緣故宣説正法爲斷衆生如是所見十三者見諸衆生樂於生死於五取陰而生親想是故菩薩於此衆生修習悲心悲因緣故宣説正法爲斷衆生如是三有十四

者見諸衆生爲魔所縛是故菩薩於此衆生修習悲心悲因縁故宣説正法爲壞衆生如是魔網十五者見諸衆生甘樂快樂而不能知眞實樂因是故菩薩於此衆生修習悲心悲因縁故宣説正法示諸衆生眞實樂因十六者見諸衆生求涅槃門不能知處是故菩薩於此衆生修習悲心悲因縁故宣説正法爲此衆生開涅槃門善男子菩薩修悲悉因如是十六因縁善男子一切衆生有三十二不善之業菩薩見已修習善業爲壞衆生如是惡業何等三十二一者有諸衆生無明睡眠菩薩見已修習智慧爲悟衆生如是睡眠二者見諸衆生下解下欲菩薩見已修習上解上欲爲以大乘而教化之三者有諸衆生樂爲非法菩薩見已修習正法爲令衆生於諸法中得大自在四者有諸衆生修習邪命菩薩見已修於正命爲壞衆生如是邪命五者有諸衆生入於邪林菩薩見已修習正見爲令衆生出邪林故六者有諸衆生樂爲放逸菩薩見已修不放逸爲令衆生離放逸故七者有諸衆生樂爲麤獷菩薩見已修如法住爲壞衆生如是麤獷八者有諸衆生慳貪悋惜菩薩見已修一切施爲壞衆生慳貪心故九者有諸衆生毀犯禁戒菩薩見已修持淨戒爲破衆生毀禁心故十者有諸衆生心常瞋恨菩薩見已修慈悲忍爲壞衆生如是瞋恨十一者有諸衆生懶惰懈怠菩薩見已修勤精進爲壞衆生如是懈怠十二者有諸衆生其心狂亂菩薩見已修習定心爲壞衆生如是狂亂十三者有諸衆生邪智覆心菩

薩見已修習正智爲壞衆生如是邪智十四者有諸衆生説義顛倒菩薩見已思惟正義爲壞衆生如是顛倒十五者有諸衆生樂造世行菩薩見已修善方便爲壞衆生樂世行故十六者有諸衆生繫屬煩惱菩薩見已先自除斷爲壞衆生煩惱繫縛十七者有諸衆生我見所縛菩薩見已自除我見爲斷衆生如是我見十八者有諸衆生諸根不調菩薩見已自調諸根爲調衆生如是不調十九者有諸衆生説言無作無有受者菩薩見已宣説有作及有受者爲壞衆生如是邪説二十者有諸衆生不知恩義菩薩見已説知恩法爲壞衆生如是不知恩義二十一者有諸衆生未得謂得菩薩見已修習正法爲壞如是增上慢故二十二者有諸衆生惡口麤獷菩薩見已修善口語爲壞衆生如是惡口二十三者有諸衆生貪無猒足菩薩見已修習知足爲壞衆生不知足故二十四者有諸衆生不能恭敬父母師長菩薩見已修不放逸爲令衆生供養恭敬父母師長二十五者有諸衆生貧窮困苦菩薩見已修習七財爲壞衆生如是貧窮二十六者有諸衆生常爲四大毒蛇所病菩薩見已修身念處爲令衆生遠離如是四大毒病二十七者有諸衆生行無明闇菩薩見已修習智慧爲令衆生然慧燈故二十八者有諸衆生樂三有獄菩薩見已修出離道爲示衆生知出離故二十九者有諸衆生常行左道菩薩見已修習右道爲令衆生捨左道故三十者有諸衆生貪著身命菩薩見已於自身命修不貪著爲令衆生捨

愛著故三十一者有諸衆生不能恭敬供養三寶菩薩見已修習信心爲令衆生信三寶故三十二者有諸衆生實非世尊自謂世尊菩薩見已修習六念爲令彼等知眞實法故善男子是名衆生三十二業菩薩見已修治自業成就具足一切善法壞諸惡業勸諸衆生令行善業善男子菩薩摩訶薩有無量業何以故衆生煩惱有無量門爲閉衆生煩惱門故菩薩修習無量善業善男子如恒河沙等世界衆生悉住聲聞辟支佛乘欲比菩薩初發心業百分千分不可爲喻何以故二乘之人自爲解脱觀於煩惱菩薩不爾常爲衆生得解脱故觀諸煩惱善男子菩薩摩訶薩所作諸業於諸凡夫二乘業中最爲殊勝何以故衆生之業性是顛倒二乘之業有邊際故菩薩之業無邊無量是故菩薩勝於一切聲聞緣覺爾時陀羅尼自在王菩薩聞是法已心生歡喜踊躍無量白佛言世尊甚奇甚特快説如是不可思議如來於此已説菩薩瓔珞莊嚴菩薩光明菩薩大悲菩薩善業唯願宣説云何如來觀諸衆生起於大悲云何名悲悲有何行有何相貌何因緣起云何名佛業佛業有何行有何相貌有何因緣起善哉世尊一切知見唯願廣説如來之業佛言善哉善哉善男子汝今諦聽善思念之吾當爲汝分別解説善男子一切如來所有大悲不出不行何以故常不變故無量劫中修習得故是故大悲不行不轉不修不捨亦能爲於一切衆生善男子一切諸佛所有大悲無量無邊其心平等從久遠來無量舌力不能

宣説善男子如來世尊未嘗遠離如是大悲無上菩提及與大悲如是二法等無差別如來所得無上菩提無根無住根名我見住名四顛倒如來世尊知根知住是故菩提無根無住一切衆生皆悉無有無根無住欲施衆生無根無住起大悲心如來於此欲令知故演説正法善男子夫菩提者清淨寂靜云何爲淨云何寂靜淨名爲内寂靜名外内名眼空空名無我無有我所何以故性是一故乃至意亦如是何以故性是一故知眼空已不著於色不著色心是名寂靜乃至意法亦復如是一切衆生不知菩提清淨寂靜如來於此而起大悲演説正法爲令知故善男子一切衆生心性本淨性本淨者煩惱諸結不能染著猶如虚空不可玷汙心性空性等無有二衆生不知心性淨故爲欲煩惱之所繫縛如來於此而起大悲演説正法欲令知故善男子夫菩提者不取不捨云何不取如來不見一切諸法此岸彼岸何以故一切諸法離此彼故如來世尊如實知之是名不取云何不捨一切衆生不知法界如來教令了了知故是名不捨如來於此而起大悲演説正法爲令衆生知是二法善男子夫菩提者無想無縁云何無想不見眼識乃至意識不見色相乃至法相於是法中不知不見故無取著是名無縁無想無縁是名聖行云何聖行所謂不行三界之行善男子如是不行名爲聖行一切聖人不行於行衆生不行如是聖行如來於此而起大悲演説正法欲令知故善男子夫菩提者非是三世非三世者名爲三

等過去意未來識現在貪是名三分以能了了知三分故意識及貪無有住處以是義故不念過去不求未來不愛現在若見三世悉平等者是名正見如來爲令一切衆生得如是等平等正見而起大悲演説正法善男子夫菩提者無身無爲非眼識界乃至非意識界是名無身不生不滅不盡不住無有三相是爲無爲善男子一切法性是名無性若無性者則無有二是故菩提無身無爲一切衆生不知菩提無身無爲如來爲令了了知故而起大悲演説正法善男子夫菩提者無有分別無有句義云何分別云何句義無所住者名無分別字不攝故名無句義非有二故名無分別不入法界名無句義無動揺故名無分別不變易故名無句義不可説故名無句義空故名無分別無覺觀故名無分別無相故名無句義不發故名無分別無願故名無句義知衆生界同於虚空名無分別無衆生界名無句義不生故名無分別無宅故名無句義不滅故名無分別無爲故名無句義不行故名無分別平等故名無句義知平等故名無分別寂靜故名無句義衆生不知如是等義如來爲令了了知故而起大悲演説正法善男子夫菩提者不可以身得不可以心得何以故身心如幻若能了知身心眞實是名菩提爲流布故名爲菩提而其性相實不可説善男子夫菩提者不可説身不可説心不可説法不可説非法不可説有不可説無不可説實不可説空何以故性不可説故菩提者無有住處不可宣説猶如虚空爲眞

實知一切諸法不可宣說字中無法法中無字爲流布故故可宣說一切凡夫不知眞實是故如來於此衆生而起大悲演說正法爲令知故善男子夫菩提者無取無緣云何無取云何無緣知眼眞實名爲無取知眼無境名爲無緣乃至了知意之眞實名爲無取知意無境名爲無緣如來世尊以如是義知於菩提無取著故名爲無眼無屋宅故名爲無緣眼識不住於彼色中名無屋宅乃至意識亦復如是一切衆生心無住處如來世尊如實而知心無住處無住處者有四種色受想行於是四法心無所住是名心無住處是故名爲一切諸法悉無住處如來世尊如實知之一切凡夫不能知故如來於此而起大悲演說正法善男子夫菩提者名之爲空而菩提中無有空相是故名空一切法空菩提亦無如來世尊眞實能知如是之空是故如來名爲知空諸佛名覺一切諸法而不覺知空中之空亦能了知無上菩提空及菩提即是一如空與菩提是一非二離空菩提别有法者可得說二以無二故名之爲空無名字故名之爲空無相貌故名之爲空無威儀故名之爲空無修行故名之爲空無言說故名之爲空善男子第一義者謂無諸法云何說空善男子譬如虛空無言無說無言無說故故名虛空無言說中無有言說是名爲空一切諸法亦復如是無名字法說爲名字如是名字亦無住處若名無住處名下之法亦復如是如來眞實知如是法不生不滅以眞知故名得解脫本無繫縛云何說言名得解脫是

故如來無縛無解如是等法一切凡夫不能知見如來於此而起大悲演說正法爲令知故善男子夫菩提者同於虛空虛空之性不平不下菩提亦爾若法無性不可說言有平有下如來世尊知一切法無平無下乃至微塵不作平下若法有性即如實智如實智者知一切法本無今有已有還無出時滅時無所繫屬從緣而出從緣而滅以是義故名之爲道斷是道故名爲菩提凡夫衆生不知如是眞實道故如來於此而起大悲宣說正法爲令知故善男子夫菩提者名眞實句眞實句者即是菩提色亦如是如是二句等無差別受想行識地水火風眼界色界眼識界乃至意界法界意識界亦復如是是名法流布如來眞實覺知如是陰入界法無有顛倒不顛倒者知過去法不生不滅未來之法不生不滅現在之法亦不生不滅如是知已名不顛倒名眞實句眞實句者如一法一切法亦如是如一切法一法亦如是是眞實句凡夫不知如來於此而起大悲演說正法爲令知故善男子夫菩提者非內非外云何爲內云何爲外非內者無所造作非外者無所覺知內者謂住外者謂相菩提之體非住非相是故名爲非內非外又非內者非身口意業非外者非三業緣非內者無相解脫門非外者空解脫門如是等義凡夫不知如來於此而起大悲演說正法爲令知故善男子夫菩提者無漏無取云何無漏云何無取無漏者遠離四流四流者欲流有流無明流見流無取者遠離四取四取者欲取有取見取戒取而

諸衆生無明所覆行於四取以渴愛故作我
我所如來了知我取根本是故我淨我淨故
能淨衆生我淨者則不覺知一切諸法亦不
思惟一切非法不起無明不起無明因緣故
不起十二因緣有十二因緣有不起故則不
生不生故入決定聚入決定聚者名爲了義
了義者名第一義第一義者名無衆生無衆
生義者名不可説義不可説義者即十二因
緣義十二因緣義者即是法義法義者即是
如來以是義故我經中説若有得見十二因
緣則爲見法見法者爲見如來見如來者即
無所見所見是邪夫邪見者謂想數法如來
無想亦無想數以是義故見如來者爲無所
見若見如來無相無作無知無覺是名眞實
見於如來如來亦爾覺知一切諸法平等如
是法界無漏無取一切凡夫不能覺知如來
於此而起大悲演説正法爲令知故善男子
夫菩提者清淨寂靜光明無諍云何爲淨云
何寂靜云何光明云何無諍不雜煩惱名之
爲淨空解脱門名之寂靜無相無願名爲光
明無生無滅名爲無諍又無生者名之爲淨
無滅者名爲寂靜無取者名光明不出者名
無諍性名爲淨無諸煩惱名爲寂靜光明無
諍法界名淨眞實之性名曰寂靜光明無諍
虚空之性名之曰淨無分別法界名曰寂靜
光明無諍内外清淨名之爲淨於内外法不
取不著名爲寂靜光明無諍眞知五陰名之
爲淨眞實知界名爲寂靜光明遠離諸入名
爲無諍見過去盡名之爲淨見未來不生名
爲寂靜見現在法住於法界無有動轉名光

明無諍清淨寂靜光明無諍如是四法等入一界一法一句如是三法即是涅槃遠煩惱故名之爲淨畢竟淨故名曰寂靜無闇冥故名曰光明不可說故名爲無諍以是故言釋迦如來默無所說善男子夫菩提者即是虛空虛空者名之爲法如法衆生亦爾如衆生福田亦爾如福田涅槃亦爾以是義故一切諸法同於涅槃如來能覺如是法界是故名佛修習具足清淨寂靜光明無諍如是四句名之爲佛如來能知善方便故初得菩提默然而住無所宣說待梵王請爾時尸棄梵王與六萬八千諸梵天人來至我所頭面作禮合掌而言唯願如來爲諸衆生轉正法輪而說偈曰

如來法離淨寂靜　大光無礙無有諍
無字無聲亦無說　眞實覺知如法界
佛爲衆生無量劫　苦行受持世間戒
爲悟無明睡衆生　久行放逸迷實義
又此會中無量衆　於無量佛積善根
能解甚深眞實義　唯願轉於無上輪
此衆已調一切魔　欲令開闡甘露門
如來號爲眞導師　示闇衆生無上道
如來雖有大慈悲　憐愍衆生如一子
我今勸請法應爾　願轉無上正法輪
如往三佛轉法輪　唯願如來亦復爾
畢竟導師無退轉　示暗衆生一眞道
如雨潤長諸草木　令諸衆生除熱渴
佛施法雨於衆生　爲得無上無量果
如來初生發誓言　我當救彼苦衆生
衆生渴仰甘露味　願大施主施法雨

爾時世尊旣受請已往波羅柰鹿野林中仙人住處轉正法輪如是法輪諸天魔梵及餘沙門婆羅門等所不能轉爾時世尊說四諦時憍陳如比丘得法眼淨其聲遍聞三千大千世界爾時世尊說優陀那

甚深之義不可說　第一實義無聲字
憍陳比丘於諸法　獲得眞實之知見
即是我往無量世　所得菩提今已得

如來轉是正法輪時無量衆生悉得調伏示現如是大悲神通衆生見已阿僧祇人發阿耨多羅三藐三菩提心善男子如來如是十六大悲悉爲衆生而修起之如來以是悲因緣故爲一一衆生於恒河沙劫大地獄中受諸苦惱心不悔退而其悲心亦無損減以是義故如來大悲不可思議善男子聲聞人悲猶如畫皮菩薩大悲猶如破肉如來大悲破骨徹髓聲聞之悲讚佛所知菩薩大悲勸他令行如來大悲授人阿耨多羅三藐三菩提記聲聞悲心爲慈因緣菩薩大悲爲調衆生如來大悲爲畢竟度聲聞悲心因麤苦生菩薩大悲因離苦生如來大悲因斷一切因緣而生善男子如來修習如是大悲若爲一人住經一劫百劫千劫萬劫至無量劫終不畢竟入於涅槃善男子如來大悲成就如是無量功德善男子乃往過去無量無邊阿僧祇劫時世有佛號栴檀窟界名大香劫名上香爾時世尊於三百三十二萬劫中常以正法教諸聲聞時佛身上一一毛孔所出香氣遍滿三千大千世界爾時此界無臭穢名所有草木山河之屬悉栴檀香衆生身香亦復如

是一切無有身口意惡諸佛弟子聞此香已即得四禪爾時乃有一萬諸佛次第興世皆同一號號栴檀窟是故彼劫名曰上香爾時如來作佛事已欲入涅槃觀諸衆生誰未調者我當調之爾時如來以淨天眼見有一人在非有想非無想處已於先佛種下上善根定當因佛而得度脱非因聲聞得解脱也壽過八萬四千劫已乃當下生來受五欲當得聞於大乘經典發阿耨多羅三藐三菩提心安住不退爾時世尊以大悲故起大方便告諸比丘我涅槃時到作是言已即便入於不槃已令諸大衆廣設供養正法住世滿足六悔三昧示諸衆生令知涅槃既知如來入涅十八萬四千歲當爾之時佛諸弟子乃至無有一人於正法所作邪法想爾時世尊以定

力故八萬四千劫隱密此身不令衆見過是劫已彼人即下生於人中大長者家經八十年彼佛即從三昧而起詣長者家其家大小悉無見者唯是童子獨得見之爾時世尊爲令彼人於五欲中心生猒離而爲説法彼人聞已即得不退阿耨多羅三藐三菩提心如來知已即爲授記善男子汝於來世過七萬二千阿僧祇百千劫當得成於阿耨多羅三藐三菩提號曰寶上如是音聲餘無聞者唯有一萬二千諸天同得聞之聞已悉發阿耨多羅三藐三菩提心俱作是言願彼寶上成佛之時我等當於是佛法中諮受正法而爲弟子爾時如來知是事已復與授記寶上如來成佛之時汝等當作受法弟子彼佛亦當授汝阿耨多羅三藐三菩提記時栴檀窟佛

授彼記已爾乃畢竟入於涅槃一切諸天大
設供養善男子如來具足如是大悲非諸聲
聞緣覺所知善男子爾時彼佛不斷佛種若
有衆生供養三寶亦復如是佛說如是大悲
功德時此會衆中有三恒沙等衆生發阿耨
多羅三藐三菩提心半會大衆得成於忍半
中之半得具如是十六大悲其餘半半得佛
法忍爾時一切諸天世人聞法歡喜同聲讚
歎善哉善哉甚奇甚特快說如是大悲法門

大方等大集經卷第二

大方等大集經卷第三

北涼天竺三藏曇無讖譯

陀羅尼自在王菩薩品第二之三

善男子如來復有三十二業何等三十二善男子如來了知是處非處云何是處云何非處善男子若有造作身口意惡得受安樂無有是處是名非處若有造作身口意善受樂果者斯有是處是名是處若習慳貪得大富者無有是處修行惠施得大富者斯有是處毀破禁戒得受天身無有是處護持淨戒得受天身斯有是處瞋恨之人得身端正無有是處修習忍辱得身端正斯有是處懈怠之人得大神通無有是處勤修精進得大神通斯有是處放心散亂得定地者無有是處攝心不亂得定地者斯有是處愚癡之人斷煩惱氣無有是處修智之人斷煩惱氣斯有是處若作五逆得無漏者無有是處若無五逆得無漏者斯有是處以女人身作轉輪王無有是處以男子身得轉輪王斯有是處帝釋梵王佛亦如是若轉輪王非法治國無有是處轉輪聖王正法治化斯有是處欝單越人墮三惡道無有是處欝單越人壽終生天斯有是處殺生因緣得長壽者無有是處以是因緣壽命促短斯有是處若有邪見得聖道者無有是處若有正見得聖道者斯有是處須陀洹人得第八有無有是處須陀洹人即涅槃者亦無是處阿那含人受欲有身亦無是處阿羅漢人受後有者無有是處賢聖之人諮承異師無有是處得不退忍退菩提者無有是處菩薩坐於菩提樹下不得菩提而

起去者無有是處如來若有煩惱習者亦無是處諸佛世尊智有障礙無有是處若有能見如來頂者亦無是處若有衆生能知如來心境界者無有是處如來之心不常定者亦無是處如來世尊有二語者無有是處如來世尊有過失者亦無是處善男子是名如來第一之業爾時世尊即說頌曰

大地可說動轉相　猛風可說停住相
虛空可說有色相　佛不說處爲非處
虛空可說作界像　佛不說處爲非處
如來演說處非處　下中上分悉眞實
不說是處非處一　如是二處各無二
如來亦說下中上　各各無有三種相
佛知是處非處已　故能宣說無上法
如來了知衆生心　善能分別細微相
沙門梵志闇處行　不知是處非處因
衆生不知處非處　是故不能得解脫
如來悉知處非處　是故稱爲無上尊
若諸衆生無法器　如來於是修捨心
設大方便待時節　爲令彼得眞解脫
如來世尊智無上　是則名爲第一法
如是清淨第一業　爲令衆生得調伏
如來說是第一力　甚深難測無能知
如是妙法難可宣　爲破邪見憐愍說

復次善男子如來世尊善知未來現在衆生所有諸業知業知報知因知處若過去業是不善因如來知是未來之世得不善果若未來業有退因緣如來了知實是退因若未來業能增長法如來悉知以是因緣能增長法若現在業若進若退如來悉知以是因緣有

進有退若有作業是聲聞因是緣覺因是菩薩因是如來因如來悉知以是因緣是聲聞因是緣覺因是菩薩因是如來因是名如來第二之業爾時世尊復說頌曰

如來獲得無上智　是故能知業因果
智知三世非三攝　能知衆生三世業
善解衆生安樂因　亦能了知苦惱因
如來壞邪無因果　是故修習第二業
通達進退二法因　善惡業果亦復然
如來知見無障礙　如觀掌中菴羅果
知下中上真實相　三乘所因亦復然
如來善知衆生業　亦知善惡諸業果
衆生業果三世攝　知見不謬名正覺

復次善男子如來世尊知諸衆生種種欲解若貪欲若瞋恚若愚癡現在世貪起未來世貪恚愚癡現在世瞋起未來世貪瞋恚癡現在世癡起未來世貪瞋恚癡如來悉知現在住善欲未來惡欲現在住惡欲未來善欲如來悉知現在住下欲未來世下中上分現在住中欲未來世下中上分現在住上欲未來世下中上分如來悉知邪聚衆生能作正聚不定衆生住於正定如來悉知欲界衆生有色無色界欲解知聲聞人有緣覺欲解有佛欲解如來真實通達知故而爲說法是名如來第三之業爾時世尊即說頌曰

衆生欲解有種種　其意若干非一塗
如來真實知諸欲　故能隨意演說法
貪欲瞋恚愚癡性　隨相而知無顛倒
下中上品亦如是　善惡業因果真實
通達三聚無有定　一切三乘亦復然

智知三世非三攝　爲諸衆生說三力

復次善男子如來悉知無量世界若修善行若行惡法若無礙行云何名知內空外空內外空故復次如來知眼知色及知眼識云何而知如虛空故復次如來知欲色界及無色界云何而知如覺觀故復次如來知於行界云何而知如行性故復次如來知煩惱界云何而知客塵性故復次如來知不汙界云何而知一切諸法性本淨故復次如來知生死界云何而知無明緣故復次如來知涅槃界云何而知實思惟故復次如來知世住界知世愛界知世瞋界知世癡界知世淨界知世淨心界以知界故能實說法是名如來第四之業爾時世尊即說頌曰

如來人中師子王　能眞實知衆生界
如來智慧無有邊　是故能知世無邊
知善惡行解脫行　亦知眼色眼識行
通達一切無量法　其性本來常清淨
內外眞實無所有　五陰諸入十八界
身口意業及四大　如是諸法悉無實
知如是等衆生界　皆悉同於虛空境
三界性相無眞實　諸煩惱界亦如是
煩惱性相無堅牢　無漏解脫亦復然
如來雖知眞實界　終不言知而生慢
虛空無量無邊際　一切衆生界亦然
如來智慧無邊際　遠離三種有爲相
佛智無上甚深奧　一切衆生不能知
如來憐愍衆生故　宣說如是第四力

復次善男子如來善知一切衆生諸根利鈍云何而知知上中下知增知減亦知貪欲有

一億種瞋恚愚癡各一億種知貪欲重知貪欲輕知瞋恚重知瞋恚輕知愚癡重知愚癡輕知一種根能增生死知一種根能減生死了知善根知不善根知非善非不善根知解脫根知六情根男根女根命根苦根樂根憂根喜根捨根信根進根念根定根慧根未知欲知根知根知已根知眼根因乃至意根因知耳根因作眼根緣知鼻根因作舌根緣知意根因作身根緣知戒莊嚴能修於施知施莊嚴能修於戒如來悉知誰可說施誰可說戒乃至智慧亦復如是知誰可爲說四念處乃至八聖道分誰可爲說聲聞之乘辟支佛乘無上佛乘知緣覺根學聲聞乘知正覺根學聲聞乘辟支佛乘知下根人能修上根上根之人修於下根知衆生根未可調者則生捨心可調伏者爲說正法如來悉知熟不熟根不熟熟根不熟不熟根熟有熟根知生死根知解脫根知莊嚴根知具足根一切根性因緣果報悉知悉見是名如來第五之業爾時世尊即說頌曰

如來知根到彼岸　故知衆生種種解
亦了知根下中上　并及諸業亦如是
亦知煩惱輕重根　及知諸根難易調
知樂生死及解脫　了知眼根至意根
知根行處及滅處　了知一切三乘根
有可轉者不可轉　知衆生根熟不熟
隨其意種爲說法　善知呵責輭語調
知有不受教誨者　則於其人修捨心
如來善知諸方便　爲破煩惱莊嚴智
爲破衆生煩惱故　演說如來第五業

復次善男子如來真實知至處道云何而知知正定聚知邪定聚及不定聚知於因力及果報力知過去世福德因緣知現在世莊嚴因緣難調易調略脫廣解廣說略解知是衆生能得解脫不得解脫知不定者遇善知識住正定聚不得善友則無解脫如來知已隨其意趣而爲說法彼聞法已繫念思惟獲得善果如來出世唯爲不定終不爲彼邪定說法何以故非是器故不能獲得真解脫故是故如來於是人所修習捨心菩薩摩訶薩真實知已勤修莊嚴爲破如是邪定衆生是故菩薩發阿耨多羅三藐三菩提心如來善知貪有三種一者因見淨故二者受因緣故三者本因緣故瞋有三種一者瞋因緣故二者受因緣故三者本因緣故癡亦三種一者無明因緣二者我見因緣三者疑網因緣復次如來知諸衆生苦遲得通苦速得通知苦遲者能得樂速知樂速者能得苦遲知樂遲者能得樂速知有修力知有智力又知有道具足修力不具智力有具智力不具修力有具修力及以智力不具修力不具智力又知有道能作淨心不能莊嚴有能莊嚴不能淨心有作淨心能具莊嚴有不具淨心不具莊嚴又知有道能淨其身不淨口意有淨口意不淨其身有身口意淨有身口意不淨是名如來第六之業爾時世尊即說頌曰

如來善知所至處　亦知衆生諸因緣
亦能了知定不定　通達明曉調不調
不爲邪定演說法　亦不調伏下根者
知貪瞋癡三種說　亦知諸結輕重相

知於四道轉不轉　是故佛知道畢竟
修力智力眞實知　下中上力亦如是
知身口意淨不淨　心及莊嚴亦復然
衆生諸根煩惱界　如來知已爲破壞
爲彼無明闇衆生　宣說如來第六業

復次善男子如來知禪解脫三昧煩惱解脫云何而知知諸衆生以因緣故貪樂生死以因緣故貪樂涅槃云何名因云何名緣若諸衆生思惟不善是名生死因緣因不善思惟故生長無明是故不善爲因無明爲緣因無明故則生於行是故無明爲因諸行爲緣因行故則生於識是故行則爲因識則爲緣因識故則生名色是故識則爲因名色爲緣因名色故則生六入是故名色爲因六入爲緣因六入故則生於觸是故六入爲因觸則爲緣因觸生受是故觸則爲因受則爲緣因受生愛是故受則爲因愛則爲緣因愛生取是故愛則爲因取則爲緣因取生有是故取則爲因有則爲緣因有生生是故有則爲因生則爲緣因生則有老死等苦是故生則爲因老死爲緣煩惱爲因諸業爲緣諸見爲因愛結爲緣煩惱爲因五蓋爲緣是名爲因是名爲緣而諸衆生以是因緣貪樂生死何因緣故貪樂涅槃有二因二緣令諸衆生樂於涅槃一者樂喜聽法二者樂正思惟復有二種一者舍摩他二者毗婆舍那復有二種一者不去智二者不來智復有二種一者觀生死二者觀涅槃復有二種一者如法持二者得證復有二種一者修解脫門二者得解脫是復有二種一者盡智二者無生智復有二種

一者諦智二者觀十二因緣是名爲因是名爲緣而諸衆生以是因緣樂於涅槃如來悉知如是等禪三昧解脱既了知已捨離欲惡不善之法有觀有覺離生喜樂入於初禪入初禪出滅定入滅定出初禪乃至八解脱亦復如是一切衆生悉不能知如來世尊出入之處如來悉知住定平等及以上下衆生謂佛入一三昧而佛實入一切三昧衆生見佛起一切定而佛實入一定三昧如來三昧無有次第然非不定一切聲聞緣覺菩薩悉不能知如來又知説法因緣得聲聞三昧説法因緣得緣覺三昧説法因緣得菩薩三昧知已隨意而爲演説是名如來第七之業爾時世尊即説頌曰

如來了知生死因　亦復通達解脱因
既了知已爲説法　破壞生死不善因
不善思惟無明因　無明因緣長生死
煩惱因緣受業果　諸結因緣增愛結
若得親近善知識　至心聽受無上法
觀察内外空三昧　即能越度生死海
修習無上定智慧　觀法平等無去來
若能觀見無生滅　即得了了寂靜眼
修習無上三脱門　具足盡智無生智
既自獲得無礙智　復能爲諸衆生説
入於初禪出滅定　入於滅定隨意出
如來三昧無次第　是故名爲常在定
如來所入種種定　與諸法界無差别
二乘不知佛住處　菩薩不知甚深定
衆生常行無明闇　不知如來入出處
無上世尊憐衆生　是故宣説第七業

復次善男子如來善知自身所有過去世業若一生二生至無量生一災二災至無量災一劫二劫至無量劫憶念生名種姓飲食色貌形質苦樂壽命念他有滅生於他有如自身他亦如是亦知衆生所有業因是諸衆生造是業因得他有身是諸衆生造是業因得此有身知衆生心及心因緣是心滅已次第生心如是等事恒沙衆生所不能知佛宿命智悉知三世無有始終如是智慧不可稱量勸諸衆生汝今當念過去世中所更善惡以佛力故悉得憶念往昔所種無量善根若佛邊種若於聲聞緣覺邊種既憶念已如來即爲隨意說法令不退轉是名如來第八之業

爾時世尊即說頌曰

如來憶念無量世　若自若他善惡業
明見無量劫中事　猶觀掌中菴羅果
種姓生名悉能知　色劫生滅亦如是
亦知壽命及住處　善惡業因亦復然
知衆無量次第心　及知心因生滅處
遍知無量劫中生　亦不盡於無礙智
佛智無量不可稱　二乘不知其境界
爲令衆生念過去　隨意宣說第八業

復次善男子如來天眼清淨微妙見諸衆生生滅墮落若受善色若受惡色若生善有若生惡有亦能明了知諸業因知是衆生身口意惡誹謗聖人增長邪見以惡業故捨此身已即墮地獄知是衆生身口意善不謗聖人增長正見以是業緣捨此身已即生善有如來天眼能見十方諸佛世界無有邊際猶如虛空無有限量猶如法界悉見衆生生時滅

時見諸世界成時壞時亦知衆生發菩提心生時滅時見一切佛始成正覺轉正法輪入涅槃時見諸聲聞證得解脱得解脱已取涅槃時見諸緣覺以神通力報諸衆生信施恩時如是等事一切五通聲聞緣覺及諸菩薩所不能見如來天眼成就如是無量功德以天眼故觀諸衆生誰應爲佛之所化度誰復應爲聲聞緣覺之所化度若應從佛而得度者如來即爲示現其身其餘衆生悉無見者是名如來第九之業爾時世尊即説頌曰

無量劫中修善業　獲得如是淨天眼
能見十方諸衆生　具足成就善惡色
見上中下諸衆生　亦見受於善惡有
能知身口意善業　業因所得諸果報
亦知聲聞辟支佛　菩薩之人善法境
見十方佛破魔兵　轉正法輪入涅槃
見諸聲聞得解脱　教化衆生取滅度
見辟支佛示神通　以報施主之恩德
如來所説眞實法　聞已能度生死海
聲聞緣覺及菩薩　不能知佛所見處
如來覩見細微塵　亦見無量無邊界
如來教化佛所度　是故宣説第九業

復次善男子如來世尊知諸漏盡畢竟解脱我生已盡梵行已立所作已辦更無後有佛漏盡智清淨微妙言清淨者無諸習氣聲聞之智有邊有量何以故有習氣故辟支佛智亦有邊量何以故無大悲故佛漏盡智無量無邊何以故知一切行故具足成就一切智故永斷一切諸習氣故攝取大慈大悲莊嚴四無所畏於一切法無取相習一切世間所

不能勝行住坐卧無諸過失猶如虛空清淨明了不雜煙雲佛漏盡智亦復如是不雜一切諸煩惱習如來成就清淨具足是漏盡智能爲衆生敷揚宣説令彼聞者斷諸煩惱菩薩聞已發大莊嚴爲斷煩惱是名如來第十之業爾時世尊即説頌曰

佛漏盡智無有邊　清淨不雜煩惱習
聲聞緣覺習結氣　是故漏盡智不淨
如來具足大慈悲　是故其智無邊際
具足成就一切行　故知衆生漏行處
所可演説無常我　令衆生知空無樂
修善思惟得淨眼　知無衆生無士夫
大悲憐愍諸衆生　具足十力四無畏
爲斷煩惱智無礙　是故宣説第十業

復次善男子如來具足四無所畏成如來業如來業者悉已覺知一切諸法若天若人若魔若梵若沙門若婆羅門如實而言如來不覺不知法者無有是處何以故如來世尊名爲正覺覺平等法若凡夫法若聖人法若聲聞法若緣覺法若菩薩法若佛法若學法若無學法若世法若出世法若善法若不善法若有漏法若無漏法若有爲法若無爲法如是等法平等覺知故名正覺言平等者見空平等法眞實故無相平等壞諸相故無願平等不著三界故不生平等無生性故無行平等無行性故無出平等無出性故無至處平等無至處性故眞實平等無三世性故智解脱平等無無明性故涅槃平等無生死性故見如是法皆悉平等是故如來名爲正覺如是觀已以大慈悲爲諸衆生稱揚宣説若非

世尊作世尊想若非正覺作正覺想若非漏盡作漏盡想如來具足四無所畏能壞如是諸惡想等是名如來第十一業爾時世尊即說頌曰

佛知一切法平等　是故得名一切智
凡聖菩薩及佛業　世與出世善惡業
空無相願無生滅　一切悉見其真實
如來悉見平等故　爲衆演說十一業

復次善男子如來真實永盡諸漏是故唱言我盡諸漏我都不見人天魔梵沙門婆羅門真實而言佛漏未盡云何名爲如來漏盡佛於欲漏心得解脫有漏無明漏一切習氣一切見漏心得解脫是故如來名爲漏盡第一義中聖人真智無覺無斷無證無修爲流布故說言盡漏何以故盡者即是無生無滅無盡者不可宣說不可說故名之無爲夫無爲者無出滅住佛若出世不出於世法性常住如來不覺我及我斷如來住於大慈大悲爲衆生故宣說我斷是名如來第十二業爾時世尊即說頌曰

如來永斷諸漏結　及以無邊諸習氣
是故世法不能汙　如華處水泥不著
大悲人中師子王　爲衆生故說流布
真實而知無出滅　無我我所亦復然
一切諸法無增減　隨其性相真實說
如來得大自在力　爲衆故說十二業

復次善男子如來真實說遮道法我都不見人天魔梵沙門婆羅門說言是法不能遮道云何名遮云何不遮有一法能遮道所謂放逸復有二法所謂無慚無愧復有三法謂身

口意惡復有四法所謂欲瞋怖癡復有五法所謂殺生偷盜婬泆妄語飲酒復有六法所謂不敬佛法僧戒三昧不放逸復有七法一者慢二者大慢三者慢慢四者邪慢五者邪語六者邪命七者邪念復有八法一者邪見二者邪思惟三者邪語四者邪業五者邪命六者邪方便七者邪念八者邪定復有九法所謂有人欲作諸惡現作作已加於已親有人以善加於已怨有人以惡加於已身亦復如是是名爲九復有十法所謂十惡一者殺生二者偷盜三者婬泆四者妄語五者兩舌六者惡口七者無義語八者貪嫉九者瞋害十者邪見若有比丘起惡思惟以是因緣不知有爲多諸過咎以不知故生顛倒心顛倒因緣增長五蓋五蓋增故令諸煩惱遮障善法煩惱因緣身口意業造作諸惡如來如實知如是法能遮於道既自知已爲衆演說爲壞如是遮障道法是名如來第十三業爾時世尊即說頌曰

若有修習於放逸　眞實不能得解脱
身口意等諸惡業　無慚無愧諸煩惱
親近惡法能遮道　善覺對治不對治
爲壞煩惱故演説　大慈大悲十三業

復次善男子如來實説聖道畢竟若有衆生親近正念必得解脱我都不見人天魔梵沙門婆羅門眞實記言修道者不得畢竟無上解脱云何名爲眞實聖道有一種所謂一乘復有二種謂舍摩他毗婆舍那復有三種謂空三昧無相無願復有四種謂四念處復有五種謂信等五根復有六種謂六念處復有

七種謂七覺分復有八種謂八正道復有九種所謂初禪乃至滅定復有十種所謂十善是名畢竟眞實聖道又畢竟道者無有能作增減取捨無執無放非正非邪非一非二是名眞實畢竟之道如來世尊憐愍一切爲諸衆生說如是道是名如來第十四業爾時世尊即說頌曰

如來了知寂靜法　有親近者得解脫
如來無師無教者　自然而得甘露味
有修三十七助法　煩惱結滅得解脫
思惟善知眞實法　不著法性眞解脫
如來見法如虛空　猶如幻化熱時焰
具足十力無邊身　爲衆故說十四業

復次善男子如來身業無有過失若愚若智無能宣說佛有過失何以故如來若行若坐若住著衣持鉢若受飲食若見若聞若有所說入出城邑村落舍宅足不蹈地常行千葉蓮華之上若有衆生遇觸佛影七日安樂無飲食想捨是身已生於善有如來衣服離身四寸暴猛風力所不能動如來雖有如是等事而其內心未嘗不定是故如來身無過失善男子如來口業亦無過失何以故時語眞語實語正語期語義語不多語如持而語淨語解一切語微妙語無異語一音語是故如來無口過失如來意業亦無過失何以故如來常作一切佛事而其內心初無憍慢不役智慮而知法盡是名如來無罣礙智是故如來意無過失爲壞衆生如是過失故宣說法是名如來第十五業爾時世尊即說頌曰

如來身口意寂靜　是故無能說有過

實不可說爲流布　是業非業說爲業

復次善男子如來不與天人魔梵沙門婆羅門而生諍訟何以故離愛恚故一切世間供養恭敬心不生高亦不歡喜一切世間毀呰輕慢不生愁惱凡所造善事無不成終不造作不善之業如來實無世間諍事亦常修習無諍三昧如來無我無有我所爲壞衆生是非諍訟說如是業是名如來第十六業爾時世尊即說頌曰

如來修習無諍定　是故其心無瞋喜

如來爲斷衆煩惱　是故宣說十六業

復次善男子如來之心無有忘誤於八解脫不失念心常觀一切衆生意行觀已復能隨宜說法於四無礙亦無念失於三世中憶念不忘既自不失憶念之心復爲衆生說是念法是名如來第十七業爾時世尊即說頌曰

如來修習八解脫　故於諸法不失念

知衆生心隨意說　爲令得念說是業

復次善男子如來眞實無不定心若行若住若坐若卧若語若默常知諸法深妙之義一切世間若有入定若不入定悉無能知如來心也唯除諸佛借其道力欲令一切無量衆生常在定故說如是業是名如來第十八業爾時世尊即說頌曰

如來正覺常在定　所作諸事無散亂

常入三昧無知者　是故宣說十八業

復次善男子如來眞實無種種想所謂無分別福田非福田想亦無分別諸衆生想及以法想正覺之想及法界想分別持戒及毀戒想亦無分別怨想親想受不受想分別正見

邪見之想是故如來無種種想爲壞衆生如是諸想宣說是業是名如來第十九業爾時世尊即說頌曰

如來永斷一切想　是故了知諸法界
爲破衆生若干想　宣說如來十九業

復次善男子如來從智捨心無不知捨何以故修身故修戒故修心故修慧故斷癡故如來捨心出於世間即是聖捨是畢竟捨轉梵輪捨二十八大悲捨爲利衆生捨知對治捨如是等捨無增無減不高不下不雜煩惱不一不二不觀時節無礙無對不住不動不隱不顯真實不虛如來成就如是大捨而能爲諸衆生說法是名如來第二十業爾時世尊即說頌曰

如來修身戒心慧　從於智慧修捨心
於諸衆生無愛恚　不動不住真實捨
大慈大悲無上尊　具足如是之大捨
無礙智慧調衆生　演說清淨二十業

復次善男子如來欲業無增無減何等名欲欲於善法所謂大慈大悲說法度人安住寂靜勸諸菩薩學菩提道令三乘種相繼不絕如是諸欲不隨欲出隨智而生欲令一切衆生具足阿耨多羅三藐三菩提故演說正法是名如來二十一業爾時世尊即說頌曰

如來欲者無增減　大慈大悲故說法
不斷三乘無邊身　爲衆演說如是業

復次善男子如來精進無有休息云何不息所謂調伏衆生說法化度假使有一人能無量劫佛邊聽法如來當爲說不休息若有一佛於無量劫演說法者如來亦聽心無懈廢

若過無量恒沙世界有一衆生應受化者如來要當隨逐不捨不食不息不生疲倦悔退之心常勸衆生令勤精進是名如來二十二業爾時世尊即說頌曰

具精進人師子王　於大衆中讚精進
精進說法無休息　是故進業二十二

復次善男子如來念心無有增減何以故如來初得阿耨多羅三藐三菩提時遍觀一切去來現在衆生之心後說法時不失先念念本三聚及三種根凡所演說無不作念是名如來二十三業爾時世尊即說頌曰

如來初得菩提時　遍觀衆生如實心
凡所說法不失念　二十三業佛所說

復次善男子如來三昧於一切法平等無減是故諸佛一切平等於一億種貪欲恚癡及一億種無貪恚癡其心平等無有差別有爲無爲生死涅槃亦復如是具如是等平等三昧不離眼耳鼻舌身意四大三界非此非彼亦非一切非增非減爲令衆生得是三昧宣說正法是名如來二十四業爾時世尊即說頌曰

如來等觀一切法　是故常定心無亂
不爲三界之所攝　諸根四大亦如是
一切諸法無差別　平等觀察善不善
如來所說如是業　爲諸衆生得是定

復次善男子如來智慧常無減少以是智力知一切法能隨衆生意趣說法得無礙智知一切義知一切字知一切句於無量劫演一句法出無量義斷一切疑說三乘法并及八萬四千法門亦說八萬四千法聚是名無量

無邊智慧爲令衆生得是智故宣說正法是
名如來二十五業爾時世尊即說頌曰

佛智無礙無有邊　能說無礙無邊法
演一字作無量句　演一句作無量義
說八萬四千法門　亦及爾所諸法聚
爲令衆得無礙智　是故宣說如是業

復次善男子如來解脫無有減少聲聞之人從他聞故而得解脫緣覺之人從因緣故而得解脫如來無師自然覺悟永斷煩惱及以習氣過去不斷未來不著現在不住亦不貪著眼色二法乃至意法亦復如是知心性淨是故唱言如來一念得阿耨多羅三藐三菩提爲令衆生一念得成阿耨多羅三藐三菩提故演說正法是名如來二十六業爾時世尊即說頌曰

爲諸聲聞聞解脫　亦爲緣覺因緣悟
如來解脫不著有　不著三世心性淨
凡所演說爲解脫　觀諸衆生無上道
二十六業非業故　大慈大悲處衆說

復次善男子如來身業隨智慧行智所圍繞以是業故衆生聞見說法默然行住坐卧飲食出入城邑聚落三十二相八十種好悉得調伏是故如來一切身業隨智慧行是名如來二十七業爾時世尊即說頌曰

如來身業爲衆生　故示種種妙相好
凡所舉動調衆生　大悲爲衆說是業

復次善男子如來口業隨智慧行何以故說法淨故無脫失故眞正語易解語易知語非高語非下語非曲語非麤語非惡語非闇語柔輭語非輕語非疾語非畏語非不解義語

非惡聲語非緩語甘露語可愛語次第語莊嚴語恭敬語樂聞語不貪語不垢語清淨語畢竟語不誑語不癡語無礙語廣語眞實語不作語不盡語安樂語身寂靜語心寂靜語貪寂靜語瞋寂靜語癡寂靜語壞魔語破邪論語梵聲迦陵頻伽聲釋聲大海潮聲拘崘闍聲秋月孔雀聲拘枳羅聲命命鳥聲鵝王聲鹿王聲琴聲鼓聲貝聲妓樂聲人樂聞聲耳根樂聲增善法語句義無盡語合字句義語時語略語知足語調諸根語施莊嚴語清淨戒語共忍行語精進神通語遠離欲界語具足智慧語慈語悲語喜語捨語說三乘語不斷三寶語解三聚語解三世語解三解脫語分別四諦語修習語讚歎語佛語聖語無邊語無行語善男子如來成就如是等語是故如來所有口業隨智慧行是名如來二十八業爾時世尊即說頌曰

如來所說如淨珠　成就無量諸功德
其聲遍滿十方界　一音能令種種解
凡所演說不作念　更不觀衆心境界
如來音聲如響相　無說無聞亦如是
大慈大悲清淨語　爲衆生解種種法
是故宣說如來業　二十八業如先佛

復次善男子如來意業隨智慧行何以故如來了知一切衆生心意識等亦不隨意隨緣隨貪隨恚隨癡遠離誑惑及我我所無明闇翳平等清淨無有邊際猶如虛空是故如來所有意業隨智慧行是名如來二十九業爾時世尊即說頌曰

如來之心不可量　如以毫毛舉須彌

常觀衆生心所緣　遠離諸魔煩惱界
人中象王說善業　爲壞衆生種種惡
爲淨衆生身口意　二十九業今已說

復次善男子如來智慧知過去世其智無礙亦無障者云何爲智知過去佛無量無數及其世界所有草木衆生之數其心所緣種種音聲亦知其佛說幾所法有幾衆生得聲聞乘辟支佛乘及菩薩乘亦知彼佛所有世界壽命脩短衆數多少名字種種喘息飲食衆生根界意界法界心界行界其心次第生滅出没如實了知知其數量非比智知是名如來第三十業爾時世尊即說頌曰

佛智無礙無障者　故能悉知無量土
了知一切諸佛事　衆生諸根及法界
人師子王知過去　如觀掌中阿摩勒
無邊身說三十業　爲令衆生知過去

復次善男子如來智慧知未來世其智無礙亦無障者云何爲智知未來世若出若滅一切世界幾劫水災幾劫火災幾劫風災成壞之數幾佛世界幾佛出世世界之中有幾微塵有幾聲聞緣覺菩薩亦知彼佛幾食幾息幾行幾住幾坐幾卧幾人獲得聲聞解脱幾人獲得緣覺解脱幾人獲得正覺解脱幾人修習慈悲喜捨亦復了知幾所衆生次第心生次第心滅了了能知如是等事亦非比智是名如來三十一業爾時世尊即說頌曰

如來了知未來世　一切諸法之出没
知佛世界及以佛　衆心次第生滅等
既得知已無憍慢　名三十一如來業

復次善男子如來智慧知現在世其智無礙

亦無障者云何爲智如來悉知十方現在世界諸佛聲聞緣覺菩薩衆數日月星宿草木微塵地水火風四大海滴衆生毛髮種種形色心意次第生滅出沒亦知地獄畜生餓鬼現業果報幾時住世幾時解脫亦知人天業果因緣幾時住世幾時解脫知煩惱界及諸根界意界法界如來雖復種種知已不生高心口亦不出二種之言是名如來三十二業

爾時世尊即說頌曰

無上如來叵思議　無有知佛所緣境
如來所知如虛空　無量無稱無邊界
所說微妙第一義　爲令衆生得是業
總持自在能問佛　無上世尊隨意答

善男子如來世尊具足如是三十二業則能調伏無量衆生善男子如來世尊雖爲衆生說是諸業而如來業眞實無量不可稱計善男子如來業者一切世間所有衆生不能思惟不能了知不能宣說如是業者悉能等知一切國土猶如虛空何以故十方諸佛悉平等故善男子諸佛所說觀察衆生及佛世界解脫涅槃等無差別佛觀法界皆一味已轉不可轉正法之輪善男子譬如善識眞寶之匠於寶山中獲得一珠得已水漬從漬出已置醋漿中從醋漿出已置之豆汁意猶不已復置苦酒苦酒出已置衆藥中從藥出已以氀毼磨是名眞正青瑠璃珠善男子如來亦爾知衆生界不明淨故說無常苦及以不淨爲壞貪樂生死之心如來精進無有休息復爲演說空無相願爲令了知佛之正法如來精進猶不休息復爲說法令其不退菩提之

心知三世法成菩提道名大珍寶良祐福田是故當知如來諸業不可思惟不可稱量不可宣說如來具足三十二業雖知已身猶如虛空而於世界示現其身亦復宣說不可說法永斷一切心之因緣悉知一切衆生心界亦知一切菩薩境界善男子如來世尊眞實業者終不斷絕菩薩受記是名如來眞實之業爾時世尊說是業時十方世界六種震動大光普照雨於無量無邊香華諸在此坊天人大衆阿脩羅迦樓羅緊那羅摩睺羅伽人及非人聞如來業心大歡喜復以種種香華妓樂寶幢旛蓋供養之具而供養佛其中或以周羅寶頂寶髮手釧雜寶瓔珞日珠月珠指環珠帶寶珮髮飾或以耳環以奉如來謂青瑠璃及蓮華珠金翅鳥珠閻浮寶珠帝釋寶珠火珠光珠無量光珠無量色珠柔輭淨珠金剛寶珠及白眞珠復以雜香所謂末香金沙和雜栴檀之香多伽羅香沉水熏陸彌佉多摩羅跋香復散諸華所謂曼陀羅華摩訶曼陀羅華曼殊沙華摩訶曼殊沙華拘毗陀羅華波利質多羅華樂華娑羅華大娑羅華百葉華千葉華遶葉華大光華香華樂香華樂見華無量色華無定色華水生華優波羅華波頭摩華拘勿頭華分陀利華陸生華婆利師華摩梨華須曼那華育坻華檀內伽梨華阿提目多伽華瞻婆華阿叔迦華種種妓樂種種旛蓋時十方界諸來菩薩各昇虛空寶坊之上放身投下供養於佛投身散已其身不現化七寶網遍覆其上復現其身在珠網中爾時十方一切諸佛各各遣一波利

之樹以用供養釋迦如來以佛力故一一諸樹各至寶坊莊嚴其處爾時會中無量衆生發阿耨多羅三藐三菩提心無量衆生得無生法忍

大方等大集經卷第三

音釋

呵虎何切責也　蹈徒到切踐也　毀呰毀許委切謗也呰將凡切口毀也　崘闍崘盧昆切闍時遮切　拘枳羅梵語也亦云拘耆羅此云好聲鳥枳掌氏切　喘息喘昌兖切疾息也　漬疾智切浸也　醋倉故切醶也　氍毼氍力朱切毼胡葛切氍毼手布也　手釧釧尺絹切臂鐶也　環獲頑切指鐶也　育坻梵語也此云相應花坻直尸切

大方等大集經卷第四

北涼天竺三藏曇無讖譯

陀羅尼自在王菩薩品第二之四

爾時世尊舉身顧盼觀諸大衆如象王迴而作是言諸善男子誰能守護如是供具及此寶坊令不毀壞滅沒損減以待彌勒成正覺已十六年後供養彼佛及賢劫中五百如來是時會中有一菩薩名諸法神通自在王即從座起胡跪合掌而作是言世尊我能守護如是供具及此寶坊令不毀壞滅沒損減以待彌勒成正覺已十六年後供養彼佛及賢劫中五百如來爾時衆中有一魔王名曰神通其所住國名四天下語諸法神通自在王菩薩言善男子汝今安置如是供具并及寶坊置何器中而守護之令不毀壞諸法神通自在王菩薩言善男子凡言器者性是無常而我此身常住無變善男子汝今應當諦觀我身爾時魔王聞是語已如教諦觀見其齊中有一世界名水王光有佛世尊號寶優鉢羅其世界中有大寶山如來處中結跏趺坐與諸菩薩宣說正法爾時魔王見是事已心甚奇訝即禮諸法神通自在王菩薩讚言善哉善哉大士我今始知汝有妙器堪任護持如是供具及此寶坊令不毀滅爾時魔王即白佛言世尊我往未見如是菩薩未聞如是微妙法時欲學聲聞入於涅槃我今既見諸法神通自在王菩薩威神之力即發阿耨多羅三藐三菩提心世尊假使我身恒沙劫中受地獄苦然後乃成無上道者亦終不捨菩提之心佛言善哉善哉善男子汝能善發阿

耨多羅三藐三菩提心汝亦當得如是無量神通之力是時會中復有菩薩名師子幢語陀羅尼自在王菩薩言善男子菩薩摩訶薩獲得何等陀羅尼門而能受持一切佛語凡所演説字句及義無有窮盡陀羅尼自在王菩薩言善男子有八陀羅尼菩薩摩訶薩若有得者則能受持一切佛語凡所演説字句及義而無窮盡何等爲八一者淨聲光明陀羅尼二者無盡器陀羅尼三者無量際陀羅尼四者大海陀羅尼五者蓮華陀羅尼六者入無礙門陀羅尼七者四無礙智陀羅尼八者佛莊嚴瓔珞陀羅尼是名爲八若有菩薩安住如是八陀羅尼則能受持一切佛語凡所演説字句及義而無窮盡師子幢菩薩言善哉大士唯願廣説菩薩聞已當得受持一切佛法陀羅尼自在王菩薩言善男子諦聽諦聽當爲汝説淨聲光明陀羅尼者菩薩摩訶薩若得住者能於無量無邊佛所具足成就無量功德得淨四大以是因緣其聲微妙宣説法時其音遍滿一佛世界二佛世界五佛世界十佛世界二十佛世界三十佛世界四十佛世界五十佛世界百佛世界千佛世界萬佛世界乃至百千萬佛世界不可稱不可數隨所説法即得遍聞其説法時所坐法座師子之牀或一由旬或如須彌或如梵處坐如是處設有十方無量諸佛講宣道化普得聞之受持不忘善解字句及其義味自説法時及聽佛説於是二事各無妨礙於一字中説一切法一字者所謂爲阿阿者諸字之初菩薩摩訶薩説阿字時即能演説一切諸

法阿之言無無者諸法無根諸法無生諸法無初諸法無邊諸法無盡諸法無作諸法無來諸法無去諸法無住諸法無性諸法無出諸法無行諸法無增諸法無高諸法無滅諸法無主諸法無用諸法無願諸法無戲論亦無覺觀無説無聽無處無入諸法無我及無衆生無淨無命無名無主無有士夫無内無外無常無相無憶無量無爲無跡無句無字無礙無共無隨他無隨已無収無放無取無捨無數無身無淨無穢無轉無變無受無聲無相無結無汙無狂無漏無有無覆無濁無對無色無受無想無行無識無因無果無陰入界無因縁無境界無受無欲無色無無色無誘導無黒無白無滓無思惟無時無歸無淨無雜無燒無習無屋無支無動無住無堅

無脆無可見無可觸無光無闇無曲無罪無實無虚無癡無觀無證無修無見無聞無覺無智無觸無識善男子菩薩摩訶薩獲得如是淨聲光明陀羅尼時於此一字説一切法菩薩於此一字之中説無量義無有錯謬不壞法界不失字義菩薩得是陀羅尼已身口意淨舉動進止衆生樂見是名身淨凡所演説衆生樂聞是名口淨修習慈悲喜捨之心是名意淨菩薩得是陀羅尼已能淨二施財施法施能淨於戒見毁戒者不生惡心能淨於忍見害衆生不生瞋惱能淨精進修行善法無有休息能淨禪定壞憍慢故能淨智慧除無明故能淨於業壞惡因故能淨於眼得三明故能淨於耳獲得天耳聞佛聲故能淨於鼻悉嗅諸佛淨戒香故能淨於口於甘露

味不貪著故能淨於身得化身故能淨於意善思惟故能淨於色三十二相故能淨於聲說妙法故能淨於香戒聞施等得清淨故能淨於味得無上味故能淨於觸修習無上諸三昧故能淨於法觀諸法界無分別故能淨於念如所聞法不忘失故能淨於意永不繫屬諸魔黨故能淨於行觀察甚深諸法界故善男子菩薩住是陀羅尼已隨說音聲所至之處身之光明亦如是照善男子是陀羅尼成就如是無量功德無盡器陀羅尼者菩薩住是陀羅尼已說色無常不可窮盡說色是苦亦不可盡說色無我說色如沫如幻水月夢響影焰亦不可盡說色無性亦不可盡說色無相空不可說不可願求不可造作不生不滅非是過去未來現在非內非外非淨非穢非我我所非去非來非對非礙非一非二非是衆生亦非壽命亦非丈夫非貪瞋癡非有非無非漏非無漏非有爲非無爲非盲非聾非跛非躄非狂非亂非草木石非樹非地非水火風非舍非宅非城非郭非大村落非山非圓非方非四大造非作非受非聲非聞非是可說十二因緣不可窮盡非常非斷無業無果非陰入界非住欲界色界無色界非同非異亦非煩惱非淨非汙非平非凹菩薩摩訶薩說色如是不可窮盡善男子是無盡器陀羅尼者有無量無邊不可說分分此一分以爲千分我於如是千分之中唯說一分猶不能盡無量際陀羅尼者際者所謂常見斷見無量者謂十二因緣際者所謂無明行識乃至老死衆苦聚集又無量者所謂生死

又復際者謂無始終又復際者謂無取捨又復際者無出無滅又復際者無汙無淨其性淨故又復際者所謂可見又復際者所謂名色又復際者有爲無爲又復際者所謂三世内外業果無業無果善及不善有漏無漏業及煩惱我以無我生死涅槃善男子又無量者所謂微塵際者所謂地水火風是名無量際陀羅尼菩薩住是陀羅尼已無量劫中爲衆說法而其所說字句義味不可窮盡是陀羅尼成就如是無量功德大海陀羅尼者善男子猶如大海四天下中所有諸色衆生卉木藥樹穀子日月星宿雲氣雷電國邑聚落城郭殿堂園池山河如是一切諸種種色悉於中現菩薩住是陀羅尼已亦復如是一切衆生身口意業各各於是菩薩身中一一印現十方世界所有衆生所有口業悉於菩薩口中印現是故菩薩有所言說皆悉真實印者名無所有謂諸法無有覺觀無說無邊無作無貪是名第一真實之義復有遮印遮之言眼眼即無常可淨可見復有那印那之言名一切諸法流布故名真實無名復有邏印邏之言世一切世間屬愛無明復有陀印陀之言十佛具十力能化衆生復有波印波之言五如來遠離除滅五欲得阿耨多羅三藐三菩提復有殺印殺之言六如來真實了知六入故能調伏一切衆生復有殺印殺之言六如來具足六念處故得大自在復有殺印殺之言六如來具足六神通故能以神通教化衆生復有婆印婆之言左如來世尊離左道故得阿耨多羅三藐三菩提復有多印多

之言實如來善覺眞實之性故名正覺復有那印那之言彼如來等知此彼平等復有婆印婆之言結如來遠離諸煩惱故名阿梨呵復有闍印闍言生老如來已過生老之分故名世尊復有曇印曇之言法如來說法清淨無垢復有奢印奢之言奢摩他如來成就修奢摩他復有佉印佉之言虛空如來知見一切諸法同於虛空復有迦印迦言苦行如來遠離一切苦行復有婆印婆之言實如來所說四眞諦者即是眞實復有摩印摩之言道如來能說八正之道復有伽印伽之言深如來所說其義甚深復有羼印羼之言忍如來具足忍波羅蜜復有呼印呼之言讚如來常讚十方諸佛復有若印若之言遍知是故如來名一切智復有婆印婆之言有如來已脫一切諸有復有車印車之言欲如來欲於一切善法復有波印波之言前如來常爲一切衆生現前說法復有頗印頗之言果如來常說四沙門果善男子因如是字演說諸法所有諸字悉於菩薩口業印現是名大海陀羅尼也蓮華陀羅尼者菩薩住是陀羅尼已所說法處常出七寶淨妙蓮華以爲法座菩薩坐上宣說法化又復多雨無量蓮華是諸蓮華亦出種種清淨法音其音深廣多諸方喻十二部音清淨之音斷煩惱音爾時菩薩默然而住是諸蓮華皆能演法亦出種種無量光明一切衆生皆見菩薩坐諸華臺施作佛事是名蓮華陀羅尼也入無礙門陀羅尼者菩薩摩訶薩說一法時無有罣礙若說二法三法四法乃至百十無量無邊恒沙等法如

四天下微塵等法乃至三千大千世界微塵等法乃至恒河沙等諸佛世界微塵等法於字句義亦無罣礙是名入無礙門陀羅尼也四無礙智陀羅尼者所謂法無礙智義無礙智詞無礙智樂說無礙智東方無量世界衆生有問法者菩薩隨以法無礙答南方無量世界衆生有問義者菩薩隨以義無礙答西方無量世界衆生有問詞者菩薩隨以詞無礙答北方無量世界衆生問樂說者菩薩隨以樂說智答是名四無礙智陀羅尼也佛瓔珞莊嚴陀羅尼者若有菩薩獲得如是七陀羅尼其頂髻上有佛像現其色眞金有大光明三十二相八十種好爾時菩薩身口意等悉作佛業其所思念如佛所念菩薩具足如是佛業能知大衆種種之心知已隨意而爲說法若一日若二日乃至無量百千萬歲不能盡其所知法門文字句義又復具足四種智慧何等爲四一者知衆生心二者知諸字句三者知所說無盡四者知於眞實菩薩具足如是四智能調衆生爲阿耨多羅三藐三菩提善男子是名佛瓔珞莊嚴陀羅尼也善男子是八陀羅尼其分無量於是分中分其一分以爲千分於是分中唯說一分猶不能盡是陀羅尼成就如是無量功德爾時陀羅尼自在王菩薩即說頌曰

如來說八陀羅尼　若有菩薩具得者
能解諸經種種義　其詞句義不可盡
具足善業得妙聲　能令無量世界聞
衆生聞已修善法　修已獲得於解脫
無量劫中說無法　因一法根說無盡

亦因一字解多義　是名如來說際持
人中牛王斷二際　說中道義無有邊
具足智慧平等觀　雖成是持無得者
四方色等現大海　一切字印印菩薩
說法之時無障礙　成就大海陀羅尼
坐寶蓮華演說法　亦雨天華散大衆
蓮華亦說無量法　是名寂靜蓮華持
說於一字無障礙　無量字中亦如是
說無量義無有滯　具足如是無礙持
說法深義無有盡　詞及樂說無有邊
能破衆生疑網心　獲得無上智總持
頂髻常出如來像　身口意業佛無異
若具如是八持者　窮劫讚歎不可盡
具足是八陀羅尼　處世不汙如蓮華
在世最高如須彌　不可稱計亦如是
世邪不動亦復然　是人具足如是持
能壞世道諸邪見　猶如師子獸中吼
若得無上陀羅尼　能達世間清淨行
能增無量諸善法　亦能教化多衆生
具足如是陀羅尼　能壞衆生無明闇
作大光明如朝日　亦能除破諸黑闇
說法無礙如虛空　爲衆生行如猛風
施於法藥壞煩惱　如世良醫救病者
若得具足無上持　有讚功德不能盡
能作清涼如秋月　增長善法亦如是
菩薩成就如是持　能化無量諸衆生
若具如是陀羅尼　獲得自在如天王
能化衆生於大乘　能施法財破貧窮
能降法雨如龍王　摧滅煩惱如惡雹
若得如是陀羅尼　能化衆生於菩提

無能說過如帝釋　字義無盡如虛空
若得成就陀羅尼　一切大衆樂見聞
其意不散常在定　修習無量慈悲心
清淨梵行遊神通　是四皆如大梵天
若得成就陀羅尼　即能供養十方佛
了了觀見十方界　於其世界化衆生
若具如是陀羅尼　即得具足佛功德
常爲十方佛所念　亦如父母念一子
若有菩薩得是持　能讚功德無量鬘
具足成就戒念慧　能解衆生心所行
若得成就陀羅尼　無有憍慢及慳貪
善知方便調衆生　修習慈悲壞煩惱
若得成就陀羅尼　煩惱不汙如虛空
善解衆生隨意語　亦能隨意演說法
若具如是陀羅尼　悉能了知衆生根
能解衆生種種解　隨其所解而說法
隨對治門爲說法　三十七品調衆生
若得如是陀羅尼　修奢摩他無有邊
若得如是陀羅尼　具足六度如諸佛
了知一切煩惱界　通達寂靜而壞之
身口意業悉寂靜　行住坐卧亦如是
若得成就如是持　無復煩惱諸習氣
得淨法身無有邊　非生所生常化生
身口意業隨智行　所有定念亦如是
若得成就如是持　有讚歎者不能盡

爾時世尊讚陀羅尼自在王菩薩善哉善哉善男子汝已久得是陀羅尼是故能善分別解說所有無量功德之義不但今日已於過去無量佛所亦作如是分別解說善男子過去無量阿僧祇劫爾時有佛號淨光明世界

名淨劫亦名淨純淨瑠璃以爲世界猶如明鏡地平如掌所有林樹七寶所成妙寶蓮華大如車輪清淨鮮潔人所樂見其土人民悉處七寶樓殿堂閣如天無異貪欲恚癡漸已輕微土無日月唯有佛光青蓮華開則知是夜赤蓮華敷則知是晝時彼佛有六百萬億大菩薩僧出家之人不可稱計悉皆志樂無上大乘世界乃至無二乘名一切皆是不退菩薩其佛壽命具足半劫人之與天無有差別在地爲人處空爲天無有王者除佛法王其土人民無有宗事諸天邪神及歸依者亦無女身毀戒之名具足三戒何等爲三一從戒戒二從心戒三從慧戒發菩提心猒悔生死名從戒戒修三昧慧名從心戒修習智慧得大智慧名從慧戒爾時衆中有一菩薩名曰光頂從座而起頭面禮足右遶恭敬長跪合掌而白佛言世尊所言陀羅尼者云何名爲陀羅尼耶菩薩住何陀羅尼中能持一切諸佛名號爲諸衆生分別解說佛言善男子有陀羅尼名曰寶炬菩薩住是陀羅尼中能持一切諸佛名號爲諸衆生分別解說隨諸衆言種種語言光頂菩薩復白佛言唯願世尊分別廣說我等聞已當得修持佛言善哉善哉善男子至心諦聽吾當爲汝分別解說爾時世尊即說頌曰

遠離一切諸煩惱　清淨無垢猶真寶
其心能作大光明　是名寶炬陀羅尼
身口意業悉寂靜　猶如秋月之明淨
修習大慈心平等　是名寶炬陀羅尼
其心無有諸覺觀　悉得遠離於二見

亦非有想非無想　是名寶炬陀羅尼
具足成就念意慧　能入無上大法門
清淨無垢如虛空　是名寶炬陀羅尼
遠離三種塵勞垢　成就三種清淨慧
已於三有得解脫　是名寶炬陀羅尼
能悉破壞貪恚癡　亦得遠離煩惱濁
除滅無明諸邪闇　是名寶炬陀羅尼
衆生音聲上中下　一切悉能了了知
能隨衆生意說法　是名寶炬陀羅尼
具足甚深無量義　亦復具足諸字句
遠離於我及我所　是名寶炬陀羅尼
具足成就四依法　亦復具四無礙智
其心常在於四禪　是名寶炬陀羅尼
能廣分別第一義　具足而得四梵行
修習具足五神通　是名寶炬陀羅尼
受持專憶四念處　精進獲得四正勤
莊嚴成就四如意　是名寶炬陀羅尼
成就五根及五力　一切邪風不能動
修習無上七覺分　是名寶炬陀羅尼
成就定慧二翅翼　遊翔平坦八正路
趣向無上智解脫　是名寶炬陀羅尼
能踐菩薩之道地　及住無上真解脫
永斷一切煩惱習　是名寶炬陀羅尼
能作無量大光明　猶如世間之日月
能淨三種清淨眼　是名寶炬陀羅尼
能淨一切諸煩惱　亦得遠離諸魔業
觀察五陰味過咎　是名寶炬陀羅尼
善知調伏諸衆生　永離六根之因緣
爲衆說法令得念　是名寶炬陀羅尼
住於如是陀羅尼　能到十方佛世界

見佛至心聽受法　亦能廣説如是法
既聞法已至心持　能爲衆生説字義
以大念力因緣故　能解諸佛微妙語
能説無常苦無我　諸法悉從緣得果
了了觀察諸法界　是名寶炬陀羅尼
成就樂説無礙智　三明三慧亦如是
若有住是總持者　乃能得八解脱義
佛説無量陀羅尼　悉來攝在此持中
若得如是陀羅尼　是名成就無量持
若入無量諸禪定　及得無量諸神通
皆由如是總持力　是故名爲持中王
如四大海無障礙　一切河泉皆投之
諸法衆流亦如是　皆悉歸趣是持海
得身無邊意無盡　能廣分別説法界
成就無量功德者　乃能獲是陀羅尼
若得如是微妙持　即得三十二相好
其色殊勝上種性　多饒財寶得自在
於諸有中得無生　能廣分別諸法義
安住不動不退地　皆由得是陀羅尼
菩薩若欲修菩提　當修如是陀羅尼
得是持已修道場　能演説法調衆生
於無量劫説法時　字義二法不可盡
能淨衆生諸煩惱　以得如是陀羅尼
能轉無上正法輪　能令衆生脱衆苦
能進衆生無上道　以得如是陀羅尼
若有衆生千萬口　一口而有千萬舌
不能宣説成持者　所得無量之功德

善男子爾時淨光明佛説是法時光頂菩薩及與三萬二千菩薩悉皆獲得是陀羅尼善男子汝知爾時光頂菩薩豈異人乎即汝身

是是故汝今能廣分別是陀羅尼是大衆中得是持者汝最第一爾時會中有一菩薩名曰慧聚白佛言世尊云何菩薩得寶炬陀羅尼得已不失能以此法調伏衆生善男子若有菩薩安住慧根造作慧業如是菩薩能得是持得已不失能以此法調伏衆生慧聚菩薩復作是言善哉世尊唯願演說云何慧根云何慧業佛言善哉善哉善男子至心諦聽吾當爲汝分別解說善男子若有善男子善女人未聞智慧而得聞之是名爲根聞已廣說名之爲業始觀諸法名之爲根觀已廣說名之爲業初觀善根名之爲根轉以化人名之爲業觀不放逸名之爲根轉以化人名之爲業調伏自心名之爲根調伏他心名之爲業住於寂靜名之爲根淨身口意名之爲業知於一乘名之爲根爲衆生說名之爲業修奢摩他名之爲根具三種慧名之爲業修三解脫名之爲根證得三慧名之爲業修四念處名之爲根不念於念名之爲業修四正勤名之爲根離煩惱性名之爲業修四如意名之爲根知無如意名之爲業修習信心名之爲根放捨一切名之爲業修無所畏名之爲根能廣說之名之爲業修習三昧名之爲根知定次第名之爲業修習智慧名之爲根知一切法名之爲業莊嚴菩提名之爲根得菩提時名之爲業證苦集道名之爲根證盡滅時名之爲業不依不了義名之爲根依了義經名之爲業初聽受法名之爲根依止其義名之爲業不依於人名之爲根依止於法名之爲業見法無常名之爲根法無生滅名之

爲業知諸法苦名之爲根知法無作名之爲業知法無我名之爲根知法性淨名之爲業知涅槃淨名之爲根知法本淨名之爲業聞義不畏名之爲根依止於義名之爲業聞眞不怖名之爲根依止眞法是名慧業知字不畏名之爲根知已樂説名之爲業聞説如來無礙智力不生怖畏名之爲根依止如來無礙智力名之爲業生法二縁名之爲根無縁之慈名之爲業憐愍衆生名之爲根能爲壞苦名之爲業思善得喜名之爲根心不著法名之爲業無愛恚捨名之爲根無一無二名之爲業念佛名根念於法身名之爲業念法名根知法性淨名之爲業念僧名根知僧無爲名之爲業念戒名根知無持者名之爲業念施名根能捨煩惱名之爲業念天名根獲得淨天名之爲業聞已思惟名之爲根不著世間名之爲業知本無今作名之爲根無作無受名之爲業知於涅槃名之爲根得大解脱名之爲業自利名根自利利他名之爲業受持八萬四千法聚名之爲根通達其義名之爲業能演説法名之爲根解無明等名之爲業勸諸衆生於菩提道名之爲根勸修習慧方便不退名之爲業不畏諸有名之爲根願生諸有名之爲業從聞得忍名之爲根思惟得者名之爲業隨意得忍名之爲根因不生得名之爲業餘一生在名之爲根最後邊身名之爲業坐菩提樹名之爲根了知諸法名之爲業説是慧根慧業之時一切十方諸佛世界及此寶坊六種震動爾時慧聚菩薩摩訶薩白佛言世尊何因縁故十方世界及

此虛空七寶坊庭如是震動善男子是慧根慧業亦是過去諸佛所說是故此地爲大震動爾時具足四無礙智菩薩白佛言世尊何因緣故慧聚菩薩名之爲聚佛言善男子過去無量阿僧祇劫有佛出世號功德藏如來應正遍知明行足善逝世間解無上士調御丈夫天人師佛世尊土名善生劫名無垢其土衆生一切純善爾時佛有三萬二千大菩薩衆八萬四千聲聞大衆爾時世尊欲試菩薩以百億事問諸菩薩諸善男子於是衆中誰能解說如是等義其中有言我當思惟經一月日乃能解之或復有言我過半月復有言曰我過七日或言我過一日一夜乃能解之爾時衆中有一菩薩名曰念意白佛言世尊我今不起此坐能解是義爾時菩薩於大衆中師子吼已其地即時六種震動放大光明勸諸地神乃至阿迦尼吒諸天一切悉來詣如來所爾時大衆所坐之處縱廣滿足百萬由旬念意菩薩見諸大衆悉以集會以神通力智慧念力陀羅尼力四無礙力無所畏力佛神力故於是百億一一事中解百億義不豫思惟無有停滯說是義已是大衆中六萬衆生發阿耨多羅三藐三菩提心四萬衆生得無生忍從地神諸天乃至阿迦尼吒天一切悉聞說法之聲善男子汝知爾時念意菩薩豈異人乎即慧聚是以是因緣名爲慧聚爾時世尊即說頌曰

聞說法故名爲根　演說法故名爲業
思惟諸善名爲根　解說深義名爲業
如法而住名爲根　隨意說法名爲業

修奢摩他名爲根　具三種慧名爲業
四種念處名爲根　四正勤法名爲業
信等五根名爲根　信等五力名爲業
七菩提分名爲根　八正道分名爲業
不依止字名爲根　依止於義名爲業
不依於人名爲根　依止於法名爲業
不依不了名爲根　依止了義名爲業
不依於識名爲根　依於智慧名爲業
了知無作名爲根　通達無生名爲業
生法二慈名爲根　無緣之慈名爲業
無所畏懼名爲根　能宣正法名爲業
六思念處名爲根　六念之義名爲業
能自利益名爲根　自利利他名爲業
受持正法名爲根　能爲人說名爲業
餘一生在名爲根　最後邊身名爲業
若菩薩心得不退　即能了知慧根業
能得無生之上忍　能開無上菩提門

爾時陀羅尼自在王菩薩白佛言世尊佛所說法不可思議無上菩提亦不可思議何以故非字說故非字攝故如來所說無量無邊故入無量無邊法門故十二因緣深難解故著二法者不能知故利智之人漸漸知故非是六情所知見故亦非二乘智境界故世尊如是菩提悉是一切諸法之印不可造作猶如虛空非是屋宅離屋宅故知一切行一切衆生所有因果一切智慧廣大無邊莊嚴一切無量善法能爲善法而作應器能以神通顯示於人住二道者示以無二示一切佛平等無差無字無義不可宣說不可聽聞能示衆生三寶正聚及三脫門解脫三界示三種

慧金剛定因住於一切諸佛正法悉聞一切諸佛智慧利一切衆生亦能宣說一切諸佛世尊若有善男子善女人能作如是讚歎菩提所有功德得聞如是方等經典受持讀誦書寫演說是名能報諸佛之恩佛言如是如是善男子如汝所說得無量功德善男子一切十方諸佛世界滿中七寶以獻如來若有人能受持是經書寫讀誦解說其義所得功德無有差別爾時世尊告諸菩薩善男子於此衆中誰能於我滅度之後護持如是無上菩提廣說是義令法久住爾時衆中有諸菩薩及諸天人各六萬億同聲而言我等能於如來滅後護持如是無上菩提廣說是經令法久住唯願如來加之願力爾時世尊即說偈言

若我實同十方佛　永渡生死大苦海
如是功德無上法　應當久住無毀滅
若我無量世修慈　真實爲於諸衆生
觀衆平等無有二　是故正法得久住
若我具足二莊嚴　無量世中利衆生
以是二法化衆生　是故正法得久住
若能破壞煩惱結　并及除滅諸邪見
具足一切諸善法　故能善發是願力

善男子不獨汝等一切人天一切魔梵於我滅後悉能護持如是正法善男子虛空可作色色可同虛空我願神通力不可得令異爾時四天王作如是言若有人能於佛滅後受持是經讀誦書寫解說其義我等常當隨逐守護諸梵天言我等當捨禪定妙樂守護是人兜率天言我等亦當守護如是持經弟子

時魔波旬復作是言世尊若有人能受持是經我於其人終不造作魔業魔事功德藏天子言世尊一切諸佛所得菩提悉在是經若有人能受持讀誦書寫解說當知是人即得菩提彌勒菩薩言世尊我當於彼兜率天上廣宣如是無上經典大德迦葉復作是言世尊我聲聞人智慧雖微要當任力受持讀誦宣說其義阿難復言世尊我於此經真實受持乃至不失一字一句如佛口出無有異也若有衆生發菩提心我亦能爲是人廣說佛言善哉善哉善男子汝等悉能於我滅後護持正法不令毀滅善男子若有衆生求於大乘未得法忍受持是經當知是人不過七佛便得受記若聲聞人有受持者彌勒成佛出世之時在初會中若緣覺人有受持者於我滅後得成道證說是法時無量衆生發阿耨多羅三藐三菩提心無量衆生成就忍辱無量衆生得不退心無量世界六種震動十方世界諸來菩薩以好香華妓樂旛蓋供養於佛咸作是言我等來此七寶坊中得大善利若我脫有少福德力願以此力令釋迦如來久住於世如是正典流布遍滿十方世界無有毀滅若有優婆塞優婆夷等持是經者令離一切憂愁怖畏無諸病苦爾時陀羅尼自在王菩薩言世尊今所說法無量無邊不可思議一切邪法不能傾動乃是一切善法之本三乘根栽復是一切諸法初門若有衆生來問我言是法何名云何受持當云何答唯願說之佛言善男子是名大悲說大悲法名如來業受菩薩記當如是持說是經已人天

大衆歡喜頂戴信受奉行

大方等大集經卷第四

音釋

訝五駕切疑恠也脆此芮切物易斷也嗅許救切以鼻檻氣曰嗅聾盧紅切耳病也跛布火切偏廢也躄必益切足不能行也凹么交切不平也卉許偉切草之總名也邏郎賀切

大方等大集經卷第五

北涼天竺三藏曇無讖譯

寶女品第三之一

爾時世尊故在欲色二界中間大寶坊中師子座上與諸大衆圍遶說法爾時會中有一童女名曰寶女即從座起右手執持白眞珠貫而作是言若我眞實能於十方無量世界受持如是大集正典讀誦書寫演說其義廣流布者願此珠貫著佛頂髻及諸菩薩說是語已即擲珠貫以佛神力及以誠言珠貫即在如來頂上亦遍一切諸菩薩首而諸菩薩各各自於首貫珠中見其來世成佛之時所有世界菩提之樹衆生調伏及往願力了了見知見已各各生奇特想白佛言世尊是寶女者云何乃有如是無量大功德耶我於無量阿僧祇劫所有誓願今於一念悉見了了佛言善哉善哉善男子實如所言是寶女者已於過去九萬六億那由他佛種諸善根發大善願所生之處常得眞實是故是女凡所思念言無虛發若欲令此大千世界滿中寶華即言而有若言欲令滿此三千大千世界種種妙香言已即有若欲示現種種形色轉輪王色四天王色天帝釋色梵天王色或沙門色婆羅門色或比丘色比丘尼色優婆塞色優婆夷色如言即得若風災起時轉爲火災火災起時轉爲水災水災起時轉爲風災如言即轉若有魔王將諸兵衆執持刀杖弓弩箭矢鉾矟戈楯欲令轉變成寶華者如言即成若於空曠無水多乏爲諸衆生發大誓願其中即有城邑聚落人民大小漿水無乏

若願三千大千世界所有諸色如如來色即如其言成佛妙色若言一切所有大衆悉住虛空言已即住善男子若是寶女欲於此處虛空之中遍聞十方諸佛所說如言即聞善男子寶女童女成就如是無量無邊諸大功德爾時寶女即於佛前説偈歎曰

我今成就大寶聚　故能讚歎無上尊
遠離一切諸煩惱　具足大寶助菩提
如來具足無上寶　大光能照無邊世
無上寶幢佛世尊　我今獻寶以供養
硨磲碼碯青瑠璃　金剛真珠日月寶
以如是寶供養佛　爲令衆生成菩提
世尊身光勝諸寶　衆生樂見無疲猒
處在一方見十方　令衆各見前有佛
有見如來身行住　或見坐卧及説法
或見默然無所宣　或見入定修智慧
如來一一毛孔光　能照十方諸世界
光明清淨最無上　猶如秋月淨蓮華

爾時寶女偈讚佛已復作是言世尊我今於此大集經中欲少問義如來若許乃敢諮啓佛言善哉善哉寶女隨意發問若有疑網我當爲汝而除滅之爾時寶女即白佛言世尊云何實語云何爲實云何法語云何爲法云何義語云何爲義云何毗尼語云何毗尼義佛言善哉善哉至心諦聽吾當爲汝分別解説寶女菩薩摩訶薩有三種實何等爲三一者不誑諸佛二者不誑已身三者不誑衆生云何名爲不誑諸佛已身衆生寶女若有菩薩發阿耨多羅三藐三菩提心已貪著聲聞辟支佛乘是則名爲欺誑諸佛已身衆生云

何不誑寶女若有菩薩發阿耨多羅三藐三菩提心已若在地獄受大苦惱若遇魔業邪見同止若生惡國起惡煩惱身遇刀矟斫刺燒炙於如是時終不捨離菩提之心不休不息不畏不悔令菩提心遂更增廣爲諸衆生受大苦惱見受苦者心更增廣勤修精進欲得菩提不爲邪語之所誑惑一切邪風不能傾動是名菩薩不誑諸佛已身衆生寶女若有菩薩不誑諸佛已身衆生是名菩薩眞實之實寶女不誑諸佛復有四事一者其心堅固二者住於至處三者具足勢力四者勤修精進不誑已身亦有四事一者淨心二者至心三者不誑四者不曲不誑衆生亦有四事一者莊嚴二者修慈三者修悲四者攝取寶女是名菩薩第一之實菩薩實者初發願時不捨衆生復次寶女菩薩實者不多語守護語不麤語眞實語若在獨處大衆王邊發言誠實非爲財物而故妄語非爲自在而故妄語若有三千大千世界滿中七寶尚不爲之而生妄語況餘小事而妄語也寶女如是實者有三十二淨何等三十二一者慚語二者功德語三者愧語四者柔輭語五者不虛語六者無譏訶語七者不貪著語八者不畏語九者閑諸惡道語十者開諸善道語不一者聖行語十二者慧行語十三者内淨語十四者外淨語十五者樂受語十六者樂聽語十七者不澀語十八者微妙語十九者分别語二十者妙音語二十一者純善語二十二者不誑語二十三者不執語二十四者歡喜語二十五者自勸喻語二十六者勸喻他語二

十七者不失語二十八者安隱語二十九者福田語三十者如佛語三十一者實圍繞語三十二者淨口語復次寶女菩薩實者凡所言說口意相稱云何名爲口意相稱修習施故獲得菩提非因慳貪而能得之是名意口相稱而語能施一切名之爲實修習淨戒獲得菩提非因毀戒而能得之是名意口相稱而語如戒而住名之爲實修習忍辱獲得菩提非因嗔恚而能得之是名意口相稱而語具足修忍是名爲實勤行精進獲得菩提非因懈怠而能得之是名意口相稱而語修精進故名之爲實修習禪定獲得菩提非因亂心而能得之是名意口相稱而語修習定心名之爲實修於智慧獲得菩提非因愚癡而能得之是名意口相稱而語修智慧故名之爲實三十七助菩提之法四無量心亦復如是復次寶女夫眞實者所謂聖行聖行者苦無常行又復聖行所謂知苦遠集證滅修道知於五陰無出生相是名知苦五陰因者所謂愛結畢竟遠離不貪不著不讚不求不去不来是名離集滅一切相然其滅時無一法滅不平等法作平等法是名證滅觀奢摩他毗婆舍那其相平等無覺無觀無有平等無繫無取無作無變是名修道眞實了知如是等諦又能分別廣說其義是名菩薩摩訶薩實說是眞實法時十千菩薩得眞實忍復次寶女法語者凡所演說依法而語觀法念法奉行於法行至處法求法欲法樂法修法法幢法仗莊嚴法器法燈法明法念法意法有法所莊嚴瓔珞法牀法儀法護法財法無窮

盡廣大無邊法事法身法口法意菩薩摩訶薩具足成就如是等法是名法語法語者真實之語守護法語教人供養父母和尚耆舊有德讚歎菩提及菩提道令人不捨菩提之心至心繫念不忘菩提不離莊嚴修菩提法親近賢聖善知識等修習信心專念聽法慕求正法勤於精進不貪著法知恩報恩樂於寂靜不斷聖種教化頭陀勤行十善讚歎惠施一切善法願向菩提至心受持清淨戒律修習忍辱除去懈怠修淨禪定智慧方便慈悲喜捨修四真諦趣向於諦四無礙智得大神通隨順法施修四念處乃至修習八聖道分定慧二法得智解脫如法解說聲聞緣覺菩薩諸乘讚說一切所有福德當觀十二甚深因緣分別空門無相無願無所畏懼說五陰如幻如化說十八界如虛空相說諸入性同於空性常說七財六念六敬解說具足六波羅蜜說六常行修六神通具足五眼說第一義流布世間成就業語一切衆生其心平等讚歎佛語寶女若有菩薩具足如是法語口終不說我語不說衆生語不說壽命語不說士夫語不說斷語不說常語不說有見語不說無見語不說兩斷語不著中語不說聚語不說滅語不說諍語不說偏語不覺知語不顛倒語不增疑心語不逆法語觀法界語破憍慢語說法菩薩如法而住如法而說實語法語不斷語不折語說法菩薩一切世間不能共論見者怖畏法語菩薩能演說空無相無願不著三界及以諸有則不受生本性清淨義在寂寞不從他乞寶女法者則不可

獲無有文字而無言說亦無辭無色無見亦無所趣無言誨亦無所教無心意識無有塵垢無明無闇不繫屬他不繫屬自無有高下不雜一切境界因緣清淨寂靜無有導首難知難覺不可思議不可思惟行清淨智者乃能知之無受受者永斷諸受過於三世不滅無滅相不生無生相無有豐儉無生無斷無增無減無當有無已有非修非見非魔見非眞實見非相非非相非一相而亦一相非有屋宅遠離屋宅非近非遠非離非別非縛非解非有漏非無漏亦非相似非苦非樂非具足非不具足非名非色非著非脫非破非完雖非金剛不可壞相眞實如金剛非近非遠無色無因亦非頑嚚非此非彼非內非外非自非他非見非聞非憶非忘非識非知非識

境界非知境界寶女是名爲法若能廣說如是等法是名說法復次寶女法語菩薩不與一切世間諍競不輕不慢於他未學心不輕笑不生高心不自讚歎不謗他說不以飲食爲他說法不遮他善令生疑惑見他犯罪終不說之於他法中不生輕賤不遮止他所修行法凡所說法不離於空無相無願終不分別一切法界不動法界不動實性不依字識人不了義雖不依止亦不誹謗於自他衆不生分別亦不誹謗十二因緣非在世間淨於世間非法淨法無貪無慳無有毀戒不捨破戒無瞋無垢無有懈怠不失道心不忘菩提爲欲莊嚴無上智慧不休不息心不生悔於他法中心無妬嫉不以著於非修多羅謗修多羅毗尼摩得勒伽亦復如是於正法所終

不見非不因於慢而增長慢不謗因果及業果報於正法中心無退轉知恩念恩報之不忘終不懷抱瞋恨之心不著我見不嫉他利於怨親中無有二想得他譏刺終不報之不作兩舌鬬亂彼此不懷諂曲顯異惑衆不爲他喜受菩薩戒比丘戒比丘尼戒式叉摩那戒沙彌戒沙彌尼戒優婆塞戒優婆夷戒住空閑處思惟寂默勤心受讀十二部經不爲勝他故受持守護如是等戒不爲供養現作知足不爲顯他不知足故自修知足不言諸佛無上菩提他之所作不造惡業邪惡活命不捨七財不貪於食不斷聖種不誹謗他不自讚歎於佛法中不作數量讚歎大乘心無猒足是名法語爾時世尊復告寶女菩薩義者云何名義所謂信心修莊嚴時無有虛誑爲欲莊嚴一切善根至心專念修行善法破衆生疑不求果報施諸衆生安隱快樂護持禁戒不失忍心勤修精進增長善法修寂靜定攝諸散亂具無上智破無明闇修習慈心等諸衆生修習悲心隨衆所作親往營理修習喜心施衆法喜修習捨心不觀苦樂捨財法已心無悔悋所言柔軟壞衆惡心利益於他具足甚深修行同事勸發大乘以是四攝調伏衆生見一切行皆是無常苦空無我淨諸煩惱依止於義不依於字依止於智不依於識依了義經捨不了義依止於法不依於人說義無礙無有窮盡而於法界無所分別說辭無礙獲得解脱說樂說無礙如法而說莊嚴惠施不知猒足莊嚴於戒善願成就莊嚴多聞如法而作莊嚴功德具足相好莊嚴

智慧知諸衆生上中下根差别之相莊嚴於定爲心清淨莊嚴於智得三種慧修四念處爲心不散亂修四正勤爲得善根修四如意往來諸方修習五根辯分别句修習五力爲壞煩惱修七覺分爲知諸法修八正道不爲惡動修習神通爲不退失菩薩摩訶薩解如是義是名爲義若有菩薩能説是義是名説義復次寶女又復義者修習空定壞諸有法修習無相壞諸法相修習無願不求三界若能演説如是三空是名説義一切諸行不可修行是名爲義菩薩説是不可修行是名説義斷一切生是名爲義菩薩若説諸法無生是名説義諸有無出是名爲義如是説者是名説義四眞諦者名之爲義如是説者是名説義無我我所名之爲義如是説者是名説義字不可説名之爲義如是説者是名説義眞實之義名之爲義如是説者是名説義一切菩提之法不可稱計是名爲義菩薩摩訶薩如是説者是名説義多聞之人如法而住是名爲義如是説者是名説義一切諸乘大乘爲最是名爲義能如是説是名説義復次寶女無所分别名之爲義無有衆生亦無壽命一味不動不盡一事不生不出不來不去不滅不二不可覩見無有造作無爲無作心不諂曲三世平等三分無差不失不得不熱不冷不淨不穢不行如爾不取不捨非道示道非常非斷亦非中道不瞋不濁不觀於法及以非法非一切字音聲詞語無心意識於貪瞋癡不生分别一切諸法作相有相空無相願是三即空眞實入法等與不等皆悉平

等因於智慧獲得解脱寶女菩薩若能具如是義是名爲義説如是義是名爲義寶女云何菩薩説於毗尼佛説毗尼凡有二種何等爲二一者犯毗尼二者煩惱毗尼云何爲犯云何毗尼犯已尋覺不善思惟因於無明顛倒虚妄欺誑煩惱著我衆生疑網之心不得解脱掉悔憍慢放逸寡聞因如是等是名爲犯若破疑心獲得解脱得解脱故見有犯處即是非處亦非非處非身口意不取不捨不可覩見非是身作及心口作若是三作即是滅法若是滅法誰作誰犯如犯一切諸法亦復如是諸法無根無住無處若能破壞如是等疑是名爲淨是名不熱隨師教作是名有信是名有定是名毗尼云何煩惱云何毗尼十二有枝所謂無明乃至老死是名煩惱性能調伏一切煩惱是名毗尼何以故空無相願能調諸法若法是空無有性相不可願者云何而有貪恚癡等無作能調一切諸法若一切法不可作者云何而有煩惱諸結一切諸法從因緣生若從緣生云何可見見如是等十二有枝亦知煩惱及煩惱相若是空智能觀菩提即以此空空於煩惱若能觀察如是平等是名毗尼若能如是演説義者是名菩薩能説毗尼若是毗尼能知我者即是了知煩惱毗尼云何名爲知我毗尼謂觀無我觀於我性知我淨我實知我分別我空我修知我不動不説不著不生不滅若能如是知於我者即是了知煩惱毗尼若實無我而作我想於無煩惱作煩惱想亦復如是若我本無煩惱亦爾若有具足毗婆舍那則能如是

觀察了知是名知我煩惱毗尼煩惱者非過去未來現在若能不作不念不求是名知於煩惱毗尼毗尼亦非去來現在如心非色非內非外亦非中間煩惱亦爾非色非內非外及以中間何以故無覺知故無諍競故無清淨故無造作故若能如是知諸煩惱不出不滅是名了知煩惱毗尼寶女菩薩若得如是等知煩惱毗尼亦爲衆生說如是法是名菩薩演說毗尼說是法時十千菩薩得無生忍爾時寶女心大歡喜前白佛言世尊如來所說眞實法義及以毗尼不可思議若有菩薩能如是說是人則能實知實見爾時舍利弗語寶女言汝今已具如是等法能演說不寶女答言大德舍利弗實名無貪無貪即義如是義者即不可說不可說者即是毗尼大德若如是者云何可說復次舍利弗實者即滅滅者即法法者即淨淨者即義義者即毗尼如是等法無有文字若無文字云何可說大德實者即如如者即法法即無二無二即義夫無二者亦不可調若不可調云何名調如是等法悉無所有若無所有云何可說舍利弗言汝今成就何等寶故立如是名名寶女耶答言大德有三十二菩薩寶心如是心中悉無聲聞辟支佛心何等三十二一者發心爲度一切諸衆生故二者發心爲令佛種不斷絕故三者發心爲持佛法不滅盡故四者發心守護僧故五者發心爲施衆生聖法之樂六者發心爲諸衆生修習大慈令衆遠離煩惱諸苦七者發心修習大悲捨內外物八者發心護持禁戒調毀戒故九者發心修忍

破壞不忍憍慢惡心顛心醉心狂心放逸自在心故十者發心精進爲破懈怠畏退悔心調伏懈怠諸衆生故十一者發心修定爲破亂心狂心妄念爲令衆生獲得四禪及八解脱調伏欲界諸衆生故十二者發心修智破一切闇眞實知見入於法界十三者發心爲知衆生平等無二皆一味故十四者發心爲得無貪無瞋利衰毁譽其心無二安住善法苦樂不動爲如是等護衆生故十五者發心爲得無怖無畏欲解甚深十二因緣離一切見十六者發心爲欲莊嚴智慧及以功德無有猒足十七者發心爲欲不離見佛常聞法故十八者發心爲欲如聞而説十九者發心爲得廣大法聚心無貪恪二十者發心爲欲讃歎淨戒如聞而住教化慰喻毁禁人故二十一者發心爲破一切衆生七種慢故二十二者發心爲知一切衆生上中下根二十三者發心爲破諸魔惡業二十四者發心爲施衆生安樂二十五者發心爲欲破壞衆生所有衆苦心不生悔二十六者發心爲欲具足成就得佛法故二十七者發心爲知有爲之法一切無常苦無我故知已不離心無猒悔二十八者發心爲樂修習一切助菩提法二十九者發心爲見空無相願以衆生故而不取證三十者發心爲於雖畏諸有亦護諸有三十一者發心爲於見生死過而不猒悔三十二者發心爲於若近菩提受無上樂捨是妙樂爲衆生故受貧窮苦舍利弗是三十二發心之寳悉無聲聞辟支佛心是故菩薩名爲寳聚爾時世尊讃寳女言善哉善哉汝眞

實說菩薩摩訶薩發菩提心而菩提心成就無量無邊功德不可齊說三十二事何以故非聲聞寶能得佛寶非緣覺寶能得佛寶以菩薩寶能得佛寶得佛寶已則得聲聞辟支佛寶菩薩佛寶是故菩薩名爲寶聚爾時舍利弗白佛言世尊寶女所說不可思議我觀其說是女似得四無礙智佛告舍利弗汝今方謂是女未得四無礙耶是女久已成就具足寶女說法字不可盡文句義味亦不可盡時舍利弗語寶女言仁者今當廣分別說四無礙智寶女言大德四無礙智於一切法悉成其事大德菩提心者名無礙句何以故菩提心中攝諸義故是名義無礙智一切法界入菩提心是名法無礙智實無文字而說文字是名詞無礙智不可說法說不斷絕是名樂說無礙智義不可說名義無礙一切諸法皆如幻相名法無礙無言說業名詞無礙於六入界無有障礙名樂說無礙了達於義名義無礙樂於寂靜名法無礙字不合法法不合義名詞無礙說即是聲名樂說無礙如來正覺即菩提義名義無礙菩提義者能生於法名法無礙法可作句名詞無礙說已得義名樂說無礙法義者名義無礙解脫者名法無礙演說法相非有法性名詞無礙分別法界及非法界名樂說無礙僧即無爲名義無礙諸僧一味名法無礙和合僧故名詞無礙說僧功德名樂說無礙大德是四無礙遍一切法時舍利弗言世尊是女人者發心已來爲久近耶在何佛邊種諸善根佛言舍利弗過去無量阿僧祇劫爾時有佛號分別見如

來應正遍知明行足善逝世間解無上士調御丈夫天人師佛世尊土名大淨如兜率天與菩薩僧七萬六千一切皆是清淨梵行得不退轉陀羅尼門爾時有轉輪聖王名淨德報王千世界而得自在後宮婇女八萬四千千子具足其力皆等蓮華力士爾時聖王於三萬六千億歲種種供養佛及菩薩所謂房舍臥具衣服飲食病瘦醫藥舍利弗言世尊不審彼佛壽命幾時舍利弗其佛壽命滿十中劫時轉輪王與其後宮眷屬婇女及外人民九萬二千億那由他賫持種種無量無邊供養之具往至佛所以八千億上妙珍寶而散佛上頭面作禮長跪合掌口宣是言世尊我今所設供養之具頗復更有殊勝供養勝我者不時佛答言大王有異供養勝諸供養如是供養於此供養百分千分萬分百千萬分不及其一王言世尊是何供養願樂欲聞唯願說之爾時世尊即說偈曰

如恒河沙等世界　滿中妙寶持用施
雖有如是無量福　不如憐愍發菩提
無量億等恒沙佛　淨妙華香以供養
如是福德猶不如　發菩提心七不退
如是發心即爲施　戒忍精進禪智慧
若爲憐愍發大心　其福無量不可盡
上色力財上族姓　是人乃能發菩提
主千世界至梵天　得大自在乃能發
若樂喜發菩提心　如是乃能斷惡有
能爲人天開正路　能閉八難邪嶮徑
諸根具足不盲聾　皆由至心發菩提
能見十方諸世尊　能開天上甘露味

若能至心發菩提　是人能破疑憍慢
無量智慧得自在　能爲衆生說法界
衆生見之如父母　亦如良醫師友想
能療衆生煩惱病　教誨令趣菩提道

爾時聖王聞佛說是發菩提心所得功德其心歡喜踊躍無量與其眷屬內外人民悉發阿耨多羅三藐三菩提心即於佛前而說偈言

我今憐愍於衆生　是故發此菩提心
若欲獲得大自在　不應於此生退轉
生死無量受苦惱　而於自他無利益
寧發此心受大苦　非以不發受安樂
若有衆生發菩提　即得人天聖王樂
亦得寂靜無漏樂　及得無上菩提樂
最上慧忍三昧定　具四無量及六度
三種淨慧六神通　四無礙智大自在
無上十力四無畏　及三念處及大悲
成就具足十八法　如是皆由發菩提
能動十方諸世界　亦知十方衆生心
能度無量諸衆生　皆由發於菩提心

舍利弗說是偈時四萬天人無量衆生皆發阿耨多羅三藐三菩提心爾時聖王復於萬億年中供養彼佛供養佛已猒世出家既出家已思惟四句一者實句二者法句三者義句四者調句於一億年常思如是四句之義舍利弗汝知爾時轉輪聖王豈異人乎即寶女是也舍利弗言世尊何業緣故受是女身佛言舍利弗一切菩薩不以女業而受身也乃以神通智慧之力示女身耳爲欲調伏諸衆生故舍利弗汝今實謂寶女菩薩是女身

耶莫造斯觀何以故受女身者即是慧力神通之力舍利弗是女久已於無量劫中離男女身如是身者非是過去亦非未來現在此身即方便身是方便身化此世界九萬二千諸女人等發阿耨多羅三藐三菩提心是故示現是方便身爾時寶女語舍利弗大德汝今能以女人之身説正法耶舍利弗言我於男身尚生猒悔況女身乎舍利弗汝於男身生猒悔耶舍利弗言如是如是大德是故菩薩勝諸聲聞辟支佛等何以故汝諸聲聞所猒悔處菩薩於中受樂不悔聲聞之人不求諸有菩薩於中甘樂受之聲聞之人於諸功德生知足想菩薩之人無有猒足聲聞之人猒離煩惱菩薩之人處而不懼舍利弗言寶女菩薩之人有何等力以是力故心無猒離

寶女答言大德菩薩摩訶薩有八種力處之無猒何等爲八一者慈力心無礙故二者悲力爲調伏故三者實力不誑諸佛已身衆生故四者慧力離煩惱故五者方便力心不悔故六者功德力無所畏故七者智力壞無明故八者精進力破放逸故是名八力菩薩具足如是八力其心不悔舍利弗言寶女汝今已具是八力耶答言大德言具足者即是顛倒顛倒者即是二相二相者即是有爲有爲者即無所有無所有者即是平等大德若平等者云何有力云何無力云何可説一二之數大德一切諸法皆如虚空而是虚空不可説内不可説外不可説明不可説闇一切諸法亦復如是若一切法同虚空者云何可説有力無力一二之數大德菩薩摩訶薩亦有

力亦無力云何有力云何無力無煩惱力有智慧力無慳恪力有惠施力無破戒力有持戒力無嗔恚力有忍辱力無懈怠力有精進力無亂意力有禪定力無無明力有智慧力是故菩薩遠離惡法修習善法是故菩薩無惡法力有善法力爾時世尊讚寶女言善哉善哉若有善男子善女人能如是說即是實說寶女菩薩說是法時五百菩薩成就忍心

大方等大集經卷第五

音釋

弓弩（弩奴古切弓有臂者爲弩）矢（詩止切）鉾矟（鉾莫浮切勾兵也矟所角切矛屬）楯（食尹切干櫓之屬）斫刺（斫職畧切刀斫也刺七自切矟刺也）譏（居希切誚也）嚚（語斤切口不道忠信之言爲嚚）

大方等大集經卷第六

北涼天竺三藏曇無讖譯

寶女品第三之二

爾時寶女復白佛言世尊如經中說如來具足十神力者爲即十力是世尊耶爲離十力有世尊乎若即十力是世尊者是名二法若是二者即是無常若離十力有世尊者云何如來說諸法等世尊若一力中具十力者何故如來不說百力若不說百當知一力非十非百爾時世尊讚寶女言善哉善哉如來世尊非一非二若非一二云何言十云何言百菩薩摩訶薩遠離一二得阿耨多羅三藐三菩提如來世尊非即十力非離十力能說十事故名如來具足十力如來雖說如是十力而一力中具無量力爲流布故說言十力寶女復言善哉世尊唯願廣說如是十力佛言寶女至心諦聽吾當爲汝分別解說寶女菩薩修行菩提道時求聲聞乘及造惡業無有是處以是堅心得菩提時成就初力如來成就如是力故於大衆中作師子吼能轉法輪如是法輪天人魔梵沙門婆羅門所不能轉復次寶女菩薩修行菩提道時了知諸業悉是一業以是力故了知過去未來現在一切諸業業因緣處及以非處得菩提時成第二力復次寶女菩薩修行菩提道時了衆生根知已說法以是力故得菩提時成第三力復次寶女菩薩修行菩提道時觀衆生界觀已隨界而爲說法以觀界故得菩提時成第四力復次寶女菩薩修行菩提道時觀諸衆生上中下根觀已隨解而爲說法以知解故得

菩提時成第五力復次寶女菩薩修行菩提道時觀至處道若有爲道若無爲道若聲聞道若緣覺道若菩薩道以觀道故得菩提時成第六力復次寶女菩薩修行菩提道時恭敬尊重修諸禪定爲調衆生而說法要以修習故得菩提時成第七力復次寶女菩薩修行菩提道時於過去善根不生誹謗成就念心不作放逸不放逸故得菩提時成第八力復次寶女菩薩修行菩提道時見未學者不生輕心自旣學已不生憍慢能施衆生智慧光明以施明故得菩提時成第九力復次寶女菩薩修行菩提道時教諸衆生遠離漏法不令增長讚歎解脫修無漏道亦爲衆生說無漏道以修無漏故得菩提時成第十力寶女菩薩修習如是十力能具如來十種之力

寶女復言世尊菩薩摩訶薩修行何法得四無畏及十八法佛告寶女菩薩修行菩提道時所得妙法不生貪悋不作是念若我教彼彼則勝我於諸衆生其心平等能捨內外施於一切觀察法界無種種相以是因緣得菩提時成初無畏復次寶女菩薩修行菩提道時諸遮道法了了而知以了知故不行不隨如是遮法亦不稱讚不以教人知遮道已而遠離之以是因緣得菩提時成二無畏復次寶女菩薩修行菩提道時常修淨道常說淨法修治莊嚴得淨法故如是莊嚴亦自修治亦教衆生以是因緣得菩提時成三無畏復次寶女菩薩修行菩提道時終不起於憍慢之心終不自說我知我見覆藏功德顯露罪過以是因緣得菩提時成四無畏復次寶女

菩薩修行菩提道時失道衆生示以正道除去道路瓦石惡刺津途嶮絶施作橋梁闇冥之處爲設燈明見犯罪者能令調伏能除衆生所有疑悔於非犯者不強言犯除壞衆生疑法之心施法光明勸請說法見說法者稱讚善哉恭敬尊重不生輕心欲解一切衆生言音不正語者心不輕之以是因緣得菩提時成初無失復次寶女菩薩修行菩提道時實語法語義語時語調伏語不錯語離諸惡語聖人之語若聞法已轉爲他說爲於自利及利他故說時不輕不生諍訟信佛法僧亦令衆生信佛法僧觀諸法界不可宣說以是因緣得菩提時知一切語得無量門總持方便是故其身一切相好一一毛孔悉出如來微妙音聲復次寶女菩薩修行菩提道時常修六念亦化衆生令修六念以是因緣得菩提時不失念心亦得法證總持方便無量衆生於無量劫思惟深義一時來問如來不假思惟之力而能一時各隨問荅復次寶女菩薩修行菩提道時常護一切衆生之心不與衆生作亂心因諸苦惱因見諸衆生行善法時不遮不亂善知諸法悉如幻相於諸衆生其心平等知諸法界同於一味以是因緣得菩提時其心常定得無邊聞總持方便得是持已心常在定而作佛事復次寶女菩薩修行菩提道時想不顛倒心不顛倒以不倒故於無我中不作我想衆生命人士夫男女憍慢煩惱常斷有無善惡垢淨有漏無漏世間出世間生死涅槃等想一切衆生有顛倒故有如是想若無顛倒則無是想行於中道以

是因緣得菩提時成就一想無有二想修是定故得無盡器總持方便以是持力心常修習無想三昧憐愍衆生修習大悲說法不息復次寶女菩薩修行菩提道時修習捨心捨於苦樂不苦不樂不喜不愁不愛不瞋以是因緣利衰毀譽心無有二常觀無常苦無我等亦化衆生修如是捨以是因緣得菩提時名爲大捨得是捨已得大海印總持方便以是持力雖得人天阿脩羅乾闥婆迦樓羅緊那羅摩睺羅伽釋天梵天恭敬供養不以爲欣邪見惡人輕慢罵辱不以爲慼其心平等如地水火風不上不下不動不濁修大慈悲復次寶女菩薩修行菩提道時至心求菩提甚深之法種種善根不求聲聞乘修習大悲如是等心無有退轉以是因緣得菩提時成

如來故無增無減得金剛幢總持方便得大自在知云何說知說何事知何時說知何處說知爲何衆生復次寶女菩薩修行菩提道時常勤精進於諸善法不知猒足恭敬供養和尚善友亦常親近樂聽正法隨聞而持如是精進爲調衆生爲欲供養無量諸佛爲令無量無邊衆生得無上道亦令獲得如是精進入於法門以是因緣得聞佛法總持方便是故菩薩得菩提時成就如來精進無減以精進故具足神通復次寶女菩薩修行菩提道時具足念心修四念處觀內外身無常苦無我受心法念亦復如是修空無相無願三昧爲如來身觀身念處不證解脫以是因緣得菩提時成就如來念心無減得知心通知諸衆生根界解業煩惱行習心處善根惡根

果報生滅諸有次第諸佛世界諸乘大衆菩薩諸行得受記莂父母親族師長和尚知如是等心不失念復次寶女菩薩修行菩提道時常修智慧利慧疾慧無邊慧甚深慧解慧淨慧不動慧無礙慧無勝慧了知聲聞緣覺乘慧無上慧不知足慧具足如是等慧求慧求法持法說法甘樂於法以樂法故於內外物不生貪著於師和尚能忍衆苦以所須物奉獻貢上爲於一字一句之義能以十方世界珍寶奉施法主一偈因緣捨於身命雖於無量恒河沙等劫修行布施不如一聞菩提之事心生歡喜於正法所樂聞樂說常爲諸佛諸天所念以念力故世間所有經典書論悉能通達以是因緣得菩提時成佛智慧無增無減如是等智名爲無礙知衆生心善不

善無記有漏無漏世間出世間垢法淨法生死涅槃一切法門一切菩提事一切菩提道一切世界一切劫一切微塵去來現在於如是事通達無礙說時無盡以是因緣如來能於一法之中說無量法復次寶女菩薩修行菩提道時不樂在家求受五欲樂處空閑修出家法樂修深義及三脫門以是修力得無礙法門無罣礙智過魔境界莊嚴具足遠離煩惱及諸惡見說甚深義破衆疑心除去一切諸惡覺觀破於欲界色無色界爲貪衆生演說正法令離貪心爲喜瞋者演說慈心令離瞋恚爲愚癡者說十二因緣令離無明爲慳貪者說檀波羅蜜爲破戒者說尸波羅蜜爲瞋恚者說羼提波羅蜜爲懈怠者說毗梨耶波羅蜜爲亂心者說禪波羅蜜爲無智者

說般若波羅蜜爲凡夫人說四真諦爲顛倒者說無常無淨無樂無我爲結縛者說三十七助菩提法菩薩具足如是等法以是因緣得菩提時成就解脫無增無減如是解脫無能動者畢竟清淨畢竟解脫能知能見一切聲聞辟支佛乘亦得清淨總持方便以持力故能說解脫於一切法得大自在復次寶女菩薩修行菩提道時恭敬智慧得智勢力得智光明知眷屬智知無貪心知無瞋心知無癡心知無愛心知無垢心知無諍心知無食心知無貪心知無上心知無礙心知無記心知善心知不善心知惡心知淨心知不淨心大心小心狹心廣心遍知心不遍知心貪心捨心持戒心破戒心忍心不忍心懈怠心精進心定心亂心癡心慧心凡心聖心正定聚心邪定聚心不定聚心聲聞心緣覺心菩薩心苦諦心集諦心滅諦心道諦心雖知如是而不取證爲調衆生常說正法謂四真諦十二因緣遠離斷見及以我見說因緣果從緣而生非因於我衆生命等了知無明因緣於行行因緣識識因緣名色名色因緣六處六處因緣觸觸因緣受受因緣愛愛因緣取取因緣有有因緣生生因緣老死憂悲苦聚無明滅故行滅行滅故識滅識滅故名色滅名色滅故六處滅六處滅故觸滅觸滅故受滅受滅故愛滅愛滅故取滅取滅故有滅有滅故生老死憂悲苦惱滅大苦聚滅作是觀已復作是念如是等法實非我作衆生壽命士夫等作非常非斷若非衆生士夫等作是名爲空如其空者即是無我衆生壽命及以士

夫無常無斷若無常斷即無生無滅無生滅者三世不攝三世不攝即名爲無如其無者不可筭數無筭數故即第一義第一義者即如來語如來語者即無鬬諍無鬬諍者名沙門法沙門法者即是虛空若能了知如是等法名真實知若觀思惟諸惡因緣則生無明至大苦聚惡思惟滅則無明滅乃至大苦聚滅作是觀已不著常見不著斷見知一切法從緣而生從緣而滅知一切法無我衆生壽命士夫不見此彼及以中間何以故若無彼此云何有中是故菩薩如是說法以是因緣得菩提時成解脫智無增無減亦得無邊總持方便以得持故依於法界觀虛空界說是處非處至漏盡力四無所畏大慈大悲宣說甚深秘密之藏兼以是法化於衆生是名不

與二乘共之身口意業具足神通復次寶女菩薩修行菩提道時一切身業隨智慧行不欺衆生而作妨礙不貪不慳無有害心梵行清淨勤修精進集助道法不惜身命爲諸衆生起大慈悲以是因緣得菩提時名爲如來一切身業隨智慧行得一切光總持方便以是持力能作種種方便之身所謂天身龍身阿修羅身迦樓羅身乾闥婆身緊那羅身摩睺羅伽身梵身釋身四天王身刹利身婆羅門身毗舍身首陀身比丘比丘尼優婆塞優婆夷身示現如是種種身已爲諸大衆隨意說法說法既竟即滅不現令一切衆不知所在或身滅已而故說法一切衆生六情瞻對而無猒足若不見時心常緣念復次寶女菩薩修行菩提道時一切口業隨智慧行不欺

衆生妄語兩舌惡口無義語常安隱語法語毘尼語不熱語佛語義語喜聞語樂見語以是因緣得菩提時名爲如來一切口業隨智慧行獲得三分總持方便以是持力善解一切衆生語言說諸衆生所有之業佛所出言是眞實語十二因緣語隨解脫語不貪語寂靜語因緣語復次寶女菩薩修行菩提道時一切意業隨智慧行不欺衆生不妬不害不作邪見修於正見起大慈悲於諸衆生其心平等終不忘失菩提之心具足智慧捐除憍慢以是因緣得菩提時名爲如來一切意業隨智慧行獲得無垢總持方便以是持力住一心中能知一切衆生諸心觀衆生心悉皆平等如幻化相本性清淨觀諸衆生身業平等皆如水月見諸衆生悉在已身已身亦在

衆生身中猶如影現能令衆空悉作佛身亦令已身作衆生身一切無有能動轉者復次寶女菩薩修行菩提道時信過去世諸佛智慧善身口意業無有疑網若聞佛事不可思議不驚不怖信過去佛世界衆生已得調伏信如來身遊十方界往返無礙能解一切衆生言語隨其種種而爲說法一切三世智慧無礙了知過去一切法界一切諸乘知諸衆生業果神通知他心智於如是等心信無疑亦化衆生令同已信以是因緣得菩提時名爲如來知過去世智慧無礙因往修習勇健三昧獲得健行總持方便以是持力能知過去諸佛世尊壽命種姓亦知過去菩薩聲聞辟支佛等一切衆生業果神通亦知過去所有諸劫有佛出者無佛出者及其名字淨以

不淨若廣若狹若麤若細若微塵等若倒若順於如是等悉得了知如觀掌中菴摩羅果復次寶女菩薩修行菩提道時信未來世諸佛智慧善身口意業無有疑網若聞佛事不可思議不生驚怖信未來佛世界衆生悉當調伏信於如來遊十方世界往返無礙能解一切衆生語言隨其種種而爲說法一切三世智慧無礙了知未來一切法界一切諸乘知諸衆生業果神通知他心智於如是等心信無疑亦化衆生令同已信以是因緣得菩提時名爲如來知未來世智慧無礙因修悲定得師子吼總持方便以是持力能知未來諸佛世尊壽命種姓亦知未來菩薩聲聞辟支佛等一切衆生業果神通亦知未來所有諸劫有佛出者無佛出者及其名字淨以不

淨若廣若狹若麤若細若微塵等若倒若順於如是等悉得了知如觀掌中菴摩羅果復次寶女菩薩修行菩提道時信現在世諸佛智慧善身口意業無有疑網若聞佛事不可思議不驚不怖信現在佛世界衆生悉得調伏信如來身遊十方界往返無礙能解一切衆生言語隨其種種而爲說法一切三世智慧無礙了知現在一切法界一切諸乘知諸衆生業果神通知他心智於如是事心信無疑亦化衆生令同已信以是因緣得菩提時名爲如來知現在世智慧無礙因修淨定獲得金剛總持方便以是持力能知現在諸佛世尊壽命種姓亦知現在菩薩聲聞辟支佛等一切衆生業果神通亦知現在所有諸劫有佛出者無佛出者及其名字淨以不淨若

廣若狹若麤若細若微塵等若倒若順於如是等悉能了知如觀掌中菴摩羅果寶女是名十八不共之法如來復有不共之法謂無見頂何以故無邊身故無能勝者名不共法何以故一切事具故見者除惱名不共法何以故身如藥樹故處衆無畏名不共法何以故一切清淨故處衆無怯名不共法何以故四無畏故知衆生心名不共法何以故隨意說法故徒衆寂靜名不共法何以故隨師教故出言清淨名不共法何以故不說無義語故凡所宣說聞者歡喜名不共法何以故離怨親想故說法之聲齊衆而聞名不共法何以故餘無利益故各各見佛正在已前瞻對之時目未曾眴名不共法何以故身不可思議故聞佛所說要生善芽名不共法何以故成就無量諸功德故見者無猒名不共法何以故覺一切法故舉身迴顧如象王視名不共法何以故威儀清淨故大師子吼名不共法何以故具足大力故威儀純善名不共法何以故所有身業隨智行故口業純善名不共法何以故所有口業隨智行故一切眼目名不共法何以故所有意業隨智行故衆生樂聞名不共法何以故語微妙故受上供養名不共法何以故無上福田故無盡功德名不共法何以故不求果報故無能壞者名不共法何以故一一節中有那羅延力故說事不虛名不共法何以故知諸根故為一切師名不共法何以故通達一切故壽命無盡名不共法何以故得法身故有親近者得大利益名不共法何以故成就一切諸善法故所

得智慧無能濁者名不共法何以故知三世智性清淨故出身血者得五逆罪名不共法何以故成就一切諸善根故煩惱習盡名不共法何以故了知一切煩惱因故知一切行名不共法何以故覺一切法故寶女是名如來不共之法爾時寶女復白佛言世尊如來所得三十二相是何業因之所成就佛告寶女如來成就無量功德是故得成三十二相我今於是無量事中當略說之如來至心護持淨戒得足下平相修行種種惠施業故得千輻輪相不欺一切諸衆生故得足跟𦟛相護正法故得指纖長相不壞他衆故得網縵相妙服奉施故得手足輭相淨飲食施故得七處滿相喜聞佛法故得鹿王腨相覆藏他過故得陰藏相修善法故得上身如師子王相常以善法化衆生故得鈌骨平滿相救護怖畏故得臂肘𦟛相見他事業樂佐助故得手摩膝相常修十善故得清淨身相常施病藥故所食之物至喉悉現相常發莊嚴修善法故得師子頰相於諸衆生其心平等故得四十齒相和合諍訟故得齒密相珍寶施故得齒齊相身口意淨故得二牙白相護口四過故得廣長舌相成就無量功德故得味中上味相於衆生中常柔輭語故得梵音相修習慈心故得紺色目相至心求於無上菩提故得牛王睫相讚歎他人所有功德故得白毫相恭敬父母師長和尚故得肉髻相樂說深法故得身柔輭相施敷具故得金光相遠離聚說世間事故得一一孔一毛生相樂受善友師長教勑故得身毛上靡相不以惡事

加衆生故得髮色金精相常勸衆生修三昧故得身圓滿如尼拘陀相生生之處作佛像故得那羅延力相寶女菩薩摩訶薩成就如是無量功德獲得如是三十二相寶女復言世尊菩薩摩訶薩不可思議快哉如來善說佛法爾時世尊讚寶女言善哉善哉如汝所說一切衆生聞是義者即得具足無量功德聞已信者亦得成就無量功德說是法時十方無量無邊世界六種震動無量衆生發菩提心五千菩薩得無生忍虛空諸天雨種種華鼓衆伎樂以供養佛若有衆生已於無量無邊佛所植衆德本乃得聞是如來十力四無所畏不共之法三十二相是人聞已能生深信已能於大衆之中作師子吼說如是法何以故下劣之人不能得聞如是正法假使得聞未必能信上人持戒智慧具足乃能得聞聞已敬信信已不久當得阿耨多羅三藐三菩提寶女復言世尊佛不可思議法僧亦爾不可思議聞信是經亦不可思議若有信者是人定得阿耨多羅三藐三菩提世尊云何菩薩修行法行寶女菩薩摩訶薩不捨親舊知恩報恩憐愍一切有歸依者終不捨棄至心念於菩提之道修於忍辱難施能施攝取衆生慈心護戒思惟善義護持正法樂法念法持法樂靜獨處空閑心無悔退善護衆生淨身口意爲四無量發大莊嚴常勸衆生於菩提道凡所講論先讚大乘不先許人後生悔心清淨其行知足少欲不慳不妬不斷聖種心無諍訟了知因果信聞戒施慚愧智慧親近善友隨師長教心無憍慢恭敬禮

拜長老有德離貪恚癡我及我所常念佛法僧施戒天得供養時其心不高常勤修行六波羅蜜空無相願諸善方便不見我常衆生壽命士夫之相修四念處乃至八正道分是名菩薩修行法行又法行者無眼無色無色想行無耳無聲無聲想行無鼻無香無香想行無舌無味無味想行無身無觸無觸想行無意無法無法想行非色行非色非非色行非色苦行非色非非色苦行非色我行非色非非色我行非色空行非色非非色空行非色無相行非色無願行非色無行行非色性行非色實行非色寂行非色生行非色出行非色因緣行非色聚行是名法行受想行識亦復如是寶女若無如是陰入界行是名法行無欲界行色界行無色界行無住無脫是名法行無去無來無有住處無心意識無見無聞無知無識無有身業口業意業非法非非法非一非二非去來現在非垢非淨非聚非散非我衆生壽命士夫非常非斷非我非我所非始非終是名法行是名我法是名住處是名法性是名法處是名空處非處名畢竟處不動不住無有相貌無出無滅無所修行無取無捨無受無施若能知見如是等法是名真知是名實知是名法知若有菩薩能作是學爲諸衆生行於生死而於涅槃無所動轉是名菩薩真實法行說是法時八千菩薩成就忍辱爾時寶女復以種種珍寶雜物供養於佛而作是言世尊若有菩薩行是法行即是修行一切佛行即得受記坐菩提樹成就阿耨多羅三藐三菩提爾時舍利弗語

寶女言汝知菩薩不退印耶爾時寶女即說偈言

諸衆生界及法界　若能平等觀無異
不生分別一二數　是名菩薩不退印
過去未來及現在　十方世界諸世尊
皆悉平等觀法界　是名菩薩不退印
觀有爲界皆無常　有漏無漏亦如是
知一切法本性淨　是名菩薩不退印
觀於生死無有量　不可稱計知其數
若能一念通達知　是名菩薩不退印
一切世間諸法界　及以出世諸聖法
若能平等悉眞實　是名菩薩不退印
若能了知諸法界　及以諸魔波旬界
通達是二無差別　是名菩薩不退印
貪欲瞋恚愚癡等　一切衆生諸煩惱
知從顛倒因緣生　是名菩薩不退印
生死之法及涅槃　無上正道及菩提
觀察是法無差別　是名菩薩不退印
知見五陰如菩提　如菩提性入界然
觀是諸法無有二　是名菩薩不退印
地水火風及造色　觀之猶如虛空等
如是即得眞實印　亦如十方諸佛印
如眼界等菩提然　是二平等無差別
自能受持爲他說　是名菩薩不退印
知諸衆生所有心　能爲一切心因緣
如是因緣無障礙　是名菩薩不退印
能遍觀察諸衆生　所有諸根上中下
能觀生死盡彼岸　是名菩薩不退印
所有字義句無盡　於無量劫而演說
無能破壞作障礙　是名菩薩不退印

虚空邊際尚可盡　世間猛風可繫縛
菩薩所有不退心　一切世間不能轉
成就無量陀羅尼　於諸法中不失念
次第演說諸法義　如佛口出無有異
十方世界佛世尊　爲度衆生說無量
悉能受持解深義　是名菩薩不退印
無量劫中所聞法　猶如現聞而演說
無量世學陀羅尼　獲得如是無盡印
成就具足如是持　及以無上真智慧
若得菩薩不退印　則能宣說如是法
若觀一切諸法空　亦不親近不遠離
若有成就不退心　當知是人有空印
一切諸法虚空印　其性本來無生滅
若能了知是法界　是名菩薩不退印
諸法皆從因緣有　離於衆緣無法界

若能了知如是者　當知是有不退印
所有威儀諸色聲　能於一念悉示現
爲欲教化諸衆生　即是菩薩不退印
惠施之心如虚空　無量劫中不可盡
成就無量諸功德　即是菩薩不退印
修習淨戒爲佛戒　獲得佛戒如虚空
成就如是無上戒　即是菩薩不退印
一切衆生所有戒　及以學戒無學戒
雖有如是無量戒　不及不退十六一
若得最上無生忍　成就無量無有邊
若得如是無生忍　如過去佛之所得
爲衆生故善莊嚴　無量世中不休息
當勤修習精進行　即是菩薩不退印
常樂修習諸禪定　亦爲衆生宣說法
雖復示現諸威儀　而其内心不離定

具足無上正知見　遠離一切煩惱習
若有成就不退心　則能近於佛境界
具足三種之神通　及其如來善方便
若有成就不退心　是人欲得正覺印
一切衆生不能知　是人心行及境界
爲諸衆生無量行　即是菩薩不退印
其實未得無上道　而能示現如來身
生及成道轉法輪　處衆示現大涅槃
未捨菩薩不退印　亦能獲得如是印
猶如虛空無有邊　所得佛印亦如是

說是偈時三千大千佛之世界六種震動五千菩薩得不退印爾時世尊讚寶女言善哉善哉快說菩薩不退轉印爾時須菩提白佛言世尊寶女定得不退轉印是故能作如是宣說若不證者何能如是佛告須菩提如是如是如汝所說寶女久已得不退印忍辱成就已盡大乘甚深邊底爾時寶女白佛言世尊何故名大乘佛言其乘廣大故名大乘於諸衆生無罣礙故故名大乘是一切智善根根本故名大乘無有煩惱諸結黑闇故名大乘所有光明無處不遍故名大乘周遍其邊有眼目故故名大乘本性常淨初無玷汙故名大乘斷諸煩惱一切習氣故名大乘護持禁戒故名清淨修習定故名爲安住修智慧故名爲無漏修解脫故名無繫縛示一切法等無二故名解脫智攝十力故名無能動具四無畏故名無怖懼攝取十八不共法故名爲無礙修習大慈故名平等破壞一切諸魔衆故名爲最勝摧煩惱魔故名寂靜壞陰魔故名不可數破死魔故名爲常住具足檀那

波羅蜜故名爲富足具足尸羅波羅蜜故名爲無熱具足羼提波羅蜜故名爲無怨具足精進波羅蜜故名爲無動具足禪那波羅蜜故名無漏無轉具足般若波羅蜜故名勝一切世間出世間具足方便波羅蜜故名爲攝取一切諸乘斷諸有故名無有有因八道故得名爲安具定慧翼所往無礙調諸根故名大神通修正勤故能見一切諸佛世界修念處故遠離惡法親近善法修七覺分遠離一切諸煩惱結無爲無漏無勝無上無能見頂無能知者無有遮障無有聽聞無入出處大衆大堂一味不作不作數量平等無二得大名稱十方無礙一切人天之所恭敬成就無量無邊功德永斷一切慳悋破戒害心懈怠亂心無明能令衆生獲得多聞爲作安樂斷

一切苦令作善業佛智無礙智無上智平等智一切智是名大乘說是法時萬二千衆生發阿耨多羅三藐三菩提心既發心已復作是言若有衆生能發如是大乘心者即得無量善法利益爾時寶女白佛言世尊何障礙故不令衆生疾得大乘佛告寶女有三十二事以是因緣爲作障礙何等三十二一者樂聲聞乘二者樂緣覺乘三者樂釋身故四者樂梵身故五者樂爲世樂受持禁戒六者樂修一善七者常懷嫉妬八者多財貪著慳悋九者不樂勸化衆生令修善法十者心憍慢故十一者不求菩提心故十二者畏菩提心故十三者於一法中生著心故十四者不善思惟故十五者不能親近師長和尚善知識故十六者誹謗餘部故十七者不能淨於身

口意業故十八者不能護持無上法故十九者得少法味恪不說故二十者少解法義生大慢故二十一者遠離四攝故二十二者不能恭敬同師同學故二十三者不樂念於六波羅蜜故二十四者遠離三聚故二十五者不發願故二十六者少善根故二十七者倒解義故二十八者不歎三寶故二十九者誹謗大乘菩提事故三十者自不解義誹他說故三十一者不覺了知諸魔事故三十二者樂生死故是名三十二事障礙大乘不令衆生疾得大乘寶女如是障礙其事無量我於今者但略說耳大乘所有功德無量障礙之事亦復如是亦如涅槃功德無量障礙之事亦復無量如生死過無量無邊即是大乘之障礙也寶女若有人能遠離如是無量惡法當知是人即得大乘寶女若有菩薩能得淨心是人即能獲得大乘世尊衆生云何速得成就無上大乘寶女有三十二事衆生修習能速得之何等三十二一者衆生不請而往親附二者見他福德不生妬心三者至心修習無量善根四者營他事業不生愁惱五者其心不濁身口意淨六者不爲利養改四威儀七者如說而住八者於諸衆生其心清淨九者終不放捨菩提之心十者清淨莊嚴檀波羅蜜十一者清淨尸波羅蜜憐愍毀禁故十二者淨忍波羅蜜不惜身命故十三者淨精進波羅蜜得十力無畏故十四者淨得波羅蜜遠離煩惱故十五者淨般若波羅蜜除煩惱習故十六者修勇健定壞諸魔業故十七者至心度脫諸衆生故十八者修四攝故

十九者心平等故二十者不捨一切諸衆生故二十一者知恩報恩故二十二者護持正法故二十三者修助道法不休息故二十四者於諸善法無猒足故二十五者破憍慢故二十六者供養三寶故二十七者於一切法不生謗故二十八者善解十二深因緣故二十九者具七財故三十者於一切法得自在故三十一者修六神通故三十二者修習定慧故是名三十二事衆生修習疾得菩提說是法時七萬二千衆生發阿耨多羅三藐三菩提心萬二千菩薩得無生法忍一切諸天以諸華香種種伎樂供養於佛尊重讚歎作如是言若有得聞如是等經當知是人定得阿耨多羅三藐三菩提爾時梵天釋天四天王天白佛言世尊如來今者演說如是無限量義了了之義壞煩惱義摧諸魔業破諸邪見能持一切無上正法我等亦能受持讀誦書寫解說若佛弟子有能受持讀誦書寫廣說之者我等亦當爲作衛護若有惡鬼欲爲是人作嬈害事我當遮止不令成就佛言善哉善哉善男子汝於爾時若能護我諸弟子者即是護持我之正法如是護者法則久住爾時世尊告阿難言阿難汝當受持擁護演說如是經典若有菩薩於無量劫樂修惠施復有菩薩受持是經讀誦書寫爲人廣說修大慈悲兼以此義勸人令學其人所得福多於彼亦能速疾獲得大乘阿難白佛言世尊是經何名云何奉持佛言阿難是經名爲真實法義毗尼方便成就發心無量寶聚無量陀羅尼十力四無所畏不共法聚菩薩摩訶

薩不退轉印廣說大乘寶女所問如是等名汝當奉持爾時阿難及諸人大聞經歡喜信受奉行

大方等大集經卷第六

音釋

記莂 莂必列切記莂謂授將來成佛之記劫國名號之莂也
揃除 揃以專切棄也
眴 舒閏切目動也
輻輪 輻方六切輪力迍切
跟臁 跟古痕切足踵也臁丑容切圓直也
纖 息廉切細也
網縵 縵莫官切網縵謂佛指間相連如鵝鴈掌也
腨 市兖切腓腸也
臂肘 臂必至切腕也肘陟柳切臂節也
頰 古協切面旁曰頰
紺 古暗切含也青而含赤色也
睫 即葉切眼毛也

大方等大集經卷第七

北涼天竺三藏曇無讖譯

不眴菩薩品第四

爾時世尊故在欲色二界中間大寶坊中與諸大衆圍遶説法爾時衆中有金色光其光明淨遍照三千大千世界悉蔽一切日月四天釋梵光明照已即滅一切大衆瞻覩如來目未曾眴當爾之時寂然無聲亦無謦欬出入氣息爾時大德須菩提白佛言世尊今何因緣有是光明一切大衆瞻覩如來目未曾眴爾時佛告須菩提言東方過於無量世界彼有菩薩名曰不眴與萬菩薩俱共發來欲聽如來微妙方等大集經典是其光明所言未訖不眴菩薩已至佛所大寶坊中賫持種種香華妓樂供養於佛頭面禮足恭敬右遶却坐一面寶蓮華上爾時須菩提復白佛言世尊不眴菩薩所來世界去此遠近國土何名佛號何等佛言須菩提東方去此七萬二千恒河沙等諸佛世界土名不眴佛號普賢如來應正遍知明行足善逝世間解無上士調御丈夫天人師佛世尊不眴菩薩從彼而來爾時不眴菩薩摩訶薩長跪合掌説偈讚佛

如來世尊衆寶聚　具足一切波羅蜜
無上法師天中天　爲衆生故我敬禮
寂靜戒定不可動　無上智慧調諸根
爲諸衆生説大集　故我歸依師子王
樂施天人諸安隱　衆生喜見如滿月
具足力勢破魔衆　我今歸依大藥樹
成就善根施甘露　能度衆生生死海

我今歸依無上尊　具足妙相三十二
世尊莊嚴此大衆　猶如須彌顯四域
名稱無礙遍十方　人中象王我敬禮
如來智慧如虛空　通達三世無障礙
隨衆生根而說法　我今敬禮自在王
過無量劫勤精進　超勝同業諸菩薩
所得佛法如先佛　我今敬禮一切覺
十方諸佛悉讚歎　精進殊勝無邊量
無量衆生得聞已　悉皆同發菩提心
於正法中無猒足　兼以勸化諸衆生
能說清淨法之性　我今稽首大法王

爾時不眴菩薩偈讚佛已白佛言世尊我等於此大集經中欲少發問唯願如來垂哀聽許佛言善哉善哉善男子隨意發問吾當爲汝分別宣說除却汝等疑網之心不眴菩薩既蒙聽許心大歡喜白佛言世尊菩薩摩訶薩修何三昧速得成就阿耨多羅三藐三菩提得大念心大智大意慚愧勇健修施教戒被忍辱鎧建精進幢遊戲神通莊嚴慈悲深樂法喜登涉捨山能說能答摧伏魔怨壞諸邪見不離諸佛菩薩善友常得化身不失念心深信大乘樂施衆生無上智光不爲世法之所染汙同於四大如地利益一切衆生如水能洗一切垢穢如火能熟衆生善根如風能於戒聞慧等無所障礙修習慈悲猶如虛空慧眼無量猶如帝釋心得自在如自在天正法化世如轉輪王聚大福德如須彌山於善無猒聚衆珍寶猶如大海思惟十二因緣深義亦復如是無所畏懼如師子王具善法財猶如寶主一切依止如大醫王能作光明

猶如庭燎破闇如日清涼如月煩惱不汙猶如蓮華具足一切諸佛妙法猶如滿月佛言善哉善哉善男子能以此義諮啓如來至心諦聽吾當爲汝分別解説善男子有三昧名一切法自在菩薩修習是三昧者則能獲得如是等事亦得無量無邊福德疾成阿耨多羅三藐三菩提成佛之時世界所有一切具足善男子一切法自在三昧者所謂信佛法僧苦集滅道陰入界等空無相願出生滅沒十二因緣內外因果業及果報信於閙塞觀一切法如幻如化如焰如響如水中月龜毛兎角空中之華石女之子如著影衣夢乘白象若有若無及以有無非有非無非常非斷非生非滅非內非外非見非斷信如是等則能信佛菩薩大事而不自輕菩薩事業雖復廣大我亦能知心得自在能大惠施護持禁戒不妨外事憐愍衆生常修忍辱爲不退故勤行精進爲令衆生離煩惱故修習智慧爲壞一切分別想故修習三昧得妙音聲一切樂聞修於念佛觀諸如來平等無二修於念法觀一切法同一性相修於念僧觀一切僧無有退轉修於念捨捨諸煩惱修於念戒常念佛戒修於念天念後邊身淨身口意不隨他人戒定智慧清淨施已能得具足三十二相施種種物具足成就八十種好爲欲莊嚴出世智慧具四念處爲欲遠離一切煩惱故具四正勤爲令其心得自在故具四如意爲欲壞破諸魔怨故修習信根爲不顛倒一切法故修精進根勸令憶念諸罪過故修習念根爲諸衆生心清淨故修習定根爲於一切

諸法頂故修習慧根爲無壞故修習五力爲眞實知一切法故修七覺分爲眞實知道非道故修八正道樂於寂靜少欲知足遠離惡友雖復通達一切事業終不於中生獨師想於諸煩惱心不貪著不嗔衆生不疑諸見於我我所心不生著常修欲度衆生之心於師和尚父母善友生念恩心常思報荅往昔之恩見毀禁者不生譏刺捨棄重擔眞觀陰故不競不諍護法持戒攝取持戒及護法者聽法念法供養於法於正法中心無疑網凢所演說不爲飲食至心演說說時不輕亦不自高爲出善芽所聞不失瞻病所須供給走使供養法師不說其短不觀種姓戒與非戒常樂聞法至心不忘不失時節常請法師敷揚道化有所講說不生憍慢聞已解義亦不自大不觀他人所有過失所可聽法爲知足故爲不斷絕三寶種故爲得無礙宿命智故爲得眞實見法性故爲發無上菩提心故爲護如來眞實法故爲得上族好種姓故爲見佛法比丘僧故爲得堅固不退心故爲行聖行入聖數故爲得無盡大財寶故爲得無邊大功德故爲得清淨梵音聲故爲得具足佛功德故爲得具足菩薩法故爲欲受持讀誦書寫菩薩法藏及摩夷故爲欲受持如是等法廣宣說故善男子菩薩摩訶薩獲得一切法自在三昧者於一切事無能究者爾時世尊即說頌曰

其心敬信佛法僧　亦復明信四眞諦
若得智慧無罣礙　是名諸法自在定
能知於苦第一諦　亦能遠離於集因

證獲第三眞滅諦　修習無上聖道諦
具足成就大念心　眞實觀陰如虚空
其身威儀大寂靜　是名諸法自在定
能觀六入性相空　亦能調柔於諸根
能壞衆生疑網心　是名諸法自在定
能修習空無相願　破壞一切諸憍慢
所行諸行無黑闇　是名諸法自在定
遠離斷見及我見　令身口意業寂靜
其心不著有無法　是名諸法自在定
所説正義無顛倒　調伏一切衆生心
既説法已無憍慢　是名諸法自在定
修習一切諸善根　不爲煩惱之所汙
其心無熱亦無濁　是名諸法自在定
不爲他喜求菩提　亦不虚誑修善法
十方諸佛觀其心　是名諸法自在定

常樂惠施護持戒　憐愍心故忍諸惡
精進修定及智慧　是名諸法自在定
爲諸衆生修慈心　亦無分别怨親想
樂施衆生無上樂　是名諸法自在定
調伏衆生於菩提　修捨離欲得安樂
常樂修習五神通　是名諸法自在定
所説正法衆樂聞　其義難盡如大海
眞實了知於法性　是名諸法自在定
觀察佛身如諸法　佛性法性無差别
護法定心無退轉　是名諸法自在定
身口意業得寂靜　具足戒定心無爲
遠離一切煩惱習　是名諸法自在定
能證無上眞解脱　亦能獲得實知見
修習定慧無有邊　是名諸法自在定
不淨之物不以施　不受一切不淨戒

三十二相具足成　是名諸法自在定
修行種種諸惠施　是故獲得八十好
於佛法中得自在　是名諸法自在定
修習具足四念處　正勤能壞諸煩惱
爲調衆生修如意　是名諸法自在定
爲入佛法修信根　爲壞魔衆修五力
爲知諸法修七覺　是名諸法自在定
修八正道破邪徑　施於衆生無上樂
心無憍慢一師想　是名諸法自在定
若得修習自在定　是人則能離煩惱
親近諸佛菩薩等　樂修少欲知足行
爲在無上聖人數　以衆生故修大悲
不爲飲食演說法　是名諸法自在定
爲法不惜於身命　護持正法不悋財
常樂修行二種施　是名諸法自在定
常勸衆生令聽法　如其未解心不輕
不爲勝他護持戒　是名諸法自在定
無量世中所聞法　至心受持爲他說
無上法師大名稱　不觀時節戒非戒
演說不休亦不息　不失時節隨意說
所說諸法如幻相　是名諸法自在定
所言眞實甘樂聞　聞已如說而安住
其心無貪無妬嫉　是名諸法自在定
有問無瞋無輕慢　常修憐愍無二相
能自淨除諸過失　是名諸法自在定
具足七種無上財　成就壽命無上命
具足十力四無畏　是名諸法自在定
常樂聞法善思惟　善思惟已如法住
如法住已爲衆說　是名諸法自在定
不忘菩提上種性　供養三寶得化身

勸化大衆具菩提　是名諸法自在定
其目清淨見諸佛　得梵音聲無有邊
其音遍滿十方界　是名諸法自在定
財寶惠施無有盡　智慧演說無窮竭
供養父母師和尚　是名諸法自在定
成就具足宿命智　不失無上菩提心
六波羅蜜無猒足　是名諸法自在定
爲欲利益衆生故　受菩薩藏及摩夷
樂爲衆生廣分別　是名諸法自在定
遠離一切惡思惟　了了覩見十方界
一心能知無量心　是名諸法自在定
一心了知三世事　修習無量諸神通
得後邊身智無礙　是名諸法自在定
憐愍衆生修大悲　觀察諸根隨意說
一切佛法得自在　是名諸法自在定
若有得聞如是事　至心受持生信順
即能獲得無上道　亦如往世諸世尊

爾時不眴菩薩白佛言世尊菩薩摩訶薩成就何法獲得如是一切諸法自在三昧佛言善男子菩薩摩訶薩具足一法則能獲得如是三昧所謂不著一切諸法復有一法不著於戒何以故若不著戒則能不著一切善法具足戒故則能成就一切佛法得大利益無上大道是故我言戒是一切善法根本戒名大燈若著戒者是人則於菩提障礙非菩提道若於諸法生貪著者去菩提道則爲大遠若不貪著則爲鄰近復有二法菩薩具足則能獲得如是三昧一者爲於菩提方便修習舍摩他二者爲於善法方便修習毗婆舍那復有三法菩薩具足得是三昧何等爲三一

者不捨衆生修空三昧二者不捨於法修無相三昧三者求於諸有修無願三昧爾時世尊即說頌曰

調伏衆生修習空　護持法故修無相
不捨諸有修無願　是人則得是三昧

復次善男子復有四法菩薩具足則能獲得如是三昧何等爲四一者具足四諦方便二者具足四無量心三者具足四無礙智四者具足四攝之法復有五法菩薩具足得是三昧何等爲五一者具足五神通二者具足五根三者具足五力四者具足眞智觀於五陰五者具足五眼復有六法菩薩具足得是三昧何等爲六一者具足六波羅蜜二者具足六念三者具足智慧觀於六入四者具足遠離六道五者具足六通六者具足六和敬法復有七法菩薩具足得是三昧何等爲七一者無貪遠離煩惱二者於衆生所無有瞋恚三者於諸法中無有疑心四者具無礙智無有五蓋五者觀十二因緣無有疑網六者成就無上智慧七者成就無上三昧復有八法菩薩具足得是三昧何等爲八一者修習八正道分二者離八邪道三者遠離八難四者具足八大人覺五者具八解脫六者具八勝處七者專念菩提八者斷煩惱習復有九法菩薩具足得是三昧何等爲九一者不失念心二者解甚深義三者破壞魔業四者具佛三昧五者淨身口意六者具足方便七者威儀純善八者勤行精進具六波羅蜜九者遠離聲聞辟支佛道復有十法菩薩具足得是三昧何等爲十一者具足佛智二者具足法

界無分別智三者於眞實性無有動轉四者具足三世平等智慧五者具足衆生心平等智六者具知諸根上中下智七者具足四無礙智八者具足三解脫門九者具足諸法同一味智十者具足諸法無生滅智說是法時三萬二千菩薩摩訶薩得是三昧爾時須菩提語不眴菩薩言是大衆中三萬二千諸菩薩等皆悉獲得如是三昧善男子汝今得耶不眴菩薩言大德乃至無有一法可得名爲三昧我云何得凡言得者即是顚倒夫顚倒者即我我所菩薩若著我我所者則不能得如是三昧須菩提言菩薩摩訶薩住於何處得是三昧不眴菩薩言如須菩提所住之法得解脫者我如是住得是三昧須菩提言我實不住一切法中而得解脫大德菩薩摩訶薩亦復如是不住諸法得是三昧須菩提言善男子菩薩摩訶薩將不住於空無相無願得三昧耶不眴菩薩言空無相願可得住耶不也善男子大德是故空無相願所住之處得是三昧善男子如是三昧住在何處不眴菩薩言如一切法眞實性住住是三昧者亦如是住一切諸法眞實性者名聖解脫聖解脫者名無所住無住之住住一切法一切諸法不住煩惱不住解脫大德得解脫者爲具煩惱不具煩惱善男子我亦不具非不具也大德若仁不具非不具者爲何所得言解脫也須菩提言善男子若使法界有繫縛者我則解脫而法界性無縛解相非相非如相非種種相非一相非多相如法界相解脫亦爾時須菩提說是法時八千比丘得阿羅漢果

須菩提語不眴菩薩言善男子如佛所說若能具足如是等法得是三昧汝今具足是三昧不不眴菩薩言大德一切諸法無有根住若法無根即是無住夫無住者名爲無作若無作者云何可住須菩提言若無住者何故如來常作是言住如是法得無生忍不眴菩薩言大德無所住者亦名爲住是故如來亦說住貪而得解脱而智慧性不能壞貪住於解脱若有菩薩能知如是不住之住是名無生智慧住是無生智慧中已則能獲得無生法忍復次大德若有菩薩不離凡夫能知聖法以凡夫心觀察聖法以聖法性觀察於忍忍性觀忍復以是忍觀一切法知如是等名無生忍復次大德若有菩薩觀二種界一衆生界二者法界以法界性觀衆生性以衆生性觀法界性若離法界無衆生界法界衆生界無生無滅若能如是通達知者名無生智無生智者即無生忍復次大德菩薩摩訶薩知從十二因緣生法從六境界作六因緣若善不善是善不善即無生滅何以故境界之性不能生法六入亦爾不能生法何以故無生性故如其六入能生法者則應常生不須外緣若外境界性能生者亦應常生不假於内若俱生者則有二相二相之法性無眞實通達了知如是等者名無生忍若得如是眞智慧者是名菩薩得無生忍復次大德若有菩薩具足成就二種莊嚴功德智慧觀是二事平等無二雖如是知不言我知亦於此知不生貪著是名無生忍復次大德菩薩摩訶薩身意寂靜觀法寂靜法寂靜已觀菩提寂

靜菩提寂靜已觀忍寂靜亦不隨他不著内外是名菩薩無生法忍說是法時不眴菩薩等五百菩薩得無生法忍爾時世尊讚不眴菩薩言善哉善哉善男子汝所演說無生法忍即是眞實如先佛說復次善男子菩薩若得心自在者即得諸法自在三昧云何名爲心自在耶善男子若有菩薩遠離貪愛得帝釋身或轉輪王身雖爲無量諸衆生等說五欲樂而其内心實不貪著是名菩薩心得自在復次善男子若有菩薩修習三昧四無量心求諸有時不以有心以智慧心雖生欲界不因欲心其心常不遠離三寶修習莊嚴諸波羅蜜以四攝法攝取衆生調伏衆生修三十七助道之法是名菩薩心得自在復次善男子若有菩薩修空無相願自不證於空無相願亦爲衆生說如是法爲調聲聞辟支佛等入於無生正定之聚而爲說法彼既聞已即得解脱自不證之亦令衆生不捨菩提是名菩薩心得自在復次善男子若有菩薩爲調聲聞辟支佛故入無生滅正定之聚亦得滅定又能通達一切三昧出入相行雖得如是通達自在亦不證於滅盡三昧何以故未具佛法故是名菩薩心得自在復次善男子若有菩薩以平等智觀於法界種種世間種種衆生種種說法種種方便是名菩薩心得自在復次善男子若有菩薩生長壽天未盡天壽其身亦生短命之中爲欲調伏諸衆生故是名菩薩心得自在復次善男子若有菩薩具足快樂捨是樂已爲諸衆生受大苦惱護衆生故護菩提故是名菩薩心得自在復

次善男子若有菩薩同於聲聞辟支佛行而心護念菩提之道亦修菩提微妙之行爲諸聲聞緣覺之人隨意說法而亦不證是名菩薩心得自在復次善男子若有菩薩善解八萬四千法門亦復通達煩惱行處爲斷衆生諸煩惱故處中說法亦不爲諸煩惱所汙是名菩薩心得自在復次善男子若有菩薩具足神通若有衆生盲聾跛躄菩薩摩訶薩自變其身亦同其像而爲說法是名菩薩心得自在復次善男子若有菩薩具足智慧通達外典善解邪論而其內心不爲邪見爲欲調伏諸衆生故修習其道是名菩薩心得自在善男子菩薩具足如是等事名心自在亦名得一切法自在三昧須菩提言世尊不眴菩薩得是三昧爲久近耶佛言過去無量阿僧祇劫爾時有佛號自在王如來應正遍知明行足善逝世間解無上士調御丈夫天人師佛世尊世界名淨劫亦名淨其佛國土地平如掌金銀瑠璃玻瓈莊嚴常有幡蓋如兜率天多饒飲食爾時衆生所有貪欲嗔恚愚癡無有勢力多有利智能解佛語一切志樂無上大乘爾時世尊與八萬四千大菩薩衆三萬二千聲聞大衆爾時世有轉輪聖王名曰廣持號曰法王成就七寶輪寶象寶馬寶女寶珠寶兵寶主藏之臣千子具足王四天下治以正法不加刀杖憐愍衆生教以十善一切衆生亦樂受之爾時千子悉發阿耨多羅三藐三菩提心爾時聖王供養如來菩薩聲聞一切大衆衣服飲食卧具湯藥房舍資生經萬歲已發阿耨多羅三藐三菩提心爲無

上道修三十七助道之法爾時彼佛壽命滿足八萬四千歲王有一子名曰法語於彼佛法信心出家勤行精進清淨持戒爲得無上菩提道故爾時法語比丘二萬年中無有睡眠如彈指頃不生貪心嗔心癡心不善覺觀不念父母宗親眷屬飲食衣服房舍卧具資生之物亦不覺知晝夜之相二萬年中常修念佛須菩提法語比丘勤精進故獲得四禪四無量心四無色定過二萬年已往詣佛所頭面禮敬右遶三帀却住一面白佛言世尊我發阿耨多羅三藐三菩提心爲施一切衆生安樂爲欲調伏一切衆生唯願世尊哀愍示導云何令我化諸衆生宣説正法佛言比丘有八陀羅尼門若成就者得無礙語則能爲諸衆生説法何等爲八一者念佛知法身故二者念法知淨法故三者念僧知無礙故四者眞實思惟破惡覺觀故五者知字不可説故六者修舍摩他爲知諸法同一味故七者修毗婆舍那爲知諸法本性淨故八者修方便智爲得忍故比丘具如是八陀羅尼門則能堪任宣説正法化諸衆生比丘復有八精進菩薩具者能宣説法化諸衆生一者求法勤行精進二者持法勤行精進三者觀法勤行精進四者説法勤行精進五者護法勤行精進六者供養法師勤行精進七者護受法者勤行精進八者如法而住勤行精進是名爲八復有八法菩薩具足能化衆生何等爲八一者修慈等觀衆生故二者修悲調伏衆生故三者觀法得無上法故四者觀智破憍慢故五者護諸衆生施安樂故六者善思

惟壞諸煩惱故七者修助道法莊嚴菩提故八者護法具足六度故須菩提菩薩摩訶薩若能具足如是等法則能教化一切衆生爾時比丘聞是法已於十千年繫心思惟勤行精進爲得是法以精進故即得無盡器陀羅尼善解一切衆生語言隨語爲説得是持已復有無盡辯才成就如是陀羅尼已周遍城國村邑聚落化無量衆於三乘道爲其父母兄弟眷屬宗族説法悉令獲得隨順法忍須菩提爾時比丘復往佛所頭面敬禮右遶三帀却住一面白佛言世尊如佛先説我已證得佛神力故得聖智慧世尊頗有三昧菩薩修已心不退轉增長善法不佛言比丘有三昧名一切法自在菩薩修已其心不退亦得增長無量善法爾時比丘聞三昧名即白佛言世尊菩薩云何行云何修云何學而能獲得如是三昧比丘有八法八莊嚴八發心菩薩具已得是三昧何等爲八一者淨心二者至心三者施心四者離煩惱心五者觀六界六者修忍七者勤精進八者修定身心寂靜是名八法八莊嚴者一者捨二者戒三者功德四者智五者舍摩他六者毗婆舍那七者發菩提心八者莊嚴一切佛法是名八莊嚴八發心者一者發心無有衆生壽命士夫一切諸法亦復如是二者發心一切諸法無常苦無我三者發心一切諸法空無相願四者發心未來之法無有住處五者發心現在之法無有住處六者發心一切諸法無業果報七者發心一切諸法無有作者無有受者八者發心一切諸法無有繫屬菩薩具足如是

等法得是三昧比丘聞已進修不久即得如是一切法自在三昧得三昧已即放光明遍照三千大千世界爾時比丘即往佛所頭面作禮右遶三帀上昇虛空一多羅樹結加趺坐滿一千年不動不揺法喜爲食獲得此智樂説無礙令三萬六千億衆生得不退心無量衆生安住三乘爾時法語比丘過千年已從座而起作如是言如來世尊勤精進故得阿耨多羅三藐三菩提非懈怠也善男子汝於無量無邊世中成就無量無邊功德故能速得如是神通善男子汝已於往七萬六千億佛所種諸善根淨修梵行是故因此過去善根獲得如是現在善果佛告須菩提汝知爾時法語比丘得三昧者豈異人乎即是今之不眴菩薩成就如是無量功德爾時世尊爲須菩提説是菩薩往因緣時三萬二千衆生發阿耨多羅三藐三菩提心虛空之中諸天龍神乾闥婆等雨諸華香以用供養不眴菩薩而作是言我等今日見此菩薩得大利益爾時須菩提語不眴菩薩言善男子汝已久修清淨梵行不眴菩薩言大德夫梵行者非是過去未來現在若非過去未來現在即是無作若無作者即名爲行如是行者名爲無生名爲無諍無有言説及以威儀大德非眼行故名爲梵行非耳鼻舌身意行故名爲梵行非色聲香味觸法行故名爲梵行亦非色受想行識行故名爲梵行非相非緣非見非聞非知非覺大德如是等法無去來住無牽無挽無有數量無上無下是名梵行須菩提言善男子夫梵行者名八正道不眴菩薩

言大德云何八正道名爲梵行若以正見爲梵行者不見諸法名爲正見等見諸法名爲正見不見之見乃名正見若不見者云何得名爲正見耶若無正見云何得名爲梵行乎無有思惟名正思惟夫思惟者名爲顛倒若顛倒者云何得言正思惟耶一切音聲皆悉平等若善若惡若一若二若過去若未來若現在若一切字若一切聲皆名爲響若是響者云何得言爲正語耶聲平等者一切行法皆悉無常是苦無我涅槃寂靜若能等觀一切諸法如涅槃相及演說者是名正語無身無身業無口無口業無意無意業何以故無業處故若有業處則有我我所若無我我所則無業果若如是觀名爲正業若爲壽命行於邪命遠離邪命故名正命若觀是等無我我所無有衆生壽命士夫如其無者何故得名爲正命耶於眼識色不生染著眼識性空以識性空故眼色亦空若眼色識空至意識法亦復如是若如是觀是名正命無有顛倒斷諸精進名正精進無精進法無精進者無有具足成就精進無有精進爲利益者若能觀察如是等法是名正精進若能等念一切諸法平等如空一切諸法亦復如是如一切法陰入界等亦復如是若能觀於如是等法是名正念觀一切法皆悉平等無我我所若能如是平等觀者是名正定大德若能如是觀一切法性平等者名八正道是名梵行非以數故名八正道非八正道名爲梵行非世道故名爲梵行非著心故名爲梵行非二相故名爲梵行非作想故名爲梵行若見諸法

無有住處乃名梵行爾時不眴菩薩爲諸大衆說如是等梵行法時五百比丘離諸煩惱得阿羅漢果須菩提言善哉善哉善男子快說是法如離煩惱阿羅漢人之所宣說等無有異大德我今亦是遠離煩惱亦是阿羅漢我亦遠離聲聞緣覺煩惱諸法我如法住故名阿羅漢爾時須菩提白佛言世尊是不眴菩薩樂說無礙不可思議辯才利智隨問而荅佛言須菩提不眴菩薩得一切法自在三昧以是故能隨問而荅若有菩薩得是三昧一切世間人天魔梵不能障其樂說無礙爾時帝釋白佛言世尊若有人於無量世中具足功德乃能得見不眴菩薩聞其所說世尊若有比丘比丘尼優婆塞優婆夷受持是經讀誦書寫爲人解說及聞法者悉發阿耨多羅三藐三菩提心當知是輩一切皆當如不眴菩薩作師子吼世尊我當擁護如是等人佛言善哉善哉憍尸迦汝今至心護持正法爾時梵王復白佛言世尊我當樂修捨定三昧捨禪定樂來護佛法及說法者令離病苦隨何國土有說法處我當往彼至心聽受若有國土信受此經供養三寳我亦當爲除滅惡相令其土境清淨安怗正法治化佛言善哉善哉梵王汝眞護法若有人能如是護法當知是人終不遠離三寳之寳爾時四天王復白佛言世尊我亦能護受持讀誦書寫解說如是法者佛言善哉善哉善男子若知法者是人乃能擁護是法汝於我所得聞法已即獲法眼斷諸惡道若復至心護持正法不久當斷一切諸有爾時世尊告阿難言汝當

受持如是經典爲四部衆廣説其義阿難白佛言世尊我能受持如是經典如佛所説等無有異廣爲四衆宣釋分別爾時人天阿修羅乾闥婆一切大衆聞經歡喜讚歎善哉

大方等大集經卷第七

音釋

庭燎（燎力照切大燭也樹之於庭燎以爲明也）挽（武遠切牽引也）怗（他協切安也靜也）

大方等大集經卷第八

北涼天竺三藏曇無讖譯

海慧菩薩品第五之一

爾時世尊故在欲色二界中間大寳坊中與諸大衆圍繞說法是時三千大千世界大水盈滿猶如大海又如劫盡水災起時然諸世界國邑村落城郭舍宅山林樹木上至色界無所嬈害悉皆如故而諸大衆皆見是水爾時水中出生無量分陀利華青瑠璃莖眞金爲葉功徳寳臺帝釋寳鬚周帀多有無量之華縱廣十里在寳坊中高一多羅樹爾時大衆各各自見在此華上其華爾時出大光明遍照十方無量世界爾時大衆心生歡喜我等今者必當得聞殊勝妙法爾時彌勒菩薩即從座起前禮佛足右繞三帀於蓮華上長跪合掌白佛言世尊何因緣故如是三千大千世界滿中大水猶如大海又如劫盡水災起時復出無量分陀利華大光如是遍照十方無量世界佛言彌勒下方過於三千大千世界微塵等國有一世界名寳莊嚴其土有佛號海智神通如來應正遍知明行足善逝世間解無上士調御丈夫天人師佛世尊彼有菩薩名曰海慧欲來至此大寳坊中與無數菩薩俱共已斷一切數想欲來聽是大集經典時舍利佛白佛言世尊彼佛世界去此甚遠海慧在彼頗得聞此佛所說不佛言舍利弗如汝今於我前所聞彼亦如是如汝今日及諸大衆覩見於我海慧菩薩見我亦爾世尊菩薩摩訶薩所有神通不可思議住於極遠無量世界而有如是無礙天眼無障耳

通世尊誰有聞是不思議事而當不發阿耨多羅三藐三菩提心唯除下劣不肖人耳爾時海慧菩薩具足無量神通之力於一念中在彼國滅忽然現此大寶坊中即入三昧令此大衆悉得遥見彼佛世界所有人民城邑聚落屋舍殿堂山林樹木飛鳥走獸及見彼佛與諸大衆圍繞說法見是事已即從三昧安詳而起前禮佛足右繞三帀以其世界所有香華種種妓樂供養於佛作如是言下方世界海智神通如來致問無量如來身命及以大衆悉安隱不却坐一面寶蓮華上時有梵王名曰修悲作是思惟何因緣故有是大水滿此三千大千世界而非水灾我今當往問於世尊即與六萬八千梵俱詣如來所頭面敬禮右繞三帀長跪合掌白佛言世尊何因緣故此中三千大千世界七寶蓮華莊嚴遍滿無量菩薩各各次第坐寶華上三千世界大水盈滿佛言梵天善男子此是海慧菩薩摩訶薩神通之力梵天言世尊如來所說大集妙典猶未訖耶佛言梵天如來所有樂說無礙不可窮盡梵天佛與無量菩薩大衆觀察法界講論法界法樂微妙亦不可盡梵天言世尊如來所言海慧菩薩其誰是耶佛言梵天汝今不見坐寶蓮華其華縱廣滿十由旬爲諸菩薩之所恭敬讚歎者乎其身色像光明煒曄唯除如來餘無及者爾時梵天見已即生恭敬之心頭面禮拜作如是言若有得見如是正士得大利益我今遇之亦復如是世尊如是正法當久近住佛言善男子如是正法如如來壽我涅槃後是諸菩薩亦

護是法何以故此經即是過去未來現在佛印爾時海慧菩薩踊在空中高七多羅樹示現己身智慧之力爲令大衆生信心故莊嚴此經故而説偈言

下方有土過塵數　有佛海智神通尊
常爲衆生演説法　我聞能受爲人説
我今來此大衆中　供養恭敬十力尊
所來眷屬諸菩薩　爲破法中網疑心
我今敬禮最無勝　如法而作上供養
爲欲莊嚴上菩提　教化衆生無上道
若觀諸色無有相　亦能斷離三種受
若無相貌及種性　是人能禮無上尊
若不貪著我我所　亦復修習於中道
觀一切法如虚空　是人能禮無上尊
若不貪著諸境界　亦能寂靜於内入
於諸法界不生著　是人能禮無上尊
若見如來真法身　能竪無上大法幢
見一切法如幻相　是人能禮無上尊
若見無施無受者　無作無受亦如是
若無正見及邪見　是人能禮無上尊
亦不定在菩提中　又不決定在生死
遠離一切諸煩惱　是人能禮於如來
若有至心修善法　淨身口意三業等
亦能調伏於諸根　是人能禮無上尊
若忍諸法無有我　不成菩提捨衆生
爲菩提故持淨戒　是人能禮無上尊
若觀諸法猶如燄　衆生平等如虚空
淨心不作諸心想　是人能禮無上尊
爲諸衆生受大苦　爲菩提故修忍辱
觀一切法如水月　是人能禮於正覺

觀無衆生命士夫　亦爲衆生修菩提
觀法念念滅盡相　是人能禮無上尊
受地獄苦心不退　勤加精進修習道
聞諸法空心不怖　是人能禮無上尊
一切境界無罣礙　猶如空中動手者
亦觀三世相平等　是人能禮無上尊
若魔不能知其心　是人則得大神通
若說法字義無盡　是人能禮無上尊
若能遍聞諸佛音　聞已受持廣宣說
不見三寶差別相　是人能禮無上尊
如來具六波羅蜜　無有去來如虛空
了了知諸衆生界　是故我禮無上尊
如來成就大功德　終不生於似我慢
我今敬禮佛色像　是身世間不能作
佛光勝於一切光　其音殊妙亦最上
一切衆生不見頂　是故我禮一切勝
如來知諸衆生解　隨解而爲演說法
能知煩惱之對治　是故我禮於世尊

爾時海慧菩薩偈讚佛已從空而下白佛言世尊我今於此欲少諮問唯願如來哀愍聽許佛言善哉善哉善男子隨意致問吾當爲汝分別解說海慧菩薩言世尊我先聞有淨印三昧若有菩薩住是三昧即得阿耨多羅三藐三菩提唯願如來說是三昧令諸菩薩普皆得聞聞已皆當莊嚴修行爲阿耨多羅三藐三菩提故佛言善男子至心諦聽吾今當說善男子如淨寶珠匠者琢磨價直無量人所珎重善男子菩薩初發菩提心已修習善法多聞思惟觀察法界淨於初心初心旣淨咸爲諸佛菩薩敬念即便獲得淨印三昧

善男子淨寶珠者離九種寶何等爲九一者金性二者銀性三者瑠璃性四者玻瓈性五者碼碯性六者蓮華性七者硨磲性八者功德寶性九者珊瑚性是名爲九離是九性名淨寶珠其價無量轉輪聖王之所受用是珠光明餘光不及善男子菩薩摩訶薩發菩提心亦復如是離九種性得淨印三昧何等爲九一者凡夫性二者信行性三者法行性四者八忍性五者須陀洹性六者斯陀含性七者阿那含性八者阿羅漢性九者辟支佛性離是九性入佛種性得淨印三昧以其淨故勝於一切聲聞緣覺施於一切衆生光明善男子淨寶珠者耐磨穿押是故此珠名無瑕玼善男子淨印三昧亦復如是善男子云何淨印三昧修習五戒具十善法修行慈悲憐愍衆生見他事業親往營理愛念一切修捨意淨常念衆生以四攝法攝取一切專念六念調伏諸根少欲知足不斷聖種息諸鬪訟壞於憍慢恭敬供養諸師和尚耆舊長宿不輕於他求法護法遠離惡法於佛法僧信心無壞心常緣念一切善法不讚已身常稱他德知恩報恩淨諸威儀具於忍辱求舍摩他修陀羅尼心等如地水火風空常樂出家修習寂靜持戒精進親近善友淨於諸根眼耳鼻舌身心無礙觀於不淨爲壞貪結修習慈心爲破怨親觀十二緣爲壞無明遠離一切障礙之法施法無悋具足成就六波羅蜜不求餘乘內外清淨觀生死過於菩提道心不悔退教化衆生於大乘中善男子菩薩具足如是等法淨不淨意發阿耨多羅三藐三菩

提心是名寶珠爾時世尊即說頌曰

若有修習大慈心　具足成滿十善法
是人定見彌勒佛　故菩提心難思議
修習大悲爲衆生　亦常教化於大乘
爲除煩惱修捨心　故菩提心難思議
具足修習念智慧　及能調伏於自心
能修知足及少欲　是故菩提心最勝
遠離一切諸惡法　其心柔輭於衆生
增長一切諸善法　是故菩提心最勝
恭敬供養師和尚　紹繼增長聖種性
遠離一切諸憍慢　是故菩提心最勝
其心質直不欺誑　常樂寂靜化衆生
除去憍慢不輕他　是故菩提心最勝
護持正法能聽說　化諸衆生離煩惱
至心專念無上乘　是故菩提心最勝
供養三寶信四諦　遠離諸惡修善法
不嗔不恚於衆生　是故菩提心最勝
客煩惱起生慚愧　即向十方佛懺悔
修習善法調諸根　是故菩提心最勝
淨身口意知業果　知恩念恩能酬報
信十二緣淨威儀　是故菩提心最勝
具舍摩陀修智慧　具足持戒樂菩提
受大苦惱心不動　是故菩提心最勝
其心平等如四大　視諸衆生如虛空
常樂出家修菩提　是故菩提心最勝
貪樂寂靜淨身心　修行法行觀四諦
實語法語眞義語　是故菩提心最勝
隨所說法而安住　勤修精進壞魔業
於所修法無懈怠　是故菩提心最勝
親近善友佛菩薩　能度衆生生死海

能淨一切六境界　是故菩提心最勝
遠離障礙除五蓋　諸根清淨無憍慢
貪欲瞋恚癡對治　是故菩提心最勝
觀善思惟具念心　修助菩提得神通
不畏生死樂涅槃　是故菩提心最勝
凡所說法不爲食　於諸法中心無悋
修行善法不求報　是故菩提心最勝
不以餘乘攝衆生　所說衆樂而受持
其心無量無有邊　是故菩提心最勝
内外清淨無過咎　不畏生死修菩提
修菩提時心不悔　是故菩提心最勝
知衆生界淨國土　莊嚴菩提不自爲
迷惑衆生示正道　是故菩提心最勝
善知法界眞實性　無分别智不可說
能破衆生怖畏想　是故菩提心最勝
若能具足如是法　是能淨發菩提心
不爲世法之所汙　煩惱魔業亦復然
若有能發菩提心　是則能勝一切乘
能淨一切衆生心　亦能演說無上道

善男子云何名爲菩提之心押而不壞押者名爲大悲緣於一切衆生紹三寶種不令斷絶爲佛法故莊嚴善根三十二相八十種好嚴淨世界爲護正法不惜身命善男子若爲諸惡衆生打觸惱亂嬈害悉當忍之亦應不捨一切衆生心不生悔不愁不惱爲調衆生勤加精進若遇罵辱瞋恚打擲嘿然受之終不加報應作是念夫大乘者與世共諍何以故一切衆生順生死流大乘之法逆生死流一切衆生各各諍訟大乘之法破壞鬭諍一切衆生瞋恚熾盛大乘之法除滅瞋心一切

衆生各各虛誑大乘之法質直無虛十方世界若有衆生以諸刀杖隨逐菩薩而作是言誰有發此菩提心者我當叚叚支解其身如胡麻許菩薩聞此終不退轉菩提之心亦不放捨慈悲喜捨惠施持戒忍辱精進禪定智慧何以故菩薩思惟我於無量無邊世中受大地獄畜生餓鬼人天等身受行惡法不能自利及利他人若我或於無量世中爲彼惡人刀杖隨逐節節支解我終不捨於菩提心及諸衆生何以故若我不能忍受如是世中苦者何能堪忍地獄諸苦行善法時多有惡法來作障礙我若不忍云何能作種種善法一切衆生施我惡事我要當以善法施之衆生施我刀杖罵辱我以無上大忍施之菩薩摩訶薩若能如是思惟觀者當知不久得阿耨多羅三藐三菩提如是觀已能忍三押謂身口意云何押身若菩薩身被支解時爾時依法將順惡人具足六波羅蜜云何菩薩身被支解而得具足六波羅蜜菩薩若被支解身體不惜身命爾時具足檀波羅蜜於彼惡人修習慈心爾時具足尸波羅蜜不嗔不罵不以惡事還往加之爾時具足忍波羅蜜爲諸衆生勤行精進終不捨離菩提之心爾時具足精進波羅蜜若他嗔打其心不動不失正念其意清淨爾時具足禪波羅蜜觀身無常苦空無我猶如草木瓦石等類爾時具足般若波羅蜜具足如是六波羅蜜已押而不壞是名押身云何押口忍於一切惡言罵辱若實不實但責己身煩惱諸結終不怨他爲諸衆生修習慈悲菩薩摩訶薩修習如是忍

惡罵時即得具足六波羅蜜菩薩摩訶薩遇罵辱時即作是念是人往世慳貪因緣親近惡友得是惡心我破慳貪修習惠施親近善友是故我能捨是嗔恚爾時具足檀波羅蜜菩薩摩訶薩遇罵辱時作是念言是人破戒不信業果是故罵我我受持戒信於業報是故修忍念於菩提護持正法將順衆生爾時具足尸波羅蜜菩薩摩訶薩遇罵辱時作是思惟是人懈怠不修善法是故罵我我勤精進修習善法捨離嗔心於善法所心無猒足我今要當設大方便先令是人生菩提樹然後我當取菩提果爾時具足精進波羅蜜菩薩摩訶薩遇罵辱時復作是念是人失念狂亂放逸煩惱所汙我今破壞一切煩惱爲如是等諸惡衆生發菩提心若諸衆生悉清淨者我復何緣發菩提心是故專心緣念菩提心不忽務爾時具足禪波羅蜜菩薩摩訶薩遇罵辱時復作是念是人著我我所衆生壽命士夫我依法界法界之中誰罵誰受我亦不見一法是罵及以罵者爾時具足般若波羅蜜若能至心受持修行五波羅蜜爾時具足忍波羅蜜是名抑口云何抑心不畏魔衆退菩提心不畏一切衆邪異見退菩提心不畏地獄餓鬼畜生種種諸苦退菩提心若見佛像來作是言汝亦不能發菩提心菩提之道甚爲難得不如早修聲聞乘法速證涅槃受大安樂菩薩爾時聞是語已即自思惟菩提之道難之與易我終不退定當得到菩提樹下坐金剛牀我昔已請一切衆生許當以法而惠施之我今未與云何欺誑我當隨順

一切佛心堪忍如是押心之事不誑諸佛人天大衆及以已身是名押心爾時世尊即說頌曰

向菩提道心不壞　大慈大悲亦復然
又不斷絕三寶種　無量莊嚴爲菩提
爲佛十力四無畏　三十二相八十好
無量世中捨財施　亦受種種大苦惱
爲得三寶諸功德　受持正法而廣說
爲度衆生生死海　是故堪受種種苦
十方世界惡衆生　執持刀杖逼我身
心終不動失菩提　憐愍一切衆生故
無量劫中受苦惱　不能自利及利他
今我此忍大利益　亦能得佛無量德
爲佛功德碎其身　猶如胡麻心不悔
心亦不退無上道　多受諸苦爲菩提
行住坐臥念菩提　其心寂靜離煩惱
若欲起嗔於衆生　先當怨已及煩惱
三惡道中受諸苦　爲諸衆生得佛道
不求人天上快樂　甘樂爲衆受諸苦
若於人中所受苦　不及地獄百千一
雖受三惡無量苦　亦不退失菩提心
觀身無常及無我　四大之性如四蛇
至心放捨如是身　能得智慧無上道
流轉諸有受衆苦　以不能觀身真實
菩薩能觀身真實　是故永離諸苦惱
行惡之時無妨礙　修行善法多留難
諸佛世尊爲證知　是故我受種種苦
我今能忍如是等　身口意業無量苦
以是因緣菩提心　堅牢畢竟不可動
捨身具六波羅蜜　於身無貪具足檀

於彼惡人生慈心　是故具足於尸羅
割身能忍不生嗔　以是因緣具羼提
受苦時心不動轉　是故具足毗黎耶
不失念心樂寂靜　是故具足於禪那
觀身無我無我所　爾時具足於般若
若我能作是莊嚴　不久定得無上道
若我不忍惡口業　云何能壞衆煩惱
若我調伏身口意　則能忍受衆苦逼
能壞一切諸魔衆　雖有衆邪我不動
若欲具六波羅蜜　如來十力四無畏
獲得無上無價寶　當學調伏身口意

善男子云何名爲穿菩提心菩薩既發心已終不生於相似我慢不著菩提心不貪菩提心不愛菩提心不觀菩提心如是則能令心寂靜觀深法界觀諸佛法深法界者謂十二因緣遠離二邊一切諸法性自無我觀於我性一切法性空無有主住空三昧無相無願知諸行法無所造作觀色如沫受如水泡想如熱燄行如芭蕉識則如幻觀界無作無有動搖入如聾盲心無暫住憍慢之結都無生處諸法無二無有分別一味一乘一道一源觀一切聲無有聲相一切音聲次第不合一切諸法不可宣說了知苦相集無我所於滅不增知道畢竟無障礙故觀身念處知去來受念心出滅知於法界觀界非界故修正勤欲得自在故修如意離諸煩惱名爲信根樂於寂靜名精進根非有念故名爲念根非思惟故名爲定根遠離一切名爲慧根不隨他故名爲信力無障礙故名精進力不退轉故名爲念力心得自在名爲定力不觀善惡名

爲慧力不放逸故名念覺分入諸法故名擇法覺分如法行故名進覺分遠離惡故名喜覺分身心寂靜名除覺分知實三昧名定覺分不觀於二名捨覺分遠離諸見名爲正見離諸覺觀名正思惟知諸聲性名爲正語於身口意不生貪著名爲正業離嫉妬心名爲正命不增不減名正精進於善不善不生貪著是名正念觀諸心界是名正定實相之性其性寂靜畢竟義者名無常苦無我假名清淨大淨能調心者名之爲施身心清涼名之爲戒諸法無常名之爲忍勤修是智名爲精進內外清淨名爲三昧觀眞實故名爲智慧知諸衆生心性本淨是名爲慈觀於一切等如虛空是名爲悲斷一切喜名爲喜心遠一切行名爲捨心一切諸法未來世淨過去種種現在無我善男子若能眞實觀察了知如是等法是名爲穿菩提心實菩薩觀察如是法已次第得一切法自在陀羅尼善男子譬如日月不作往來照明之心以諸衆生福德力故自行往反壞諸闇冥善男子菩薩摩訶薩若能觀了如是等法亦復如是不作是念我當利益無量衆生而令衆生得大利益善男子若菩薩摩訶薩能作是觀是名禪波羅蜜般若波羅蜜何以故入定乃能作如是觀亂心不能定者即是禪波羅蜜觀者即是般若波羅蜜如是乃能觀於眞實了了見於一切法相云何名見一切法相一切法相名無相相言無相者即是無作即此無作名之爲相若能永斷如是無相即無相相又無相者名無生相無相相者名無滅相無生無滅名

無相無相相若見無生無滅無住無一無二無嗔無諍無有如爾不動不轉知於法性是名真性是名法性是名實性善男子菩薩摩訶薩若真實知如是等法名非住住說是法時十二那由他衆生發阿耨多羅三藐三菩提心萬六千天子得無生忍爾時世尊即說頌曰

能破一切諸法相　清淨無上菩提心
若能如是觀察者　即得不著一切法
明見甚深諸法界　亦不怖畏於涅槃
以是不怖因緣故　則能增長於佛法
明信於因及果報　十二因緣亦如是
遠離二邊常斷見　隨意種種說正法
於常無常心不著　又能演說於中道
知一切法是空性　無有衆生無壽命
一切諸法空無相　亦復無有次第生
其性本來常寂靜　無有能作如虛空
不觀一切諸法相　了了覺知無有性
觀色如沫受如泡　想如熱燄行芭蕉
觀心如幻四大空　觀入猶如聾盲者
又觀心意無內外　心無住處界無二
不著諸法色色相　雖有是知無憍慢
觀一切法皆平等　一味一乘一道源
能知如是真實義　了了能觀於法界
無有音聲能觀聲　無有心意能觀心
無有文字觀文字　是能真實知法界
一切法義不可說　聲及文字亦復然
真實知苦集滅道　具足繫心四念處
於諸法界無分別　其心能得大自在
遠離一切諸煩惱　修四正勤行精進

爲得無量大自在　勤心修習四如意
於一切法不貪著　爲於如是修信根
常樂住於大寂靜　是故修習精進根
心無念處知真實　是故修習於念根
悉能調伏諸心想　是故修習於定根
爲能觀察諸法界　是故修習於慧根
爲欲了知諸法界　是故修習七覺分
不觀諸法一二數　是故修習八正道
如意能以財物施　亦能如意受持戒
又能清淨於内外　是則名爲大神通
一切諸法本性淨　是故修習於慈悲
斷一切喜諸煩惱　是故修習於喜心
一切諸法本性淨　去來現在亦復然
若觀諸法無生滅　是人即得真實知

爾時世尊復告海慧菩薩言菩薩得是淨大淨已其心真實無有欺誑於諸衆生平等無二得真實智畢竟大智淨印三昧安住淨印三昧根本云何名爲三昧根本爲諸衆生修大慈悲雖得供養其心不高嗔恚毀辱心亦不下心不高故則能生於不憍法性不憍名字亦不生於相似我慢身口意業從智慧生是故一切所作諸業非不隨智云何菩薩身業隨智所得身形殊勝微妙衆生見者即得調伏身四威儀亦能調伏離諸身過身曲身滓其身清淨相好莊嚴諸根具足無有缺減不恃此身而生憍慢見下色者心亦不輕自於其身不生貪著觀身法界及以身業知是身已念於法身不求食身以定爲食爲調衆生現受其施常修聖行所謂非爲貪欲嗔恚愚癡受持淨戒擁護正法菩薩摩訶薩具足

如是隨智身業得大神力無所畏力以是力故於諸佛土普示其身如此世界所示色身餘諸世界亦復如是放大光明遍照十方無量世界其光柔輭衆生遇者離煩惱熱離煩惱已受大快樂是名菩薩身業隨智云何菩薩口業隨智所謂遠離六十四種惡口之業麤語濁語非時語妄語漏語大語高語輕語破語不了語散語低語仰語錯語惡語畏語吃語諍語諂語誑語惱語怯語邪語罪語啞語入語燒語地獄語虛語慢語輕語不愛語說罪咎語失語別離語利惡語兩舌語無義語無護語喜語狂語殺語害語繫語閉語縛語打語歌語非法語自讚歎語說他過語謗三寶語是名六十四善男子菩薩摩訶薩遠離如是惡口等事凡有所說說實說眞說解脫說如實說隨諦說利衆生說隨衆生心實不實說衆樂聞說一切聲說一切語說淨衆生根說令衆生離於煩惱說於佛語說於甘露其聲遍聞十方世界說令衆生永離苦惱說於深義說調衆生說不造作惡是名菩薩口業隨智云何菩薩意業隨智住一心中能知一切衆生之心常在禪定現諸威儀一切衆魔聲聞緣覺悉不能知心所緣處終不生心欲自毀害方便害他了一切法通達無礙得如是心不受能受亦不證滅是名菩薩意業隨智是名淨印三昧根本如是根本復有十種一者淨初發心二者淨菩提道三者淨六波羅蜜四者淨乾慧故修於三昧五者淨相六者淨好七者淨陀羅尼八者淨如法住九者淨於無失十者淨三十七助道之法是

名爲十善男子淨印三昧具三十法一者内淨二者外淨三者心淨四者憍慢淨五者身淨六者眼淨七者一切衆生無衆生淨八者一切法本性淨九者一切法同一味淨十者空無相願淨十一者解脱法門淨十二者一切諸法入法界淨十三者一切諸法入一性淨十四者信心無壞淨十五者無障礙淨十六者一切解脱淨十七者無爲淨十八者觀十二因縁淨十九者十力四無所畏淨二十者無勝淨二十一者一切法智淨二十二者過去業淨二十三者慈悲淨二十四者不捨衆生淨二十五者破諸魔業淨二十六者離内貪淨二十七者離諸習氣淨二十八者一念知一切法淨二十九者不失念心淨三十者具足莊嚴淨菩薩具足如是等法名淨印三昧得是三昧已得八不共法何等爲八所得世界金剛爲地一樹之上種種枝葉種種華果一切衆生不起煩惱地獄餓鬼畜生之類悉見菩薩坐菩提樹見已即得微妙快樂金光遍照無量世界一切大地六種震動無一衆生有嬈害者一念之智知一切法是名爲八爾時世尊即説頌曰

若知諸法如虚空　淨於本性不生滅
即能淨於如來印　亦得住於定根本
雖得供養心不喜　呵責罵辱心不嗔
修習慈悲心平等　是則名爲淨印定
遠離一切諸憍慢　離已其心不自高
能呵煩惱諸結縛　是則名爲淨印定
其身永離諸惡業　莊嚴妙相三十二
具足清淨於諸根　亦復不生憍慢結

見有下色醜陋者　貧窮厮下心不輕
爲菩提故説淨法　是則名爲淨印定
觀察於身眞實性　壞於衆生貪身想
是故獲得上法身　遠離一切雜食身
常在禪定法喜食　爲衆生故受揣食
甘露上味增法命　是則名爲淨印定
愛樂聖行持佛戒　遠離貪欲恚癡等
菩薩先自調其身　然後復爲衆生説
神通遍遊諸十方　爲調衆生演説法
如彼色像示其身　隨其意趣爲説法
身出無量金色光　遍照十方諸世界
能壞衆生煩惱熱　增長菩提心功德
若有三惡苦衆生　遇已悉得無上樂
皆得遠離惡道苦　信心成就修善業
如來所説身淨業　爲令衆生淨佛身
若有能修如是業　獲得淨身如先佛
若有遠離惡口業　即得從智微妙聲
凡所演説衆樂聞　聞者皆得生善芽
遠離六十四惡口　是人則能説甘露
能説無爲之大乘　亦能善解衆生語
能離貪欲恚癡語　演説甚深眞實義
其聲遍聞十方界　爲衆宣説實解脱
呵毀打害不嗔諍　心常憐愍柔輭語
爲衆演説不可説　説已其心不生慢
若能清淨如是業　是人遠離口諸惡
如來所説口淨業　爲令衆得廣長舌
若有修習善意業　是人一念知諸心
常在禪定示威儀　壞諸魔業心不高
不受能受爲衆生　了知眞實不證滅
一切衆魔不知心　聲聞縁覺亦復然

不生害心於自他　能觀甚深諸法界
若欲得是淨印定　常當修習於十法
清淨莊嚴佛境界　淨於善法及六度
具足功德及身相　得無礙說陀羅尼
如法而住淨其心　不失念心說無我
離一切障慧無礙　其意無失具功德
修助菩提無放逸　爲諸衆生說菩提
無量世界身無礙　演說正法化衆生
具足八種不共法　獲得無上大利益
金剛爲地樹種種　悉見菩薩坐菩提
若欲具足如是德　當修淨印三昧定
如來修習是定故　獲得功德不可議

大方等大集經卷第八

音釋

莖胡耕切軨也　鬚相俞切　不肖肖私妙切似也妄庸之人謂之不肖言不似其先也　煒韡煒于鬼切韡域輒切煒韡光盛貌　琢磨琢竹角切治玉曰琢磨眉波切磨礪也　打擲打音頂擊也擲直炙切投也　沫莫葛切水沫也　泡披交切水上浮漚也　滓壯士切澱也　吃居乞切言蹇也　怯乞業切畏懦也　揣食揣徒官切以手圜之也

大方等大集經卷第九

北涼天竺三藏曇無讖譯

海慧菩薩品第五之二

善男子菩薩摩訶薩若欲獲得淨印三昧應當修習淨於菩提遠離一切滓濁之心善男子若不能見諸法性淨則爲渴愛煩惱所汙一切諸法不可思惟不作不行清淨寂靜無有塵垢亦無過失畢竟清淨如解脫性法界不壞無有分別實性法性無有差別一切諸法空無相願如解脫性無礙平等一切諸法亦復如是若能如是正觀察者是名無濁善男子菩薩若能爲諸衆生說如是法是名無滓善男子若有菩薩心無滓濁是人則得淨印三昧海慧菩薩言世尊如是三昧其義甚深不可說故不可覩見斷數法故難可解了不可見故是大智慧攝諸法故一切菩薩皆悉平等無垢無滓無諸障礙無有住處微妙難明不可喻說其性堅固猶如金剛不生不滅不破不壞不繫不縛是大光明遠離闇故不可思議無垢清淨遠離貪故無有諍訟修習慈故不覺不觀離去來故一切平等如虛空故世尊觀何因緣得是三昧佛言善男子譬如有人欲遊虛空大自莊嚴菩薩亦爾欲得是定當大莊嚴平等莊嚴一切諸法何以故世間之法從子得果善男子一切有爲識爲種子此三昧者無有種子何以故而此三昧非眼識識乃至非意識識非作非色非受非想非行非識觀一切法普皆平等是名三藐三佛陀善男子非異相故名爲生死非異相故名爲涅槃善男子隨生死相即涅槃相

何以故一切諸法本性淨故本性性者名爲無性夫無性者名無相性若無相性即是無作如是無作即是法性無有文字若無文字即名爲如如前中後亦爾是名三世夫三世者即名爲空空即無作如是無作何有作者是故無作名之爲空若無作作者當知無法若無法者無求無願若無願求則無身口意業無身口意業即名無礙無礙者名爲不出不滅不住不出不滅不住即無爲相無爲相者是名不住不住者謂無一切所作之業意不住色乃至意不住行若是四處意無住者是名無住若無住者則不生於相似我慢若無如是相似我慢則無增長若無增長則無有因若無有因則無覺觀若無覺觀是名嘿然善男子如是等法其義甚深若能信者即得解脫永離顛倒煩惱障礙即能受持過去未來現在諸佛所有法藏是大船師導師商主呪師醫師則能供養三世諸佛是名佛子過於魔業破諸魔衆不久當得淨印三昧能大莊嚴堅牢船舫濟渡衆生於生死海世尊云何菩薩能壞一切諸魔伴黨佛言菩薩若能不求諸法爾時則能破壞魔衆不求一切境界因縁善男子有四種魔一者陰魔二煩惱魔三者死魔四者天魔善男子若能觀法如幻相者是人則能破壞陰魔若見諸法悉是空相是人則能壞煩惱魔若見諸法不生不滅是人則能破壞死魔若除憍慢則壞天魔復次善男子若知苦者能壞陰魔若遠離集破煩惱魔若證滅者則壞死魔若修道者則壞天魔復次善男子若見一切有爲法苦

則壞陰魔若見諸法眞實無常壞煩惱魔若見諸法眞實無我能壞死魔若見諸法寂靜涅槃能壞天魔復次善男子菩薩若能於身無貪捨身施時迴向菩提能壞陰魔施時遠離慳貪之心壞煩惱魔若觀財物一切無常能壞死魔爲衆生故修悲布施能壞天魔復次善男子若有菩薩不爲我見受持淨戒能壞陰魔不爲有貪受持淨戒壞煩惱魔若爲遠離生死過失受持淨戒能壞死魔若能生心令毀禁者悉持淨戒受持淨戒則壞天魔復次善男子若有菩薩不見我忍我修於忍則壞陰魔不見衆生有修忍者壞煩惱魔不見生死則壞死魔不見菩提則壞天魔復次善男子若有菩薩勤行精進其身寂靜則壞陰魔勤行精進其心寂靜壞煩惱魔勤行精進觀法無生能壞死魔勤行精進爲調衆生令轉生死則壞天魔復次善男子若有菩薩不爲五陰修習禪定能壞陰魔不著界處修習禪定壞煩惱魔不著入處修習禪定能壞死魔所有諸善迴向菩提能壞天魔復次善男子若有菩薩知陰方便能壞陰魔知界方便壞煩惱魔知入方便能壞死魔以如是等種種方便迴向菩提能壞天魔復次善男子若有菩薩觀一切法皆是空相能壞陰魔觀一切法悉是無相壞煩惱魔觀一切法悉是無願能壞死魔具是三法迴向菩提能壞天魔復次善男子若有菩薩觀身身處不覺不著能壞陰魔觀受受處不覺不著壞煩惱魔觀心心處不覺不著能壞死魔觀法法處不覺不著能壞天魔作如是觀終不失於菩提

之心是人則能壞破四魔善男子若著我者則增魔事菩薩摩訶薩亦知有我亦知無我若有法非有我非無我如是則無一法增減一切衆生無明所覆是故菩薩爲欲莊嚴無上大乘非爲我故而發莊嚴發莊嚴已作是思惟誰莊嚴法堅固不壞我當莊嚴我亦不爲壞我衆生壽命士夫而行莊嚴爲破衆生著我邪惑衆生壽命士夫等見而行莊嚴衆生顛倒見是五陰常樂我淨我當爲說如是無常苦空無我爲令衆生得眞實智若有衆生心有願求當知是人即名爲著若不願求則無有著若不著者是人不諍若不諍者得眞實智知於過去未來現在不著過去未來現在何以故過去已盡未來未至現在不住若於三世不作著想名不顛倒名菩薩行了知一切衆生諸行知已了了說業及果亦知貪行嗔行癡行知有衆生行於貪欲莊嚴於嗔行於嗔恚莊嚴於貪行於愚癡莊嚴於貪行於貪欲莊嚴於癡行於嗔恚莊嚴於癡行於愚癡莊嚴於嗔善男子有諸衆生於色生貪於聲生嗔復有衆生於聲生貪於色生恚復有衆生於香生貪於味生恚復有衆生於味生貪於香生恚復有衆生於觸生貪於法生恚復有衆生於法生貪於觸生恚復有衆生貪欲猛健嗔恚羸劣復有衆生貪欲羸劣嗔恚猛健復有衆生嗔恚羸劣復有貪羸癡健癡羸貪健嗔羸癡健癡羸嗔健或有衆生爲色調伏非爲聲香味觸法等有爲聲調伏非爲色香味觸法等有爲香調伏非爲色聲味觸法等有爲味調伏非爲色聲香觸法等有爲觸調伏非爲色

聲香味法等有爲法調伏非爲色聲香味觸故復有衆生心寂靜故而得調伏非身寂靜而得調伏或有衆生身寂靜故而得調伏非心寂靜而得調伏或有衆生聞說無常而得調伏非因於苦不淨無我而得調伏或有衆生聞說苦故而得調伏非因無常不淨無我而得調伏或有衆生聞說不淨而得調伏非因無常苦無我等而得調伏或有衆生聞說無我而得調伏非因無常苦不淨等而得調伏復有衆生現身神通而得調伏非他心智而得調伏或有衆生因他心智而得調伏非因神通而得調伏善男子有諸衆生勤修精進遲得解脫有少精進速得解脫有勤精進速得解脫有少精進遲得解脫有因解脫非緣解脫有緣解脫非因解脫有因緣解脫非因緣解脫有諸衆生觀於內法而得解脫非觀於外有觀於外而得解脫非觀於內有觀內外而得解脫有不觀內外而得解脫有諸衆生因樂行故而得解脫非因苦行有因苦行而得解脫非因樂行或因苦樂而得解脫或有不因苦行樂行而得解脫有諸衆生因讚美故而得調伏非因呵責或因呵責而得調伏非因讚美或因讚毀而得調伏或有不因而得調伏有諸衆生因逆說法而得調伏不因順說或有因順而得調伏不因於逆或因逆順而得調伏或有非因逆順說法而得調伏有諸衆生因聞略說而得調伏非因於廣或有因廣而得調伏非因於略有因廣略而得調伏或有不因廣略說法而得調伏有諸衆生因四眞諦而得調伏有因念處而得

調伏有因正勤而得調伏或因如意而得調伏或因五根而得調伏或因五力而得調伏或因七覺而得調伏或因八道而得調伏善男子衆生之行不可思議衆生之心亦不可思議衆生調伏不可思議所入法門不可思議衆生境界不可思議菩薩摩訶薩獲得如是不可思議智然後乃知一切衆生所行之行不可思議善男子譬如羅網多有諸結有人在中以呪術力破網得出隨意而去菩薩摩訶薩亦復如是入衆生中以智呪力壞煩惱網隨意自在雖未證得阿耨多羅三藐三菩提而能通達衆生所行爾時舍利弗白佛言世尊菩薩摩訶薩初發無上菩提心時聞諸衆生有如是行不驚不怖是事實難不可思議佛言舍利弗於意云何如師子子雖復初産聞師子吼有怖畏不不也世尊菩薩摩訶薩初發無上菩提心時聞衆生行亦復如是舍利弗於意云何火勢雖小畏乾薪不不也世尊菩薩摩訶薩初發無上菩提心已得智慧火亦復如是舍利弗如來今以非喻爲喻舍利弗譬如猛火與諸乾薪結期七日當大戰鬪爾時一切乾樹草木種種枝葉悉共聚合如須彌山爾時猛火有一親友而語之言汝今何故不自莊嚴多有救援助彼薪衆汝唯一已何能當之時火荅言彼怨雖多我力能敵不須伴黨舍利弗菩薩摩訶薩亦復如是雖諸煩惱悉共和合其勢熾盛菩薩智慧力能消伏舍利弗菩薩摩訶薩有二種力一煩惱力二智慧力菩薩若無煩惱力者則不能共諸衆生行亦不能知衆生行處亦當

證於聲聞緣覺是故菩薩以煩惱力遍遊諸有不生怖畏是名菩薩行於方便舍利弗如小毒蛇不須伴侶初發心者亦復如是舍利弗譬如螢火雖有無量千萬億數不能障蔽日之光明菩薩摩訶薩亦復如是雖有煩惱無量無數不能障蔽菩薩智光舍利弗如阿伽陀一丸之藥能破大毒菩薩智慧亦復如是小智慧藥能壞無量大煩惱毒舍利弗譬如天降一味之水隨地差別得種種味菩薩摩訶薩一解脱智亦復如是隨衆生根説種種異舍利弗如閻浮樹下有金泥是金泥中有種種寶菩薩摩訶薩初發菩提金泥心中亦復有聲聞辟支佛寶舍利弗如餘小王一切悉屬轉輪聖王一切人天亦復如是悉來歸屬初心菩薩舍利弗如薄福人不遇寶雨若不能於無量佛所種諸善根則不能發菩提之心舍利弗無甘蔗子則無種種石蜜諸味若無菩提心者亦無種種三寶諸味舍利弗如耆婆醫王常作是言天下所有無非是藥菩薩亦爾説一切法無非菩提舍利弗如阿修羅王盡其勢力不能遮障日月之道一切魔衆亦復如是盡其勢力不能遮障勤行菩薩修菩提道舍利弗如色界天宫殿屋宅依空而住勤行菩薩所得菩提亦復如是依空而住舍利弗譬如虚空悉能容受一切萬物而是虚空初無增減無量佛法亦復如是雖有菩薩發心願求而是佛法亦無增減舍利弗譬如有人任力遊空而虚空性無增無減菩薩亦爾任其信力行於佛智而是佛智亦無增減舍利弗譬如陶師未成器時不得

器名菩薩善法亦復如是未發心時亦不得名舍利弗如人已見轉輪聖王則不求見諸餘小王菩薩亦爾若已發起菩提之心則不更發聲聞緣覺心舍利弗如餘處中不出衆寶衆寶要出於大海中舍利弗聲聞寶中不出三寶三寶要從菩薩寶出舍利弗譬如太子不名爲王非不名王菩薩摩訶薩亦復如是非名爲佛非不名佛舍利弗譬如小寶亦不可輕何以故如是小寶能作大事多所利益菩薩亦爾初發心時亦不可輕舍利弗我今爲諸菩薩摩訶薩說如是喻若有菩薩聞是諸喻即得安樂爾時世尊即說頌曰

若欲證得於佛道　應當除滅疑網心
勤修無上信心者　即能獲得於菩提
若修淨印三昧者　宣說諸法皆如夢
無量世中淨其心　即能得證正覺道
佛所得道非身業　亦非口意二業等
無爲真實性亦爾　是故不可以喻說
佛道無對不可見　非眼識界如虛空
非是一切諸情根　又非諸根之境界
非相非陰非入界　非是心意受想識
非知非智之境界　是故佛境不可知
諸佛大悲難思議　無量無邊無障礙
無字無聲不可說　是故無能知佛界
若有衆生無量世　親近善友聽正法
聞已即得大福德　常受妙樂如先佛
一切諸魔不得短　諸根調伏行樂處
能以方便壞四魔　如法而住行佛界
若行如是菩提道　即得菩提爲人說
能渡衆生生死海　能破一切大邪見

即得無上相好等　成就十力四無畏
能知衆生煩惱行　能壞一切諸有道
若有菩薩勤精進　即能破壞諸煩惱
如火能焚乾草木　菩提心能燒煩惱

爾時世尊復告海慧菩薩言善男子菩薩摩訶薩勤行精進易得阿耨多羅三藐三菩提誰有修行勤精進者當知是人即有菩提誰有精進是人即具檀波羅蜜尸波羅蜜羼提波羅蜜毗梨耶波羅蜜禪波羅蜜般若波羅蜜能自利益亦利於他善男子過去無量劫有佛世尊號勤精進如來應供正遍知明行足善逝世間解無上士調御丈夫天人師佛世尊國名善見劫名華聚爾時世界大水瀰滿其水出生八萬四千上妙蓮華一一縱廣滿千由旬有無量億金色光明其香微妙阿迦膩吒諸天見已多受安樂作如是言是世間中多有蓮華當知亦當多有佛出是故此劫名曰華聚是時彼國寂靜無聲以寂靜故無量世界諸菩薩等常樂觀察以觀察故各各皆得喜行三昧是故彼世名曰善見其國多有七寶林樹樓閣殿舍衆生安樂如兜率天多饒飲食易獲神通無有女身一切化生亦無二道皆修大乘爾時彼佛有三萬六千出家菩薩皆悉獲得不退轉心無量人天初發菩提堅固不退彼佛世尊常樂宣說勤精進行時大衆中有一菩薩名堅固莊嚴從座而起前禮佛足長跪合掌作如是言世尊云何菩薩勤行精進佛言善男子勤行精進凡有四法何等爲四一者發心二者作心三者觀心四者如法住如是四法即是具足佛法

因緣何以故善男子發者即是生善法因作者名爲增善法因觀者名爲利衆生因如法住者名入一切佛法因緣又復發者求聞正法作者聞已能說觀者善思惟義如法住者如說而住又復發者調伏慳心作者能一切施觀者爲衆生施迴向菩提如法住者不求施果又復發者求覓受人作者見來求者生慈愍心觀者觀財無常如法住者不求果報又復發者如法求財作者求於淨命觀者於不堅物修於堅法如法住者一切捨時不生憍慢又復發者離諸惡戒作者至心受持諸淨禁戒觀者至心調伏毁禁之人如法住者淨持禁戒不生憍慢又復發者淨於口業作者淨於身業觀者淨於意業如法住者修習善法又復發者遠離瞋心作者修習忍辱觀者將護自他如法住者修忍辱已不生憍慢又復發者常樂教化邪見衆生作者能壞衆生嗔恚之心觀者不見内外如法住者遠離一切煩惱諸結又復發者遠離懈怠作者勤修精進觀者調伏一切懈怠衆生如法住者勸諸衆生令修精進又復發者名爲善慈作者所作已竟觀者不求餘乘如法住者不失無量菩提之心又復發者莊嚴禪枝作者莊嚴三昧觀者終不生於相似我慢如法住者破壞衆生行惡之心又復發者莊嚴念心作者莊嚴諸有觀者其意堅固如法住者勇健無怯又復發者名如法因作者名如方便觀者名爲門户如法住者名爲解脱又復發者謂求文字作者持於文字觀者字不可說如法住者遠離文字又復發者離惡知識作者

親近善友觀者於善友所至心聽法如法住者不謬解義又復發者樂於捨家作者遠離怨親觀者求於善法如法住者不隨他意又復發者所謂少欲作者所謂知足觀者易養易滿如法住者善知時宜又復發者如戒而學作者於戒不漏觀者如意學戒如法住者如慧學戒又復發者檀波羅蜜尸波羅蜜作者羼提波羅蜜毗梨耶波羅蜜觀者禪波羅蜜般若波羅蜜如法住者智波羅蜜方便波羅蜜又復發者行施攝取作者軟語攝取觀者利他攝取如法住者同利攝取又復發者所謂大慈作者所謂大悲觀者所謂大喜如法住者所謂大捨又復發者護持正法作者淨於福田觀者莊嚴相好如法住者調伏衆生又復發者實知陰魔作者離煩惱魔觀者壞於死魔如法住者摧伏天魔又復發者謂身念處作者謂受念處觀者謂心念處如法住者謂法念處又復發者了了知苦作者遠離於集觀者證眞實滅如法住者謂修於道又復發者所謂信根作者謂精進根觀者所謂念根如法住者所謂慧根又復發者謂七覺分作者謂八正道觀者謂舍摩他如法住者毗婆舍那善男子如一切行皆名爲發修一切善悉名爲作一切淨心名之爲觀知一切業名如法住善男子彼佛復告堅固莊嚴善男子勤精進者寂靜其心心若寂靜即是精進若壞貪身即是精進若知身意即是精進斷我我所即是精進斷諸繫縛即是精進障煩惱盡即是精進若能遠離一切障礙即是精進若能除却十種憍慢即是精進能壞

貪恚即是精進若能遠離無明有愛即是精進若不放逸修於善法即是精進若能眞實觀內外入即是精進若眞實知陰界諸入即是精進心寂靜者即是精進破壞疑心即是精進若於三世不分別者即是精進若觀法界不動轉者即是精進若不漏者即是精進若不害者即是精進若不生悔即是精進若不求者即是精進若不滅者即是精進若不作者即是精進若無增減即是精進無上無下即是精進不捨不著即是精進不縛不解即是精進不去不來即是精進不生不滅即是精進非有放逸非不放逸即是精進無作作者即是精進無闇無明即是精進非見非不見即是精進善男子彼佛說是精進法時無量菩薩得無生忍善男子今此會中五千菩薩亦得如是無生忍法七千天人發阿耨多羅三藐三菩提心善男子爾時堅固莊嚴菩薩聞是法已爲得如是無量法故勤修精進獲得下忍爲求法故不坐不卧乃至命終旣捨身已得生梵世受梵天身於無量世供養於佛聽受正法於彼劫中周遍供養八萬四千諸佛如來聽受正法勤行精進善男子汝知爾時堅固莊嚴豈異人乎即我身是善男子我久具足是精進故超彌勒等諸大菩薩先成正覺是故我言誰有精進當知是人即有菩提善男子我勤精進猶尚難得阿耨多羅三藐三菩提況懈怠耶若有菩薩能精進者是人則能自利利他爾時世尊即說頌曰

我念過去無量世　華聚劫中精進佛

善見世界水彌滿　出生八萬四千華
其國猶如兜率天　豐饒飲食無女身
不由父母悉化生　亦無二道純一乘
十方世界諸菩薩　觀善見國受安樂
三萬二千出家衆　無量人天發菩提
爾時彼佛讚精進　唯爲堅固菩薩說
若能發心勤修善　繫心思惟如法住
爾時世尊爲我故　分别廣說是四句
發菩提心如法行　思惟得忍如法住
若求正法名初發　如法而說名爲作
受義不謬善思惟　修習於忍如法住
若勤行施是初發　求覓受者名爲作
明見無常善思惟　不觀二相如法住
如法求財是初發　清淨活命是名作
破壞慳心善思惟　不生憍慢如法住
遠離惡戒是初發　不漏護戒是名作
調伏毁戒善思惟　戒淨無慢如法住
遠離惡口是初發　其身寂靜是名作
其意寂靜善思惟　諸法寂靜如法住
遠離害心是初發　修習忍辱是名作
將護自他善思惟　忍不生慢如法住
誘喻瞋者是初發　遠離惡人是名作
内外寂靜善思惟　不著我心如法住
遠離懈怠是初發　勤修精進是名作
知於真實善思惟　修習於道如法住
始求善法是初發　求已畢竟是名作
念心受持善思惟　不失於法如法住
求於禪枝是初發　修習三昧是名作
無相似慢善思惟　無有過失如法住
念慧之心是初發　獲得法門是名作

擁護正法善思惟　勇健精進如法住
正念因緣是初發　修善方便是名作
觀於內法善思惟　得解脫已如法住
始求文字是初發　通達解了是名作
知不可説善思惟　了無文字如法住
遠離惡友是初發　親善知識是名作
聞已如聞善思惟　不遠離法如法住
佛法出家是初發　除捨怨親是名作
修習善法善思惟　不隨他意如法住
少欲知足名發心　樂於寂靜善思惟
住寂靜已説無諍　亦自修習如法住
從戒而學是初發　不行漏戒是名作
無戒之戒善思惟　從智慧戒如法住
不説世事是初發　常樂寂靜是名作
易養易滿善思惟　觀察無常如法住

樂修施戒是初發　忍辱精進是名作
修禪智慧善思惟　修智方便如法住
行施攝取是初發　輭語攝取是名作
利益衆生善思惟　自利利他如法住
修習慈悲名發作　不別三世善思惟
爲諸衆生淨身心　修習喜捨如法住
獲得正法是初發　清淨福田是名作
莊嚴自身善思惟　調伏衆生如法住
破壞陰魔是初發　離煩惱魔是名作
能壞死魔善思惟　摧魔怨敵如法住
修習身念是初發　修習受念是名作
修習念心善思惟　修習法念如法住
了了知苦是初發　遠離於集是名作
證滅眞實善思惟　修於正道如法住
修於信根是初發　修習諸力是名作

修念三昧善思惟　修於智慧如法住
身心寂靜是初發　遠離邪見是名作
觀於名色善思惟　精進不悔如法住
無我我所是初發　無縛無解是名作
無去無來善思惟　法性不動如法住
遠離憍慢是初發　除去貪恚是名作
觀十二緣善思惟　離癡有愛如法住
若能遠離一切相　破壞所有諸障礙
具足十力四無畏　能說功德勤精進
如來說是精進法　十千衆生悟無生
五千菩薩得法忍　無量人天發菩提
堅固莊嚴我身是　精進超過諸菩薩
若欲獲得上眞道　當修精進如先佛
爾時修悲梵天語海慧菩薩言所言佛法佛
法者云何名佛法海慧菩薩言梵天佛法者

名一切法一切法者名爲佛法如佛法性即
一切法性如一切法性即佛法性佛法性一
切法性無有差別一切法寂靜佛法亦寂靜
一切法空佛法亦空梵天一切法即十二因
緣菩提者亦十二因緣梵天言善男子夫佛
法者將不過於三界法耶梵天三界佛法性
無差別三界平等佛法平等無有二相善男
子譬如虛空無有增減佛法亦爾無增無減
性是空故無上無下梵天若善男子欲見佛
法當作是觀復次梵天夫佛法者非處非非
處非生非滅非青黃赤白班駮瑠璃虛空界
色離色無色非有形質方圓脩短無相無相
相無縛無解無有是相名爲佛法無相無句
無有文字清淨寂靜空義無相義無聚義畢
竟無出義覺知義不可宣說不可覩不可見

者名寂靜義寂靜義者即是空義空義者即無聚義無聚義者即眞實義眞實義者即是畢竟不出之義畢竟不出義者即不滅義不滅義者即無處義無處義者即是法性法性者即是佛法是名學法名阿羅漢法名緣覺法名爲佛法如是佛法及餘諸法亦無住處不出不滅無色形質方圓脩短無有相貎無明無闇一切諸法等無差別求佛法者謂佛佛法及一切法菩薩摩訶薩坐於道場菩提樹下乃能了了眞實知見何以故諸佛正法無住處故一切諸法亦無住處佛法不可得一切諸法亦不可得佛法平等一切諸法亦復平等若無因緣即無種性若無種性即無出滅若無出滅即名眞實眞實知者即是實性過去未來現在諸法即是佛法何以故通達三世無障礙故無障礙者即是佛智佛智者即是十八不共之法不共法者攝一切法是故諸法即是佛法諸法佛法無二無別梵天言善男子汝今了了見佛法不梵天佛法非色不可覩見汝云何言了了見佛法耶一切諸法悉不可見夫了了者即是佛法無有二相梵天言善男子如來何故說佛知見一切諸法梵天如來佛法若有定相可得說言了了知見善男子佛法無耶梵天法若無定不可說有不可說無若不可說有無相者云何得言了了知見善男子如來云何說於佛法梵天如說虛空虛空之性實無定相佛法亦爾善男子佛法如是不可思議菩薩初發菩提心時聞如是法不驚不怖不可思議正覺之性亦不可思議梵天佛所護者乃能發

是菩提之心是故聞之不生怖畏梵天若有著者則生怖畏若不著者不生怖畏惜身命者則生怖畏不惜身命無所怖畏有障礙者則生怖畏無障礙者無所怖畏著我我所則生怖畏斷我我所無所怖畏善男子菩薩摩訶薩有何力故聞深佛法不生怖畏梵天有八種力聞深佛法不生怖畏何等爲八一者住力二者善友力三者多聞力四者善根力五者善思惟力六者破憍慢力七者大慈悲力八者如法住力梵天菩薩具足如是八力聞說深法不生怖畏爾時世尊讚海慧菩薩言善哉善哉善男子善能宣說菩薩諸力實如汝言菩薩具足如是諸力聞深佛法不生怖畏善男子一切言說名之爲聲菩提之性亦不可說亦不可見不可說見名第一義如來了了知見如是不可宣說愍衆生故而爲宣說菩提非心亦非心數何況聲字善男子如來憐愍諸衆生故覺甚深法覺甚深法已無知無覺無心心數無聲無字不可宣說爲衆生故說有文字音聲次第善男子譬如虛空非是色法不可覩見非對非作善男子有人善畫畫空作像若男若女若象若馬如是之人可思議不不也世尊善男子是猶可信如來世尊知不可說而能演說是事甚難雖復說此不可說法然眞實知性不可說善男子若聞是法不驚不怖當知是人久於無量諸如來所種諸善根善男子如是經典不可思議若有人能受持讀誦書寫解說是人則能受持一切諸佛法藏攝取一切衆生解脫善男子若有菩薩了了得見無量世界所有

諸佛見已即以上妙七寶滿是世界持用奉獻諸佛世尊是人福德寧爲多不甚多世尊如是功德難以喻說善男子不如有人擁護正法爲憐愍故受持讀誦解說是經何以故法施之施勝於食施夫食施者即是世施法施之施是出世施善男子若人能護佛正法者即爲四攝何等爲四一爲佛攝二爲天攝三爲福攝四爲智攝佛攝衆生復有四事一者常得親近諸佛二者諸魔不得其便三者獲得無盡陀羅尼四者得住不退轉地天攝衆生亦有四事一者說法之處諸天設淨二者說法之時衆樂受聽三者終不爲他因緣所害四者不信者信福攝衆生亦有四事一者莊嚴於身三十二相八十種好二者莊嚴於口凡所演說衆生樂聞三者莊嚴佛土四者莊嚴種姓所謂釋梵轉輪聖王智攝衆生亦有四事一者知衆生根如意說法二者知衆生病苦隨病施藥三者得大神通遊諸佛土四者了了通達法界善男子若欲獲得如是功德應當勤心護持正法爾時世尊即說頌曰

若能護法生憐愍　受持是經及廣說
我說千分中一分　猶如大海取一渧
知恩報恩念如來　是人可信付法藏
供養無量十方佛　如是則能護佛法
雖施無量國珍寶　不如至心誦一偈
法施最妙勝食施　是故智者應護法
十方諸佛天龍神　功德智慧所攝取
莊嚴修行諸相好　是人皆由護正法
常遇諸佛善知識　常聞無上真實道

速得無量陀羅尼　是人皆由護正法
身口意戒得清淨　具大神通遊諸國
不退菩提具六度　是人皆由護正法
世界微塵可說盡　護法功德不可量
欲得不可宣說智　應當堅心說正法

爾時眾中有一菩薩名功德寶光即從座起頭面敬禮長跪合掌前白佛言世尊如來於是大經典中說言佛法不可宣說若不可說云何可護佛言善哉善哉善男子如是如是如來正法實不可說如來覺知不可說法如是正法雖不可說而有字句以字句故可得宣示如是字句受持讀誦書寫解說是名護法善男子復有護法見有受持讀誦書寫解說之者恭敬供養親近禮拜尊重讚嘆生於師想擁護供給衣服飲食卧具湯藥房舍燈燭聞其所說稱讚善哉護其種姓所住宅舍亦復護其侍使之等聞惡隱蔽聞善稱揚善男子若能擁護是持法者是人即能護佛法僧復次善男子若有能修空無相願是人即是護持正法復次善男子見有誹謗方等經者不與同止言語談論調伏其罪是人即是護持正法復次善男子若有人能修習悲心無飲食想憐愍眾生宣說正法是名護法復次善男子不惜身命受持讀誦書寫解說如是等經是名護法復次善男子若有聽法一字一句往一由旬乃至七步入出息頃是名護法善男子過去無量阿僧祇劫有佛號曰大智聲力如來應供正遍知明行足善逝世間解無上士調御丈夫天人師佛世尊國名淨光劫名高顯其土純是青瑠璃寶諸菩薩

衆一切成就無量勢力具足神通智慧無礙一切菩薩悉受天身至心聽法無有出家在家差別爾時世尊爲護法故與諸大衆班宣正法彼時會中有一菩薩名曰法慧白佛言世尊何等是法而言擁護佛言善男子夫六入者樂求境界若能遮止是名護法善男子眼識於色是名非法若能遠離是名護法乃至意識於法亦復如是善男子若見眼空見已不觀於色不著於識是名爲法若能眞實知如是法是名護法乃至若見意空見已不觀於法不著於識是名爲法若能眞實知如是法是名護法善男子若法能生於是法中不求不取心不貪著是名護法若有見法能生邪見於是見中不求不取心不貪著是名護法若有無明不能淨心於是垢中不求不取心不貪著是名護法善男子若有一法求取之後不能施人此法非法亦非毗尼若能施者即是正法即是毗尼若有無取無求無施即是正法即是毗尼夫取求者即是非道若不施即是非法即非毗尼若能施者即是正法即是毗尼不取不求不施即是不出不生不滅若非出生滅云何可施不可施者乃名爲法乃名毗尼何以故未生煩惱作障因緣故是故無盡無盡者無出無出者名爲法名爲毗尼於如是法不求不取是名護法善男子爾時彼佛說是法時三萬二千菩薩得無生法忍海慧菩薩言世尊如我解佛所說義者法及非法是名爲法何以故若有分別法非法者是人不名護持正法若作法相是名非法世尊若能了達見一切法是無法者

是名第一眞實之義世尊若無法無非法即是無數若無數者即是實性實性者名爲虚空虚空之性無邊無際法性亦爾法性實性無有差别何以故無邊無際故若有菩薩見如是等即眞實見世尊我不見一法以不見故不見有增不見有減世尊我如是見將不誹謗如來說耶是實見不善男子如是見者不謗如來是眞實見說是法時海慧菩薩及萬天人得無生忍善男子汝知爾時海慧菩薩豈異人乎即我身是是故我於無量世中所求正法今以付汝爾時衆中有六萬億諸菩薩等同共發聲白佛言世尊我等當共擁護正法受持廣說佛言善男子汝今云何如法而住護持正法山王菩薩即作是言世尊惜身命者不能護法我不惜命如法而住故能護法功德山王菩薩言世尊有貪利者不能護法我無貪利故能護法寳幢菩薩言世尊若見有法非法二相不能護法我無二相故能護法福德藏菩薩言世尊具煩惱者不能護法我有智力已遠離之故能護法持炬菩薩言世尊不破闇者不能護法我今破闇故能護法電光菩薩言世尊若隨他心不能護法我隨自意故能護法遍藏菩薩言世尊不調諸根不能護法我今調伏故能護法淨光菩薩言世尊若作種種諸法相者不能護法我今於法無種種相故能護法增行菩薩言世尊心狂亂者不能護法我修三昧故能護法商主菩薩言世尊不知道者不能護法我今了知故能護法善念菩薩言世尊有疑心者不能護法我已斷疑故能護法善見菩

薩言世尊不如法住不能護法我如法住故能護法慧光菩薩言世尊愚癡之人不能護法我今修智故能護法平等菩薩言世尊取怨親相不能護法我今平等故能護法法行菩薩言世尊不知衆生諸根境界不能護法我今知之故能護法神通王菩薩言世尊見我我所不能護法我今不見故能護法師子吼菩薩言世尊不知佛性不能護法我今知之故能護法彌勒菩薩言世尊若遠菩提不能護法我今已近故能護法功德聚菩薩言世尊若無無量功德聚者不能護法我今已有故能護法文殊師利言世尊如是等語悉是謬語何以故如來世尊坐於道場菩提樹下不得一法汝云何言我當護法世尊我於諸法不取不捨爲衆生故修習悲心不護不捨爾時佛讚文殊師利言善哉善哉善男子如來昔坐菩提樹下實無所得無所得故便從中起文殊師利言如來眞實坐於道場菩提樹耶何故而言從坐而起世尊如來若坐菩提樹下如來世尊則有二相一者如來二者菩提樹如來世尊已離二相佛言善男子菩提衆生一切法性等無差別一味一性如來坐於菩提樹下見如是法是故名爲逮得菩提我都不見離菩提外別有一法見一切法皆悉平等而是平等不入於數是故平等名爲無礙以是因緣如來名爲一切無礙善男子若能如是見如來者是人即得如來解脫得解脫已則能如是眞實知見說是法時海慧菩薩所將眷屬諸菩薩等歡喜踊躍各作是言我等今者得大利益現見釋迦牟尼

如來及見文殊師利菩薩世尊隨是經典所
住世界當知其土得大利益若有供養是經
典者及有受持讀誦書寫廣說其義亦得利
益爾時世尊告諸菩薩言汝今知得何等利
益諸菩薩言世尊我等當以如是之義諮問
文殊諸菩薩言文殊師利云何名爲得大利
益文殊師利言有十利益何等爲十佛出於
世見已生信既生信已聽受正法聞正法已
永壞疑心壞疑心已得清淨命得清淨命已
不爲利說法彼聞法已發菩提心既發心已
堅固不退心不退已如法而住如法住已得
無生忍諸善男子是名十利不可思議說是
法時三萬六千衆生發阿耨多羅三藐三菩
提心三千大千世界大地六種震動出金色
光爾時海慧菩薩白佛言世尊是大乘經能

多利益無量衆生何以故一切衆生因大乘
故得人天樂及涅槃樂世尊夫大乘者何法
攝取何法利益何法難得何法障礙何因緣
故名爲大乘佛言善男子有一法攝取大乘
所謂初發菩提之心既發心已修不放逸復
有一法明信業果復有一法觀十二緣復有
一法於諸衆生其心平等樂修大慈復有一
法謂不退失菩提之心復有一法所謂念佛
復有一法如法住已念於正法復有一法以
不退心念於衆僧復有一法不失道心念於
淨戒復有一法遠離煩惱心念於捨復有一
法欲得無量寂靜之身專念於天復有一法
念欲安隱一切衆生復有一法勤行精進復
有一法欲令衆生悉得解脱得解脱已受於
喜樂復有一法樂求正法復有一法遠離貪

心爲衆說法復有一法於聽法者生愛念心復有一法於說法者樂爲供養復有一法於正法中生藥樹想復有一法於自已身生大醫想復有一法至心專念護持正法復有一法紹隆三寶不令斷絶復有一法遠離懈怠復有一法所謂知足復有一法於一切財無貪慳想復有一法自持戒已能化毀禁復有一法自修忍已能化衆生令離瞋心復有一法得少利益生大恩想復有一法少得恩分生大報想復有一法自持淨戒不輕毀禁復有一法破於憍慢復有一法至心求覓聽法之人復有一法離惡知識復有一法至心修善復有一法不隨他意復有一法調伏諸根復有一法於法師心如如來想復有一法不惜身命護持正法復有一法行於世法不爲玷汙復有一法不惜身命求於正法復有一法調伏衆生受苦不恨復有一法如來現在若涅槃後供養塔像等無有二復有一法衆生不請樂爲善友復有一法於好物中心無貪著復有一法樂念出家復有一法樂稱人善復有一法樂求莊嚴菩提之法復有一法於同師同學心無嫉妬復有一法教化衆生發菩提心心無悔退復有一法覆藏他過復有一法求一切語復有一法求一切作復有一法所謂實語復有一法發言之後要終其事復有一法於善法所心無猒足復有一法隨所得物悉與人共復有一法善知魔界復有一法破壞憍慢修真實知復有一法心樂寂靜復有一法離我我所復有一法不自讚歎復有一法隨俗而行復有一法修正命已

樂於寂靜復有一法持淨戒已思惟善法復有一法修多聞已不生憍慢復有一法修善行已即住初地復有一法修空三昧觀於法性復有一法得供養已其心不高復有一法樂說世者不與同止復有一法得如法物與同學共復有一法眞實方便復有一法一切知已不生貪想復有一法未學學已心不生悔復有一法既學知已心不輕慢復有一法遇罵辱已心不生瞋復有一法供養罵辱其心無二復有一法聞說正法稱讚善哉復有一法爲欲具足六波羅蜜常求莊嚴復有一法信心不退復有一法爲菩提道求於莊嚴復有一法受供養已常淨已心爲令施主得大利益復有一法具足七財復有一法能破衆生貧窮困苦復有一法以善方便調伏衆生復有一法以四攝取攝取衆生復有一法不與衆生而共諍訟復有一法聞法之時於法師所不求其短復有一法未得無上沙門果證心不生悔復有一法常行世間不爲八法之所染汙復有一法常觀已過復有一法於舉罪者不生嗔恚復有一法見世間法其心生捨復有一法不誑善友復有一法先淨其心教他令淨復有一法不爲利養受持淨戒復有一法爲增善法修習寂靜復有一法爲於善法修淨莊嚴復有一法爲淨功德而修莊嚴復有一法爲淨智慧而修莊嚴復有一法修習無想三昧方便復有一法如法而忍復有一法修三解脫復有一法知處非處復有一法修舍摩他爲欲莊嚴毗婆舍那復有一法知於解脫復有一法觀三世等復有

一法謂不分別一切法界復有一法一切法性不生不滅菩薩摩訶薩觀是百法如是名爲攝取大乘

大方等大集經卷第九

音釋

羸劣（羸力追切瘦也劣力輟切弱也）猛健（猛毋梗切勇猛也健渠建切有力也）甘蔗（蔗之夜切）陶師（陶徒刀切瓦器也陶師謂作瓦器之人）斑駮（斑布還切雜色曰斑駮北角切色不純也）

大方等大集經卷第十

北涼天竺三藏曇無讖譯

海慧菩薩品第五之三

爾時世尊復告海慧菩薩言善男子有二法利益大乘一者樂念佛法二者樂離聲聞復有二法一者擁護解脱二者能演説法復有二法一者求菩提心二者調伏衆生復有二法一者觀菩提心猶如幻相二者觀諸衆生悉無有我復有二法一者不捨菩提之心二者觀法平等復有二法一者淨於善根二者無作無淨復有二法一者爲善法故而修莊嚴二者畢竟復有二法一者自身畢竟二者衆生畢竟復有二法一者内淨二者外淨復有二法一不作罪二作已悔復有二法一能布施二不求報復有二法一平等施二能迴向復有二法一者持戒二者不求善果復有二法一不自譽二不毀他復有二法一者忍辱二者濡語復有二法一者於貪不貪二者於瞋不瞋復有二法一者爲於善法勤行精進二者不輕懈怠復有二法一身寂靜二心寂靜復有二法一求禪枝二調伏心復有二法一者樂在禪定二者不猒欲界復有二法一者求法二者樂法復有二法一者觀法二者欲法復有二法一者樂求善友二者恭敬供養復有二法一至心聽二至心受復有二法一數諮問二如法住復有二法一者知法二者知義復有二法一者聞已無猒二者知已無猒復有二法一者修善二者離惡復有二法一者樂説正法二者於受法者生憐愍心復有二法一者於法無慳悋心二者説時

無有貪想復有二法一至心聽二至心受復有二法一離五蓋二修七覺復有二法一者善二者樂復有二法一者知已二者知時復有二法一信果報二作善業復有二法一者不斷聖性二者實語復有二法一者如說而住二者不藏如來功德復有二法一者淨身二者遠離三不善根復有二法一者觀身猶如草木二者爲淨心故修行善法復有二法一者淨口二者遠離四過復有二法一者觀一切法悉不可說二者觀聲如響復有二法一者淨心二者遠離無明嫉妬邪見復有二法一者內淨二者外無行處復有二法一者修慈二者遠離親怨之想復有二法一觀衆生猶如虛空二者修慈復有二法一者不捨悲心二者求善不悔復有二法一者能調不調二者調時不悔復有二法一者持法二者護持法者復有二法一者樂法二者護法復有二法一者稱揚人善二者樂藏他過復有二法一者離貪二者離瞋復有二法一者不捨衆生二者修捨復有二法一者念佛二者知無念處復有二法一者觀身無常二者求三十二相復有二法一者念法二者化諸衆生令住法中復有二法一者觀無貪處二者於貪者生於悲心復有二法一者念菩薩僧二者依無退僧復有二法一者觀於無僧二者擁護四沙門果復有二法一者念戒二者知菩提心不可宣說復有二法一者觀戒無作二者護毀禁者復有二法一者念施二者施已無悔復有二法一者遠離煩惱二者離煩惱故演說正法復有二法一者念天二樂

寂靜復有二法一者具足念心二者擁護亂心復有二法一者功德莊嚴二者智慧莊嚴復有二法一者觀無造作二者樂修善法復有二法一者無縛二者縛著解脱復有二法一者遠離誑心二者至心修淨復有二法一者知恩二者念恩復有二法一者説一切過二者而遠離之復有二法一者自修聖行二者化他令行復有二法一者願求善法二者心無猒足復有二法一者遠離惡法二者親近善法復有二法一者請佛説法二者至心聽受復有二法一者知一切法不生不滅二者説字句義復有二法一者知無衆生二者以已善根與衆生共復有二法一者遠離諸相二者深求三十二相復有二法一者觀空二者將護衆生復有二法一者修習無願二者願及衆生復有二法一者修一切善二者願諸衆生同修善根復有二法一者智慧無礙二者受諸有身復有二法一者不動二者不悔復有二法一者慚二者愧復有二法一者樂寂靜二求靜法復有二法一者修習無諍三昧二者觀無衆生復有二法一者少欲二者知足復有二法一者覆藏他罪二者顯露已過復有二法一者觀十二因緣二者深信復有二法一者無我二者無衆生復有二法一者防自煩惱二者壞他煩惱復有二法一者觀無作無受二者樂修善法復有二法一者觀生死過二者不斷生死復有二法一者自樂生死二者化諸衆生令度生死復有二法一者求波羅蜜二者求已無處復有二法一者求知二者化他令同已知復有二法一

者不求供養二者爲供養故造作諸業復有二法一者於有恩處常欲報之二者於恩無恩等而報之復有二法一者修不放逸二者修無緣慈復有二法一者入於出家二者旣出家已心生愛樂復有二法一者自成功德二者於無德者生憐愍心復有二法一者修於身念二者無有念處復有二法一者念於受處二者無有念處復有二法一者念於心處二者無有念處復有二法一者念於法處二者無有念處復有二法一者遠離不善之法二者親近能生善法復有二法一者遠離已生惡法二者護持已生善法復有二法一者爲令未生善法得生二者爲令增廣而擁護之復有二法一者獲大神通二者得已教化衆生復有二法一者安住法界二者遍見諸佛世界復有二法一者信心不動二者化不信者令同已信復有二法一者淨心二者教化狂亂之人復有二法一勤精進二化懈怠復有二法一者具足無礙智慧二者化彼無明衆生復有二法一者觀界二者觀緣復有二法一者求智莊嚴二者其心不悔復有二法一者觀諸煩惱二者出煩惱已了知解脫復有二法一者一切法解脫二者煩惱不合三界復有二法一者莊嚴菩提二者修學菩提復有二法一者盡智二無生智復有二法一者觀聖道方便二者觀生死方便復有二法一者畢竟道二者知退轉道復有二法一者如法而住二者於諸法中不生著見復有二法一者從緣生滅二者從緣解脫復有二法一者知魔業二者知已離復有二法一

者於恚生忍二者於忍生愛復有二法一者爲菩提故而修莊嚴二者雖修莊嚴心無貪著復有二法一者不捨煩惱二者不捨修善莊嚴復有二法一者知處非處二者以諸善根迴向菩提復有二法一者觀菩提心猶如幻相二者修向無上菩提莊嚴復有二法一者觀諸衆生及以菩提等無差别二者知諸衆生因緣菩提而得解脫復有二法一者知法無生二者爲生善法而修莊嚴復有二法一者不可說法而能宣說二者一切衆生悉同一乘復有三法一者初發菩提之心二者親近善友心不生悔三者修習大悲心不退轉復有三法一者破壞慳悋二者惠施一切三者攝取菩提復有三法一者具足淨戒二者調毀禁者三者迴向菩提復有三法一者心無瞋恨二者調瞋恚者三者迴向菩提復有三法一者於生死中心無悔退二者甘樂營他所作事業三者迴向菩提復有三法一者得三昧定二者不生憍慢三者迴向菩提復有三法一者求於多聞二者得已不生憍慢三者迴向菩提復有三法一者生緣二者法緣三者無緣復有三法一者自悲二者悲他三者離自他悲復有三法一者爲於自利修習智慧二者以是智慧轉化衆生三者自利利他復有三法一者知過去已盡二者知未來無生三者知現在無住復有三法一者爲正定者修習慈心二者爲邪定者修習悲心三者爲不定者修習解脫復有三法一者淨身二者淨口三者淨意復有三法一者修不淨觀爲壞貪欲二者修慈爲壞瞋恚三者

觀十二因緣爲壞無明復有三法一者安二者樂三者知足復有三法一者聞已能持二者能廣分別文字句義三者觀察罪過復有三法一者具足七財二者能大法施三者能施衆生復有三法一者實義二者眞義三不誑義復有三法一者自知二者知他三者知時復有三法一者五陰法陰平等二者諸界法界平等三者諸入法入平等復有三法一者修空二者無相三者無願復有三法一者不謗因果二者方便生法皆從因緣三者和合因緣而得名字復有三法一者信佛不可思議二者信法不生誹謗三者信僧良祐福田復有三法一者遠離貪欲二者遠離瞋恚三者遠離愚癡復有三法一者世諦二者第一義諦三者不著二諦復有三法一者遠離煩惱二者遠離憍慢三者於福田所禮拜供養復有三法一者不染欲界二者不著色界三者於無色界不生憍慢復有三法一者供養不喜二者毀辱不恚三者離世八法復有三法一者藏覆諸根二者解了諸根三者寂靜諸根復有三法一者趣向善地二者離善地障三者觀善地德復有三法一者至心二者淨心三者淨莊嚴復有三法一者學戒戒二者學心戒三者學慧戒復有三法一者受樂不生貪逸二者受苦不生惱恚三者不苦不樂修習於捨復有三法一者轉因不造作故二者轉於煩惱不觀相故三者轉於三世無願求故復有三法一者眼空二者色寂靜三者受無作處復有三法一者藏戒二者護定三者觀慧復有三法一者憶持念法二者

思惟觀法三者如法而住復有三法一者音聲因緣聲聞解脱二者十二因緣緣覺解脱三者六度因緣菩薩解脱復有三法一者施二者大施三者畢竟施復有三法一者護法二者護持法者三者護持大乘復有三法一者行於生死二者觀其罪過三者知已遠離復有三法一者至心聽法破除五蓋二者常樂寂靜三者如法而住復有三法一者依義二者依法三者依智復有三法一者求多聞已樂於寂靜二者樂寂靜已思惟善法三者善思惟已知法平等復有三法一者親近智者二者諮問多聞三者護於善人復有三法一無貪心爲人説法二見聽者慈心視之三者一心觀於菩提復有三法一者視諸衆生其心平等二者觀心平等三者觀佛平等復有三法一者過去不盡二者未來不合三者現在不住復有三法一者觀苦無常二者諸法無我三者涅槃寂靜復有三法一者聞已堅持二者三昧堅持三者智慧堅持復有三法一者犯已不覆二者悔先所犯三者至心護戒復有三法一者破壞疑心二者破壞悔心三者破障礙心復有三法一者善欲二者離談世事三者樂於寂靜復有三法一者忍甚深法二者説甚深義三者解種種義復有三法一者具足聲忍二者具思惟忍三者具於順忍復有三法一者智慧方便二者大慈三者精進堅牢善男子菩薩具足如是等法能利大乘善男子有四法障礙大乘何等爲四一者聽不應聽二者不欲聽受菩薩法藏三者行諸魔業四者誹謗正法復有四法一

者貪欲二者瞋恚三者愚癡四者不樂求法復有四法一者嫉他得利二者於財慳貪三者樂誑法師四者不樂親近見善知識復有四法一者於善知識生惡友想二者於惡知識生善友想三者非法法想四者法非法想復有四法一者不樂惠施二者施已生悔三者施已觀過四者不念菩提心復有四法一者爲欲而施二者爲瞋而施三者爲癡而施四者爲畏而施復有四法一者爲名字施二者爲本而施三者爲善友施四者爲勝故施復有四法一者不至心施二者不自手施三者不現見施四者輕慢施復有四法一下物施二少物施三不至心施四者輕慢施復有四法一者毒施二者刀施三者不淨施四者無利益施復有四法一者見持戒者生嗔恚心二者見毀禁者生愛念心三者隨惡友語四者不念施戒復有四法一者非法求利二者如法得財不與人共三者斷他供養四者心不知足復有四法一者爲利養故攝持威儀二者爲利養故下聲而語三者其心諂曲四者邪命自活復有四法一者於同學所生嗔恚心二者於同乘者生嗔恚心三者不知魔業四者樂說他過復有四法一者憍慢不聽正法二者不能恭敬法師三者不能禮拜父母師長善友四者意隨惡業復有四法一者覆他功德二者廣說他過三者增長憍慢四者嗔恚堅固復有四法一者懈怠二者不樂聽聞善語三者不隨順語四者住於非法復有四法一者不調二者不淨三者不藏四者不忍復有四法一者不喜聞受無上善法

二者樂在城邑聚落村營三者毀破禁戒樂受供養四者不能調伏根門復有四法一者不能攝取衆生二者不能調伏衆生三者不能護持正法四者樂説法師過罪復有四法一者不修信心二者不能觀察生死罪過三者不觀惡知識過四者不觀疑心罪過復有四法一不觀内二不觀外三者無慚四者無愧復有四法一不知恩二不報恩三者背恩四樂邪見復有四法一者誹謗聖人二者將護世人三者不信福田四者呵毀施法復有四法一者不淨身業二者不護口業三者不捨意業四者猒悔大乘復有四法一者爲破和合而作兩舌二者於師和尚出瞋罵語三者爲壞利益作無義語四者欺誑人天而生妄語復有四法一者不護戒因二者亂禪定因三者不信後世四者樂著世事復有四法一者麤獷二者憍慢三者樂説世事四者常樂睡眠復有四法一者假菩薩名而受供養二者不能瞻視病苦之人三者不種善子四者不向菩提復有四法一者自輕二者輕法三者輕福四者數念聲聞辟支佛乘復有四法一者貪身二者貪心三者貪命四者貪戒復有四法一貪房舍二貪檀越三貪邪見四貪破戒復有四法一者多作二者多語三者多受四者多視復有四法一者我見二者邪見三者斷見四者常見復有四法一者不作二者作已轉三者心悔四者不樂復有四法一者不向道地二者不修禪定三者退失智慧四者不樂方便復有四法一者障礙於法二者障礙善業三者煩惱障礙四者魔業障

礙善男子如是等法名障大乘說是法時四萬四千人天發阿耨多羅三藐三菩提心二萬八千菩薩得無生法忍三千大千世界大地六種震動虛空之中無量天人異口同音作如是言善哉善哉世尊今日如來大師子吼憐愍衆生開大乘門世尊若有衆生於是法中得少分者即得斷除三惡道苦漸漸當得無量法寶世尊譬如有人於村邑外見大寶聚見已憐愍即還入村告語衆人誰欲斷貧當與我俱是人說時或有信者或不信者其中信者即與相隨俱至寶所隨意採取即破貧苦而是寶聚亦無增減亦不念言聽是人取不聽彼人破是人貧不破彼人聽是持去不聽彼持如來世尊亦復如是於無量世勤求如是無上法寶求已得見生大憐愍以大梵音語諸衆生若有欲壞生死貧窮當至心聽有諸衆生薄福不信則不能壞生死貧窮其中信者隨任智力取聲聞乘辟支佛乘菩薩大乘是大寶聚亦無增減若有至此寶聚之中乃至不能取一寶者是人常住三惡道中若有能取一字一偈乃至一念受持之者是人能壞生死貧窮何況取是大乘經典一品二品及其具足聽受讀誦爲人解說爾時世尊讚諸天人善哉善哉諸天子若有受持如是經典是人則具一切善法頂戴如來無上佛智是大智聚能大利益無量衆生爾時世尊即說頌曰

諸乘之中大乘最　猶如虛空無邊際
遠離一切生死有　趣菩提樹無障礙
若能清淨其心意　所有惠施於一切

至心受持清淨戒　趣菩提樹無障礙
於諸衆生心平等　常觀煩惱諸過罪
能勝一切下劣乘　調伏衆生於大乘
若有至心受讀誦　具足寂靜戒忍辱
具足智慧壞魔衆　憐愍衆生趣道樹
莊嚴慈悲乘四禪　智慧利刀摧魔衆
道樹下觀十二緣　起已愍衆說大乘
十方衆生乘大乘　乘無增減如虛空
大乘神力叵思議　是故如來修習之
安住念處嚴正勤　如意爲足根勢力
遊八正路採覺寶　是故如來趣道樹
其心寂靜離煩惱　壞破諸闇獲智光
是故梵天及帝釋　故禮如來乘大乘
具足六度六神通　具善方便修三昧
能壞諸魔及邪見　是故如來乘大乘
若有具足諸善根　及以成就不善根
有信則得破煩惱　是故大乘難思議
所有一切世間法　及以無上出世法
若有學法無學法　一切攝在大乘中
若有衆生行惡道　親近邪見惡知識
憐愍是輩修方便　爲調伏故說大乘
下劣不樂於大乘　心迮不能壞人結
常求自樂捨餘人　聞說大乘生恐怖
若有智者具力勢　憐愍衆生作利益
聞說大乘心歡喜　壞衆苦惱心不悔
若欲了知衆生行　一切衆生諸界根
菩薩一念能通達　是故大乘難思議
得身寂靜相莊嚴　得口寂靜衆樂聞
得心寂靜具神通　如是皆因趣大乘
若有人能行大乘　是則不斷三寶種

能爲衆生作利益　破壞貧窮諸苦惱
能到十方諸世界　現見無量佛世尊
如是趣向大乘者　是人即得無量福
一切世間無能勝　趣向無上大乘者
具足大力壞魔衆　是故大乘難思議
得色得力大自在　梵釋轉輪聖王身
若有乘此大乘者　是人受於三界樂
施已終不生悔心　所重之物不悋著
捨身自施修慈悲　是故大乘難思議
持戒精進樂梵行　能以通力障日月
不貪著身善果報　修如是乘調衆生
說法有受不受者　於是不生瞋愛心
身心勤修大精進　爲得難得之大乘
能得無上大法王　亦得難忍之忍辱
無量劫中受苦惱　爲得大乘勝一切
勤作利益多衆生　身口意業悉柔濡
修習慈悲及神通　爲住大乘大利益
了知法界生滅性　無我無諍調諸根
若能安住於大乘　即受安樂如先佛
具足念心及精進　四如意足神通力
依止正法及眞義　皆由樂住於大乘
具足無上無所畏　能師子吼無上尊
微妙相好自莊嚴　皆由樂住於大乘
具足三種之神通　調伏教化諸衆生
其心寂靜無憍慢　若行大乘具忍辱
具足梵音聲微妙　一切衆生甚樂聞
若樂修習大乘者　是人善解衆生語
所作諸業爲淨土　不久當得無邊身
若有至心聽是經　當受無邊無上樂
能遊虛空盡邊際　能知大海水幾渧

不能演説大乘德　是故是乘難思議
爾時世尊復告海慧菩薩言善男子若欲受持如是等經欲自寂靜其深心者應當受持門句法句金剛句至心觀察門句者一切法中而作門户所謂阿字一切法門阿者言無一切諸法皆悉無常波亦一切法門波者即第一義那亦一切法門那者諸法無礙陀亦一切法門陀者性能調伏一切法性沙亦一切法門沙者遠離一切諸法多亦一切法門多者一切法如迦亦一切法門迦者一切諸法無作無受娑亦一切法門娑者一切諸法無有分別伽亦一切法門伽者如來正法甚深無底闍亦一切法門闍者遠離生相曇亦一切法門曇者於法界中不生分別奢亦一切法門奢者具奢摩他得八正道佉亦一切法門佉者一切諸法猶如虛空叉亦一切法門叉者一切法盡若亦一切法門若者諸法無礙咃亦一切法門咃者一切諸法是處非處蠱亦一切法門蠱者觀五陰已得大利益茶亦一切法門茶者一切諸法無有畢竟迦亦一切法門迦者身寂靜故得大利益至亦一切法門至者心寂靜故離一切惡優亦一切法門優者受持擁護清淨禁戒虵亦一切法門虵者言善思惟替亦一切法門替者住一切法修亦一切法門修者一切諸法性是解脱毗亦一切法門毗者一切諸法悉是毗尼毗尼者調伏已身時亦一切法門時者一切諸法性不染汙阿亦一切法門阿者一切諸法性是光明婆亦一切法門婆者修八正道娑亦一切法門娑者一切諸法非内非外

善男子是名門句能淨念心能淨其心知衆生根法句者一切諸法解脫印一切諸法無二印一切諸法無常斷印一切諸法無增減印一切法等如虛空印一切諸法五眼道印一切法如虛空印一切諸法無有分別如虛空印一切諸法入法界印一切法如印一切諸法無去來現在如印一切諸法本性淨印一切法空印一切法無相印一切法無願印一切法無處無非處印一切法苦印一切法無我印一切法寂靜印一切法性無過咎印一切諸法第一義攝取印一切諸法如法性住印一切諸法畢竟解脫印一切諸法無時印一切諸法過三世印一切諸法味同一印一切諸法性無礙印一切諸法性無生印一切諸法性無諍印一切諸法性無覺觀印一切諸法非色不可見印一切諸法無屋宅印一切諸法無對治印一切諸法無業果印一切諸法無作無受印一切諸法無出滅印善男子是名法句如是法句即是過去未來現在諸佛菩提如是法印句攝取八萬四千法聚善男子若能如是觀法聚者即能獲得無生法忍善男子若有未種善根之人聞是法已即得種之壞於魔業善男子若如是觀即能獲得無盡器陀羅尼如是等法悉能攝取八萬四千三昧八萬四千衆生行性是名法句金剛句者其身不壞猶如金剛何以故法性不壞故智慧之性能破無明是故智慧名金剛句五逆之罪壞一切善是故五逆名金剛句不淨之觀能壞貪欲是故不淨名金剛句慈心之觀能壞瞋恚是故慈心名金剛句

觀十二緣能壞愚癡是故觀緣名金剛句一衆生心攝取一切衆生之心名金剛句一衆生心一切衆生心悉皆平等名金剛句一佛一切佛皆悉平等名金剛句一一福田一切福田無盡平等名金剛句一切諸法如虛空等名金剛句一切諸法等同一味名金剛句一切諸法及以佛法平等無二名金剛句金剛三昧能壞一切諸魔惡業名金剛句如來妙音壞諸惡聲名金剛句觀無生滅過生老死名金剛句善男子如是等法名金剛句名堅牢句名不壞句名不破句名平等句名爲實句名無二句不退轉句大淨寂靜句無能作過句不增不減句無有有句無有法句眞句有句不謗佛句依法句共僧句如爾句分别三世句勇健句梵句慈句心句虛空句菩提句不低句法相句無相句心意識無住句破魔句無上句無勝句廣句行已境界句入佛境界句無覺觀句於法界所不分别句無句句善男子若有菩薩能解如是等句義者必當坐於菩提樹下金剛師子法座之上說是法時八千菩薩得入法門陀羅尼亦獲一切衆生平等三昧爾時十方諸來菩薩以妙香華種種妓樂供養於佛說偈讚曰

我今敬禮無上尊　能知一切衆生聲
說相無相實一相　而得妙相三十二
若有衆生一一心　平等攝諸衆生心
說行無行實一行　是故我禮無上尊
如來眞實知因果　故爲衆生說業報
眞如法界非有無　是故我讚無上尊
一切衆生無覺觀　其心本淨無有貪

從因緣故生貪欲　是故我禮真智因
我見佛身種種色　而如來身實無色
愍衆故現無色色　我禮人中師子王
一切福田入一田　而是一田無增減
不動法界不轉移　是故我禮人象王
觀諸衆生心如幻　諸法菩提亦復然
知一切法皆平等　是故我禮無平等
觀諸法界悉平等　故說諸法無一二
非有非無是解脱　是故我禮斷二見
日月可說墜落地　猛風可說索繫縛
須彌可說口吹動　不可說佛有二語
實語真語及淨語　身心清淨如虛空
世法不染如蓮華　是故我禮無上尊
若有能讚如是德　即獲如是之功德
我爲如是諸功德　敬禮如是功德聚

時諸菩薩既讚歎已白佛言世尊夫大寶者所謂佛也佛出世者即是樂出佛出世者即是信出佛出世者即是念出佛出世者即是智出佛出世者即是施出戒忍精進禪定慧出佛出世者即是慈出悲喜捨出佛出世者即是十二因緣法義智出佛出世者即是念處正勤如意根力覺道一切善法出爾時衆中有一菩薩名曰慧聚白佛言世尊生老病死出於世者即是佛出無明愛出即是佛出貪恚癡出即是佛出一切疑網煩惱出者即是佛出何以故若如是等法不出世者佛以何緣出現於世佛言善哉善哉善男子實如所言爾時海慧菩薩言世尊若有不見如是等法是時如來爲出於世不出於世善男子菩薩初發菩提心時真實不知如是等法是

故我爲而宣說之善男子菩薩有四種一者初發菩提之心二者修行菩提之道三者堅固不退菩提四者一生當補佛處發心菩薩見佛色相見已而發菩提之心修行菩薩見佛具足一切善法見已即發菩提之心不退菩薩見如來身及一切法皆悉平等一生菩薩不見如來所有功德及一切法何以故所得慧眼了了淨故斷二見故淨智慧故若不見淨不見不淨不見淨不淨不見非淨非不淨是人即能明見如來善男子我昔如是見燃燈佛見已即得無生法忍亦能了了知得無得得已即時上昇虛空高七多羅樹處空住已了了得知一切法界了了知已心無所住無所住已得六萬三昧門時燃燈佛即授我記摩納汝於來世當得作佛號釋迦如來應供正徧知明行足善逝世間解無上士調御丈夫天人師佛世尊我於爾時都不聞是授記音聲亦無佛想及授記想我於爾時三種淨慧不見我想不見佛想及受記想復有三淨不見於我不見衆生及以正法復有三淨不見名不見色不見因復有三淨見一切陰悉入法陰見一切界悉入法界見一切入悉入法入復有三淨過去已盡未來不生現在不住復有三淨觀身如水月觀聲不可說觀心不可見復有三淨空無相願若如是見即是眞實見於受記善男子若有菩薩作如是見者是名實見

大方等大集經卷第十

音釋

濡而兖切與軟同柔也懟徒對切怨也吔託何切蟲公冗切

大方等大集經卷第十一

北涼天竺三藏曇無讖譯

海慧菩薩品第五之四

爾時海慧菩薩白佛言世尊菩薩摩訶薩若有具足如是等見發何等願佛言善男子如是之人如本發願菩薩摩訶薩若心在定若不在定爲衆生故如本發願善男子譬如人有甘蔗稻田具滿一頃其地平正欲溉灌時開其水口縱之令去更不施工自然周遍善男子菩薩摩訶薩亦復如是若在定中繫心思惟若不在定不思惟時爲衆生故如本發願所作善根悉皆願與衆生共之共已迴向無上佛法菩薩心淨戒忍定慧亦復清淨觀於佛法及諸衆生平等無二雖有是願初無有心是故菩薩雖復無心於諸衆生而誓願力未常不及所有善根悉與共之共已迴向無上菩提善男子如娑羅樹有人斫伐根既斷已隨斫而倒善男子菩薩摩訶薩亦復如是修習三昧常向菩提假使有人唱言是樹莫斫處墮是樹猶故隨斫處倒菩薩摩訶薩亦復如是所修善法欲令不向無上菩提則無是處何以故法性爾故菩薩摩訶薩所修善法唯爲不斷三寶種性爲淨佛土爲莊嚴身三十二相八十種好爲莊嚴口說法之時衆生樂聞爲莊嚴心觀諸衆生平等無二爲得佛法諸佛三昧菩薩雖不貪如是法而能自然得如是法何以故誓願力故善男子譬如陶師泥在輪時不得物名既成器已名隨物立菩薩善法亦復如是未發願時則不能得波羅蜜名是故菩薩一切善法要當發願

善男子譬如金師金未成器亦不得名及其成已得瓔珞名菩薩善法亦復如是未發願時則不能得波羅蜜名善男子譬如比丘欲入滅定先立誓願我令入定若揵槌鳴乃當起出而是定中無揵槌音以願力故鳴揵槌時則便出定善男子菩薩摩訶薩亦復如是憐愍衆生作如是願諸未度者我當度之諸未脱者我當脱之修菩提時入深三昧以大悲力故念諸衆生不證聲聞辟支佛乘是故菩薩雖復修習三十七品而不得果善男子菩薩所行不可思議雖入深定亦不證得沙門道果善男子譬如二人欲過猛火其一人者著金剛鎧即能過之其一人者身被乾草爲火所焚何以故草則易燒金則堅固菩薩摩訶薩亦復如是憐愍衆生專念菩提莊嚴甚深無量三昧以三昧力能過聲聞緣覺正位不取果證從定起已得正覺道如來三昧被乾草者喻於聲聞聲聞之人猒悔生死於諸衆生無慈悲心是故不能過於聲聞緣覺正位何以故二乘之人於福德中生知足想菩薩之人於福德中心無猒足金剛鎧喻空無相願大猛火者喻諸行法菩薩摩訶薩觀一切法空無相願而能不證沙門道果世尊菩薩摩訶薩具足是事不可思議修是三昧而不取證行生死火不爲所燒菩薩摩訶薩成就方便入一切定亦不爲定之所誑惑具方便故雖行諸行心無染著雖爲邪見說沙門果亦自不證沙門道果佛言善哉善哉實如汝說善男子如三染汁盛以一器所謂羅若鬱金青黛染三種物所謂毛氎及憍奢耶

衣毳以漿浸則成青色氎淨浣故成於黄色憍奢耶衣先以灰浸則成赤色如是三物雖同一器受色各異善男子三乘之人亦復如是器者喻於空無相願三種色者喻於聲聞緣覺菩薩隨衣受色喻三種菩提空無相願亦不生念與如是果不與是果善男子毳喻聲聞氎喻緣覺憍奢耶衣喻菩薩乘菩薩摩訶薩見一切法如聾如盲無有衆生如是見時心無染著無有悔退是時心中真實了知我於衆生非有利益非無利益亦爲衆生修習大悲善男子譬如微妙淨瑠璃寶雖復在泥經歷百年其性常淨出已如本菩薩摩訶薩亦復如是了知心相本性清淨客塵煩惱之所障汙而客煩惱實不能汙清淨之心猶珠在泥不爲泥汙菩薩摩訶薩作如是念若我心性煩惱汙者我當云何能化衆生是故菩薩常樂修習福德莊嚴樂在諸有供養三寶樂爲衆生趨走供使於生貪處不起貪心護持正法樂行惠施具足淨戒莊嚴忍辱勤行精進莊嚴禪枝修習智慧多聞無猒清淨梵行修大神通三十七品善男子菩薩摩訶薩行如是法不爲煩惱之所染汙不著三界菩薩摩訶薩行善方便功德力故雖行三界身心不汙善男子譬如長者唯有一子心甚愛念其子遊戲誤墜圊廁時毋見已穢惡不淨父後見之呵責其毋即便入廁牽之令出出已淨洗愛因緣故忘其臭穢善男子長者父毋喻於聲聞緣覺菩薩廁喻三界子喻衆生毋不能拔喻聲聞緣覺父能拔濟喻諸菩薩愛因緣者喻於大悲菩薩摩訶薩具善方

便入於三界不爲三界之所染汙是故道有二種一者聲聞二者菩薩聲聞道者猒於三界菩薩道者不猒三界善男子菩薩修習空無相願雖行諸有不墮於有旣不墮有復不取證行三界者是名方便不取證者是名智慧善男子菩薩摩訶薩觀一切法無有二相若觀法等衆生亦等如是等者涅槃亦等是名智慧若能如是等觀衆生不證涅槃是名方便清淨惠施是名爲慧發願迴向是名方便世尊云何施名爲清淨智慧清淨方便善男子菩薩若見無我衆生壽命士夫是名爲慧若修習空無相無願以諸善根願及衆生迴向菩提是名方便復次善男子知諸衆生下中上根是名爲慧知已隨意而爲說法是名方便淨智慧故雖行諸有心無染著淨方便故雖修二乘不證其果善男子若能不爲一切煩惱之所汙染是名爲慧能調衆生悉令趣向阿耨多羅三藐三菩提是名方便菩薩發願悉令衆生得無盡財無盡福德增長善根諸學無學聲聞緣覺一切菩薩隨意得法名淨方便若能受持一切佛法廣分別說無窮盡說無障礙說不空而說隨樂而說是名淨慧菩薩摩訶薩生生之處不失無上菩提之心是名淨慧生生之處所作善法願及衆生名淨方便淨慧因緣知菩提心無住無根淨方便故化諸衆生趣於菩提世尊菩薩摩訶薩若具如是二淨所作諸業無非菩提何以故一切法中悉有闇障壞闇障故即是菩提是故菩薩常不遠離於菩提也菩薩若作如是念言我離菩提當知是人不得菩提

若念我今有菩提者是人菩提有淨不淨若能如是觀諸法者即得菩提即是淨智方便也善男子過去無量阿僧祇劫有佛出世號無邊光如來應正遍知明行足善逝世間解無上士調御丈夫天人師佛世尊土名不眴劫名光味爾時世尊初坐道場菩提樹下未成佛時十方世界一生補處不退菩薩悉共覩見來至其所以種種華而供養之華處空中高七多羅樹成佛道已放大光明遍照十方十方世界多有諸天見佛光已各作是言無邊光佛眞實出世彼佛世界莊嚴麗飾如彼他化自在天宫彼劫初時過十千年有佛出世號曰光味是故此劫名曰光味善男子光味劫中有十四億諸佛如來出現於世其佛世界有九萬六千小國一一國土縱廣八萬四千由旬一一國有八萬四千城其城縱廣滿一由旬一一城中居止人民八萬四千彼土具足如是等事其土純以四寶校飾所謂金銀瑠璃玻瓈多饒飲食無所乏少其土人民無我我所猶如北方欝單越土其佛壽命滿十中劫聲聞大衆九萬六千億菩薩大衆萬二千億土有二城一名樂二名淨其佛世尊生於淨城住於樂城其土有王名曰淨聲七寶具足統領三千大千世界後宫婇女三萬六千姿顔端嚴如天無别有十萬子雄猛勇健悉皆具半那羅延力各各成就二十八相一切皆發阿耨多羅三藐三菩提心有八萬女清淨無穢形容瓌異如天無差一切亦發阿耨多羅三藐三菩提心其王爾時經二劫中供養如來及聲聞菩薩大衆爲如來

故造作寶坊滿五由旬是寶坊中復有寶樓其數十萬爲供養僧爾時聖王與其眷屬一切皆修清淨梵行時佛教化無量衆生於大乘法復化無數於聲聞乘爾時其王供養佛已與諸眷屬俱至佛所頭面禮足右遶恭敬長跪合掌白佛言世尊云何菩薩修行大乘不隨他語云何菩薩生得畢竟云何菩薩得無所住云何菩薩得無動慧云何菩薩得清淨慧云何菩薩力能遠見云何菩薩諸根猛利云何菩薩具足佛土云何菩薩行不放逸云何菩薩聞甚深法心不怖畏云何菩薩得名菩薩佛言大王有四事法修行大乘不隨他語何等爲四一者具足聖信出於世界二者具足智慧觀諸法性三者具諸神通四者修淨精進爲化衆生大王菩薩具足如是四法修行大乘不隨他語復有四法生得畢竟何等爲四一者知於善法爲調伏心二者不貪已樂三者爲諸衆生修習慈悲四者常樂大乘是名爲四大王復有四法得無所住何等爲四一淨於心二淨莊嚴三離虛誑四修堅慧爲具福德是名四法大王復有四法得淨智慧何等爲四一者淨眼二者以四攝法攝取衆生三者淨身三十二相八十種好四淨佛土觀淨法界是名爲四大王復有四法能得遠見諸根猛利何等爲四一者念菩提樹下不捨菩提心二者念佛智慧亦不著智三念法身修習於空無相無願四者念佛涅槃於生死中心無猒悔是名爲四大王復有四法具足佛土行不放逸何等爲四一者受帝釋身爲化諸天令不放逸二者受梵天身

爲化諸梵令不放逸三者受轉輪王身爲化衆生令不放逸四者受於大臣長者之身具足珍寶爲化衆生令不放逸是名爲四大王復有四法聞甚深法心不怖畏何等爲四一者親近善友二者善友爲説甚深佛法三者善能思惟四者如法而住是名爲四大王復有四法得菩薩名何等爲四一者求波羅蜜二者爲諸衆生修習悲心三者樂求佛法四者化衆生時心不猒悔是名爲四善男子時淨聲王從彼如來聞是法已及諸眷屬一切皆得無生法忍捨其國土於佛法中出家修道爾時世尊告彼王言大王汝今出家即是報佛若能如是生信捨離是名大報是大功德多所利益大王菩薩出家有二十四利益之事何等爲二十四一者捨於世事得大自在二者捨於煩惱獲得解脫三者身服染衣得無染道四者具足四事得四聖種五者樂於頭陀遠離一切大欲惡欲六者不捨戒聚受人天樂七者不捨菩提獲得佛法八者常樂寂靜離世談語九者不著法故得大淨心十者具足禪枝得禪定故十一者求於多聞得智慧故十二者破壞憍慢得智慧故十三者破除邪見得正見故十四者不生覺觀爲眞實知諸法界故十五者等觀衆生得大慈故十六者化諸衆生心無疲倦得大悲故十七者不惜身命爲護法故十八者寂靜其心爲得神通故十九者念於如來爲見佛故二十者修善思惟爲得十二縁深智慧故二十一者得於順忍二十二者得無生忍二十三者信一切功德二十四者得佛智慧是名二

十四善男子爾時聖王聞是法已轉以教化一切男女眷屬臣民時彼國中有九萬九千億衆生悉共出家善男子淨聲比丘既出家已復白佛言世尊我今云何得名出家佛言比丘汝名淨聲當淨自界自界既淨則名比丘則名出家爾時比丘聞佛說已心樂寂靜作是思惟界者即眼觀眼空者即是淨界夫淨界者即是佛土耳鼻舌身亦復如是意者即界若觀意空即是淨界夫淨界者即是佛土即是一界即是空界即衆生界即無相界即無願界即無作界即無爲界善男子淨聲比丘如是觀已即時獲得身輕心輕身心輕已得無量神通得神通已得樂說無礙陀羅尼門善男子汝知爾時淨聲比丘豈異人乎即汝身是男女眷屬即汝所將來菩薩聽法衆是說是伊帝目多伽時萬八千人發阿耨多羅三藐三菩提心八千衆生得無生忍善男子若有欲得阿耨多羅三藐三菩提者當如法說如說而住云何名爲如法而說如說而住善男子若有人言我當作佛請諸衆生許以法味請已不能受持讀誦分別解說微妙經典不能護持清淨禁戒勤修精進不修知足於善法中少得知足是名欺誑不如法說不如說住若有人言我當作佛請諸衆生許以法味請已受持讀誦演說護持禁戒勤修精進少欲知足多得善法不生足想是名不誑如法而說如說而住善男子譬如國王多請賓客請已不設供賓之具賓客既至方云未辦於是賓客各作是言昨受王請家不設食今赴王信復無所得呵責愁恚怨歎啼

泣善男子菩薩摩訶薩請諸衆生許以法食不求多聞持戒精進不修三十七助道法衆聖呵責人天涕泣善男子菩薩摩訶薩若能如作應如作説不應欺誑一切衆生復次善男子復有衆生請求菩薩爲我説法菩薩許言當爲汝説許以放逸衆生既見菩薩放逸即便勸喻既勸喻已方爲説法説時或問甚深之義以放逸故而不能答不能答故心生慚愧護於身心誑於衆生而便捨離善男子菩薩若欲如説而住無惜身心以護衆生善男子過去世有一師子王住深山窟常作是念我是一切獸中之王力能視護一切諸獸時彼山中有二獼猴共生二子時二獼猴向師子王作如是言王若能護一切獸者我今二子以相委付我欲餘行求覓飲食時師子王即便許可時彼獼猴留其二子付彼獸王即捨而行是時山中有一鷲王名利見師子王眠即便摶取獼猴二子處嶮而住時王寤已即向鷲王而説偈言

我今啓請大鷲王　唯願至心受我語
幸見爲故放捨之　莫令失信生慚恥

鷲王説偈報師子王

我能飛行遊虚空　已過汝界心無畏
若必護是二子者　爲我故應捨是身

師子王言

我今爲護是二子　捨身不惜如枯草
若我護身而妄説　云何得稱如説行

説是偈已即至高處欲捨其身

爾時鷲王復説偈言

若爲他故捨身命　是人即受無上樂

我令放汝獼猴子　願大法王莫自害

善男子時師子王即我身是雄獼猴者即迦葉是雌獼猴者善護比丘尼是二獼猴子即令阿難羅睺羅是時鷲王者即舍利弗是善男子菩薩爲護是依止者不惜身命善男子云何名爲如說而住菩薩若言我當惠施即便大施是名菩薩如說而住菩薩若言我能持戒即化一切同已護戒是名菩薩如說而住菩薩若言我修忍辱即化衆生同修忍辱是名菩薩如說而住菩薩若言我勤精進爲於佛法即化衆生同修精進爲於佛法是名菩薩如說而住菩薩若言我修禪定即化衆生除去亂心修習禪定是名菩薩如說而住菩薩若言我修智慧如法分別是名菩薩如說而住善男子菩薩若言我當壞破一切惡法即便修習一切善法是名菩薩如說而住善男子能莊嚴者名爲如說能畢竟者名爲如住能發心者名爲如說得果證者名爲如住能淨心者名爲如說能至心者名爲如住能發心者名爲如說不退心者名爲如住至心聽法名爲如說聞已如住名爲如住能淨口者名爲如說能淨身者名爲如住初受戒者名爲如說至心護持名爲如住發菩提心名爲如說行菩薩道是名如住得住忍地名爲如說住不退地名爲如住得一生身名爲如說得後邊身名爲如住趣菩提樹名爲如說得菩提果名爲如住善男子是名菩薩如法而說如說而住說是法時五百菩薩住無生忍地爾時會中有一菩薩名曰蓮華白佛言世尊如佛所說如說如住不可思議如佛

所住即是如說即是如住善男子汝於是事能了知不已知世尊若知正法是眞實者名如法住山王菩薩言世尊無所住法名如法住何以故見一切法無有覺故以無覺故不見一法名之爲覺若無一法云何有住若如是見名如法住福德王菩薩言世尊若隨心者非如法住若有菩薩觀意如幻名爲無住若無住者名如法住燃燈菩薩言世尊無有貪心名如法住云何貪心謂於法中有損有益若無貪心名如法住日子菩薩言世尊若有菩薩有所著者是名爲動若於法中心無所著是名無動若無有動名如法住勇健菩薩言世尊一切世間皆隨心行若知心行名如法住樂見菩薩言世尊如佛所說因受受苦若能不受諸受則斷若能不取諸取則斷

雖不受受不捨衆生名如法住香象王菩薩言世尊一切衆生悉有重擔所謂五陰若有能知五陰眞實爲壞陰見棄捐重擔而於諸法亦無擔想名如法住持世菩薩言世尊若行世間非如法住若正莊嚴名如法住正莊嚴者見一切法等如虛空堅意菩薩言世尊若有菩薩不生於生不滅於滅亦復不見生滅之性名如法住光明遍照高貴德王菩薩言若能知見眞實涅槃見法是滅及無生滅一切衆生悉有佛性爲趣菩提而修莊嚴名如法住光無礙菩薩言世尊若有行處即是魔業非如法住若無行處則壞魔業若壞魔業名如法住淨進菩薩言世尊若作念言我當得法爲是淨法勤行精進如是精進是空精進若能觀察諸法不定以是不定勤修精

進名如法住過三惡道菩薩言世尊一切諸法無作無變無覺無觀無覺觀者名爲心性若見衆生心性本淨名如法住不可思惟菩薩言世尊知諸衆生一切心性不作心想名不可思惟而思惟也若能於是不思惟中而思惟者名如法住樂寂靜菩薩言世尊若有菩薩淨諸心界是則能離一切諸漏若能遠離一切漏者是名正行若正行者名如法住商主菩薩言世尊菩薩若有清淨善法福德莊嚴智慧莊嚴觀二莊嚴平等無二以功德等觀智慧等以智慧等觀功德等無差別者名如法住維摩詰菩薩言世尊不觀於二名如法住若於法界不壞不別名如法住依義菩薩言世尊若有菩薩依於正義不依於字爲正義故受持讀誦廣說八萬四千法聚無失無動名如法住淨意菩薩言世尊若有菩薩發菩提心至心擁護是菩提心修菩提時知諸法性夫法性者非處非非處名如法住畢竟淨意菩薩言世尊若有菩薩遠離垢穢如浣去垢能令煩惱不汙其心名畢竟淨其心淨已隨菩提行名如法住海慧菩薩言世尊若有親近惡知識者非如法住不修聖法非如法住若近惡友則行魔業隨於魔處世尊若有欲離一切魔業諸魔行處諸惡法者當近善友佛言善男子汝今眞知魔業行不巳知世尊善男子汝今當爲無量菩薩大衆而說世尊夫魔業者即是眼色若人見色生貪著心即是魔業乃至意法亦復如是復次世尊菩薩修行檀波羅蜜時不愛之物持用惠施所愛財貨貪悋不捨愛者則施惠者不

與分別受者及以財物若有分別如是二者是名魔業復次世尊菩薩修行尸波羅蜜時護持禁戒近持戒者讚歎已身毀呰破戒是名魔業復次世尊菩薩修行忍波羅蜜時於大力者能生忍辱於少力者不能生忍見大力者輭語謙下見少力者麤語輕蔑是名魔業復次世尊菩薩修行精進波羅蜜時說聲聞乘說緣覺乘說菩薩乘修菩提時輕慢聲聞辟支佛乘口不宣說樂於世行不樂供養恭敬三寶所謂華香旛蓋妓樂尊重讚歎不求多聞見多聞者不能親近是名魔業復次世尊菩薩修行禪波羅蜜時獲得禪定不能調伏一切衆生心生悔猒貪著禪樂呵說法者不樂講論讚歎寂靜貪著禪味呵毀二界愛無色身壽命極長不見諸佛不聞正法遠離善友不知方便受捨修捨是名魔業復次世尊菩薩修行般若波羅蜜時知於因果不以四攝攝取衆生而調伏之不知衆生上中下根是名魔業復次世尊菩薩若樂空閑寂靜樂寂靜已受寂靜樂不樂聽法說法問疑以寂靜故煩惱不起以不起故不知知想不離離想不證證想不修修想不得實義是名魔業復次世尊菩薩若有修習多聞好語樂語微妙之語輭語喜語若爲衣食卧具利養而演說法若有信解能至心聽而不爲說若有放逸致供養者便爲說之可爲說者而不爲說不可說者反爲說之是名魔業復次世尊若有菩薩說法之時祕藏深義有諸天人得他心智知已不悅即作是念我爲如來真正法來不爲世間淺近語來是人欲毀如來

正法不能增長若人有毀佛正法者我不樂見聞其所說即便捨去是名魔業復次世尊若有菩薩於惡知識作善友想惡知識者不以四攝攝取衆生不修多聞不化衆生不說出法樂說世語不知法不知時不知義是名魔業復次世尊惡知識者不能開示分別解說聲聞緣覺菩薩佛法不化衆生令修慈悲遠離八難修行施戒柔輭語言親近平等教忍無力說言佛道甚爲難得無量世中勤苦乃獲是名惡友名爲魔業復次世尊菩薩若有憍慢之心以憍慢故不能供養佛法衆僧師長和上父毋長宿同學同師若見勝已不能親近聽法問疑是故雖聞聞已便失見已下者親近愛念是故惡法漸漸增長惡法增故遠離善法世尊譬如大海漸漸深故一切諸流悉共歸之菩薩壞憍慢亦復如是漸漸增長一切善法菩薩若不壞憍慢者是名魔業世尊譬如有人高原陸地種瞻波樹水常行處復作堤塘地既高燥又不得水漸漸枯黃不能增長世尊菩薩摩訶薩亦復如是憍慢增故不親善友不聞正法雖聞復失復次世尊菩薩摩訶薩身色具足端正自在多有眷屬福德莊嚴未能具足智慧莊嚴以是因緣生於憍慢以憍慢故若有菩薩具智莊嚴思惟正法身體羸瘠見已輕慢不能供養以是因緣復增憍慢無明放逸不調魔業如是菩薩爲色生慢是名魔業爾時世尊告海慧菩薩言善哉善哉善男子善能分別宣說魔業善男子至心諦聽吾今當說壞魔業道善男子一切諸法其性空寂若知諸法其性空

已亦知一切衆生皆空既知空已而修慈心調伏自身是名菩薩破壞魔業若觀諸法性是無相而爲衆生修習慈心是名菩薩破壞魔業若觀諸法性是無願爲諸衆生至心求有既求有已隨而調伏是名菩薩能壞魔業觀一切法性是無貪衆生之性亦復無貪爲調伏貪而攝取之是名菩薩能壞魔業若觀諸法性是無恚衆生之性亦復無恚爲調伏恚而攝取之是名菩薩能壞魔業若觀諸法性是無癡衆生之性亦復無癡爲調伏癡而攝取之是名菩薩能壞魔業觀諸法性無生無滅壞生滅故宣說正法是名菩薩能壞魔業觀一切法性是平等雖說三乘不捨大乘是名菩薩能壞魔業若不貪著心意識等亦能遠離一切因緣爲諸衆生得解脫故修治莊嚴雖過諸行終不捨離菩薩所行是名菩薩能壞魔業說是法時天魔波旬莊嚴四兵來趣寶坊如先趣向菩提樹時如來見已告海慧言汝說魔業我說壞魔以是因緣魔王波旬莊嚴四兵而來至此欲設何計以當衛之海慧菩薩言世尊我今欲持魔王波旬及其眷屬置莊嚴國我身當住魔所住處爾時舍利弗言善男子莊嚴世界去此遠近佛號何等舍利弗在此東方過於十二恒河沙等世界其土有佛號破疑淨光今現在世爲諸菩薩說淨菩薩行彼國三千大千世界有一億魔一一魔王有十千億人兵眷屬其佛初坐菩提樹時如是諸魔悉共莊嚴至菩薩所爾時菩薩先爲諸魔講宣正典令其得住不退轉地然後乃成阿耨多羅三藐三菩提轉

正法輪彼佛世尊其大弟子及侍使者亦悉是魔如是等魔悉能教化調伏衆生是故我今取魔波旬安置彼土爲欲壞其所行魔業莊嚴如來無上正法時魔波旬聞是語已心生恐怖四望顧視欲求退處四方障礙不得從意復欲滅身亦不能得方計不立倍復生懅白佛言世尊唯願大慈少見救護佛言波旬我於此事不得自在汝當歸向海慧菩薩求哀懺悔時魔波旬即向海慧合掌而言善男子我從今日不敢復作如是魔業唯願仁者聽我懺悔海慧菩薩言我於汝所都無嗔心菩薩之法常應忍辱一切衆生波旬汝可往彼禮覲彼佛汝身當得無量利益爾時菩薩即以右手摩其頂上作如是言若諸菩薩於諸法中無貪悋者以我神通令汝必至彼佛世界言已波旬即至彼土既至彼土見佛敬禮却住一面彼諸菩薩白佛言世尊何等國土有如是等不淨之人而來至此佛言善男子西方過十二恒河沙等諸佛世界彼有世界名曰娑婆佛號釋迦牟尼爲過數量諸菩薩等說大集經彼有菩薩名曰海慧說魔業時是魔莊嚴四種兵衆來至會所海慧菩薩以神通力移來至此彼世界中諸菩薩等語波旬言善男子汝今宜發阿耨多羅三藐三菩提心遠離魔業我當與汝共爲同學時魔波旬聞是語已即發阿耨多羅三藐三菩提心時諸菩薩即請波旬昇師子座問波旬言承彼如來爲諸大衆說大集經斯有何事唯仁說之時魔波旬以海慧菩薩神通力故宣說所聞乃至不失一句一字彼諸菩薩即

白佛言我等願樂欲見彼佛釋迦牟尼及衆菩薩彼佛即告諸菩薩言且待須臾自當得見此寶坊中諸菩薩等復白佛言世尊我等欲見魔王波旬於彼世界爲何所作爾時世尊觀此彼界衆生心已告海慧菩薩言善男子汝今當以此佛世界示彼菩薩爾時海慧菩薩即於十指放大光明其光即過十二恒河沙等諸佛世界徧照彼土此間大衆悉見彼土佛及菩薩魔王波旬處師子座說大集經時諸菩薩即從座起向彼如來頭面敬禮散種種華而以供養所散諸華當彼佛上變成華臺彼諸菩薩見是華臺即白佛言世尊如是華臺從何處來佛言善男子娑婆世界諸菩薩衆所散供養諸菩薩言世尊云何今我得見彼土娑婆世界佛言善男子汝等今當敬禮是光至心念持自當得見彼佛世界時彼菩薩如佛所言敬禮光明至心念持即得見此娑婆世界見已即起禮釋迦牟尼佛以諸香華遥供養之又見三千大千世界淨水澄滿猶如大海彼所散華至此世界大寶坊中當如來上變成寶蓋時魔波旬白彼佛言世尊我當云何還彼世界佛言善男子若欲還者應當至心念於海慧時魔波旬至心念於海慧菩薩念已即得還此世界時舍利弗見魔波旬即作是言波旬汝得見彼佛世界不波旬言舍利弗我已見之及見彼土清淨菩薩所住之處舍利弗言汝於彼土作魔業不大德我至彼土至心勤求無上菩提何緣復得造作魔業若有至心求菩提時見魔業者是人則得勤修精進此界大衆見魔波

句還來至此六萬衆生十千魔衆同共發阿耨多羅三藐三菩提心作如是言願我等輩所受身形如彼菩薩身形無異海慧菩薩言世尊爲阿耨多羅三藐三菩提多有怨敵善哉世尊爲護法故建立神通以神通力故是經當得久住於世佛言善男子我今所立善願神通爲諸衆生種於善根爾時世尊告四天王汝等當知若我弟子比丘比丘尼優婆塞優婆夷受持讀誦書寫廣說如是等經汝等四王當深護助無爲欲樂而作放逸吾今出世爲壞放逸護正法故而說呪曰所謂

三咩一免尔切三摩三咩二沫頓禰三婆羅跋坻四陁禰五陁那跋坻六投彌陁那跋坻七阿婆散提八阿摩⿰矢余九毗摩⿰矢余十闍毗羅提十一迦羅提十二迦羅那十三阿梨十四阿羅跋坻十五阿⿰矢余婆散提十六涅伽旦尼十七阿跋坻十八沫提十九摩呼沫提二十摩羅夷提二十一毗首提二十二毗首提跋坻二十三尼薩⿰矢余二十四莫罕泥二十五

善男子是名四天王呪若有法師受持是經當誦是呪誦已修慈緣念十方至心念於四天王等爾時四王當示其夢或自往護時四天王白佛言世尊我等四王聞是呪已即與眷屬至法師所擁護侍衛若是法師所須資生我當方便令其得之遠離病苦身受安樂

爾時世尊告海慧菩薩善男子汝今至心聽帝釋呪所謂

闍耶一闍耶末坻二阿跋坻三毗跋坻四摩拘⿰矢余五斯陁跋坻六輸泥七羶帝羯⿰矢余八檀提曇摩尼九多迦⿰矢余十叉耶叉耶目佉十一阿跋蔕那十二涅伽蔕那十三莎坻十四莎坻散提十五

來憍尸迦阿脩羅壞諸天則勝諸天勝故佛法增長憍尸迦欲受安樂當護正法善男子是名釋呪善男子若有法師欲說法時當先洗浴令身淨潔持妙香華正東而禮一心憶念十方諸佛慈心普及一切衆生然後乃昇師子法座誦如是呪而作是言憍尸迦來四天王來爲諸大衆除却障礙消滅煩惱爾時帝釋及四天王念法師故即便共來是故大衆樂聞說法善男子汝今復聽十方諸魔及眷屬呪所謂

奢咩一奢摩跋坻二奢摩蜜嵽三阿浮緣四摩羅欻坻五瞢崛緣六婆羅綈七迦由梨八坻祁跋坻九阿盧迦尼十比舍荼尼十一尼末坻十二阿跋持十三區區緣十四伽羅薩尼十五憂目企十六奢蜜坻十七波羅目企十八槃檀那涅伽熈坻十九奢摩絁二十

如是呪者力能繫縛一切論師一切魔衆是名佛印不可破壞魔眷屬怨善男子若有法師受持讀誦如是等呪昇師子座專念諸佛慈及衆生自於已身生醫師想於所說法生良藥想於聽法者生疾苦想於如來所生善友想於正法中生常恒想若能如是說正法時其處四邊各一由旬魔不能到時魔波旬白佛言世尊若佛弟子有能讀誦如是神呪其身清淨我當擁護不作魔業我以海慧神通力故捨於魔業隨有國土城邑村落說是法處我當化身親往聽受佛言善哉善哉波旬汝若能得如是心者則壞魔業亦當獲得如是等法善男子復當至心聽梵天呪所謂

迷多伽緣一迦樓那伽緣二無經多伽緣三

憂比叉伽絲四佛陁伽絲五曇摩伽絲六僧伽伽絲七蘇羯多毗闍耶八摩訶毗檀尼九毗獸提目企十尼波絲陁耶十一烏闍跋坻十二烏闍嚴彌十三榛檀尼十四曇摩波坻吒跋尼十五薩遮坻憂波跋坻十六毗獸坻十七莎折多憂波舍彌十八烏盧迦耶梵摩十九毗盧迦耶梵摩二十若欲具足受持如是梵天呪者當行梵行清淨持戒讀誦是呪請召梵天梵天汝來擁護如是大衆令其至心樂聽正法念於三寶轉正法輪護持法城若有法師能調諸根至心淨護身口意等勤修戒忍精進多聞發菩提心修四無量昇於法座誦如是呪誦是呪已梵天王等與諸眷屬悉來集會是講法所爾時梵王白佛言世尊若有法師讀誦是呪我在初禪聞是呪已當捨定樂而往其所當施八法何等爲八一者施念持所聞故二者施慧思惟深法故三者施解分別深義故四者施樂說無礙爲壞疑心故五者施辯無礙爲解一切衆生語故六者施無所畏爲衆無勝故七者施法光明爲不謬說故八者施其不謬授記世尊我等亦能廣宣是法善男子我涅槃後如是等天當護正法海慧菩薩言世尊如來正覺涅槃之後若有信者應以此法付囑其人令得久住爾時世尊眉間白毫放大光明遍照三千大千世界如來化身充滿其中三十二相八十種好具足莊嚴數如三千大千世界一切卉木莖節枝葉是諸化佛同作是言十方諸佛釋迦如來同願正法久住於世何以故雖有一切惡魔眷屬不能破壞如是等法大地可壞大海可燋須彌山王

可碎如塵衆生諸心可合是一虛空可盡四大可轉諸佛誓願不可變易爾時世尊即告阿難汝當受持如是等經讀誦廣說海慧菩薩言世尊今此會中多有無量諸大菩薩如來何緣顧命阿難令受持之時諸大衆咸有疑心海慧阿難誰念心多爾時世尊知衆會疑告大迦葉三千大千世界衆生數爲多不甚多世尊迦葉假使如是無量衆生悉得人身常問如來如來所說不可窮盡無有障礙善男子如天降雨無有障礙一切衆流歸集大海而是大海無增無減海慧菩薩所可受持十方佛法亦復如是迦葉假使三千大千世界所有衆生具足總持如阿難等欲比海慧所受持法百分千分百千萬分不及其一說是語時百千衆生發阿耨多羅三藐三菩提心以妙華香貢上供養海慧菩薩爾時蓮華菩薩白佛言世尊若有人能信順受持讀誦書寫解說其義供養恭敬如是經者得幾所福爾時世尊即說偈言

若滿三千大千界　七寶奉施十方佛
不如信順是經典　受持讀誦福多彼
四法所成諸功德　佛說無量無邊數
發菩提心常法施　如法而住修習悲
佛說四法無邊量　智者聞已不怖畏
虛空之性衆生界　如來正智菩提心

說如是等法寶聚時十方所來諸菩薩等以妙香華種種妓樂供養於佛尊重讚歎作如是言世尊若有人能受持讀誦書寫解說如是等經所得功德不可稱量十方諸佛說不能盡何以故世尊衆生若聞如是等經無有

不發阿耨多羅三藐三菩提心者是故此經名大寶聚爾時一切大衆人天一切聲聞及阿難等諸迦樓羅乾闥婆等及世間人聞經歡喜信受奉行

大方等大集經卷第十一

音釋

蔗 之夜切甘蔗也　漑 居代切澆灌也　揵椎 梵語也此云鍾亦云磬隨有瓦木銅鐵鳴者皆曰揵槌揵巨寒切槌音椎　鎧 可亥切甲也　鬱 紆勿切鬱金香草也　黛 徒耐切青黛似空青而色深也　毳 充芮切細毛也　氎 達協切細毛布　圊廁 圊七情切廁初吏切圊廁圂也　臭穢 臭尺救切穢烏廢切　眴 輸閏切　璝 姑回切偉也　憍慢 憍居妖切傲也慢莫晏切倨也　摶 伯各切擊取也　嶮 虛檢切與險同　鷲 疾僦切大鵰也　詰 契吉切　愘 良刃切慳也　呰 將此切口毀也　輭 乳兖切柔也　蔑 莫結切輕傷也　燥 先到切乾也　羸瘠 羸力追切弱也瘠祥亦切瘦也　咩 迷爾切　坻 陳尼切　羶 尸連切　鶡 居謁切　蔕 丁計切　⿰口帶 直例切　欻 許勿切　瞢 莫鳳切　綈 杜兮切　絁 書之切　謬 靡幼切誤也　卉 許貴切草之總名也　莖 户更切幹也　燋 兹消切焦枯也

大方等大集經卷第十二

北涼天竺三藏曇無讖譯

虛空藏菩薩所問品第六之一

如是我聞一時婆伽婆遊如來行處妙寶莊嚴堂上如來威神大功德莊嚴衆相具足因於本行佛地得報菩薩宮宅稱無量讚如來神力之所建立入無礙智行處生勝喜悅思念進智分別巧說衆德具足來世所歎世尊正覺善轉法輪善能調順無量衆生於諸法中皆得自在知諸衆生心所趣向善能分別一切諸根彼岸善斷結習永盡無餘所施佛事自然成辦與大比丘衆六百萬人俱其心調柔結習已斷皆是如來法王之子行甚深法善能解了無所有法殊妙端正威儀具足是大福田止住如來所教法中復與大菩薩僧俱度一切諸行不捨菩薩所行得無生忍於諸衆生不捨大悲過諸世間而順世法勤化衆生亦能善入如來行地又復不離菩薩行地其名曰普明菩薩摩訶薩無礙眼菩薩於一切法自在王菩薩無礙行處菩薩分別辯覺菩薩淨無量網明燈王菩薩不染行處菩薩壞魔界放光明菩薩如是等不可計阿僧祇不可思不可稱不可量無齊限不可說菩薩摩訶薩俱爾時世尊說諸菩薩出要之行名無礙法門莊嚴菩薩道成就佛法諸力無畏得知諸法自在入陁羅尼印門入分別諸辯門入大神通門入說不退轉輪諸乘平等門入一相法界無分別門入說隨衆生根所解差別門入堅法分別壞諸魔界善順思惟門入斷諸結及見無礙智慧門入無等願

方便智門入諸佛等智門入諸法無滯礙如實分別門入無變異平等法門入甚深十二因緣門入功德智慧莊嚴佛身口意堅固思進念慧無盡門入四聖諦門爲調伏聲聞故入遠離身心行門爲調伏辟支佛故入授一切智記門爲調伏菩薩故入諸法自在門爲顯佛功德故所謂開示解說顯現令解教讀施設次序開張分別令易隨順正說爾時世尊如是善分別大法方便時於此三千大千世界一切諸色像若鐵圍山大鐵圍山須彌山王及諸黑山四天下及閻浮提聚落城邑舍宅大海江河泉源陂池藥草樹木及諸藂林諸龍夜叉乾闥婆阿脩羅迦樓羅緊那羅摩睺羅伽等宮殿地神宮殿虛空中諸神宮殿四天王天三十三天夜摩天兜率陁天化樂天他化自在天及梵天宮殿上至阿迦膩吒天宮殿一切大地及欲界色身衆生悉皆隱蔽眼所不見喻如劫盡火災起後大地燋盡大水未出當爾之時乃無一色與眼作對爾時三千大千世界亦復如是亦無少色是欲色界所攝唯除妙寶莊嚴堂中所見色像爾時於妙寶莊嚴堂上虛空中無所依著自然而有無量百千那由他寶臺微妙莊嚴世所樂見喻如大妙莊嚴世界一寶莊嚴佛土菩薩所住寶臺此諸寶臺亦復如是見諸大衆坐寶臺中於妙寶莊嚴堂內自然踊出淨妙真金師子之座高十千由旬此師子座出妙淨光明普照此三千大千世界映諸菩薩光明令不明顯爾時大衆歡喜踊躍心情悅豫歎未曾有合掌向佛作如是言今者如來

必說大法現此瑞應爾時舍利弗承佛威神從寶臺起更整衣服偏袒右肩右膝著地合掌向佛而白佛言世尊是何瑞相有如是等生勝喜悅現大神變世尊此諸大衆皆生疑惑願如來說何因何緣現此未曾有事爾時佛告舍利弗東方去此過八佛世界微塵數等佛土有世界名大莊嚴彼國有佛號一寶莊嚴如來應供正遍知明行足善逝世間解無上士調御丈夫天人師佛世尊今現在說法以何因緣世界名大莊嚴若廣說彼世界莊嚴事者一劫不盡是故彼土名大莊嚴何因緣故彼佛名爲一寶莊嚴舍利弗彼如來因一寶說法所謂無上大乘之寶是故彼佛名一寶莊嚴彼佛與諸菩薩衆各昇師子座湧在空中高八十億多羅樹爲諸菩薩說虛空印法門何謂虛空印法門如一切法以虛空爲門無住處故一切法無住處門無形相故一切法無形相門過諸行處故一切法無行處門內外淨故一切法淨門性無染故一切法無染門自性寂靜故一切法寂靜門心意識本無故一切法本無門離物非物故一切法無物門無教相故一切法無教門無形段故一切法無形段門離因緣境界故一切法無因緣境界門寂滅相故一切法寂滅門離二相故一切法無二門捨別異故一切法無別異門入一相故一切法一相門自相淨故一切法自相淨門過三世故一切法過三世門不離平等故一切法不離平等門幻化相非相故一切法幻化相門體不實故一切法無體門無作相故一切法無作門身心遠

離故一切法遠離門離相無相故一切法無相門相不動故一切法不動相門無依處故一切法無依處門住無際故一切法無際門無巢窟故一切法無巢窟門無我無我所故一切法無我無我所門無主故一切法無主門性無我故一切法無我門内清淨故舍利弗彼一寶莊嚴如來爲諸菩薩廣說如是虚空印法門彼如來說是法時無量阿僧祇諸菩薩解知諸法性與虚空等於諸法中得無生忍舍利弗彼大莊嚴剎土一寶莊嚴佛所有一菩薩摩訶薩名虚空藏以大莊嚴而自莊嚴於諸不可思議願最爲殊勝得一切功德中之威德無礙知見不可思議菩薩功德以自莊嚴以諸相好莊嚴其身以善說法隨所應度莊嚴其口不退於定莊嚴其心以諸

總持莊嚴其念入諸微細法莊嚴其意順觀法性莊嚴於進以堅固誓莊嚴淳至以必成辦莊嚴所作以從一地至一地莊嚴畢竟捨諸所有莊嚴於施以淨心善語莊嚴於戒於諸衆生心無有礙莊嚴忍辱衆事備足莊嚴精進入定遊戲神通莊嚴於禪善知煩惱習莊嚴般若爲救護衆生莊嚴於慈住不捨衆生莊嚴於悲心無猶豫莊嚴於喜離於憎愛莊嚴於捨遊戲諸定莊嚴神通得無盡寶手莊嚴功德分別諸衆生心行莊嚴於智教衆生善法莊嚴於覺得慧明淨莊嚴慧明得義法辭應莊嚴諸辯壞魔外道莊嚴諸無畏得佛無量功德而自莊嚴常以諸毛孔說法莊嚴於法見諸佛法明莊嚴自明能照諸佛國莊嚴光明說不錯謬莊嚴所說神通隨所樂

説莊嚴教授神通到四神足彼岸莊嚴變化神通入佛密處莊嚴諸如來神通自悟正智莊嚴法自在如説而行無能壞者莊嚴一切善法堅固彼虚空藏菩薩成就如是等無量功德與十二億菩薩摩訶薩倶發意欲來詣此娑婆世界見我禮拜供養恭敬圍遶亦爲此大普集經分別少法門分故又爲此十方諸來會菩薩生大法明故又爲增益開大乘法故又爲受持如來法故又爲無量衆生善根出生故又爲以善法調伏諸魔外道故又爲示現菩薩師子遊戲神通故彼虚空藏菩薩欲來至此是其瑞應爾時世尊説此事已即時虚空藏菩薩與十二億菩薩摩訶薩恭敬圍遶詣一寶莊嚴佛所白佛言世尊我欲詣娑婆世界見釋迦牟尼佛禮拜供養彼佛報言欲往隨意宜知是時即頂禮一寶莊嚴如來足下已右遶七帀承佛遊戲無作神足於彼大莊嚴國土忽然不現以一念頃與諸菩薩衆倶來至此娑婆世界寶莊嚴堂妙寶臺上爾時虚空藏菩薩雨妙華香供養世尊及此大普集經所謂曼陀羅華摩訶曼陀羅華波梨質多羅華摩訶波梨質多羅華曼殊沙華摩訶曼殊沙華盧遮那華摩訶盧遮那華水陸諸華大如車輪百葉千葉百千萬葉皆出光明香氣普薰妙香適意開敷鮮淨雜色光耀眼所樂見雨如是等種種無量妙華滿妙寶堂中高一多羅樹作諸天樂其音皆出無量百千法門之聲與檀波羅蜜相應聲尸羅羼提毗梨耶禪那般若波羅蜜相應聲與四無量相應聲與四攝法相應聲與助道

法相應聲與三脫門相應聲與四聖諦相應聲與十二因緣相應聲爾時虛空藏菩薩供養世尊頂禮佛足遶七帀已在一面立白佛言世尊彼一寶莊嚴如來應供正遍知致問無量少病少惱起居輕利安樂行不彼一寶莊嚴如來又言有十二億菩薩與虛空藏菩薩俱往至彼娑婆世界願世尊說如是如是法使諸菩薩得自然智亦使成就大法光明已還來至此所以者何以世尊昔來已曾化此善男子等發菩提心爾時虛空藏菩薩當世尊頂上化作大寶蓋廣十千由旬以青瑠璃爲軒真珊瑚寶爲子以瑠璃及閻浮檀金爲斗垂雜妙真珠縵網瓔珞寶鈴和鳴其蓋光明普照十方與諸妙華互相綺錯爾時虛空藏菩薩於如來不思議功德深生敬重合掌向佛以偈讚言

法義智慧最勝尊　本淨無垢無所著
喻如虛空無染汙　我禮不動聖足下
行無與等無涯底　現法嚴身最殊勝
佛真法身如虛空　普生大悲而濟度
人中師子能示現　百福莊嚴世尊身
斷諸言語無音響　離諸言說無戲論
雖知如是而現說　無性衆生令悅豫
諸心非心得比心　能知非心幻化性
善知衆生心行性　而能不住彼我心
示現威儀濟衆故　善逝身無作不作
佛知衆生隨所樂　即能示現如是形
世尊於法不計我　不生憶想著於法
能知以何法受教　而隨所悟應時說
大衆渴仰瞻世尊　世所希有最無比

世尊無心於示現　然能令諸大衆悅
此等諸法從緣生　虛無寂寞非眞實
世尊善知如是法　得至清涼泥洹道
去離二邊不著中　知虛非眞無自性
此等諸法無作者　善說業報非斷常
法無衆生命及人　寂靜無名如虛空
如實分別無衆生　而安多衆至甘露
昔行多劫不思議　求進勢力勝菩提
所爲妙行今已成　至無至義覺無餘
一切諸法上中下　悉知平等常無異
智者所知知不著　是故世尊定不亂
陰入諸界如幻化　三界皆如水中月
衆生虛僞性如夢　以智分別說是法
世人假稱名得道　實無有得無得相
如道無得輪無轉　如輪無轉無度者
故能度衆於四流　自度度彼繫顛倒
善能安慰苦惱者　自滅滅彼至無爲
衆生無生無湼槃　衆生本淨不可得
道及衆生猶如幻　自覺此際覺多衆
如虛空中不見色　一切群生色亦爾
諸法離色及色相　能知此色則得離
以諸妙偈讃歎佛　執見而讃是其毀
佛德如空無差別　無所限量是讃佛
故禮淨尊淨他者　無緣無心入微心
如佛功德世尊知　如佛功德我今禮
能知衆生無我者　知諸法際離欲者
見法身者則見佛　即爲供養十方佛

虛空藏菩薩說此偈已即時妙寶莊嚴堂及虛空中諸寶臺六種震動一切大衆心淨悅豫踊躍歡喜歎未曾有皆言虛空藏菩薩善

能說此妙偈若有善男子善女人能行此法者乃至夢中不見有法以漸皆當得師子吼如虛空藏菩薩爾時虛空藏菩薩以如斯妙偈讃如來已白佛言世尊欲少所問唯願聽許若聽問者爾乃敢問所以者何世尊有無量知見能知衆生諸根有淳熟未淳熟者世尊明達去諸闇冥故世尊了義善說分別諸句義故世尊知時不過限故世尊所說不謬如說不錯故世尊知時隨諸衆生行說法故世尊善遊戲通達諸神足故世尊善觀體衆生心行故世尊最無染於諸法中得自在故世尊自悟覺了諸法故世尊正御邪趣衆生教令入正故世尊是大醫王能令無始世界衆生諸病永斷故世尊大力成就十力故世尊無畏成就四無畏故世尊無勝成就十八不共法故世尊大慈行救一切衆生心無礙故世尊大悲行知見無我拔一切衆生苦故世尊大喜行禪定解脱三昧到彼岸故世尊大捨行斷一切憎愛心如虛空故世尊得平等覺了諸佛法無礙故世尊無憎愛心畢竟清淨毀譽不動故世尊無希望智慧滿足於利養讃歎無欲求故世尊一切知見一切佛行處到彼岸故我知見世尊有如是等無量無邊功德成就是故我欲於法門中少有所問虛空藏菩薩作是語已爾時世尊告虛空藏菩薩言善男子我當聽汝問隨汝欲問恣汝所問吾當隨汝所問悅可爾心爾時功德光明王菩薩問虛空藏菩薩言善男子汝爲誰故欲問如來即時虛空藏菩薩以偈報功德光明王菩薩言

一切等心諸衆生　平等能至彼岸者
遊戲無垢悲心中　我爲是等問世尊
能到正見無垢穢　已無猶豫斷彼疑
自得了達利衆生　我爲是等問世尊
知我無我無與等　爲衆發心不著衆
能脱衆生計我見　我爲是等問世尊
能護威儀順所行　其心清淨如虚空
堅固不動如須彌　我爲是等問世尊
進心無涯慧無等　勇健能害煩惱怨
已結已斷斷彼結　我爲是等問世尊
樂施威儀調伏心　常住聞進戒忍力
禪定諸通勝慧明　我爲是等問世尊
樂空無相無願法　而現受形處生死
無生無終達甘露　我爲是等問世尊
知見甚深無涯際　聲聞緣覺所不及
而知一切衆生行　我爲是等問世尊
善能了達樂正行　於法非法繫已斷
常處正定心不亂　我爲是等問世尊
不斷佛種諸賢士　能護正法及與僧
名聞三世諸佛讃　我爲是等問世尊

爾時虚空藏菩薩以此妙偈答功德光明王菩薩已白佛言世尊云何菩薩行檀波羅蜜與虚空等云何行尸波羅蜜羼提波羅蜜毗梨耶波羅蜜禪波羅蜜般若波羅蜜與虚空等云何行功德與虚空等云何行智與虚空等云何菩薩不離如如如來所許念佛念法念僧念施念戒念天云何菩薩修行諸法平等如泥洹云何菩薩善分别行相云何菩薩持諸佛法寶藏隨如來所覺法相性如實知諸法相性已不取不捨云何菩薩分别衆生

從始已來清淨而教化衆生云何菩薩善順發行成就佛法云何菩薩不退諸通於諸佛法悉得自在云何菩薩入甚深法門諸聲聞辟支佛所不能入云何菩薩於十二因緣善得勝智方便離二邊諸見云何菩薩爲如來印所印如如不分別智方便云何菩薩入法界性門見一切法平等性云何菩薩淳至堅固猶如金剛於此大乘心住不動云何菩薩自淨其界如諸佛界云何菩薩得陀羅尼終不失念云何菩薩得無障礙如來加持辯云何菩薩得自在示現受生死云何菩薩破諸怨敵去離四魔云何菩薩利益衆生莊嚴功德云何菩薩世無佛時能作佛事云何菩薩得海印三昧善能得知衆生心行云何菩薩能得知諸塵界無礙云何菩薩威儀行成就離諸闇冥得勝光明於諸法中得自然智速得成就一切智行爾時世尊告虛空藏菩薩言善哉善哉善男子汝善能分別問於如來如斯妙義如汝已曾供養過去無量諸佛種諸善根心行平等踰如虛空禮敬諸佛至慧明處發勤精進欲度一切諸佛妙法不捨一切衆生度大慈悲彼岸及過諸魔行不離世法以虛空同量之心成就此無上大乘妙法虛空藏汝之功德無有邊際難可校量汝已曾於過去恒河沙等諸佛世尊所問如此事自亦能說虛空藏諦聽諦聽善思念之吾當爲汝分別解說所問諸菩薩事復過於此能得無上大乘如來自然智一切種智虛空藏菩薩言唯然世尊願樂欲聞佛告虛空藏善男子菩薩成就四法行檀波羅蜜與虛空等

何謂爲四善男子若菩薩於一切處無障礙不分別行檀波羅蜜以我淨故於施亦淨以施淨故於願亦淨以願淨故於菩提亦淨以菩提淨故於一切法亦淨善男子是爲菩薩成就四法行檀波羅蜜與虛空等善男子若菩薩成就八法能淨檀波羅蜜何等爲八離我能施離爲我施離愛結施離無明見施離彼我菩提相施離種種想施離希望報施離慳嫉施其心平等如虛空等施是爲菩薩成就八法能淨檀波羅蜜離此八法是謂淨施喻如虛空無所不至菩薩慈心行施亦復如是喻如虛空非色叵見菩薩所行諸施不依於色亦復如是喻如虛空不受苦樂菩薩所行諸施離一切受亦復如是喻如虛空無有想知菩薩所行諸施離諸想結亦復如是喻如虛空是無爲相菩薩所行諸施無爲無作亦復如是喻如虛空虛假無相菩薩所行諸施不依識想亦復如是喻如虛空增益一切衆生菩薩所行諸施利益衆生亦復如是喻如虛空不可窮盡菩薩所行諸施於生死中無有窮盡亦復如是善男子喻如化人給施化人無有分別無所戲論不求果報菩薩亦復如是如化人相去離二邊而行諸施不分別戲論希望果報善男子菩薩以智慧捨一切結使以方便智不捨一切衆生是爲菩薩行檀波羅蜜與虛空等爾時會中有一菩薩名曰燈手從坐而起偏袒右肩右膝著地合掌白佛言世尊何等菩薩能行如是檀波羅蜜佛言善男子菩薩若過諸世間得出世間法非色無體無行知見清淨非闇非明離一

切諸相至無相智際成就無盡忍近如來知見已紹菩薩決定界分已得受記爲不退轉印所印已得灌頂正位已行善行知衆生行相至一切處亦無所至如是菩薩能行是檀波羅蜜說此法時萬八千菩薩見諸法性猶如虛空得無生法忍佛告虛空藏菩薩言善男子菩薩成就四法行尸羅波羅蜜與虛空等何謂爲四善男子菩薩知身如鏡中像知聲如響知心如幻知諸法性猶如虛空是爲菩薩成就四法行尸羅波羅蜜與虛空等善男子菩薩成就八法能護淨戒何等爲八善男子諸菩薩不忘菩提心能護於戒不求聲聞辟支佛地能護於戒持戒不限於戒能護於戒不恃諸戒能護於戒不捨本願能護於戒不依一切生處能護於戒成就大願能護於戒善攝諸根爲滅煩惱能護於戒是爲菩薩成就八法能護淨戒善男子喻如虛空離諸希望菩薩以無求心能護於戒亦復如是喻如虛空清淨菩薩持戒清淨亦復如是喻如虛空無有垢汙菩薩持戒無垢亦復如是喻如虛空無有熱惱菩薩持戒無惱亦復如是喻如虛空無有高下菩薩持戒無高無下亦復如是喻如虛空無有巢窟菩薩持戒而無所依亦復如是喻如虛空無生無滅畢竟無變菩薩持戒無生無滅畢竟無變亦復如是喻如虛空悉能容受一切衆生菩薩持戒普能運載亦復如是爲利益衆生能護正戒善男子如水中月無持戒破戒菩薩亦復如是了知一切諸法猶如月影無持戒破戒是爲菩薩行尸波羅蜜與虛空等善男子菩薩

成就四法行羼提波羅蜜與虚空等何等爲四善男子若菩薩他駡不報以分別無我想故他打不報以無彼想故他嗔不報以離有想故他怨不報以去離二見故是謂菩薩成就四法行羼提波羅蜜與虚空等善男子菩薩成就八法能淨羼提波羅蜜何等爲八善男子菩薩善淨内純至修羼提波羅蜜善淨外不希望修羼提波羅蜜於上中下畢竟無障礙修羼提波羅蜜隨順法性無所染著修羼提波羅蜜離一切諸見應空修羼提波羅蜜斷一切諸覺應無相修羼提波羅蜜捨一切諸願應無願修羼提波羅蜜除一切諸行應無行修羼提波羅蜜是謂菩薩摩訶薩成就八法能淨羼提波羅蜜善男子喻如虚空無憎無愛菩薩修羼提波羅蜜無憎無愛亦

復如是喻如虚空無有變易菩薩畢竟心無變易修羼提波羅蜜亦復如是善男子喻如虚空無有虧損菩薩畢竟修羼提波羅蜜心無虧損亦復如是喻如虚空無生無起菩薩修羼提波羅蜜心無生起亦復如是喻如虚空無有戲論菩薩修羼提波羅蜜心無戲論亦復如是喻如虚空不望恩報菩薩修羼提波羅蜜於一切衆生不望果報亦復如是喻如虚空無漏無繫菩薩修羼提波羅蜜離一切漏不繫三界亦復如是善男子菩薩行羼提波羅蜜時不作是念彼來駡我我能忍受亦不見駡者受駡者及所駡法不作是觀不作是戲論言彼空我亦空亦不作是思惟音聲如響何由而出亦復不作是觀我是彼非又復不作是見彼無常我亦無常亦復不作

是念彼愚我智亦不作是想我等應行忍辱善男子譬如有人求娑羅枝爲娑羅枝故賫持利斧入娑羅林中至一大樹下斫其一枝餘枝不作是念彼已被斫不斫我等其被斫者亦不作是念我已被斫餘者不斫二俱相於不生憎愛善男子菩薩摩訶薩行羼提波羅蜜時觀知一切法性如草木墻壁瓦石等而示現割截身體爲教化衆生故無憎無愛無憶想分別善男子是爲菩薩行羼提波羅蜜與虛空等善男子云何菩薩摩訶薩行毗梨耶波羅蜜與虛空等善男子菩薩成就四法行毗梨耶波羅蜜與虛空等何謂爲四善男子若菩薩勤求一切善法而知一切法自性不成就以一切最勝供具給侍供養諸佛世尊然不見如來及所供侍之法善能受持一切諸佛所說妙法亦不見文字而可受持亦能成就無量衆生見衆生性即是泥洹畢竟無生無起善男子是爲菩薩成就四法行毗梨耶波羅蜜與虛空等善男子若菩薩成就八法能淨毗梨耶波羅蜜何等爲八善男子菩薩爲淨身故發勤精進知身如影不著於身爲淨口故發勤精進知口聲如響不著於口爲淨意故發勤精進知意如幻無所分別不著於意爲具足諸波羅蜜故發勤精進知諸法無自性因緣所攝不可戲論爲得助菩提分法故發勤精進覺了一切法真實性故無所礙著爲淨一切佛土故發勤精進知諸國土如虛空故不恃所淨爲得一切陀羅尼故發勤精進知一切法無念無非念故不作二相爲成就一切佛法故發勤精進知諸

法入一相平等故而不壞法性善男子是爲菩薩成就八法能淨毗梨耶波羅蜜善男子喻如虚空無有疲倦菩薩於無量劫發勤精進無有疲猒亦復如是喻如虚空悉能容受一切諸色然此虚空無有覆障菩薩爲容受一切衆生發勤精進平等無礙亦復如是喻如虚空能生一切藥草藂林然此虚空無有住處菩薩爲增益一切衆生諸善根故發勤精進無所依著無有住處亦復如是喻如虚空至一切處然無有去菩薩發勤精進爲至一切法故而無至無不至亦復如是喻如虚空非色而於中見種種色菩薩爲一乘故發勤精進而爲成就純至故示諸乘差别亦復如是喻如虚空本性清淨不爲客塵所汙菩薩發勤精進本性清淨爲衆生故現受生死不爲塵累所染亦復如是喻如虚空性是常法無有無常菩薩究竟爲不斷三寶故發勤精進亦復如是喻如虚空無始無終不取不捨菩薩發勤精進無始無終不取不捨亦復如是善男子精進有二種始發精進終成精進菩薩以始發精進習成一切善法以終成精進分别一切法不得自性唯所集善根見是平等所見平等亦非平等善男子喻如工匠刻作木人身相備具所作事業皆能成辦於作不作不生二想菩薩爲成就莊嚴本願故發勤精進修一切業於作不作不生二想去離二邊亦復如是善男子是爲菩薩行毗梨耶波羅蜜與虚空等善男子云何菩薩摩訶薩行禪波羅蜜與虚空等善男子若菩薩成就四法行禪波羅蜜與虚空等何等爲四

善男子若菩薩專其内心亦不見内心遮緣外界諸心亦不見外心行處以已心平等故知一切衆生心平等亦不依二法心及平等思惟法界定性無攝無亂知一切法性無有戲論是爲菩薩成就四法行禪波羅蜜與虚空等善男子若菩薩成就八法能淨禪波羅蜜何等爲八善男子若菩薩不依諸陰修禪不依諸界修禪不依諸入修禪不依三界修禪不依現世修禪不依後世修禪不依道修禪不依果修禪是爲菩薩成就八法能淨禪波羅蜜喻如虚空無所依著菩薩修禪無所依止亦復如是喻如虚空無所愛戀菩薩修禪離諸染著亦復如是喻如虚空不著諸見菩薩修禪捨離諸見亦復如是喻如虚空無有諸慢菩薩修禪離諸憍慢亦復如是喻如虚空究竟無滅菩薩修禪善入法性究竟不退亦復如是喻如虚空不可破壞菩薩修禪不壞本際亦復如是喻如虚空無有變易菩薩修禪不變如如亦復如是喻如虚空非心離心菩薩修禪離心意識亦復如是善男子菩薩以平等心修禪非不平等心云何心平等若心不高不下無求無非求無作無非作無分別無非分別無行無非行無取無捨無闇無明無知無念無非知無非念不一不異非二非不二無動無不動無去無不去無修無非修心不緣於一切境界是謂平等心以菩薩心平等故不取於色去離眼色二法而修於禪以心平等故不取聲香味觸法去離意等二法而修於禪善男子喻如虚空火災起時不能焚燒水災起時不爲所漂菩薩不

爲諸煩惱火之所焚燒不爲諸禪解脫三昧所漂受生自無定亂亂心衆生能令得定自行已淨不捨精進與平等等示現差別而不見平等及不平等之相善能遍觀智慧眞性其心不爲愛見所覆於諸行中行無所著與虛空等善男子是爲菩薩行禪波羅蜜與虛空等善男子云何菩薩行般若波羅蜜與虛空等善男子若菩薩成就四法行般若波羅蜜與虛空等何等爲四善男子若菩薩以我淨故知衆生亦淨以智淨故知識亦淨以義淨故知文字亦淨以法界淨故知一切法亦淨是爲菩薩成就四法行般若波羅蜜與虛空等善男子若菩薩摩訶薩成就八法能淨般若波羅蜜何等爲八善男子若菩薩精勤欲斷一切不善法而不著斷見精勤欲生一切善法而不著常見知一切有爲法皆從緣生而不動於無生法忍善分別說一切字句而常平等無有言說善能辯一切有爲無常苦法於無我法界寂靜不動能善分別諸所作業而知一切法無業無報善能分別垢法淨法而知一切法性常淨善能籌量三世諸法而知諸法無去來今是爲菩薩成就八法能淨般若波羅蜜善男子喻如虛空非行無行菩薩行般若離一切行亦復如是喻如虛空無能破壞菩薩行般若一切諸魔無能壞者亦復如是喻如虛空性常寂靜菩薩行般若覺見寂靜亦復如是喻如虛空性常無我菩薩行般若了知無我亦復如是喻如虛空性非衆生菩薩行般若離一切衆生見亦復如是喻如虛空性無有命菩薩行般若離一

切命見亦復如是喻如虛空性無有人菩薩行般若離一切人見亦復如是喻如虛空非物非非物不可名字菩薩行般若離物非物見亦復如是善男子般若是寂靜句義無微覺故是不作句義自相淨故是無變句義無行相故是眞實句義不發動故是不誑句義無有異故是了達句義入一相故是通明句義斷習氣故是滿足句義無欲求故是通達句義能正見故是第一句義無所得故是平等句義無高無下故是牢固句義不可壞故是不動句義無所依故是金剛句義不可摧故是已度句義所作辦故是眞淨句義本性淨故是無闇句義不恃明故是無二句義不積聚故是盡句義究竟盡相故是無盡句義無爲相故是無爲句義離生滅故是虛空句義無障礙故是無所有句義眞清淨故是無處句義無行跡故是無巢窟句義無所倚故是智句義無識別故是無降伏句義無群四故是無體句義不受形故是知見句義知苦不生故是斷句義知集無和合故是滅句義究竟無生故是道句義無二覺故是覺句義覺平等故是法句義究竟不變故善男子此般若不從他得自證知見如性行故知一切文字句義其猶如響於語言音隨應而報其辯不斷亦不執著文字言說菩薩摩訶薩如是能於一切言說中善能報答知諸音聲言說如響解不可得故不生執著亦不戲論善男子是爲菩薩行般若波羅蜜與虛空等爾時世尊欲重明此義而說偈言

離著而行施　普及適衆性　終已無礙心

亦不生分別　我淨故施淨　施淨故願淨
願淨菩提淨　道淨一切淨　無我我所想
離愛及諸見　捨除彼我相　施心如虛空
去離諸想施　無有望報心　捨嫉妒心結
施心如虛空　空非色無倚　無受想分別
亦無行及識　施時心亦然　如空益一切
始終無窮盡　解法施無盡　利益一切衆
如化人相施　不望所施報　慧者施亦爾
終不望其報　以慧斷結習　方便不捨衆
不見結及衆　如是施如空　知身如鏡像
知聲猶如響　知心如幻化　法性如虛空
不捨勝菩提　不求於二乘　於過去諸佛
常敬慎護戒　不捨本願故　能於諸趣中
善成就本願　攝意護淨戒　如空無希望
無熱惱高下　無濁無變易　淨戒者亦爾

如空受一切　水月不持戒　護戒者如是
淨戒如虛空　罵打瞋怒等　忍力故不瞋
無我及彼見　以去離二想　內純至善淨
外行亦清淨　純至故無瞋　順如法能忍
離諸見忍空　捨覺而離想　無願無希望
捨諸行所取　無愛如虛空　不戲不懷恨
無戲不求報　無漏忍者爾　無忍無罵者
彼人聲如響　非是及無常　無如是戲論
彼愚及我智　無生而示生　亦無是分別
是修無生忍　如斫娑羅枝　餘枝不分別
斷身無分別　此忍淨如空　勤修無所依
供佛無佛想　持法不著文　度衆無衆想
淨身淨法身　淨口無言說　淨心無意行
具諸波羅蜜　具助菩提法　淨土如虛空
成就辯總持　求如是佛法　如空度無倦

故能生藂林　遍至無形色　精進亦如空
常淨如虛空　無始亦無終　人精進亦爾
無始無終成　如機關木人　所作無分別
行者無二想　其進如虛空　知止住內心
攝外境界心　自心彼心等　依止無心禪
諸法性常空　以無漏智知　不依陰界入
亦不依三界　不依於三世　不依界道果
如空常無依　修禪者亦爾　空無愛見慢
修禪者亦爾　空無退壞變　修禪者亦爾
平等寂解脫　智者不緣界　無結無禪等
是故禪如空　我淨衆生淨　智淨識亦淨
義淨文字淨　法淨界亦淨　斷不善及習
大士集諸善　知有爲緣生　無生不著滅
善分別文字　說無常苦法　示現受業報
言有垢及淨　知法性常淨　而籌量三世
空無行非行　慧無行亦爾　如空無能壞
無我人壽者　非物非無物　拔斷二邊見
知句假不染　不變真實句　滿足通達句
達義慧等句　等不動牢句　金剛度淨句
明盡無盡句　無爲虛空句　處巢識別句
降伏體智句　斷集滅道句　法覺智慧句
如響隨聲應　無盡辯亦爾　說法無所依
此慧淨如空

大方等大集經卷第十二

音釋

齊限（齊在詣切齊限限量分也）陂（班麋切陂澤也）藂（徂紅切藂灌木也）膩（女利切）巢窟（窟苦骨切穴也）羼提（梵語也此云忍辱羼初限切）縵（謨官莫半二切）叵（普火切不可也）

大方等大集經卷第十三

北涼天竺三藏曇無讖譯

虛空藏菩薩所問品第六之二

佛復告虛空藏言善男子何謂菩薩行功德與虛空等者若菩薩聞佛無量法廣大如虛空故發薩婆若心彼作是念如薩婆若無量佛無量自在覺無量於如是無量中生無量欲精進不放逸行爲佛道故當行無量菩薩所行之法所以者何如諸佛無量功德莊嚴身故我亦爲莊嚴其身應成就無量善根如諸佛無量功德莊嚴口莊嚴意莊嚴道場莊嚴佛土故我亦當莊嚴口意道場佛土應成就無量善根我當教化無量衆生爲成就善根我於無量生死中爲成就善根故不生猒倦諸佛世尊有無量國土無量智慧無量神通彼諸衆生無量行無量心無量諸根差別於生死中受無量苦惱聚起諸煩惱我爲入無量諸佛法爲捨無量衆生所行諸根生死苦惱聚故成就無量善根菩薩以如是正觀之心所作功德與諸波羅蜜相應與四攝法相應與四無量心相應與助菩提法相應成就衆生受持正法供給供養諸佛世尊及淨菩薩所行相應法如是等所作無量功德與虛空等以衆生性無量故佛智慧無量故法界無量故所修亦無量如虛空衆生性佛智慧法界無處不至一切衆生皆得蒙益菩薩所作功德亦復如是至一切處利益衆生以無依著故以願方便力故善男子菩薩能知是行功德與虛空等善男子云何菩薩行智與虛空等者若菩薩從善知識得聞法已善

順思惟所作諸行終不放逸修少境界想已受無量想受無量想已得如是智明得是智明已得陰方便智得界方便智得入方便智得諦方便智得十二因緣方便智知衆生垢亦知垢性知衆生淨亦知淨性所謂知衆生有染心如實知有染心無染心如實知無染心有恚心如實知有恚心無恚心如實知無恚心有癡心如實知有癡心無癡心如實知無癡心有諸煩惱心如實知有諸煩惱心無諸煩惱心如實知無諸煩惱心彼菩薩不見有垢心爲卑無垢心爲勝所以者何以菩薩入不二性清淨法門智故如法性我性亦爾如我性無我性亦爾如無我性諸法亦爾性清淨故若入一切諸法性清淨者則不見諸法有垢有淨亦不見諸法文字相貌不受不著故亦不見諸法障礙蓋纏及不障礙蓋纏菩薩思惟無量境界離心識二法名之爲智不名爲識喻如虚空無心意識菩薩亦復如是離心意識知諸法性與虚空等智行無礙過諸礙故善男子是爲菩薩行智與虚空等善男子云何菩薩成就不離如如來所許念佛者菩薩若在阿練若處或在樹下或在曠野或在露處以得定力故能攝心不著諸緣以不散亂心善攝所念以行相觀如來成就三十二相八十隨形好莊嚴其身取一一相貌爲成就已身故心向一切智地於如來身憶念放鬘網光明菩薩以得解希望觀如來身滿一由旬二由旬三四五十由旬乃至百由旬若過百由旬以得解希望觀坐道場或見轉法輪或見現種種威儀說法調伏衆生

或見於一佛世界施作佛事或五佛世界或十二十三十四十五十或百佛世界施作佛事乃至百千無量世界施作佛事得解希望觀自見隨意若聽法若供養給侍諸佛世尊於餘威儀隨意自在菩薩如是觀如來色身已憶念佛功德或觀戒或觀定或觀慧或觀解脱或觀解脱知見或觀力無所畏或觀佛不共法或觀菩薩本行或觀成就佛地普憶念如來成就功德已憶念如來業何等相貌云何造業身造耶口造耶意造耶威儀造耶可見耶不可見耶可説耶不可説耶何國造耶幾種身造耶如是種種憶念勝業成就不可思議諸善根已觀如來法諸佛世尊以法身故名爲如來不以色身彼菩薩不見色是如來不見相是如來不見種性是如來不見陰界諸入是如來不見威儀是如來不見過去未來現在世是如來不見因是如來不見緣是如來不見所以是如來不見和合是如來不見有是如來不見無是如來不見成就是如來不見敗壞是如來不見彼有如來不見此有如來不見如來在何所不見如來恃如來不分别如來不得如來喻如虛空無有陰界入名非不利益衆生諸佛世尊無有陰界入名亦非不利益衆生善男子是爲菩薩不離如如如來所許念佛善男子云何菩薩不離如如如來所許念法者若菩薩念法所謂四念處四正勤四如意足五根五力七覺分八聖道分三脱門四聖諦甚深十二因緣六波羅蜜菩薩所應學藏不退轉輪淨三境是爲菩薩所應念法云何應念念捨念欲離念

滅念無來無去念無巢窟念無自性念出世間念解達念盡念無生念無取念無漏念無爲念涅槃無自性作如是念於法中猶有法想所以者何以有想故則有動念有動念故則住顛倒住顛倒者無有念法若離念法非法二想知一切法是無生已斷法想故得無生忍得無所得無所有故善男子是爲不離如如來所許念法善男子云何菩薩不離如如來所許念僧者僧謂四雙八輩僧中或是阿羅漢向阿羅漢果或是阿那含向阿那含果或是斯陁含向斯陁含果或是須陁洹向須陁洹果是爲聲聞僧復次有僧所謂不退轉菩薩得決定忍上聖正位已離諸相恃著戲論次得如來功德無間彼菩薩念如是等大菩薩衆應供養讃歎合掌給侍右遶禮敬是良祐福田是第一僧入聖衆數是僧所應作事皆已成辦是菩薩念僧親近菩薩僧不親近聲聞僧彼菩薩雖憶念僧不取僧數不取有數知僧是無爲憶念無行無變異無生無滅作如是憶念不生心行境界善男子是爲菩薩不離如如來所許念僧善男子云何菩薩不離如如來所許念捨者所謂捨財捨法復次有捨身及命捨一切邪道復次有捨不取一切法所以者何有取者則無捨若不取者名爲究竟捨究竟捨中則無有求無求者則不望報不望報故謂爲眞實捨者若菩薩行如是堅固捨隨捨發願若捨時及發願時不見菩提及佛法而專念捨念過去諸菩薩行道時云何行捨我今云何行捨將無不及爲智者所譏耶即能一切捨捨已分别所

捨誰是捨者捨何等物誰作憶念如是分別已都無所得不見捨者所施物及所憶念是爲菩薩不離如如來所許念捨善男子云何菩薩不離如如來所許念戒者若菩薩持戒至解脱處威儀行成就乃至微戒畏如金剛恒修淨命善護持戒菩薩自念戒攝身口是無作相而謹慎奉行修勝正命於薩婆若心終不廢捨純至不動亦終不捨大慈大悲攝取教誨破戒衆生寧捨身命不求餘乘是名爲戒菩薩念勝戒不瑕缺戒不荒穢戒不求戒不染戒無濁戒智者所歎戒菩薩念如是等戒不恃持戒不毁破戒不稱己德不譏彼過終不捨戒亦不依戒亦不住戒雖捨一切諸所恃著而行色行是爲菩薩不離如如來所許念戒善男子云何菩薩不離如如來所許念天者若菩薩念天所謂念欲界天或色界或無色界天念欲界天持戒果報故受適意色聲香味觸以天五欲遊戲娱樂天衣飲食自恣滿足一向受愛喜適意樂菩薩作是念此一切興盛皆當衰滅是諸天等亦當無常變異由放逸故不造善根先有善業今悉當盡此諸天等雖生天上猶未脱地獄畜生餓鬼之分菩薩作是念已不希望生欲界天處唯除兜率天宫兜率宫中有一生補處菩薩於一切菩薩行以到彼岸一切諸地一切神通一切諸定一切陁羅尼一切辯才一切菩薩事於一切方便等以度彼岸但憶念如是功德於此天中心生欣仰若欲生天者當願生如是天中菩薩發心言我何時當得如是天身菩薩復念色界諸天此諸天等由諸

禪四無量心果報故生彼天處已過欲界欲患一心處定以喜爲食一向知受第一樂報菩薩作如是念彼色界諸天受少味故用爲歡喜無常有常想苦有樂想無我有我想無涅槃有涅槃想此色界諸天亦有無常變異未脫地獄餓鬼畜生之分是菩薩不願生色界諸天處唯除淨居天即彼入涅槃不還此間者菩薩作是念此是清淨諸天已脫五道流轉生死是菩薩以如是故生敬重之心亦不願樂求生彼處菩薩復念無色界諸天受無色定果報已過欲界色界心處寂定菩薩作是念此無色界諸天雖見佛聞法及供養僧此諸天等不知求出無色界法假令久住會當變滅未脫地獄餓鬼畜生之分是故於彼天處亦不願生但作是念我當作天中天如來應供正遍知是菩薩雖念諸天不依欲界色界無色界天處而於三界衆生起大悲心是爲菩薩不離如如來所許念天善男子云何菩薩行諸法平等如涅槃者若菩薩知入諸法平等如涅槃見一切衆生性同涅槃知已入涅槃者無陰界諸入如是菩薩見衆生性同涅槃過諸陰界入見如影如夢無有生死而現生死凡夫衆生所因結使造煩惱業造煩惱業已受無量苦報菩薩以般若波羅蜜力故善觀結使斷令不生亦不因彼作業而受苦報得至涅槃平等之處名之無爲過一切筭數智道不捨本願故遊戲大慈已到慧方便彼岸已入佛神通力已能善知分别諸想自已得度度未度者自已得解解未解者自已得安安未安者自已得涅槃使未

得者得於涅槃生死無有二想是爲菩薩行諸法平等如涅槃善男子云何菩薩善分別行相者若菩薩翹勤精進求勝善法於甚深法門心入籌量清淨通利分布慧明得大智明門以此大智明門力故知一切衆生心行所趣總説一一衆生有八萬四千諸行皆能了知所謂貪欲行二萬一千嗔恚行二萬一千愚癡行二萬一千等分行二萬一千是爲八萬四千諸行一一衆生皆有是行若廣説者則有無量行一一行相門中知有八萬四千諸根一一根門中知有八萬四千種差别解盡知諸行諸根諸解差别相知所應修習相云何知差别相知此諸行諸根諸解是貪欲相是嗔恚相是愚癡相是等分相是滅相是增相是住相是達相是名知差别相云何知所應修習相知諸行諸根諸解無常相苦相無我相空相寂滅相離相如實相涅槃相相自空相相自離相若能知如是等諸行諸根諸解如如來成就諸行無障礙智知一切衆生諸行諸根諸解差别相菩薩不次如來智知而不捨菩薩所行教化衆生無有疲倦是名善分别行相善男子云何菩薩持諸佛法寶藏者善男子如來藏無盡亦無量至一切處悦可一切衆生如衆生諸行諸根諸解無量阿僧祇不可思議不可稱不可量諸佛法寶藏無量阿僧祇不可思議不可稱不可量亦復如是佛法寶藏文字假令一切衆生如阿難等一劫乃至百劫不能受持讀誦能令通利餘義所以者何如來一切法寶藏唯有一義所謂離欲義寂滅義涅槃義若菩薩

聞如來法寶藏已隨力所受受持讀誦通利善順正觀如所受行菩薩入法藏門堅持思惟不依一切相行則得陁羅尼門三昧門得陁羅尼門三昧門已能持一如來法寶藏文字及義若二若三若四若五若十二十三十四十五十若百若千若百千乃至無量無邊阿僧祇不可思議不可稱不可量無有量過諸量於一切諸佛法寶藏心不散亂受持讀誦通利文字及義廣爲人說依義不依文淨意成就所聞說法乃至一句文義不失能淨辯門善能巧說悅可衆心爲諸佛所歎亦能降伏諸魔外道及供養三寶乃至不見一法異於法性不壞本際不動於如如來所覺了法性以知一切法性如如來所覺故乃至不見一法不入佛法者所以者何如來知一切法性如幻無成就故知一切法性如野馬無所取故知一切法性如鏡中像不至彼故知一切法性如夢不眞實故知一切法性如響從緣起故知一切法性虛空無實故知一切法性無相無分別故知一切法性無願無發動故如來如實知一切法性如是相菩薩如是知一切法性無性能持諸佛法寶藏乃至一切非念非不念是爲菩薩持諸佛法寶藏

善男子云何菩薩分別衆生從始以來清淨而教化衆生者若菩薩爲教化一切衆生故修於大慈大悲時作如是思惟何等是衆生作是念言此諸衆生但假名字顛倒虛假謂爲衆生一切衆生本際清淨畢竟無生無起但因虛妄愚癡故造種種業造種種業已受無量憂悲苦惱喻如有人夢中劫盜他物爲

王者所捉種種苦治夢作賊人虛妄憶想受諸苦惱作是念言我何時當得脫此苦惱是人夢中實無成就無所覺知一切凡夫及一切諸法皆亦如夢無有覺知爲顛倒所覆受無量妄想憂悲苦惱亦復如是菩薩作是念言是諸衆生我應令如實覺知諸法使脫妄想苦惱於諸衆生中亦不見衆生性而不捨大悲教化衆生是爲菩薩分別衆生從始以來清淨而教化衆生善男子云何菩薩善順發行成就佛法者若菩薩聞甚深微妙於諸世間最勝佛法發大欲精進我應成就此甚深微妙於諸世間最勝佛法如是善思惟分別是何等法與何法相應是何等法知何等法菩薩作是念言無有法與法相應者無有法與法不相應者無有法知法者無有法不知法者此諸法性鈍性無性故是一切法從因緣生無有定主而能隨意莊嚴有種種果報相諸法無性故布施是莊嚴大富相布施得大富不離因故布施不知大富大富不能知施持戒是莊嚴生天相持戒得生天不離因故多聞是莊嚴智慧相多聞得智慧不離因故思惟是莊嚴斷結相思惟得斷結不離因故思惟不能知斷結斷結不能知思惟菩薩如是憶念諸法無生能莊嚴相是故布施已迴向薩婆若成就檀波羅蜜行是菩薩檀波羅蜜則能具足佛法持戒迴向薩婆若成就尸波羅蜜行是菩薩尸波羅蜜則能具足佛法修羼提波羅蜜迴向薩婆若成就羼提波羅蜜行是菩薩羼提波羅蜜則能具足佛法發毗梨耶迴向薩婆若成就毗梨耶波羅

蜜行是菩薩毗梨耶波羅蜜則能具足佛法入禪定迴向薩婆若成就禪波羅蜜行是菩薩禪波羅蜜則能具足佛法淨般若迴向薩婆若成就般若波羅蜜行是菩薩般若波羅蜜則能具足佛法菩薩如是善順行時不見一法無因無緣而生者亦不著因緣自善順入一切法如我無生無起一切法無生無起亦復如是如我空一切法空亦復如是如我離一切法離亦復如是知一切法入平等如性非作非不作是爲菩薩善順發行成就佛法善男子云何菩薩不退諸通於諸佛法悉得自在者若菩薩戒身眞淨心定不動得大智光明已成就福德智慧資粮已到諸波羅蜜彼岸已成就四攝已修四梵行已修欲進念慧定以善修四神足故得五神通諸菩薩本業淨故勤進不廢捨故常不散亂行故善伏結使故離念聲聞辟支佛心故受持方便故攀緣上地諸法故無我無依行故是以菩薩不退諸通是故諸菩薩究竟知諸法無退知諸法與法性等無有變異如虛空無變是爲菩薩不退諸通於諸佛法悉得自在善男子云何菩薩入甚深法門諸聲聞辟支佛所不能入者若菩薩入甚深因緣法知逆順因緣法善知出知離知生知滅知集知盡善知衆生以何因緣故受垢離垢捨垢得淨乃至不見一法有垢有淨知一切法性相清淨亦不得清淨法相以我甚深故知一切法甚深以我離故知一切法離以我無二故知一切法無二以眼色二俱離故乃至意法亦離則入第一義以世諦故假名諸法亦不執著眞

諦世諦是爲菩薩入甚深法門諸聲聞辟支佛所不能入善男子云何菩薩於十二因緣善得勝智方便離二邊諸見者若菩薩知一切緣生法屬他所攝屬因屬緣屬和合屬所由此諸法皆從境界緣生各有所因各有所依諸法各各自無心無相分別譬如外諸藥草蘩林及諸樹木等皆無諸根無記無知依諸大故便得增長各各無相分別內有諸法亦復如是依造業增長一切諸法無我人衆生壽命亦無作者受者諸法生時無能生者滅時無能滅者菩薩作是念言是諸緣生法各無自性無自性者他不能生所因亦無性所緣亦無性無自性者則無他性若法無自性他性者則無生無能生未生不可生已生亦不生若未生非未生不生者則究竟無生無能生是故一切諸法皆無生無起但以名字故假名從因緣生而實無生亦無斷無常所以者何若法有生性者則當有滅則是斷見若無滅者即有常見離斷常見故當知一切諸法皆無有生是爲菩薩於十二因緣善得勝智方便離二邊諸見善男子云何菩薩爲如來印所印如如不分別智方便者若菩薩於甚深法得現前知見力離一切倚著過諸戲論得無終無始無生法忍如來盡知諸菩薩所成就根已以如來印印之所謂受決定三菩提記是如來印無錯無謬無諸障礙無諍無競不可沮壞無能非者無能廢者得如來印願行成就智水所灌菩薩爲如是印所印所謂究竟無生無起印空印無相印無願印離染印寂滅印涅槃印菩薩智行成就

不壞如性不變法界不離本際於諸法中不見上中下黑白等差別菩薩亦見一切衆生爲此印之所印無憶想分別不捨本大誓願是爲菩薩爲如來印所印如如不分別智方便善男子云何菩薩入法界性門見一切法平等性若菩薩見諸法界無處不至無來無去無生無滅無相無起無戲無行菩薩作如是思惟此諸法等皆同法界如法界是離欲界離塵垢故是無生界不可作故是無滅界無滅盡故是無來界不入根門故是無去界無所至故是不可安界無形質故是無巢窟界無依止故是眞實界三境分斷故此法界中無眼界無色界無眼識界如法界一切法界亦如是是故名一切法入於法界乃至無意界法界意識界如法界一切法亦如是是故名一切法入於法界是菩薩知一切法入於法界知地界法界無二無別水界火界風界法界亦無二無別欲界法界亦平等無二無別色界無色界有爲界無爲界法界亦平等無二無別如是知無心境界及覺是爲菩薩入法界性門見一切法平等性善男子云何菩薩淳至堅固喻如金剛心住不動於此大乘者若菩薩以直心行成就淨淳至以不退畢竟不減勤進以無礙大慈以無倦大悲以普至方便得成就眞實觀慧無礙等法皆悉成就菩薩見一切衆生有垢有濁凡愚麤獷拒逆不順是故菩薩爲教化一切群生故不廢精進見此生死有無量過患憂悲苦惱等不退於來際莊嚴亦解無量無邊阿僧祇諸佛法爲成就難集難持難滿諸佛法故種

諸善根而能入如來無量法寶藏衆生性無量故法性無量故虛空性無量故爲受持一切如來法寶藏故不捨精進聞一切法空無相無願無作無生無起解了分別觀行身證成就未具足佛法終不中道證於實際善入諸禪解脫三昧亦不猒離欲界而現受生已離陰界諸入無形無色無行而隨衆生性隨意示現種種形色而爲說法轉菩薩輪示大涅槃亦不捨菩薩行入如是不思議法門知一切法無性相不動不壞不放於此大乘不退轉如金剛寶珠能鑑餘寶餘寶無能鑑此珠者諸菩薩亦復如是能以聲聞辟支佛乘度無量無邊衆生令入涅槃而自不滅度亦不退究竟大乘是爲菩薩淳至堅固猶如金剛心住不動於此大乘善男子云何菩薩自淨其界如諸佛界者若菩薩知一切法無界無作界至一切處無至無不至若菩薩見法發六情皆知是佛法亦不見凡夫法佛法有異作是念此一切法皆是佛法佛法至一切處故一切諸法及佛法但假名字亦非是法亦非非法是故我等不應取著以自界淨故知諸佛界淨此法與平等等眼界是佛界耳鼻舌身意法界是佛界我不應分別有尊有卑菩薩如是至一切法平等界是爲菩薩自淨其界如諸佛界善男子云何菩薩得陀羅尼終不失念者若菩薩已得成就陀羅尼行云何陀羅尼行善男子陀羅尼行有三十二何等三十二修於得法爲陀羅尼故修於欲法修於尊法修於向法修敬仰法修於樂法修求法無猒修親近供養多聞智慧者修於

和尚阿闍梨所無憍慢心尊重給侍修如法教誨無所拒逆修於說法人所生世尊想不求其短修於受持正法開示解說修所得法無所悋惜修無希望而行法施修求智慧根栽修如所聞法善順思惟修所聞法堅固受持修於梵行無有休息修樂遠離行阿練若行修心常寂靜修勤行諸念修順行六和敬修於諸長宿無掉慢行修於一切衆生中生無礙心修緣生法得隨順忍修三脫門正觀心無驚怖修四聖種行而不驚疑修勤受持諸佛正法修爲衆生行於大慈修受持正法不惜身命修大智行不生憍慢修常教化衆生而無猒倦善男子是爲三十二種修陀羅尼行菩薩修已得如是陀羅尼門以得是陀羅尼門故能總持一切諸佛所說不忘不失陀羅尼者所謂於如所聞法不忘不失以念而念以意分別以進能覺於諸文字入無邊涯於諸言音隨類善解言辭辯說無有滯礙於不了義經善能進入於了義經進入微覺於世諦有分別智於第一義諦知無言說於諸諦有分別智於四念處有不忘智於四正勤等無壞智於四神足有遊戲智於諸根門有差別智於諸力中得無勝智於七覺分覺一切法如性智於八聖道無退沒智於定法中得善住心於慧法中得遍至智於明解脫得隨順智於諸辯中得深入智於諸神通得生起智於諸波羅蜜得分別智於四攝法得方便智於讚法處授不及智於諸經義得無分別智於諸文字得無盡智於一切衆生得稱足智隨所受解得說法智於一切文字得

所因辯智於一切垢淨得如實覺智於一切法得無障翳明智是爲陀羅尼得陀羅尼平等心者去離憎愛堪受法雨斷一切結使熱惱順諸助道法是爲陀羅尼菩薩住此陀羅尼故常行無失是爲菩薩得陀羅尼終不失念善男子云何菩薩得無障礙如來加持辯者若菩薩善淨淳至善護戒聚拔諸慢根離彼我想諸佛世尊知如是菩薩是大法器令持正法以佛神力及自善根力故得捷辯得疾辯得無礙辯得無滯辯得巧說辯得甚深辯得衆音具足辯得善莊嚴辯得無減辯得無畏辯得妙偈讚辯得快說修多羅辯得善說譬喻本緣辯得無壞勝辯得分別句無盡辯得圓足辯得威德無違辯得說法不唐捐辯得斷衆疑辯得利應辯得分別文字不錯謬辯得悅可衆辯得問答方便辯得以法降伏一切外道辯已成就如是等二十四辯此諸辯修行二十四種因故能得成就何等二十四善男子若菩薩不違逆師長教故能得捷辯不諂曲故能得疾辯捨離煩惱故得無礙辯無我行故得無滯辯離兩舌故得巧說辯入因緣法無際故得甚深辯行種種施故得衆音具足辯嚴飾如來塔廟故得善莊嚴辯不捨菩提心故得無減辯善護戒聚故得無畏辯施種種幢旛華蓋寶鈴故得妙偈讚辯恭敬供養給侍諸尊及師長故得快說修多羅辯昔植修習無量善根故得善說譬喻本緣辯不輕賤惡趣衆生故得無壞勝辯施無量寶藏故得分別句無盡辯眞實言說無麤獷故得圓足辯講說法時無諍競故得威

德無違辯以德淳淨順法律行故得說法不唐捐辯不悋於法不恃己德故得斷衆疑辯求法之時不威逼他生恭敬心故得利應辯常省己過不譏彼缺故得分別文字不錯謬辯等潤衆生不望報故得悅可衆辯受持大乘不求小乘故得問答方便辯不著我見入平等性故得以法降伏一切外道辯是名二十四種成就諸辯因善能隨彼衆生所應受解說法無有錯謬所受法者亦不退失是爲菩薩得無障礙如來加持辯善男子云何菩薩得自在示現受生死者若菩薩成就十二法得自在示現受生死何等十二親近眞善知識故消除我見故成就戒身故善知入出定故並修智慧方便故善知深入諸通遊戲故如實觀知諸法無生無起故淨本願種故常不捨大慈大悲故知一切法如幻化故知一切法如夢想故一切諸佛加威神故是爲菩薩成就十二法無生現生無起現起而現一切生死於一切諸佛大會示現其身在在佛國皆現受生而常不動於眞法身是爲菩薩得自在示現受生死也善男子云何菩薩破諸怨敵去離四魔者若菩薩翹勤修習觀五陰如幻得離陰魔觀諸法性淨故得離煩惱魔觀一切法從緣生性不成就故得離死魔觀一切法緣所莊嚴是無常敗壞相故得離天魔菩薩如是觀故得離四魔發趣菩提終不懈息所有障菩提魔業菩薩皆能遠離何謂魔業所謂心向小乘是爲魔業不護菩提心是爲魔業於衆生生異想是爲魔業行施望報是爲魔業爲受生故持戒是爲魔業

有色想行忍是爲魔業爲世事精進是爲魔業於禪生著味想是爲魔業於慧生戲論是爲魔業猒倦生死是爲魔業修諸善根而不迴向是爲魔業猒惡煩惱是爲魔業犯罪覆藏是爲魔業憎嫉菩薩是爲魔業誹謗正法是爲魔業不受正法是爲魔業不知報恩是爲魔業不進求諸波羅蜜是爲魔業不敬順法是爲魔業悋惜於法是爲魔業爲利養説法是爲魔業不知方便而化衆生是爲魔業捨四攝法是爲魔業輕毀禁者是爲魔業嫉持戒者是爲魔業學二乘行是爲魔業希望正位是爲魔業捨離大慈而觀無生是爲魔業欲證無爲法是爲魔業猒離有爲功德是爲魔業不愍衆生是爲魔業不謙下尊長是爲魔業習行兩舌是爲魔業諛諂多姦是爲魔業顯已淨行是爲魔業作惡不恥是爲魔業不流布法是爲魔業以少功德爲足是爲魔業不遮結使是爲魔業不捨心垢是爲魔業忍沙門垢是爲魔業善男子若親近行一切不善法遠離一切善法盡是魔業善男子是謂諸魔業行是業者障菩提道彼諸菩薩已過捨離能正受行故云何爲正受行若菩薩成就四法能正受行何等爲四一者於諸波羅蜜法無懈退行二者不捨欲進及不放逸三者正住方便大慈法中四者入甚深無愛無巢窟法門善男子菩薩成就此四法正受行故能破諸怨敵是爲菩薩能破諸怨去離四魔善男子云何菩薩莊嚴功德資粮利益衆生者若菩薩善根迴向向無等等若有所種善根若布施若愛語若利行若同事盡

以施與一切衆生以淨戒聚故得自在力用此自在力故隨諸衆生所應愛樂而化度之以種功德無猒故得無盡寶手用此無盡寶手能施衆生無量富樂以求無邊智慧資粮故得無礙陀羅尼辯用此無礙陀羅尼辯能總持一切諸佛所説能説妙法悦可衆心以善調身心故不退諸通用此不退諸通力故能過無量佛刹以無數方便度多衆生以常勤求法無疲倦故得一一毛孔出無量法門用出無量法門力故能常以法施利益衆生以並修慧方便波羅蜜故得分身智用此分身智力故能於諸趣中在在現身化度群生常以無相敬待諸佛故得無猒見聞以此無猒見聞力故其有衆生得見聞者彼諸衆生乃至爲作大涅槃因是爲菩薩莊嚴功德資粮利益衆生善男子云何菩薩世無佛時能作佛事化度衆生者若菩薩已成就菩薩十力已於菩薩四無畏中而得自在已於菩薩十八不共法中不從他受已修如來力無所畏不共法等已得遊戲首楞嚴三昧已於四辯得智力自在已於諸佛法得灌頂正位於一切諸菩薩行得次佛神力若有菩薩成就如是等法者若諸佛土衆生應見佛身而受化者然彼佛土世無佛時即於彼國而現入胎現初生時現出家時現坐道場轉法輪時現捨壽命來入涅槃時亦能示現大般涅槃亦現法住時節久近亦復不捨菩薩行法亦不用所化以爲滿足是爲菩薩世無佛時能作佛事化度群生善男子云何菩薩得海印三昧能知一切衆生心行者若菩薩多聞如

海成就慧聚常勤求法菩薩爲聞法故盡能施與珍寶庫藏爲聞法故盡能施與僕從給使妻子眷屬爲聞法故捨家飾好嚴身之具爲聞法故謙下給事爲聞法故捨國土榮位及己身命菩薩以如是等無數方便勤求法門而不恃所行菩薩爲聞法故去至一由旬乃至百由旬爲聞一四句偈受持讀誦廣爲人說不捨是精進是菩薩自成就多聞於一切衆生生大悲心無愛心不望報心乃至一衆生不生輕賤而爲說法從一日乃至七日而無食想乃至命終不捨說法以說法善根迴向海印三昧隨所聞法受持讀誦通利善知義趣不依文字眞實堅持終身不捨菩薩發大欲精進以此大欲精進力故不久便得海印三昧得此三昧已即得自然無量阿僧祇百千萬法門得無量阿僧祇百千萬億修多羅不從他聞自然能說一切諸佛所說悉能受持能了一切衆生心行善男子喻如閻浮提一切衆生身及餘外色如是等色海中皆有印像以是故名大海爲印菩薩亦復如是得大海印三昧已能分別見一切衆生心行於一切法門皆得慧明是爲菩薩得海印三昧見一切衆生心行所趣善男子云何菩薩知諸塵界無礙者若菩薩以眼空故知色亦空以色離故知眼亦離耳鼻舌身亦如是意空故知法亦空以法離故知意亦離菩薩如實知空性離性於內外法無有障礙知諸結本性淨故則不起使於一切法無所有著以不見諸法著處著法著者是爲菩薩知諸塵界無礙善男子云何菩薩威儀行成就離

諸闇冥得勝光明於諸法中得自然智速得成就一切智行者若菩薩發起所作修習正行諸業盡是如來所許智者所讚所謂身口意業以行此業故悦可諸佛及餘賢聖善知識等所造諸業無能譏嫌最勝無上無與等者無能毁損所作諸業終不悔退所作諸業不雜愚癡所作諸業皆能觀知所作諸業終不動轉所作諸業究竟吉祥是菩薩知所作業非憍慢所造慧所作業非愚癡所造如是所作善業一切三昧諸陀羅尼門悉現在前不從他聞菩薩若見諸佛若不見諸佛終不退轉助菩提道諸善根若遇適意善知識不適意善知識不退菩提法是菩薩過一切障礙地離一切諸魔結使修三解脱般若波羅蜜力故疾得佛道自然道一切智道如來道是爲菩薩威儀行成就離諸闇冥得勝光明於諸法中得自然智速得成就一切智行爾時世尊欲重宣此義而説偈言

已離過無礙　慧功德莊嚴　彼離諸著相
迴向無上道　捨我慢憍慢　慧者莊嚴智
無障礙解脱　具足一切智　非色非種性
念佛非功德　常憶念法身　是念佛所許
離欲性寂靜　非相非明闇　無心無意行
如是名念法　聖無爲無愛　無諸煩惱染
以解脱得稱　名念僧無礙　已捨一切受
無陰界入行　解脱諸動念　名究竟念捨
不依無漏戒　不行身口意　不生過三有
名念無漏戒　如天淨無垢　兜率灌頂天
憶念自業報　當作天中天　持世尊正法
捨離諸煩惱　解脱法非法　是持世尊法

如佛得道相　受持法亦然　善思惟真際
無法可攝持　如我性淨故　諸法性亦淨
知衆生如相　而教化衆生　不見衆生增
亦復不見減　說斷顛倒想　教化無量衆
說諸陰界入　不異於佛界　知如虛空性
則入於佛界　言語諸文字　猶如呼聲響
知非内非外　即得陀羅尼　受持讀誦利
進求說諸法　無我無法想　安住陀羅尼
持諸佛所說　善說悅衆心　不失諸禪定
是陀羅尼力　不持不誦文　不積集諸法
常說法無礙　如龍降大雨　無住無障礙
說無量契經　不生衆生想　慧者得是辯
以佛力說法　莊嚴自威儀　悅衆隨所樂
是辯佛所許　知法實性者　知與虛空等
無我人壽命　如是持佛法　衆生同涅槃
究竟不生滅　得是不動忍　是爲不放逸
見諸陰如幻　諸界如法性　六入如空聚
得離於陰魔　知使如浮雲　究竟無和合
於法無妄想　則離煩惱魔　知衆生不生
無生則無死　諸法無去來　如是過死魔
無愛無動者　行道無道想　無我人行悲
則能降衆魔　知智識平等　不住爲無爲
知衆心如幻　心健無能壞　此彼無障礙
成就勝法船　渡衆無衆想　是爲大船師
知空無有我　淨生死渴愛　將導渡衆生
是爲大導師　善知進退相　隨法而依止
方便示涅槃　佛說善導師　知心心相續
二心不共俱　是名知心性　佛讚能護衆
知諸法性淨　如空水中月　知者離煩惱
是謂淨衆生　知一餘亦然　入諸法如夢

虛空不可取　得道無染汙

說此分別諸法門時七十二那由他衆生發阿耨多羅三藐三菩提心三萬二千菩薩得無生法忍時大寶莊嚴堂六種震動大光普照諸天於虛空中作百千種伎樂雨種種天華說如是言此諸衆生爲如來印所印已入如來法中聞此法門心得信解受持通利能爲他說如法修行白佛言世尊我等一切向此佛土深心供養恭敬禮拜以如來應供正遍知出世故聞說此方便法門及見此土菩薩爾時虛空藏菩薩聞佛解說已心淨歡喜心淨歡喜已以無價寶網供養於佛寶網中放大光明照十方諸佛國土供養已白佛言世尊未曾有也如來無礙智如是甚深難解如來應供正遍知如所聞法門佛以無礙智如實解說一切大衆皆得歡喜

大方等大集經卷第十三

音釋

鬘莫還切　翹渠堯切企也　鈍徒困切不利也　沮壞沮在呂切止也壞古瞶切毀也　獷古猛切惡也　掉徒弔切搖也　翳於計切蔽也

大方等大集經卷第十四

北涼天竺三藏曇無讖譯

虛空藏菩薩所問品第六之三

爾時衆中有一菩薩名曰速辯即從座起偏袒右肩右膝著地合掌向佛白佛言世尊此虛空藏菩薩何因緣故名虛空藏佛告速辯菩薩善男子譬如大富長者多諸民衆無量庫藏財寶充滿能行布施心無慳悋若行施時貧窮徃者隨意所須開大寶藏悉能給與彼諸衆生皆得適意長者施已心喜無悔善男子虛空藏菩薩亦復如是常行功德成就方便力回向故戒身善清淨故得成就神足力故純至究竟善清淨故所願增益成就故知一切法如幻化故得如來神足力故於虛空中隨衆生所須若法施若財施盡能施與皆令歡喜以是故善男子是大士證此方便智故名虛空藏復次善男子過去無量阿僧祇劫復過無量阿僧祇劫不可思議不可稱不可量不可筭數爾時有佛出世號普光明王如來應供正遍知明行足善逝世間解無上士調御丈夫天人師佛世尊世界名大雲清淨劫名虛空淨是大雲清淨世界豐足熾盛安隱快樂多諸天人地平如掌無諸沙礫荆棘寶繩界道雜寶莊嚴輭如天衣閻浮檀金華遍布其地衆寶間錯世界衆生無上中下人天同等如兜率天彼世界無有村營城邑聚落是諸天人各有寶樓臺觀人宮在地天處虛空以此爲異是普光明王如來壽命十六中劫純以菩薩爲僧有六十那由他皆得神通遊戲於菩薩行悉得自在爾時三千

大千世界處中有一四天下名曰日明如來於中成阿耨多羅三藐三菩提於三千大千世界而作佛事彼日明四天下中有轉輪聖王名功德莊嚴於四天下而得自在七寶成就是大聖王於四天下中起七寶臺東西八由旬南北四由旬周帀有五百園觀是功德莊嚴聖王有三十三萬六千宮人婇女端正姝妙如天玉女有四萬童子端正勇健各與半那羅延力等爾時功德莊嚴王與童子婇女及諸眷屬俱出詣大樂莊嚴園遊觀作樂歌儛以自娛樂爾時衆中有二大夫人一名德威二名德光離本坐處詣一樹下思惟諸行無常當思惟時各有一子化生膝上端正殊妙成就第一微妙之色相好嚴身觀者無猒身放大光普照園觀於上空中諸天唱言此二童子一名師子二名師子進從是已來常名師子師子進爾時二子適生不久說諸妙偈讚功德莊嚴王言

昔造善惡不敗亡　供養諸佛亦不失
純至不捨菩提心　堅持所聞不忘智
調伏自守不失戒　忍辱柔和善防護
能報恩者造善業　能勤精進不失道
善能專心定諸根　心能分別思惟慧
以智能造不濁業　以此淨法證菩提
不爲煩惱所染著　善能分別諸義趣
是故能捨受胎形　化生清淨蓮華中
我等從上醫王佛　聞此普光明如來
智慧無等叵思議　故來至此爲法故
願共父王到佛所　禮拜供養大法王
諸佛世尊甚難值　亦如優曇波羅華

王聞是語甚適意　時會大衆皆歡喜
百千萬種導從王　俱共發進向佛所
到已瓔珞及雜華　塗香妓樂諸供具
供養圍遶七帀已　合掌敬禮在前立
爾時師子師子進　頂禮兩足天人尊
以口鳴足而讚歎　言辭妙巧順法義
世尊是舍依止護　爲世盲冥開大明
體衆心行到彼岸　隨所信樂能悅可
令此大王恃王位　貪著色聲香味法
是故不來至佛所　失供養佛不聞法
快哉世尊生大悲　願說無上菩提法
令此大王發道心　堅固不退於佛智
佛踊八十多羅樹　處在虛空告王言
人王汝今至心聽　聞已如法而奉行
五欲無常喻如夢　命喻草火如霜露
王及國邑如幻化　是故智者不足貪
習行欲者無猒足　習欲更增渴愛心
習猶未足而命終　唯得聖智者乃足
汝當善順觀已身　諸陰如幻不堅固
四大其猶如毒虵　六情無實如空聚
妻子珍寶及王位　臨命終時無隨者
唯戒及施不放逸　今世後世爲伴侶
觀我神足力無畏　以諸相好莊嚴身
辭應弟子徒衆等　是故王宜發道心
大王即時聞法已　妻子眷屬皆歡喜
七十六千億衆俱　皆發無上菩提心
皆言我已發道心　誓度一切諸衆生
我等妙行爲衆生　成正覺已度脫之

爾時功德莊嚴王從佛聞說如斯等偈及見神變已復增益堅固菩提之心頂禮佛足而

白佛言唯願世尊及菩薩弟子大衆受我八萬四千歲請願以衣服飲食卧具醫藥給侍所須爾時世尊及諸大衆爲憐愍王故即便受請於是功德莊嚴王知佛受其請已歡喜踊躍頂禮佛足遶已便去時王子師子師子進及二萬王子捨世榮位於佛法中剃除鬚髮出家修道勤行精進樂求善法師子及師子進出家未久得五神通堅固不退彼佛知此二人得神通已加其威神常爲衆生演説妙法彼二比丘即於彼三千大千世界從國至國從四天下至四天下施作佛事而爲説法彼二比丘以如是因緣化度無量阿僧祇衆生令堅固不退於無上大乘爾時功德莊嚴王於八萬四千歲中以諸樂具供養世尊及大衆已與一切群臣前後侍從爲聽法故往至佛所而作是念我諸子等剃除鬚髮出家修道常受供養自不行施亦未見得過人之法寧可還家捨財布施修諸功德如我所種諸善根耶爾時普光明王如來即知功德莊嚴王心所念告師子進菩薩言善男子現汝自在功德神力菩薩變現使此大衆普得見聞回彼邪心使得正見爲降伏諸魔外道故爾時師子進菩薩即時入定已現如是等相使三千大千世界六種震動於上虛空中雨種種妙物所謂諸華香末香塗香繒蓋幢旛作種種天樂美饍飲食瓔珞衣服種種珍寶皆從空中繽紛而下雨如此寶滿足三千大千世界衆生得未曾有皆大喜悦爾時從地神諸天上至阿迦膩吒天皆歡喜踊躍唱如是言此大菩薩可名虛空藏所以者何以

從虛空中能雨無量珍寶充足一切故爾時世尊即印可其言名虛空藏於是功德莊嚴王見師子進作如是無量神變心淨踊悦得未曾有捨憍慢心合掌向佛作如是言希有世尊菩薩功德智慧乃能如是自然而雨無量珍寶充足一切終無窮盡世尊在家者施所益無幾夫出家者以神通力施無涯際在家者施不稱彼意雖施猶恪以爲苦惱出家者施能稱彼意亦不恪惜不生苦惱爾時功德莊嚴王即捨王位與子吉意以眞信心剃除鬚髮於佛法中出家修道王出家已爲增長善法故常勤精進出家未久修得四禪四無量心及五神通時吉意王以法治化國無怨者精進不廢供養世尊佛復告速辯菩薩善男子爾時功德莊嚴王者豈異人乎莫造斯觀即拘留孫如來是也爾時師子菩薩者則我身是爾時師子進菩薩者即虛空藏菩薩是也善男子虛空藏菩薩當于爾時初於空中雨無量珍寶以是因縁常名虛空藏善男子爾時王子吉意者今彌勒菩薩是也爾時二萬王子於彼佛法中出家者今與虛空藏菩薩來此衆中聽法者是於彼佛法中先出家者彼王内外眷屬及王子所化衆生今現在十方行菩薩道是故速辯菩薩應常淨戒聚增長本願以淨戒聚增長本願故隨欲所作皆能成辦爾時衆中有諸菩薩渴仰欲見虛空藏神變之力虛空藏相貌云何爾時世尊知衆心所念即告虛空藏菩薩言善男子現汝神變虛空藏相爾時虛空藏菩薩即入稱一切衆生意三昧入已以此三昧力故

於此三千大千世界妙寶莊嚴堂上虛空中雨種種妙物隨衆生所欲盡給足之所謂須華雨華須鬘須香須末香須塗香須繒蓋幢旛須種種音樂須嚴身之具瓔珞衣服須餚饍飲食須車乘翼從須金銀瑠璃玻瓈硨磲碼碯眞珠珊瑚雨如是等種種珍寶隨意與之有須法欲法樂法之者於虛空中隨所樂聞出衆法音悅可耳根所謂修多羅祇夜授記伽陁優陁那尼陁那阿波陁那伊帝目多伽闍陁伽毗佛略阿浮陁達磨優波提舍須如是等經者盡出應之須那羅等變音者須巧言語音者須種種雜音者須甚深音者須方便淺音者須如是等音者盡出應之須聲聞乘度者出四諦法音應之須緣覺乘度者出甚深十二因緣法音應之須大乘度者出六波羅蜜不退轉法音應之又於空中出諸妙偈曰

說諸法性　如虛空等　今說其門　衆咸諦聽
如空無高　亦無有下　以無高下　亦無體性
如空無生　亦無有滅　以無生滅　性不敗壞
如空無增　亦無有減　以無增減　同諸法相
如空無明　亦無有闇　以無明闇　心性亦爾
如日照空　亦無有喜　不照不憂　智者學爾
如雨鉾箭　不傷於空　行者修空　亦不可傷
如空水潤　無有喜悅　智者稱利　亦無喜悅
如空毀譽　無有分別　智者毀譽　亦復如是
如動大地　空終不動　智者無依　不動法性
如大火災　不燒虛空　知煩惱者　不爲所燒
如空常住　無有敗壞　諸法亦爾　常住法界
喻如虛空　受一切色　法界亦爾　受一切法

如空非色　相不可見　心性如是　同空無相
虛空假名　無有形貌　心意識然　亦假名說
如空無邊　終不可取　大人智然　與虛空等
如鳥行空　無有足跡　行菩提然　行不可見
身滅過去　如虛空等　現在諸陰　同虛空相
四大亦然　同如虛空　如三災後　無諸異相
一切衆生　不能滿足　凡夫如是　五欲無滿
若有聖智　知一切法　彼足無求　離婬貪著
如空廣大　無有邊涯　佛法亦爾　無有邊際
知諸法性　是佛法者　彼不依物　亦不捨物
知物非物　住於實際　於物非物　無有二相
以聲明空　空性非聲　無有音聲　是名爲空
佛雖說空　終已無說　空性叵說　是故名空
如幻化夢　野馬影響　諸佛說法　皆悉如是
爲道衆生　說如是喻　眞淨之義　更無譬喻
諸法無相　以相而說　相及無相　法性俱無
空相爲相　空亦無相　體此相者　是爲菩薩
無滯無礙　無戲無動　無始無終　是爲菩薩
不離衆生　非衆生數　如衆生性　是爲菩薩
喻如幻師　煞衆幻人　實無死者　所度亦爾
幻與衆生　泥洹佛法　知同一性　無性無相
此大士得　無盡空藏　充足一切　不可窮盡
昔植衆德　故獲斯藏　不有貯聚　乃能如是
能知諸法　因緣生者　其藏無盡　不可思議
救世大仙　說四無盡　空及道心　衆生佛行
若財是實　則可貯聚　非實無窮　是以無盡
究竟空法　已盡無盡　無盡不盡　是謂無盡
知此門者　近於菩提　住此門故　速成菩提

以虛空藏菩薩神力故於上空中雨如是等妙法及財令三千大千世界一切衆生得無

量不可思議快樂所願具足有患苦衆生蒙藥除愈孤窮衆生得無量珍寶繫閉衆生得開悟解脱諸根不具者悉得具足應被刑戮者空中雨諸化人而代受之親愛乆别悉得歡會被憂箭衆生悉得無憂墮三塗衆生蒙光觸身除一切苦惱身心快樂爾時此三千大千世界中衆生各各飲食遊戲五欲具足共相娯樂或有行施作諸功德一切衆生成就如是等樂各作是言乃有此大士能施世樂此虚空藏菩薩出世故能施世間甘露乃能常勤爲與一切衆生樂無疲倦也虚空藏菩薩現如是等神變悦可一切衆生性示現菩薩神力以財施法施攝衆生故令無量阿僧祇衆生發阿耨多羅三藐三菩提心令無量菩薩得無生法忍復令無量阿僧祇不可説不可説諸菩薩發勤精進故得成就諸三昧門陁羅尼門得遊戲神通門爾時生疑菩薩作是念此不可思議未曽有也虚空藏菩薩但於娑婆世界示現種種神足也亦於他方世界現種種神足耶爾時虚空藏菩薩知生疑菩薩心所念即放身光以此光明力故普照十方無量無邊諸佛世界爾時生疑菩薩及餘菩薩皆見虚空藏以神變力於十方無量無邊不可思議諸佛世界應化衆生亦如此娑婆世界等無有異一切聲聞辟支佛所不能爲生疑菩薩見如是神變巳疑網即除合掌禮虚空藏菩薩而作是言希有大士乃能安此無盡之藏在虚空中普雨充足無量世界而猶不盡大士有安此藏在於空中其巳乆如虚空藏言善男子自我發阿耨多

羅三藐三菩提心已來常有此藏在於空中生疑菩薩又問大士發阿耨多羅三藐三菩提心已來幾時虛空藏答言世尊當知汝可問之生疑菩薩即白佛言世尊虛空藏菩薩發阿耨多羅三藐三菩提心已來爲經幾時唯願說之除我等疑佛告生疑菩薩言善男子此事久遠甚深難知若當說之令諸天人皆生疑惑不信佛語以不信故得無量罪生疑菩薩復白佛言世尊唯願說之若有久植善根者必當信受佛告生疑菩薩言善男子汝已慇懃欲聞豈得不說諦聽諦聽善思念之吾當爲汝分別解說爲堅固善根久植德本者生喜悅故善男子譬如一恒河沙數等諸恒河沙以此諸恒河沙一沙爲一佛土末爾所佛土盡爲微塵聚著一處有一長壽之人於此塵聚中百劫乃取一塵盡此塵數欲知虛空藏菩薩發心已來劫數復過於此非筭數所知善男子當以此比知虛空藏發心久近善男子乃往過去過恒河沙數等諸恒河沙以此諸恒河沙一沙爲一佛土末爾所佛土盡爲微塵復過是數百千萬劫爾時有佛號曰淨一切願威德勝王如來應供正遍知明行足善逝世間解無上士調御丈夫天人師佛世尊彼佛世界名曰現無量諸佛刹土劫名衆寶莊嚴彼佛世界何故名曰現無量諸佛刹土善男子以彼刹土眞淨故能現十方諸佛刹土譬如無翳淨月現於清水善男子以是因緣故十方無量阿僧祇諸佛刹土及彼諸佛幷師子座衆生所作皆現彼國是故彼世界名爲現無量刹土彼世界與百

億三千大千世界等廣愽嚴淨豐樂安隱天人熾盛地平如掌無有丘陵埠阜穢惡不淨多諸珍寶間錯而成端嚴可樂懸諸繒綵幢旛華蓋莊嚴燒栴檀沉水衆妙雜香以雜色劫波育張施其上衆寶妙華以布其地在在處處生寶華樹果樹衣樹瓔珞樹妓樂樹寶器樹香樹燈樹藥樹等普以莊嚴以界八道平正分明眞珠瓔珞寶網莊嚴觀者無猒彼世界中不假日月光明以諸燈樹及摩尼樹而以照明無有晝夜唯以寶華開合知有時節彼世界中衆生無盲瞎僂躄痤短跛蹇形體不具頑貌醜惡瘂面䀹眼無有如是等醜惡衆生一切衆生皆成就三十二相莊嚴其身彼世界中乃無三塗八難諸惡名字亦不聞外道異學音聲彼世界衆生皆必定於阿耨多羅三藐三菩提亦無聲聞辟支佛名彼佛純說諸菩薩乘彼世界中無女人及胎產者一切衆生結跏趺坐自然化生無老病名盡彼壽命命終之後生餘清淨佛土或還生本土善男子彼土成就如是無量無邊不可思議功德我若一劫若減一劫說彼功德終不能盡善男子爾時現無量諸佛剎土中有一轉輪聖王名曰衆天灌頂典領三千大千世界於諸佛所久植德本利根智慧威德成就灌頂聖王有三萬六千子皆於蓮華中化生已於過去諸佛所久植善根爾時淨一切願威德勝王如來與諸天世人大衆恭敬圍遶遊於衆天灌頂聖王住處諸菩薩衆無量無數非筭師及筭師弟子所能筭知彼佛壽命百千劫劫數長短如此賢劫彼世界衆生

經爾所劫謂如一劫爾時衆天灌頂聖王請淨一切願威德勝王如來及菩薩僧四十中劫劫數長短如此中劫供養適意餚饍飲食衣服卧具房舍臺觀園林浴池如是等種種所須之物而以供養爾時衆天灌頂聖王爲供養佛故莊嚴一小千世界以爲妙堂純以瑠璃寶莊嚴其地周帀垣墻衆寶合成以赤栴檀及優陁羅娑羅栴檀爲柱以硨磲寶爲櫨欂間錯此堂以如是等莊嚴合成甚可愛樂世尊中食後從三昧起在此堂中爲諸大衆講説妙法復莊嚴一堂與一四天下等欲令如來及菩薩僧於其中食日日所用食直珍寶如大山積善男子爾時衆天灌頂轉輪聖王於四十中劫常專一念未曾放逸不作餘事常以一切樂具供養如來及菩薩僧於爾所時所作功德亦不發願有所志求過四十中劫於最後日以無價三衣供養如來諸菩薩僧各施一衣當于爾日世尊中後爲諸大衆廣説妙法於時衆天灌頂聖王侍從圍遶爲聽法故往詣佛所爾時世尊知彼聖王功德淳淑堪任有用於時世尊及衆天灌頂轉輪聖王等七日七夜都無食想處師子座身不傾動説大乘經名攝菩薩淨行不退轉輪方便世尊説如是法爲欲令盡受持不忘失故灌頂聖王於七日七夜心不分散從佛聞法歡喜踊躍其心悦豫從座而起頂禮佛足右遶七帀遶七帀已右膝著地合掌向佛深心淳至發阿耨多羅三藐三菩提心已即説偈言

我發無上心　請召諸群生　無救者作救

冥世開大明　非爲一法行　非爲供一佛
非爲一衆生　願度無餘故　生老病死苦
衆惱所逼者　一切莫憂懼　我誓要當度
欲嗔癡慢覆　失道造諸惡　正斷邪惡業
導至無畏城　墮三塗衆生　難處受衆苦
強志莫憂懼　我生施無畏　無明癡所翳
不識解脫門　我爲然法炬　得明至涅槃
爲四流所漂　沉溺不得邊　爲造勝法船
令度諸有流　處生死飢饉　食先白業盡
我爲作導師　當令至安樂

佛告生疑菩薩言善男子爾時灌頂聖王說此偈已彼佛世界即六種震動光明遍照於時聖王發道心已即得菩薩三昧名曰不退菩提心以得此三昧力故常得見諸佛無礙乃至夢中一切煩惱不爲作患自是巳後其心不與嫉妬共俱不與破戒俱不與嗔恚俱不與懈怠俱不與散亂俱其心不與愚癡等俱彼灌頂聖王盡其形壽常給侍世尊左右爲聞法故又常教化三萬六千子令發阿耨多羅三藐三菩提心亦復教化餘無量無邊衆生令發阿耨多羅三藐三菩提心善男子爾時衆天灌頂轉輪聖王者豈異人乎莫造斯觀即今虛空藏菩薩是也爾時彼諸王子及諸大衆教令發阿耨多羅三藐三菩提心者今此會中大力精進大智慧諸菩薩摩訶薩聽法者是善男子虛空藏菩薩發心已來經如是無量阿僧祇劫行菩薩道此虛空藏菩薩從發心已來未曾失菩提心未曾胎生常值諸佛聽法供養衆僧於諸佛所受持正法攝取爲首未曾失念能善分別成就遍行

初發心已得甚深難解菩薩初地能行諸施成就大悲得無戲論無有猒倦發勤精進學一切諸論知一切世法成就慚愧得堅固念力此菩薩住於初地於無量阿僧祇不可稱不可量不可思議不可說不可說阿僧祇劫能淨純至具足行檀波羅蜜於諸衆生常行大慈勤修攝法一切波羅蜜及諸助道法成就欲精進不放逸等皆隨順檀波羅蜜是菩薩住於初地常勤給侍供養諸佛勤求方便教化衆生淨佛國土住於初地得入一切諸地智慧光明而不過初地然後乃成就無量功德智慧資粮得如來力持不退神通已離諸地障礙而從初地入菩薩第二地住無量阿僧祇劫淨於二地修尸羅波羅蜜乃至十地爲一一衆生所經劫數亦復如是於一一地中過無量阿僧祇劫成就菩薩行爲諸衆生現作佛事而不捨菩薩所行善男子少有菩薩能行如是甚深不思議殊勝不散亂純至勤修進行如此虛空藏菩薩所行成就者

爾時生疑菩薩問虛空藏菩薩言希有善男子乃能如是發弘誓願於此大乘久住生死無疲倦耶虛空藏答言善男子此大地運載諸山河石壁樹木藂林一切藥草百穀苗稼及諸衆生有疲倦不答言不也大士虛空藏言善男子諸菩薩心亦如大地純至成就故行菩薩行無有疲倦亦復如是虛空藏復言善男子如此大地住於水上此水持地無有疲倦諸菩薩心亦如大水以大悲力故教化衆生無有疲倦亦復如是虛空藏復言善男子如此大水住於風上此風持水無有疲倦

諸菩薩心亦如大風以大方便力故淨佛世界無有疲倦亦復如是虛空藏復言善男子喻如大風住於空中無所依止此空持風無所障礙無有疲倦諸菩薩心亦如虛空以般若波羅蜜力故集一切佛法無有懈廢疲倦亦復如是所以者何菩薩知一切法相所以成就無生無作者無受者因緣合成故而有所作所作諸法亦無有實本際空故本際離故實無成就自性空故無生無滅知一切諸法性相如是故不見有法可生疲猒及疲猒者所以者何菩薩知一切法無二故知生死性與涅槃性等知涅槃性與一切法性等知一切法性與無性等故亦不恃不著知一切諸法過去際未來際無自性以定力故誓願力故不起於定而能現一切所作爾時生疑

菩薩問虛空藏菩薩言唯願大士說諸菩薩三昧行業何謂三昧何謂行三昧業者虛空藏菩薩答生疑菩薩言善男子有八萬四千種諸三昧門此諸三昧門能總攝一切諸餘三昧何等是八萬四千三昧門善男子菩薩有三昧名曰不忘菩提心能成就不散亂行有三昧名曰降伏能淨純至有三昧名曰不顯行能究竟成就不退所作有三昧名曰無依能增進成就畢竟有三昧名曰無垢能成就自心有三昧名曰照耀能開示善法有三昧名曰眞淨能過一切魔行有三昧名曰涌出終不爲外道諸論之所降伏有三昧名曰捨離能調伏一切諸煩惱結有三昧名曰迴伏能令一切入眞實道有三昧名曰轉進能離聲聞辟支佛地有三昧名曰樂遊能不猒

生死有三昧名曰趣向能從一地至一地故有三昧名曰怡液能成就悅可大衆故有三昧名曰無礙光能於一切衆生成就等心有三昧名曰知所作能順一切所作不逆故有三昧名曰師子相能成就大衆無所畏有三昧名曰心勇能降伏四魔有三昧名曰蓮華莊嚴能成就不染世法有三昧名曰光莊嚴能普照諸佛世界有三昧名曰清涼能斷離憎愛故有三昧名曰幢相能成就一切佛法光明故有三昧名曰炬王能成就大智慧光明有三昧名曰日光能成就斷除無明闇冥有三昧名曰集德能成就辭辯無盡有三昧名曰那羅延能成就金剛身有三昧名曰堅固能成就不掉動心有三昧名曰彌樓幢能成就不見頂相有三昧名曰堅自在能成就度本願有三昧名曰金剛士能成就不退諸通有三昧名曰金剛場能成就昇於道場有三昧名曰喻如金剛善能鑑徹一切諸法有三昧名曰行王能觀一切衆生心行有三昧名曰慧王能成就勝智知諸根滿足未滿足者有三昧名曰隨類能成就隨衆生性而爲說法有三昧名曰修一切諸身能成就法身有三昧名曰不眴能得成就無礙見諸如來有三昧名曰無諍能得分別一切因緣有三昧名曰無垢輪能得成就轉妙法輪有三昧名曰電光能得覺諸法因緣有三昧名曰善分別能知諸界盡同一界有三昧名曰莊嚴王能得成就相好有三昧名曰隨解王能以一音報於一切有三昧名曰不分別法界能知一切三昧同一三昧有三昧名曰堅固能

得不退於諸法性有三昧名曰不可壞能知諸法同於法性有三昧名曰無終能知本際非際有三昧名曰無作能成就如如無有變易有三昧名曰無動能知諸法平等如虚空有三昧名曰淨住能得成就諸波羅蜜有三昧名曰善攝能成就四攝法有三昧名曰等行能得成就四梵行有三昧名曰無礙觀能得成就諸助道法有三昧名曰海印能得總持諸佛所說有三昧名曰空能斷一切諸見有三昧名曰無相能斷一切諸覺有三昧名曰無願能得淨成就一切諸願有三昧名曰決了能得成就無生法忍有三昧名曰不朓能得成就不失所聞法有三昧名曰無翳能以善説悅可衆生有三昧名曰得豐能得成就寶手有三昧名曰法雲能雨一切法門有三昧名曰寶莊嚴能得成就不斷三寶勝種有三昧名曰無比能成就智所作業有三昧名曰虚空門能得離一切障礙有三昧名曰智印能得遍知一切諸法有三昧名曰現見諸佛能得成就諸如來功德有三昧名曰選擇寂靜如意能得成就離於本際有三昧名曰分别一相法門能得成就於未來世説一相法門有三昧名曰了知一切法平等性能得成就解了一切經書有三昧名曰集諸功德能得潤益一切衆生有三昧名曰遊戲神通能得成就不思議解脱有三昧名曰自覺能入如來秘密之藏有三昧名曰首楞嚴能於菩薩地中乃至示大涅槃有三昧名曰遍至能得成就在在現生有三昧名曰灌頂王能得成就菩薩所行無餘有三昧名曰無勝

能得成就如來十力有三昧名曰無盡能得成就四無所畏有三昧名曰無等等能得成就佛不共法有三昧名曰願王能得成就諸所聞法自利利他功不唐捐有三昧名曰善入無垢印能現前覺了一切佛法有三昧名曰善知覺能得成就薩婆若智無有遺餘有三昧名曰盡無邊能得成就一切佛事受行無餘善男子此謂八萬四千三昧門以此等爲首菩薩坐道場時便得八萬四千諸三昧門一一三昧以無量阿僧祇百千萬億三昧以爲眷屬善男子是諸三昧能知八萬四千種衆生諸所行法亦能顯現八萬四千法聚善男子是爲略說諸菩薩行及諸佛法藏少分而諸菩薩行無量無邊諸佛法藏不可思議爾時虚空藏菩薩說是法時有萬六千菩薩得柔順忍無量三昧而現在前復有八萬四千衆生發阿耨多羅三藐三菩提心爾時世尊讃虚空藏菩薩言善哉善哉善男子快說是諸三昧法門善說如來勝智如汝自身證行此法不從他得爾時生疑菩薩合掌白虚空藏言希有大士乃能成就如是不可思議功德不從他聞而能入於如來勝智行處我亦願樂欲令一切衆生得此不思議法如來行處爾時大德舍利弗問生疑菩薩言善男子誰爲汝作生疑名也生疑菩薩答舍利弗言菩提心爲我作此生疑名所以然者若不發菩提心於佛法中終不生疑其有發阿耨多羅三藐三菩提心者其人於一切佛法則生疑惑爲欲現知明了一切佛法故譬如灌頂刹利王最大太子成就王相應作國主

次父之後應紹王位是故其子每常諮問治國之法我當云何監領國事大德舍利弗菩薩摩訶薩亦復如是畢竟發阿耨多羅三藐三菩提心者次如來後亦應紹繼無上法王尊位亦常思惟諮問一切智相應之法我等應當云何持無上法王法也是故亦於一切佛法每常生疑大德舍利弗當知以此因緣由菩提心故立此生疑名也生疑菩薩復語舍利弗言大德我從昔來不憶值諸佛菩薩及善知識未曾不問諸佛妙法是故我真名生疑也

大方等大集經卷第十四

音釋

礫郎擊切小石也　棘紀力切刺也　繒疾陵切帛也　饍時戰切具食也　繽紛繽匹賓切紛撫文切繽紛雜亂之貌　餚何交切餚饍美食也　翼與職切衛也　鉾莫浮切句兵也　戮力竹切殺也　埠阜埠都回切正作堆聚土也阜房久切土山曰阜　僂力主切傴僂曲脊也　躄必益切足不能行也　痤昨禾切正作矬短也　跛補火切足偏癈也　蹇紀偃切跛也　窊烏瓜切不滿貌　睞洛代切目童子不正也　櫨欂櫨龍都切栟也欂伯各切柱也　積子智切聚也　溺怒歷切沒也　饉渠吝切菜不熟也　諮即移切訪問於善曰諮

大方等大集經卷第十五

北涼天竺三藏曇無讖譯

虛空藏菩薩所問品第六之四

爾時虛空藏菩薩白佛言世尊諸佛行處不可思議菩薩所應行法亦復無量是故此行不可以少誓莊嚴不可以少言說不可以小乘道而得成就快哉世尊唯願說諸菩薩大誓莊嚴及道莊嚴菩薩以大誓莊嚴及道莊嚴故能乘大乘行眞實最上出世間道爲當得出世無上大乘成就一切自然大智雖未成一切智能作佛事利益衆生佛告虛空藏菩薩言善男子諦聽諦聽善思念之吾當爲汝分別解說諸菩薩大誓莊嚴乘莊嚴道莊嚴唯然世尊願樂欲聞佛言善男子菩薩有二十莊嚴法以自莊嚴自莊嚴已能乘大乘何等爲二十善男子若有菩薩畢竟發阿耨多羅三藐三菩提心於一切衆生生最勝大悲生利益衆生心生利益衆生心已便能莊嚴無上大誓何謂大誓莊嚴爲度未度者大誓莊嚴乘大船舫故爲解未解者大誓莊嚴脱虛妄顚倒故爲安未安者大誓莊嚴安止無畏道故爲未得涅槃者令得涅槃大誓莊嚴捨五陰重擔故爲常勤給足衆生大誓莊嚴精進不懈怠故爲不捨無量生死大誓莊嚴不疲猒故爲悅可一切諸佛大誓莊嚴現前供養恭敬故爲受持一切佛法大誓莊嚴不斷三寶種故爲受持一切所聞不忘大誓莊嚴得陀羅尼故爲善說法悅可一切衆生大誓莊嚴得辯才故爲集無量功德資粮大誓莊嚴成就相好故爲悅可一切善知識大

誓莊嚴堅固所行故爲遮馳散心大誓莊嚴生諸禪解脱三昧故爲在阿練若處捨離身命大誓莊嚴得六神通故爲欲大師子吼無所畏懼大誓莊嚴現前得無我法故爲欲至一切世界大誓莊嚴欲知一切諸法如幻如夢如影故爲普照嚴飾一切世界大誓莊嚴淨戒衆生受持成就力故爲成就如來十力大誓莊嚴滿足諸波羅蜜故爲得四無所畏大誓莊嚴如所説行故爲盡得十八不共法大誓莊嚴如所聞菩薩地法不戲論故善男子是爲諸菩薩二十大誓莊嚴以此莊嚴力故能乘於大乘菩薩以此自莊嚴力故斷三惡趣因緣是名莊嚴具足善爲諸佛所護持是名莊嚴隨所欲至便得往生是名莊嚴捨一切胞胎能化生諸佛前是名莊嚴能行無諍身口意業是名莊嚴住不放逸行爲諸天世人之所恭敬是名莊嚴善通達三脱門而不證實際是名莊嚴一切無我法皆現在前而猶不捨大誓莊嚴是名莊嚴是爲菩薩具足大誓莊嚴云何名爲莊嚴菩薩乘善男子乘者謂無量也無邊涯故普遍一切喻如虚空廣大容受一切衆生故不與聲聞辟支佛共是故名大乘復次乘者以正住四攝法爲輪以眞淨十善業爲輻以淨功德資粮爲轂以堅固淳至畢竟爲輨轄釘鑷以善成就諸禪解脱三昧爲轅以四無量心爲善調以善知識爲御者以知時非時爲發動以無常苦空無我之音爲驅策以七覺寶繩爲鞦靷以淨五根爲索帶以弘普端直大悲爲旒幢以四正勤爲輞以四念處爲安詳以四神足爲

速進以勝五力爲鑒陣以八聖道爲直進於一切衆生無障礙慧明以爲軒以無住六波羅蜜迴向薩婆若以無礙四諦度到彼岸是爲大乘此乘諸佛所受聲聞辟支佛所觀一切菩薩所乘釋梵護世所應敬禮一切衆生所應供養一切智者所應讚歎一切世間所應歸趣一切怨憎不能輕毀一切諸魔不能破壞一切外道不能測量一切世智不能與競此乘殊勝無能過者一切賢聖之所守護此乘隨願能至一切佛界故此乘普照能放縵網光明故此乘有大名稱能出法門故此乘强志不退還故此乘堅牢不懈緩故此乘正住不傾動故此乘衆事備具能滿一切所願故善男子是名大乘諸大誓莊嚴菩薩乘此乘乘此乘已能從一地至於一地是其莊嚴能捨諸地過患是其莊嚴能捨諸魔業是其莊嚴能化度衆生是其莊嚴能淨佛世界是其莊嚴能現菩薩神變是其莊嚴能度生死大饑饉是其莊嚴能入如來行處是其莊嚴善男子云何菩薩莊嚴道善男子菩薩大誓莊嚴及乘大乘已捨一切邪道捨一切邪道已趣於眞實正道到薩婆若何謂正道耶所謂不捨善法故行於大欲不退菩提道故勤修精進善根不失故行不放逸不動淳至不没於所作必能究竟仰攀上法求功德資粮無有滿足求智慧資粮終不廢捨是爲菩薩正道復次善男子菩薩道者所謂四禪四無量心四空定五神通三福業三學六應敬六念四攝法四念處四正勤四神足五根五力七覺分八聖道分三解脱門知陰方便知

界方便知入方便知四諦方便知因緣方便是名爲道菩薩得成就此道方便皆能隨順入六波羅蜜道所以然者以菩薩六波羅蜜道不與一切聲聞辟支佛共故此道一切諸佛皆所稱歎從諸如來口出成就方便菩薩能知一切法實性者能住出世間六波羅蜜聖道云何爲住善男子若有菩薩成就自然慧方便而求菩提於此五受陰中爲如實覺故求於菩提是菩薩知色無常而行布施知色苦知色無我知色鈍知色無智知色如幻知色如水中月知色如夢知色如影知色如響知色如旋火輪知色無我知色無衆生知色無命知色無人知色無主知色無養知色空知色無相知色無願知色無作知色無生知色無起知色無出知色無形知色寂靜知色離知色無終知色無成知色與虛空等知色如涅槃性而行布施菩薩如是行施時以施離故知色亦離以色離故知施亦離以色施離故知願亦離以願離故知色施亦離以色施願離故知菩提亦離以菩提離故知色施願離而知一切法同菩提性善男子是爲菩薩出世間檀波羅蜜受想行亦如是知識無常應行布施知識苦知識無我知識鈍知識無智知識如幻知識如野馬知識如水中月知識如夢知識如影知識如響知識如旋火輪知識無我知識無衆生知識無命知識無人知識無主知識無養知識如空知識無相知識無願知識無作知識無生知識無起知識無出知識無形知識寂靜知識離知識無終知識無成知識與虛空等知識如涅槃

性而行布施菩薩如是行布施時以施離故知識亦離以識離故知施亦離以識施離故知願亦離以願離故知識施亦離以識施願離故知菩提亦離以菩提離故知識施願亦離而知一切法同菩提性善男子是爲菩薩出世間檀波羅蜜復次善男子菩薩知色無常而護於戒乃至知色如涅槃性而護於戒知受想行亦如是知識無常而護於戒乃至知識如涅槃性而護於戒以戒離故知識亦離知戒離故乃至於識亦離乃至知一切法同菩提性善男子是爲菩薩出世間尸羅波羅蜜羼提波羅蜜毗梨耶波羅蜜禪波羅蜜亦如是知色無常而行於慧乃至知色如涅槃性而行於慧知受想行無常而行於慧乃至知識如涅槃性而行於慧以慧平等故知識平等以識平等故知慧平等以慧識平等故知願平等以願平等故知慧識平等知慧識願平等故知菩提平等以菩提平等故知慧識願平等即知一切法同菩提性善男子是爲出世間般若波羅蜜是爲菩薩出世間波羅蜜道悉能攝取一切諸道當知一切諸道皆入在中何故名之爲出世間耶善男子五受陰名爲世間菩薩善分別五陰觀是無常乃至如涅槃性已知此道中無有世間及世間法知此道是無漏是出世間無所繫著是名出世間善男子是名菩薩道復次道者所謂如實求一切諸法分別選擇不見一切諸法相續積聚無二無别是故名道而此道者無有憎愛無憎愛故名爲平等離思惟觀察餘乘故名爲廣大去離諂曲故名爲端直

去離曲心故名爲無姦斷除諸蓋故名無繫滯去離欲瞋恚害覺故名無塵垢不受色聲香味觸故名爲安樂去離諸魔事故名爲清涼去離煩惱衆賊故名爲無畏能到涅槃故名爲出要成就静定故名清淨水慧善解故名爲常明善修慈故名清涼樂不捨大悲故名進無猒常行喜故名爲悅豫成就捨故名無過失順攝法故名爲大富成就施食波羅蜜力故得薩婆若智辯諸佛善護持故名過四魔行法不捨本願故名進無滯礙渡一切煩惱流故名無有上一切世間無能降伏故名無詶對善男子此道成就如是等及餘無量功德一切大士乘此道故能往來教化無量衆生是爲莊嚴無諸煩惱現入煩惱是其莊嚴觀於無生而不證實際到空無相無作門而能教化行諸見諸相諸願衆生是其莊嚴現入聲聞辟支佛涅槃不捨生死是其莊嚴現諸趣受生而不動於法性現説一切言教而不動於無言是其莊嚴能現一切佛事而不捨菩薩行是其莊嚴善男子是爲菩薩大誓莊嚴大乘莊嚴道莊嚴菩薩以大誓莊嚴自莊嚴故能乘大乘順出世間聖道未得薩婆若爲衆生故能作佛事爾時衆中有一菩薩名曰寶德問虚空藏菩薩言善男子汝已修此出世間聖道耶虚空藏答言已修寶德言云何修虚空藏答言如得清淨道如是修寶德問言云何爲清淨道虚空藏答言善男子我淨故道淨寶德問言云何爲我淨虚空藏答言如世淨寶德問言云何世淨虚空藏答言善男子色過去際淨所以然者以色

本際無來故色未來際亦淨所以然者以色未來際無去故色現在際亦淨所以然者以現在色無住故善男子是爲世淨受想行識過去際淨所以然者以識本際無來故識未來際亦淨所以然者以識未來際無去故識現在際亦淨所以然者以識現在際無住故善男子是爲世淨善男子以世中世淨故則我淨以我淨故是名道淨寶德言善男子如是淨道能何所爲虛空藏答言能作大智慧光明以此慧明力故能知一切法過去未來際寶德復問言何謂過去未來法際虛空藏答言一切法於過去際無生於未來際無滅是名知過去未來際寶德復問若見過去未來際者爲何所見虛空藏答言見二俱離寶德復問何謂二俱離虛空藏答言離斷常者

善男子若有見法生及著法者則是斷常見所以然者由有生故則有滅有生滅故則有斷常之見若不見有法從自性他性生者則見因緣若見因緣則見法若見法者則見如來若見如來者則見如若見如者則不滯於斷亦不執常若不常不斷者即無生無滅寶德復問善男子若無生無滅云何有名數虛空藏答言假言說故名之法耳善男子猶如有空故有色差別名所謂青黄赤白色紫色玻瓈色瑠璃色麤色細色長色短色方色圓色虛空不爲如是等法所染然一切色自性亦空一切諸法亦復如是同虛空性但假言說有名數耳所謂善法不善法世間法出世間法應作法不應作法有漏法無漏法有爲法無爲法而菩薩亦不作一切非福行所作

福行皆是虛誑非眞不堅固是菩薩知一切行非行平等捨離一切相成就般若波羅蜜力故迴向菩提而亦不見菩提有增有減不於色中求菩提亦不於受想行識中求菩提菩薩以無求故住於清淨戒聚修無願解脫門滿足一切諸願知生死性同涅槃性雖入究竟涅槃爲斷除衆生虛妄顚倒故行菩薩行亦無行法可行善男子如是菩薩入於涅槃行菩薩行善男子凡有所作皆是生死無有所作是名涅槃菩薩所行是無所作是故菩薩名入涅槃行菩薩行善男子凡有染著巢窟妄想戲論取相是名生死涅槃者無染著巢窟妄想戲論取相是名涅槃菩薩以修無染著巢窟妄想戲論取相行菩薩行是名菩薩入於涅槃行菩薩行當說此法時有五百菩薩得無生法忍爾時世尊讚虛空藏菩薩言善哉善哉大士快說法性稱菩薩行眞實不異虛空藏白佛言世尊此是如來快也所以者何由世尊慧明故我等得斯辯分世尊喻如日光照閻浮提由日威德力故有眼之者得見色像作諸事業由於如來大智力故照一切衆生及餘世界亦復如是諸法實性不可言說諸言說性與虛空等是故諸法不可得數凡有數法則有限量凡有限量則是有爲凡是有爲則可知可斷可修凡是可知可斷可修則有得有證若於名數法思惟籌量分別不見有法可知可斷可修可證可得故即無有得所以然者以一切法無生故能如是正見諸法於諸法中不生愛染以無愛染故則無有著以無著故則無近以無近

故則無受無取何謂無受無取謂色若常若無常無受無取受想行識若常若無常無受無取色若苦若樂若有我若無我若淨若不淨無受無取受想行識若苦若樂若有我若無我無受無取色若空若非空無受無取受想行識若空若非空無受無取色若離若非離無受無取受想行識若離若非離無受無取菩薩以無受無取故得諸法無受三昧住是三昧已諸佛世尊以無上心通授是菩薩記是菩薩雖入涅槃見一切衆生究竟同涅槃性爲教化衆生故不捨大誓莊嚴及菩薩大悲云何菩薩入於涅槃行菩薩行善男子凡有所作名爲生死凡無所作名爲涅槃菩薩以正智慧見一切諸行離相菩薩以法眼明了見故能說如來智明爾時寶德菩薩問虛空藏菩薩言善男子汝何爲自隱已智言盡是如來力耶虛空藏答寶德言善男子如來豈不說隱善顯惡也善男子我還問汝隨意答我善男子於汝意云何若無阿那婆達多龍王時阿耨大池能出四河使諸衆生得受用不寶德答言不也虛空藏言善男子若無如來則無法律菩薩無由得成大智之海亦不能利益一切衆生以如來出世故則有法律諸菩薩得成大智之海亦能化度一切衆生善男子是故當知一切菩薩所得辯說能以利益衆生皆是如來神力寶德復問善男子諸如來辯可得轉至菩薩心不虛空藏答言不也寶德言云何由如來力故得辯說也虛空藏答言善男子喻如巧種果樹因緣和合便得果實然樹非即果果不離樹善男

子如來所說法菩薩於此法中善順行故便生大智明辯因佛說得亦無有轉寶德言希有善男子因緣生法如是甚深難測虛空藏言善男子一切諸法究竟無生寶德言善男子諸法謂從因緣生虛空藏言善男子生已生耶未生生耶寶德言善男子生已不生未生亦不生虛空藏言善男子是故無生寶德言善男子緣中有因耶虛空藏答言無也寶德言因中有緣耶虛空藏答言無也寶德言於汝意云何若因若緣自實有性耶虛空藏答言無也寶德言善男子於汝意云何諸法無因緣生耶虛空藏答言不也善男子是故一切法無自性無生無起無出是以緣不生因因不生緣自性不生自性他性亦不生他性自性不生他性他性不生自性是故說一切法自性無生所以者何以如無生無滅法性實際亦無生無滅如如法性實際如來所覺一切諸法亦復如是無生無滅寶德言善男子如來亦不出世耶虛空藏答言此不應說所以者何如來於一切法盡不可說不言出不得言不出若有人問言如來出世耶不出世耶智者爲不謗如來故應置不答寶德問言云何應置虛空藏言如法性住應如是置寶德言云何法性住虛空藏答言如虛空性住住無所住法性亦如是住如法性衆生性亦爾如衆生性一切法亦爾如一切法如來亦如是住住無所住無住處故無住無不住是故不得言生不得言滅寶德言善男子如來出世事甚深甚深虛空藏答言善男子若能如實解了緣生法者名爲佛出世寶德

言善男子誰當解此説耶虛空藏答言若於一切法中不得增減者寶德問言何謂爲增虛空藏答言增者所謂增上句謂於無中妄生增上無增上句者是平等句無等句無文字句無句無教句無教之中無句無增上亦無心意識以是故非句喻如空中鳥跡究竟已無當無而言鳥跡於一切法中無有字句亦復如是無句而假名爲句如無跡假名爲跡如來出世亦無有出假名爲出亦復如是是故智者不應取著以無取著故假名爲出而常依無出所以者何以無生是一切諸法實性故無生者則無所有是故名一切法無所有爲性無所有性無有住處無住處故是無住際一切諸法及無住際即是實際實際即是一切法際是故言一切法與實際等言實際者是三場分斷際不可壞際不斷不常際如實際三世等際以如是等際等一切法際所以者何實際及我際無二無別實際及衆生壽命養育人際無二無別實際及我見際無二無別於我見中無有實際能如是如實知者則無有二十種我見所以者何以實際中無一無多故實際與平等等無來無去無盡無滅實際究竟空故是故言一切法是無盡門無盡際涅槃者無盡所謂空故無性故如涅槃無盡無不盡一切法亦復如是以是故言一切法與涅槃等諸法無等無不等無儔匹故喻如虛空無有儔匹一切諸法亦復如是若見有儔匹言有涅槃者已言有涅槃便求涅槃則與賢聖相違已言有涅槃故便言此應知此應斷此應證此應修此應生

此應滅如是行不具者不能如實知不能如實見則不識不解不知不見不識不解一切法故則著於文字於諸法中妄生諍競生諍競者於佛法中則爲可愍所以然者如來說言沙門之法不應諍競爾時大德阿難白佛言希有世尊此大士才辯乃能如是甚深明了難解難測也於一切法不從他受如身自證能如是說虛空藏菩薩即謂阿難言大德我已自身證知是故如所證知能如是說何以故我身即是虛空以虛空證知一切法爲虛空印所印大德阿難凡諸菩薩修身善解身相者能以此身作諸佛事現種種色像而亦不退於眞法身亦復不離結業生身又復不過於平等法性變現化身悉得自在於一切佛國普能示現終已不隱應化之身如是

行者皆可名之爲身證行阿難問言善男子汝於法頗有證耶虛空藏答言大德阿難我不見法離於身身離於法阿難言善男子汝若身證者汝得阿羅漢果耶虛空藏言大德無得不得無所得故於一切法無惱行故離貪欲瞋恚愚癡故是謂阿羅漢阿難言善男子汝何時當般涅槃耶虛空藏言大德阿羅漢者無般涅槃知一切法究竟是涅槃亦無涅槃想凡愚之人有如是分別戲論行言此是生死此是涅槃阿羅漢者無是戲論也大德阿難言善男子如我解汝所說義夫菩薩者不應言是凡夫亦不應言是學不應言是無學去離二相故虛空藏言大德阿難善哉善哉以非凡夫非學非無學故在在處處皆能示現於一切處亦不取著爾時五百大聲

聞各以己身所著鬱多羅僧奉上虛空藏奉上衣已一時同聲說如是言其有衆生深心發阿耨多羅三藐三菩提者快得善利於如是大智法藏中不墮其外所上之衣即便不現彼諸聲聞問虛空藏言衣何所至也虛空藏答言入我藏中又言如來知之汝等可問爾時諸聲聞即白佛言世尊衣何所至也佛告諸比丘東方去此過無量阿僧祇諸佛刹土有世界名曰袈裟幢其界有佛號曰山王如來虛空藏已遣此衣至彼世界諸聲聞即白佛言世尊以何因緣遣衣至彼耶佛言欲以此衣於彼世界施作佛事虛空藏菩薩於此所說如虛空等三昧印法門此三昧於彼衣中當演其法音彼世界無量阿僧祇諸菩薩聞此法故當得無生法忍諸比丘當知菩薩作如是種種方便利益衆生說此法時於上虛空中雨無量金色花以此諸花遍覆妙寶莊嚴堂於諸花中出如是法音其有衆生信此虛空藏所說法善順思惟分別其義者皆當爲不退轉印所印畢定得至無上道場爾時阿難白佛言世尊是何瑞應乃雨此花出如是妙音安慰衆生佛告阿難有梵天名曰光明莊嚴從梵天上與六十八百千梵衆俱欲來詣此如來說此語已時諸梵衆忽然來至妙寶莊嚴堂上頂禮佛足右遶七帀遶七帀已在一面立合掌向佛而白佛言希有世尊虛空藏菩薩不可思議戒聚清淨淨修諸定善分別大智慧能遊戲諸大神通善能滿足大弘誓願善能成就大權方便善能莊嚴身口及意善能於諸法中成就大自在力

是虛空藏菩薩身口及意都無所作無有分別憶想而能現此不可思議莊嚴神變又能顯現無量百千法門亦能出入百千諸三昧門從昔已來常樂修習成就諸善法故世尊諸菩薩不應於往昔所修善根不知其因集諸善根亦應無猒所以者何是因往昔所種善根果報故能現如是不可思議神變佛告梵天如是如是如汝所言諸菩薩已成就善根資粮及出要智方便故能現如是不可思議功德莊嚴之事無憶想分別亦無不分別梵天白佛言世尊云何菩薩集善根資粮及出要智方便佛告光明莊嚴梵天言善根有三種何等爲三所謂無貪善根無恚善根無癡善根是名善根資粮者所謂捨一切所有修慈觀諸法是名資粮方便者所謂去離凡夫地不願樂聲聞辟支佛地進入諸菩薩地是名方便智者所謂知捨不善法智知集善法智知迴向菩提智是名智菩薩能住如是等正行者是名出要復次善根者能發阿耨多羅三藐三菩提心資粮者所謂求一切善法方便者所謂已作未作善根終不廢忘智者所謂知心如幻化如是等法現前了知是名出要復次善根者所謂淳至資粮者所謂發動方便者所謂深心智者所謂無持無動無能行如是等法者是名出要復次善根者所謂欲善法資粮者所謂勝進方便者所謂安住不放逸智者所謂捨一切依若能行如是等行者是名出要復次善根者所謂正信資粮者所謂不捨本願方便者所謂不捨念定智者所謂慧能正住如是等行者是名成

就善根資粮智方便出要復次善根者所謂悦可諸善知識資粮者所謂給侍所須恭敬供養尊重利益方便者所謂於善知識生世尊想智者所謂知時非時而問法能正住如是等行者是名出要復次善根者所謂善順聽法資粮者所謂受持不廢忘方便者所謂隨聞能觀智者所謂隨所聞而行能正住如是等行者是名出要復次善根者所謂值佛悦可資粮者所謂護一切諸波羅蜜諸攝法及助道法方便者所謂能從一地至於一地智者所謂得無生法忍菩薩能正住如是等行者是名成就善根資粮方便智出要爾時光明莊嚴梵天白佛言希有世尊如來能以四句義總説一切菩薩行世尊一切佛法應於中求爾時虚空藏菩薩語梵天言一句亦能總攝一切佛法何謂爲一所謂離欲句所以然者以一切佛法同於離欲如佛法一切法亦然梵天是爲一句總攝一切佛法復次梵天一空句總攝一切佛法一切佛法同於空故如佛法一切法亦然梵天是爲一句總攝一切佛法所謂無相句無願句無作句無生句無起句如句法性句真際句離句滅句盡句涅槃句總攝一切佛法以一切佛法同於涅槃故如佛法一切法亦然梵天是爲一句總攝一切佛法所以者何以如是等句皆非句故一切佛法非句假名爲句復次梵天欲是離欲句所以者何離欲性即是欲故一切佛法亦同是性瞋恚是離瞋恚句所以者何離瞋恚性即是瞋恚故愚癡是離愚癡句所以者何離愚癡性即是愚癡故一切佛性

亦同是性身見是實際句所以者何實際性即是身見一切佛法亦同是性無明是明句所以者何明性即是無明故一切佛法亦同是性乃至苦惱是離苦惱句所以者何離苦惱性即是苦惱故一切佛法亦同是性色是虛空句所以者何虛空性即是色故一切佛法亦同是性受想行識是無作句所以者何無作性即是識故一切佛法亦同是性地大是虛空句所以者何虛空即是地大故一切佛法亦同是性水大火大風大是法界句所以者何法界性即是風故一切佛法亦同是性眼是涅槃句所以者何涅槃性即是眼故一切佛法亦同是性耳鼻舌身意是涅槃句所以者何涅槃性即是意故一切佛法亦同是性梵天是爲一句總攝一切佛法菩薩入

如是等一一智門皆見一切佛法入於一句梵天喻如大海能吞衆流一一句中攝一切佛法亦復如是喻如虛空悉能包容一切色像一一句中攝一切佛法亦復如是如是等一切佛法若攝若不攝若說若不說不增不減究竟離相故梵天喻如算師數數以算籌布在算局上然局中無籌籌中無局所以者何究竟不相應故究竟離故如是於上一一句中假名數故言一切佛法皆入一句而諸佛法不可名數算計究竟不相應故究竟離故梵天如佛法名數即是一切法名數何以故一切法即是佛法此法非法非非法自性空故自性離故自性究竟無性故無性即是虛空虛空性同一切法性此法性非生相非滅相非有處相非無處相是故一切法名無

相無非相說如是一法門時於彼梵衆中有萬二千梵天皆發阿耨多羅三藐三菩提心復有昔植德本五千梵天得無生法忍爾時衆中有一菩薩名曰寶手問虛空藏菩薩言希有善男子一切諸法及如來法甚深難測不可思議又善男子何謂安一切佛法根本耶虛空藏菩薩答寶手言善男子菩提心是安一切佛法根本一切法住菩提心故便得增長寶手菩薩言善男子菩提心者何法所攝得不忘失能速至不退轉地虛空藏言善男子菩提心爲二法所攝得不忘失速至不退轉地何等爲二所謂淳至畢竟是名爲二法所攝得不忘失能速至不退轉地寶手言善男子此二者爲幾法所攝虛空藏言此二法爲四法所攝何等爲四所謂淳至者爲不虛詐不諂曲所攝畢竟者爲無我及上進所攝是爲二法爲四法所攝寶手言善男子此四法爲幾法所攝虛空藏言善男子此四法爲八法所攝何等八所謂不虛詐者爲不猶豫及體眞淨所攝不諂曲者爲正直及正住所攝無我者爲不退沒及進所攝上進者爲功德資粮及智資粮所攝是爲四法爲八法所攝寶手言善男子此八法復爲幾法所攝虛空藏言善男子此八法復爲十六法所攝何等十六所謂不猶豫者爲大慈及大悲所攝體眞淨者爲身調及心調所攝正直者爲忍辱及柔和所攝正住者爲無憍慢及無滯礙所攝不退沒者爲堅固及力所攝上進者爲如所作及正行所攝功德資粮者爲始發及究竟不捨所攝智資粮者爲求多聞及思

惟所聞所攝是爲八法爲十六法所攝寶手言善男子此十六法復爲幾法所攝虛空藏言善男子是十六法爲三十二法所攝何等三十二所謂大慈者爲無礙心及於一切衆生等心所攝大悲者爲無猒倦及勤給足一切衆生所攝身調者爲不觸嬈及不加害所攝心調者爲定及寂靜所攝忍辱者爲受正教及順行所攝柔和者爲慚及愧所攝無憍慢者爲謙卑及禮敬所攝無滯礙者爲無垢穢及不强良所攝堅固者爲不犯所行及成就本願所攝力者爲住正意及不掉動所攝如所作者爲如說能行所攝正行者爲正發及正進所攝始發者爲必勝及不退所攝不捨者爲樂勝及上求所攝求多聞者爲親近善知識及悅可善知識所攝思惟所聞者爲智慧及善觀所攝善男子是爲十六法爲三十二法所攝寶手言善男子此三十二法復爲幾法所攝虛空藏答言善男子是三十二法爲六十四法所攝何等六十四法所謂無礙心者爲護我及護彼所攝於一切衆生等心者爲無別異及一味所攝無猒倦者爲如夢觀及知生死如幻所攝勤給足一切衆生者爲諸神通及方便所攝不觸嬈者爲羞恥及信有業報所攝不加害者爲少欲及知足所攝定者爲無發惱及無散失所攝寂靜者爲捨吾我及離我所所攝受正教者爲求法及欲法所攝順行者爲敬重及平等無疲倦所攝慚者爲內心斷除及外不行所攝愧者爲信樂佛智及在屛處不行惡所攝謙卑者爲不憿慢及知自下所攝禮敬者爲身端心

直所攝無垢穢者爲具靜定及修智慧所攝不強良者爲不麤獷及不兩舌所攝不犯所行者爲不捨菩提心及念道場所攝成就本願者爲捨魔事及佛神力持所攝正住意者爲不輕躁及不掉亂所攝不掉動者爲如石山及不可移轉所攝如說者爲所作善業及無熱惱所攝能行者爲無虛誑及不捨歸趣所攝正發者爲離邊見及順觀甚深因緣所攝正進者爲善巧及方便所攝於必勝者爲不懈怠及勇猛所攝不退者爲大欲及增進所攝樂勝者爲見如來及聞法所攝上求者爲捨諸地過患及得諸地功德所攝親近善知識者爲無憎嫉及信樂所攝悅可善知識者爲敬順及不逆教勑所攝智慧者爲無常觀及無我觀所攝善觀者爲修無相及不怙涅槃所攝善男子是三十二法爲六十四法所攝寶手復問此六十四法復爲幾法所攝虛空藏答言善男子此六十四法爲百二十八法所攝何等爲百二十八法所謂護我者爲斷一切惡及成就一切善根所攝護彼者爲忍辱及柔和所攝無別異者爲猶如水心及如風心所攝一味者爲法界觀及如如觀所攝如夢觀者爲無移轉觀及無眞實觀所攝如幻者爲適性示現及無自性觀所攝諸神通者爲了義及了智所攝方便者爲大悲及般若波羅蜜所攝羞恥者爲不覆藏所犯及悔過所攝信有業報者爲不放逸及畏惡趣所攝少欲者爲淨處有齊限及離宿穢所攝知足者爲易稱及易養所攝無發惱者爲究竟及究竟邊際所攝無散失者爲得忍及

不退轉地所攝捨吾我者爲不計我身及與壽命所攝離我所者爲無貪及無愚癡所攝求法者爲智及斷所攝欲法者爲不著五欲及離煩惱所攝敬重者爲起世尊想及療救想所攝無疲倦者爲身輕及翹勤省眠所攝内心斷除者爲身念處及受念處所攝外不行者爲心念處及法念處所攝信樂佛智者爲深敬重及淨信所攝在屏處不行惡者爲自證知及諸神天證知所攝不憍慢者爲不自歎譽不譏彼人所攝知自下者爲不虛稱及不顯己德所攝身端者爲不行三不善業及不犯禁戒所攝心直者爲常省己過及不説彼短所攝具靜定者爲寂靜心及滅煩惱所攝修智慧者爲選擇諸法及知無我所攝不麤獷者爲常行益事及順忍所攝不兩舌者爲自足眷屬及和合別離者所攝不捨善提心者爲衆生及爲佛智所攝念道場者爲欲壞於魔衆及成正覺所攝捨魔事者爲正覺及不捨菩提志所攝佛神力持者爲堅固行及善淳至所攝不輕躁者爲堅護諸根及不捨境界所攝不掉亂者爲觀苦及觀空所攝如石山者爲不高及不下所攝不可移轉者爲斷愛及除恚所攝所作善業者爲智所作業及捨魔事所攝無熱惱者爲淨戒及淨定所攝無虛誑者爲誠實語及不望果報所攝不捨歸趣者爲成就賢士業及不行怯弱所攝離邊見者爲觀無生及不敗壞觀所攝順觀甚深因緣者爲觀因及觀緣所攝善巧者爲第一無諍競及不憍慢所攝方便者爲離方便及無生方便所攝不懈慢者爲身力

及心力所攝勇猛者爲勝進心及害怨敵所攝大欲者爲不求利養及不愛身命所攝增進者爲無愚冥及不退還所攝見如來者爲修念佛及清淨信所攝聞法者爲樂至講所及樂請問所攝捨諸地過患者爲不散亂行及捨離惡知識所攝得諸地功德者爲方便迴向及不捨本行所攝無憎嫉者爲能施一切及稱意而捨所攝信樂者爲無垢行及不濁心所攝敬順者爲知世宜及隨順行所攝不逆教勑者爲捨除不淨及淨正行所攝無常觀者爲動轉觀及敗壞觀所攝無我觀者爲不得作者及不得受者所攝修無相者爲不緣境界及除覺所攝不怙涅槃者爲除去無明及斷愛著所攝善男子是爲六十四法爲百二十八法所攝爾時寶手菩薩從虛空藏菩薩聞分別如是等法門已歡喜踊躍得未曾有即白虛空藏菩薩言希有大士汝乃能成就如斯捷疾辯才及巧分別辯事事所問盡能開解如我今者解汝所說義趣及與文字以如是方便若一劫若減一劫說不可盡辯亦無斷爾時佛告寶手菩薩言善男子如是如是如汝所言此虛空藏菩薩若演一句之義若一劫若減一劫說不可盡辯亦無斷虛空藏菩薩有如是無量無邊不可思議無量辯才爾時寶手菩薩以手遍覆妙寶莊嚴堂於其手中出無量花香瓔珞末香塗香衣服嚴身之具及諸幢旛妙蓋雨如是等上妙供具供養如來及虛空藏於上空中百千音樂不鼓自鳴於諸音中出諸妙偈以讚如來

持德開德具百福　上意調伏念不動
沙門大士降天人　十力佛子十方現
大稱威德自在尊　降伏有畏除癡闇
能度漂流諸天人　閉惡趣門使清涼
聖尊巧說音微妙　無錯無謬音清淨
三界無等無三垢　十力所說施衆樂
意念堅固樂靜寂　最勝十力降彼力
已捨諂曲得甘露　無有塵累衆歸仰
世尊處衆不動轉　而化十方無量衆
隨衆生行能隨順　佛子亦樂修此行
如日無翳能普照　能令衆花得開敷
佛智慧光照長流　諸子得悟亦如是
如風無礙山不動　淨如虛空照如日
佛子放光雨甘露　是故我禮佛及子
大千海水尚可量　十方虛空猶可步
諸衆生心尚可同　世尊功德不可盡

大方等大集經卷第十五

音釋

輻方六切車輻也轂古祿切車轂也輨轄輨古滿切車轂端鐵也轄胡戛切車轄也鞦靷鞦七由切車鞦也靷余振切引軸也旒力求切旂旒也

大方等大集經卷第十六

北凉天竺三藏曇無讖譯

虚空藏菩薩所問品第六之五

說此偈已時魔波旬嚴四種兵來詣佛所到已化作長者形前禮佛足在一面立而白佛言希有世尊此諸大士乃能成就如是不可思議種種神變又能示現不可思議莊嚴之事世尊於未來世有幾所衆生聞此不可思議神變而得開悟決定不疑者也佛告魔波旬言於未來世中少有衆生若一若二聞此不可思議神變經典得信解者少耳波旬譬如一毛析爲百分以一分毛於大海中取一滴水於汝意云何取者多耶在者多耶波旬言世尊取者甚少在者甚多佛復告波旬言如海中所取水甚少衆生聞是不可思議神變經典能信解者少亦如是如大海中水在者甚多不信解不可思議神變經典者多亦如是佛復告波旬若有一人於恒河沙等劫日日以滿三千大千世界滿中珍寶持用布施不如善男子善女人聞是不可思議神變經典能信解者其福甚多所以者何波旬若有信解是經典者則知其人親從釋迦牟尼如來聞此經典信解無疑何以故波旬若未種善根衆生聞此世所難信經典能信解者無有是處波旬我般涅槃後法欲滅時多有憍慢衆生彼諸衆生着我所說文字不知方便故各各生於諍競捨思惟法捨巳正行爲利養名譽衣服飲食自纒縛故樂論世俗種種諸事及世典文辭而不論第一實義不樂翫習佛無上道及向他人譏論如是等眞實

深妙經典則爲誹謗諸佛積集無量大苦惱聚魔神諸天佐助彼人爲利養恭敬及名聞故重增放逸憿慢彼諸人等以憿慢故若見有持戒賢行比丘受持讀誦此經典者而輕慢憎嫉横生謗毀彼諸愚人則爲現世破犯禁戒其中或有畏不活者或慙恥於人者假被袈裟或有捨戒還附俗者如是等人身壞命終墮阿鼻地獄受諸苦報佛復告波旬於未來世中若有求菩薩乘衆生著諸因緣善根微淺新發道意但著文字不能了義於如是等甚深經典受持讀誦爲人說時則爲他人所見輕賤陵懱以爲他所輕賤陵懱故便捨如是等甚深經典讀誦聲聞辟支佛相應經爲利養名譽種種所須之所纒縛故反誹謗毀呰如是眞實甚深經典又復輕賤受持讀誦此經典者乃至不欲以眼觀之常樂卑行退失菩薩大乘之法所謂退失淳至心及深心魔神諸天得如是等人便故勤作方便壞亂其心乃至使令不聞如是等經設當聞者生大誹謗無有信心此人亦復積集無量罪聚成就破法重業永離三寶不得見佛聞法及供養僧所以者何波旬以於如來所說法律中生疑猶豫故爾時魔波旬自見有過憂愁惶恐前禮佛足在一面立時虛空藏菩薩問波旬言汝何以憂愁憔悴戰慄悚息狀如失志人在一面立耶魔波旬答言善男子我從如來聞說如是等可畏之事是故以爲憂愁恐怖當墮何趣誰當救我我於如來所說法律之中數作無量諸留難事是故憂耳虛空藏言波旬佛法之中有出罪法汝可來

至世尊所可誠心懺悔所作諸惡更莫復作若能如是可獲善利爲不空過爾時天魔波旬即前五體投地禮世尊足下仰視如來流淚涕泣而白佛言世尊我今誠心懺悔從昔巳來於如來所説法律之中數作無量諸留難事唯願世尊起大悲心以慈愍故願受懺悔佛言善哉善哉波旬汝乃能自見所作諸惡爲上善哉能如是悔過罪者於佛法中則爲弘廣如來法藏諸佛亦受其人悔過是故汝今勿更復作爾時世尊告衆菩薩言諸賢士汝等各説過魔界行法爲生憐愍魔波旬故爾時衆中有一菩薩名金山王在衆中坐即白佛言世尊若有防護内界者則爲未過魔界若復有菩薩見一切諸界同佛界者知此佛界即是非界是爲菩薩能過魔界爾時寶德菩薩白佛言世尊有依倚巢窟者是爲魔界若有菩薩不倚巢窟知一切法無得相者則能爲諸衆生説斷倚巢窟法是爲菩薩能過魔界爾時寶手菩薩白佛言世尊若有取我我所者是爲魔界若有菩薩不取我我所者則無諍競以無諍競故則無心行況當有魔界耶是爲菩薩能過諸魔界爾時無諍勇菩薩白佛言世尊若有觸有離則有諍訟有諍訟者魔得其便若無觸無離自不諍訟亦不令他諍訟以得無我故無惱行者能過魔界爾時寶思菩薩白佛言世尊若有妄想分別則是煩惱及有煩惱處則是魔界若有菩薩知一切諸法無相貌者於諸煩惱則無妄想若内若外亦不別知去離一切妄想分別故是爲菩薩能過魔界爾時樂行菩薩白

佛言世尊若有樂不樂處則有憎有愛若有憎有愛則有魔界若有菩薩去離憎愛平等行者於諸法中則無二想得入不可思議界是爲菩薩能過魔界爾時離諍菩薩白佛言世尊魔界由我而起若菩薩能知我者得無我忍即知我淨知我淨故知一切法淨知一切法淨故知諸法性淨如虛空是爲菩薩能過魔界爾時法自在菩薩白佛言世尊若順煩惱法爲愛所使者魔則得其便世尊若有菩薩於諸法中最得自在自然開悟以爲諸佛之所授記於菩提法終不退轉是爲菩薩能過魔界爾時山相擊王菩薩白佛言世尊若心有缺漏則是魔界若菩薩戒無缺漏心無缺漏成就一切諸空法行者是爲菩薩能過魔界爾時喜見菩薩白佛言世尊若有不見佛不聞法者魔得其便若有菩薩常見諸佛而不著色像常聽諸法而不著文字以見法故則爲見佛以無言說故能聽諸法是爲菩薩能過魔界爾時帝網菩薩白佛言世尊若有恃有動則是魔界若菩薩善順精進知一切法究竟無成就相故不恃不動是爲菩薩能過魔界爾時德明王菩薩白佛言世尊若有行二法者則魔得其便若有菩薩知一切法同於法性則不見魔界與法性有異解知法性與魔界等以不二相故是爲菩薩能過魔界爾時香象菩薩白佛言世尊若有菩薩怯弱畏甚深法者則魔得其便若有勇健菩薩善能通達三解脫門於甚深法不驚不畏以能現前證知諸法實性故是爲菩薩能過魔界爾時彌勒菩薩白佛言世尊譬如大

海中水同一鹹味佛法海中亦復如是同一法味所謂解脫味離欲味若菩薩善解一味法者是爲菩薩能過魔界爾時虛空藏菩薩白佛言世尊喻如虛空究竟無垢究竟明淨究竟不爲一切煙塵雲霧之所干繞菩薩亦復如是心如虛空知一切法性常清淨亦復不爲客塵煩惱之所干繞得度般若波羅蜜彼岸離諸闇冥於諸法得慧光明者是爲菩薩能過魔界爾時文殊師利法王子菩薩白佛言世尊若有言語則有滯礙若有滯礙則是魔界若法不爲一切言說所表者乃無滯礙何謂法不可言說所謂第一義其第一義中亦無文字及義若菩薩能行第一義諦於一切法盡無所行是爲菩薩能過魔界無所過故爾時世尊告波旬言汝聞說過魔界法不耶波旬白佛言世尊唯然已聞佛言波旬若有行如是等法者一切諸魔無如之何若有諸魔欲於行人起魔事者終不能辦而更成就無量罪聚是故波旬汝可發阿耨多羅三藐三菩提心於如是過魔界法應堅持奉行汝若能如是行者則能過一切諸魔國界波旬喻如百年垢膩可於一日浣令鮮淨如是於百千劫中所集諸不善業以佛法力故善順思惟於一日一時盡能消滅波旬如有乾草積大如須彌以少火投中速能燒盡如是以少慧力故能除滅無量諸闇冥聚何以故波旬慧明勇猛故無明劣弱故時魔波旬即作是念大慈世尊今憐愍我而能爲我說菩提心法我今宜應於如來所種少善根於是波旬即化作八萬四千殊妙寶蓋及無量

花鬘瓔珞末香塗香而告已眷屬言諸佛世尊出世甚難卿等諸人咸應共來至世尊所爲供養故爾時魔天眷屬中有八萬四千衆及魔波旬各共持殊妙寶蓋及無量花香瓔珞末香塗香至世尊所設供養已皆發阿耨多羅三藐三菩提心諸餘魔眷屬諸天不發菩提心者形相嗤笑譏論波旬復言希有波旬乃能於沙門瞿曇前詐現如是篤信之相狀如至親所以然者波旬或欲於沙門瞿曇所學呪幻方術是故今於面前現善讚譽耳爾時魔子醜面及餘魔子等悉無信心各說是言假使沙門瞿曇以諸方術迴轉魔王者我等共當設諸方便令如是等經不得流布設使流布者亦當令少有護助信受行者亦令甚少常爲多人之所薄賤輕弄常墮邊方不令中國之所宣傳唯使諸無威德貧窮衆生當得聞之常爲諸大威德豪富之人不信誹謗也爾時世尊告虛空藏菩薩言賢士汝聞此諸魔子出是惡言不耶虛空藏白佛言唯然已聞佛言善男子是故汝當安慰護助此妙經典爲降伏諸魔神故於是虛空藏菩薩即白佛言諸佛世尊皆已護持如是等經我等亦當安慰受持爾時虛空藏菩薩即說呪曰所謂

阿跋低一跋低二毗跋低三婆醯多毙散提四頭樓陀羅尼五涅伽多涅伽多尼六賒咩鉢伽多尼七迷羅育低八伽樓那涅耐提九薩遮跋低十浮多勒差十一達摩涅折低十二達摩勒差十三郁鳩離十四尸鳩離十五咻樓咻樓咻樓德迦攤十六多婆婆帝低十七尸羅毙婆帝低

十八阿叉夜涅涕池十九枳奢婆迦利施二十佛馱遏提魅低二十一達摩蔚者羅泥二十二僧伽毚鉗咩二十三阿毚頭隸二十四

不可濟渡　壞魔眷屬　若犯此者　無諸刀仗　順已處行　聖衆所作　吉吉等句　順流解脫　破諸外論　降伏魔衆　四王常護　及天帝釋　梵王世主　奉佛諸天　護菩提者　如是等神　常當擁護　降伏衆魔　利衆生故　受持正法　護說法師　盡當擁護

虛空藏菩薩說此呪已即時此妙寶莊嚴堂及三千大千世界六變震動時諸魔子見上虛空中有五百密迹執金剛杵熾然如火甚可怖畏時諸密迹唱如是言若有魔子及諸魔神若聞此呪其有不發阿耨多羅三藐三菩提心者吾等當擊破其頭令作七分爾時魔子及諸眷屬驚怖戰悚身毛皆竪即合掌禮佛而白佛言我等今發阿耨多羅三藐三菩提心善哉世尊願救我等離此恐怖得無畏樂爾時世尊告侍者阿難言如向此諸魔子所說言我等當於來世於此經典作留難事必當稱其本誓而作留難如斯經典唯當以佛神力及諸菩薩受持故當得流布於世而無有多人受持讀誦分別解說佛復告阿難汝見此諸魔子爲脫恐怖故發阿耨多羅三藐三菩提心不阿難白佛言世尊唯然已見佛復告阿難言此語即爲諸魔子當作離魔事因以不深心發菩提故佛復告阿難於未來世當有佛出現於世名無垢相如來應正遍知此魔波旬於彼佛所乃當不退轉發阿耨多羅三藐三菩提心阿難彼無垢相如

來知其深心成就故當授阿耨多羅三藐三菩提記當于爾時亦當作魔王深心敬信於如來正法如彌勒出時有魔王名曰導師深心敬信佛法聖衆此諸五百魔子亦當於彼生於魔中當於彼佛所爲菩提故種諸善根乃至波旬成佛之時當與授阿耨多羅三藐三菩提記佛告阿難言此魔波旬今雖發菩提心猶豫不定如少氍毹雖爾當漸漸成就無量功德爲世之尊如今我身爾時衆中有無量無邊諸天世人釋梵護世聞授魔波旬記當得成佛歡喜踊躍怪未曾有合掌向佛而作是言希有其見佛者必得成就無量功德法寶之聚所以然者或有不信衆生爲欲嬈亂如來故而得見佛或有遇會得見佛者即爲彼衆生作因乃至今得涅槃又白佛言世尊自除如來應正遍知誰能如是分別知衆生根佛告諸天人言如汝等所言其有得見如來者無不蒙益汝等當知或有衆生善根都盡於無量阿僧祇那由他劫無人身分者如是衆生見如來故即便得作善因乃至涅槃如來乃能如是作無量不可思議無上福田佛復告諸天人言心性常淨而凡愚衆生不能如實知見以不能如實知見故言是垢能正知見故便言是淨而第一實義中無有一法可淨可汙汝等當知諸煩惱者無方無處非内非外以不善順思惟故便生煩惱善順思惟故則無煩惱增減不等則生煩惱無增減者則無煩惱虛僞妄想便是煩惱無有妄想則無煩惱是故我言如實知邪見則是正見而邪見亦不即是正見能如實知者

則無虛妄增減取著是故名爲正見佛復告諸天人言喻如大地依水界住大水依風界住大風依虛空住虛空無所依住如是大地無所依住而假有依住之名是故汝等當如是知之苦依於業業依於結而苦業結都無所依以心性常淨故如是當知一切諸法無有根本都無所住以假言說故言有而實無也是故說一切法本性常淨究竟無生無起佛復告諸天人言是故汝等當知此法門名爲性常淨法門菩薩通達此門者不爲一切煩惱之所染汙而亦不恃此清淨門以捨一切諸恃動故便得平等道能過魔界入於佛界亦能得入諸衆生界而不動法界知一切法無界無非界而能速至一切智界當說此法時有五百菩薩得無生法忍爾時申越長

者在於衆中從座而起頂禮佛足白佛言世尊爲我故說如是等甚深經典我先爲觸惱世尊故作大火坑及設毒飯而大聖如來是不可害者故我於佛生信敬心自爾以來疑悔心結尚未能除滅今者從佛聞此甚深微妙經典疑悔即除心無障礙得安樂行世尊是故我信敬心轉復增長今我家中多諸財寶當以供佛法僧及諸沙門婆羅門貧窮孤獨下賤乞見世尊誰當聞是斷一切縛甚深經典而於一切諸物生貪著者乎爾時虛空藏菩薩白佛言希有世尊諸佛如來無上菩提甚爲甚深難可測知若有菩薩於未來世捨巳身命及利養名譽而能持佛菩提者甚爲難有爾時衆中有六十八億菩薩從座而起合掌向佛一時同聲而說偈言

世尊滅後 我等能忍 捨身壽命 爲護正法
捨利名譽 離諸貪著 願護正法 爲佛智故
罵詈呵責 及譏刺語 護正法故 當忍受之
輕賤毀弄 唱說惡名 當以慈忍 爲護此經
來世比丘 計著諸有 與魔爲黨 誹謗正法
毀禁行惡 樂著俗累 爲利所覆 不樂正法
恃翫俗典 憍慢放逸 高歎已能 蔑正行者
常捨閑靜 樂處憒閙 習世文詞 計着吾我
不營教化 不業智慧 捨離坐禪 不親三寶
無有智慧 群黨求利 動與結俱 樂受他供
他慈心施 惜猶已有 數往到彼 說諸世事
田宅居業 及販賣事 勤求息利 猶言沙門
慠慢着有 依邪險見 聞性空法 當大驚怖
言後長遠 但求現報 當虛妄說 非法言法
如是大灾 弊惡比丘 魔及魔子 復當佐助
經文是一 說義各異 各是已論 愚者當爾
諸深妙經 能與解脫 當壅遏之 反說淺事
我勝汝劣 由勝得果 於佛法中 當如是競
如是競時 衆生數壞 爲非法王 之所惱逼
於是末世 甚懷可畏 我持正法 救世所說
我常慈心 不捨法律 生正大悲 爲世作護
毀禁樂惡 不住正法 墜墮何道 我常憂慼
見故作惡 謗毀正法 我終不共 與爲親黨
常任我力 善護口過 見無用人 不說其短
我住聖種 頭陀護戒 處定習慧 常勤修行
離世憒閙 樂處閑靜 無著如鹿 善調知足
若至聚落 攝根少語 見說法者 共論正法
愛語利益 以化衆生 又與說法 令斷惡行
我爲正法 極遠當往 爲彼說法 利益衆故
若見凡愚 有缺失者 但當自護 住法行忍

毀辱恭敬　當如須彌　不染世法　爲世導師
毀禁比丘　若來呵責　自省己行　將是業報
當爲是等　嫉惡衆生　先意善言　現爲恭敬
彼即生念　我亦沙門　成就是德　無惡名乎
諸毀禁等　如失志人　聞是經憂　如剸照鏡
其作方便　不欲聞之　復教餘人　言非正法
又教國王　壞臣民心　誹謗正法　言非佛說
我等於時　以佛力故　爲持正法　不惜身命
世尊知我　言無有二　當堅護持　住是正法
住誠實語　如說而行　悅可諸佛　乃成菩提
爾時虛空藏菩薩讚諸菩薩言善哉善哉諸大士汝等乃能發誠實願受持如來甚深微妙無上大法甚爲快也虛空藏菩薩白佛言世尊其有善男子善女人受持讀誦此經典者得幾所福佛告虛空藏言賢士譬如東方

十三千大千世界南西北方四維上下各十三千大千世界盡末爲微塵以爾所塵集爲一聚設有一人成就神足無量威德壽命長遠此人持諸微塵過東方爾所塵數世界乃下一塵如是展轉東行盡此塵聚而諸世界猶不可盡如東方世界南西北方四維上下復過爾所佛土乃下一塵如是展轉諸方世界盡此塵聚而諸世界猶不可盡虛空藏於汝意云何是諸世界寧爲多不虛空藏白佛言甚多甚多世尊無量無邊不可計知佛言賢士是諸世界微塵所著處及不著處盡此微塵所及世界已還爲一大城縱廣高下悉皆同等於其城中滿葶藶子賢士是諸葶藶子可數知不虛空藏白佛言世尊假設譬喻猶不能了況可數知唯除如來無能數者佛

告虛空藏言如是如是如汝所言唯如來能知是諸菩薩子若百數千數百千萬數佛言賢士設有一人成就神足無量威德能以口吹是諸菩薩子布散十方一菩薩子墮一佛世界終不過一賢士於汝意云何是諸菩薩所及世界寧爲多不虛空藏白佛言世尊是諸世界乃非心力所能分別設分別者令人心迷錯亂賢士我今告汝若有行菩薩道善男子善女人日日以滿爾所等世界無量珍寶持用布施無有休廢不營餘事若復有善男子善女人受持讀誦書寫此甚深經典不求利養爲菩提故乃至爲一人說使其人聞已勸令於阿耨多羅三藐三菩提乃至發一善念欲令正法久住世故此人功德復過於彼布施者上百倍千倍百千萬倍乃至非筭數譬喻所及何況能令住阿耨多羅三藐三菩提者何以故賢士以能說如是無量善根成就諸菩薩爲護持正法故賢士我不見菩薩更有餘法能過於是堅固正行攝諸善法教化衆生者也爾時虛空藏菩薩白佛言世尊希有如來不可思議如來大法亦不可思議如如來大法不可思議其受持此經典者所得功德亦不可思議唯願世尊護持此經爲當來世令受持此正法諸善男子善女人手得是經執在胷懷不離是經若應離生死者不從他聞自然得悟菩提悟菩提已廣爲他說佛言善男子諦聽諦聽善思念之吾當爲護此經故當說章句召護世四天王帝釋梵天王等諸神以此章句召故護世四天王天帝釋梵天王當擁護諸說法師持此經者

說此世所難信甚深經典時使無能作留難所謂若王大臣驅遣出國若得重病若鬪諍起時若國土疾疫如是等事起時以呪術力故即令消滅不得成就何等爲呪術章句所謂

頭頭麗一提提麗二陀夜皺帝三陀夜羅伽羅四尼帝提五毗婆知六賒咩七賒彌多毗八目企九𥻤帝低十尼嵋拏禰十一阿嵬多麗十二嗚多羅尼十三婆皺斯十四鉢他輸陁尼十五鉢陁嵬枳十六鉢陀散提十七般若牟麗十八阿婆究麗十九浮陀勒差二十律那薩枝二十一多婆薩枝二十二多婆鉢低二十三

隨佛意順法性恭敬僧世主信護世四王爲諸佛子受持此呪護說法者爾時四天王即從座起合掌向佛而白佛言世尊我等當護此諸佛子受持經者即說呪曰

首鞞一首婆鉢低二首提帝三目哆擁四陀梨擁五陀羅尼六頗躭糜七阿丘擁怯卑八阿目企九陀羅尼陀擁十藪首曬醯那十一脾提脾陀賴散提十二三咩十三婆夜咩十四三摩賴彌十五波扇哆嗁十六休休十七醯醯十八丘樓丘樓麗十九

於時四大天王自在者說此不可犯呪已爾時天帝釋即從座起心淨悅豫合掌向佛而說偈言

末世饑饉時　大稱諸賢士　受持說此經
我當爲給侍

於是帝釋說此偈已即說呪曰

彌低一首脾二摩訶彌低三達摩彌低四天多伽麗五三摩彌低六薩遮彌低七那提咩

八阿毚多麗九阿毚頭擁十阿毚勒差十一薩婆薩埵阿毚伽醯十二阿那毚多卑十三修冀低十四阿毗盧提十五阿毗伽醯十六浮提菩舍咩十七膩醯十八遏他尼低十九泥提羅尼二十阿那他婆差帝二十一咩低二十二咩低闍耶私二十三修莎羅二十四

汝等起禪樂　來護持法者　諸世界世尊
皆悉共受持

爾時梵自在天王即從座起讚彼釋梵護世諸天言善哉善哉汝等乃能爲護正法持法說法者故發大莊嚴汝等正應如是甚得其宜隨如來法律住世久近於爾所時中當有識別正行法行於爾所時中諸天世人甚當熾盛充滿宮宅此法滅後諸天世人轉當減少宮宅空荒爾時世尊告彌勒菩薩言彌勒汝受持此甚深經典讀誦書寫廣爲人說彌勒我今以如斯等甚深經典囑累於汝令此大法久住世故降伏諸魔故爲利益一切衆生故令一切外道不得便故教勑一切菩薩使親近此經不遠離故欲令佛法大明久住於世不衰滅故使佛法僧種不斷絕故爾時彌勒菩薩即白佛言世尊我於如來在世及滅度後常當受持此甚深經典廣宣流布所以者何受持此法者則爲受持過去未來現在諸佛正法非但受一如來法也世尊我亦爲自護己法故世尊我常與諸天大衆普會處兜率天宮每爲廣說如是等甚深經典我復當令人中受持讀誦此經典者使手得是經執在胷懷不離經卷世尊若後末世法欲滅時其有受持此經轉爲人說者當知皆是

彌勒威神之所建立世尊當於爾時雖多諸魔事嬈亂行人諸說法者依煩惱魔爲魔所持故不樂此經不勤修習互相是非我等共當勤作方便令說法者愛樂是經常勤修習讀誦通利廣爲人說爾時世尊讚彌勒菩薩言善哉善哉彌勒汝乃能爲護持正法故作師子乳汝不但今於我前作師子乳亦於過去無量阿僧祇諸佛前作師子乳護持正法

爾時世尊告大德阿難言阿難汝受持此經耶阿難白佛言唯然世尊以佛神力故我已受持佛言阿難汝常當廣爲四衆分別解說若有先種善根樂勝法者如是等人聞已則能信解受持讀誦廣爲人說其人則得無量無邊不可思議大功德聚阿難即白佛言世尊當何名斯經云何奉持佛言阿難此經名勸發菩薩莊嚴菩提當如是奉持爾時功德莊嚴菩薩在於衆中即從座起右膝著地合掌向佛白佛言希有世尊如來爲擁護正法及說法者故善能如是讚歎此經世尊諸新學菩薩爲菩提故種諸善根以種種花香瓔珞末香塗香勤供養如來而不受持此經是人頗成以第一供養供如來不佛言善男子不成第一供養如來亦不能以此因緣得無量功德不如是善男子善女人受持此經者功德甚多爾時世尊即說偈言

我以佛眼　所見佛刹　周遍十方　廣大無邊
爾所諸界　盛滿珍寶　菩薩以此　恒用布施
若有於此　甚深妙經　無所得法　諸佛所說
而能受持　爲人演說　此人功德　復多於彼
花香瓔珞　塗香末香　寶蓋幢旛　上妙衣服

以是供具　普滿諸界　供養如來　迴向佛道
若後末世　法欲滅時　於救世法　勤修護助
受持正法　不放逸行　此功德聚　復多於彼
十方世界　一切巨海　盡盛滿中　上妙香油
作大燈炷　猶如須彌　然以供養　一切諸佛
法炬若欲　斷滅之時　知世衆生　無明所覆
若能然此　大法炬者　此人功德　復勝於彼
我之所見　無量諸佛　雖億千劫　種種供養
諸天上衣　適意供養　不能受持　此妙經典
若於諸佛　知有重恩　擁護三寶　爲報恩故
爲欲饒益　一切衆生　受持此經　福勝於彼
我以佛眼　所見衆生　若有能教　盡成釋梵
所得功德　不如書寫　持此經者　功德甚多
大千世界　所有衆生　若有能教　盡成二乘
若有能發　菩提心者　護持此經　功德復勝
持經功德　假令是色　悉當充滿　十方世界
唯除如來　無上大智　更無能知　此功德者
如如來智　無有邊際　虛空法界　亦無邊際
能持如來　此經法者　功德無邊　亦復如是

爾時功德莊嚴菩薩白佛言世尊如我今者信解如來所說義趣後五百歲法欲滅時諸發大乘心衆生其不受此經法將知是等爲魔所持墮佛法外世尊我今堪任如來滅後受持此經欲令佛法久住世故爾時世尊爲囑累此經法故放大光明普照十方無量阿僧祇諸佛世界彼諸如來亦爲囑累此經法故皆放眉間白毫相光普照十方一切世界無不周遍說此經已如來以大神力放光明時無量阿僧祇諸佛世界六種震動有無量阿僧祇衆生發無上道心無量阿僧祇菩薩

得無生法忍復有無量阿僧祇菩薩得一生補處善根又復過是無量阿僧祇衆生得聲聞乘住學無學地佛說經已虛空藏菩薩大德阿難諸菩薩大衆及諸聲聞諸天世人聞佛所說皆大歡喜

大方等大集經卷第十六

音釋

析先的切分也　翫五換切習也　懱莫結切輕侮也　慄力質切懼也　悚息拱切怖也　嗤赤脂切笑也　醯呼雞切　㝹[?]奴鉤切　耐奴代切　遏烏割切　蔚於胃切　罵詈罵莫駕切詈力置切正斥曰罵旁及曰詈　劓魚器切刑鼻也　葶藶葶特丁切藶郎擊切　簸補過切　嗜[?]巨支切　啼[?]天黎切　魑丑知切

大方等大集經卷第十七

北涼天竺三藏曇無讖譯

無言菩薩品第七

爾時世尊故在欲色二界中間大寶坊中與諸大衆圍遶說法時王舍城師子將軍家産一子當其生時虛空之中多有諸天作如是言童子當應念法思惟於法凡所發言莫說世事常當班宣出世之法常當守口愼言少語莫於世事起諸覺觀當依於義莫依文字爾時童子聞是語已不復涕泣無嬰兒相乃至七日色貌和悅見人歡喜目未曾眴是時有人語其父母是兒不祥不應畜養何以故瘖無聲故父母答言是兒雖復瘖不出聲然其身相具足無缺當知是兒必有福德非是不祥薄福之人因爲立字字曰無言時無言童子漸漸長大如八歲兒所遊方面人所樂見隨有說法轉法輪處樂往聽受口無所宣爾時無言童子以佛神力與其父母眷屬宗親往寶坊所到已見佛心生歡喜禮敬供養右遶三帀合掌而立并見十方諸來菩薩生大喜心爾時舍利弗白佛言世尊師子將軍所生之子身根具足而不能語是何惡業因緣所致佛告舍利弗汝今不應作如是語輕是童子何以故是人即是大菩薩也已於無量無邊佛所種諸善根不退轉於菩提之道是兒生時多有諸天來戒勑之善哉童子當念正法思惟正法無得宣說世間之事常當班宣出世之義常當守口愼言少語莫於世事起諸覺觀當依於義莫依文字舍利弗如是童子從天教誨是故無語默然思惟獲得

四禪舍利弗無言菩薩示如是身則能調伏無量衆生是故默然無所宣說舍利弗我今說是大集經典無言菩薩當於此中能大利益無量衆生時無言菩薩以巳願力神通道力令諸天龍夜叉乾闥婆阿脩羅迦樓羅緊那羅摩睺羅伽比丘比丘尼優婆塞優婆夷各自見其右手之中有大蓮華猶如車輪色香具足微妙第一人所樂見一一華臺有一菩薩結加趺坐三十二相八十種好莊嚴其身爾時無言菩薩現如是等大神通巳低頭合掌作如是言南無佛陀南無佛陀諸蓮華臺中一切菩薩亦復如是同作是言南無佛陀南無佛陀發是言巳十恒河沙等世界大地六種震動虛空諸天以妙香華種種妓樂供養於佛爾時無言以佛神力及巳願力與諸菩薩踊在虛空高七多羅樹正向於佛而說偈言

如來無色示現色　亦復於色無染著
若有衆生入佛法　云何當知眞實色
非色聚中有如來　亦不離色有如來
如來巳離諸色聚　哀愍衆生故示色
如來哀愍衆生故　以諸相好莊嚴色
實無色相爲衆說　是故如來難思議
如來正法無文字　離文字巳無有聲
無有文字無可說　甚深寂靜無有覺
如佛先在菩提樹　所覺諸法亦如是
此法無字無音聲　亦無造作無可說
如是諸法無相貌　亦以遠離一切相
一切諸法若無相　如來云何而演說
如來具足大慈悲　是故憐愍爲利益

不可說法而演說　亦知眞實不可說
如來了知不可說　亦知音聲性空寂
眞實了知一切義　是故名佛眞實覺
所說之法名世諦　如來眞實覺知之
世諦不出無有性　不可造作無有期
眞實無有色相貌　爲衆故示種種色
知法無法無上尊　爲衆生故而演說
我初生時受天語　是故默然無所說
至心念法思惟法　是故不見色與聲
若得入於深法界　爾時則無色聲等
若能遠離於心業　即得遠離於口業
無有言說即是語　雖復言說亦無語
語亦非作亦非說　言語本性寂靜故
我今至心念菩提　亦復至心修其道
我今說是無上語　亦當定得眞實道
我心不得菩提道　口及口行亦不得
無上菩提即是空　其性本來常寂靜
如菩提性聲亦爾　不見不取法性故
我聲如是不可見　所求菩提亦如是
爲菩提故有修行　是行亦無所至處
是行如是無至處　是故菩提處非處
六波羅蜜如菩提　一切善法亦如是
一切語言無語言　於無語中能說語
若有惠施妙音聲　惠施之主及財物
如是等施即菩提　一切皆悉不可說
若是布施可口說　菩提體亦應可說
菩提之性如虛空　一切音聲亦如是
若有心能眞實知　知已亦能宣說聲
隨知是聲何處滅　即是菩提眞實相
若能遠身口意業　一切煩惱亦復然

即是一切波羅蜜　如來所說實法性
惠施不在菩提中　菩提不在惠施中
如是二法即音聲　亦無所住無至處
若有能知如是等　即是眞實大菩薩
若於施時不生慢　即是無上大施主
護持禁戒即是聲　無有形色無至處
諸法不生及不滅　即是無上持戒相
如是禁戒無能作　亦復無身口意業
若不出滅不造作　云何可說是禁戒
爲流布故出音聲　衆生立名名禁戒
知諸禁戒聲亦爾　如是二法俱無漏
口之所說爲戒故　而說種種諸莊嚴
音聲實無諸莊嚴　眞實知之無所有
身業口業及心業　能迴此戒向菩提
禁戒音聲及菩提　如是二法如虛空

若有能作如是知　是人即行戒行處
即能得到戒彼岸　彼處甚深難得見
說忍音聲即是空　空性無處無造作
忍辱與空是二法　無有差別如虛空
忍辱之聲非色作　不可覩見無處所
若有修習平等心　即是忍之眞實相
忍辱雖復念念滅　而與色身常共行
一切文字皆無漏　衆生立名名忍辱
若有能調身口意　即是無上之忍辱
若有能忍忍辱者　是亦即是無上忍
若有衆生碎其身　節節壞末如胡麻
觀身猶如乾草木　是則名之爲身忍
若聞惡口罵詈時　其心不動如法住
觀察音聲如虛空　即是無上之口忍
若能通達煩惱因　遠離一切諸煩惱

是則名之爲心忍　不爲一切煩惱汙
如忍則是菩提性　身口意業亦如是
若能迴是向菩提　是則名爲得菩提
若有衆生勤精進　上中下等及麤細
於無量劫修習之　無所獲得無畢竟
若不獲得精進者　是故菩提名無得
若能不得一切法　即是無上勤精進
若有如是精進者　不增不減如虛空
如是即是大菩薩　勤行精進無所畏
一切諸禪無有聚　無有造作無至處
若有思惟一切法　即是眞禪波羅蜜
遠離一切諸惡色　惡身惡口亦復然
能焦一切諸煩惱　即是眞禪波羅蜜
若能觀心眞實性　一切法中亦不見
若能無心遠離心　即是眞禪波羅蜜
若能觀心及菩提　即是無上眞實見
若有如是眞實見　獲得菩提不爲難
若能知見無文字　一切諸法無生滅
若作如是觀見者　是則名爲大智慧
雖復口說於智慧　智慧亦不住口聲
若知口聲實無聲　即是智慧之眞性
若法無有此彼住　中間亦復無住處
一切法性無住處　即是無上大智慧
無有文字無有行　無有相貌無有性
無有取捨等二相　是名無上大智慧
若觀一切波羅蜜　其性平等如虛空
是即名爲無平等　能觀一切法平等
若能平等一切法　亦能觀於衆生等
悉能等觀一切佛　所得智慧無平等
若諸菩薩有智者　能觀如是無等法

即得無上菩提果　猶如先佛之所得

無言菩薩說是偈時萬二千那由他衆生發阿耨多羅三藐三菩提心六萬菩薩得無生忍時華臺中諸菩薩等悉從座起頭面禮佛以妙蓮華恭敬供養無言菩薩口宣是言我是知恩我今報恩時舍利弗言世尊如是菩薩何因緣故發如是言我是知恩我今報恩佛言舍利弗如是菩薩皆悉因於無言菩薩發菩提心是故說言我是知恩我今報恩今復因於無言菩薩聽受如是大集經典并來覲見供養於我爾時無言菩薩白佛言世尊我有所疑今欲啓請唯願如來哀愍聽許佛言善男子隨意致問當爲汝說時舍利弗語無言菩薩仁者若無言語云何得問大德一切諸法皆悉無言無字無說何以故一切衆生性無言故以覺觀故而有聲出若無覺觀云何有聲云何可說云何有字大德夫覺觀中無字無聲離於覺觀亦無聲字覺觀之體即非覺觀我作文字亦不覺觀我因覺觀有大功德若能觀於如是深法是則名爲十二因緣若從緣生即是空寂則無定相若有如是眞實知者即是眞實知於法性大德諸法悉從因緣和合而和合中實無作者生者出者是故諸法無主無音無聲無心無有覺觀非無覺觀何以故顚倒因緣而有出滅是故若有問者聽者及解說者不合不散一相無相大德夫問難者即是大悲我有大悲是故問佛如是問者即是悲問非口問也夫口問者是聲聞問聲聞著聲故名聲聞菩薩普悲故無口問舍利弗言善男子若一切法性無

定者一切衆生性亦無定若無定者菩薩爲誰而修悲心大德若諸衆生有定性者一切菩薩終不修悲一切衆生實非衆生以顛倒故作衆生想是故菩薩修習悲心爲壞顛倒宣説無我大德菩薩摩訶薩不爲壞有而説正法不爲壞我壽命士夫而修慈悲宣説正法爲知眞實深法界故而宣説法眞法界者即空三昧無相無願舍利弗言善哉善哉善男子我亦如是眞實了知所以相問試汝智耳爲令佛法增長故問爲欲利益衆生故問

爾時無言菩薩白佛言世尊如經中説有二因縁能生正見所謂聞聲及善思惟唯願哀愍爲諸菩薩廣宣説之云何聞聲及善思惟生於正見佛言善男子至心諦聽吾當爲汝分別解説善男子爲菩提心而聽法者即是聞聲至心憶念菩提之心是善思惟觀菩提心是名正見復次善男子爲菩提道而聽法者是名聞聲不遠離道是善思惟如法而住是名正見爲調伏心而聽法者是名聞聲遠離惡心是善思惟獲得善心是名正見爲嚴善法而聽法者是名聞聲修習莊嚴是善思惟願向菩提是名正見爲聽善法是名聞聲增長善法名善思惟願向菩提是名正見爲聽惠施是名聞聲能捨一切是善思惟不求果報是名正見爲聽戒聚是名聞聲至心護戒名善思惟願向菩提是名正見爲聽法忍是名聞聲打罵不報是善思惟願向菩提是名正見爲聽精進是名聞聲破壞懈怠是善思惟願向菩提是名正見爲聽三昧是名聞聲能淨身心是善思惟願向菩提是名正見

爲聽智聚是名聞聲聞已正觀是善思惟願向菩提是名正見聽四攝法是名聞聲攝取衆生是善思惟知是攝法無取無作空無所有是名正見聽五通法是名聞聲得身心輕名善思惟願向菩提是名正見聽四無礙是名聞聲修習無礙是善思惟願向菩提是名正見聽四依法是名聞聲勤修四依名善思惟願向菩提是名正見聽三十七品是名聞聲若演說四念則四念處說於捨離謂四正勤處說於定聚謂四如意說無所畏謂諸根處說無能壞謂諸力處說離煩惱謂七覺分說眞知法謂八正道是善思惟不著斷常以如是道願向菩提是名正見聽四諦法是名聞聲知苦離集證滅修道是善思惟見如是法不生不滅是名正見聽三解脫是名聞聲信空三昧不畏無相不疑無願是善思惟以如是法願向菩提名爲正見修空三昧調心明見修習無相爲除覺觀修習無願爲求諸有是名正見聽發心法是名聞聲修菩提道是善思惟其心不退是名正見得善知識是名聞聲供養親近名善思惟受其教誨是名正見聽於法界是名聞聲觀於法界是善思惟如法而住是名正見見佛世尊名爲聞聲念諸菩薩名善思惟得畢竟道是名正見初聽八萬四千法聚是名聞聲觀諸衆生如是行處是名思惟調伏八萬四千諸根是名正見善男子隨何因緣能生善法是名聞聲聞已不離諸善因緣名善思惟以如是法願向菩提是名正見善男子如是二法無有差別謂善思惟及以正見何以故一切諸法平等

無二是善思惟能觀平等是正見故無增減者即是正見無取捨者即是正見無作作者即是正見無覺觀者即是正見無念念處即是正見無作無思即是正見無一無二即是正見一門一味一乘一行其性是一無諸煩惱憍慢等結無閙無諍無垢無淨法界之性不可分別如如不動三世平等無我我所無有衆生壽命士夫無字無聲不可宣說不知不見一切法中得知足心遠離諸相斷一切喜覺觀屋宅乃至讃佛不生佛相若入定時觀如是等甚深法界名善思惟從定起已爲諸衆生宣說如是甚深法界是名正見說是法時十千菩薩得是正見爾時舍利弗語無言菩薩言善男子從誰聞法而得正見無言菩薩言大德若有不得去來現在菩提心者我從彼聞而得正見觀三世等一切法等於一切法不生覺觀其心不住有爲無爲遠離一切衆生之相而爲衆生修諸苦行亦復遠離二種之相一衆生相二者心相遠離二節知實法性實法性者無有有有通達一切諸佛深法不生憍慢自言我知大德我從是人聽受正法是人亦不宣說一字亦令一切而樂聞之知法眞實不可宣說爲衆生故而宣說之出於世間不爲世汙畢竟修習無有能知修與不修我從是人聞受正法住於法性於衆生性不生分別觀衆生性法性空性皆悉平等我於如是人邊聞法是人不坐菩提樹下不起不行不眠不卧不睡不覺而得菩提得菩提已終不作相言得菩提一切衆生亦不知彼獲得菩提無得乃得故無得相大

德夫正法者無有光明無光明者即無處所無處所者即是無身無身者即是無畏無畏者即是不出不出者即是不生不生者即是不滅不滅者即是不著不著者即是不動不動者即是不變不變者即無駛無闇無駛無闇即無覺觀無覺觀者即是無世無世者即是無器無器者即是無貪無貪者即是性淨性淨者不合煩惱不合煩惱者不顛倒不顛倒者即是平等平等者即是眞實眞實者不生不滅不生不滅者名從因緣從因緣者即不去來不去來者即無境界無境界者即是無句無句者即是不狂不狂者即是無鬧無鬧者即是無作無作者即是無住無住者即是無字無字者即是無相無相者即是過於心意識句過心意識即是寂靜寂靜者即是無熱無熱者即是無瞋無瞋者即畢竟畢竟者即是無有無有者即是涅槃是名爲法大德即是正法即是說法即是聞法即是正見大德夫正見者不見於身身行病行不見於見不生貪著不覺不觀是名佛法聖見正見復次大德觀無明愛與解脫等無有差別是名正見如是見已不著不取是名聖見復次大德觀貪恚癡空無相願平等無二不見於相見無相相是名聖見不觀一二等一切法名聖正見復次大德若能觀我及衆生等衆生等故如來平等如來等故佛法平等佛法等故聖衆平等聖衆等故大慈平等大慈平等故虛空平等以不住住如是平等名聖正見大德如一切法聲亦如是如聲即是聖見即是正見大德聖正見者亦無生出若無生

出從誰聽法舍利弗言如我解仁所說義者一切諸法無有語言大德如是如是一切諸法實無言語善男子若言如來成就功德如是言中得何等罪大德若如是說當知是人有大過咎何以故如來功德不決定故所以者何無福無罪故名如來若觀如來有功德者是名爲欲夫有欲者即是大欲有欲大欲即是過咎善男子云何得名無過咎耶大德如第五大如第七情如十九界無出無入無生無滅無有造作無心意識乃名無過若有知見遠離證修是名罪過若有諸界是名罪過若無諸界是名無過爾時佛讚無言菩薩言善哉善哉善男子如汝所說即是善說說是法時萬二千菩薩得無生法忍無言菩薩復白佛言世尊如佛所說菩薩摩訶薩有四種力所謂信力進力念力慧力唯願如來廣分別說云何名爲菩薩四力佛言善男子至心諦聽吾今當說若有菩薩於佛正法深信順解不作疑心是名信力若勤精進求於佛法不休不息不生疑悔是名進力若有菩薩求於善法得已不失念菩提心所作善根願向菩提是名念力若有菩薩内自思惟不隨他語了知法性是名慧力復次善男子若有信心親近聖人是名信力若能供養如是聖人是名進力至心聽受聖人之言是名念力聞聖法已如法而住是名慧力復次善男子信業果者是名信力既生信已不作諸惡是名進力過去善業現世猶增是名念力若知諸法有因有果是名慧力復次善男子若信心法不可說者是名信力若因此信能調伏

心是名進力若能至心是名念力觀法如幻是名慧力復次善男子若見法空是名信力若斷邪見是名進力若見内外悉皆空寂不生怖畏是名念力若能觀見第一義空是名慧力復次善男子若能觀見無相無願是名信力爲他演說無相無願是名進力至心觀察無相無願是名念力了知是法不可宣說是名慧力復次善男子能一切施不求果報是名信力施已不悔亦不休息常行不絶是名進力施時至心念於菩提發願回向是名念力不觀財物受者施者及以果報是名慧力復次善男子若有受持清淨禁戒不求果報是名信力不生煩惱毀壞禁戒是名進力如是淨戒至心護持願向菩提是名念力觀身口意如水中月響幻焰等是名慧力復次善男子若有修行忍辱之法不求其果是名信力若有打罵能默受之是名進力爲忍辱故修習慈悲及不放逸願向菩提是名念力觀身口意都無所忍是名慧力復次善男子若有了知勤精進故得阿耨多羅三藐三菩提非懈怠得是名信力若能調伏一切衆生護持聽受供養正法能爲衆生趣走給使能淨佛土是名進力能令衆生遠離懈怠勤修精進願向菩提是名念力若修精進不增不減是名慧力復次善男子若樂寂靜離說世事是名信力若住空寂獲得四禪及八解脫是名進力若於諸禪無有退失是名念力若觀諸禪無常苦無我是名慧力復次善男子若聞一切諸波羅蜜三十七助菩提之法信不生疑是名信力聞已轉爲衆生演說是名

進力心善思惟是名念力如法而住是名慧力復次善男子爲諸衆生修習慈心是名信力憐愍衆生令其離苦是名進力觀察法已心得大喜是名念力於怨親中其心平等修習大捨是名慧力復次善男子觀察是身無量衆惡之所成就誑惑凡夫猶如幻相是名信力受死苦時專心繫念佛法僧寶不惜身命是名進力亦不生於諸惡之心聲聞心辟支佛心貪心瞋心癡心妬心慳心毁戒心是名念力若觀法界分別法界觀無礙智亦知過去未來現在是名慧力復次善男子喜者名信不退轉者名爲精進不在亂者名爲念力了了智者名爲慧力復次善男子以信力故能有所作以進力故事得畢竟以念力故無所漏失以慧力故能如法說復次善男子觀疑網故名爲信力遠離疑故是名進力更不生疑是名念力說能壞疑是名慧力復次善男子信佛法者是名信力爲菩提故而修行之是名進力得順忍故是名念力得無生忍是名慧力善男子信根信力無有差别進根進力念根念力慧根慧力亦復如是說是法時百千菩薩得無生忍地四萬二千衆生發阿耨多羅三藐三菩提心是時會中有一菩薩名曰蓮華語無言菩薩言善男子汝向問佛佛即爲汝分别解說汝心喜耶無言菩薩言善男子我亦不問不聽一法云何生喜蓮華菩薩言善男子汝於佛所不聽法耶無言菩薩言諸佛如來都無所說我云何聽何以故我非法器故蓮華菩薩言汝今若非是法器者是何等器無言菩薩言善男子我身

今者尚非法器況復餘器蓮華菩薩言汝若非是真法器者云何當得阿耨多羅三藐三菩提無言菩薩言善男子阿耨多羅三藐三菩提亦非是器善男子若離佛法有菩提者當知有器一切佛法即是菩提菩提即是佛法善男子是故我若遠離煩惱不見佛法不見菩提煩惱菩提及以佛法無有差別若煩惱中見菩提者即是如見若離煩惱見菩提者是名倒見蓮華菩薩言善男子云何名倒見見我壽命士夫摩納離是之外別有貪欲瞋恚愚癡是名倒見一切法性及菩提性無有差別無作無受我性衆生壽命士夫摩納即是貪欲瞋恚愚癡如是等法即是菩提是名如見即四大中及四大造求於菩提不餘處求云何名求求時不見一切諸物不見者即是無處無處者即是無住無住者即是一切諸法之性一切諸法若無性者即是實相實相者非常非斷名畢竟節若有能見如是等節當知是人不流不散不流不散即無生滅即是涅槃即是真如一切諸法若如是等得涅槃者即是聖句入於涅槃是故如來於經中說自不調伏能調伏他自不解脫能解脫他自不寂靜能寂靜他自不涅槃令他涅槃無有是處若自調伏令他調伏若自解脫令他解脫若自寂靜令他寂靜若自涅槃令他涅槃斯有是處善男子菩薩摩訶薩修菩提道解了一切衆生所行於諸法相及以法界不生分別修行一切善法之時亦不見有諸魔徒衆雖求佛法不見求者雖調衆生不見我人雖行諸法煩惱不汙雖順世法世法

不染負五陰擔亦無住處遠離諸界不動法界修解脱法門不退善法明見三界不離煩惱行檀波羅蜜不生憍慢乃至般若波羅蜜亦復如是隨一切行實不行於一切諸行若能修行如是等行當知即是行菩提道於菩提道及菩提行不生分別若行如是菩提道行於諸法中不見有我無貪無瞋無親無怨無有障礙若無障礙即無爲行若無爲行即是眞實大菩薩也蓮華菩薩言善男子何因緣故名爲菩薩善男子能覺衆生所不覺者故名菩薩能悟無明睡眠衆生故名菩薩演説隨順菩提之法故名菩薩能令衆生深樂寂靜是名菩薩增長佛語竪正法幢護念聖衆於菩提心無有動轉不住聲聞辟支佛心終不捨離至誠之心發願畢竟能度未度能解未解爲無歸依能作歸依能滅未滅能調煩惱不脱煩惱觀生死過亦求諸有修空三昧不捨衆生修習無相不捨菩提相修習無願深樂諸有雖樂佛法於貪無貪知有爲法多諸罪咎而其内心不捨有爲雖離諸闇不得大明得大智慧以爲器甲深樂惠施嚴施瓔珞淨佛世界具足淨戒具足誓願具足忍辱能調一切不忍衆生勤修精進求無壞身能壞欲界樂受有身雖受諸有其心不悔善知方便常自調伏求於菩提爲諸衆生修習慈心爲壞衆苦修習悲心爲調不調修習喜心非畢竟捨修習捨心通達了了解甚深義非諸聲聞緣覺境界依於義法了義經智不依世法亦爲衆生而作依止爲諸衆生莊嚴身口如説而作莊嚴於心爲諸衆生莊嚴神

通利益衆生猶如大地能淨一切猶如大水燒諸煩惱猶如熾火於法無礙猶如猛風於法平等猶如虛空得陀羅尼持一切聞樂說無礙令衆喜聞至心念佛爲淨心故能大法施斷食施故正命自活威儀清淨修無諍三昧深樂寂靜樂調衆生離說世語見樂世者呵責教誨具七種財其心柔輭樂行惠施堅固不退眷屬不壞親近善友知恩報恩觀過去業隨衆生意能壞疑心觀察生死多諸過咎所作至心解一切語修習大乘不疑三乘衆生樂見隨問而答得無礙智諸佛所念時節語不多語光明清涼猶如秋月善法具足猶如滿月衆生樂見猶如朗月增長善法猶如初月一味甘恬如月一味觀一切法如水中月清淨無垢如月無翳易共語言諸根具足於一切法猶如橋梁能度衆生於四駛水爲諸衆生營作佛事其心初不動菩薩界以如是義故名菩薩爾時蓮華菩薩白佛言世尊無言菩薩作如是說當知不久得阿耨多羅三藐三菩提轉於無上法寶之輪若有能信受持如是無言菩薩所說法者亦復當得如是功德佛言善哉善哉善男子如汝所說無言菩薩得慧燈三昧是故若欲於無量劫說一句義不可窮盡蓮華菩薩言世尊唯願如來垂矜哀愍增長衆生諸善法故莊嚴無上大集經故少爲大衆開示如是慧燈三昧若有智慧菩薩聞已亦當獲得如是三昧得已亦當疾得阿耨多羅三藐三菩提佛言善男子至心諦聽吾當爲汝少分別說言慧燈者即是智燈智燈者即是破闇無闇者即是

破疑破疑者即是慧燈慧燈者即是諸法無二相也善男子了了智不疑智不失智不挽智不隨智無闇智聖智猛利智捷疾智分別智廣大智純一智種種智過去智未來智現在智三世平等智三界智三解脫門智三慧智三寶智三乘智三眼智三垢智三滓智三聚智心意識智陰入界智因緣和合智見畢竟智如法界智自相智第一義智方便智一切聲語智一切字智無礙智語不壞智能說法智知下中上根智無作無受智一切呪智一切醫智一切世事智莊嚴陀羅尼智日月三昧智入三昧智聖智聖三昧智金剛三昧智無諍三昧智心等三昧智壞魔三昧智日光三昧智無想三昧智寶幢三昧智一切法門三昧智一切法器三昧智無邊光三昧智福德三昧智無住三昧智樂見三昧智善見三昧智無盡器三昧智畢竟盡智一切智無動智那羅延三昧智一切見智如是等六萬三昧門智我於往昔見然燈佛即得如是等諸三昧門如是諸三昧門一切悉是慧燈三昧之所攝持善男子譬如日出能爲四事一者有大光明二者除滅闇冥三者示種種色四者令諸衆生得造事業菩薩摩訶薩住是三昧亦復如是能爲四事一者破壞一切煩惱闇冥二者出大慧光三者示諸衆生種種諸行四者開示衆生道非道等善男子譬如淨寶之珠置之高幢其明遍照四由旬所施諸衆生所須之物而珠體相無有增減慧燈三昧亦復如是住是三昧菩薩摩訶薩永斷一切煩惱習氣淨戒淨定淨慧淨身心淨於

方便淨陀羅尼修習大悲放大光明遍照無量諸佛世界隨衆生意而作事業菩薩雖作如是諸事而其相性無有增減善男子譬如虚空容受佛土無有障礙亦不障礙一切雨滴風火水災一切衆生無量無邊善男子慧燈三昧亦復如是住是三昧諸菩薩等爲諸衆生説一切法無有障礙方便教化一切衆生爲因力者演説方便令其解脱調伏成熟爲邪定者方便演説令壞邪定無善子者令種善子無法器者令作法器爲法器者分別宣説阿耨多羅三藐三菩提求聲聞人方便説法令其獲得四沙門果求緣覺人方便教誨令其獲得辟支佛道復爲方便説法漸進令其悉發阿耨多羅三藐三菩提心住不退地通達八萬四千法聚爲壞衆生疑網心故種種開示分別解説解説一事於無量劫不可窮盡雖作如是無量之事而是三昧亦無增減善男子譬如一燈力能顯示種種諸色慧燈三昧亦復如是於一心中能於無量諸佛世界示種種色而是三昧無有傾動是故四念處中法念爲頂四正勤中未生善法能生善法名之爲頂四如意中身心寂靜名之爲頂五根力中慧根慧力名之爲頂七覺分中擇法爲頂八正道中正見爲頂一切外道所有舍摩他毗婆舍那名之爲頂四眞諦中滅諦爲頂四依之中依義爲頂四無礙智義無礙智名之爲頂六神通中漏盡爲頂四無量心悲心爲頂修梵行中智慧爲頂諸波羅蜜般若爲頂一切方便知衆生心名之爲頂一切諸力處非處力名之爲頂諸無畏中初

名爲頂不共法中無礙爲頂三十二相無見頂相名之爲頂八十種好不空說法名之爲頂莊嚴口中解一切語名之爲頂莊嚴心中破慢爲頂一切法中智慧爲頂是名慧燈三昧說是法時蓮華菩薩及萬菩薩得是三昧三千大千世界大地六種震動一切大衆以妙華香種種妓樂供養於佛尊重讚歎時會菩薩各作是言世尊我等昔來未曾聞是三昧名字況得聞其廣說分別我今皆得如是三昧是故報恩設此供養若有聞是三昧名字即能獲得大利益事不失無上菩提之心佛言善哉善哉善男子如汝所說若有衆生已於無量無邊佛所植諸善本親近善友然後乃得聞是三昧爾時世尊說是法時於其齊中出一菩薩身真金色三十二相八十種好放大光明除佛光明餘無及者是時菩薩敬禮佛足右遶七帀長跪合掌而白佛言世尊慧橋如來致意無量問訊世尊起居輕利身無病患大衆安不我今此界有六萬億諸菩薩等欲往聽受大集妙典幷欲覲見無言菩薩及以十方諸來菩薩幷復欲聞慧燈三昧善哉善哉釋迦牟尼幸爲開示令諸往者悉得慧燈三昧還來此土時舍利弗言世尊慧橋如來住何方面去此遠近世界何名而是菩薩復名何等是六萬億諸菩薩等住在何處舍利弗其佛世界在此東方過一恒河沙等恒河沙世界世界名曰金剛堅根佛號慧橋舍利弗何因緣故世界名爲金剛堅根舍利弗彼佛世界地悉金剛其佛願力故致如是其佛身體衆生菩薩身悉金剛是故世

界得如是名此菩薩者名金剛齋是人能於一念之頃破壞一切金剛諸山直至無量諸佛世界示現諸佛齋中而出以佛神力及以願力是故名爲金剛齋也舍利弗汝向所問如是菩薩住何處者汝今當問彼金剛齋自當答汝爾時舍利弗即問金剛齋言善男子汝言六萬億菩薩者住在何處金剛齋言如來說汝智慧第一當以聖智觀是菩薩所住之處時舍利弗即以聖智觀之不見語金剛齋善男子我盡聖智觀悉不見大德汝之同學阿尼樓陀天眼第一當令觀之住在何處爾時阿尼樓陀以天眼觀三千大千世界亦不能見語舍利弗我以天眼覩不能見金剛齋菩薩言大德汝之同學若不能見不名天眼應名肉眼舍利弗言善男子汝之天眼其義云何大德我之天眼汝諸聲聞所不見色我能見之舍利弗言善男子何等色法我不能見而汝得見大德汝今得見金剛堅根世界慧橋如來及菩薩不不也善男子我唯聞名不能得見大德如是佛土如來菩薩及諸衆生我之天眼悉能得見是名菩薩清淨天眼如是天眼一切聲聞辟支佛等之所無有說是法時求聲聞者六萬衆生捨離本志發阿耨多羅三藐三菩提心各作是言願我獲得無礙佛眼不用聲聞辟支佛等障礙之眼爾時金剛齋菩薩即入三昧以佛神通及已力故令一切衆悉見六萬億諸菩薩等在佛身內坐蓮華臺至心專念聽佛所說然不逼觸如來之身而如來身無增無減無有障礙時諸大衆見是事已供養禮敬歡喜讚歎如

來之事不可思議復作是言如來之身智慧三昧一切悉皆不可思議何以故是六萬億諸菩薩等悉住身內無障礙故金剛齋菩薩觀諸大衆作如是言諸大衆汝等不知如來之身如虛空耶是無邊身無障礙身廣身法身無相貌身無量身耶諸善男子如來若欲內一切物所謂國土城邑村屯聚落山河樹木置身中者亦無障礙是故如來不可思議善男子十方世界無量淨土無量菩薩來詣如來聽大集經成就妙色具二十八大人之相如來亦內置其身內何以故此土衆生釋梵諸王若其見者生愧恥故是故不令得見一人爾時世尊功德力故及金剛齋菩薩力故悉令大衆見如是等六萬億菩薩悉從如來一毛孔出出已禮佛右遶七帀却坐一面

爾時金剛齋菩薩白佛世尊何因緣故無言菩薩名無言耶佛言善男子汝自諮問無言菩薩自當答之金剛齋菩薩即問無言菩薩善男子何因緣故字無言耶無言菩薩默然而住二問三問亦復如是金剛齋言善男子何故不答無言菩薩言我求言辭都不可得是故默然無所宣說善男子若求言辭不可得者云何有是不可得之言善男子我答一切佛語世語云何名爲答佛語耶善男子我以念力受持一切諸佛所說不忘不失然都不見音聲字句爲流布故而宣說之亦爲衆生壞是聲字及以文句而演說法云何名爲答世語耶解諸衆生種種言音隨其所言而爲說法善男子汝能如是隨順說法爲久近耶善男子我從除滅覺觀已來能作是說善

男子何因緣故作如是説善男子若無覺觀聲云何出以是因緣作如是説善男子夫聲出者爲從身出從心出耶善男子夫音聲者不在身心何以故身如草木心如幻化衆因緣故有聲而出若從緣出即是無常若無常者即是無定無常無定即是空無夫音聲者猶如虚空不可覩見不可宣説如虚空一切諸法亦復如是若聲無者聲所了法亦復是無是聲空故一切法空聲寂靜故諸法寂靜聲不可見一切諸法亦不可見聲不出生一切諸法亦不出生若不出生即無去來若無去來即是甚深十二因緣甚深因緣無作無屬若無作屬即無生出無生無出即是無句若無句者即是不生眼色及識乃至法識無有生老病死等苦日月光明怨親之想斷一切行難可覩見不近不遠金剛齋言善男子如是等説是何等説善男子如是即是畢竟不出善男子何等名爲畢竟不出善男子不近不遠是畢竟不出善男子何等名爲不近不遠善男子即是虚空若見諸法如虚空者是名平等善男子以何義故名一切法如虚空耶善男子過去之法無有終竟未來現在亦無終竟三世無終即是實相即是無二二者所謂眼色耳聲鼻香舌味身觸心法是名爲二若有二者即是可説若無二者即不可説不可説者即是無識無心無意以是義故不可宣説夫可説者即是二法不可説者即是無二善男子誰作是二善男子夫無二者不可作二二亦不可作於無二若堅牢者不可作脆脆亦不可作於堅牢生死之法不作

無二涅槃之法不得作二正見之性不作邪見邪見之性不作正見金剛齋菩薩白佛言世尊無言菩薩凡所解説似得如是慧燈三昧佛言善哉善哉善男子汝謂無言不得慧燈三昧耶爾時金剛堅根世界慧橋如來諸菩薩等語無言菩薩言善男子汝住何地能作是答無言菩薩言善男子如佛所説菩薩摩訶薩若住戒地能如是答善男子善哉善哉唯願解説如是戒地善男子若無身住心住意住內住外住及內外住即是住戒善男子若無相無命無作無行即是住戒若有菩薩住如是戒即是無住若無住者終不生念我能出聲有所演説善男子如汝所問住在何地能如是答者我住法性實相法界能如是答若如是知法眞實者則無覺觀若無覺觀云何有説諸菩薩言善男子如是説時爲何所説善男子如是説時則説二法一者滅盡二者不出一者過去二者未來現在不住故不可説善男子過去之法不可作相未來現在亦復如是若使有人於三世法而作相者即是顛倒是故一切諸法之義不可宣説一切法義身口意等所不能説何以故無業無作無有色貌無有口業無有覺觀猶如響相如佛化故善男子諸佛菩薩凡所言説皆逆世語是故一切諸佛菩薩不可思議諸佛菩薩所有智慧不可思議不可窮盡不動法界爾時一切菩薩摩訶薩同聲讚歎無言菩薩善哉善哉善能分別如是法門令我等輩得大利益并得覲見如是無量諸大菩薩金剛齋語無言菩薩言善男子我欲與汝俱還

金剛堅根世界覲見供養慧橋如來無言菩薩言善男子金剛堅根世界即是此間娑婆世界慧橋佛者即是釋迦牟尼如來我何用往彼佛世界金剛齋言善男子此佛世界地非金剛云何而言即彼世界無言菩薩言善男子汝之神通能壞無量金剛之山直過無礙汝今試壞此土微塵如其壞者然後乃知汝名金剛爾時無言即便入於金剛三昧悉變此土一切山林草木微塵皆爲金剛時金剛齋盡其神通乃至不能破一微塵時金剛齋白佛言世尊我之神力能壞一切世界全剛及諸山壁以何緣故今於此土乃至不能壞一微塵爲是如來神通之力爲是無言道德力耶佛言善男子是無言菩薩入金剛三昧三昧力故令此三千大千世界一切所有悉爲金剛若欲復使無量世界爲金剛者其力亦能金剛齋菩薩言世尊菩薩摩訶薩具足幾法能得如是金剛三昧佛言善男子菩薩摩訶薩具足四法則能獲得如是三昧何等爲四一者至心念於菩提二者所作善法畢竟三者至心莊嚴善法願向菩提四者能觀十二因緣是名爲四復有四法一者成就神通二者修三脫門三者持戒精進常觀法界知一切法無有根本無有覺觀不可宣說四者知義知時知實知一切法皆悉平等是名爲四復有四法一者從大悲心求大智慧二者從善方便求三十七助菩提法三者從大慈心觀諸衆生一切平等四者從於捨心觀四真諦復有四法所謂身口意業及菩提心不可沮壞悉如金剛善男子菩薩摩訶薩

具足成就如是等法則能獲得金剛三昧說是法時六萬億菩薩一切悉得金剛三昧爾時無言啓白其父師子將軍尊者佛出世間即是具足無量功德大功德聚即是如來佛出世時無量衆生得大利益大利益者即是涅槃夫涅槃者常不變易尊者何故不發阿耨多羅三藐三菩提心其父答言吾初生時已發阿耨多羅三藐三菩提心爾時亦有無量諸天來勸如汝無異如是事者唯佛證知師子將軍所將眷屬滿五百人悉發阿耨多羅三藐三菩提心爾時無言菩薩讚其眷屬善哉善哉善能莊嚴菩提之心諸眷屬言云何名爲莊嚴菩提之心無言菩薩言有四十事莊嚴菩提心何等四十所謂信佛不疑不動法界供養聖衆親近善友於諸菩薩作醫王想於諸衆生其心平等供養恭敬諸師和尚父母有德順受其語護法求法至心聽法既受持已爲人廣說供養恭敬護法之人爲他說法不生貪想破壞憍慢知恩報恩常善思惟如法而住能施難施至心護戒精進勤修一切善法具足成就功德莊嚴心無嫉妬護諸衆生防制煩惱調伏其心及以他心調諸衆生能斷煩惱知足寂靜修淨梵行不斷聖種世法不汙供養恭敬說法之人隨順世間遠離懈怠無有放逸不求下乘菩提之心初不動轉處在生死心不猒悔遠離一切不善之法具足一切純善妙法莊嚴梵行是名四十爾時師子將軍言汝當時時示現其身爲令我等不退無上菩提之心無言菩薩言尊者具足十法常得親近諸佛菩薩何等爲

十所謂自捨已樂以施衆生修習忍辱護無力者常勸衆生修習善法化導一切趣向菩提願諸衆生先得阿耨多羅三藐三菩提我當供養聽其所說受持擁護然後我當成無上道知實法性不惜身命爲護法故聞深法界不生恐怖觀無菩提無有得者觀已平等一切衆生亦復平等以衆生等觀法亦等以法平等觀虚空等觀生死苦亦不捨離見生死過心無悔退具足如是諸善法者常得親近諸佛菩薩說是法時師子將軍及諸眷屬得柔順忍爾時世尊告阿難言阿難汝當受持讀誦書寫如是經典何以故是經典中分別演說一切法相亦令無量無邊衆生發阿耨多羅三藐三菩提心阿難若有能於無量佛所植諸善本是人乃能信受是經持讀誦寫廣分別義受是經者有三事一者定發阿耨多羅三藐三菩提心二者得不退心三者能護正法爾時大衆聞是語已有七那由他菩薩即從座起白佛言世尊我等能於如來滅後受持是經讀誦書寫無言菩薩言世尊如來世尊得何等法而令是等受持守護善男子若能護是持法之人即是護法所謂書寫讀誦解說文字文字可說法不可說善男子有二種人能守護法一者如法而住二者誦是文字若無文字法不可說爾時一切大衆及師子將軍所將眷屬諸天世人聞是法已心大歡喜信受奉行

大方等大集經卷第十七

音釋

瘖於金切疾不能言也駃跡士切疾也咎巨九切惡也挽無遠切引也滓壯士切澱也齎祖奚切與臍同覲渠吝切見也內置內奴盍切與納同置知義切安也脆此芮切物易斷也

大方等大集經卷第十八

北涼天竺三藏曇無讖譯

不可說菩薩品第八

爾時世尊故在欲色二界中間大寶坊中與諸大衆圍遶說法是時會中有一菩薩名不可說從座而起更整衣服偏袒右肩前禮佛足長跪合掌而說偈言

無礙智慧無礙行　如虛空性不可說
三世平等無覺觀　我今敬禮無上尊
觀於無相樂寂靜　調伏諸根遠離相
了諸法性無有二　我禮人中師子王
觀衆生性及法性　如是二性無差別
等心觀於諸衆生　令我永斷一切性
所得菩提無所得　如菩提性色亦爾
無相莊嚴莊嚴相　我今敬禮無上尊
一切法界無覺觀　凡夫觀之有相行
法界之性不破壞　佛真實知故我禮
如來身業不可說　口業意業亦如是
一切法性及衆生　無上勝尊了了知
如來住於真實地　所可演說無聲字
衆生樂聞得大利　是故如來難思議
所說諸法無相貌　調伏衆生斷諸相
善說衆生法性空　是故我禮大丈夫

爾時不可說菩薩偈讚佛已白佛言世尊此會菩薩各各皆當已諮請竟我今於是大集經中復欲少問唯願如來垂哀聽許佛言善哉善哉善男子隨疑致問吾當爲汝分別解說爾時不可說菩薩既蒙許可即入定意入定意已悉令大衆處大寶臺上虛空中而散華香種種妓樂而以供養復出是聲是不可

說菩薩摩訶薩今於是中欲問大事爾時不可說菩薩摩訶薩白佛言世尊諸佛菩提清淨寂靜大淨無垢無闇大光眞實如爾其性平等微妙甚深無有覺觀遠離諸垢不可宣說無字無句無有音聲廣大無量無有邊際離一切邊不增不減不前不却無有住止無峻無平無有無無堅固無壞無我我所無取無捨無廣無狹無法無衆生無盡無畢竟盡不空空性非處非非處非心非作非生非滅如地水火風無有邊際不可度量平等遍有無有障礙猶如虛空非眼識界乃至非意識界斷一切有不可譬喻離一切喻如一切佛眞實知故非不是如何以故一切衆生皆悉得故非異於如何以故一切衆生悉平等故其性是有何以故是實性故其性是實何以故無有去來現在際故無作無受無色無心無想無受斷一切受無想斷想無行斷行無識斷識無陰入界斷陰入界無初中後離諸魔業無有流布無漏非攝非行非用無諍無罪常住自性無有分別無生無能生無滅無能滅無有根本無上無下無有屋宅無方無圓非智非慧亦非慧行非諦所攝非生死攝無有對治無具功德遠離諸相世尊若如是義名菩提者即無變句即無覺句即無貪句即無諍句即堅固句即不壞句即不動句即不作句即無身句即無生句即無增句即平等句即無二句即是實句有句眞句第一義句無分別句一味句一事句一乘句無盡句三世平等句分別三世句空句無相句無願句無行句寂靜句性句如句無生句無出句

盡句無屋宅句法句實性句自身性句無身句無作句無相句無諍句無斷句無常句十二因緣句可觀句定句上句勝句無罪咎句無上句畢竟句淨句無頂句無勝句無等句無依句念句無相似句勝一切世間句無句句一切句之所依句如是菩提非青非黃非赤非白非色非非色非長非短非圓非方無有規矩非三界攝非道非畢竟非行非到非有處所非取非捨離諸煩惱無有愁畏斷一切喜無眞無僞離一切入無我我所無有衆生壽命士夫無量無邊不可思議無有分界猶如虛空其性畢竟不可宣說成就如是無量之法乃名菩提說是法時三千大千世界大地六種震動一切諸天大設供養華香妓樂各作是言善哉善哉善男子快作是說爾

時會中有八萬四千菩薩得無盡器陀羅尼一切法自在三昧無礙解脫法門若有人能如是信者是人亦當得是法利爾時不可說菩薩復白佛言世尊菩薩之戒不可宣說何以故身之本性不可說故是故身戒不可宣說口之本性亦不可說是故口戒不可宣說意之本性亦不可說是故意戒不可宣說世尊若有菩薩修行無上菩提道時護十善法亦不可說若以十善勸諸衆生所勸衆生亦不可說修習慈悲喜捨之心亦不可說何以故修習慈心觀無衆生修習悲心無作無受修習喜心離憍慢醉修習捨心遠離二相世尊若有菩薩如是修習四無量心即是修於清淨梵行住於梵道是梵方便勝一切梵常爲諸梵之所供養何以故勝出一切諸梵行

故不修衆生因縁慈故不修諸法因縁悲故不修二相因縁喜故不修内外因縁捨故遠離一切世間行故捨棄世間諸梵行故是故常爲一切諸梵之所供養世尊以是因縁菩薩之戒不可宣説菩薩戒者終不自誑亦不誑佛何以故自即無性無性即無無即無出無出即是無有因縁無因縁者即是無字無字即是不可言説若有菩薩能如是學即不自誑云何名爲不誑諸佛如來覺了一切諸法非法非非法若非法非非法者即是平等如是平等不可宣説若有菩薩作如是學是名不誑諸佛如來復次自者即是無我無有我所知亦無我無有我所若能如是修習學者亦是無我無有我所若能如是思惟觀者即不自誑又如來者能隨於如隨於如者即隨衆生隨衆生者即是隨順一切諸法隨一切法即是不出不滅不住法若法不出不滅不住即是無爲是故説言無爲之法有三種相所謂無出無滅無住以是義故名爲無爲無爲即聖聖名無怨如來遠離一切怨故故名爲聖怨者所謂無明如來永離一切無明是故不爲一切怨讎之所侵害凡夫之人具無明故是故常爲怨讎所害如來世尊能觀怨界及智慧界知煩惱界及寂靜界知生死界及涅槃界知衆生界及以法界了知魔界及以佛界觀於色界及以眼界耳界聲界鼻界香界舌界味界身界觸界意界法界知無明界及智慧界皆悉平等即是佛界不可説界生死涅槃二界平等即是佛界不可説界名色界知名色界皆悉平等即是佛界不可

説界知六入界六神通界皆悉平等即是佛界不可説界觸界果界皆悉平等即是佛界不可説界受界滅界皆悉平等即是佛界不可説界愛界滅界皆悉平等即是佛界不可説界取界滅界皆悉平等即是佛界不可説界有界滅界皆悉平等即是佛界不可説界生界滅界皆悉平等即是佛界不可説界老死界及以滅界皆悉平等即是佛界不可説界世尊菩薩若能作如是觀即得入於一切諸界菩薩若入如是等界見有貪者不生瞋恚見斷貪者亦不生愛見有瞋者不生瞋心見斷瞋者不生愛心見有癡者不生恚心見斷癡者不生愛心何以故菩薩摩訶薩於如是等二種界中了了知故如是菩薩了知三聚世尊菩薩若欲作是學者不誑如來何以故知諸如來所學諸法而是菩薩隨順學故是故菩薩不誑如來爾時衆中有一菩薩名無所畏問不可説菩薩言善男子菩薩摩訶薩云何而學名誑如來不可説菩薩言善男子若有菩薩自作是言我是持戒彼是破戒如是菩薩名誑如來我是施者彼是慳貪我是修忍彼是瞋恚我是精進彼是懈怠我是定者彼是亂者我是智慧彼是愚癡我是知足少欲之人樂於寂靜易養易滿乞食糞衣唯畜三衣不處衆中多聞淨語所言柔軟衆生樂受具念智慧淨諸威儀及以口業具四攝法慈悲喜捨眞語實語如説而住知魔境界知已遠離常能修學六波羅蜜能善説法爲諸衆生發大誓願能化衆生不令放逸若作如是自讃己身毁呰他者是名菩薩誑於

如來復次善男子菩薩若言我能觀察如是等法遠離修滅是亦名爲誑於如來何以故諸佛出世及不出世法性常住以常住故一切法界不可知見不可遠離不可修滅菩薩若說我及我所是亦名爲誑於如來何以故無二相故若有說言我已得證我能遠離是亦名爲誑於如來何以故性清淨故若言我有四念處者是亦名爲誑於如來何以故如來覺了一切諸法無有念故若言我有四正勤者是亦名爲誑於如來何以故如來覺了一切諸法本性離故若言我有四如意分是亦名爲誑於如來何以故如來覺了一切諸法無分別故若言我具根力覺道是亦名爲誑於如來何以故如來世尊性無爲故若有說言我異道異是亦名爲誑於如來何以故身即是道故若言無明異於有愛是亦名爲誑於如來何以故無明與愛即是智慧即解脫故若言三毒異三解脫門是亦名爲誑於如來何以故空無相願即是貪欲瞋恚癡故若言四倒異四果者是亦名爲誑於如來何以故四倒即是四道果故若言八邪異於八正是亦名爲誑於如來何以故爲壞八邪修八正故若言衆生九居止處異九次第是亦名爲誑於如來何以故無二性故若有說言十善異於無學十法是亦名爲誑於如來何以故一切諸法無修學故善男子菩薩若學如是等法是名爲誑諸佛如來善男子一切衆生及一衆生無二無別何以故性無我故言一衆生一切諸法無二無別若言一法一切法界無二無別一佛世尊一切法界無二

無別言一佛界一切佛界無二無別言一福田一切福田無二無別一切福田及以虛空無二無別一切聖人遠離煩惱一切凡夫無二無別本性清淨一衆生心一切衆生心無二無別本性清淨一界一切界一入一切入一衆生行一切衆生行無二無別若言諸法乃至無有一念暫住不捨衆惡不著善法不生憍慢於不得中不作得想於不證中不作證想知於生死及以涅槃無作無受知諸煩惱無有根本無生死畏隨於戒戒心戒慧戒遠離煩惱不捨衆生淨檀波羅蜜無戒於戒淨尸波羅蜜無人於人及無有我淨羼提波羅蜜無作於作淨毗梨耶波羅蜜無靜於靜淨禪波羅蜜無行於行淨般若波羅蜜無盡無生獲得忍辱得無記心而受記莂不入正位亦不退轉一生不生兜率陀天不從天下而處母胎於一切法心無所住亦不自說我已過於生老病死不行七步亦不自言我是世間無上之尊不處中宮婇女娛樂不習世間技藝之事示現老人爲壞貪身示現病苦爲壞貪壽示現死相爲壞貪欲及我我所示現沙門爲令衆生不求釋梵人天之身勤求出世無上之法踰出宮城示現出離三界繫縛及示悲果前後顧視示無瞋愛三十二相莊嚴其身爲示衆生良祐福田剃除周羅棄捨瓔珞遣馬揵陟放闡陀還示現遠離一切煩惱現剃鬚髮示不貪著於一切法受著袈裟示調衆生從鬱陀伽阿羅邏邊諮問受法示現破壞自高之心六年苦行爲壞外道現受飲食示隨世法現受蒿草示於知足坐草

薩上示壞憍慢諸天龍神讚歎戴仰示現功德莊嚴果報降伏魔怨示勇猛力右手指地示往福力大地震動示報恩故獲得無上菩提之道示現了知一切法相觀諸法等名之爲佛佛之智慧無能勝者以是義故名爲如來了了知見善不善法名薩婆若眞實語故名天人師不出諸法名轉法輪無轉無說故名轉說無入之入名爲法入無門之門名爲法門無作之作名爲法作無禪之禪名爲正禪無脫之脫名正解脫一切法性無繫無縛若是滅法即是過去即是不生是名佛出無出之出即名佛出若有菩薩能作是學是名不誑諸佛如來爾時世尊讚不可說菩薩摩訶薩言善哉善哉善男子善能分別如來出世若有能信如是佛出是人不覺一法微相若不覺者乃能了知如來出世何以故無出之出即是佛出無作無作者無愛無愛者無漏無漏者無諍無見無入無轉無生無滅無有菩提無鬪無誑無心意識無眼無二無有眼行乃至意行無說無教是名佛出爾時無畏菩薩白佛言世尊如佛所說如來出世及不可說所說佛出誰當信之爾時寶女語無畏言法兄如來出世不可思議難可莊嚴難可證得若人懈怠心不眞正虛僞諂曲憍慢喜瞋嫉妬慳貪不知恩義受恩不報三戒不淨貪著三界三垢所汙不敬三寶不修三脫麤獷惡口樂說無義不知慙愧爲利養故外現細行自誑誑他貪於供養諸根不調樂求聲聞辟支佛乘心不眞實寡聞愚癡無念喜忘不知方便不修慈悲喜捨之心常行魔界

貪著我人衆生壽命說無因果無業行緣其心放逸樂爲惡行捨離頭陀樂行世法自讚已身毀呰他身貪於身命色等五法樂於睡眠喜聞世法不知時節親近惡友不能修行四攝之法法兄如是等人不知佛出不信佛出無畏菩薩言寶女汝今已得遠離如是惡法不耶寶女言法兄我已遠離如是惡法云何遠離如不貪際云何不貪猶如貪際云何貪際如眞實際云何實際如我見際云何我見如過去際云何過去如無明際云何無明如貪愛際云何無明貪愛等際猶如智慧解脫等際云何智慧解脫等際猶如幻際無畏菩薩言寶女幻者非心非意智慧解脫即是心意法兄一切衆生心意智慧及以解脫悉皆如幻無畏菩薩言寶女如不可說菩薩所說汝能信不寶女言法兄不可說者終無所說如其說者非不可說若不可說有所說者云何得名不可說耶即應是說以不可說實無所說是故名爲不可說也若不可說實無所說我於今者爲何所聞若無所聞何所信耶無畏菩薩言寶女是不可說實有所說今有證知所謂大衆一切大衆皆悉得聞是不可說之所宣說寶女言法兄此大衆中若有言我聞不可說之所說者即是虛妄何以故是不可說實無所說云何大衆而言聞耶無畏菩薩言寶女汝於今者信佛語不法兄若有世間無信之人即是佛也何以故信者即是貪欲瞋恚如來無有貪欲瞋恚是故無信若無信者即是無證法兄空無相願眞實無證是故如來亦無有證法兄法界實性無作

無爲虛空等法眞實無證是故如來亦無有證無畏菩薩言寶女以何爲證寶女言法兄若有不見無量佛法如是之人可以爲證無畏菩薩言寶女此舍利弗目揵連等是證信不寶女言法兄如是如是是證是信何以故聲聞人戒則有邊際如來之戒無有邊際定慧解脫解脫知見亦復如是爾時舍利弗語寶女言寶女聲聞亦有三解脫門如來亦有三解脫門汝今何故以聲聞人而爲證信不以如來寶女言大德如阿耨達池有八味水雨閻浮提雨已一切草木叢林悉得增長如是雨水有差別不舍利弗言不也寶女大德如阿耨達池水本一味德人用之則有種種微妙甘味薄德人用其味則一麤惡不美大德如來聲聞三解脫門亦復如是是故如來聲聞之人則有差別而法界性實無差別爾時世尊讚寶女言善哉善哉寶女善能分別宣說是義寶女說是法時天與人三萬二千發阿耨多羅三藐三菩提心寶女復語舍利弗言大德譬如大海其水一味多有諸寶亦有水精下價之珠法界亦爾雖復平等諸佛學之得無價寶聲聞學之得下價寶大德如須彌山上有諸天人多受快樂或復有天少受快樂而須彌山實無差別法界亦爾雖復無差如來處之受無量樂聲聞處之受有量樂大德如轉輪王雖有千子皆亦不得稱紹尊位聲聞之人亦復如是雖有智慧不名爲佛大德如然燈器金則黃光銅則赤光其色雖異燈無差別法界亦爾諸佛然之智光無邊聲聞然之智光有邊而法界性實無差別

大德如轉輪王入城邑時一切悉知如薄德之人入城邑時乃至親厚猶不覺知如來世尊入法界時亦復如是一切天人皆悉覺知障覆一切外道異學勝諸聲聞辟支佛等聲聞之人入法界時聲聞猶尚不覺不知況復餘人大德譬如山間有師子吼瞿枳羅鳥迦陵頻伽孔雀等聲人聲牛聲驢聲馬聲響隨聲發而是響者實無差別隨聲發故響則不同如來聲聞三解脫門亦復如是如來能壞一切魔衆能勝一切外道邪見能知一切衆生心念能知衆生種種所行能調聲聞辟支佛等能出諸佛如來音聲聲聞之人雖同法界則不能同作如是等事大德譬如甘蔗其味雖一出白石蜜爲福德人出黑石蜜爲薄德人法界亦爾菩薩摩訶薩則得大智甘露之味不雜聲聞辟支佛味聲聞唯得有邊智味大德譬如三千大千世界多有大海則利無量無邊衆生亦有小河利少衆生法界亦爾大德如日月星宿俱遊虛空而星宿明不及日月是虛空性實無差別法界亦爾如來聲聞雖俱遊止智慧光明實不同等而法界性亦無差別大德譬如二人同學一業一則工巧多得利益一則踈拙獲利無幾如來聲聞法界亦爾大德如一疊華無有差別巧方便故得上價衣拙方便故得下價衣法界一性亦復如是如來乃以智慧方便大慈大悲業因緣故得大寂靜無價智慧聲聞之人得下智慧而不清淨大德如大海中有羅睺羅阿脩羅王亦有其餘衆生之類唯阿脩羅王能得其底餘則不得法界亦爾如來則得畢

竟智慧聲聞不得大德譬如大地生千葉華及七葉華諸天世人見千葉華悉生歡喜如來聲聞法界亦爾諸天世人見佛歡喜心生愛樂非聲聞也大德以是義故如來智慧無量無邊聲聞智慧有量有邊而法界性實無差別無畏菩薩語寶女言是不可說菩薩摩訶薩定是汝師能以妙法調伏於汝寶女答言善男子不可說菩薩無所調伏何以故如是菩薩不見自他及以此彼如其爾者以何調伏善男子若有不覺一切境界及自境界如是之人則能調伏復次善男子若能知見一切諸法不見有我及以我所如是之人則能調伏復次善男子若有能自勤修苦行亦勸他勤修苦行已心不生高如是之人則能調伏復次善男子如諸菩薩爲衆生故在大生死即得解脫不行涅槃如是之人則能調伏是名第一實義調伏爾時世尊告無畏菩薩言善男子是寶女者眞實從彼不可說菩薩而得調伏以調伏故未來當得阿耨多羅三藐三菩提是時寶女復白佛言世尊菩薩摩訶薩實無調伏若調伏者即是大悲悲能調伏非是人也聲聞之人則須調伏何以故無大悲故世尊如菴羅果樹上熟者其味甘美人所貪嗜若生鬱者其味則苦人所薄賤如來智慧亦復如是從大悲生是故自調不由於他無畏菩薩語寶女言汝亦能報是不可說菩薩恩不寶女言善男子我若知恩何得不報若有衆生不能修行菩提道者如是之人則不能報寶女云何名爲修菩提道寶女言善男子三十二業名菩提行何等三十

二終不退失菩提之心不貪聲聞辟支佛心至心修行無有諂曲凡所修行無有障礙爲衆生行心無猒悔雖行生死離貪恚心於諸衆生其心平等悉能教化而調伏之以四攝法而攝取之爲衆得樂修大慈心爲苦衆生修行大悲如說而行精進堅固終不欺誑一切衆生所修莊嚴爲助菩提不求一切世間之樂心不貪著世間利養不爲身故造作衆惡不貪壽命不見他過其心調伏淨三種戒莊嚴修習相好之業常念出家報往善業常樂寂靜多聞無猒智慧能利自身他身凡所說法無有食想能捨一切不求果報淨於戒聚不生憍慢終不自讚所有功德爲他人故勤修忍辱爲淨土故勤行精進爲知方便求一切智永斷一切煩惱習氣爲得神通護持正法親近善友善心思惟遠離魔業如法而住得無生滅微妙智慧善男子若有不能行如是法當知是人不能報恩亦復不能知如來恩善男子有二種人必死不治畢竟不能知恩報恩一者聲聞二者緣覺善男子譬如有人墮墜深坑是人不能自利利他聲聞緣覺亦復如是墮解脫坑不能自利及以利他

爾時無畏菩薩即脫己身所著上衣以報寶女說法之恩爾時寶女不肯受之無畏菩薩言我爲法故唯願受之善男子法離於貪是故不應說法而受法者無取是故不應取供養物法者無貪是故不應貪供養物法者無我及以我所是故不應以我所物而爲供養法者清淨是故不應以不淨物而爲供養法無身心身心行者非供養也法非心意識心

意識者非供養也法無牽挽有牽挽者非供養也法非有無是故有法非供養也法非諸有是故有相非供養也法非覺觀有覺觀者非供養也法無增減有增減者非供養也法無高下有高下者非供養也法不可説不可聽聞無有名字捨一切聲聞遠離聖道是故不可以衣供養法無境界非眼境界至意境界無有屋宅是故不應以衣供養法者即是十二因緣非常非斷是故不應以衣供養法無障礙不顛不倒不可量度無我衆生士夫壽命不生不滅不出無爲是故不應以衣供養無畏菩薩言寶女如來世尊亦受如是法之供養善男子如來雖受法之供養如法界性而不分別寶女云何名爲分別法界善男子若言法異供養異受施者異施者亦異是則名爲分別法界若不分别法及供養受者施者是則不名分別法界無畏菩薩言寶女如其法界無分別者云何説言分別法界不分別耶寶女言善男子法界之性雖無分別而諸衆生心顛倒故生於分別善男子如有器故名爲壞破若有作業有所取著即名爲破名爲分別善男子如器雖壞器中虚空終不可壞法界之性亦復如是爾時世尊讃寶女言善哉善哉若有人能成就是法如是之人堪受三千大千世界人天供養佛説是已大衆諸人各各脱身欝多羅僧奉上寶女爾時不可説菩薩摩訶薩白佛言世尊凡可説者即是世間不可説者即是出世可宣説者即是愛心不可説者即是離愛可宣説者是世間行不可説者是出世行世尊出世之義

無所造作無所作者即無諍訟無諍訟者即沙門法沙門法者即出世法出世法者即無罪過無罪過者即是不取不生不取不生不滅不生不滅即是出世出世之法不可宣説不可顯示以是義故一切諸法不可宣説爾時衆中有一天子名曰勝意語不可説菩薩言善男子若一切法不可説者衆生云何而得言説不可説言善男子汝寧知響有言説不勝意言善男子響者皆從因緣而有善男子是響之因爲定在内爲定在外天子言善男子如是因者不定在内不定在外天子一切衆生强作二想而有所説諸法之性實不可説天子言善男子若不可説云何如來宣説八萬四千法聚令諸聲聞受持讀誦天子如來世尊實無所説無所説者即是如來天子汝知何等爲如來耶將不謂色受想行識是如來乎將不説佛是去來現在有爲無爲陰界諸入三界所攝是因是果是和合耶或想非想亦想非想非想非非想耶不也善男子天子若如是等非如來者云何可説若不可説云何而言如來世尊演説八萬四千法聚是故八萬四千法聚實不可説聲聞受者亦不可説不可説者即是正義義若無説即是眞實若可説者則爲不定若不可説則爲證若可説者不可爲證何以故以顛倒故爾時勝意天子白佛言世尊是不可説菩薩所説誰當信之爾時不可説菩薩以神通力化作比丘作如是言我今深信是不可説菩薩所説何以故我如如來亦如法界如來諸陰不可宣説我陰亦爾不可宣説如來界入

不可宣說我之界入亦不可說如來菩提我之菩提亦爾等無差別如來了知諸衆生界我亦了知諸衆生界如來轉於無上法輪我亦如是轉於法輪如來入於無上涅槃我亦如是入於涅槃天子言比丘汝今將非魔所造耶而自說言等於如來比丘言天子若有人言我異佛異當知是人即魔弟子若有說言以我平等觀法平等法平等故衆生平等衆生平等如來平等如是之人即真實知能過魔界時化比丘說是語時五百比丘漏盡解脱八千菩薩成就忍辱即以香華供養比丘舍利弗言諸善男子何故供養是化比丘諸菩薩言大德誰作是化諸善男子汝今不知是不可說之所化乎諸菩薩言大德譬如如來復化如來有人供養爲供養誰善男子是人即是供養如來大德若有供養是化比丘即是供養不可說菩薩舍利弗言善男子是不可說菩薩摩訶薩設何供養任供養之大德若有智人無有聲行無字無色無名無作無所宣說無自無他無法非法無淨無穢如是供養乃任供養時化比丘語舍利弗言大德汝意將無謂我今者異於汝耶舍利弗言不也比丘何以故如來常說一切諸法皆悉如化如來如說我亦如信大德若有人能供養如來即是供養化無異也時舍利弗語不可說菩薩言善男子誰入是化今作是說大德如鏡中像其誰在中而有像現善男子無在中者直以清淨四大因緣故有像現大德化亦如是法性淨故能作此說善男子若爾者一切衆生何故不能如是宣說大德鏡

之背後俱不離鏡像何不現善男子鏡背四大不清淨故衆生亦爾不能清淨法界性故不能宣說善男子汝先後語義不相應何以故汝向說言一切法界性自清淨今云何說法界不淨大德若不爾者汝云何因阿濕比丘得法眼淨善男子我但因其開導除滅客煩惱故名法眼淨實無所得善男子若有人言我得虛空是義不然何以故虛空之性常自清淨若常清淨云何可得客雲覆故衆生不見除客雲故名之爲見法界之性亦復如是是故我實不得法眼善男子汝今云何作如是等不相應說言法界性或淨不淨不可說菩薩言大德汝之所說及我所說皆是諸佛如來境界非是我等之所知見舍利弗言善男子若言是說是佛境界非我所知云何復言法界之性無有分別若有分別當知法界則有無量不可說言大德法界性一實非無量舍利弗言善男子如其法界性是一者云何說言是佛境界非我所知若法界一以何因緣一切衆生不名如來大德汝欲分別衆生如來有異相耶善男子如汝先說我不欲令衆生如來有別異相大德汝意定謂有無生耶善男子有所謂法界大德汝意復謂有邪正耶不也善男子邪正聚者即是顛倒大德汝謂有法不生生耶不也善男子若是不生畢竟不生大德汝意謂是不生之法有分別耶不也善男子大德如其不者何故說言一切衆生非如來耶若如是者誰是衆生誰是如來善男子我已先解如是之義爲顯智慧故作此問善男子若有不解汝意所說

是諸衆生當墮地獄何以故以生誹謗故不可說菩薩言大德如是法者無人能誹無人能受何以故若有誹受當知是人亦當獲得如是等法大德如大力士弱劣之人不能生疑我法亦爾若有不於無量佛邊種善根者終不能疑不能受持善男子如我解汝所說義者有人信順如是法語勝無量劫行檀波羅蜜尸波羅蜜羼提波羅蜜毗梨耶波羅蜜禪波羅蜜世間般若波羅蜜爾時世尊讃舍利弗言善哉善哉如汝所說若有信解如是語者當知是人已於無量阿僧祇劫修行如是六波羅蜜若有不能信是語者則不能得受佛記莂成阿耨多羅三藐三菩提若能信者即得受記成阿耨多羅三藐三菩提舍利弗我念往昔無量劫中修六波羅蜜以不能信如是語故不得受記不成阿耨多羅三藐三菩提其後信已即得受記成阿耨多羅三藐三菩提是故當知若有人能信解是語即得受記成阿耨多羅三藐三菩提不可說菩薩白佛言世尊以何等分而得受記若過去分得受記者是義不然何以故是滅法故若未來分得受記者是亦不然何以故以未生故若現在分得受記者是亦不然何以故不可說故若是三分無受記者云何說言菩薩受記佛言善男子若有菩薩摩訶薩信不可說知不可說說不可說於不可說不生驚怖知不可說及色二法無有差別受想行識眼乃至意佛法僧寶生死解脫法界不可說亦復如是是名菩薩得忍辱分得無生分得無出分得無取分得無汙分得無有分得無作

分具足成就如是等分於一切法不生二相二心二意二分二緣若有菩薩能如是觀是名不去不來不住以不住故故無所作無所作故則無願求無願求故不斷不常若無斷常即是中道中道即是十二因緣十二因緣無作無求以是義故名爲甚深不生而生不出而出以是義故復名甚深無有作者無有受者以是義故復名甚深譬如燧火從因緣生無有作者無有受者是火滅已無有去處無有來處一切諸法亦復如是無有作者無有受者善男子若有菩薩能如是知當知是人則得受記爾時世尊説是法時八千菩薩得無生忍得是忍已上昇虚空七多羅樹合掌恭敬而説偈言

若能觀是色陰分　及不可説無二相
是人即獲平等智　猶如先佛之所得
若觀受想行識陰　亦復如是無有二
能諦了知不可説　即得受記如先佛
若能觀察入界等　及一切法無二相
無聲無字無有節　是故諸法不可説
不可説分三世分　即是一分無差別
實性眞相悉平等　如是觀名義菩薩
貪欲瞋及愚癡等　空無相願悉平等
生死涅槃無差別　佛法僧寶亦無二
一切法義不可説　無有生滅如虚空
無作無受如火性　從緣而生非緣滅
滅已不知去來處　一切諸法亦如是
諸法皆從因緣生　因緣斷故名爲滅
若法不生而不滅　亦復不常而不斷
即是甚深十二緣　更不從緣而出生

本無有生而今生　本無有出而今出
無有造作無受者　無有諸因及果報
亦復非有而非無　非有此彼二種相
亦不在内非在外　即是甚深十二緣
是法本無而今有　已有之法後還無
若是有法三世攝　當知性相如上說
若是内法外中無　外法之性内中無
一切諸法亦如是　是名第一眞空義
一切衆生心本性　清淨無穢如虚空
凡夫不知心性空　說客煩惱之所染
若諸煩惱能汙心　終不可淨如垢膩
諸客煩惱障覆故　說言凡夫心不淨
如其心性本淨者　一切衆生應解脫
以客煩惱障礙故　是故不得於解脫
心不能生次第心　心不能見次第心
一切諸心從緣生　是故次第心不斷
若能知見如是心　猶如虚空及幻相
是人即得心自在　亦能了見次第心
猶如幻師所作幻　無量世業師亦爾
如心衆生亦復然　若知即得心自在
若有能得如是忍　猶如幻法無因緣
若知如是不生貪　不由因緣得解脫
一切衆生諸心性　如來說爲三世攝
猶如幻物無眞性　衆生之心亦復然
心能了知諸衆生　衆生亦能了於心
心者非色不可見　如心衆生亦復然
如衆生性一切法　無爲之性不可說
如來覺得眞法性　是故名爲無礙智
一切凡夫不知見　流轉無量生死中
無明所覆迷於實　不知如爾及法界

法界之性如虛空　一切世間不能說
如來修習大慈悲　無字法中而演說
猶如世間六種味　各各不能自覺知
衆生雖說陰入界　而不能了其性相
衆生智慧不生滅　猶如虛空及以幻
遠離一切顛倒故　是則名爲淨智慧
如來覺了一切法　無受無作如草木
若能觀察如是法　是人即得無生忍
若有無量諸菩薩　獲得如是忍辱者
是人即爲無量佛　授其無上菩提記
若能放捨內外物　乃至不惜於身命
能調一切諸衆生　是人即爲佛授記
若能清淨諸衆生　既清淨已不生慢
說諸衆生悉清淨　以是因緣得受記
若知諸法念念滅　爲衆生故修忍辱
復能演說衆生忍　因是忍故得受記
遠離惡法勤精進　爲修善法不休息
若能演說勤精進　因精進故得受記
一切諸法本性淨　平等無差如虛空
若能演說是平等　因三昧故得受記
若能知法不可說　說時不生於怖畏
能以方便化衆生　因是智故得受記

爾時魔王將四種兵車兵馬兵象兵步兵來至佛所魔自化身作比丘像語不可說菩薩言善男子魔王波旬令將四兵來至佛所汝令欲設何等方便不可說言彼若來者我當令其發阿耨多羅三藐三菩提心比丘言善男子彼魔波旬都無善心云何能令發菩提心不可說言我當調伏令得善心得善心已以是因緣發阿耨多羅三藐三菩提心云何

調伏我當住彼他化自在王其境界彼當屬我旣屬我已我當隨意而調伏之爾時波旬聞是語已心生憂怖即欲退還而不能得復作是念我於今者旣不被縛又不得脫亦復不能作神通力時魔即聞空中聲曰是不可說神通之力魔王波旬即時便前向不可說禮拜懺悔而作是言我今捨離一切魔業不可說言波旬誰繫縛汝波旬答言善男子我無繫放而不能行不可說言善男子如汝今者不繫不放而不能行一切衆生亦復如是無繫無放而不能行何以故無明愛等顚倒繫縛不得解脫波旬汝今若欲壞繫縛者應當速發阿耨多羅三藐三菩提心波旬答言善男子一切衆生成就幾法能發無上菩提心耶波旬衆生成就十六種法能發阿耨多羅三藐三菩提心何等十六所謂常修上心瑩磨諸根勤修諸善莊嚴功德至心持戒不生悔猒修習大悲憐愍衆生信佛世尊有大慈悲爲諸衆生受行諸苦能壞衆生所有苦惱調伏諸根具足正念心無所畏不求諸有樂求佛智不樂二乘受樂不慢受苦無悔恭敬智慧破壞憍慢知恩報恩具足身力護持正法不斷三寶是名十六善男子若有衆生具如是法當知是人能發阿耨多羅三藐三菩提心波旬言善男子衆生若具如是等法能發阿耨多羅三藐三菩提心者我今實無如是等法云何能發無上道心不可說言波旬譬如種樹爲華果實初雖未有當知其後必得不疑衆生若向菩提心行亦復如是雖未現有漸漸當得是十六法波旬言善哉善

哉善男子如汝所説説是法時天與人衆三萬二千發阿耨多羅三藐三菩提心波旬言善男子云何名爲向菩提心行善男子有三十二法向菩提心而得增長何等三十二一者至心二者定心三者淨心四者欲心五者不放逸心六者修習善法七者莊嚴趣向無上菩提八者能以四攝攝取衆生九者樂行方便十者調伏衆生十一者能熟衆生十二者能知因緣十三者勤行精進十四者親近善友十五者具足信心十六者具信心故便生歡喜十七者供養恭敬師長和尚有德之人十八者能瞻病苦十九者能善思惟二十者如法而住二十一者爲護法故不惜身命二十二者成就總持二十三者具足念心二十四者能説深法二十五者具足智慧二十六者具足諸力二十七者願於菩提二十八者不捨衆生二十九者修習慈悲喜捨之心三十者遊於生死心不生悔三十一者爲受身故莊嚴福德爲發淨願莊嚴智慧三十二者知一切法不可宣説是名三十二菩薩若能增長是法必得阿耨多羅三藐三菩提善男子譬如秋夜初月增長亦明亦淨衆生未發菩提之心具足三十二法亦復如是善男子菩薩若能具足如是三十二法得妙色相常爲人天之所供養能捨一切不求果報發大誓願淨於三世持戒完淨不漏不破修於忍辱得從聞善無生法忍莊嚴善法身心寂靜不貪善根終不修習愛味諸禪亦不修習緣衆生慈惟修法緣無緣之慈修習大悲作他所作知恩報恩不捨衆生樂聽正法如聞

而說演說法時無有食想能調自他離貪恚心以四攝法攝取衆生修行福智二種莊嚴毗婆舍那及舍摩他具足念心淨諸威儀成就獲得四無礙智身口意業從於智慧其心堅固無有退轉常能利益一切衆生波旬爲諸衆生入佛法故示有文字音聲演說第一義中都無如是文字聲說是則名爲一切法性一切法性性不可說波旬言善男子若一切法不可說者菩薩云何發大誓願向於菩提不可說言波旬譬如虛空其性無邊是中寧可作井池不不也善男子波旬若一切法性無不可說者終不可證不可宣說波旬言云何名爲發菩提心不可說言了知貪性則名發心若復了知瞋癡慳妬陰入界無明行識名色六入乃至生老病死大苦是名發心

波旬言一切諸法有何等性波旬一切諸法無出是性波旬言云何無出夫無出者即無魔跡魔跡者即是我及我所離我我所是名無出覺觀因緣行想聚取說想非想生滅善惡有漏無漏有爲無爲世及出世即是魔跡若無如是即是無出說是法時八千菩薩得無生忍虛空之中出如是聲善哉善哉波旬說是法時八千菩薩得無生忍波旬言善男子菩薩具足何等法故得無生忍空中聲曰修習具足六波羅蜜得無生忍爾時不可說菩薩白佛言世尊唯願如來爲諸菩薩說不可說佛言善男子若有菩薩行檀波羅蜜時觀身如幻觀受如夢觀於菩提猶如虛空行施之時不見一法是名檀波羅蜜不可宣說若有菩薩觀戒戒地毀戒及地觀諸衆生無

有我性觀於法性是名持戒不毀破戒具足戒已不發三眼一持戒眼二破戒眼三菩薩眼雖復持戒不求一法不見菩提去來現在是名尸波羅蜜不可宣說善男子若有菩薩觀諸衆生不生不出而修於忍觀於菩提衆生諸法皆悉空寂衆生空中無瞋喜心亦復不覺知一法怨相而修於忍亦復不覺遠離一法而修於忍是名羼提波羅蜜不可宣說善男子若有菩薩勤行精進都不見有身口意等一法是生一法是滅而修精進不壞法界爲度衆生而修莊嚴虛空無我不生錯亂爲欲具足一切佛法而行莊嚴聞說佛法即是無法於是事中不生恐怖清淨莊嚴如來世界雖復莊嚴觀之如空亦不莊嚴轉於法輪何以故一切法性不可說故是名毗梨耶波羅蜜不可宣說善男子若有菩薩修禪波羅蜜修已不見過去心性淨本性已不見住處亦復不見貪恚癡心上中下心及無貪恚愚癡慧心亦不分別何以故如貪恚癡性無貪恚癡亦復如是如是觀已亦入禪定亦不能作平等平等亦不能以不平等法而作平等亦不了知陰界諸入善惡淨穢有漏無漏世間出世間生死涅槃對治等法是名禪波羅蜜不可宣說善男子云何名爲不可宣說般若波羅蜜若無慧行無我我所衆生壽命士夫常斷有無等見欲界色界及無色界是名無行無有諍訟無去無來是則名爲隨於慧行離無明闇及惡邪見觀如是法即眞實觀善男子火災起時一切燒盡無明因緣唯除虛空菩薩行是不可宣說般若波羅蜜時

亦復如是無有因緣見一切法本性盡滅以方便故爲諸衆生宣說涅槃亦知衆生無有名字以方便故宣說名字以慧力故知過去未來說於生滅雖復了知無有身心以方便故說於身心雖知諸法不可宣說爲衆生故方便而說雖知無施及以受者以方便故說施說受雖知諸法本性清淨以方便故說有禁戒雖知諸法本無瞋性以方便故修習忍辱雖知無修無有遠離以方便故勤修精進雖知諸法本性寂靜以方便故修行禪定雖知無有生死涅槃以方便故修習智慧雖知諸法本性自滅以方便故說於涅槃即是般若夫般若者無聲名字不可宣說不可見聞無心意識不取不捨非我非我所非有處所形質規矩不高不下非色非見非對非作非覺非想無有住處非去來現在非色聲香味觸法非明非闇非是虛空非內非外非作非有非肥非瘦非增非減本性清淨非貪恚癡亦非狂亂無有邊際不可稱量是名般若波羅蜜不可宣說說是法時魔王波旬於繫得脫心生歡喜即作是言如我今聞不可說法而得解脫若有善男子善女人聞是法者亦當如我於顛倒中而得解脫一切衆魔不得其便爾時會中萬二千衆生發阿耨多羅三藐三菩提心是時阿難白佛言世尊如是正法名字何等云何奉持佛告阿難是經名爲方等大集亦復名爲不可說法亦復名入一切佛法斷一切佛所有名字若有人能頂戴受持如是等法即能獲得阿耨多羅三藐三菩提爾時空中多設妓樂香華供養不可說

菩薩是時三千大千世界六種震動

大方等大集經卷第十八

音釋

誑（古況切欺也）讎（是周切仇也）技藝（技渠綺切方術也藝魚祭切才能也）揵陟（揵居言切陟竹力切揵陟馬名）蓐（儒欲切薦也）嗜（常利切欲之也）莂（彼列切）瑩（烏定切潔也）

大方等大集經卷第十九

北涼天竺三藏曇無讖譯

寶幢分初魔苦品第一

爾時世尊故在欲色二界中間大寶坊中與諸眷屬圍遶說法告大衆言我昔初得阿耨多羅三藐三菩提時住王舍城迦蘭陀長者竹林爾時城中有二智人一名優波提舍二名拘律陀具足成就十八種術五百弟子常相隨逐是時二人各相謂言若有先得甘露味者要當相惠時有比丘名曰馬星於其晨朝從禪定起入王舍城次第乞食優波提舍城中路遥見馬星比丘即作是念我久住是王舍城中初未曾見若有一人沙門婆羅門等威儀庠序如此人者我當往問所事何師從誰受法時優波提舍即往趣彼馬星比丘作如是言比丘汝師是誰從誰受法馬星答言善男子有釋迦牟尼如來大士勝諸出家無上之尊已度生死獲得解脱能度一切無量衆生名之爲佛能悟衆生善作諸行能乾苦河具足成就如是等法即是我師我從受法優波提舍言汝師常說何等法義善男子汝今諦聽我當爲汝分别解說法從緣生通達是因因緣滅故即是寂靜世間即苦苦因名集若修八正世間集滅若無苦集我師說言名爲涅槃善男子我師唯說如是等法優波提舍聞是語已得法眼淨名須陀洹即說偈言

我聞比丘說四諦　即得過於三惡道
昔所未聞今得聞　昔所未得今已得
我今已過三惡趣　真實了知道非道

我今誠心歸依佛　以能宣說是法故

說是偈已復語比丘如是世尊今住何處馬星答言世尊今在王舍大城迦蘭陀長者竹林之中與迦葉等千比丘俱菩薩十千汝可往彼優波提舍言比丘我今先當還問同學及我徒衆時優波提舍敬意禮拜馬星比丘右遶三帀還所住處拘律陀梵志遥見優波提舍即便問言優波提舍汝今諸根清淨悅豫顏色光澤將非獲得甘露味耶善男子我已得矣諦聽諦聽當爲汝說法從緣生通達是因因緣滅故即是寂靜世間即苦苦因名集若修八正世間集滅若無苦集我師說言名爲涅槃拘律陀言善男子如是之言能盡諸苦即是梵行能斷邪見一切因緣亦說一切有爲皆空善男子唯願更說優波提舍復如本說說已即得須陀洹果拘律陀言如是之言能過四流度於生死通達五陰亦滅煩惱是甘露味我今已得不宜住此善男子如是師者住在何處優波提舍言我聞住在王舍大城迦蘭陀竹林爾時優波提舍及拘律陀告諸弟子此間今有釋迦如來我已諮受其所說法汝等今者欲何所趣爾時魔王告諸天衆鴦伽摩伽陀國有二大人智慧最勝一名優波提舍二名拘律陀今欲爲彼瞿曇弟子若此二人從彼瞿曇沙門受法我境則空我今欲往轉彼二人出家之心爾時魔王即化其身作馬星像至優波提舍拘律陀所而作是言善男子我先所說試汝智耳汝既無答釋迦如來真實不作如是之言如來常說無善業果無惡業果若能親近五欲樂者

是人即得甘露法味又言無有今世後世是故無業若無業者誰作誰受既無種子云何得果釋迦如來唯作是說爾時優波提舍與拘律陀各相謂言如是語者即是魔說非如來語又非馬星比丘所說魔知是已即便滅去爾時二人復告弟子摩納汝常諦觀生老病死世無免者我今已能永滅諸苦汝等今日欲何志求爾時魔王復更化作馬星形像而作是言誰能破壞生老病死譬如有人說言我能壞彼虛空無有是處若言能壞生老病死亦復如是時拘律陀語魔王言我欲通達清淨之法遠離諸苦一切出家皆悉無有解脫如是煩惱苦者是故我今欲詣如來魔王如野狐鳴而云師子吼色雖相似實非師子魔王汝今雖作比丘形像汝之所說非比丘說夫比丘者破諸煩惱破煩惱語即是清淨言無善惡非比丘語時虛空中一切諸天各各讚言善哉善哉善男子一切出家佛道最勝夫佛道者即是涅槃汝今不受魔之所說善哉善哉爾時魔王受大苦惱即便隱滅時諸弟子白二師言如師今受瞿曇沙門無上正法我等亦爾當往啓受時二大師與五百弟子前後圍遶往迦蘭陀長者竹林爾時魔王復於其路化作大坑深五百由旬欲令諸人不得詣佛如來知已即以神通令彼二人所見平坦無有坑嶮魔復於前化作大山高廣千里如來神力令其不見時魔復遣百千師子遮其道路時諸師子見優波提舍及拘律陀五百弟子善心即生默然潛伏二人即得前至佛所到已頭面禮敬佛足却住一

面而白佛言世尊惟願如來聽我出家我欲修佛清淨梵行佛言善來諸善男子恣意修習清淨梵行作是言已具比丘戒爾時魔王見是二人得出家已即便化作自在天像向於佛所而說偈言

世間若有智慧人　具足成就世方便
悉來禮敬供養我　我亦為彼說淨道
瞿曇若欲度生死　今當誠心見歸依
我今所說清淨道　如先佛說無有異

我時以偈答魔王言

我真實知八正道　能永遠離破諸苦
汝等真實不能知　無以狐身師子吼

爾時魔王隱自在天像復現梵像而說偈言

真實遠離諸煩惱　能過三千大千界
莫為衆生受諸苦　應當默然受禪樂
世間乃至無一人　堪任盛受甘露味
我今憐愍故告汝　應當速入於涅槃

我時以偈復答魔言

我見世間多衆生　能度生死大嶮河
如是上中下品類　先得度已我乃滅

爾時魔王受大憂惱入於苦宅還其所止其諸眷屬各作是言我王何故受是大苦雖作是語無能知者時魔婇女其數五百身佩瓔珞莊嚴飾好為魔波旬作諸妓樂歌舞嬉戲以相娛樂波旬以手而遮止之婇女於是默然而住從二至七魔亦如是遮止至七時有一女名曰電光語波旬言大王何故如是愁惱如失天位火災起耶將無有怨不能壞乎波旬答言我有大怨謂釋種子是大惡人成就幻術若不治者我界則空諸婇女言彼釋

種子以何莊嚴有何道力誰爲伴黨能空王界魔王答言彼人以戒施忍莊嚴無常苦空以爲器甲若壞衆生諸有受生我莫能知其所住處具足無上大神通力大慈大悲而爲伴黨能度一切三有衆生是故能令我界空虛時諸婇女聞佛功德賫持香華及諸伎樂來至佛所盡心供養是大衆中唯佛見之其餘衆會悉無覩者爾時大衆咸有疑心即白佛言世尊如是香華伎樂供養將非舍利弗目乾連等力所作耶佛言不也此是波旬五百婇女供養之具魔王不久當來至此時諸婇女聞佛語已心生歡喜即得不失菩提之心爾時婇女長跪合掌而說偈言

如來永斷諸煩惱　能施衆生淨法眼
令衆生度生死河　是故至心讚歎禮
一切人天讚供養　具足無量無邊智
願佛爲我開方便　令我得脫於女身
世尊修大空三昧　了了通達第一諦
具足法寶大商主　願壞魔力調我等

爾時婇女說偈讚已即還魔所而說偈言

王之自在非常我　亦未離生老病死
衆苦煩惱遶王身　常行癡闇處惡道
若欲度生老死河　當生信心詣如來
我今欲還至佛所　諮受甘露斷諸味

爾時波旬生大惡心欲以五繫繫諸婇女佛神力故而不能繫時諸婇女即還佛所波旬眼見不能遮止復於空中作毗嵐風欲令諸女處處散滅不見於佛以佛力故不能令壞爾時魔王啼哭懊惱以大音聲告其妻子我今喪失大神通力有一毒樹今出於世爲諸

衆生説於斷滅成就大幻有巧方便魔諸眷屬聞是語已悉來聚集至魔王所大王何故生大愁苦既無退相又無火災欲界之中亦無怨敵魔王言子汝今不見世有一人坐菩提樹壞四兵衆猶如猛火焚燒乾草世間所有一切智人今已歸屬如此即是我之怨敵汝今不見五百婇女捨我而去歸依彼耶汝等若不治彼釋子如此三千大千世界不久當空汝等各當牢自莊嚴咸共盡力除彼釋子魔子言曰善哉大王我當莊嚴盡其神力若我能除善哉快矣如其不能復當歸依魔王復曰惡人汝今云何發如是言大王瞿曇沙門往獨一已坐菩提樹猶難沮壞況今眷屬無量殷多而可除滅魔王言愛子若能殺彼瞿曇沙門甚善甚善如其不能自守土境

爾時四兵其數無量滿閻浮提高八十由延放大惡風降注大雨手拍須彌動四天下出大惡聲如大龍王夜叉諸鬼震動一切河池泉源一切龍鬼人天之等咸皆怖畏心驚毛竪時彼魔衆於須彌山取一大石欲以覆蓋王舍大城迦蘭陀竹林諸善男子我於爾時即入破魔力勢三昧魔子爾時所雨刀矟箭石火毒以我力故皆悉變爲優鉢羅華鉢頭摩華拘勿頭華分陀利華墮王舍城復雨種種微妙好香變是惡聲作如來聲法聲僧聲神通之聲波羅蜜聲不退轉聲菩薩之聲破四魔聲涅槃音聲壞其惡風令無遺餘其土所有一切草木悉皆變爲微妙七寶我身爾時高至初禪三十二相八十種好放大光明悉照三千大千世界其中所有一切天人諸

龍夜叉阿脩羅迦樓羅緊那羅摩睺羅伽人非人等地獄畜生餓鬼等類皆見我身無量諸天大設供養華香旛蓋妓樂之屬三惡衆生稱南無佛即得解脫受人天身爾時魔衆見佛示現如是神力皆生信心生信心已即說偈言

我今歸依於如來　淨身口意無上智
能示魔界八正道　施闇衆生大光明
具足大力無能勝　等視一切如子想
其心平等如虛空　故我稽首大商主
煩惱不汙修慈悲　獲得吉祥示因果
能施衆生眞解脫　是故我今稽首禮
大慈大悲天中天　最勝無上之世尊
說一切法如水月　我今敬禮大幻師
衆生遇重煩惱病　是故歸依大醫王
三惡衆生貧七財　今當歸依離諸漏
唯願哀愍聽我懺　於佛所生諸惡心
佛是衆生慈父母　我今棄捨諸魔業
我能請召諸衆生　爲其發起菩提心
願爲我說無上道　具足何等得菩提
我今獻奉妙香華　爲衆生故供養佛
親近善友善思惟　至心聽受如法住

爾時五百婇女及魔眷屬以妙香花旛蓋妓樂供養於我此供養具遍至無量恒河沙等諸佛世界一時供養無量諸佛一切魔衆悉皆覩見一切諸佛形色脩短方圓之相等無有異唯師子座世界樹林所居舍宅差別不同魔衆見已各心歡喜坐於佛邊至心聽法聽受法已還波旬所啓白魔言我等往至彼瞿曇所盡其神力乃至不能令一毛動大王

當知我今已屬瞿曇沙門爾時波旬心惡生瞋即作是念我當云何殺彼釋子除滅此怨爾時波旬及其眷屬心生憂惱入於苦宅

寶幢分中往古品第二

爾時魔衆復還我所而白我言世尊我欲大乘念於大乘復具神通大慈大悲世尊菩薩摩訶薩具足幾法不近惡友速得成就阿耨多羅三藐三菩提善男子菩薩摩訶薩具足四法不近惡友速得成就阿耨多羅三藐三菩提何等爲四一者若有菩薩不貪諸法不捨諸法不受諸法不覺諸法亦無有我及以我所想行於布施不求果報不生貪著不捨不取亦無覺知我我所想乃至涅槃亦復如是二者若有菩薩不見衆生壽命士夫亦復不捨於衆生界不貪不取亦無覺知我我所想三者若有菩薩不見色聲香味觸法不捨色聲香味觸法不捨不取亦無覺知我我所想四者若有菩薩能深觀察如是等法於佛正智不生覺觀何以故斷一切行斷一切智名爲佛智無有無乘無聲無想無字無有無量無生無出無滅無想無礙無障無見寂靜無我無命無名無明無闇無處無界無根無翅無有思惟無食無貪無淨無垢無塵無節無邊無數無行無愛無業無宅無取無作無可顯示無念念滅即是佛智猶如虛空如空無覺不可宣說無有染著無有覺知善男子菩薩具足如是等法不親惡友速得成就阿耨多羅三藐三菩提善男子若有能求如是智慧當知是人能觀二法所謂眼色乃至意法復有二法生死涅槃復有二法一生二有

復有二法一常二斷復有二法一衆生二壽命復有二法一此二彼復有二法一内二外諸善男子若有欲求如是佛智離是二法觀異法者當知是人則不能得善男子譬如有人求火取冰求冰取火求食取石求華取鐵求香取屍求衣取木求於塗香而取虛空求佛智者若離是二更觀異法亦復如是是時寶坊大會之中有一菩薩名曰地意聞是語已白佛言世尊不可説義可覺知不若不可覺云何得名一切智耶善男子不可説智即一切智善男子我今問汝隨汝意答善男子於意云何我得如來一切智時有所得不地意菩薩即便思惟我若説有即是常見如其説無即是斷見我等當遠離如是二邊説於中道思惟是已白佛言世尊如是義者亦有亦無世尊若不出滅無數無量非明非闇即是佛智電意菩薩言世尊若無去來即是佛智善見菩薩言世尊無得無離無證無修即是佛智無盡意菩薩言世尊若法不爲三世所攝不墮三界非是三結三智三乘陰入界等無有增減即是佛智金剛意菩薩言世尊若不分別凡法聖法學無學法聲聞緣覺及以佛法即是佛智堅意菩薩言世尊如法無轉即是佛智寶手菩薩言世尊若觀諸法生壞之相觀已通達知無得失即是佛智善覺意菩薩言世尊三界衆生從意觀意亦不覺意即是佛智分別怨親菩薩言世尊若有人能不樂煩惱不猒煩惱不愛不瞋不捨不求不施不念即是佛智蓮華子菩薩言世尊不樂罪福得深法忍不覺不知我及我所若不

覺知我我所者即是佛智月光童子菩薩言世尊若能觀察一切諸法猶如水月亦不見法有增有滅即是佛智無邊意童子菩薩言世尊若於諸法不見明闇於一切心不見生滅即是佛智彌勒菩薩言世尊若能觀察四種梵行及不善行平等無二即是佛智無盡意菩薩言世尊若觀三世六波羅蜜二相無差即是佛智文殊師利童子菩薩言世尊若於諸法心無貪瞋亦觀諸法甚深境界亦不了知非不了知亦不觀法有增有減不觀智慧及以無明即是佛智爾時衆中有一菩薩名曰樂欲語文殊師利言善男子如來世尊以何因緣說如是等甚深之義文殊師利言善男子爲令衆生遠離邪見得正見故得正見已不生染著無有慳悋不近惡友正命自活不著三結憐愍衆生不著三寶不諍一切於諸衆生不捨不著不著財物不著三界衆生怖畏能爲救護能壞惡道開示正路不著忍辱離一切想滅一切垢除一切闇不求果報善男子以是因緣求一切智得是智已於聲聞字句不生覺觀佛語邪語佛行餘行佛法餘法陰界諸入功德莊嚴智慧莊嚴十波羅蜜三解脫門業之與果世智佛智於如是法不生分別是故如來說如是等甚深之義樂欲菩薩言善哉善哉文殊師利實如所言甚深義者即是佛智何以故無所覺故若無所覺故不可說不可說者即是佛智若有能知是不可說當知是人即得佛智佛言善哉善哉善男子善能分別宣說佛智何以故不著諸法不生不滅即是佛智善男子不著諸

法即不出邊不破壞邊無明涅槃眞無出邊虛空涅槃一切諸法一切衆生不可説邊是虛空邊無罣礙邊無有物邊無有陰邊三行空邊法陰業陰果非果陰聚陰無物無物邊虛空邊一切諸法不可説邊菩薩摩訶薩若能具足如是等邊即得佛智説是佛智不可説時一切魔衆得無生法忍捨於麤身獲得細身隨心意身法化之身復有二萬八千衆生於諸法中得無生忍九萬二千菩薩得無量陀羅尼一切衆魔以妙香華妓樂供養讚頌如來作如是言世尊善知識者即是一切善法根本我今遇佛善知識故得大利益佛言善男子汝當至心觀於諸業爾時世尊即爲衆會説過去業善男子過去無量阿僧祇劫劫名電持時世衆生壽命滿足六萬八千世界名曰妙香光明是中有佛號香功德如來應正遍知明行足善逝世間解無上士調御丈夫天人師佛世尊爾時彼世具足五滓有轉輪王名曰華目王四天下與諸眷屬大臣人民至於佛所以妙香華旛蓋妓樂供養於佛及比丘僧敬意禮拜右遶三帀以偈讚佛

佛爲人天所讚歎　遠離諸惡樂寂靜
具足七財破貧窮　云何令衆得深智
修習三種解脱門　已得離生老病死
能度三惡道衆生　云何令衆過魔業

佛言大王具足三法得甚深智何等爲三一者至心緣念一切衆生二者修習大悲破衆生苦三者見一切法無有衆生壽命士夫不生分別又有三法能過魔業一者於諸衆生

不生惡心二者修行施時不觀福田及非福田三者觀一切法平等無二猶如虛空不生不滅無行無物無有相貌不可宣說菩薩具足如是等法得甚深智能過魔業爾時聖王有一夫人名曰善見與八萬四千諸婇女俱共供養佛既供養已即說偈言

大千世界無勝者　常樂寂靜修子想
善行遠離諸塵垢　云何令我離女身
已得遠離一切怨　真實見生老病死
唯願爲我演說道　令我具足男子身
離諸有得無上道　能施歡喜增善法
具足十力四無畏　云何令我離女身
摧滅四魔修四梵　實語具足巧方便
三十二相八十好　云何令我離女身

佛言善女人有巧方便得離女身能壞女業乃至得阿耨多羅三藐三菩提終不復受女人之身除其誓願巧方便者所謂寶幢陀羅尼門若有能修是陀羅尼得離女身淨身口意遠離三障若有聞是陀羅尼名即離女身受男子身得具足身微妙智慧淨身口意樂於善行具足多聞遠離惡業及受苦報能滅五逆無間重罪何以故如是寶幢陀羅尼者即是過去無量諸佛之所演說爲破惡業增長善法故十方現在無量諸佛亦共說之爲破惡業增善法故未來之世十方諸佛亦共說之爲破惡業增善法故我今現在亦復宣說如是寶幢陀羅尼門十方現在無量諸佛悉共讚歎是陀羅尼善女人若剎利王所領國土若有如是陀羅尼名讚歎受持讀誦書寫其王則爲十方現在諸佛世尊護念讚歎

乃至阿迦尼吒諸天亦復護念而讚歎之是王行住坐卧之處亦有無量天龍夜叉悉共護念令其國土和安無諍無有疫病兵革不起無惡風雨不寒不熱穀米豐熟諸惡鬼神及惡禽獸悉懷善心不生惡想隨是經典所住國土其土若有惡星不祥惡相惡病皆悉除滅若刹利王與兵攻伐專念是經能伏强敵令已得勝二王俱念則二兵和同不相侵害若有國土城邑村落人若畜生有疫病者當寫是經安著幢頭其土不祥疾疫皆悉除滅若有法師持戒精進月十五日淨自洗浴以妙香華供養三寶昇師子座讚陀羅尼是人能護所住國土所有惡相尋即消滅亦能調伏教化衆生得阿耨多羅三藐三菩提善女人若有人能讀誦此經乃至一偈如是之人終不復更受女人身亦得不退菩提之心爾時香功德佛說是陀羅尼已足指按地即時大地六種震動乃至十方亦復如是其中所有天龍夜叉以佛如來功德力故心生歡喜亦見亦聞說陀羅尼爾時如來說寶幢陀羅尼曰

南無婆伽婆帝樹帝三藐　伽陀婆娑失利頭多陀伽多也　那摩舍迦牟那頭　多他伽多也　哆陀伽多也　哆陀也　他闍落翅　闍落翅目翅　闍隸　闍羅闍憐泥闍羅跋頼帝　闍醯隸波羅　富婁沙　三摩奢　阿摩彌　沉摩彌　摩訶彌　闍摩彌　婆羅彌　婆婆毗　婆婆毗　婆婆毗婆闍毗　婆羅訶　婆隸蓰　闍訶彌　婆羅訶　婆隸蓰　阿羅闍醯　闍闓目呿

婆沛羅　婆沛羅私陀　跋賴坻　檀帝隸
檀帝羅　檀帝隸　修隸毗訶伽　旃陀毗
訶伽　旃陀毗訶伽　折啾　樹提沙毗呵
伽　薩婆叉褒　帝多凡修羅毗訶迦加闍
羅闍羅迦奢彌隸呵　奢彌隸呵　奢彌隸
呵　奢彌隸呵　奢彌隸呵　奢彌隸呵
毗婆車　陀羯　摩豆寧　豆寧　豆寧
温摩　渥毗婆車提　闍那吃栗多　阿吶
婆陀隸　奴鴦崛隸　多崛隸毗婆崛隸究
羅呵　因陀婆隸　婆訶那毗婆車陀羯婆
遮婆坻　遮婆坻　遮婆坻　呵暮阿陀舍
尼　婆隸跋坻　婆師夂摩羯摩樹坻　羯
闍醯　闍醯樹坻　膩迦毗羅娑　毗羅娑
毗羅娑　毗羅娑　毗賴闍　毗賴闍　劫
婆摩訶劫娑　醯利嘻隸　嘻隸阿那婆坻

曇摩檀那闍那　阿婆羅彌隸絁　阿羅軍
陀　波食毗婆坻那帝隸婆凡　羯摩叉帝
婆羅咄頗婆　富婁沙多凡　阿三摩　三
摩　三摩　毗坻若多陀　阿竭陀　莎呵
爾時世尊即爲大衆説陀羅尼五百姝女聞已即得男子之身復有無量人天諸女亦受男子身及得不退菩提之心永斷一切決定女業善男子爾時夫人聞是持已所將八萬四千女人亦轉女身得男子身復有無量人天婦女亦轉女身得男子身爾時聖王以四天下委付千子與無量人出家修道爾時復有無量諸天各作是念轉輪聖王以何因緣捨國出家復相謂言此界如來演説妙法以法力故女轉爲男有人捨家能施袈裟爲諸白衣説人天樂壞三惡苦滅一切有摧諸魔

業令魔受苦魔既受苦不樂聽法大幻師者謂香功德沙門是也復有說言當知沙門即是魔也何以故能轉女身得男子身時有大臣名曰善行作如是言我諸婦女悉爲男子汝等無量妻妾諸女亦捨本形受男子身剃除鬚髮被著袈裟咸皆歸向屬彼沙門唯我一已獨住不往我等當捨是國土去永不見聞是大惡人爾時諸人聞是語已唱言善哉我今若欲不見不聞遠離如是惡沙門者當入深山爾時諸人既入山已捨家修習婆羅門法作如是言無有解脫無善惡果此世今有一沙門出宣說斷見說於魔業欺誑衆生是大幻師若人往見聽其所說親近禮拜供養恭敬心即狂亂無所曉知剃除鬚髮被著袈裟捨家所有受乞食制住於冢間受一食法於生死中生猒離想不樂受於五欲之樂及諸香花瓔珞妓樂不樂宣說世間之事具足如是諸不善法說斷斷見行於魔業是諸衆生之大怨讎教化無量無邊衆生令生斷見若不見聞得大利益時華目比丘聞無量人生大邪見即作是念我若不能調伏如是邪見衆生云何當得阿耨多羅三藐三菩提時華目比丘即便往請香功德佛與無量比丘僧周遍國土城邑聚落處處說法所謂遠離惡法修進善法或說大乘或緣覺乘及聲聞乘或沙門果或比丘戒或優婆塞戒或說三歸或復演說轉女身法或說寶幢陀羅尼門或說十善說是法時破除無量衆生疑網生於善心發於阿耨多羅三藐三菩提心令無量衆生來至佛所唯除一人善行大臣向

彼華目發惡誓願汝若未來成無上道我當於汝成佛國土而作惡魔詣菩提樹作大恐怖若成佛已當壞汝法若我於汝生信心者汝便當與我受記剃諸善男子爾時比丘即我身是夫人善見即彌勒是善行大臣魔波旬是波旬汝於爾時發是誓願若於我所生信心者當與受記是故我今稱汝本願與受阿耨多羅三藐三菩提記波旬汝於往昔香功德所禮拜供養以是善根我今與汝授菩提記說是法時五百婇女得男子身無量衆生以三乘法而得調伏

大方等大集經卷第十九

音釋

賷 牋西切 持也 嵐 盧含切 矟 色角切 矛屬 疫 營隻切 瘟疫也 翅 施智切 蓰 所爾切 坻 一禮切 啾 即由切 裔 以制切 崛 渠勿切 渥 於角切 吶 奴骨切 羯 居謁切 膩 女利切 絁 書之切

大方等大集經卷第二十

北涼天竺三藏曇無讖譯

寶幢分中魔調伏品第三

爾時世界百億魔王悉來聚集至波旬所波旬即語諸魔王言諸善男子汝等知不有釋種子出現於世作大幻術六年苦行趣菩提樹我於爾時將領三萬六千億衆至於彼所然我盡力乃至不能動金剛座爾時瞿曇於菩提樹成就幻術以幻力故令此三千大千世界六種震動使我眷屬顛倒墮落如樹拔根當爾之時釋子成就無相幻術以幻力故十方智人悉皆歸屬推求瞿曇所度衆生心相所在莫知其處若有人能至心歸依盡力不能動其一毛不可誑惑不可怖畏我今姝女五百之衆及諸眷屬悉復歸向而我不能遮止動轉汝等今者福德弘大多有幻力若能有心見佐助者然後我能壞彼釋子斷絶其命亦能摧破諸歸依者滅沙門法增長魔業爾乃我當受無上樂爾時有魔名曰親近即作是言彼釋子者悉已成就無量功德功德莊嚴智慧莊嚴不住諸有悉能調伏一切衆生能壞種種衆苦煩惱人淨心淨汝等不能起惡加害波旬言我諸眷屬爲彼釋子之所誑惑汝等若不作方便者如是世界不久當空復有魔言如來不住一切諸有心淨身淨遠離一切諸惡煩惱於三界中而得解脱一切有爲不能繫縛是故名爲無上寂靜如是寂靜誰能毀害波旬言若欲界中所有衆生貪著五欲歸釋子者是人則能破壞四魔是等惡人若不治者汝等云何能治欲界復

有魔言彼釋子者如幻如焰不可宣說無有處所無諸障礙如是之人云何可害波旬言釋子於此欲界之中受食供養誑惑衆生我當云何而不治耶復有魔言我今所有神通之力及其眷屬神通之力不及釋子神通之力十六分中一我當云何而能加害波旬言若彼瞿曇入城乞食我當方便令其終日不得一粒當放大石罵辱使瞋我唯一已猶望能辦況於汝等多諸眷屬復有魔言設使造作如是等事加彼釋子不能令彼生瞋喜心若不瞋喜云何可害波旬言彼釋子者有大智慧以智力故瞋處不瞋喜處不喜修習大慈大悲之心於諸衆生平等無二是故於我不生瞋喜復有魔言若爲三界所繫縛者我則能害彼釋子者不爲三界之所繫縛我何能害波旬復言汝等若能隨我計者害彼不難汝等悉作比丘比丘尼優婆塞優婆夷像至諸國土城邑聚落向諸國王大臣長者作如是言我等已屬沙門瞿曇沙門瞿曇實非沙門空言沙門非婆羅門虛自稱言是婆羅門實非持戒現持戒相眞實破戒不異凡夫汝等若信善哉善哉如其不信七日之後當雨大石猛火利刀作是言已便當於空而降雨之若作如是種種方便瞿曇眷屬將壞不久時諸魔王咸言善哉爾時諸魔各自莊嚴莊嚴畢已趣向鴦伽摩伽陀國爾時波旬所有一切弊惡眷屬悉莊嚴已趣向雪山時雪山中有一仙人名曰光味眷屬五百悉具五通波旬到已頭面禮敬作如是言沙門瞿曇悉壞一切異見外道處在大衆宣說是言一

切衆中實無沙門及婆羅門大德若能與我俱至摩伽陀國我則能壞沙門瞿曇沙門瞿曇殊不能與大德論議捔試神力沙門瞿曇若摧滅已一切衆生悉當恭敬供養於汝爾時波旬作是語已還來向於無量魔衆廣説上事時有一魔復作是言瞿曇沙門入王舍城乞食之時我當於其中路而作師子虎狼羅刹惡鬼等像令彼見已生怖畏心既生怖畏不能論議現神通力復有魔言我當於彼虛空之中降雨大石壞彼瞿曇復有魔言我當詐作瞿曇弟子既爲弟子當得親近得親近已當斷其命復有魔言我當現作長者之像設食請之彼若受請我當害之復有魔言我當現作婬女之像至諸王所云彼瞿曇與我交通復有魔言我當至彼瞿曇沙門現壞其身而爲七分汝等當言如此屍者瞿曇所殺復有魔言我當於彼虛空之中大聲唱言沙門瞿曇是大惡人若有男女供養之者命終當生阿鼻地獄爾時世尊知魔心已變此三千大千世界悉爲金剛以遮石雨火雨刀雨悉令衆生眼不覩見如是魔業爾時世尊四大弟子入王舍城次第乞食時舍利弗從東門入中路值遇五百魔子執持刀杖語舍利弗汝若歌舞善哉善哉如其不者當斷汝命舍利弗言善哉童子我今當歌汝等當舞諸魔子言善哉大德時舍利弗即説偈言

我今不求陰界入　無量世中誑惑故
若有求於如是法　是人終不得解脱

時舍利弗説是偈已復説陀羅尼句

婆呵羅一婆呵羅二婆羅婆呵羅三摩利至

嘙羅呵四薩[illegible]嘙囉呵五阿摩嘙呵囉六莎
呵七
時舍利弗說是陀羅尼已五百魔子心得調伏得調伏已禮拜懺悔即作是言大德我今當發阿耨多羅三藐三菩提心歸依三寶捨離一切魔之惡業爾時大德大目揵連從南門入中路亦值五百魔子手執刀杖語目連言汝若歌舞善哉善哉如其不者當斷汝命目連言善哉童子我今當歌汝等當舞諸魔子言善哉大德爾時目連即說偈言

我今不求陰入界　無量世中誑惑故
若有求於如是法　是人終不得解脫

時目揵連說是偈已復說此陀羅尼句
阿嘙摩一阿嘙摩二摩囉拏三羅闍四闍呵奢五摩咃六奢摩咃七奢摩咃八伽伽那嘙摩九莎呵十
時目乾連說是陀羅尼已五百魔子心得調伏得調伏已禮拜懺悔即作是言大德我今當發阿耨多羅三藐三菩提心歸依三寶捨離一切惡魔事業爾時彌多羅尼子從西門入中路亦值五百魔子執持刀杖語富樓那汝若歌舞善哉善哉如其不者當斷汝命富樓那言善哉童子我今當歌汝等當舞諸魔子言善哉大德時富樓那即說偈言

我今不求陰入界　無量世中誑惑故
若有求於如是法　是人終不得解脫

時富樓那說是偈已復說此陀羅尼句
呿竭嘙一呿竭嘙二呿竭嘙三茂遮濘四茂遮濘五阿跋多尼六比跋多尼七莎呵八
時富樓那說是陀羅尼已五百魔子心得調

伏得調伏已禮拜懺悔即作是言大德我今當發阿耨多羅三藐三菩提心歸依三寶捨離一切惡魔事業時須菩提從北門入中路亦值五百魔子執持刀杖語須菩提大德汝若歌舞善哉善哉如其不者當斷汝命須菩提言善哉童子我今當歌汝等當舞諸魔子言善哉大德時須菩提即說偈言

我今不求陰入界　無量世中誑惑故
若有求於如是法　是人終不得解脫

時須菩提說是偈已復說此陀羅尼句

娑茂提一 比茂睍二 茂利虵闍醯三 思隸四 思隸五 思隸六 婆思隸七 婆思隸八 呵嘍思隸九 復多拘置思隸十 莎呵十一

時須菩提說是陀羅尼已五百魔子心得調伏得調伏已禮拜懺悔即作是言大德我今當發阿耨多羅三藐三菩提心歸依三寶捨離一切惡魔事業爾時世尊神通力故令王舍城所有衆生一切皆見百由旬地城四門中各各皆有一大弟子其城中出一大蓮花縱廣滿足二十五丈瑠璃爲莖黃金爲葉金剛爲鬚有無量葉光明遠照衆生皆見高出三丈四天王處乃至阿迦膩吒天處亦如是見高出三丈時蓮華中說如是偈諸天世人隨處皆聞

此世界中一佛出　悉能摧伏一切魔
能轉無上妙法輪　調伏此間諸衆生
二足中尊能成就　優婆提舍拘律陀
能破二種煩惱根　佛欲來此調衆生
了知三世如掌果　具足三戒所說淨
遠離三垢慇一切　佛欲來此調衆生

具四如意無所畏　調伏四衆說四果
常樂說法眞實義　聖師子王爲我來
具足五力及五根　成就功德無礙智
無上世尊爲衆生　修悲拔出三惡衆
調伏六根得上信　遠離六入修六念
具足六通眞實語　世尊欲來調衆生
一切衆生煩惱縛　處闇不知解脫道
常行魔路不知實　貪著顛倒失智慧
不知此彼及生死　貪五欲故遠離禪
是故不能得解脫　不能修道報昔善
衆生不知生老死　是故不修三解脫
遠離一切施戒慧　是故不出三惡道
衆生若離五欲樂　親近如來聽正法
至心受持一偈義　是人解脫如先佛
又復偈音聞於色界十六住處

若有修習清淨法　遠離諍訟修禪定
至心專念諸解脫　無有散亂壞煩惱
獲得十三忍辱法　遠離惡觸及亂心
出過一切生老死　修四無量諸禪定
永斷常見及斷見　過三惡道得正定
深觀無常無我樂　獲隨法忍如先佛
若欲捨樂如涕唾　觀一切空行無異
淨於法界及菩提　於法無礙如虛空
能壞四魔滅煩惱　修習正道諸方便
不畏邪見如師子　當親如來則獲之

出如是等偈音聲時無量衆生趣蓮華所爾時波旬自聞是偈又見王舍城中蓮華無量衆生悉坐其下次第乃至阿迦膩吒亦復如是受大苦惱告諸魔言諦聽諦聽瞿曇沙門作大幻術汝等不能造作魔業不久當失所

居之處汝等當雨刀石猛火時有一魔語波旬言瞿曇沙門悉已成就無量功德具二莊嚴所謂功德智慧彼神力故令我狂亂不能造作魔之事業我今於彼實懷恐懼復有一魔語波旬言汝今愚癡行於邪道無心之人若見瞿曇當生信敬況有心者汝今若欲得大利益應當至心歸依宗敬復有一魔語波旬言波旬汝今云何常樂惡行造作惡業汝當遠離惡魔之業汝今不見如來世尊趣王舍城欲施衆生甘露味耶汝來當共歸依瞿曇爾時無量魔衆乘空而下至王舍城或作王像或轉輪王像成就七寶或復示作自在天像或作沙門梵志尼乾像或作四天王像日月等像帝釋梵像或有坐立及以禮拜而讚歎者或有周遍遶王舍城或有示現上其城上或有青色白衣白瓔珞白旛白蓋或有黃色赤衣赤瓔赤旛赤蓋或有白色種種色衣種種瓔珞黃旛黃蓋或有赤色青衣青瓔青旛青蓋或七寶色七寶衣服七寶瓔珞七寶旛蓋或瑠璃色或玻瓈色種種色衣種種瓔珞種種旛蓋或有向佛散種種華燒香禮拜或有歌頌讚歎起舞波旬見已舉聲啼哭即作是念我今喪失所有福報一切魔衆悉皆歸屬瞿曇沙門爾時波旬語梵天言我雖失福無有伴黨猶故能壞瞿曇沙門我今當示最後勢力我今能拔如是蓮華爾時波旬即趣蓮華雖復目覩捉不能得如世人言我能捉電電雖可見而不能捉蓮華亦爾魔雖得見而不能捉是時波旬心生懊惱如是蓮華捉之尚難云何可拔復作是念我今當出

無量惡聲令諸四衆聞已怖畏當捨瞿曇迸散而去波旬爾時即出大聲一切四衆都無聞者唯魔自聞聞已復生大怖畏心爾時波旬怖畏戰慄兩手拍地而不能著猶如拍空復欲取杖以打四衆亦不能見倍生怖畏舉身戰慄猶如猛風吹動樹葉復作是念我今永失一切功德一切神力不如速還本所住處若不還者必死不疑於是欲去莫知道徑復作是念我今住此瞿曇沙門多將眷屬今至不久如其到者必見屠戮我今正欲沉身此地復恐此界衆生見之是時波旬不能上下四方逌走即見已身被五繫縛見已啼泣愁憂苦惱時有一魔名曰聖道作轉輪王像向彼波旬而說偈言

汝以何緣出惡聲　啼哭愁憂受苦惱
如來今將趣蓮華　能壞衆生種種苦
汝等若欲受安樂　當至心依無上尊
汝若不樂五繫縛　應受我語歸世尊

爾時波旬聞是偈已即作是念我爲得脫當詐歸依非實心也即向如來所住方面合掌說偈

我今歸依世中尊　能壞衆生諸苦惱
亦復懺悔一切惡　於佛眷屬更不造

時魔波旬說是偈時於五繫縛尋得解脫得解脫已欲趣已界復還被縛第二第三乃至第七爾時波旬既不得去至心聽法

寶幢分中三昧神足品第四

是時如來而說是經四大弟子與諸魔子遊王舍城歌舞頌偈爾時大地六反震動無量天人悲感啼泣苦哉苦哉今者如來猶在於

世而四弟子爲諸魔衆之所戲弄即共和集往至佛所而作是言世尊唯願如來放捨捨心何以故一切諸魔欲壞佛法佛言我今當入王舍大城教化衆生破壞魔業示大神通施作佛事爾時佛欲入王舍城時諸天衆悲號向佛而作是言今佛入城實非時也何以故無量惡鬼彌滿虛空無量魔衆持刀火石若佛入城如來法燈將滅不久爾時如來默然不許復有天言世尊王舍城中五百魔子執持刀戟欲害如來復有一天啼泣而言今者釋種不久當壞復有天言無上法船今當散滅三界衆生誰當濟度令至彼岸復有天言一切衆生常爲煩惱之所纏繞無上大師如其滅者誰當令彼得解脫耶復有天言世尊不見空中無量魔衆欲雨刀劍大石猛火唯願如來愍衆生故且莫入城復有天言世尊王舍城中有二萬魔各各示作婆羅門像執持刀劍欲害如來復有二萬持矟待佛復有二萬執持弓箭復有二萬持大炬火唯願如來受我等語勿復入城如來爾時默然不許爾時世尊入王舍城門其守城天啼泣向佛作如是言唯願如來勿復入城何以故今此城中惡衆彌滿若使如來於此滅者我當云何見諸天衆魔衆今者欲雨刀劍猛火大石如來若滅衆生闇行滅大法炬壞大法山生老病死歡喜受樂佛於爾時雖聞是語亦不許可時天復言世尊若不貪惜身命必欲放捨有六大城何必於此如來若於此間滅者則令我於無量世中得大惡名爾時復有無量諸天俱至佛所作如是言世尊我已曾

見無量諸佛說法教化無量衆生實未曾見如是魔衆世間衆生常爲無量諸惡煩惱之所圍遶值遇良醫通達無量醫方方便如來何故放捨大慈大悲之心復有天言如來往昔無量劫中爲諸衆生修習苦行今者云何欲捨衆生放棄身命唯願憐愍演說正法調伏一切闇昧衆生願施光明迷行之人示以正路永斷一切三惡道苦唯願久住莫捨身命爾時復有淨居諸天告諸天言且勿號哭放捨愁惱如來具足十力無畏今欲摧滅一切魔衆假使無量無邊魔衆乃至不能動佛一毛爾時梵王釋提桓因往至佛所白佛言世尊一切魔衆今者定欲毀害如來唯願勿往如來當滅一切衆生無明闇行世尊往昔請諸衆生許以甘露斯事未畢云何便欲放捨身命莫倚往昔菩提樹下壞一魔已輕懱餘者如來若入王舍城中即便滅沒無復疑也爾時世尊出大梵音聲遍三千大千世界而作是言諦聽諦聽假使諸魔悉皆遍滿十方世界盡其力勢乃至不能動我一毛我昔已請無量衆生許以甘露今當演說第一義諦增長善法說於正道以稱我願我於往昔無量世中爲諸衆生多受苦惱放捨一切金銀瑠璃玻瓈寶貨國城妻子衣服飲食及以身命以妙香華旛蓋燈明供養諸佛受持淨戒修行忍辱誰能以惡加於我身我於衆生常修慈悲誰能令我而滅沒耶如我先已摧魔眷屬當知今者亦能破壞汝等於此勿生怖畏時無量天聞是語已心生喜樂各各而言南無大士如來世尊壞大魔衆破諸煩惱

永離習氣摧憍慢山拔生死樹滅死日月除無明闇勸化一切邪見衆生燋涸四流然大法炬示菩提道擊大法鼓施諸衆生善法之樂復令覺悟四眞諦相度生死海入無畏處說是語已以妙香華旛蓋妓樂供養於佛復以種種微妙好華散王舍城所謂曼陀羅華摩訶曼陀羅華波婁沙華摩訶波婁沙華迦迦羅華摩訶迦迦羅華曼殊沙華摩訶曼殊沙華瞻婆羅華摩訶瞻婆羅華歡喜華大歡喜華愛樂華大愛樂華波梨質多華拘毗遮羅華優鉢羅華拘勿頭華波頭摩華分陀利華如是等華莊嚴遍覆如來行處於路二邊七寶行樹高一多羅樹樹間皆有八味清泉上虛空中多有諸天手持上妙七寶旛蓋雨諸雜華金銀玻瓈瑠璃等寶牛頭栴檀及白栴檀堅鞕沉水種種華香遍雨如來所行之處復有種種微妙妓樂一切人民悉共嚴治王舍城外如來行處諸魔眷屬莊嚴城內時佛世尊入王舍城爾時心遊首楞嚴定示現微妙八十種好若事象者即見象像事師子者見師子像有事牛者即見牛像事命命鳥見命命像有事兎者即見兎像有事魚龍黿鼉梵天自在建陀八臂帝釋阿脩羅迦樓羅虎狼豬鹿水火風神日月星宿國王大臣男女大小沙門婆羅門四王夜叉菩薩如來各隨所事而得見之見已皆稱南無南無無上世尊合掌恭敬禮拜供養爾時雪山光味仙人與其弟子在西門下側立待佛光味仙人覩見佛身是仙人像爲無量衆之所供養即作是言如是人者眞是大仙堪受世間人天

供養何以故福德相故我云何知彼大我大我今當問生姓經書出家久近光味仙人即趣佛所告其弟子摩納彼仙人者德相成就了了可知聰明叡哲能解深義汝等應當至心生信如我所見相書所載是人必能說無上道彼定能令我度生死五百弟子同聲歎言善哉善哉如和上言爾時光味與五百弟子前後圍遶即至佛所作如是言汝是誰耶佛言是婆羅門光味復問姓何等耶答言我姓瞿曇又問受何戒耶答言吾受三戒又問修習何行答言吾修空行又問出家已來為久近乎答言具大智時又問汝頗讀誦星宿書不答言汝今讀誦得何利益光味復言我以此法教諸衆生受我語者多獻供養佛言汝知此書頗能得過生老死不光味復問瞿曇生老病死云何可斷佛言汝若不能斷生老死何用讀誦如是星書光味復言瞿曇汝若不知星宿書者身上何故有星行處如我知者定謂瞿曇通達如是星宿彼岸佛言云何名為星宿道光味答言謂二十八宿日月隨行一切衆生日月年歲皆悉繫屬瞿曇一切星宿跡有四分瞿曇東方七宿謂角亢氐房心尾箕若人生日屬角星者口闊四指額高亦爾其身右邊多生黑子上皆有毛當知是人多財富貴廣額似像聰明多智眷屬熾盛其頸斷促脚兩指長左右刀瘡多有妻子惡性輕躁壽命八十四十年時一受衰苦長子不壽心樂法事衰患在火瞿曇屬角星者有如是相屬亢星者心樂法事受性多巧聰明富貴多懷慚愧怨不能害樂欲出家受性

柔輭輕躁确盡無所隱藏壽六十年三十五時身遇篤病繞頸四指當有瘡瘢不宜子息瞿曇屬亢星者有如是相屬氐生人受身勇健巨富豪貴壽二十五左有黑子於父母所恒生惡心敬出家人於已眷屬不能增長瞿曇屬氐生者有如是相屬房生人受性弊惡愚騃無智巨富豪貴右有黑子壽三十五當被兵死宜於兄弟瞿曇屬房生人有如是相屬心生人富貴多財愚癡風病壽四十五頭有瘡瘢有大名聲毒不能中妻子不樂瞿曇屬心生人有如是相屬尾生人具諸好相雄壯富貴得大自在兩乳輪相有大名聲身諸光明勝於日月聰明大智無能勝者貪樂出家能調煩惱增長眷屬多有慚愧壽命百年四十年時暫一受苦曾有德相衆生樂見不宜父母瞿曇屬尾生人有如是相屬箕生人樂喜諍訟多犯禁戒受性弊惡人不喜見貪欲熾盛壽六十年貧窮困苦常樂遊行牙齒踈小曾臆确瘦瞿曇屬東方宿有如是相屬井生人多饒財寶人所恭敬心樂於法腨有瘡瘢壽八十年慈孝供養父母師長先父母喪心無慳悋多有慚愧衰禍在水瞿曇屬井生者有如是相屬鬼生人慳悋短壽腨下四指當有黑子不宜父母喜樂諍訟瞿曇屬鬼生者有如是相屬柳生者富貴持戒慕樂法事壽七十五增長眷屬死已生天肩有赤子敬愛法者人所信伏瞿曇屬柳生者有如是相屬七星者樂爲劫賊盜物爲業姦僞諂曲薄德短壽舉動麤獷愚癡狂騃必被兵死瞿曇七星生者有如是相屬張星者壽命八十

善於音樂首髮希少衰二十七及三十三富
貴勇健有大名稱聰明無慳樂法慚愧不宜
父母及以兄弟頸有瘡瘢過三十五乃有子
息陰有黑子髀有黄子瞿曇屬張星生者有
如是相屬翼生人善知算數慳悋惡性鈍根
邪見右有赤子壽三十三絶無子息瞿曇屬
翼生者有如是相屬軫生人巨富豪貴多饒
眷屬奴婢僕使聰明勇健樂法愛法敬受法
者壽命百年死已生天瞿曇屬南方星有如
是相屬奎生者其人兩頰當有黑子持戒樂
法敬受法者富貴樂施身有火瘡壽五十年
瞿曇屬奎生者有如是相屬婁生者壽命短
促貧窮困苦樂見毀戒其心慳悋膝有瘡瘢
壽三十年不宜於兄瞿曇屬婁生者有如是
相屬胃生者不宜父母多失財寶田業宅舍

膝有黑子過二十二得大富貴不慳樂施瞿
曇屬胃生者有如是相屬昴生者樂於正法
辯口利辭聰明富貴多有名稱護持禁戒人
所敬信死已生天膝有青子壽五十年瞿曇
屬昴生者有如是相屬畢生者人所信伏惡
性喜鬭於已姊妹生於貪心富貴多怨常患
胷痛不宜錢財左有黑子壽七十年瞿曇屬
畢生者有如是相屬觜生者富貴樂施慚愧
無貪無有病苦衆生樂見死已生天衰在七
十壽滿八十瞿曇屬觜生者有如是相屬參
生者受性弊惡多造惡業作守獄卒貪欲偏
多聰明貧苦壽六十五多有黑子瞿曇屬西
方星有如是相屬斗生者受性愚癡貪不知
足貧窮惡性壽命短促當病食死黑色羸瘦
瞿曇屬斗星者有如是相屬牛生者性癡貧

窮樂爲偷竊心多嫉妬壽七十年無有妻子瞿曇屬牛生者有如是相屬女生者持戒樂施其人足下當有黑子增長眷屬壽八十年有大名聲無有病痛宜於父母及以兄弟瞿曇屬女生者有如是相屬虛生者福德富貴眷屬愛樂慳悋不施壽六十五其人足下當有黑子瞿曇屬虛生者有如是相屬危生者身無病苦聰明持戒通達世事富貴多財壽八十年宜諸眷屬瞿曇屬危生者有如是相屬室生者受性弊惡多犯禁戒爲人富貴壽命百年死墮惡道不宜父母及以兄弟瞿曇屬室生者有如是相屬壁生者雄猛多力尊榮富貴有大名稱眷屬增長不宜父母壽命百年名聞無量樂法出家敬受法者聰明多智善解世事瞿曇屬北方星有如是相若有通達如是相書到於彼岸得大智慧佛言衆生闇行著於顛倒煩惱繫縛隨逐如是星宿書籍仙人星宿雖好亦復生於牛馬豬狗亦有同屬一星生者而有貧富貴賤參差是故我知是不定法仙人汝雖得禪我是一切大智之人何故不問解脫因緣乃問是事光味又言汝今現有身如世無異而尋其事與仙無别我今眞實不知汝是天耶仙耶龍耶鬼耶聲如梵音色如古仙我從昔來未曾見聞如是色相如是事業是故今問汝爲是誰繫屬於誰姓氏何等宣說何事唯願廣說我當聽受爾時世尊即說偈言

若有學習著相書　是人不能知此彼

若爲煩惱所縛者　不得解脫常受苦

我今具足六神通　是故名大婆羅門

六波羅蜜是我姓　以六和敬調諸根
我已受持三種戒　行空無相三脫門
我往初發菩提心　爾時得名大出家
我都不覺一法相　是故不說星宿書
法無壽命無衆生　是故演說無我諍
已度三受三行岸　斷諸相故無有相
我已眞實知諸法　是故獲得大寂靜
若無罣礙如虛空　雖行菩提不覺法
修習禁戒大忍辱　即得無相大智慧
若不覺業求果報　如法不轉得菩提
心不貪著一切陰　亦復不觀於此彼
又不覺知菩提邊　是能速得菩提道
無有相貌無想念　於一切法無覺觀
亦不貪著於諸法　即能獲得一切覺
若有修習淨梵行　是人得名婆羅門
觀察諸法如虛空　是人即得名大覺

爾時世尊說是偈已光味仙人及諸眷屬一切皆見如來本身見本身已往善所追即各獲得寶幢三昧得是三昧能遍觀察一切三昧故名爲幢於諸三昧而得自在遊入一切三昧境界是故名爲寶幢三昧爾時光味合掌恭敬持微妙華滿其手掬說偈讚佛

如來成就無量德　猶如大海水彌滿
功德光明甚微妙　悉照三千大千界
勇猛精進大智慧　出勝一切諸衆生
具足大慈大悲心　是故我禮無上尊
如來永斷諸煩惱　故我稽首大仙師
清淨金色戒光明　我今禮敬於佛日
能乾衆生諸煩惱　能說眞實菩提行
能壞一切煩惱山　轉於無上正法輪

我今修於菩提行　為得無上大智慧
如來具足一切相　願記我得菩提時
我當云何斷煩惱　度脫一切苦衆生
演於眞實正眞道　平等猶如十方佛
衆生三世造惡業　我當云何令其斷
若我身口意善業　願此因緣斷彼結
永斷一切煩惱病　身受妙樂如先佛
令衆色妙諸根具　遠離諸惡修善法
斷除衆生諸邪見　修習具足於正見
得識宿命樂善行　度生死河至彼岸
六波羅蜜得具足　知佛深法常在世
樂降無上大法雨　令諸衆生離貧渴
若我身口意惡業　今於佛前悉懺悔
我今所有福德力　施與衆生早成佛
我請一切諸衆生　勸之令種菩提子
我爲衆生受苦時　願不生悔及退轉
淨於世界及衆生　得無礙智淨法界
若我眞實得佛道　願此所散成華蓋

爾時光味即以華散是時三千大千世界六種震動無量衆生生敬喜心有諸衆生奉事象者見佛是象作如是言云何此象有大福德令是仙人敬意供養乃至若有敬事佛者見彼仙人敬心供養見已生信禮拜讃歎爾時世尊出首楞嚴定從定起已一切衆生悉見佛身見已心生恭敬歡喜各任已力而作供養爾時世尊告光味言善男子一切諸天見汝決定發阿耨多羅三藐三菩提心歡喜踊躍故令是地六種震動善男子汝當成就無量智慧然後獲得無上佛道乃當復於無量世界然大法燈善男子汝於來世過三阿

僧祇劫當於此土北方世界名曰香華其界莊嚴如阿彌陀當於彼中得成爲佛名光功德如來應正遍知明行足善逝世間解無上士調御丈夫天人師佛世尊於無量世宣說大乘終不說於聲聞緣覺爾時大衆耳聞目見光味仙人得受記莂悉共歡喜供養恭敬五百弟子無量衆生發阿耨多羅三藐三菩提心其意堅固無有退轉

大方等大集經卷第二十

音釋

捔古岳切校也 𡖿多也切 濘奴定切 呿丘加切 懊烏皓切懊惱有所恨痛也 戟訖逆切枝兵也 燋涸涸曷各切涸枯竭也燋 鞕魚孟切與硬同 叡俞芮切深明通達也 确克角切 氐都黎切星名 騃語駭切癡也 獷古猛切惡也 駭下楷切驚也 胜部禮切股也

大方等大集經卷第二十一

北涼天竺三藏曇無讖譯

寶幢分中相品第五

爾時佛知諸魔心已即入三昧三昧力故令王舍城有十二門一一門中有一如來爾時諸魔見十二佛自現其身爲五通像乃至示現梵天王像以妙香華旛蓋妓樂供養於佛佛入城時足指案地令此三千大千世界六種震動其中人天阿脩羅等帝釋梵天及四天王一切衆生皆悉得見十方世界十方衆生皆悉來集王舍大城齎持香華供養於佛佛神力故令香華中說如是偈

若欲永斷三惡道　應當發起菩提心
若於生死獨覺者　是能度脫諸衆生
若欲離諸惡忽務　應當修習於正定
若有值遇諸如來　是人即得受道記
如來大士利衆生　今來入此王舍城
欲摧一切諸魔衆　欲轉無上正法輪
佛爲五滓諸衆生　宣說三乘首楞嚴
如來今欲大授記　欲聽實義應往彼

是偈音聲周遍而聞迦蘭陀竹林精舍有諸菩薩阿羅漢等悉往集會王舍城中乃至十方無量世界淨土穢土有佛之處及無佛處一切衆生悉來聚集爾時世尊入佛莊嚴瓔珞三昧入三昧已令此娑婆世界清淨莊嚴猶如如來遍見如來所有國土爾時世尊光明淨妙衆生樂見十方無量微塵世界淨穢等土有無佛處一切衆生亦復如是樂見如來淨妙光明亦復樂聞如來音聲爾時十方一一方面無量佛土無量菩薩悉來至此娑

婆世界王舍大城爾時此界具足多有無量菩薩如是菩薩悉共供養如來世尊或有菩薩於娑婆界雨諸雜香以供養佛或有菩薩於此世界雨眞珠寶以供養佛或有菩薩於此世界雨妙瓔珞或雨金銀瑠璃玻瓈硨磲瑪瑙或雨栴檀沉水諸香或復有雨牛頭栴檀或雨諸華須曼那華以供養佛或有菩薩以眞實法讚歎於佛或有現作天帝釋像梵天王像四天王像魔王形像自在天像揵陀天像八臂天像轉輪王像寶像山像樹林等像大臣長者男女師宗牛羊象馬水牛等像作如是像趣王舍城大蓮華所以手觸華華即爲動當是時也一切魔衆男女大小及諸眷屬皆悉動揺生大恐怖即作是言何因緣故我之宮殿如是傾動我等所尊將不退沒失我天耶我等復不欲滅墮乎我往常見如是世界有五滓濁今者何緣寂然清淨爾時諸魔悉見十方清淨菩薩皆來集會娑婆世界見是事已復作是念以佛世尊光明嚴麗衆生樂見之因緣故乃至不見已之眷屬有一人在復作是念我今何故不往佛所親近供養時魔波旬即至佛所合掌恭敬而說偈言

我今歸依於如來　已得歡喜至心樂
願見放捨還本家　還已乃當聽正法

爾時世尊說偈答言

我不勸汝以去來　諸法相性亦如是
汝今若有大神通　隨意自在無遮者

是時波旬復說偈言

如佛世尊眞實語　今者實無遮我者

我適欲還本處時　尋即見身被五繫
佛言我已求斷一切繫縛欲解一切衆生繫
縛我亦不念衆生諸惡是故得名解脱繫縛
爾時世尊見十方衆生悉來集會即説偈言
一切大衆至心聽　遠離一切疑網心
我今所説不思議　應當諦觀業因緣
無上世尊世難有　法僧二寶亦復然
人身難得信亦爾　施心福田亦復難
無上世尊難得見　見已聞法亦復難
難得遠離於八難　得如法忍亦復難
其心難得而調伏　修空三昧亦復難
修善思惟如法住　如是二事亦復難
一切煩惱難遠離　獲得菩提亦復難
我今説趣菩提事　猶如世人説變化
我之所説遠離愛　能壞闇冥修善法
所示無上正眞道　應當至心勤修行
若欲遠離三惡垢　及餘一切諸魔業
不爲煩惱之所害　應當從佛聽正法
若欲具足三種戒　應學具足三脱門
即能破壞三界結　亦能過於三惡道
若不斷絶三寶性　爲於正法喪身命
即能具足無量通　是人名爲如法住
若於三世無覺觀　亦復不著三世法
是人能過於三界　亦復獲得如法忍
一切凡夫無明覆　常爲四倒所圍遶
於無法中作法想　於無物中作物想
以是因緣名顛倒　如是之人行邪道
若有説言眼見色　乃至意能知諸法
如是之人行顛倒　流轉生死無量劫
若有修習四禪者　是則名爲世間慧

能度一切諸顛倒　亦於生死得解脱
若能調伏諸衆生　亦復遠離於四流
如是之人乾生死　亦復能到於彼岸
若能具足四如意　是名菩薩無所畏
亦能永斷於生死　令諸衆生脱恐怖
若能了了知五陰　是人能到無漏邊
了知不生亦不滅　能令衆生到彼岸
若能於佛世尊前　懺悔發露一切罪
是人遠離於邪見　能到生死之彼岸
若觀生死多受苦　行業因緣經三惡
以近惡友因緣故　造作無量之惡業
若得遠離惡知識　亦得遠離諸邪見
是人能觀生死過　亦能諮問第一義
若有能觀第一空　是人能服甘露味
我常説於第一義　至心聽者無有相

我説六入眞實空　無有造作無受者
衆生顛倒謂有相　法性眞實無所有
若有衆生六受愛　是能生於六觸因
如是六觸眞實空　一切諸法亦復然
如一法性諸法爾　如一切法一法然
一切諸法無生滅　亦無相貌無有物
我所宣説無勝道　一切諸法如一法
若見諸法無性相　是人獲得眞法義
若有修行十三忍　即能度於生死岸
眞知法性衆生性　得無上道如先佛
爾時世尊説是偈時十方如恒河沙等五滓世界一切衆生悉得聞之一一世界無量衆生聞已即得不退轉心或有獲得陀羅尼者或復有得三昧定者或有成就得諸忍者此佛世界無量衆生聞已亦得不退轉心教化

成就無量衆生於三乘中爾時光味菩薩於蓮華邊造七寶梯具種種華合掌恭敬而白佛言如來佛日大慈悲光無量衆生多受苦惱唯願降澍無上法雨除滅衆生煩惱疾病有諸衆生任爲法器堪受如來無上法味願說八道淨於法眼上昇蓮華摧伏衆魔十方世界無量菩薩悉爲證人了了能見諸法空寂無有相貌猶如虛空知法無我唯願如來憶念往昔初發無上菩提心時所立誓願如來爾時自言我若具足十力四無所畏當施衆生甘露法味悉令得度生死大海今已果之唯願演說清淨之法度諸衆生於生死海化無量人於菩提道爾時世尊即登寶梯坐蓮華上遍觀十方告波旬言波旬汝亦當生歡喜之心何以故以汝因緣有是大集亦因於汝令我說法說法因緣斷諸生死度於四流令諸衆生獲得正法得虛空相如是等事皆因於汝汝當請我我當說法魔波旬言瞿曇若無瞋心憍慢嫉妬何故惱我而宣說法若有瞋恚憍慢妬嫉云何自言我得解脫佛言波旬我住母胎經歷十月汝於爾時欲來殺我我心於汝亦無瞋恚我初生時地六種動汝於爾時復降石雨我飲乳時汝持毒藥置之乳中我昔初乘香象之時汝動此地令六種震欲令我墮我在林野修世禪時汝將婇女欲來亂我我乞食時汝以臭豆持來施我我時雖受竟不食之我初出城汝自變身爲黑毒蛇又作惡賊圍城四邊我行虛空復放風雨我下馬時雨大猛火我若行時復作惡聲故令五人恐怖捨我我身羸瘦復放冷

風及其洗浴放大暴水我度河已復欲危害化作無量師子惡獸受牧牛女所奉乳糜汝復持毒置之而去我趣菩提道樹之時復於中路降金剛雨我坐樹下金剛座上復遣四女來嬈亂我汝雖如是欲來害我然我於汝都無惡心如是等事終不能令我心擾亂復將無量百千萬衆造作種種無量惡事欲令我身不得菩提我既獲得阿耨多羅三藐三菩提已復來請我令捨壽命因於汝故令我於彼娑羅大村乞食不得又因汝故令阿闍世放大醉象欲令害我又因汝故提婆達多放下大石又因汝故令我受彼婆羅門請三月之中食噉馬麥又因汝故令我爲彼孫陀利女之所誣謗又因汝故尸利毱多火坑毒食以請於我汝於爾時作如是等無量惡事不能害我今復聚合如是魔衆欲來害我然我於汝都無瞋心我今當度無量億魔我爲衆生常勤修習慈悲喜捨汝若不信十方諸佛諸大菩薩可爲證明唯爲汝故使我於此惡世之中施作佛事汝雖於我作無量惡然我猶故隨逐於汝我今實無瞋妬憍慢我於汝所修習慈心汝於我所生大惡心善哉波旬應離惡心啓請於我說無上法我欲與汝授菩提記既受記已當廣爲汝宣說法要汝聞法已當得遠離一切惡業我常思念種種方便令汝解脱而汝於我常生惡心我常於汝生慈愍想汝今當捨惡見惡意我當授汝阿耨多羅三藐三菩提記爾時波旬聞是語已生瞋惡心欲還所止復還見身被五繫縛欲出大聲而不能出即吐惡氣欲歔殺佛爾

時如來變其惡氣成須曼華佛神力故令是化華遍至十方恒河沙等諸如來所而以供養於諸佛上一一化作須曼華蓋爾時無量諸佛世尊無量菩薩各各自問其土如來如是變化誰之神力無量諸佛各各說言娑婆世界釋迦如來欲爲具足五濁衆生演說法要於諸法印句門入陀羅尼能壞一切魔境界力開顯一切佛功德力竪大法幢不斷佛種能令一切善法增長能壞一切邪見衆生能破一切惡夢不祥能斷疾病刀兵飢饉鬬訟等事復能調伏一切天龍乾闥婆等熾然慧炬示導一切平正之道能令一切遠離惡見能斷一切諸惡種性能令一切同於一性能護一切城邑聚落沙門婆羅門能知一切星宿運度能學一切世間諸事能令一切遠離惡口獲無礙辯觀一切法通達其性如法而住能說大乘安慰菩薩悉能令得不退之心能施無上甘露法味能令獲得無生法忍轉正法輪利益調伏無量衆生悉令得住六波羅蜜能令衆生見無上道能降法雨示諸佛事過四魔界入大涅槃金剛法心因緣自在陀羅尼將欲演說如是等法如過去佛未來諸佛之所宣說現在十方諸佛世尊住世說法教化衆生皆是金剛法心因緣自在陀羅尼也過去未來諸佛世尊亦復如是爾時諸方無量菩薩各白佛言世尊我初未曾聞金剛法心因緣自在陀羅尼云何名爲金剛法心因緣自在陀羅尼唯願如來分別解說乃至爲令入大涅槃利益無量人天雜類爾時十方諸佛世尊各各告其諸菩薩言善男

子我亦欲見釋迦如來聽受是法爲欲利益一切衆生爲壞一切衆生惡業乃至爲欲入大涅槃爾時十方諸佛世尊告諸菩薩言善男子若欲供養一佛世界無量諸佛若欲聽受無上正法所未聞法見大集會宜當往詣娑婆世界釋迦如來所住之處爾時無量諸菩薩等默然而受佛之教勑各作是言我欲於彼一佛世界供養恭敬無量諸佛亦欲於彼無量佛所聽受種種無量法義亦欲觀見無量神通及以無量不思議事不知彼土有坐處不若有坐處則得供養聽受正法爾時諸佛告諸菩薩言善男子汝等不應於如來所生疑慮心何以故諸佛境界不可思議智慧方便不可思議爲欲調伏一切衆生善男子娑婆世界釋迦如來智慧方便不可限量

善男子釋迦如來一切衆生陰所攝身一切皆如須彌山王能令葶藶容其坐處是名如來智慧方便亦令衆見葶藶不寬所坐不迮而葶藶子其質如本無增減相復次善男子一切世界所有大地悉令入於一微塵中亦令微塵無增減相是名如來智慧方便復次善男子一切世界所有諸水悉能令入一微塵中亦令微塵無增減相是名如來智慧方便復次善男子一切世界所有諸風悉能令入一毛孔中亦令毛孔無增減相是名如來智慧方便復次善男子一切世界所有諸火悉令入於一毛孔中亦令毛孔無增減相是名如來智慧方便復次善男子十方所有一切衆生悉能令入一微塵中亦令微塵無增減相是名如來智慧方便復次善男子一切

衆生三世所有身口意業三世所受苦受樂受無苦樂受三世衆生身口意業所受果報三世所有地水火風乃至一切法界釋迦如來於一念中了了通達亦不稱言我知我覺又不役慮然後而知善男子釋迦如來具足如是智慧方便住娑婆界爾時十方無量佛土無量菩薩既得聞佛無量功德即各具足無量神通

寶幢分中陀羅尼品第六

爾時東方妙樂世界佛名阿閦與諸無量神通菩薩發彼世界一念來至娑婆世界釋迦如來大集之處到已坐於化蓮華上無量菩薩亦復如是各各皆坐化蓮華上如是東方無量諸佛無量菩薩各各來詣娑婆世界到已皆坐化蓮華座南北二方亦復如是爾時西方安樂世界無量壽佛亦與無量神通菩薩發彼世界一念來至娑婆世界釋迦如來大集之處到已坐於化蓮華上無量菩薩亦復如是各各皆坐化蓮華上各各以已神通福力作供養具或作金沙和微妙香以散佛上或作種種微妙香華或起右遶娑婆世界或有長跪説偈讃歎或有繫心善思惟者或雨金華乃至優鉢羅華或以妙眼瞻覩佛身時有童子名須菩提以已神力及佛神力出大音聲而説偈言

諸佛無量大寶幢　能壞一切疑網心
我初未曾得見聞　如是無量大會衆
滿此世界無量佛　具足福德諸菩薩
此地即是大寶塔　皆得供養十方佛
無量諸佛何因緣　悉來集是惡世界

今此國土惡衆生　亦復不能信佛事
爲壞一切大魔業　爲欲具足大功德
爲欲示現大神通　是故諸佛集會此
此會若有諸衆生　至心生於信喜心
若以此心聽受法　是人則能破魔業
若欲通達無上乘　及欲修行八正道
若欲永斷諸煩惱　應當至心聽正法
請十方佛及菩薩　皆來至此坐化華
釋迦如來欲說法　爲護正法住無量

如是音聲充遍大會無量菩薩得無量忍異口同音作如是言我今坐已唯願如來宣說正法攝一切法無畏微妙能壞魔業過於魔道摧伏魔幢建立勝幢壞諸煩惱調伏怨敵裂諸疑網入種智門過諸怖畏護衆菩薩亦令菩薩一切受樂得諸菩薩慧方便門及以一切安樂之衆一切三昧忍辱光明慧方便門三十七品心陀羅尼唯願如來廣分別說爲令衆生受諸安樂獲得上色上力上樂上觸上辯上念上意爲聞法已不忘失故爲壞國土惡瑞應故受持戒故修習道故不失無上菩提心故唯願如來爲如是事班宣廣說是陀羅尼爲護法故不斷一切三寶種故示諸菩薩菩提道故爲不分別虛空法性空相等故顯示明闇有相無相觀平等相此彼法故爲不分別衆生壽命士夫等法不生不滅斷一切相一切變易等相無物虛空實性故唯願釋迦牟尼如來及與諸佛廣宣分別大陀羅尼爲令無量無邊衆生眞實覩見三寶性故爲令無量無邊衆生發阿耨多羅三藐三菩提心故爾時一切無量諸佛默然許之

許已即入諸佛上妙境界誓願功德三昧爾時此間娑婆世界所有地獄畜生餓鬼諸苦即滅得見諸佛有諸衆生疑網無信即得淨信一切衆生悉皆無有貪欲瞋恚愚癡憍慢惡見疑網狂亂等病身心寂靜各各皆作如是念言唯我一人獨坐佛前聽受正法如來世尊唯爲我說獨調伏我斷諸煩惱如我所請而爲我說爾時世界一切衆生異口同音而作是言願佛說法我當頂受爾時釋迦如來勸此世界所有衆生令供養佛爾時衆生既聞勸已即各供養一切諸佛香華旛蓋妓樂讚歎爾時世尊即作是言十方諸佛諦聽諦聽我以往昔本願力故在此世界具足五滓惡衆生中成阿耨多羅三藐三菩提是諸衆生迷失正道無明所覆失於正念增長煩惱安處三趣樂作十惡遠離善根捨功德業喜造五逆躭著非法誹謗正典毀呰聖人瞋恚熾盛不樂修慈招提僧物隨意而用於業果報不能深信不樂供養師長和尚有德之人爲如是等弊惡人故修習如是大慈悲心以是因緣於是世界而得成道既成道已常樂修習勤精進法忍於飢渴寒熱等苦遊諸國土城邑聚落爲諸衆生宣說正法或有衆生貧窮病苦受身醜陋爲憐愍故受其所施臰穢之食爲欲增長施主福德皆悉食之亦受衆生麤澀臰穢弊壞衣服山間河澗空曠林野所有住處亦悉受之若草若葉若石若塼爲衆生故隨施受之而卧其上以勤精進修善方便爲刹利故演說王事爲婆羅門說四毗陀星宿祀天爲諸大臣說治化事爲諸

醫師演說四大增減等病爲諸農夫商賈之人說護財穀爲諸女人說護瓔珞勤修諸善得不共夫爲出家者說於忍辱爲調伏故說如是法未得善利勸之令得未得證者勸令得證未解脱者勸令解脱爲調衆生受諸苦惱我爲衆生修習慈悲然諸衆生猶於我所生不善心或打或罵或生嫉妬或有說言沙門瞿曇即是幻士雖讃持戒自畜妻婦雖讃慈心而害衆生讃捨富貴自住王家瞿曇沙門善知方術雖近妻婦不生子息瞿曇沙門能治女身故令摩利生愛重心瞿曇沙門善知呪術故令須達生宗敬想瞿曇沙門善知藥法是故其身常有光明得如是等無量惡名或有以石土木刀毒遥見打擲爲欲殺我爲殺我故放惡師子惡象毒蛇於我住處放大猛火糞穢不淨造作種種諸惡方便爲壞我法爲滅我法爲摧法幢爲破法船爲斷法性爲破法藏十方諸佛唯願觀察過去諸佛有於如是五滓世界成得佛道無有不說如是大集金剛法心因緣自在陀羅尼者爲壞一切諸魔力故爲三寳種不斷絶故爲諸衆生增善法故爲壞一切佛法怨故爲令衆生遠離苦故滅身口意諸惡業故爲令人天性調柔故爲諸國土受安樂故爲破世間諸惡相故爲令衆生悉得具足六波羅蜜故爲發無上菩提心故爲教菩薩善方便故爲令菩薩次第住故以如是等諸因緣故過去諸佛爲如是等五滓衆生說是大集金剛法心因緣自在陀羅尼也今此世界十方諸佛悉來集會唯願諸佛各說如是陀羅尼呪爲憐愍

故爲當流布大乘經故爲此世界法久住故
令諸惡魔不得便故爾時諸佛即皆同聲說
此陀羅尼句
安伽邏一安伽邏二半伽邏三婆婆伽邏四
婆邏嘍伽邏五婆虵比呵六曼囉婆毗七阿
唫八阿呿婆泠九題咩十度慕泯十一翅婆知
十二翅由離十三三摩婆阿尼十四三摩多婆提泠
十五阿彌十六阿移十七陀摩翅闍十八彌囉毚破梨
十九破羅波泯二十伽濘二十一伽耶婆邏泯二十二
希利二十三希提二十四希羅二十五翅希羅二十六
譫婆提二十七婆迦斯二十八咤迦泯二十九咤迦
嘍羅泯三十伽那嘍呵泯三十一希利泯三十二尸
利泯三十三頻地利嘍泯三十四具婆希三十五酬
泠三十六彌囉酬泠三十七酬莅三十八阿其離三十
九阿婆彌四十婆利也四十一多哆且四十二富流
四十三希利四十四戰地離四十五摩陀彌四十六陀
彌四十七究周流四十八牟周流四十九阿遮吒五十
至利五十一至彌利五十二遮婆呵五十三周婆五十
四周婁五十五迷囉嘍呵五十六究婁五十七婆羅
究洞他公切五十八究侗五十九摩訶婆邏娑六十斵侗
六十一斵侗六十二摩訶薩哆希力陀蛇六十二富
罷六十四脩富罷六十五度摩波利呵利六十六呵
婆移六十七流之濘六十八迦邏叉六十九阿陀摩
兜七十比婆呵七十一提提利七十二摩摩利七十三
波舍呿七十四或或邏七十五路迦比那蛇迦七十
六婆時利七十七嘍時羅陀吟七十八婆時離陀
提七十九斫迦羅婆時離八十遮居離八十一遮迦
羅嘍提八十二陀吟八十三陀吟八十四婆泠八十五
牟離咤吟八十六休休吟八十七多伽頻婆吟八十
八舍利奢八十九流流周九十之利周利九十一牟

吟慕陀吟九十二慕荼濘九十三慕荼濘九十四伽伽羅尼九十五牟荼濘九十六散婆邏牟荼濘九十七提提羅蛇尼九十八摩醯首羅邏蛇尼九十九律師婆尼一百陀邏嘍至百一戰荼邏素咩百二薩婆薩寫阿提嘌多百三車陀兜嘍阿那百四摩彌尼百五嘍邏邏提百六烏闍其離百七比比那百八嘍那訶邏百九復佛吟百一十仇留百一十一仇留百一十二牟留百一十三牟留百一十四希希百一十五希希百一十六阿邏百一十七阿邏百一十八迦迦荼嘍呵百一十九希希多百二十阿由那百二十一鞬荼譫婆斯百二十二竭陀尼百二十三阿嘍阿呵濘百二十四末力伽比流百二十五破羅薩哆百二十六阿路沙嘍提百二十七希利希利百二十八夜哆婆闍蛇百二十九莎其羅百三十夜哆波蘭遮百三十一希力陀婆呵百三十二薩多波利嘍嘍百三十三末力伽毗盧呵尼百三十四阿遮邏佛提百三十五

陀蛇波羅邏遮波遮蛇百三十六賓荼希力陀蛇百三十七戰陀邏嘍邏濘百三十八阿遮吟輸陀濘百三十九波邏冀邏摩力伽百四十伊邏百四十一波邏冀邏摩力伽百四十二伊邏百四十三伊利吟百四十四波騰脾百四十五婆羅嘍邏泯百四十六薩婆邏多哆百四十七薩多毙竭脾百四十八阿那嘍邏那伏律泯百四十九阿羅荼百五十安伽吟百五十一舍彌尼百五十二比婆羅婆俞希百五十三阿希多百五十四阿婆希百五十五尼邏嘍蛇嘍百五十六阿之羅末力伽百五十七邏嘍那百五十八羅仇婆吟百五十九犁勒那朋舍百六十陀摩伽蛇百六十一闍羅戰陀百六十二三牟陀羅嘍提百六十三摩訶復多脾比伽嘍三牟陀百六十四陀羅尼牟陀離那百六十五摩呿牟陀邏百六十六娑邏婆提百六十七思比陀牟陀百六十八阿嘍多尼百六十九婆婆多尼百七十慕迦邏百七十一比豆多邏斯那百七十二

㕑提牟地離都思(百七十三)移迦之(百七十四)甲利癡
比迦蛇(百七十五)嘍呵嘍呵糞荼(百七十六)迦嘍咤(百七十七)
尼羅波羅提多希力陀陀蛇(百七十八)三牟陀
多陀羅尼(百七十九)陀羅(百八十)陀羅(百八十一)陀羅(百八十二)
彈提羅(百八十三)彈提羅休尼羅薩婆希力陀
蛇勿陀離都思闍咤(百八十四)闍婆咤(百八十五)闍呿
嘍咤(百八十六)修摩提(百八十七)摩提(百八十八)摩訶復多
勿陀離多(百八十九)易翅之散迦羅(百九十)婆荼蛇
多那尼(百九十一)首力多復多(百九十二)伊彌尼彌尼
(百九十三)婆遮尼(百九十四)輸沙薩遮尼(百九十五)牟地離
多遮利也何提咩那(百九十六)婆比哆(百九十七)阿那
若哆(百九十八)摩訶富若三牟遮蛇嘍多羅摩呵
加留尼迦牟地離多(百九十九)薩婆三藐波羅提
般(二百)至邏闍羅兆(二百一)薩嘍尼梨(二百二)薩婆
牟尼婆羅沙娑摩訶迦留那三摩提若那若
那婆離難(二百三)咩囉多竭毗(二百四)比利也比
利也(二百五)婆梨那提嘇多(二百六)薩婆復都波
蛇(二百七)娑呵(二百八)

爾時娑婆世界一切衆生聞是呪已各各稱言南無一切十方諸佛第二第三亦復如是甚奇甚特諸佛大會不可思議諸菩薩事亦不可思議我等昔來未曾得聞如是持名今得聞之能壞一切魔境界力紹三寶性斷魔羅網得諸善法具足佛事爲如是等說是大持爲諸衆生著心封印印諸衆生陰入界法乃至獲得大般涅槃爾時會中有一童子菩薩名曰月光從蓮華起一心合掌觀察十方以佛力故出大音聲其音遍聞娑婆世界而說偈言

如是大集甚難得　具足智慧亦復難

難得親近善知識　如是法印亦難聞
如來憐愍諸衆生　爲衆生故護正法
説是無上陀羅尼　爲壞種種諸魔力
十方諸佛説是持　爲不斷絶三寶性
能如一切諸忿諍　亦能增長無上忍
增益衆生諸善根　消滅國土諸惡相
能破衆生三惡業　亦令遠離諸惡見
如來説是無上持　爲欲顯示無上道
亦爲具六波羅蜜　眞實修於菩提道
是持即是善方便　亦能增長無礙智
攝取一切諸善法　是故名爲無上持
具修三十七道品　是名無垢菩提道
能斷一切疑網心　及斷衆生諸煩惱
是持即是眞實語　了了覩見菩提道
我今欲説陀羅尼　是則名爲無上勝
爲欲擁護説法師　及以聽受是持者
其誰欲受欲聽者　我今當説勿生疑
無上無勝陀羅尼　即是最上之智慧

爾時有恒河沙等菩薩童子異口同音作如是言我等亦欲説陀羅尼若比丘比丘尼優婆塞優婆夷先當澡浴淨於身心著新衣服以妙香華供養三寶昇於法座説陀羅尼如是四衆無有衆生能起惡事以加之者身心不濁四大清淨身諸病苦皆得遠離如是法師若有過去業因緣病悉皆消滅聽此法者亦復如是滅過去業因緣病苦爾時月光童子菩薩向十方佛長跪合掌而説呪曰

那提阿三摩路毘一咩羅素摩嘍泯二伊希那遮久遮尼三那婆久遮尼四那遮久遮尼五牟羅輸陀尼六嘍荼呿七嘍荼呿八修羅

羅尼九那嘍修羅羅尼十復多拘知十一波利車陀十二闍羅呿十三闍羅呿嘍移十四闍羅呿那十五摩叉呿十六迦迦呿十七呵呵十八呵呵十九休休休二十撥施脾陀那利車陀二十一阿摩摩二十二呿摩二十三三牟陀羅二十四阿陀羅呿婆二十五散迦羅尼二十六波利車陀菩提娑蒯提比摩二十七比比摩二十八摩訶比比摩二十九復多拘知三十阿迦奢戒婆婆波利車陀三十一藔呵三十二

爾時娑婆世界十方諸佛菩薩聲聞釋梵龍王阿脩羅王乾闥婆王迦樓羅王緊那羅王摩睺羅伽王等同聲唱言善哉善哉菩薩童子善能說是大陀羅尼爲壞魔業及惡知識身心諸病是上慧印爾時會中有一梵王名菩提自在自變其身而爲女像端嚴殊特踰於人天以妙瓔珞而自莊嚴在西方佛阿彌陀前作如是言唯願世尊加我神力令我一音遍滿此間娑婆世界我今欲說陀羅尼呪護說法者及聽法者亦令釋迦如來滅後無有能於是說法者生起惡事若魔若魔父母子息眷屬親友僕使若天若龍若阿脩羅若乾闥婆若迦樓羅若緊那羅若摩睺羅伽若拘槃茶若富單那迦多富單那茘蕻多毗舍闍夜叉羅剎等父母子息眷屬僕使亦復如是於是法師不能爲惡乃至不能動其一毛之分爲其身心而作惡事唯願世尊加我神力令我音聲遍此世界爾時會中有一帝釋名曰高持語菩提自在梵言姉莫於如來生戲弄心何以故夫戲弄者即凡夫法如來已斷凡夫事業一切有爲悉是無常如來不增

有爲之法唯增於空斷聲字句姊如來於汝不生諍訟但觀平等一相無相猶如虛空夫虛空者無三有爲無有覺觀不離有爲無有障礙如來世尊亦復如是於一切法無有障礙如來於欲亦復如是一切覺觀壽命士夫陰界諸入音聲字句悉皆無礙姊今云何於如來所而生戲弄無量壽佛告帝釋言善男子當先思惟然後發言無得於後而生悔恨何以故是女人者即大丈夫已於無量諸如來所久修善本爲欲莊嚴此大衆故現爲女身實非女也即是菩薩摩訶薩身汝云何言稱之爲姊爾時帝釋聞佛語已即前懺悔自在梵言我受汝懺令汝不得惡口等果爾時梵天白無量壽佛世尊若彼高持不懺悔者當得何等惡口果報佛言善男子彼若不悔當於八萬四千世中常受女身其形醜陋臭穢不淨是故衆生應當護口爾時無量壽佛告菩薩言我今施汝威神道力便可說之爾時梵天敬白十方無量諸佛及諸菩薩一切人天唯願善聽若有欲令如來正法久住於世擁護說法及聽法者唯願諸佛悉施我欲說是語時其音遍滿娑婆世界爾時一切梵王釋王各作是言我施仁欲并欲受持爾時梵王即說呪曰

阿摩梨一 比摩梨二 伽那沙跏三 波梨戰跏四 摩訶戰跏五 遮彌六 摩訶遮彌七 素咩八 多彌九 阿嘍呵十 比嘍呵十一 修伽闍尼囉呿婆十二 牟羅波利車陀十三 夜叉戰跏十四 比舍遮戰茶十五 阿婆阿多尼十六 三婆羅哆尼十七 娑伽羅尼十八 譫婆尼十九 慕呵尼二十 郁摩遮咤尼二十

一呵呵摩摩呵呵二十二阿多遮尼二十三呿伽舍婆二十四阿摩羅二十五阿牟羅二十六牟羅波利跋泯二十七阿㴉羅呿婆㴉呵二十八

爾時一切諸天世人咸皆讚言善哉善哉是陀羅尼不可思議無能勝者爾時梵王復作是言若有不能調伏惡鬼聞是持已即便能調若有受持如是呪者隨所住國信心諸王一切男女若大若小若天若人皆於是王不能起惡若有起惡首爲七分其心乾焦身被癩病有神通者即便退失暴風所吹身陷入地隨是持呪流布之處我亦當護令得遠離一切諸惡受者聽者不乏衣食卧具醫藥資生所須爾時會中有一梵天名曰正語亦現女像復作誓言我今於此娑婆世界現在佛前至心護法乃至釋迦如來滅後亦當護之隨是持呪流布之處護其國土說者聽者令離魔業一切惡事若有法師欲說法者爲調衆生先當讀誦是陀羅尼即說呪曰

阿婆咩一比摩咩二菴婆羅三菴婆吟四波利荼五富沙波羅婆呵六闍留迦七摩呿羅蛇八伊利彌利九蕻利彌利十蕻提遮羅牟蛇離十一牟陀羅目唫十二㴉呵十三

若有法師先讀誦說如是持者我以天耳當往聽之聞已身往在其會中令諸會者遠離諸惡至心聽受如是持呪若我聞已而不往者則爲欺誑過去未來十方現在無量諸佛亦於未來不得成就阿耨多羅三藐三菩提若我往者即令法師逮無礙辯得無所畏聽法之人遠離病苦及疑網心飢渴寒熱兵革怨敵虎狼毒獸一切諸惡唯願十方一切諸

佛加我神力爾時釋迦如來白諸佛言今我
當與此梵天呪爲護法故即便說呪
遮慕踟一慕荼波利車陀二阿牟摩三阿牟
摩四阿牟摩五娑羅叉六娑羅究思七彌呿
波利嘍呵八遮羅摩九蛇哆嘍十修比呿十一
阿牟羅波利車題十二薩婆佛陀阿提嗘泯十三
滲呵十四
於是如來說是呪已即告梵天善男子如是
持呪力能調伏一切衆生爾時梵天白佛言
世尊我今所以現此女身爲欲調伏一切女
人若有女人欲生男者當讀是持讀是持已
即得生男猒兒息者更不復產若有受持讀
誦之者我當至心營衛擁護

大方等大集經卷第二十一

音釋

嬈而沼切與擾同亂也 誣武夫切詐也罔也 歔朽居切出氣也吹也 葶藶葶特丁切藶郎擊切葶藶薺菜子也 迮則格切狹也迫迮也 阿閦梵語也此云無動佛名也閦初六切 唫丘爾切 咩迷爾切 翹渠堯切 㝹奴鉤切 譫職廉切 斪侗斪丁侯切侗他紅切 鞬居言切 滲蘇何切已上唫字起皆呪中字也 臰尺救切香臭也氣之應鼻者為臭故香亦謂之臭 踟知直離切呪字也

大方等大集經卷第二十二

北涼天竺三藏曇無讖譯

寶幢分中護品第七

爾時會中有一菩薩名善繫意立於寶光功德佛前現身如梵或如帝釋或自在天或作他化自在天像或兜率天或夜摩天或作提頭賴吒或毗樓勒叉或毗樓博叉或毗沙門或作龍王或阿脩羅王或緊那羅王或迦樓羅王或夜叉王或羅刹王或畢力迦王或毗舍闍王或拘槃茶王或作刹利婆羅門毗舍首陀比丘比丘尼優婆塞優婆夷或作師子象虎毒蛇牛馬之形復作種種飛鳥之身一時之中能示八萬四千種色爾時富樓那彌多羅尼子白釋迦如來言世尊何因緣故是善男子變現如是八萬四千種種諸色佛言富樓那是善繫意菩薩摩訶薩所入三昧不可思議非是聲聞緣覺境界是善男子以如是等諸善方便調伏衆生隨衆生身意色三昧悉能作之若有衆生宗事梵天敬念梵天即現梵像爲說三乘乃至或有奉事佛者即現佛身爲說三乘若有衆生宗事畜獸即現獸像爲說三乘若有奉事山谷河澗樹林百卉即現其像而調伏之若有衆生貪於財利先以財施後爲演說三乘之法爲壞貪故若有病者隨其所須給施醫藥若寤時與若夢中與令其病者衆苦除愈爲調伏故而爲說法富樓那是善男子於一日夜能以三乘調伏恒河沙等衆生富樓那言是善男子發阿耨多羅三藐三菩提心已來爲久近耶當樓那是善男子已於無量恒河沙等劫中發心

是人得是三昧已來調伏衆生已經六萬四千億阿僧祇劫富樓那言世尊是善男子久近當得成無上道成道之時在何國土富樓那此世界中過六大劫劫名星宿於是劫中當成正覺號曰寶髮是時衆生壽四萬歲多造惡逆具足五滓成正覺已四十年中宣說三乘便入涅槃富樓那言世尊彼時衆生未調伏者復當云何富樓那彼時衆生無有一人不調伏者富樓那如是菩薩常立誓願十方各各千佛世界所有衆生乃至一人不調伏者我終不成阿耨多羅三藐三菩提若我不能了了知見如是世界所有諸佛亦復不成阿耨多羅三藐三菩提如是十方千佛世界所有衆生若有一人非我調者我亦不成阿耨多羅三藐三菩提若他世界所有惡人願生我國生我國已我當以三乘之法而調伏之富樓那如是菩薩具足如是不思議事富樓那言世尊我於今者得大利益乃得見聞如是正士若有人能至心聽受是大集經是人亦得如是利益

寶幢分中授記品第八

爾時阿閦佛告大衆言今是衆中梵釋四王阿脩羅王人王非人王如是等衆集會甚難汝等今日而得值遇應當至心於諸佛前隨其志樂發深重願時有魔王名莊嚴華現七寶首而爲女像身佩種種微妙瓔珞作如是言今我至心於諸佛前立大誓願願於賢劫娑婆世界以此女身常施衆生香華甘果而調伏之以是因緣令其成就阿耨多羅三藐三菩提爾時一切十方諸佛同時讚言善哉

善哉善男子汝有信喜而於今日大作佛事當隨汝願悉得成就魔王復言世尊隨何國土有人受持讀誦書寫思惟分别是陀羅尼處我當住中爲作種種華果樹林泉源浴池穀米所須令無所乏若有衆生於是經中義説非義非義説義我當治之或令病苦狂亂錯謬國主擯之生瞋害心此言若虚則爲欺誑十方大衆亦莫令我於未來世得阿耨多羅三藐三菩提若此世界及他世界佛諸弟子不得供養利安之者無有是處除過去業必應受者如我所施華果浴池泉源穀米即是我之檀波羅蜜受我施已獲得無上慈善之心即是我之尸波羅蜜受我施已勤修精進集諸善法即是我之進波羅蜜受我施已深觀諸法無常之相即是我之禪波羅蜜受我施已能忍一切身口意惡即是我之忍波羅蜜受我施已能觀諸法空無相願即是我之般若波羅蜜如是我則具足成就六波羅蜜唯願十方無量諸佛令我得之爾時十方無量諸佛默然許可爾時慧幢如來讚莊嚴華善哉善哉善男子如汝所願當令汝果汝既果已當得利益無量衆生爾時魔王即以女身而説呪曰

遮彌呿一遮咩呿二遮咩呿三涅伏多阿提四婆呵五嘙呵六嘙呵七沫羅八沫迦九婆羅知十比婆比婆十一娑羅婆羅娑利地離十二娑羅摩希地離十三娑羅娑時離十四地離多波虵沫迦十五休休休十六阿沙伽闍胛十七多呿十八多呿十九多呿二十婆油婆醯二十一烏波那虵二十二薩多波虵二十三頻闍破羅二十四富逋沙陀

二十五陀那陀濘那二十六遮居離厠移二十七闍羅婆呵尼二十八沫羅沫迦二十九三藐波羅提波那婆延三十薩多波陀三十一頻闍破羅三十二富逋沙陀三十三陀那陀濘那遮居離厠移三十四闍羅婆呵尼三十五沫羅沫迦三十六三藐波羅提波那婆延三十七薩多迦利虵摩咩摩咩摩咩闍婆羅三十八淤呵三十九

世尊是陀羅尼流布之處若國土都邑聚落村屯我當住中調伏衆生悉令具足無上佛道爾時一切十方諸佛無量菩薩梵釋四王阿脩羅乾闥婆迦樓羅緊那羅摩睺羅伽人非人等同聲讃言善哉善哉善男子汝能以是女人之身護持如來無上正法調伏衆生修行具足六波羅蜜演說無量諸佛功德爾時釋迦如來告諸大衆諸大衆誰能與此同心護法爾時會中無量衆生咸作是言我等能與是善男子同共護法不相捨離如影隨形願是菩薩成無上道當復與我授佛道記時莊嚴華白釋迦如來言世尊如來滅後我當於此護持如來無上正法及受法者唯願如來憐愍我故授我阿耨多羅三藐三菩提記佛言善男子汝得阿耨多羅三藐三菩提時世界名法行佛名功德意時莊嚴華旣聞記已即以香華供養如來爾時會中有一菩薩名曰吉意白娑婆世界十方諸佛言世尊是人已於賢劫之初迦羅鳩孫陀佛所發大誓願以女身教化成就無量衆生亦令遠離四百四病故說四百四善方便根藥果藥散藥丸藥下藥吐藥阿伽陀藥油酥湯藥各四百四以如是等調伏衆生復於四萬四千歲

中供養恭敬迦羅鳩孫陀佛及以衆僧供養
佛已即得受記彼佛告言善男子未來衆生
壽百年世當有如來號釋迦牟尼以大願力
娑婆世界當有十方無量諸佛菩薩集會是
大集時汝於彼中當得受阿耨多羅三藐三
菩提記迦那迦牟尼迦葉等佛亦復如是是
人爾時白彼佛言世尊我以本願力故常以
女身持種種藥給施一切病苦衆生以我是
願福德力故一切樹木華果悉出甘露之味
若有食者即是我之檀波羅蜜因若有食我
如是所施華果穀米甘露味者捨除毀禁受
持淨戒即是我之尸波羅蜜因受我食已勤
行精進修習善法即是我之精進波羅蜜因
堪忍持戒思惟修善即是我之羼提波羅蜜
因深觀諸法無常之相即是我之禪波羅蜜
因觀法苦空無常無我即是我之般若波羅
蜜因如此世界女身教化調伏衆生令離病
苦十方世界亦復如是世尊我說是事令莊
嚴華增長成就精進力勢如來滅後我當與
彼共護佛法唯願世尊於此大衆與我受記
爾時一切十方諸佛讚言善哉善哉釋迦如
來當授汝記爾時世尊告吉意言善男子汝
於當來蓮華世界得成爲佛號曰善見如吉
意女地天水天火天風天虛空天種子天華
天果天山天樹天草天隄天淵天寶天四天
下天乃至六萬七千神天亦復如是皆是菩
薩現受女像爲調衆生是等女天悉得授記
當成阿耨多羅三藐三菩提所以現爲女像
教化爲令衆生轉女身故若轉男身得女身
易若轉女身爲男則難是故以此女身教化

是等六萬七千諸女得受記已百億龍王百千億夜叉百萬億阿脩羅七萬億天九千萬億魔王恒河沙等人所謂刹利婆羅門毗舍首陀不可數拘槃茶等發阿耨多羅三藐三菩提心無數衆生得不退轉菩提之心不可數衆生得菩薩三昧不可數衆生得無生忍不可數衆生得陀羅尼不可數衆生得菩薩地不可計衆生成就忍辱不可計衆生得沙門果不可計衆生得盡諸漏不可計衆生於聲聞心無有退轉不可計衆生於縁覺心無有退轉不可計衆生得不退心

寶幢分中悲品第九

爾時釋迦如來白諸佛言世尊憐愍我故悉來集此娑婆世界時莊嚴華吉意菩薩爲護法故發深重願如願即得時十方佛爲二正士大誓願故即説呪曰

樹提婆婆一 持律提婆婆二 牟尼婆婆三 薩多婆婆四 富若棱伽婆婆五 帳那婆婆六 摩訶迦留那婆婆七 摩訶伏律多婆婆八 阿慕呵婆婆九 流提婆婆十 厠提婆婆十一 娑利羅婆婆十二 却伽婆婆十三 婆由婆婆十四 跋多婆婆十五 阿提啅那婆婆十六 阿摩婆婆十七 阿頗那婆婆十八 多哋多婆婆十九 復多拘置婆婆二十 尼提提婆婆二十一 梨究舍羅婆婆二十二 梨養那婆婆二十三 梨陀塊婆婆二十四 梨比目叉婆婆二十五 梨首居羅婆婆二十六 賴吒提那婆婆二十七 婆婆二十八 婆婆二十九 婆婆三十 三摩多三十一 阿那若三摩多三十二 咤咤咤咤咤咤咤咤三十三 娑咤思提三十四 薩婆佛陀究舍羅牟羅阿提啅那三十五 淤呵三十六

說是呪已復告二人善男子汝等若欲教化衆生應當受持如是等呪時莊嚴華與諸菩薩其數十萬作如是言十方諸佛爲衆生故所說神呪我等要當至心受持若我今於十方佛前立誓願已聽是神呪不能受持則爲欺誑諸佛世尊亦莫令我得阿耨多羅三藐三菩提若有人天持是呪者設有於其起惡心者我若不護令我不得成無上道若比丘比丘尼優婆塞優婆夷受持是呪亦無有能於是四衆起惡心者時十方佛同聲讚言善哉善哉善男子汝能受持無上法雨爾時釋迦如來告魔波旬汝於佛法當生信心以汝因緣當令無量無數衆生得解脫果汝今失離一切伴侶誰當與汝復共爲惡我憐愍故慇懃教告汝可速發阿耨多羅三藐三菩提心魔波旬言世尊我今乃至無一念心發阿耨多羅三藐三菩提瞿曇今者未能永斷欲界衆生云何令我失離伴侶我終不能歸依三寶

寶幢分中護法品第十

是時會中有佛名曰曼陀羅華微妙香語釋迦牟尼佛如過去世十方諸佛以憐愍故亦悉集會五滓世界爲護法故壞魔怨故憐愍衆生故施大智炬故爲說正道故十方現在無量諸佛亦復如是今日十方無量諸佛悉來集會娑婆世界誰可付囑釋迦佛法釋迦如來言我之正法可以付囑頻婆娑羅等諸大國王四王帝釋梵天王等如是等衆能護我法若有能發菩提心者當知是人則能護法爾時一切大衆所有天王梵王龍王異口

同聲作如是言世尊我等要當至心護法何以故如來正法難得難值一佛界中無量佛會亦復難遇十方諸佛尚爲衆生而來集會我等云何不護正法爾時十方諸佛同聲讚言善哉善哉善男子若有剎利能護法者所有國土衰惡之事四百四病皆令除滅及其國土所有樹木華果穀米滋茂豐登護其人民親戚眷屬令離諸惡若有比丘比丘尼優婆塞優婆夷亦當護之何以故過去菩薩得成阿耨多羅三藐三菩提者皆由擁護正法因緣未來現在亦復如是若能護是受者聽者當知佛法久住不滅是故娑婆世界天王人王當守護法爲久住世不斷絕故善男子若有善男子善女人欲令佛法久住於世不滅盡者應當供養是大集經受者說者何以故是大集經即是供養十方諸佛印封若能供養如是大集即是供養十方諸佛釋迦如來滅度之後隨有是經流布之處若有聽受持讀誦解說書寫經卷乃至一偈一句一字而其國主一切惡事即時消滅所有樹木穀米藥草四大天王降施甘露而以益之國土王法悉得增長鄰國惡王勤求和同各各自生喜心慈心一切諸天佛弟子者悉來擁護如是國土王子夫人及諸大臣各各生於慈愍之心穀米豐熟食之無病亦無鬭訟兵革不起無諸惡獸及惡風雨遠離一切過去惡業若諸衆生有女業者現受生受及以後受即能令滅除五逆罪謗方等經及以聖人犯四重禁一闡提輩其餘惡業如須彌山悉能遠離增長善法具足諸根身口意善遠離惡見破

壞煩惱修習正道供養諸佛具足善法及內外事令諸衆生壽命增長念慧成就爾時彌勒菩薩等九萬七千億菩薩得無生忍者作如是言我等亦能於佛滅後護持正法爲憐愍故當於都邑城村聚落廣說是經爾時娑婆世界無量諸佛同聲讚言善哉善哉善男子娑婆世界一切人天復作是言我等亦能於佛滅後護持正法及四部中受持說者時十方佛復讚歎言善哉善哉汝等眞能護持正法善男子汝等若欲護持正法應當供養如是諸佛世尊我等要當擁護是經流布之處都邑聚落人民眷屬及受持者幷令土地穀米豐熟藥木滋茂何以故隨有是經流布之處我於是中有大力勢以力勢故我能護之令離一切衰禍之事亦令是國所有衆生遠離惡業生於慚愧是時十方諸佛讚言善哉善哉汝今眞能護持正法亦能供養十方諸佛護持法者聽受法者

寶幢分中四天王護法品第十一

爾時釋迦牟尼佛告諸梵天帝釋四王善男子我爲如是惡衆生故本願力故大憐愍故於此惡處成阿耨多羅三藐三菩提爲欲利益無明闇冥渴法衆生常樂增長煩惱衆生破壞魔衆建立法幢施其法雨令諸衆生離煩惱苦令不可計無量衆生發阿耨多羅三藐三菩提心無量諸佛及諸菩薩悉來在此世界集會爲壞衆生無量惡業紹三寶種我涅槃後所有正法當付汝等汝等便當深心守護若有菩薩福德成就如是等輩亦能擁護我之正法若有衆生已於諸佛種善根者

是人於後法欲滅時餘五十年守護正法信敬受持讀誦書寫解說其義如是法師若於都邑城村聚落欲多饒益無量衆生當淨澡浴著好新衣莊嚴香華於一案上安置種種諸甘味漿置高座前汝等爾時若不來集爲護法師遮諸惡事聽受正法自利他利汝則欺誑十方諸佛爾時梵天白佛言世尊隨是經典流布之處都邑聚落我當至心而擁護之若比丘比丘尼優婆塞優婆夷欲說是經當淨洗浴著新淨衣聚集香華乃至甘漿置高座前我與眷屬定往其所若我不往則爲欺誑十方諸佛世尊此世界中隨有是經流布之處當令其地無諸兵革及諸惡事我今至誠十方佛前立深重誓即說呪曰

安仇呵一登伽二富羅那呵三蛇咩呿四呿呿五婆呿六嘍呿婆七居離那呿嘍八娑呵

爾時釋提桓因即說呪曰

呿嘍婆竂奢一摩奢竂奢二那羅呿三阿牟若四阿牟嘍呵五阿呿咤六阿呿七阿伽呿時伏律唫八娑呵九

爾時東方天王提頭賴吒即說呪曰

頻頭闍那一呿嘍闍那二羅牟呿三叉娑羅四富那婆呵五阿末伽婆咤六娑呵

爾時南方天王毗留勒叉即說呪曰

郁呿那婆闍荼一三牟陀斯若二哆哆周多三婆邏那婆四婆邏闍五渘呵六

爾時西方天王毗留博叉即說呪曰

闍路伽一阿郁伽二阿摩慕伽三阿摩婆邏闍四嘍脾也牟闍五娑呵六

爾時比方天王毗沙門即說呪曰

啾地離一啾颰啾地離二呿啾地離三阿尼颰地離四希力多啾地離五娑竭邏希力多啾地離六散究娑啾地離七陀摩叉地離八㵿呵

爾時十方佛讚梵天言善哉善哉梵天汝今眞能護持佛法釋提桓因提頭賴吒王毗樓勒叉王毗樓博叉王毗沙門王亦復如是世尊我今隨經流布之處當至心護持時十方諸佛及諸菩薩同共讚言善哉善哉毗沙門等汝能眞實護持正法爾時娑婆世界有萬二千大鬼將軍護此世界復有四萬四千小將成就大力及大功德同音而言世尊我等亦當於未來世隨有是經流布之處我則隨護若說法時我亦當往有聽法者當爲壞其種種魔業護說法者令得增長一切善法當勸諸王大臣長者施其衣食種種資生所須之物亦令其土無有兵革寇難之事及惡風雨若我虛妄則誑十方無量諸佛爾時娑婆世界有一菩薩名曰疑心白釋迦牟尼佛言世尊此娑婆世界有百億魔不如其有者悉來集不佛言一切都集世尊若都集者有信心不佛言善男子皆有信心唯除波旬眷屬千人當於未來破壞我法常求過罪是魔波旬及其眷屬破壞三寶何以故皆是過去惡因緣故過去不種善根因緣善男子我法滅時是魔波旬及與眷屬於如是法乃得信心種菩提子修菩薩道乃至得阿耨多羅三藐三菩提爾時會中有一魔天名曰太白已於無量諸如來所成就功德所有信根無能傾動恭敬三寶已於諸佛得受阿耨多羅三藐

三菩提記現仙人像從座而起長跪合掌以大音聲遍諸佛土而白佛言世尊釋迦如來本願因緣生憐愍故於此具足五滓世界謗法衆中得阿耨多羅三藐三菩提以憐愍故說三乘法脫三惡道復爲無量無邊菩薩說無生忍不斷十方諸佛種性是故我當於未來世至心擁護令釋迦法久住不滅令諸魔衆不得其便我終不壞如來正法若無持者佛法則滅若諸四衆無說聽者法則衰滅若未來世善男子善女人修立三業紹三寶性爲壞三界諸惡煩惱修行正道能壞衆生三惡道苦一切魔衆無能爲也唯願十方無量諸佛施我功德智慧二力我欲誦呪爲壞一切惡魔眷屬時十方佛同共讚言善哉善哉

時太白魔即說呪曰

阿摩梨一 阿漢呿咩二 阿闍嘍嘍三 阿闍婆婆四 阿闍嘍嘍五 牟羅婆梨六 脾也呿棎㕧七 闍摩棎梨八 呵呵九 呵呵十 呵呵十一 伽羅棎咤十二 闍囊刼伽十三 若蛇刼伽十四 比若蛇棎呿伽十五 阿牟叉邏十六 叉叉十七 叉叉十八 叉叉十九 牟羅婆呵呿迦二十 棎呿若二十一 棎波利婆多二十二 牟羅二十三 若若二十四 戰陀修利蛇若若二十五 棎提若若二十六 那婆呵若若二十七 呿邏叉若若二十八 那波羅若若二十九 復多拘知若若三十 哆哆哆若若三十一 薩菩婆比若若三十二 邏提悉多若若三十三 遮居邏摩頻婆多叉婆三十四 叉摩摩三十五 叉波若三十六 若比多三十七 摩羅比沙蛇三十八 棎呵三十九

說是呪時地六種震動一切魔衆心生怖畏一切天人乃至迦羅富單那皆離恐怖得不

退轉菩提之心爾時魔王問堅意言善男子是太白魔王從何處來有何等力而能破壞一切魔衆及諸惡業增長瞿曇斷滅之法我今覩見心欲變吐四方皆闇身心苦痛而彼見之甘樂愛著唯願憐愍爲我說之堅意菩薩告言波旬皆是一切諸佛威神令是太白有如是力以是力故壞諸魔衆增長如來無上正法是太白菩薩所有德力乃至人天無能壞者波旬汝於三寶宜應生信發菩提心遠離一切身口意惡波旬言大士我今方欲造成種種身口意惡實不能發菩提心也

寶幢分中曠野鬼品第十二

爾時曠野菩薩即現鬼身散脂菩薩即現鹿身慧炬菩薩現獼猴身離愛菩薩現羖羊身盡漏菩薩現鵝王身如是五百諸菩薩等各各現受種種諸身其身悉出大香光明一一菩薩手執燈明爲欲供養十方諸佛爾時疑心菩薩至心觀察是五百人即知悉是菩薩大士語曠野鬼善男子汝等何故現如是身供養諸佛曠野鬼言善男子往古過去九十一劫有佛世尊號毗婆尸如來應正遍知明行足善逝世間解無上士調御丈夫天人師佛世尊我於爾時與如是等同一父母共爲兄弟受持五戒勤修精進聰明智慧心樂善法種種供具供養彼佛既供養已皆發阿耨多羅三藐三菩提心爲欲調伏一切衆生尸棄毗舍浮鳩留孫佛亦復如是皆供養已散脂大士於彼佛前立大誓願願我來世以鬼神身教化衆生若有弊惡鬼衆生我當演說三乘之法而調伏之乃至無量恒河沙等

惡鬼惡獸悉令調伏然後乃得成阿耨多羅三藐三菩提亦有一萬二千大鬼於此世界發大誓願調伏衆生爾時我復發大誓願若有惡鬼欲壞如來如是正法我當治之是故我受如是鬼身若有惡鬼能殺衆生令其心亂惡心殺害深著邪見能令刹利婆羅門毗舍首陀亂心作惡於國土中移轉日月錯易年歲使國荒亂寒暑失所變改時節降惡風雨穀米不登及壞一切樹木果子願我悉能調伏教化令住三乘我亦不害奪其命根同其受身與共輭語言談戲笑以三乘法而教化之令離惡道若有衆生遠離善法行身口意不善之業捨是身已生三惡道或有雜作善惡諸業是人捨命則受鬼身是故爾時惡鬼滋多善鬼尠少是故我欲調伏惡鬼現受是身亦令刹利婆羅門毗舍首陀遠離惡心善男子有金剛槌呪以是呪力一切惡鬼於彼四姓不能爲惡善男子若有都邑城村聚落有是呪處一切惡鬼無能爲也是處衆生皆修慈心遠離一切不善之事惡病惡雨亢旱鬪諍乃至鳥獸皆生善心遠離一切諸惡怖畏我今於此十方佛前發大誓願欲說是呪爾時釋迦如來告曠野鬼言善男子十方諸佛今已施汝神通之力便可說之時曠野鬼即起合掌而說呪曰

豆摩一豆摩二陀摩三陀摩四豆摩五豆摩六那那羅七尼羅八尼羅九究吒尼十究吒尼十一摩呵究吒尼十二吒吒吒吒抹十三摩呵吒吒吒十四阿娑婆十五阿比十六利尼十七利尼十八摩訶利尼利尼十九利彌二十利彌二十一利彌二十二陀

利蓰二十三摩呵利蓰二十四首流首流二十五摩
訶首流首流二十六首流多二十七摩訶首流首
流二十八郁究摩二十九仇摩三十仇摩三十一仇摩
那三十二利彌三十三利彌三十四希利三十五希利
三十六希利三十七希利三十八希利三十九希利四十
希利四十一希利四十二希利四十三希利四十四希
利四十五希利四十六希利四十七尼彌尼彌四十八
希尼四十九希利五十牟尼五十一牟尼五十二牟提
尼五十三婆邏婆邏婆邏吒五十四跋迦那利也
五十五祇儜五十六時儜力娑婆五十七時那五十八
時那五十九時那邏娑婆六十莎呵六十一
世尊隨有國土誦此呪處彼諸惡鬼雖聞是
呪於諸衆生猶懷惡心凶暴難伏不受法教
不起慈心者我爲是等諸惡鬼故更說此呪
以調伏之

阿車一阿車二牟尼三牟尼四尼休休五牟
尼六牟尼七摩那羅娑婆八休休九阿尼羅
那茶十阿多但茶十一阿多阿提十二流吒十三希
尼十四希利十五希利十六希利十七希利十八希利十九
希利二十希利二十一郁仇摩二十二仇摩二十三仇
摩二十四仇摩二十五希利二十六希利二十七希利
二十八尼利二十九尼利三十摩訶尼利三十一三牟
陀咩呿三十二呵吒三十三阿吒三十四阿吒三十五
陀羅咩呿三十六叉婆呿三十七叉嘍呿三十八昇
利癡比三十九阿波四十泯闍四十一婆由四十二阿
迦奢四十三嗥嗥嗥四十四究脾四十五婆窮脾四十
六阿叉窮脾四十七視韓窮脾四十八薩多伽窮
脾四十九邏闍窮脾五十薩多兜窮脾五十一莎呵

寶幢分中還本品第十三

於是十方無量諸佛各各欲還本佛世界其

地即時六種震動上虛空中雨種種華微妙妓樂不鼓自鳴種種諸香而以供養一切大衆悉共合掌禮敬諸佛爾時梵天白月香佛言世尊是誰神力成幾福德於未來世能信受持讀誦書寫如是經典梵天皆是十方現在諸佛本願力故破壞魔衆除國惡相暴風惡雨護持正法爲調衆生宣示正道亦是諸佛本願力故來世衆生成就十法能於未來護持正法是人亦爲諸天所護梵天若有人能具足念心善意方便是人則能擁護正法不貪五欲常修習空忍辱如地得深大忍以四攝法攝取衆生此彼無礙修行清淨菩提道行寶幢三昧如是之人於未來世能護正法書寫受持讀誦解說是人捨身得見十方現在諸佛及比丘僧諸菩薩等亦聞諸佛所說妙法聞已即得聖人喜樂滅除一切不善之法得生清淨諸佛國土常聞演說大乘經典終不生於五滓世界常得親近娑婆世界如是諸佛是人於後餘五十年以佛力故則能護持如來正法爾時釋迦牟尼佛告梵天言隨是經典流布之處其土則無一切惡事惡雨疾病受者聽者身無患苦衣食無乏爾時華幢佛告諸大衆若以滿此娑婆世界微妙七寶施十方佛不如有人於佛滅後餘五十年受持讀誦書寫是經所得福德多先福德佛復告大衆假使有人以恒河沙等上妙七寶施十方佛不如有人於佛滅後餘五十年受持讀誦書寫是經所得福多佛說是經已諸天世人聞已歡喜信受奉行

大方等大集經卷第二十二

音釋

鬘莫還切 擯必刃切斥也 逋博孤切 悵張帳二音 啅陟握切 咤音吒 颼所鳩切已上逋字起皆呪中字也 羖公戶切牡羊也 鞾音靴呪字也

大方等大集經卷第二十三

北涼天竺三藏曇無讖譯

虛空目分聲聞品第一

爾時世尊故在欲色二界中間大寶坊中與無量比丘僧諸大菩薩圍繞說法時舍利弗目揵連等出家未久以舍利弗目連因緣說聲聞法雜四眞諦爾時衆中有諸人輩本是外道諸根闇鈍自謂有智起大憍慢增長色慢欲慢無明慢勝慢非法慢未得第二第三第四沙門果證是故如來爲如是等宣說中道爲離如是惡煩惱故如來說是中道義時如是諸人各各論說斷見我見爾時世尊即作是念哀哉諸人本外道故雖入佛法猶生大慢於未得中而生得想於未知中而生知想於如法中而不修行雖順四諦而不能得四無礙智乃至不得第四果證爾時世尊二手擧捉瞻婆華鬘發大誓願以願力故於華鬘中出生四寶一帝釋寶二天光寶三金剛光寶四勝諸光寶一一寶中出大光明遍照此間娑婆世界光明出巳擲之虛空時華鬘中說是偈言

雖除鬚髮不去結　被服染衣不離染
示佛爲師不隨教　如是之人汙大衆
如來宣說正法時　而復不能至心聽
是人不得眞實義　亦不能離諸煩惱
若能覩見實法性　是人破壞無明慢
若有親近善知識　是人速得甘露味
若能呵責於生死　是則能得到彼岸
是人具足戒多聞　亦具禪定智慧聚
若人能壞煩惱魔　遠離陰魔及死魔

摧伏天魔諸眷屬　常當親近無上尊

説是偈已聲聞弟子有憍慢者咸作是念如來知我並有汙心是故爲我説如是偈即時心中生大慚愧及四天下佛諸弟子亦復如是生慚愧心於一念頃悉來集會爾時無量百千萬億聲聞大衆悉來聚集於是佛知衆會已定即爲宣説雜四眞諦時此寶髻直往南方過九萬二千恒河沙等諸佛世界彼有世界名金剛光藏其土衆生具足五滓有佛世尊號金剛光明功德如來應正遍知明行足善逝世間解無上士調御丈夫天人師佛世尊亦爲四衆宣説如是雜四諦法而彼會中有諸菩薩聲聞四衆比丘比丘尼優婆塞優婆夷見是寶髻大光明已觀察四方仰見寶髻在佛頂上虛空中住即白佛言世尊如是寶髻從何處來誰之所遣彼佛答言善男子此方去此九萬二千恒河沙等諸佛世界彼有世界名曰娑婆有佛世尊號釋迦牟尼如來應正遍知明行足善逝世間解無上士調御丈夫天人師佛世尊亦爲具足五滓衆生宣説開示雜四諦法如我今於此土無異善男子彼佛世界所有衆生甚大癡闇麤獷輕躁生大憍慢多作惡業難調難解是故釋迦牟尼如來爲此大集於大衆集中演説正法爲壞如是諸大惡事彼世界中所有衆生於未得中而作得想於未證中而作證想於未修中而作修想是故彼佛欲大説法如法修行爲壞如是大憍慢故爲得盡智及無生智將欲宣説虛空目法行爲得聲聞緣覺佛果欲開如來無上法藏是故彼佛遣此寶髻

從我索欲我今與之幷欲以是法目陀羅尼贈彼爲信能作無量微妙大明能乾一切諸惡煩惱能持一切所聞不忘能淨一切心之垢汙能護一切諸善禁戒能入一切大智慧中能護一切無上三昧能護巳心生他喜心受持聖法遠離諸病所求之法如願即得增長一切資生所須亦能長養一切善根能調惡王及以四性諸惡鬼神鳥獸水虫護持一切諸善根本能得如來一切諸法乃至能得十八不共法是故我今欲遣如是法目陀羅尼至彼世界與釋迦如來即告金剛山童子言善男子汝可往彼娑婆世界稱我名字問訊彼佛金剛光明功德如來以此法目陀羅尼門遠贈世尊金剛山童子言世尊善哉善哉我亦欲往禮覲彼佛幷欲啓受所未曾聞虛空目法門爾時復有六萬億菩薩摩訶薩八十千億聲聞大衆同聲而言世尊我等亦欲詣彼世界禮覲彼佛幷欲啓受所未曾聞虛空目法門唯願如來加我神力令得往反彼佛答言善哉善哉諸善男子宜知是時是金剛山童子者能調伏汝即是汝等善知識也爾時彼佛即告金剛山童子言善男子諦聽諦聽我當爲汝宣說如是法目陀羅尼即說呪曰

阿婆一阿婆阿婆二蘘那虵沙吒三摩訶摩呿四摩訶吔娑婆娑五樹喻低六阿吔七那婆那吔袮八佛闍囉絺九安縷瀨絺十闍羅迦吔十一阿那耨得叉十二洮復婆十三那婆嗏婆十四勒叉魯遮那十五莎吒呿婆十六陀羅尼茂闍十七波囉伽啅婆十八鞞那厠十九婆那鞞呼二十阿

那迦哋二十一栴荼咩脩二十二婆羅呿多二十三脩魯遮那二十四魯遮那嘍二十五魯遮虵蘘嘍嘍斯二十六莎訶二十七

善男子汝當受持讀誦書寫是陀羅尼往彼世界問訊釋迦牟尼如來如我辭曰四部弟子樂受法不四姓之人能供養不衆生之心不濁亂不常能親近於如來不復能尊重讚歎佛不增廣流布佛正法不金剛光明功德如來以此法目陀羅尼門遠贈世尊能作大明乾燋一切諸惡煩惱乃至獲得如來十八不共之法時金剛山童子受持讀誦書寫如是陀羅尼已告諸大衆若欲往彼娑婆世界覲見釋迦牟尼如來幷欲啓受所未曾聞虛空目法門者應當遠離一切色相亦莫念於分別之相常當修習虛空之相遠離一切取捨等相放捨一切塵勞等相解諸結縛專念虛空爾時大衆咸作是言善哉善哉善男子即前禮佛禮已繫念觀虛空相於一念頃即來至此娑婆世界覲見釋迦牟尼如來頭面禮足供養恭敬尊重讚歎右繞三帀却在一面合掌而立是時寶鬘復往西方過八萬億諸佛世界彼有世界名曰慧闇具足五滓有佛世尊號曰智幢如來應正遍知明行足善逝世間解無上士調御丈夫天人師佛世尊亦爲四衆宣說如是雜四諦法彼時會中有諸菩薩聲聞四衆比丘比丘尼優婆塞優婆夷見是寶鬘大光明已觀察四方仰見寶鬘在佛頂上虛空中住即白佛言世尊如是寶鬘從何處來誰之所遣彼佛答言善男子東方去此八十千億諸佛世界彼有世界名曰

娑婆具足五滓有佛世尊號釋迦牟尼十號具足亦爲四衆宣說開示雜四諦法如我今於此土無異乃至欲開如來法藏是故彼佛遣此寶鬘從我索欲我今與之并欲贈彼淨目陀羅尼能作大明乾燋煩惱乃至能得如來十八不共之法是故我今欲遣如是淨目陀羅尼至彼世界贈彼如來彼佛即告勝幢童子汝可往彼娑婆世界稱我名字問訊彼佛并以如是淨目陀羅尼門遠相贈遺時彼衆中有無量菩薩聲聞同聲而言善哉世尊我等亦欲詣彼世界禮覲彼佛并欲聽受所未曾聞虛空目法門乃至彼佛即說呪曰

勿力呵一勿力呵二勿力呵三勿力呵四阿婆勿力呵五薩勉勿力呵六修婆奢勿力呵七那婆勿力呵八脩頗婆九阿能伽十柢比叉十一闍虵私羅十二那婆噢啰十三呿伽鉢羅十四那囉那瀾十五宿沙十六翅奢私羅十七阿婆羅思羅十八摩訶迫坻闍那十九阿那悶陀羅二十阿婆呿伽二十一那猶多悶陀羅二十二娑頗囉二十三阿蘘伽伽二十四那囉拏二十五娑遮二十六守留多竭婆修那二十七莎呵二十八

善男子汝當受持讀誦書寫是陀羅尼往彼世界乃至一面合掌而立是時寶鬘復至北方過九萬九億諸佛世界彼有世界名曰爲常具足五滓有佛世尊號發光明功德十號具足亦爲四衆宣說開示雜四諦法而彼會中有諸菩薩聲聞四衆比丘比丘尼優婆塞優婆夷見是寶鬘大光明已觀察四方仰見寶鬘在佛頂上虛空中住即白佛言世尊如是寶鬘從何處來誰之所遣彼佛答言善男

子南方去此九萬九億諸佛世界彼有世界名曰娑婆具足五滓有佛世尊號釋迦牟尼十號具足亦爲四衆宣説開示雜四諦法如我今於此土無異乃至欲開如來法藏是故遣此四寶華鬘從我索欲我今與之幷欲贈彼光目陀羅尼能作大明乾燋煩惱乃至能得如來十八不共之法是故我今欲遣如是光目陀羅尼至彼世界贈彼如來彼佛即告勝意童子善男子汝可往彼娑婆世界稱我名字問訊彼佛以是光目陀羅尼遠相贈遺時彼衆中復有無量菩薩聲聞同聲而言善哉世尊我等亦欲詣彼世界禮覲彼佛幷欲啓受所未曾聞虛空目法門乃至彼佛即説呪曰

闍婆摩一闍婆摩二闍婆摩三阿駒盧吒四比婆闍婆五摩訶陀摩呿婆六阿囉闍七珊菩陀八蘘呿婆九阿囉闍婆婆十囉闍婆婆十一闍坻叉虵婆婆十二摩醯闍婆尼畔陀十三比牟遮婆婆十四那囉虵拏婆婆十五斫啾婆婆十六輸盧多婆婆十七輸盧多婆婆十八伽悢拏婆婆十九啫䟦婆婆二十迦虵婆婆二十一質多婆婆二十二娑莪陀囉婆婆二十三鞞囉拏婆婆二十四叱那脩留坻婆婆二十五莎呵二十六

善男子汝當受持讀誦書寫是陀羅尼往彼世界乃至一面合掌而立是時寶鬘復至東方去此六萬千億佛土彼有世界名曰寶頂具足五滓有佛號曰寶蓋光明功德十號具足亦爲四衆宣説開示雜四諦法而彼會中有諸菩薩聲聞四衆比丘比丘尼優婆塞優婆夷見是寶鬘大光明已觀察四方仰見寶

鬘在佛頂上虛空中住即白佛言如是寶鬘從何處來誰之所遣彼佛答言西方去此六萬千億諸佛世界彼有世界名曰娑婆具足五滓有佛世尊號釋迦牟尼十號具足亦爲四衆宣說開示雜四諦法如我今於此土無異乃至欲開如來法藏是故遣此四寶華鬘從我索欲我今與之幷欲贈彼聖目陀羅尼能作大明乾燋煩惱乃至能得如來十八不共之法是故我今欲遣如是聖目陀羅尼至彼世界贈彼如來即告虛空聲童子善男子汝可往彼娑婆世界稱我名字問訊彼佛幷以如是聖目陀羅尼遠相贈遺乃至復有無量菩薩聲聞大衆同音而言善哉世尊我等亦欲詣彼世界禮覲彼佛幷欲啓受所未曾聞虛空目法門乃至彼佛即說呪曰

阿羅摩一阿羅摩二阿羅摩三闍虵囉闍四字犁虵囉闍五伽闍呼六婆囉闍羅七阿那遮八阿呿莎囉九呿伽莎闍那十那烏呵十一那囉虵那烏呵十二摩醯濕波羅遮摩十三阿摩昵呵十四呵虵婆利羅十五斫啾遮摩十六斫啾娑斫啾那十七那婆那婆摩闍十八阿婆呿婆十九車婆那婆二十呿伽禪縷二十一娑囉旃陀囉二十二摩醯濕波羅昵羅那婆二十三娑檀摩叉虵二十四莎呵二十五

善男子汝當受持讀誦書寫是陀羅尼往彼世界乃至一面合掌而立時四童子變此世界地平如掌香華幡蓋七寶具足爲供養佛一切天宮阿脩羅宮悉爲震動諸天悅豫多受喜樂咸以香華七寶幡蓋種種妓樂供養於佛時四童子作如是等供養佛已上昇虛

空七多羅樹各執四寶說偈讚歎

佛是清淨大明王　爲諸衆生說甘露
於諸衆生心如地　大寶商主愍一切
爲衆生說清淨法　令離諸苦及煩惱
如來心等如虛空　其語微妙知眞道
具足戒禁及智慧　永滅煩惱降甘露
爲渴法者出惡世　智炬大明能壞闇
雖無修習八聖道　及以證得解脫者
如來猶故生憐愍　施諸人天淨法眼
能度衆生生死岸　能施無上七寶財
能令衆生悔生死　具修三十七道品
法寶久失佛今示　是故得名無上尊
四方衆生已大集　唯願憐愍轉法輪

爾時一切無量大衆心生歡喜各作是言如是無量無邊衆生從何處來威儀清淨具無量德慚愧智慧皆悉成就我從昔來未曾覩見如是妙色五通大仙爾時世尊告憍陳如比丘憍陳如四方多有無量菩薩悉來集會爲聽法故今當至心清淨其意爾時世尊以微妙音告四童子諸善男子善來甚快從何方面何故而來時四童子敬禮佛足周帀圍繞爾時金剛山童子言世尊南方去此九萬二千恒河沙等諸佛世界彼有世界名金剛光藏具足五滓有佛世尊號金剛光明功德如來十號具足今現在爲諸衆生宣說開示雜四諦法彼佛勸我至此世界問訊世尊弁欲聽受虛空目法門世尊彼金剛光明功德如來致敬慇懃問訊世尊弁遣如是陀羅尼能作光明乾燋煩惱乃至能得如來十八不共之法即於佛前說如是呪乃至四童子亦

復如是說是呪已其地即時六種震動一切龍王各作是言我等亦當共至佛所爾時東方有二龍王一名牛護二名寶護是二龍王與六萬龍王南方亦二一名爲月二名婆脩與七萬龍來至佛所頭面敬禮前白佛言世尊我等皆能受持讀誦書寫如是法目陀羅尼若有比丘比丘尼優婆塞優婆夷受持讀誦書寫如是法目陀羅尼者我等皆當誠心守護西北二方亦復如是爾時世界一一各有十萬龍王來至佛所頭面禮敬爾時龜茲國土有一龍王名曰海德是阿那婆達多龍王弟與九萬龍王于闐國土有一龍王名樂藏實亦是阿那婆達多龍王弟與萬八千龍王波羅越國有一龍王名曰山德亦是阿那婆達多龍王弟與二萬龍王師子國土有一龍王名曰寶藏與四萬八千龍王毗茶國土有一龍王名曰長髮與四萬三千龍王念蜜奢山有一龍王名曰婆脩吉與八千龍王烏萇國土有一龍王名阿鉢羅羅與二萬五千龍王乹陀羅國有一龍王名伊羅鉢多與三萬龍王真丹國土有一龍王名曰三角與萬八千龍王難陀龍王優婆難陀龍王亦與無量龍王共至佛所頭面敬禮白佛言世尊我等皆能受持讀誦書寫如是陀羅尼門乃至不忘不失一字佛言善哉善哉善男子汝等真實能護正法爾時世尊告正語天女天女汝能守護我正法不世尊如來在世及滅度後是陀羅尼流布之處我當守護有受持者隨其所須我當與之若復有欲見我身者我當現之世尊若有比丘比丘尼優婆塞優婆

夷欲見我者當淨其身持戒精進於一日中三時洗浴斷食三日獨在靜處若佛像邊若在塔內若處靜室以妙香華種種旛蓋及諸味漿供養於佛面正東向讀如是呪

婆吒置一婆吒置二休婁三休婁四乇豆婁五乇豆婁六呿吒七呿吒八比⿰氵糸呵九

旣說呪已我便當來隨諸四衆之所願求我悉當令一切成就若我不來卽爲欺誑十方諸佛亦莫令我成阿耨多羅三藐三菩提爾時佛告羅睺阿脩羅王毗摩質多阿脩羅王毗樓遮那阿脩羅王我今以此淨目陀羅尼付囑汝等何以故汝有大力若有衆生不信三寶能令信故諸阿脩羅王言善哉世尊我當護持若有四衆比丘比丘尼優婆塞優婆夷若佛在世若滅度後受持讀誦書寫廣說是陀羅尼我於是等能施八事何等爲八一者健行二者樂聽受法三者心無怖畏四者常明無闇五者善願具足六者解脫七者具足辯才八者善法增長世尊若阿脩羅父母兄弟妻子眷屬惱是人者我等當治若我等於此世界中不護佛法者則爲欺誑十方諸佛爾時世尊觀四衆已告憍陳如比丘憍陳如一切大衆甚樂聞法無量世界無量衆生悉爲法故來集於此咸皆欲知法行方便成大智慧遠離貪欲一切煩惱眞實了知法行方便時憍陳如白佛言善哉世尊誠如聖教世尊四方世界無量菩薩悉持四佛所與欲來并欲啓受虛空目法行今正是時唯垂憐愍爲衆生故而宣說之世尊所言法行法行比丘云何名爲法行比丘唯願世尊分別演

說法行比丘佛言憍陳如至心諦聽當爲汝說若有比丘讀誦如來十二部經謂修多羅乃至優波提舍是名樂讀不名法行復有比丘讀誦如來十二部經樂爲四衆敷揚廣說是名樂說不名法行復有比丘讀誦如來十二部經能廣演說思惟其義是名思惟不名法行復有比丘受持讀誦十二部經演說思惟觀其義理是名樂觀不名法行憍陳如若有比丘能觀身心心不貪著外一切相謙虚下意不生憍慢不以愛水漑灌業田亦不於中種識種子滅覺觀心境界都息永離煩惱其心寂靜如是比丘我則說之名爲法行如是比丘若欲獲得聲聞菩提緣覺菩提如來菩提即能得之憍陳如如工陶師埏埴調泥置之輪上隨意成器法行比丘亦復如是憍陳如若有比丘修法行者當觀三事一者身二者受三者心觀三事已得二種智一者盡智二無生智憍陳如云何盡智云何無生智智盡煩惱名爲盡智智盡有枝名無生智復次無行行智名曰盡智無行果智名無生智盡諸使智名曰盡智盡煩惱智名無生智復次智盡諸行名曰盡智盡一切有名無生智分別盡物是名盡智知諸縛解名無生智知盡根界名曰盡智知盡緣界名無生智不覺觀煩惱名曰盡智不覺觀果報名無生智復次盡三地智名曰盡智盡一切漏名無生智復次我生已盡梵行清淨名曰盡智更無餘有名無生智如是二智即名一智亦名一行知於三道若有比丘能斷三道是名法行能作是觀是觀心受云何比丘能觀察身若有

比丘觀息入出是名觀身觀受觀心云何名爲觀息入出息入出者名阿那波那入名阿那出名波那觀於出入如門如向若有比丘能如是觀是名法行若有比丘能學能數隨息出入冷暖長短若遍滿身繫心鼻端能觀新故分別諸相能觀生壞求舍摩他善入於定亦能觀察息之麤細乃至觀於內身身作身想是名比丘修於法行憍陳如修數息時獲得二事一者離惡覺觀二者觀息相貌修習隨時亦得二事一者專念念心二者離善覺觀觀於冷暖亦得二事一者分別出入二者觀心數相修觀身時亦得二事一者身輕二者心輕轉觀生滅亦得二事一者知一切法是無常相二者知一切法是無樂相善男子法行比丘念出入息繫心一處云何數減二數爲一三數爲二乃至十數爲九是名數減云何數增一數爲二乃至九數爲十是名數增何故修數壞一切覺觀故得初禪時觀息出入及以心相初禪五枝一覺二觀三離生喜四者受樂五者定具五枝時離貪恚癡若有比丘具是五枝是名法行遠離五事成就五事修習梵行成大功德憍陳如若有比丘能得二禪名爲法行若比丘觀息出入繫心一處遠離喜樂得第三禪不喜不樂何以故一心繫念息出入已遠離喜樂得第四禪若有比丘觀息出入則觀五陰若觀五陰是名法行若比丘見一切法行生滅乃至見一切煩惱生滅是名如法忍若比丘見眼空乃至見意識空是名空忍若比丘見眼無相乃至見意識無相是名無相忍若比丘不願於

眼乃至意識是名無願忍若比丘觀苦異樂異不苦不樂異是名中諦忍若爲衆生行於生死如是名爲隨上諦忍云何隨根隨力隨於覺觀乃至隨涅槃於如是法心不著者是名信忍是名爲信不名信根若攝身心不令造惡是名精進不名進根若能專念如是等法是名爲念不名念根心心數法能繫一緣是名爲定不名定根若能不觀如是等相是名爲慧不名慧根若觀如是無根是名法行憍陳如若有比丘觀於頂法世第一法觀三解脫空無相願無常苦空是名法行是名空三昧如是三昧緣無壽命緣無自在無相三昧緣盡緣壞緣滅緣猒無願三昧緣於甘露非甘露行有甘露行非緣甘露有空三昧緣於甘露非甘露行有甘露行非緣甘露無相三昧緣於甘露非甘露行有甘露行非緣甘露憍陳如若有比丘緣慧滅莊嚴入無願三昧是名緣於甘露非甘露行若有比丘緣慧滅而得解脫名曰甘露行非緣甘露空與無相亦復如是憍陳如若有比丘能如是觀是名法行憍陳如若有比丘觀受觀心是名法行何以故能壞我見二十種故憍陳如斷見我見各有五種色斷乃至識斷是名五斷見色我乃至識我是名五我見憍陳如五種斷見分別則有四十四種十六種說想八說無想八說非想非非想六說種種想六種說斷種說邊四說異事六說無求三昧是名六十是名四十四種我見分別十八四定說我四二見二十我見因緣能生四百四種煩惱爲離如是諸煩惱故觀於身心是名法行如是

比丘能觀身心憍陳如云何八人云何決定憍陳如斷見之人言一念斷常見之人言八忍斷是二種人俱得決定後離煩惱亦俱無妨憍陳如能得八忍是名八人得十六心是名決定是名如法憍陳如若有比丘成出入息即得八人亦名決定憍陳如若有比丘成就數息即得信根乃至慧根若得五根即得世間第一法如是比丘能破一切疑網之心是名眞實修習聖行若有比丘成就苦智則斷十種煩惱是名修初無漏心觀爾時次第觀無願三昧觀無願時修三十七助道之法是名無漏定智得苦法忍苦法智集法忍集法智爾時觀於色界五陰無色界四陰如欲界苦色無色界亦復如是如是觀已斷色無色十八種煩惱十八種斷已作是思惟如是諸苦從何處來誰之所造作是觀已了知是苦從愛因緣我若不拔如是愛根必當生苦是故觀集作是觀已斷七煩惱觀欲界集已色無色界亦復如是如是觀已得比忍比智作是觀時斷十二煩惱憍陳如具八忍者是名八人法斷三界集已復作是觀何因緣故斷於苦集爲安樂故夫安樂者即是滅諦爾時初觀欲界滅諦得滅法忍斷七煩惱色無色界亦復如是作是觀已得滅比忍滅十二煩惱復作是觀何因緣故得是七忍因修七道以八正道力故知欲界苦集滅諦色無色界苦集滅諦爾時次生道法忍得已能斷八種煩惱爾時復觀色無色界得道比忍斷十四煩惱以修習故遠離八十八種煩惱是名決定得須陀洹果是名十六心是名必得苦

提是名七往來斷一切苦憍陳如有人從信決定有人從法決定有人一生得須陀洹果乃至得阿羅漢有人入信根乃至慧根有人修定有人修慧有人得初禪乃至四禪得入決定觀一切行無常次第生滅遠離一切凡夫之法有人觀一切行無常苦空不淨不得自在無有寂靜從緣而生從緣而滅作是觀已得寂靜滅諦是名比丘如法而行憍陳如如來了知一切衆生諸根利鈍亦知一切衆生心性諸煩惱性是故如來隨應衆生而爲說法隨諸煩惱宣說對治是故得名薩婆若智憍陳如我涅槃後有諸弟子受持如來十二部經書寫讀誦顛倒解義顛倒宣說以倒解說覆隱法藏以覆法故名曇摩毱多憍陳如我涅槃後我諸弟子受持如來十二部經讀誦書寫而復讀誦書說外典受持三世及以內外破壞外道善能論義說一切性悉得受戒凡所問難悉能答對是故名爲薩婆若帝婆憍陳如我涅槃後我諸弟子受持如來十二部經書寫讀誦說無有我及以受者轉諸煩惱猶如死屍是故名爲迦葉毗部憍陳如我涅槃後我諸弟子受持如來十二部經讀誦書寫不作地相水火風相虛空識相是故名爲彌沙塞部憍陳如我涅槃後我諸弟子受持如來十二部經讀誦書寫皆說有我不說空相猶如小兒是故名爲婆蹉富羅憍陳如我涅槃後我諸弟子受持如來十二部經讀誦書寫廣博遍覽五部經書是故名爲摩訶僧祇善男子如是五部雖各別異而皆不妨諸佛法界及大涅槃云何名爲隨於信

行若信三寶具足信根從信因緣入於決定得須陀洹果斯陀含果阿那含果過色無色界得阿羅漢果從信得解名信解脫亦名一分亦名身證名慧解脫是名隨信行憍陳如云何名爲隨於法行若有從法入於決定具足慧根得須陀洹果斯陀含果阿那含果過色無色界得阿羅漢果是名見到二分解脫亦名身證慧得解脫心得解脫得滅盡定是故名爲二分解脫是名無學解脫是名法行是名成就身身觀乃至成就法法觀是名成就毗婆舍那及舍摩他云何名爲舍摩他舍摩他者名之爲滅能滅貪心瞋心亂心名舍摩他云何名爲舍摩他相能滅貪相及瞋癡相名舍摩他相云何名爲隨舍摩他入於決定若能隨修舍摩他行尊重讚歎向舍摩他方便莊嚴是則名爲舍摩他相若有比丘深自思惟我之貪心唯觀不淨乃能壞之瞋恚之心慈能壞之十二因緣能壞愚癡是名舍摩他相云何名爲毗婆舍那若修聖慧能觀五陰次第生滅是名毗婆舍那復次若觀諸法皆如法性實性實相眞實了知是名毗婆舍那云何名爲毗婆舍那相若能成就具足念心觀一切行從緣而生從緣而滅一切行無自在無作無受是名毗婆舍那相云何名爲從毗婆舍那入於決定至心念於毗婆舍那恭敬尊重向莊嚴道是名從於毗婆舍那入於決定云何名爲出法攝心非滅法攝心若比丘能觀心出因緣乃至一切行出因緣是名出法攝心非滅法攝心云何名爲滅法攝心非出法攝心若比丘能深觀察滅心因

緣乃至一切行滅因緣是名滅法攝心非出法攝心云何名非出法攝心非滅法攝心若比丘能觀心性眼性乃至識性是名非出法攝心非滅法攝心云何緣攝心非思惟攝心若比丘能觀出息不觀入息是名緣攝心非思惟攝心云何名爲思惟攝心非緣攝心若比丘觀於入息不觀出息是名思惟攝心非緣攝心云何名爲非緣攝心非思惟攝心若比丘觀於心性眼性乃至意性是名非緣攝心非思惟攝心憍陳如若比丘能攝心者則得八十諸三昧門及修三解脫門若比丘觀過去身及修莊嚴觀身見身是名修無願解脫門若比丘觀過去身已唯見於心而不見身及修莊嚴觀身見身是名修無相解脫門若比丘觀過去身已亦不見作及以作者作者無身身無作者修莊嚴道觀身見身是名修空解脫門受心法亦如是復次憍陳如三解脫門修莊嚴觀觀一切行不出不滅出已則滅滅無所至不至去來是名莊嚴無願解脫門復次觀未來世諸行未出若行未出則無有滅是名莊嚴無願解脫門不畢竟盡畢竟盡者則無生滅若無生滅即畢竟盡若畢竟盡即空因緣若如是觀畢竟盡者是名莊嚴空解脫門若觀諸行是畢竟盡即無生滅若無生滅即無有空何以故先有後無名之爲空若本無者則無後無若無後無云何名空若無行者即是無爲畢竟盡者非是有爲亦非無爲空亦非行亦非無行是故畢竟盡者非有爲攝非無爲攝是名莊嚴無相解脫門若一切行畢竟盡者即是涅槃非是過去

未來現在是故非過去行滅名爲涅槃非未來現在行滅名爲涅槃須陀洹人見是涅槃乃至阿羅漢人見是涅槃云何名若諦觀一切行不見第一諦觀一切因不見第二諦觀一切滅不見第三諦觀一切道不見第四諦云何名生本無後有是名爲生云何名滅有已還無是名爲滅無有出滅是名爲盡何因緣故無有出滅名之爲道道有六行修非修行非行知非知若有比丘能見如是生滅法者是人能猒一切諸行能見一切行無常相云何無常相非無常法若有相雜初無漏相行若有相雜無願解脱門行若有空相苦相不淨相無我相是名無常相非無常法云何無常法非無常相所謂三界色相乃至法相是名倒相是名捨相非無常相是名無常法

非無常相云何無常相亦無常法所謂一切衆生未得決定以世俗道入諸三昧隨法相忍是名無常相亦無常法云何非無常相非無常法所謂寂靜常相解脱淨相是名非無常相非無常法云何名爲得第一諦所謂觀於六根五陰猶如鏡像名得第一諦云何一心觀於四諦若觀諸行悉是苦因以苦因故可見可滅可得遠離如是名爲心緣無漏是故一心獲得四諦名離有漏心得解脱若有比丘觀於心心是名無願解脱門觀心心已觀十二事一者業二者行三者苦四者空五者壞六者不自在七者過去八者現在九者未來十者因緣十一者無作十二者無受是名見於心心名無願解脱門若有比丘觀察是心無有心生無出入者無能遠離無可遠

離是名見於心心得空解脱門若觀無有入定之心而得遠離一切煩惱無因緣故煩惱不生是名遠離見於心心得無相解脱門若如是觀即得遠離有漏之心得無漏解脱憍陳如一切有爲諸行無有決定若不定者云何而得入於定聚若言觀察於三世已得入定聚者是義不然何以故過去已盡未來未出現在無常三世觀異云何得入正定聚耶是故一切異觀性不決定憍陳如譬如殿堂有四梯隥若言不由初第一隥至四隥者無有是處登初隥時亦不得名登第四已如是四隥亦不名一憍陳如若是四諦即一諦者可一心得憍陳如觀時亦異得時亦異觀時異者因果盡壞得時異者苦智集智滅智道智若有比丘觀行無常是苦無我不淨無住是漏結緣是一切有是名繫縛是故不求諸陰諸行猒一切行樂求涅槃至心思惟涅槃功德深樂寂靜不惜身命修舍摩他毗婆舍那是名比丘修習法行憍陳如云何比丘心能見心若有比丘能觀察心心是無常是生滅法是名比丘心能見心如是比丘修空三昧云何名空陰入界空諦空實空十二因緣空性空云何陰空所謂色空無我我所乃至識空無我我所是名陰空入界二空亦復如是云何諦空所謂苦諦無得無捨乃至道諦亦復如是云何實空一切法中無有覺觀我及我所是名實空云何十二因緣空十二因緣即是十二有支觀十二支無我我所是名十二因緣空云何性空若有比丘觀於眼空無我我所乃至意空亦復如是是名法行能

觀心心如是比丘不見衆生命夫其甲知諸法性眞解世諦爲流布故說陰入界知一切法性無出滅如是比丘能度生死能知一切苦集滅道能斷煩惱憍陳如若有比丘修習法行知一切法從因緣生從因緣滅如是比丘得三解脫知色眞相色眞相者所謂礙相受受相想覺相行行相識知相是名眞知一切法相如是觀已得空解脫門見一切法無作者受者壽命自在唯見無常苦無我等是名得無願解脫門觀一切法無生無滅是名得無相解脫門憍陳如法行比丘能得神通無惡覺觀口終不說四種惡過無有鬬諍不聽惡言爾時則得遠離五蓋增五善根是名法行比丘獲得初禪入初禪已欲得身通繫心鼻端觀息出入深見九萬九千毛孔息之出入見身悉空乃至四大亦復如是如是觀已遠離色相獲得神通乃至四禪亦復如是云何法行比丘獲得眼通憍陳如若有比丘觀息出入眞實見色既見色已作是思惟如我所見三世諸色意欲得見隨意即見乃至四禪亦復如是云何法行比丘得天耳通憍陳如若有比丘得初禪時觀息出入觀息出入已次第觀聲乃至四禪亦復如是云何法行比丘得他心智若有比丘觀息出入得初禪時修舍摩他毗婆舍那是名他心智乃至四禪亦復如是云何法行比丘得宿命智憍陳如若有比丘觀息出入得初禪時獲得眼通得眼通已觀於初有歌羅羅時乃至五陰生滅無量劫中五陰生滅乃至四禪亦復如是所言禪者何故名禪疾故名禪疾大疾住

大住靜寂靜觀滅遠離是名爲禪初禪者亦名具足亦名遠離云何具足云何遠離言遠離者遠離五蓋言具足者具足五支所謂覺觀喜安定云何名覺如心覺大覺思惟大思惟觀於心性是名爲覺云何名觀若觀心行大行遍行隨意是名爲觀云何名喜如眞實知大知心動至心是名爲喜云何爲安所謂身安心安受安受於樂觸是名爲安云何爲定若心住大住不亂於緣不謬無有顛倒是名爲定第二禪者同離五事所謂五蓋具足三支一喜二安三定入第三禪亦離五事具足五支一者念二者捨三者慧四者安五者定入第四禪亦離五事具足四支一者念二者捨三者不苦不樂四者定憍陳如若有比丘具足四禪是名法行憍陳如若有比丘觀身猒患遠離身相一切身觸喜觸樂觸分別色陰遠離色陰觀無量空處是名法行比丘入空處定是名比丘修習法行憍陳如云何比丘得識處定若有比丘修舍摩他毗婆舍那觀心意識自知此身不受三受已得遠離是三種受是故名爲得識處定是名法行憍陳如云何比丘得少處定若有比丘觀三世空知一切法行亦生亦滅空處識處亦生亦滅作是觀已次第觀識我今觀識亦非識非非識若非識者是名寂靜我今云何永斷此識作是觀已得少識處是名比丘得少處定憍陳如云何比丘獲得非想非非想定憍陳如若有比丘有非心想作是思惟我今此想是苦是漏是瘡是癰是不寂靜若我能斷如是非想及非非想是名寂靜若有比丘能斷

如是非想非非想是名獲得無相解脱門何以故法行比丘作是思惟若有受想若有識想若有觸想若有空若有識若有非想非非想如是等想名爲麤想我今若修無相三昧則能永斷如是等想是故見於非想非非想爲寂靜處如是見已入非想非非想定若得非想非非想定已不愛不貪能破無明破無明已名爲獲得阿羅漢果前三種定二道所斷後第四定終不可以世俗道斷凡夫雖於非想非非想處無麤煩惱亦有十法所謂一受二想三行四觸五思六欲七解八念九定十慧云何爲受所謂識受云何爲想所謂識想云何爲行所謂法行云何爲觸所謂意觸云何爲思所謂法思云何爲欲所謂欲入出定云何爲解所謂法解云何爲念所謂念三昧云何爲定所謂心如法住云何爲慧所謂慧根慧力觀向四果行乃至得阿羅漢果觀於生滅及空三昧觀於四大如四毒蛇如是十法第四空處具足而有以其無有麤煩惱故一切凡夫謂是涅槃憍陳如若有比丘修習聖道猒離四禪及四空處觀於滅定莊嚴之道作是思惟諸出入息悉是無常我若能斷出入息者即是安樂是故一切諸行因緣悉滅受滅乃至慧滅覺觀滅故陰入界滅貪恚癡滅一切心數法滅一切非心數法亦滅是名不與凡夫共法非是世法是無學法憍陳如若須陀洹斯陀含終不能得如是滅定若次第得須陀洹果亦不能得若須陀洹捨是身已得阿羅漢果亦不能得若有具足八解脱者是人乃得憍陳如若使如來窮劫盡

劫說是法目陀羅尼法乃能窮盡是名法無礙智憍陳如如是法目陀羅尼者不可思議憍陳如假使有人能以兔毛數知海水不能數知法目陀羅尼所有功德若除如來欲說盡者無有是處乃至一切娑婆世界微塵亦爾爾時世尊告金剛山童子言善男子汝所持來法目陀羅尼與今所說頗有異不不也世尊善男子如是說不世尊實如是說善男子若有人能受持此法讀誦書寫廣爲人說當知是人常爲一切人天龍神阿脩羅乾闥婆迦樓羅緊那羅摩睺羅伽等之所守護一切四魔不得其便度煩惱河入八正道金剛山童子言善哉世尊實如聖教爾時世尊告憍陳如若比丘比丘尼優婆塞優婆夷修行是法無能壞者是名施光能淨寂靜無有行處無濁無動無有宅舍無少無多名至處行細行堅行能壞四魔及四魔衆一切邪見度生死河入智慧海常爲諸聖之所讚歎得近如來所坐之處雖復未斷一切煩惱亦得上身無上菩提上色上力上辯上念上慧上處或得典領作四域王若三二一若作帝釋乃至得作他化自在王若作梵王若復獲得菩提樹下金剛之牀梵音深遠其心平等得大悲心得舍摩他壞諸煩惱名無上尊說是法時舍利弗目揵連等於一坐處得阿羅漢果爾時一切世人諸天而讚歎言如來功德不可思議無量衆生得須陀洹果斯陀含果阿那含果阿羅漢果發阿耨多羅三藐三菩提心爾時四天王及功德天白佛言世尊隨是經典所流布處我當護其四部弟子及其國

土城邑村聚諸王人民

大方等大集經卷第二十三

音釋

麤獷麤倉胡切踈界也獷古猛切麤惡也
輕躁躁則到切輕躁謂不安靜也
蘘息良切
⿰糹多余至切
呼匹尤切已上呪中字也
滓壯呈切濁也
⿰多也多也切
柢丁計切
噢一六切
⿰口男音喃
讇于廉切
趐大利切
坻都禮切
侈昌里切
悢力讓切
⿰革亟紀力切已上呪中字也
龜茲龜祛尤切茲牆之切龜茲國名也
漑灌漑居代切亦灌也灌古玩切澆也
埏埴埏式連切埴常職切埏埴黏上也

大方等大集經卷第二十四

北涼天竺三藏曇無讖譯

虛空目分中世間目品第二

爾時世尊即放眉間白毫相光悉蔽十方諸佛世界日月星宿珠火燈明所照之處一切石山諸惡棘刺爲不復現十方無量恒河沙等世界衆生見是光已各各繫念思惟善事其中諸佛見是光已各告已衆而作是言善男子過於無量恒河沙世界彼有世界名曰娑婆具足五滓有佛出世號釋迦牟尼如來應正遍知明行足善逝世間解無上士調御丈夫天人師佛世尊無量世界無量菩薩無量聲聞悉集彼土坐彼佛前彼佛即爲宣說法行法目陀羅尼門爲諸聲聞說法行已放大光明將欲演說淨目法門陀羅尼法爲中乘者得緣覺果爲諸菩薩莊嚴成就阿耨多羅三藐三菩提具足十地如來十八不共之法轉不退輪壞三惡趣令修八聖得無上果

爾時十方恒河沙等世界諸衆聞是語已各各白佛言世尊我欲往彼娑婆世界至說法處聽受如是淨目法門爾時無量諸菩薩衆悉共來詣娑婆世界到於佛所頭面禮拜却坐一面時此世界無量梵天往至佛所供養恭敬却坐一面百億魔天百億他化自在天百億兜率天百億夜摩天百億帝釋天百億四天王天百億日月天百億自在天百億閻羅王百億地行鬼四百億阿脩羅四百億龍王如是等衆悉向佛所恭敬供養却坐一面無量沙門及婆羅門悉得神通來向佛所恭敬供養却坐一面諸世界中外道相師見光

明已作是思惟如是光者非是日月星宿之明必是異光如是不久七日並出當燋四海須彌山王一切草木其後欲界水災當出或復有言却後不久必當雨毒害於一切或復有言却後不久必當雨刀害諸人物惡時將至誰能救之或復有言瞿曇沙門憐愍一切唯是能救施其壽命爾時一切無量衆生至心念佛念已即見是大寶坊以佛力故即至坊中爾時波斯匿王以佛力故亦見寶坊以佛力故得到坊中優填耶那王惡性王輸頭檀王摩醯陀王須陀奢那王頻婆娑羅王如是等王亦因佛力得見寶坊悉至坊中供養禮拜王次第而坐各作是言今此衆中有大仙人有佛世尊此光因緣今當問誰當問仙人問佛可耶爾時須陀奢那王言我今有大婆羅門師名曰電鬘善知相法能解能說是最可問電鬘聞已即作是言我所博覽一切相書都無此事我實不能解此光瑞閻浮提中一切相師其數五百悉不能解爾時頻婆娑羅王語諸王言汝何故狂此大衆中有佛世尊號釋迦牟尼具一切智善知世間出世間相了十二月善相之書大悲憐愍一切衆生實語正語唯佛能說是光報應爾時諸王及諸大衆一切宗仰共白佛言唯願如來為我等說十二月相書佛言大王今此大會不應宣說世間相書頻婆娑羅王白佛言世尊今此衆中有諸衆生不信如來所有功德又不信是一切智人唯願破壞如是疑心而宣說之是諸衆生若得聞已心生喜信生信心已乃可為說出世之道如是衆生亦當樂受

易可調伏佛言大王至心諦聽我當説之大王往昔雪山有一仙人名跋伽婆食菓草根修習慈心而不能除諸煩惱結不能調伏貪欲之心時彼住處有一雌虎即共行欲虎即懷妊日月既滿至仙人所産十二子是時仙人心憐愍故即取洗浴而哺養之虎母心愛隨時乳養爾時仙人各爲立名一名竭伽二名跋伽婆三名爲虎四名師子五名擔重六名婆羅墮闍七名步行八名婆羅奴九名健食十名惡性十一名師子檐十二名健行是十二子年始七歲食草根華菓是時父母俱時終亡時十二子心懷愁惱仰天號哭如何一旦無所歸依時有樹神聞是聲已作如是言諸童子且莫號哭有歸依處所謂梵天憐愍衆生汝等應當晝夜六時淨自洗浴向於虚空至心禮拜求哀梵天梵天當以無礙天耳聞汝等聲聞已當來至汝住處以憐愍故來已當壞汝等癡闇施慧光明得智慧已一切諸天當供養汝況世間人時十二子聞是語已如教而行經十二年然後梵天乃聞其聲即來下至三十三天爾時帝釋見梵天來即前供養既供養已即復白言大士欲何所至憍尸迦汝不見彼雪山之中十二仙耶憍尸迦可共往彼時釋提桓因與無量天相隨俱下至雪山中時十二仙見梵天來歡喜踊躍禮拜供養時梵天王告十二童子汝等何故十二年中精勤苦行供養於我欲何所求爲求名聲色力財寶聖道智慧諸天身耶時竭伽仙白梵天言大士我今不求如是等事我欲求智爲衆生故我等孤稚少失覆蔭自

隨其心無教告者唯願大士施我智慧令我識知善惡等業及了衆生善惡等業亦知衆生國土城邑刹利婆羅門毗舍首陀男女大小善惡等相受苦樂事諸王貪國無猒足者興兵相伐盛衰等相若我知已當以方便教滅惡相令得受樂 佛說相法悉不譯出

虛空目分中彌勒品第三

爾時彌勒菩薩即於佛前心念說偈問於如來非有途路而有轉輪如來亦不住一切道非道見道道見非道佛言善男子非道者即是不出不滅不住非智非智境界非明非闇非常非斷非善非惡非是色陰乃至識陰是名實性是名法性名一切行名眞實節是名非道如是道中諸佛如來轉於法輪而不貪著如是諸道若有衆生道見非道非道見道如是衆生不能達於道與非道乃知三道如來悉能分別解說乃至不斷於道善男子如來世尊於無道中而轉法輪爲壞衆生三種道故何等三道一煩惱道二者苦道三者業道業道者所謂行有煩惱道者所謂無明愛取苦道者所謂識名色六入觸受生老死等如是三道何因緣有觸緣故有善男子因眼見色而生愛心愛者即是無明爲愛造業即名爲行至心專念名之爲識識共色行是名爲色六處生貪是名六入因入求受名之爲觸貪著心者即名爲愛求是等法名之爲取如是法生是名爲有次第不斷是名爲生次第斷故名之爲死生死因緣衆苦所逼名之爲惱乃至識法因緣生貪亦復如是是十二緣一人一念皆悉具足出有三種一者因出

二者物出三者道出若有比丘修行法行觀察所有愛心相貌比丘當觀若有愛心即是無明無明無明之軆能出二過一者出行二者出識識亦有二一者出名二者出色名色亦二一者無住二作六入六入亦二一不猒欲二能生觸觸亦有二一生受心二者求受受亦有二一受苦樂二生貪心愛亦有二一者繫縛堅固二者求取取亦有二一者貪心二者求有有亦有二一者樂住二者因緣緣亦有二一者生老二者苦緣老亦有二一壞壯色二作死因死亦有二一壞壽命二愛別離是名出因云何物出若有比丘修習法行觀如是法亦出亦滅是名物出爾時世尊告憍陳如云何道出若比丘見道有二種一者行行二者慧行憍陳如汝頗知是行行慧行耶憍陳如言未知世尊唯願如來爲觀十二因緣比丘得大智慧壞諸煩惱分別解說比丘聞已當具受持爾時世尊告寶幢童子善男子汝頗能知息出入不不世世尊善男子法行比丘先觀無明乃至老死云何名爲觀於無明先觀中陰於父母所生貪愛心愛因緣故四大和合精血二滴合成一滴大如豆子名歌羅羅是歌羅羅有三事一命二識三煖過去世中業緣果報無有作者及以受者初息出入是名無明歌羅羅時氣息出入有二種道所謂隨母氣息上下七日一變息出入者名爲壽命是名風道不臭不爛是名爲煖是中心意名之爲識善男子若有欲得辟支佛果當觀如是十二因緣復觀三受因緣五陰十二入十八界云何爲觀隨於念心觀息出

入觀於內身皮膚肌肉筋骨髓腦如空中雲是身中風亦復如是有風能上有風能下有風能滿有風能燋有能增長是故息之出入名爲身行以出入息從覺觀生故名意行和合出聲名爲口行以如是等三行因緣故有識生識因緣故則有四陰及以色陰故名名色五陰因緣識行六處故名六入眼色相對故名爲觸觸因緣故念色至法是名爲受貪著於色乃至於法是名爲愛愛因緣故四方求覓故名爲取取因緣故受於後身故名爲有有因緣故有生老死種種諸苦是名五陰十二入十八界十二因緣之大樹也是故緣出入息能生一切諸苦煩惱是故凡夫生時亦爲煩惱繫縛死時亦爾終不能得身心自在不得三昧不盡諸漏若有比丘觀出入息如空中風無我我所無有作者及以受者從緣而生從緣而滅無相無物無有覺觀衆生風者亦復如是共四大行生歌羅羅時九孔乃至九萬九千諸孔出入無作無受是風出入如是肉段以是因緣故有無明乃至老死衆苦聚集善男子譬如虛空無物無我出入諸息地水火風壽命煖識無明乃至生老病死亦復如是衆生顛倒於非我中而横見我於如是等同虛空法作陰界入想一切凡夫因是顛倒輪轉生死無有窮已若法行比丘觀是息冷則舉身冷觀是息煖則舉身煖是身爾時隨意隨風若觀冷時不得禪定不入定聚是人則墮冷地獄中若觀煖時不得禪定不入定聚是人則墮熱地獄中若佛弟子修習法行觀察出入息冷煖等時則得正道

法行比丘如實觀察無明乃至生老病死心不顛倒是名淨目陀羅尼也善男子汝若能受是陀羅尼即是眞實觀入出息寶幢菩薩白佛言世尊諸佛境界不可思議非是聲聞緣覺所及爾時四大天王白佛言世尊隨是經典所流布處我等要當隨侍守護所有惡事悉令消滅

虛空目分中四無量心品第四

爾時頻婆娑羅王白佛言世尊因諸聲聞辟支佛等修行法行令閻浮提無有疾疫饑饉惡事世尊菩薩摩訶薩修四無量心若有四姓供養恭敬得幾所福佛言大王若有菩薩修四無量隨所住國具八上事一者其土人民供養父母增長慚愧恭敬沙門諸婆羅門耆舊有德受持禁戒大王若諸國土有諸菩薩修四無量其土人民則能成就如是初事復次大王若有菩薩修四無量隨所住國其土人民修習慈心遠離殺害其心調柔無有濁心瞋恚之心平等無二是名爲二復次大王若有菩薩修四無量隨所住國其土人民不貪財寶樂爲惠施呵責盜竊是名爲三復次大王若有菩薩修四無量隨所住國其土人民自足妻色遠離非法呵責欲心是名爲四復次大王若有菩薩修四無量隨所住國其土人民眞語實語無破壞語常修善語是名爲五復次大王若有菩薩修四無量隨所住國其土人民無有嫉妬濁惡之心是名爲六復次大王若有菩薩修四無量隨所住國其土人民正見不謬無有邪見是名爲七復次大王若有菩薩修四無量隨所住國其土

人民一切供養恭敬三寶遠離惡見是名爲八大王若有菩薩修四無量隨所住國其土人民具足如是八種功德大王若有菩薩修四無量隨所住國其土無有八怖畏事何等爲八一者無内外軍畏二者無諸惡鬼畏三者無惡星宿畏四者無諸惡病畏五者無諸惡獸畏六者無諸惡賊畏七者無旱澇畏八者無穀難畏大王若有菩薩修四無量隨所住國其土無有如是八畏大王若有菩薩修四無量隨所住國其土具足八大丈夫何等爲八一者有諸衆生已於過去無量佛所深種善根如是大人樂生其土二者復有衆生已於過去無量世中修戒多聞如是之人樂生其土三者復有衆生已於過去無量世中供養父母師長和尚耆舊有德如是之人樂生其土四者復有衆生已於過去無量世中成就天業當受天身故轉天身來生其土五者復有衆生能壞一切三惡道業如是之人樂生其土六者復有衆生具聲聞乘如是之人樂生其土七者復有衆生樂緣覺乘如是之人來生其土八者復有衆生已於過去無量世中修六波羅蜜如是之人樂生其土大王若有菩薩修四無量隨所住國其土具足如是八人大王若有菩薩修四無量隨所住國其地具足上地水味無上法味衆生之味一切衆生心相親愛如是衆生捨是身已得生天上乃至鳥獸亦復如是大王譬如一篋盛四種香一者沉水二者多伽羅三者牛頭栴檀四者多摩羅葉如是四香合有四兩有四姓人以四種衣置是篋中經數日已各自

齎去而是四香銖兩不折然是衣中各各有香大王若有菩薩修四無量隨所住國其土人民各各成就種種功德而於菩薩無所損減爾時頻婆娑羅王白佛言世尊菩薩摩訶薩四無量心不可思議何以故菩薩摩訶薩自身修習能令無量無邊衆生得大利益爾時會中有一菩薩名曰淨光告無勝菩薩言善男子汝今已得無上利益何以故汝常修習四無量心無勝菩薩言善男子我今云何得大利益如是法中無作無受無覺無見無知無此無彼善男子如人自言能畫虛空瓔珞莊嚴雖有是言眞實不能一切諸法亦復如是無出無壞無生無滅無有處所無覺無觀淨三昧解脫無相無作無願如爾法界無轉無散無合無礙無濁無邊猶如虛空無有和合無欲無性無見無説法性無數無少無多無有境界無二無著無量無色無聲寂靜無變無量猶如虛空無比無勝無常無斷難見難知難可思惟堅固無行無有瞋恚攝諸佛界是名梵行名四無量如來修習心無猒足勤行精進是名佛法大信大念大不放逸至心不忘若菩薩摩訶薩修習如是四無量心即是菩薩修行菩提甚深法界如是菩薩將欲近入無生法忍行六波羅蜜護諸佛法已近第三如法法忍眞見佛身能摧魔衆及壞邪道度生死河入大智海通達一切諸佛境界具足莊嚴諸佛功德諸所有色種性財物勝諸衆生次第當坐如來法座具足一切三昧總持不爲一切聖人所輕爲諸緣覺之所讚歎常爲諸佛之所護念能解一切國土

衆生種種語言於諸法中不見受者及以施者亦無說者及聽法者無有作者及以受者猶如虛空淨光言善男子是故我言汝今成就無量功德何以故已於無量無邊世中勤修習故善男子若佛獲得十力無畏一切佛法出家苦行速成正覺轉妙法輪示大神通入大涅槃如是等事悉皆因修四無量心如是即是四無量果以是義故諸善男子及善女人應當修習四無量心說是法時二萬衆生得隨慈忍無量衆生具四無量心一切大衆咸供養佛

虛空目分中淨目品第五

爾時有一菩薩童子名無勝意長跪合掌白佛言世尊慈無量心有何等相有何等體何等因緣何等果報云何具足佛言善哉善哉善男子能問如是甚深之義爾時如來即入三昧其三昧名調伏衆生無所畏懼入三昧已從其肉髻放大光明其光猛盛有種種色遍照無量無邊世界復出妙音而說偈言

淤泥之中生芙蓉　亦復生於種種花
衆生以之供養佛　幷及一切諸天神
一切惡國亦如是　生諸聖人大菩薩
能調難調而調衆　猶如衆生華供養
娑婆世界惡土地　釋迦在中宣說法
若欲獲得無量利　應當往彼娑婆界

無量世界所有衆生聞是偈已各各供養其土世尊既供養已乘佛神力悉來集會娑婆世界至於佛所頭面禮拜却坐一面爾時此界大寶坊中無量衆生具足彌滿是諸衆生各作是念獨我至此供養如來獨在佛前諮

問正法如來獨爲我一人説爾時世尊告無勝意童子善男子慈有三種一衆生緣二者法緣三者無緣善男子衆生緣者緣於五有若法行菩薩欲得具足六波羅蜜大慈大悲菩薩十地速得成就阿耨多羅三藐三菩提轉正法輪調伏無量無邊衆生令度無邊生死大河欲壞無量惡魔伴黨入大涅槃如是菩薩應當修習四無量心應云何修若菩薩摩訶薩爲下方衆生乃至上方一切衆生修習是慈視諸衆生如父如母如師和尚如佛世尊聲聞緣覺爾時應作如是思惟若有衆生横於我所起諸惡事菩薩爾時應作是念若我瞋是諸衆生者則爲十方諸佛所見是大可恥當見呵責云何是人爲阿耨多羅三藐三菩提而自不能調伏其心譬如有人無有脚足而欲趣彼鬱單越土如無目者而欲讀書如無手者而欲執作遠離慈心而欲獲得阿耨多羅三藐三菩提者亦復如是若不能斷如是瞋心尚不能得聲聞菩提何況阿耨多羅三藐三菩提若我不能調伏自心當爲諸佛聲聞緣覺天龍八部之所呵責若我不能調伏自心當得大罪受地獄苦不得現在未來利益是故應當修習慈心復作是念若有於我已作諸惡始作欲作或以惡事加於我親以利養事益於我怨亦復如是如是觀已菩薩先於一方衆生修習慈心二三四方四維上下亦復如是善男子是名菩薩慈緣衆生爾時會中有一天子名曰明星白佛言世尊若菩薩摩訶薩初修慈心如是慈心有何等果爲是現在爲在未來具足成就幾

所福德世尊如是菩薩修習慈心頗復當墮三惡道不佛言善哉善哉善男子汝已於昔供養恭敬無量諸佛是故今能發如是問已種善子善根堅固無量世中修習慈心不與聲聞辟支佛共爲欲利益無量衆生是故今者能作是問善男子諦聽諦聽今當爲汝分別解說若有菩薩能如我先所說修慈是人則得卧寤覺安不見惡夢資生所須無所乏少諸天守護人天樂見不聞惡聲身不惡病常樂寂靜勤行精進樂受正法知見無我常爲國主沙門梵志男女大小乃至鳥獸之所供養親近善友所謂聲聞緣覺諸佛菩薩樂行惠施能度衆生所有善心不爲三毒之所破壞善名好譽流布四方能療衆生所有惡病能令衆生遠離衆苦能解衆生一切繫縛能調衆生諸惡煩惱能壞一切惡邪異見能與衆生信心念心大智慧心心住大乘無能傾動不隨他語能壞衆生身口意惡能滅衆生三種障業唯除五逆誹謗正法賢聖之人劫招提僧物善男子菩薩若能如是修慈當捨命時面見十方諸佛世尊手摩其頭佛手觸故心則歡喜心歡喜故尋得往生其佛國土亦聞如是善妙之言所謂莫生怖畏莫生怖畏汝是修慈純善之人定當得生淨佛世界覩見無量諸佛世尊離三惡道必入涅槃亦聞法緣無緣之慈亦得具足四無量心乃至獲得阿耨多羅三藐三菩提爾時明星天子聞是法時於諸禪定出入自在無勝意童子白佛言世尊如是天子以何力故於禪定中速入速出佛言善男子是天子者已於無

量諸如來所植諸善根無量世中修法緣慈本願力故生四天處在日天前十千由旬所住宮殿縱廣三萬二千由旬瑠璃所成前後左右滿十由旬諸天男女而共圍繞是人在中離其眷屬三由旬所獨坐寶牀出入禪定一日一夜此四天下有八十天處六十龍處四阿脩羅處四迦樓羅處五十二緊那羅處四十六摩睺羅伽處八拘槃荼處三十富單餓鬼處三十毗舍闍處於如是處悉能調伏如是衆生以本願力故往昔發願此閻浮提夜五分過餘一分在當在日前十千由旬先當破壞閻浮提闇而作明相若閻浮提諸善衆生欲度生死修禪定者當爲是人除去睡眠施其念心若欲見我我當於夢現作和尚師長父母若有凡夫修習外道我當破壞其人邪心示以正道若有衆生於世間事及出世事生懈怠者覩見我巳除去懈怠勤修事業若有衆生迷失正路得見我時則還見道若有衆生身遇重病得見我者苦痛休息身得安眠受大快樂若有老人身受衆苦心多忘誤得見我者還得念心然我出時能令衆生繫心念善若有衆生命將欲盡最後一念我當爲說大乘經典彼既聞巳面見佛像捨身得生淨佛世界若有欲求辟支佛者我當爲說辟支佛乘若有欲求聲聞乘者我亦當爲說聲聞乘若有衆生有三惡業聞我說法惡業即滅世尊我先行於閻浮提國然後次行於瞿陀尼瞿陀尼後次欝單越欝單越後次弗婆提以如是等本願力故常得修行六波羅蜜乃至得成阿耨多羅三藐三菩提時

明星天子白佛言世尊我今爲欲利益一切衆生故說此陀羅尼

盧遮羅一盧遮那二盧遮那三娑羅叉嘍四娑羅叉嘍五娑羅叉嵥六阿嘍呵呵七阿嘍持荼八阿婆闍婆九阿婆叉那十阿叉叉叉叉十一富羅婆邏十二阿婆叉叉十三闍婆闍婆十四摩呵迦波十五阿婆阿婆摩呵娑摩十六頻豆十七娑闍羯波十八阿鞞十九阿鞞二十呵呵尼摩二十一沫邏娑律闍二十二迦留那闍羅二十三嵥訶二十四

世尊若有比丘比丘尼優婆塞優婆夷若男若女若大若小若有至心念我事者是人則得淨於諸業神通施戒忍辱精進禪定智慧解脫佛土四無礙智如是諸人不得成就如是事者我則欺誑十方諸佛於未來世亦莫令我得阿耨多羅三藐三菩提爾時無勝意童子白佛言世尊他方佛土所有人民常作是言娑婆世界雜穢不淨然我今者常見清淨佛言如是如是善男子如汝所說又此世界諸菩薩等或作天像調伏衆生或作龍像或作鬼像或阿脩羅像迦樓羅像或緊那羅像或摩睺羅像或夜叉像拘槃荼像毗舍闍像荔薜陀像人像畜像鳥獸之像遊閻浮提教化如是種類衆生善男子若爲人天調伏衆生是不爲難若爲畜生調伏衆生是乃爲難善男子閻浮提外東方海中有瑠璃山名之爲潮高二十由旬具種種寶其山有窟名種種色是昔菩薩所住之處縱廣一由旬高六由旬有一毒虵在中而住修聲聞慈復有一窟名曰無死縱廣高下亦復如是亦是菩

薩昔所住處中有一馬修聲聞慈復有一窟名曰善住處縱廣高下亦復如是亦是菩薩昔所住處中有一羊修聲聞慈其山樹神名曰無勝有羅刹女名曰善行各有五百眷屬圍繞是二女人常共供養如是三獸善男子閻浮提外南方海中有玻瓈山高二十由旬其山有窟名曰上色縱廣高下亦復如是菩薩昔所住處有一獼猴修聲聞慈復有一窟名曰誓願縱廣高下亦復如是亦是菩薩昔所住處中有一雞修聲聞慈復有一窟名曰法牀縱廣高下亦復如是亦是菩薩昔所住處中有一犬修聲聞慈中有火神有羅刹女名曰眼見各有五百眷屬圍繞是二女人常共供養是三鳥獸善男子閻浮提外西方海中有一銀山名菩提月高二十由旬中有一窟名曰金剛縱廣高下亦復如是亦是菩薩昔所住處中有一猪修聲聞慈復有一窟名香功德縱廣高下亦復如是亦是菩薩昔所住處中有一鼠修聲聞慈復有一窟名高功德縱廣高下亦復如是亦是菩薩本所住處中有一牛修聲聞慈山有風神名曰動風有羅刹女名曰無護各有五百眷屬圍繞是二女人常共供養如是三獸善男子閻浮提外北方海中有一金山名功德相高二十由旬中有一窟名爲明星縱廣高下亦復如是亦是菩薩昔所住處有一師子修聲聞慈復有一窟名曰淨道縱廣高下亦復如是亦是菩薩昔所住處中有一兎修聲聞慈復有一窟名曰喜樂縱廣高下亦復如是亦是菩薩昔所住處中有一龍修聲聞慈山有水神名曰

水天有羅刹女名修慚愧各有五百眷屬圍繞是二女人常共供養如是三獸是十二獸晝夜常行閻浮提内人天恭敬功德成就已於諸佛發深重願一日一夜常令一獸遊行教化餘十一獸安住修慈周而復始七月一日鼠初遊行以聲聞乘教化一切鼠身衆生令離惡業勸修善事如是次第至十三日鼠復還行如是乃至盡十二月至十二歲亦復如是常爲調伏諸衆生故善男子是故此土多有功德乃至畜獸亦能教化演説無上菩提之道是故他方諸菩薩等常應恭敬此佛世界爾時會中有一優婆塞名曰淨德白佛言世尊我今可得覩見如是十二獸不善男子若有比丘比丘尼優婆塞優婆夷欲得覩見是十二獸欲得大智大念大定大神通力欲受一切所有典籍四無量心欲行正道得舍摩他欲得寂靜欲增善法是人當以白土作山縱廣七尺高十二尺種種香塗金薄貼之四邊周帀二十尺所散瞻婆華當以銅器盛諸種種非時之漿置之四面清淨持戒日三洗浴敬信三寶離山三丈正東而立誦如是呪

戰阿羅呵一修利虵比摩二其羅䟦三佛巳牟邏四若虵牟邏五阿呵希六婆呵囉希七若虵呵希八薩婆復多呵希九梨咃婆呵休十摩沙車婆牟梨十一迦嘍浮十二邏奢浮十三修邏虵牟十四呿迦那十五摩希叉婆十六迦婆摩呵十七阿叉比婆邏十八多波比婆十九沙持因持利虵鞞婆二十阿闍牟他婆二十一婆盧婆叉二十二槃陀哆二十三遮羅叉婆希二十四呵迦比牟二十

五哆比勒捜二十六散遮勒捜二十七嘍嘍浮二十八婆羅婆叉捜二十九佛巳遮三十哆㴲賴沙三十一陀叉邏娑三十二波利波遮三十三修邏修三十四捜婆娑彌三十五希邏三十六嘍羅牟娑羅娑三十七牟娑邏私三十八邏婆邏婆三十九頻婆思邏娑四十嘍嘍邏娑四十一陀摩盧遮那邏娑四十二富囊挫蘭呵邏婆四十三首他盧遮那邏娑四十四嘍摩摩邏娑四十五比摩盧遮那呿伽四十六薩顛摩邏娑四十七阿利那遮那禘禘四十八比摩牟四十九婆邏呵芒嘍呵邏私葂葂五十阿由比目醯五十一牟尼邏提致沙五十二娑呵五十三

住十五日常於山上見初月像爾時則知見十二獸見巳所願隨意即得善男子若能如是修行苦行即得眼見是十二獸爾時淨德優婆塞語明星菩薩言善男子汝能教化調伏衆生云何調伏爲以身耶口耶意耶善男子我非身口唯以心業善男子若是心業爲過去耶未來現在乎善男子亦非去來唯是現在制現在心不令作惡善男子汝猶不能令現在心獲得解脫云何而能調伏衆生明星答言我今受持四無礙智淨目持力故能調伏一切衆生淨德言四無礙智淨目持者亦復不能調伏衆生何以故無覺觀故云何而言能調衆生善男子我今問汝隨意見答善男子攝入繫縛解脫清淨道及寂靜雖復平等亦不平等如是平等及不平等何因緣生何因緣出何因緣增長汝寧知不乎淨德答言善男子如是等事因我我所生出增長明星菩薩言善男子是我我所何因緣生善

男子是我我所風因緣生明星菩薩言風住何處善男子風住虛空又問虛空爲何所住答言虛空住於至處又問至處復何所住答言至處何處住者不可宣說何以故遠離一切諸處所故一切處所所不攝故非數非稱不可量故非覺非觀非有非無非行非生非出非滅非有增長非字非念非作非受非闇非明非增非減非壯非老眞實之性是一切法無罣礙門是故至處無有住處明星菩薩言善男子如是即是四無礙智淨目陀羅尼若有菩薩修習如是陀羅尼者一切煩惱則爲爛敗入法緣慈一切法中無有疑心說是法時十方世界無量衆生得法緣慈無量衆生得近四無礙智淨目陀羅尼爾時世尊讚是二人善哉善哉善男子能如法問能如法答是陀羅尼因緣力故四天王等於我滅後能守護法

大方等大集經卷第二十四

音釋

妊 汝鴆切孕也 哺 薄故切飼也 筋 擧欣切骨絡也 饑饉 饑居依切穀不熟曰饑饉渠吝切菜不熟曰饉 澇 郎到切霖雨也 銖 市朱切權十黍爲絫十絫爲銖 貶 方斂切 褥 如蜀切 葂 亡辯切匕上呪中字也

大方等大集經卷第二十五

北涼天竺三藏曇無讖譯

虛空目分中聖目品第六

爾時明星菩薩白佛言世尊聲聞之人行聲聞乘辟支佛人行辟支佛乘如是二人云何修悲思惟何法離何煩惱佛言善男子若有善男子善女人行聲聞乘辟支佛乘不觀衆生所有樂相不作怨親父母等相憐愍衆生修起悲心乃至十方亦復如是若我不能於惡衆生修習悲者當觀是人八種苦相生苦乃至死苦是人具足如是八苦我當云何於是人所不生悲心是人復有三種大苦亦復未得脫三惡道我當云何不生憐愍云何名爲觀於生苦從業因緣父母和合初受意識歌羅羅時具身猶如葶藶子許是時未有入出氣息亦不覺知苦之與樂不苦不樂離先色相未具後色無力無欲無有精進無有憍慢上色上姓上自在相無五欲相諸根不具如是衆生我當云何不生憐愍如是衆生過去愛取名爲無明過去業有名之爲行初入胎心名之爲識歌羅羅中初色四陰名爲名色是時未具十二有支以生因緣故可說有十二因緣衆生如是何有智者不生憐愍歌羅羅時住六七日六七日轉名頞浮陀是時形色猶如小棗住七七日轉名伽那是時形色如胡桃𣫍住八七日轉名閉尸形色猶如頻婆羅果是時身邊有五疱出謂頭手脚十三七日始有腸相二十七日男女根別二十一七日始生骨節乃至三十六七日中其身具足肉血毛根三十八七日具足身枝四日

四夜住在腹中臭穢之處是人如是我當云何不憐愍耶爾時還憶本生之事憶已愁苦作是念言若我出胎當修善法願後更莫生如是處修不放逸遠離受生始出母胎爾時舉身受迫迮苦入風觸身亦復受苦身初至地以水摩洗復受大苦猶如地獄爾時還失憶宿命事生已復有老病死苦隨逐不捨復有風病白水黃水和合等病如是四病數各百一常隨逐之是故名爲生是大苦既受生已老復隨逐髮白面皺失智慚愧髮毛希踈諸行陳故諸根衰熟易破易壞爛朽危脆唯貪三味所謂鹹酢能壞安樂身根逼惱是大苦河能破衆生三世壯色忘如嬰兒狂如鬼著衆生具足如是惡事我當云何不生憐愍爾時復爲死所侵逼失於智慧壽命諸有捨棄諸陰身壞命壞四大離散三世衆生壽命之怨一切衆生成就死法我當云何不生憐愍爾時復有所不愛物而來親近所謂寒熱飢渴惡人惡獸衆生如是我當云何不生憐愍復有所愛別離所謂盛年財寶庫藏壽命父母妻子親戚眷屬上妙六塵衆生既受如是等苦我當云何不生憐愍或有衆生於三世中求上六塵而不能得以是因緣具受衆苦若我於此惡類衆生不生憐愍我當云何得阿耨多羅三藐三菩提一切衆生受五陰擔我亦如是若我不修大悲之心云何得捨如是重擔一切聖人已得遠離五陰重擔若不修行三種淨戒不善思惟其心放逸不行正道不得解脫如是之人受百種苦衆生既受如是百苦我當云何不修悲心若有衆生

於一日夜能如是觀是人得心猶如虛空是人能於一切衆生修習大悲是人能得身心寂靜是人不遠正眞法界及以法性如是方便能得聲聞緣覺衆生緣悲若有菩薩初修道時作是思惟設令我有恒河沙等如須彌身當以是身爲於一人於無量世受大劇苦令彼一人得受樂者我終不悔亦不退轉於菩提心復作是念假令一切所有衆生各各執椎如須彌山來打我身經無量歲我當忍受不生惡心乃至一念復作是念是人所受百種之苦一切衆生亦受是苦而不知念阿耨多羅三藐三菩提我今學是阿耨多羅三藐三菩提云何不受刀劒火石亦復如是若我當於一切衆生生惡心者諸佛賢聖當見呵責而作是語是人欲得阿耨多羅三藐三菩提云何如是而不忍辱菩薩摩訶薩修淨意者即是忍辱忍辱者即是瓔珞精進道性器皿財寶菩薩修習如是忍辱能淨身心能淨莊嚴堅固莊嚴得大智慧不與聲聞辟支佛共於諸衆生最爲殊勝一切四魔不得其便邪不能動煩惱折滅一切怨讎不能爲惡言辭所說不可窮盡其智甚深猶如大海精進堅牢如須彌山等諸衆生如海一味能大利益猶如大地淨衆垢汙猶如清水能作光明猶如朗日於衆無礙猶如猛風世法不汙猶如蓮華下視衆生如金翅鳥衆生樂見如夏日雲衆生樂受如夏時雨見無餘求猶病遇醫壞諸貧窮如如意珠施衆禪定猶如梵天生死無礙猶如虛空示平不平猶如明燈人天恭敬猶如帝釋若有菩薩起瞋恚心一

切怨賊悉得其便喪失一切善根財寶一切魔衆獲得其過爲諸煩惱之所汙染入大闇處失一切善根爲諸聖人之所呵責若有菩薩起瞋恚心乃至一念則爲喪失一切善法設我悉受一切衆生無量億數打罵毀辱乃至不應起一念瞋何以故如是衆生不學慈悲若彼衆生心不瞋打我當云何修習慈悲以是義故衆生瞋時我應生喜何以故即是我之悲因緣故若有善男子善女人能作是觀即得不共聲聞緣覺衆生緣悲亦能疾得阿耨多羅三藐三菩提善男子復有衆生觀三惡道苦衆生巳修習悲心復有觀察三界所有諸苦衆生而修悲心復有觀察五陰衆生而修悲心入界亦爾善男子以是義故菩薩摩訶薩欲得阿耨多羅三藐三菩提當修慈悲何以故夫慈悲者即是一切善法種子若有衆生得色界身亦是修習慈悲因緣若無色身若聲聞道若緣覺道若諸菩薩莊嚴堅固行六波羅蜜調伏衆生得無生忍成阿耨多羅三藐三菩提皆因慈悲種子因緣說是慈悲因緣法時明星菩薩得無生忍是忍不與聲聞共之八萬四千衆生得如法忍五萬五千那由他衆生發阿耨多羅三藐三菩提心十萬八千衆生得不退心二萬衆生成就慈悲五千比丘得阿羅漢果五百比丘尼盡一切漏十萬億衆生破大邪見得正見心爾時世尊告無勝意童子善男子過去有佛名發功德意亦說如是大慈大悲無勝意童子言世尊所言如者云何名如佛言善男子遠離身相名之爲如無勝意童子言所言身

者即是實性即是寂靜即是法界即是無漏即是無盡佛言善男子如身者即是一切衆生之身如即是過去未來邊際即是寂靜無勝意童子言世尊若一切佛如即是身佛言善哉善哉善男子如是法界無有增減三世平等不生不出不滅猶如虛空如身亦如是說是法時三萬衆生得如法忍爾時世尊告明星菩薩言善哉善哉善男子善女人云何修習緣衆生喜善男子若有菩薩不修慈悲不念衆生所有樂相乃至不觀三趣三界所有諸苦而亦觀於五陰出滅如是觀已生於喜心但樂觀法觀已生喜如是喜心願及衆生是名爲喜世尊云何修捨善男子若有菩薩不修慈悲及以喜心修捨念捨父母乃至聲聞緣覺菩薩諸佛修是捨時遠離一切愛瞋法心是人修習空無相願既修習已不久定當得入涅槃若人能修如是等四無量心是人則爲十方諸佛菩薩天龍夜叉刹利婆羅門毗舍首陀比丘比丘尼優婆塞優婆夷之所供養隨有國土若四部衆修習如是四無量心其土則已遠離一切衰禍之相其中衆生樂離惡法受持善法善男子四無量心具足如是無量福德

虛空目分中辟支佛乘品第七

無勝意童子復白佛言世尊修緣覺乘比丘比丘尼優婆塞優婆夷善男子善女人云何修習慈悲喜捨佛言善男子若有修習辟支佛乘比丘比丘尼優婆塞優婆夷善男子善女人觀衆生樂解衆生樂念法緣慈終不憶念緣衆生慈如自心中所愛樂事亦願衆生

同共得之觀法平等觀樂平等觀心平等觀如平等如是觀已乃至不於一人生惡設有因緣生惡心者應作是念我若於彼生惡心者云何當得阿耨多羅三藐三菩提菩薩摩訶薩成就無量純善功德若於一人生瞋惡心尚不能得阿耨多羅三藐三菩提況我未成諸善功德以是因緣修衆生慈及法緣慈悲喜捨心亦復如是善男子若有欲得緣覺乘者應如是修慈悲喜捨說是法時六萬億衆生得住初地或得二地三地四地五地或有衆生得無生忍或有獲得辟支佛道及聲聞道無量衆生發阿耨多羅三藐三菩提心

虛空目分中聖目無礙智品第八

爾時衆中有一童子名虛空聲白佛言世尊云何菩薩莊嚴無上菩提之道修一切智目方便無緣梵行一切法目方便無緣梵行一切陰入界方便解脫方便三昧方便陀羅尼方便得忍方便諸地方便世尊云何菩薩摩訶薩修一切智目門同虛空慧度於彼岸無緣梵行越度四流斷四魔繫佛言善哉善哉善男子汝今能入四無量海欲度衆生於生死河是故今者發如是問復欲不斷佛大智海善男子十方佛土若有菩薩同共汝行三昧智慧我說法時如是等輩悉爲明證若無如是菩薩證者我則不說無緣梵行何以故我若說者多於是中而生疑心若有未得無緣梵行亦復生疑以是義故不應宣說爾時世尊即入三昧其三昧名虛空幢入已面門出大光明其明種種遍照十方諸佛世界蔽諸日月令不復現其光明中出大聲言娑婆

世界釋迦牟尼爲諸衆生宣説梵行壞諸煩惱説聲聞乘辟支佛乘無緣梵行無量衆生及諸菩薩次第而坐聽受正法亦説清淨菩提之行爲欲利益無量衆生故作大集説種種行無量衆生獲得一生及以後生十方衆生聞是語已一切悉集娑婆世界或有菩薩現真金身雨於金沙或現銀身雨於銀沙或現瑠璃身雨瑠璃沙或玻瓈身雨玻瓈沙或沉水身雨沉水沙或栴檀身雨栴檀沙或多摩羅跋身雨多摩羅跋沙供養於佛供養已畢頭面禮敬却坐一面爾時世尊告虚空聲童子善男子今日十方諸大菩薩其中或有得法忍者得無生忍一生後生悉爲我證如是菩薩修習慈悲喜捨之心了了通達諸法之性亦能遠離身相業相其心不著有爲無爲亦不貪著眼乃至意色乃至法至心修習無緣梵行無諸覺觀不生憍慢無所貪著知真實性觀一切法皆悉平等所謂三世三界三戒亦得增長大慈大悲大喜大捨一切衆生遠離三界陰入界等離一切字聚名聚句聚有爲之法作是觀時即得具足大大大悲大喜大捨修習同空三昧梵行六波羅蜜諸佛護念具善方便住第三忍過於聲聞辟支佛道遠離一切眼色因緣乃至一切意法因緣觀法界如隨順不倒獲得大慈大悲等力於諸法中得大自在而於生死不生厭悔有大力勢調伏衆生於三乘中得智方便能雨法雨得無礙智解諸衆生異語方便善男子是名聖目陀羅尼具無礙智修習梵行善男子若有菩薩修是梵行如是菩薩常得見佛

能具佛法淨佛世界菩薩性淨衆淨行淨智淨意淨供養亦淨能具十地次第當坐如來法座如是名爲清淨法行是名如來是名世尊名過四潮名菩提道能得菩提轉大法輪云何名爲一切智耶若智能觀一切平等衆生平等三世平等不倒平等如是等一切法見虛空目見法虛空目見無行虛空目見性虛空目見如空虛空目見如內空虛空目見如外空虛空目見如內外空虛空目見如大空虛空目見如第一義空虛空目見如有爲空虛空目見如無爲空虛空目見如畢竟空虛空目見如無始空虛空目見如性空虛空目見如散空虛空目見如自性空虛空目見如一切法空虛空目見如無所覺空虛空目見如無法空虛空目見如無性空虛空目見如無法有法空虛空目見如實性空虛空目見如無相無願虛空目見如一切法無邊無處虛空目見如大慈大悲虛空目見一切智見空虛空目見一切智如是見已轉正法輪是名不共衆生法界是名一切智名佛境界說是無緣梵行時九萬二千衆生成就是法恒河沙等衆生得如法忍恒沙衆生遠塵離垢得法眼淨一千比丘得阿羅漢果無量人天發阿耨多羅三藐三菩提心

虛空目分中護法品第九

爾時一切欲色界天以妙香華旛蓋妓樂供養於佛白佛言世尊如來先已於閻浮提轉正法輪今復於此大寶坊中轉大法輪爲菩提行故一切大衆復作是言如來境界不可思議何以故如來在此大寶坊中轉法輪時

十方無量諸世界中所有菩薩悉來集此爲聽如是虛空目法行爾時文殊師利童子金剛童子金剛山童子無勝幢童子無勝意童子虛空聲童子如是等童子其數九萬二千億白佛言世尊唯願如來以願力故令是虛空目法行久住於此娑婆世界及十方土無有滅沒何以故如是法中說三梵行菩薩若行如是三行即得阿耨多羅三藐三菩提佛言善男子南方世界金剛光明功德如來西方世界智幢如來北方世界發光功德如來東方世界寶蓋光明功德如來是四如來先已有願以是願故是經後當流布十方令諸菩薩悉得修行如是三行我今以此正法付囑四大天王功德天女四大龍王誠實語天四阿脩羅王見天大自在天八臂天地神女等何以故善男子或有衆生其性弊惡有大勢力多造重業不受是經是人死已受惡鬼身惡龍之身是惡鬼龍欲壞佛法降澍惡雨惡風塵坌爲諸修行三業比丘而作重病以手探腹取其心肝吹吐惡氣置飲食中故令食者得大重病良醫拱手不能療治如是修行三業比丘盡捨命已是名法滅如是惡鬼復令如來所有弟子刹利婆羅門毗舍首陀大臣長者悉生惡心惡心既生互相殘賊當爾之時閻浮提內國土城邑空荒無人人民既無誰當流布如是經典是故我今不以是經付囑菩薩比丘比丘尼優婆塞優婆夷及諸國主以付四王乃至地神如是天神至心護持若有國王刹利婆羅門毗舍首陀比丘比丘尼優婆塞優婆夷受持讀誦如是經者

是諸天神當至心護勸諸檀越令致供養所謂衣服飲食卧具病藥房舍燈燭是諸檀越若有惡相諸惡病瘦諸天力故悉令消滅以是因緣法得增長無有滅没爾時一切諸天神等白佛言世尊若今現在若佛滅後我等要當捨離自事守護是法若佛弟子比丘比丘尼優婆塞優婆夷有能受持如是等經勤行精進雖復受畜八不淨物畜養妻息金銀瑠璃玻瓈田宅奴婢僕使我爲法故亦當守護遮諸惡鬼不令嬈近隨是經典所在之處令其土地日月五星不越常度怨讎兵革皆悉消伏所有衆生若男若女若大若小悉樂受誦如是經典持戒清淨勤行精進世尊以是因緣一切諸天樂處人間是人捨身即得生天諸天增長色力壽命所有惡相滅無遺餘其無信者我能令信若佛弟子比丘比丘尼優婆塞優婆夷不能受持如是等經讀誦書寫不樂寂靜不善思惟樂求供養不持淨戒嬾惰懈慢心無慚愧親近白衣如是比丘以財俗力毀佛弟子若打若殺若縛若罵向王大臣說其過惡佛諸弟子聞是事已生大惡心生惡心已諸善鬼神捨至他土是故惡鬼即得其便既得便已諸國興兵互相討伐降惡風雨令穀不登人民饑饉共相茹食爾時十方世界菩薩白佛言世尊諸佛如來爲如是等五滓衆生制於禁戒唯願如來爲法久住復制禁戒所謂身戒口戒意戒不得受畜一切惡物惡心鬭諍親近國王大臣長者受畜一切俗人之物如餘佛土所制淨戒佛言善男子止止佛自知時善男子因緣未出

如來則不豫制禁戒爾時世尊告頻婆娑羅王大王汝之國法何名大罪何名小罪頻婆娑羅言世尊我之國法有四重罪一者斷他命根二者偷至五錢三者婬他婦女四者爲五錢故大衆王邊故作妄語如是四罪犯者不活佛言我今亦爲未來弟子制是四重復次大王王子幾歲不聽入宮世尊過二十年則不聽入佛言我亦如是沙彌二十乃至得道不聽入衆王言世尊如我國法有作罪者必死不疑或打或罵閉繫輸物擯出界外如來法中其義云何大王我之法中亦復如是有犯罪者或令苦作一月二月或不與語共坐共食或不共住或擯令出或出一國或出四國有佛法處治如是等惡比丘已諸善比丘安樂受法故使佛法久住不滅大王若未來世有我弟子饒財多寶有大力勢王所親愛一切大衆不能擯治如是等人汝等當治刹利婆羅門毗舍首陀不能治者如是四姓則爲斷我三寶種性能滅法炬破壞法船燋涸法味奪衆生眼我法壞時心則放捨大王譬如一人奪一切眼於意云何是罪多不甚多世尊不可稱量不可計數大王若有刹利婆羅門毗舍首陀有大力勢見我法滅捨不守護其所得罪亦復如是大王若有國主於無量世修施戒慧見我法滅捨不擁護如是所種無量善根悉皆滅失其國當有三不祥事一者穀貴二者兵革三者疫病一切善神悉捨離之其王教令人不隨從常爲隣國之所侵嬈暴火横起多惡風雨暴水增長吹漂人民内外親信咸共謀叛其王不久當遇重

病壽終之後生地獄中若宿善追及還得人身無量世中常盲無目貧窮跉跰行乞自活常生惡心因是惡心復當還墮於地獄中如王夫人太子大臣城主村主將帥郡守宰官亦復如是頻婆娑羅耳聞是語悲泣嗚咽抆淚而言世尊我值如來猶故不能如法治國況未來世放逸諸王不能持戒修行精進治惡比丘護持佛法不能紹繼三寶種性如是諸王長夜常行於三惡道爾時諸王夫人太子大臣城主村主將帥郡守宰官皆白佛言我等於今現在之世要當勤心守護佛法亦當供養受持法者衣服飲食卧具醫藥治惡比丘紹三寶性佛言善男子汝等若能建立此事則爲供養三世諸佛亦得無量不可思議諸善功德

虚空目分中大衆還品第十

爾時世尊復告諸天善男子汝等今者勿懷憂慮我今當與未來弟子爲諸法故立嚴峻制爲不斷絶三寶性故爲欲增長諸善法故爲增多聞滿寶藏故爲離一切苦煩惱故爲成無上菩提道故善男子我今所説一切聲聞具足成就得聲聞乘一切緣覺具足獲得辟支佛乘一切菩薩具足成滿三種梵行得無上智善男子是經能離諸惡衆生能壞衆生惡不善法能滅身口意不善業能破一切諸惡果報若有善男子善女人供養是經則爲供養十方諸佛爾時娑婆世界一切衆生異口同音而作是言善哉善哉世尊我初未聞是大法聚今得聞之世尊我能受持守護是法爲護法故不惜身命若有比丘比丘尼

優婆塞優婆夷受是經者我當供養隨其所須一切給與若復有能供養如是受持經者我等亦當勤守護之內外財寶令無損耗隨是經法所流布處亦護其土令無諸惡佛言善哉善哉善男子汝能如是守護法者則爲供養三世諸佛善男子若諸衆生有護法心若生人天得大自在乃至畜生亦有大力爲人所重不經寒苦善男子是護法者惡不能加心無所畏無能破壞諸魔煩惱不得其便多饒眷屬智慧具足凡有所說無所罣礙樂行十善修習正定父母諸王見則恭敬能昇法座轉正法輪凡有所聞終不忘失

大方等大集經卷第二十五

音釋

殼苦角切皮殼也　疱匹貌切氣疱也　皺側救切皮皺也　脆此芮切小耎物易斷也　酢倉故切醶也醋漿也　坌蒲悶切塵塕也　燋洄燋茲消切洄下各切燋洄謂燋竭也　叛薄半切離叛背叛也　跉跰跉郎丁切跰滂丁切跉跰行不正也

大方等大集經卷第二十六

北涼天竺三藏曇無讖譯

虛空目分中寶髻菩薩品第十一之一

爾時世尊故在欲色二界中間大寶坊中坐師子座放大光明猶如日月得大自在猶如梵釋功德高顯猶須彌山法界甚深猶如大海於大衆中演說正法初中後善字義眞正具足清淨班宣梵行爲諸菩薩淨於法印令諸菩薩聞已修習爾時東方過九萬二千諸佛世界彼有世界名曰善華其土有佛號曰淨住如來應正遍知明行足善逝世間解無上士調御丈夫天人師佛世尊爲化衆生宣說正法有一菩薩名曰寶髻與諸菩薩其數八千發彼世界欲來此土齎妙寶蓋欲奉如來其蓋周覆一千世界及諸香華欲供養佛

妙音說偈讚歎如來

若諸人天得覩佛　則爲獲得大利益
如來所受苦無量　勤精進故得菩提
往昔精進修菩提　超過一切諸菩薩
爲令衆生得利益　故轉無上正法輪
如來如是難得見　所說正法亦難聞
獲得人身亦復難　諸根具足亦如是
若諸衆生行不善　亦不能作三善業
若人欲得大利益　應當覲見釋中尊
若欲聽受無上法　并見十方諸菩薩
具足三十二妙相　應當速詣大寶坊
今若不種諸善根　後必不得大涅槃
若欲具足人身者　應當速詣娑婆界
若欲破壞三惡道　欲受人天微妙樂
獲得無上無比樂　應當詣於娑婆界

大醫今施甘露味　除滅衆生諸煩惱
如來商主大法王　今日演説無上界
寶髻菩薩説是偈時其聲遍滿大千世界時舍利弗聞是偈已即白佛言世尊如是偈音何處演説佛言舍利弗東方過於九萬二千諸佛世界彼有世界名曰善華其土有佛號曰淨住彼有菩薩名曰寶髻與八千菩薩俱欲來此是其所説其聲聞于大千世界勸諸衆生令修善法爾時寶髻菩薩與八千菩薩及無量人天來至佛所頭面禮拜白佛言世尊善華世界淨住如來致敬問訊起居輕利氣力安不眷屬大衆樂受法不世尊我從彼來至此世界爲聽菩薩淨行法印唯願如來普爲一切大慈憐愍分別解説令諸菩薩聞已修習破壞一切煩惱習氣修菩薩行了知一切衆生之心能修菩薩所有行相能得解了智慧之行能知一切煩惱等行能修菩薩所修法行能深觀察一切罪過身得無礙見一切佛佛言善哉善哉善男子諦聽諦聽我今當説如是淨行十分之一善男子菩薩摩訶薩有四行何等爲四一者波羅蜜行二者助菩提行三者神通行四者調衆生行波羅蜜行者是願方便助菩提行者是修道方便神通行者是調心方便調心方便者是菩提心堅固方便善男子云何名檀波羅蜜檀波羅蜜即是淨行能壞癡心能修捨心修捨心已能一切施若有菩薩能一切施即得四種無分別心何等爲四一者不分別衆生二者不分別法三者不分別心四者不分別願是名爲四不分別衆生者是可與是不可與此

多與此少與此上與此下與此恭敬與此輕慢與此全與此半與此持戒此破戒此福田此非福田此得大報此不得大報此是正見此是邪見此行正聚此行邪聚善男子菩薩摩訶薩得如是心名不分別心無憍慢心無上下心無罣礙心是平等心眞正之心平等施戒等慈等悲無有分別猶如虛空是名不分別衆生不分別法者菩薩終不作此分別受者爲說不受不說受法者施其所須不受法者則不供給終不觀察凡夫之人不可惠施賢聖之人則應布施是名不分別法不分別心者觀諸衆生心皆平等不爲報施無內外貪非爲名施不求果施所愛之物施已不悔爲攝衆生故行惠施是名不分別心不分別願者施時不爲得帝釋身梵王之身轉輪王身魔身長者大臣之身亦復不爲大自在故大眷屬故不爲上有不爲聲聞辟支佛乘乃至不爲阿耨多羅三藐三菩提故而行布施是名不分別願善男子菩薩摩訶薩修惠施時具足成就如是四事則得遠離八不正見一者我見二者衆生見三者壽命見四者士夫見五者常見六者斷見七者有見八者無見是名爲八復得遠離四種功德一者凡夫功德二者聲聞功德三者緣覺功德四者餘習功德如是施已不觀四相一者常相二者樂相三者我相四者淨相能淨四法一者淨身二者淨口三者淨心四者淨願遠離三礙一果報礙二聲聞礙三悔心礙善男子菩薩修行如是施時遠離三畏一者憍慢畏二者上慢畏三者魔業畏菩薩修行如是施時

具四種印一者内空印二者外空印三者衆生空印四者菩提空印如是施時具四精進一者滿衆生故具足精進二者護佛法故具足精進三者爲具三十二相八十種好故具足精進四者淨佛土故具足精進是時復得具足四念一者念菩提心二者念欲見佛三者心常念慈四者念離煩惱如是施時淨於三事一者自身二者他身三者菩提如是施時淨於四智一者界智二者衆生滿足智三者頗智四者助菩提智善男子菩薩若能行如是法則能淨於檀波羅蜜善男子云何菩薩淨尸羅波羅蜜行善男子有一種淨所謂菩薩憐愍一切世間衆生勝於聲聞辟支佛慈能壞魔業調諸衆生具足無量功德寶聚無有放逸復有二種一者於諸衆生不生惡心二者調諸衆生令向菩提復有三種一者淨身遠離一切身惡業故二者淨口遠離一切口惡業故三者淨意遠離一切貪恚邪見故復有四種一者勸諸衆生令持禁戒二者勸諸衆生具足淨戒三者能調諸毀戒者四者見持戒者供養恭敬尊重讃歎復有五種一持戒已不生憍慢二見毀戒不生輕慢三見持戒心無嫉妬四終不求聲聞之乘五者不念辟支佛乘復有六種一者念佛爲過戒故二者念法爲過戒已心不生悔三者念僧爲能具足如來戒故四者念戒爲不求有諸果報故五者念施爲能一切悉施與故六者念天爲欲具足諸善法故復有七種一者深信一切佛法二者勤行精進爲得佛法故三者具智爲知一切諸佛法故四者聞已能說

一切佛法故五者供養父母師長和尚六者畏於現在未來惡業七者有慚愧心復有八種一者不爲利養顯異惑衆二者不説自事離一切故三者不讚供養心知足故四者行聖種性樂善法故五者修頭陀法不惜身命故六者樂於寂靜離説世事故七者深心樂法猒三界故八者至心護法不惜命故復有九種一者離九惡心過九衆生所居處故二者念淨三者念修四者增長善法五者心樂寂靜六者離煩惱熱七者莊嚴舍摩他八者勤行精進九者不欺衆生復有十種一者淨身三業二者淨口四業三者淨意三業四者遠離嫉妬五者離諂曲心六者至心念戒七者爲持戒故勤行精進八者輭語爲調衆生九者受身爲衆生使十者於諸福田不生輕慢善男子菩薩修行尸波羅蜜有二種淨行一者有心有相及以莊嚴寧捨壽命終不毁戒二者無心無相及無莊嚴於一切法心無所著復有二種一者淨於内入二者不求一切外入復有二種一者常願菩提之心二者不觀本向菩提戒相善男子云何菩薩淨羼提波羅蜜行善男子菩薩摩訶薩受罵不報口業淨故受打不報身業淨故受瞋不報意業淨故善男子菩薩摩訶薩雖受罵辱所以不詶護衆生故受諸楚毒所以不報護後世故被截手足慈心不瞋護菩提故見有求者心不生瞋爲四攝故生慈心故增菩提道故壞慳貪故破魔業故善男子菩薩摩訶薩修念佛已行於忍辱受一切苦爲得佛身故善男子復有菩薩修於忍辱爲欲具足得十力

故復有菩薩修於忍辱爲欲成大師子吼故復有修忍爲知三世無罣礙故復有修忍爲得大慈大悲力故復有修忍爲得具足一切智故善男子菩薩摩訶薩具足二力能成就忍一者智力二者修力以智力故觀於身心是故爲忍以修力故不著諸法是故爲忍復次善男子淨忍菩薩則能觀察一切法中無有衆生是故修忍一切諸法其性解脫是故菩薩觀一切法無忍無瞋若於諸法心無所著是名爲忍善男子菩薩有二忍一者觀如法身二者觀如法界菩薩摩訶薩若能如是觀二法者是名菩薩淨羼提波羅蜜行善男子云何菩薩淨毗梨耶波羅蜜行若菩薩摩訶薩於諸修行不息不悔於諸善法心無猒足亦樂修行五波羅蜜常求莊嚴一切善法擁護正法樂宣說之調伏衆生心無休息過於聲聞辟支佛乘擁護一切諸佛正法修諸苦行其心不悔終不喪失本昔善根廣修多聞心無猒倦爲衆走使不生愁悔是名精進如是精進云何名淨若能觀身猶如影像口無言說心畢竟淨以盡智觀諸法以無生智知諸有盡如是觀時則能莊嚴三種精進一者體莊嚴二者覺莊嚴三者分別莊嚴復有三種不著精進一不著眼二不著色三不著識乃至法識亦復如是是名不取不捨精進具足如是勤精進已不取惠施不捨慳貪不取持戒不捨毀戒不取忍辱不捨瞋恚不取精進不捨懈怠不取禪定不捨亂心不取智慧不捨愚癡不取善法不捨惡法不取佛道不捨二乘是名二種勤精進也是二精進能

具佛法復有二種所謂内外若有菩薩能修如是勤精進者是名毗梨耶波羅蜜行淨善男子云何菩薩淨禪波羅蜜行若有菩薩摩訶薩取諸禪支觀諸禪支觀已入定既入定已不貪著色受想行識是名爲禪非著眼禪乃至意禪是名爲禪非著色禪乃至法禪是名爲禪非著地水火風空禪是名爲禪非著日月釋梵自在天禪是名爲禪非著欲界色無色禪是名爲禪非著此彼禪是名爲禪非觀身心禪是名爲禪非著上下禪是名爲禪非著四取禪是名爲禪非著衆生壽命士夫我人相禪是名爲禪非著常見斷見有無見禪是名爲禪非畢竟盡漏禪是名爲禪非入定聚禪是名爲禪非得沙門果禪如是禪者非畢竟行禪名空調伏禪非眞空禪名無相調伏禪非眞無相禪名無願調伏禪非眞無願禪是名菩薩具足成就大慈大悲一切空行禪云何名爲具一切空若能不觀布施持戒忍辱精進禪定智慧方便慈悲喜捨四諦菩提智慧誓願莊嚴舍摩他毗婆舍那解脫慚愧是名諸佛方便三昧神通無礙智攝取十力四無所畏十八不共法不爲二乘之所染汙斷諸習氣具足無量大神通智爲諸衆生之所歸依莊嚴世法及出世法能善調伏一切衆生度於四流生死大海能斷一切所有繫縛淨諸法性是名性寂靜非向法寂靜亦取向法捨性了了向法盲性有聞向法聾性勤調伏向法停住消滅寂靜調伏熾然是名一切行空善男子譬如三千大千世界所有衆生悉善知晝其中或有善能泥塗或有

磨柔或曉畫身不曉手足或曉手足不曉面目時有國王以一張氎與是諸人而告之言凡能畫者悉來聚集於此氎上畫吾身像爾時諸人悉來聚集隨其所能而共作之有一畫師以緣事故竟不得來諸人畫已持共上王善男子可言諸人悉集作不不也世尊善男子我說此喻其義未顯善男子一人不來故不得言一切集作亦不得言像已成就佛法行者亦復如是若有一行不成就者不名具足如來正法是故要當具足諸行名爲成就無上菩提說是法時六萬菩薩於一切行得具足空善男子云何菩薩摩訶薩淨般若波羅蜜行善男子菩薩摩訶薩具十二慧一者知過去無礙二者知未來無礙三者知現在無礙四者知有爲無礙五者知無爲無礙六者知一切世作無礙七者知出世無礙八者辯才無礙九者知實無礙十者知世諦無礙十一者知第一義諦無礙十二者知諸衆生利鈍無礙是名爲慧難破能破難觀能觀難解能解譬如金剛不可沮壞是名出世之慧畢竟慧一切衆生眞解心慧難行難入難見甚深難可習學正見正聚遠離諸見及以習氣自知了了知見一切衆生之心法智義智無所貪著曠大光明無諍無近善知時節過於時節正聚護正聚畢竟覺正覺實覺遠諸垢穢不爲一切之所呵責一行無行一切衆生行無足跡行雖離一切世間之行亦不遠離一切世行雖離世界不離佛土雖離一切諸行莊嚴亦不遠離調伏衆生雖離諸行不離善行雖離衆生心行因緣不離知於衆

生心行雖離世行不離世法雖離諸身亦入衆生心是名爲慧如是智慧甚爲難得非善根純熟終不能獲不能常修行善法者亦不能得如是智慧菩提樹下乃能得之眞如法性諸佛所護度至彼岸知一切法施甘露味是故名爲般若波羅蜜善男子如是智慧畢竟了知一切緣一切相一切衆生心之所行以是義故名爲智慧如是智慧有二寂靜一者知礙相寂靜二者知無礙相寂靜復有二種一者無覺淨二者離諸見淨如是智慧菩薩摩訶薩常遊衆生利鈍根中衆生心中一切法中觀諸煩惱即是智慧菩薩雖住諸界多住佛界能善觀見十方世界離一切蓋悉是一切佛法根本具足一切無上佛法不學諸法不離諸法不壞一法不成一法菩薩成就如是智慧能作功德能讀誦說一切佛法一切福德悉能得之皆能修成一切善法是名菩薩淨般若波羅蜜行說是法時二萬二千衆生發阿耨多羅三藐三菩提心八千菩薩得無生忍五百比丘漏盡意解十千天人得須陀洹果爾時一切天與人同聲而言世尊若有人能信是法者當知此人諸佛所護何況有能受持讀誦書寫供養善男子云何菩薩摩訶薩淨助菩提行善男子菩薩摩訶薩觀身念處有二種行一者不淨行二者淨行不淨行者觀身不淨臭穢充滿無常無住誑諸凡夫淨行者菩薩摩訶薩作是思惟我今因是不淨之身得淨佛身得淨法身淨功德身一切衆生所樂見身復次善男子菩薩摩訶薩觀身身已能淨二行一者無常二者

常菩薩摩訶薩觀身無常必定當死如是觀已不爲身故造結惡業邪命自活修三堅法一者身堅二者命堅三者財堅如是觀已能爲衆生而作給使即得遠離身口意曲菩薩如是觀身無常得如是等無量功德云何爲常菩薩摩訶薩觀無常已則得常身因無常故得功德身因無常故不斷佛種法種僧種善男子又復常者即是無盡無盡者即是無爲無爲者即是一切智所行處一切智所行處者即是空無相願又復常者即是虛空菩薩摩訶薩觀一切法猶如虛空是名菩薩摩訶薩常行善男子復有菩薩修身念處觀察一切衆生之身畢竟當是如來佛身如如來身法身亦爾如是二身我身亦爾是名菩薩觀無漏身菩薩爾時所得善法隨其多少悉

是無漏以如是法發願迴向一切種智得無漏已終不起漏所言漏者即是三漏所謂欲漏有漏無明漏菩薩了了知三漏已爲衆生故生於欲界亦復不爲欲漏所汙色無色界亦復如是無明漏者已拔其根何以故拔無明故則無見漏菩薩摩訶薩修身念已於是身中不見我及我所不生憍慢離我我所故不求不取一切財物不求取故於物無諍以無諍故即是寂靜夫寂靜者即是忍辱住於忍辱不上不下不上下者則如法住如法住者不行善法不行惡法不上下已即得善友得善友已遇善知識遇善知識故得聞正法聞正法故不以漏心向有漏法是名過於諸漏境界過漏境已當入禪定既入定已乃至一法不生覺觀無覺觀故不作一法不變一

法是名如法是名一切法平等若得如是諸法平等是名一切智善男子菩薩摩訶薩若能如是觀身念處是名觀身身念善男子菩薩爾時次觀受念處於有受者生慈悲心向諸衆生作如是言畢竟樂者斷一切受若人能斷一切受者即是常樂菩薩爾時隨所受者生慈悲心若自若他受樂受時遠離愛心生於慈心若受苦時遠離瞋心生於悲心若受不苦不樂離無明心生於捨心是故菩薩受樂受時不生貪著受苦受時不生瞋恚受不苦不樂受時不生無明菩薩爾時觀一切受無常苦無我見受樂者即知是苦見受苦者如癰如瘡見不苦不樂受是不寂靜觀於樂受即是無常觀於苦受即是空無不苦不樂即是無我菩薩爾時作是觀已見是諸受即是無受見一切受即是有爲若是有爲即是生滅散漏無住如是觀已不見於我不見受者是名菩薩大智方便因是方便見一切受無常生滅觀一切法悉是空無無受受者無作作者從緣而生從緣而滅無屬無取於諸因緣不生覺觀因無覺觀作如是言諸因緣法皆悉是空菩薩摩訶薩如是觀時成受念處能令身心皆悉寂靜知一切行是名一切智是名修受受念處云何菩薩修心念處菩薩摩訶薩住菩提心觀是心性不見内入心不見外入心不見内外入心不見陰中心不見界中心旣不見已作是思惟如是心緣爲異不異若心異緣則一時中應有二心若心即緣不應復能觀於自心猶如指端不能自觸心亦如是作是觀已見心無住無常變

異所緣處滅即知是心非從緣生非不緣生非常非斷非内非外非有非無觀心如是不妨如法知心寂靜是名菩薩修心心念復次善男子菩薩摩訶薩觀心非色不可覩見非是覺觀是名菩薩修心念處如心心數亦如是如心數心行亦如是如心行心所求法亦如是如所求法菩提亦如是如菩提一切善法亦如是菩薩若觀心如獼猴畫水朝露蜂王魚母如河如焰如想遠事獨行無身常轉無停貪著諸界次第生滅能攝如是無量之心令住一處不動不轉不漏不錯不亂不散是名舍摩他菩薩若能作如是觀是名成就觀心心念處是名知心境界是名知心法界是名知心眞實之相是名知心眞實之性即是廣知即是淨知了知眞知實知如幻是名知法名知心性名知心盡名無取知無罣礙知菩薩摩訶薩如是觀已善知一切衆生心性知已如應而爲說法如知自心性知一切衆生心性亦復如是如知自心相知一切衆生心相亦復如是如知自心空知一切衆生心空亦復如是如觀自心平等觀一切衆生心平等亦復如是作是觀已不動法界是名菩薩修心心念處善男子云何菩薩修法念處菩薩摩訶薩作如是觀法出法滅無我衆生壽命士夫無生無滅無沒無出是名法性若能求法是名出法若不求法是名滅法若善不善出者從緣滅者從緣如是觀時觀於三行所謂惡行善行不動行是三行中我當常行極善之行爲十善法十善法者爲淨身業欲求如來三十二相八十種好他不能害

淨口業者凡有所說衆樂聽受淨心業者於諸衆生其心平等常入禪定淨四無礙智淨慈心故施衆生常樂淨悲心故無量世中爲衆生受苦其心不悔淨於十力爲知衆生諸根利鈍淨四無畏爲知衆生障無障故淨十八法爲知三世無障礙故淨一切佛法爲一切衆生無能勝故菩薩摩訶薩能如是觀於諸善法及諸功德不生猒足親近善行遠離惡行及煩惱習眞實了知於不動行雖知不貪心得自在隨願往生非結業生生於欲界爲衆生故善男子菩薩摩訶薩得善方便觀法念處修習莊嚴助菩提法遠離一切障菩提垢得是功德不著常見不著斷見離是二見行於中道夫中道者有二種法一者不善念二者無明是二法中心不放逸是名中道復有二法一行二識復有二法一者名色二者六入復有二法一觸二受復有二法一愛二取復有二法一有二生復有二法一老二死是二法中不放逸者是名中道如是中道世間智慧所不能見不可宣說不可顯示無有相貌無色無處無取無捨清淨寂靜善男子夫中道者不可眼見乃至不可觸觸亦無至處亦世出世不可宣說非多非少故名中道善男子我與無我名爲二邊若有說言非常非斷非命非士非想非非想非覺非非覺非實非虛非此非彼非有非無非有爲非無爲非行非非行非生死非涅槃不作如是是名中道復次善男子菩薩摩訶薩觀法法念不分別法界如法界衆生界亦如是如是二界名虛空界一切諸法悉入法界夫法界者

即衆生界衆生界者即無分別是名觀察一切法等見一切界即是法界雖明了見而心不著以不著故則無分別菩薩摩訶薩不以肉眼天眼慧眼觀法念處何以故如是三眼無相貌故是故觀法則以法眼雖了了知而心不著雖復不著不失法界是名佛智能知如是甚深法界亦不失於一切智念是名菩薩修法法念處善男子菩薩摩訶薩何故修習是四念處爲欲遠離四顛倒故修身念處爲離淨倒修受念處爲離樂倒修心念處爲離常倒修法念處爲離我倒又離四食修身念處離於揣食修受念處離於觸食修心念處離於識食修法念處離於思食又復遠離識四住處修身念處離住色處修受念處離住受處修心念處離住想處修法念處離住行處復離五陰修身念處遠離色陰修受念處遠離受陰修心念處遠離識陰修法念處離想行陰是名菩薩淨四念處行善男子云何菩薩淨四正勤行菩薩摩訶薩常樂修習一切善法未生惡法爲不生故勤行精進已生惡法爲遠離故勤行精進未生善法爲令生故勤行精進已生善法爲住不失故勤行精進善男子菩薩摩訶薩於無量世修習善行是故性善不以方便令惡不生若有菩薩修四正勤心得自在正勤者菩薩爾時心及心數與大慈悲和合共行故名正勤菩薩爾時次第修習四如意足一者欲二者心三者進四者慧專念至心念於菩提是名爲欲修大悲故覺心輕便是名爲心遠離惡法是名精進得方便故名之爲慧菩薩修四如意足

已得四自在一者壽命自在以自在故雖生短命自得長壽爲調衆生與長壽者演說正法於長壽中能現短壽隨是菩薩所生之處若天若人得命自在二者身得自在以自在故隨心作身隨心作色示現威儀爲衆生故菩薩若欲與諸衆生其身同等高大微小悉皆能作三者得法自在以自在故能知一切世出世法示諸衆生一切世事於出世行心亦不退明知甚深十二因縁得無礙智能爲衆生說種種法無量衆生聞是法已發阿耨多羅三藐三菩提心四者願得自在以自在故令四大海合作一海不來不去無有動轉如本無異亦令三千大千世界諸須彌山合爲一山不來不去無有動轉如本不異於四天王三十三天無所妨礙欲令三千大千世界悉作金寶七寶栴檀華香瓔珞虛空水火皆隨意成是名菩薩得四自在善男子菩薩若得四如意足則得面見十方諸佛與共語言進止一處一切梵天帝釋四王阿脩羅乾闥婆迦樓羅緊那羅摩睺羅伽亦復如是云何莊嚴四如意足善男子若能供養父母和尚師長有德見諸衆生先意問訊柔輭與語如語而作視諸衆生其心平等善心正心恭敬心慚愧心遠離貪欲瞋恚愚癡無欺無貪無妬無慳營他事業如已所作無勢力者助其力勢泥塗之處薦治土石河澗溝渠造作橋梁或以身負或施船濟常施衆生所須之物口不說他衰惱之事亦不譏刺他所犯罪有犯罪者能如法除遮諸煩惱令不生起所重之物能以施人既施之後心不生悔爲諸

衆生發願迴向信心以善勸諸衆生不惜身命少欲知足於他利養心無悕望常念出家亦勸衆生念善知識心無捨離於怨親中平等無二以種種乘施行路者羸乏之人施牀卧具有恐怖者能爲救護視諸衆生如父母想不輕毁戒施貧財物有病瘦者給其醫藥施恩於他不自稱說終不斷絶三寶種性常念無爲遠離世事一切諸惡不善之法不爲世法之所染污不失菩提至心之念是名莊嚴淨四如意足行

大方等大集經卷第二十六

音釋

羼提梵語也此云忍辱亦云安忍羼初限切　沮壞沮慈吕切止之也遏也壞古膭切凡物不自壞而毁之曰壞　癰於容切疽也　羸力追切瘦弱也

大方等大集經卷第二十七

北涼天竺三藏曇無讖譯

虛空目分中寶髻菩薩品第十一之二

云何菩薩淨五根行菩薩信心不可動轉名爲信根不由他教而行精進名精進根常念菩提名爲念根常修大悲名爲定根攝取善法名爲慧根復次信諸佛法名爲信根求諸佛法名精進根念諸佛法名爲念根得佛三昧名爲定根斷諸疑網名爲慧根復次心向菩提無有疑網名爲信根增長善法名精進根求善方便名爲念根視諸衆生其心平等名爲定根觀諸衆生上中下根名爲慧根復次心淨無濁名爲信根壞衆濁心名精進根念清淨法名爲念根觀心性淨名爲定根能令衆生住清淨法名爲慧根復次遠離一切弊惡之法名爲信根求諸善法名精進根得已不失名爲念根既得善法如法而住名爲定根思惟善法不善無記名爲慧根復次信根者即是施心精進根者即是樂施無有休息念根者既施之後不求果報定根者即平等施心無分別慧根者不觀福田及非福田復有信根即是初入善法之心精進根者能壞憍慢念根者離我我所定根者遠離一切六十二見慧根者遠離一切諸惡煩惱是名菩薩淨五根行云何菩薩淨五力行善男子菩薩摩訶薩具足五根不爲諸魔之所破壞故名爲力一切聲聞辟支佛乘所不能及一切衆生不能令其退大乘心一切煩惱不能破壞能令其心知足少欲身得大力善覆諸根得金剛身是名爲力善男子菩薩摩訶薩

住信力時終不造作一切諸惡住進力時造
一切善住念力時不失善法住定力時不為
五欲樂之所壞住慧力時遠離一切諸結煩
惱復次住信力時不隨他語住進力時求善
不息住念力時得陀羅尼住定力時說法平
等住慧力時能壞一切衆生疑心復次住信
力時具得解力住進力時具精進力住念力
時具解脱力住定力時具足願力住慧力時
具諸行力復次住信力時見慳罪過住進力
時遠離慳貪住念力時以所修善迴向菩提
住定力時其心平等住慧力時心終不求施
戒定報復次住信力時能離一切破戒之垢
住進力時至心具戒住念力時以所持戒願
向菩提住定力時具清淨地住慧力時遠離
作戒復次住信力時遠離瞋心住精進力修
習忍辱住念力時以所修忍願向菩提住定
力時護諸衆生住慧力時不觀衆生士夫壽
命復次住信力時遠離懈怠住進力時所修
諸行到畢竟岸住念力時所修精進願向菩
提住定力時身心寂靜住慧力特不作善惡
復次住信力時遠離一切忽務之事住進力
時勤求禪支住念力時以所修定願向菩提
住定力時其心常定住慧力時不著諸定復
次住信力時遠離無明住進力時勤求諸善
住念力時以所修智願向菩提住定力時修
善思惟住慧力時如法而住復次住信力時
具足七力住進力時得住七覺住念力時得
入念處住定力時離七識處住慧力時離八
邪支復次心於菩提無有退轉是名信力淨
信力行不取不捨是名進力淨進力行修四

念處是名念力淨念力行調伏於心是名定力淨定力行遠離諸見知善方便是名慧力淨慧力行善男子云何菩薩淨七覺行終不失於助菩提法名念覺分不取不捨舍摩他名擇覺分離一切惡名進覺分離諸愁惱名喜覺分身心寂靜名除覺分得解脫味名定覺分所作已辦名捨覺分復次不捨菩提心名念覺分至心護法名擇覺分調諸衆生無有休息名進覺分具足善法名喜覺分離諸煩惱名除覺分能令衆生住三昧中名定覺分令諸衆生悉知法相名捨覺分復次不念聲聞辟支佛乘名念覺分分別一切法字句義名擇覺分求善法時三業不息名精進覺分離怨親心名喜覺分如法而住名除覺分隨諸世間而能調伏名定覺分不觀二法名捨覺分善男子助菩提者覺一切法知一切法分別諸法籌量諸法知諸衆生心性心行是名菩提分亦名聖行如是聖行非是一切凡夫魔衆邪見所行非是色聲香味觸行非一切相一切受諸心意識見聞覺知有想無想一切法行故名聖行夫聖行者非覺非非覺亦非大覺而能對治一切諸法然復不與諸法諍訟是名聖行聖行者即是佐助菩提之法善男子云何菩薩淨八道行八道者所謂正見云何正見正見者見一切法悉皆平等如是正見不名空見何以故自有正見非是空見如是二見亦名同見復有我見衆生見空見不名正見如是三見亦復同見又衆生見命見空見不名正見如是三見亦復同見又有我見斷見空見不名正見如是三見

亦復同見又有有見無見空見不名正見如是三見亦復同見復有四見佛見法見僧見空見是名正見如是四見不名空見善男子若有人著如是見者不名正見若不著者乃名正見何以故夫正見者無一分別平等無二云何名爲平等見耶若作是念凡夫法下學法爲上如是名爲非平等見凡夫法漏學法無漏凡夫法食緣覺無食凡夫法垢菩薩法淨凡夫有爲佛是無爲如是見者非平等乃名平等若能觀見凡夫法空至佛法空是見若能觀察凡夫之法乃至佛法無有差別名正見觀凡夫法從因緣生辟支佛法亦從緣生乃名正見若觀凡夫法寂靜菩薩法寂靜是名正見若觀凡夫法不具足乃至佛法亦不具足是名正見若觀我與無我無有差

別無差別見乃名正見若如是見則不見於上中下法於一切法亦無覺觀是名正見正見者名無所見無所見者即是正見若如是見是人乃至不見一法一法相貌一法光明善男子若如是見是名佛法之正見也說是法時五百比丘得阿羅漢果善男子云何正覺正覺者離一切覺覺者名爲智慧方便觀法知法是名正覺觀察諸法何者是垢何者是淨如是觀已都不覺知等與不等離一切覺是名正覺云何正語口所出言不自燋惱亦不燋他不自汙辱亦不汙他不自生慢不生他慢不自誑惑不誑惑他是名正語復次正語凡有所說說一切法皆悉平等善能分別有爲之相是名正語復次正語說一切法空無相願無生無滅無出無沒是名正語復

次正語說有爲苦無常無我涅槃寂靜是名正語若有衆生說言衆生一切無有壽命士夫一切諸法從因緣生從因緣滅猶如子果是名正語淨正語者即是佛語是名淨正語行云何正業正業者若業雖能壞一切業亦不名業若業能作寂靜之因不增不減能壞煩惱不令增長是名正業知業如是猶作善業亦觀諸業皆悉空寂無有堅實是苦無樂是名正業云何正命正命者若命不妨自身他身不增一切諸惡煩惱非惡業活是名正命菩薩摩訶薩於諸衆生淨於正命以是正命願向菩提是名正命如是正命能利自他正精進者勤作方便求諸善法欲心不息無有猒悔是名精進推求諸法平等之性亦不觀法等與不等不作非不作了知於如法性實性名正精進宣說正法令諸衆生離邪精進亦知衆生所修行行是名正精進云何正念若念施戒忍辱精進禪定智慧四無量心是名正念復有正念攝諸煩惱不令妄起不近一切惡魔諸業不墮惡道不起惡心常修一切正善之法遠離一切邪惡之法是名正念菩薩住是正念之中獲得正聚沙門正果是名正念云何正定修行聖行知苦離集證滅修道是名正定復有正定觀一切法皆悉平等若觀我淨一切亦淨若觀我空一切亦空雖作是觀不入正位是名菩薩之正定也菩薩摩訶薩住於定中於一念頃得一切智是名正定說是法時萬六千天與人發阿耨多羅三藐三菩提心善男子云何菩薩淨神通行善男子天眼五種悉能覩見十方世界

及見十方世界諸佛亦見衆生出生退没所見十方無有罣礙勝於一切聲聞緣覺及諸天人菩薩具足如是五事則能了了見一切法是名菩薩淨天眼行菩薩摩訶薩得天耳通聞五種聲人聲非人聲地獄聲十方諸佛說法之聲一切衆生語言音聲是名菩薩淨天耳行云何菩薩淨他心智行知他心智亦有五種悉知一切人天之心地獄餓鬼畜生等心知過去心知未來心知現在心是名菩薩淨他心智行復有他心智知是衆生是正定聚是邪定聚是不定聚知是衆生有貪恚癡既了知已隨應說法衆生聞已得壞煩惱是名菩薩淨他心智行云何菩薩淨宿命智行了知是身從貪恚癡因緣而生了知是身從施戒忍精進定慧慈悲喜捨因緣而生了知是身具足不具足了知是身因無明愛及四倒生了知是身施因緣故具足財物及以眷屬如是等智是名菩薩淨宿命智行云何菩薩淨神通行神通行者亦有五種一者示色二者解種種語而爲說法三者善能了知心意識等四者能覺諸法說一切法是名菩薩淨神通行善男子如是五神通爲漏盡故菩薩修習而不盡漏爲欲了知一切諸法何以故調衆生故善男子譬如一城縱廣一由旬多有諸門路險黒闇甚可怖畏有入城者多受安樂復有一人唯有一子愛念甚重遥聞彼城如是快樂即便捨子欲往入城是人方便得過險道到彼城門一足已入未舉一足即念其子尋作是念我唯一子來時云何竟不與俱誰能養護令離衆苦即捨樂城還

向子所善男子菩薩摩訶薩亦復如是爲憐愍故修習五通既修習已垂得盡漏而不取證何以故愍衆生故捨漏盡通乃至行於凡夫地中善男子城者喻於大般涅槃多諸門者喻於八萬諸三昧門路險難者喻於魔業到城門者喻於五通一足入者喻於智慧一足未入者喻於菩薩未證解脫言一子者喻於五道一切衆生顧念子者喻大悲心還子所者喻調衆生能得解脫而不證者即是方便善男子菩薩摩訶薩大慈大悲不可思議寶髻菩薩白佛言世尊如佛所說大慈大悲不可思議實如聖教不但慈悲不可思議善方便力亦不可思議菩薩了了自知當得阿耨多羅三藐三菩提而不證之爲衆生故行於生死不爲生死之所汙染世尊菩薩摩訶薩具何等法在生死中心不猒悔善男子菩薩摩訶薩具二十一法在生死中而不生悔一者所修善法共大慈行二者所修慈心共大悲行三者所修大悲共調衆生行四者調伏衆生共精進行五者所修精進共善心行六者所修善心共方便行七者所修方便與慧共行八者所修習慧共禪定行九者所修四禪共神通行十者所修神通與智共行十一者所修習智與欲共行十二者所修習欲與念共行十三者所修習念共菩提心行十四者所修菩提共四攝行十五者所修四攝與戒共行十六者所修戒禁共多聞行十七者所修多聞共如法住行十八者如法共住陀羅尼行十九者陀羅尼共無礙智行二十者無礙智共功德莊嚴行二十一者功德莊

嚴共智慧莊嚴行是名菩薩二十一法在生死中不生猒悔贒髻菩薩白佛言世尊云何菩薩莊嚴自身亦令衆生得大利益佛言善男子菩薩摩訶薩若具多聞則名莊嚴爲他演說名大利益復次得大總持名爲莊嚴爲他演說名大利益復次無有放逸名爲莊嚴調伏衆生名大利益復次三十二相名爲莊嚴具大智慧名大利益復次口言柔軟名爲莊嚴說如說行名大利益復次能一切施名爲莊嚴不求果報名大利益善男子是名菩薩莊嚴自身亦令衆生得大利益善男子過去無量阿僧祇劫劫名樂喜彼中有佛號一切衆生樂念如來應正遍知明行足善逝世間解無上士調御丈夫天人師佛世尊其佛世界名曰天觀善男子何故彼劫名曰樂喜彼大劫中具有六萬諸佛出世彼劫之初首陀婆天唱如是言是劫當有六萬佛出衆生聞已心皆樂喜是故彼劫名曰樂喜善男子其佛世界莊嚴微妙無有限量快樂妙好如天無別是故世界名曰天觀其土皆悉栴檀爲地一切無有土沙塵霧其香遍薰無量佛土其地周遍出諸蓮華一一諸華有大光明遍照其土其土衆生悉得神通足不蹈地乃至無有一人處胎皆悉化生一切不聞女人之名亦無受苦三惡道名一切衆生禪喜爲食其土無有二乘之名一切皆以眞金瓔珞天冠寶飾而自莊嚴雖無剃髮染衣袈裟而亦得名出家之人何以故於一切物捨無貪故彼土如來色如梵天現梵天身爲諸菩薩演說法要若他世界有諸菩薩見彼佛已受

大歡喜善男子彼佛若欲宣說法化昇大法座在大衆上七多羅樹常略說法何以故一切衆生根猛利故如來所說唯是一句而諸衆生解百千句如來常說四淨之法何等爲四一者波羅蜜淨二者助菩提淨三者神通淨四者調衆生淨時有菩薩名曰寶聚白佛言世尊云何菩薩莊嚴自身亦令衆生得大利益彼佛答言善男子菩薩若具無礙智者名爲莊嚴能作智明名大利益爾時彼佛說是法時六千菩薩得無生忍時彼菩薩復白佛言世尊云何菩薩莊嚴菩提樹佛言善男子菩薩若能修不放逸是名莊嚴菩提之樹云何名爲不放逸不放逸者名如法住如法住者如說而住復次不放逸者名無量莊嚴無量布施無量持戒無量忍辱無量精進無量禪定無量智慧無量佛法無量調伏無量功德智慧莊嚴供養無量諸佛世尊具智慧故無量多聞爲增智慧故無量修奢摩他毗婆舍那成就如是無量等法名爲莊嚴菩提之樹亦能疾得阿耨多羅三藐三菩提善男子一切佐助菩提之法以不放逸而爲根本具大莊嚴一切智慧不失一切善法遠離一切煩惱攝取一切諸法於一切法無有罣礙調伏諸根護諸善法不令退失知時非時具足十力四無所畏佛法頂法名不放逸善男子說是法時萬二千菩薩得無生忍爾時寶聚菩薩即汝身是善男子汝今當知具不放逸菩薩摩訶薩則能莊嚴菩提之樹善男子云何菩薩淨於調伏善男子衆生之行無量無邊不可思議調伏亦爾無量無邊不可思

議菩薩行亦無量無邊不可思議菩薩摩訶薩一心至心調伏衆生善男子有諸衆生聞說惠施則得調伏或有衆生聞說持戒而得調伏復有衆生聞說施戒而得調伏復有衆生輭語調伏復有衆生瞋語調伏復有衆生具二種語而得調伏復有衆生聞說身業而得調伏復有衆生聞說捨身而得調伏復有衆生勝能調伏復有衆生強可調伏復有衆生聞說呵責而得調伏復有衆生施時調伏復有衆生劫時調伏復有衆生見妙色已而得調伏聲香味觸亦復如是復有衆生常親近故而得調伏復有衆生常遠住故而得調伏復有衆生見佛調伏或有衆生聞法調伏或有衆生聞無常法而得調伏苦空無我亦復如是或有衆生聞說施聲而得調伏戒忍精進禪定智聲亦復如是或有衆生聞說一切有為無常而得調伏或有衆生聞讚人天而得調伏或有衆生聞聲聞乘而得調伏辟支佛乘佛乘亦復如是或以四攝而得調伏或以三攝二攝一攝而得調伏或復不以四攝之法而得調伏或因內施而得調伏外施內外施亦復如是或聞宣說地獄中苦而得調伏餓鬼畜生人天亦爾或聞純樂而得調伏或聞純苦而得調伏或聞苦樂而得調伏或有覩見比丘形像而得調伏比丘尼優婆塞優婆夷像而得調伏或因種種作倡妓樂而得調伏善男子菩薩如是能知種種調伏衆生行是名菩薩能行六波羅蜜具足佐助菩提之法具足神通調伏衆生善男子若有菩薩具足四法則能調伏一切衆生一者心

不悔猒二者不貪諸樂三者知時非時四者了知諸心復有四法何等爲四一者正語二者愛語三者淨語四者如法語復有四法一者於諸衆生心無罣礙二者悲心三者利益心四者自調諸根復有四法一者淨於自心二者憐愍他心三者勤行精進四者遠離受樂善男子是故菩薩摩訶薩調伏之行無量無邊不可思議善男子過去無量阿僧祇劫有劫名愛是中有佛號廣光明如來應正遍知明行足善逝世間解無上士調御丈夫天人師佛世尊世界名寂靜彼佛具有九萬六千億聲聞衆八萬四千諸菩薩衆其土人民壽命十七萬二千歲爾時有一大王之子名財功德婆羅門種面貌端正衆生樂見年十六時自恃端正而生憍慢初不向佛恭敬禮拜爾時如來即作是念如是王子今將退失阿耨多羅三藐三菩提善根不熟若得善友則得詣佛聞法受持爾時如來即於八萬四千菩薩大衆之中行籌而言誰能調伏是婆羅門子誰能於是八萬四千年中終常往返是王子家若受衆苦所謂駡打心不生悔八萬四千諸菩薩等乃至無有一人取籌第二第三亦復如是第三唱已有一菩薩名淨精進即從座起偏袒右肩右膝著地合掌而言世尊我今能詣彼王子家甘心受苦說是語時三千大千世界爲大震動一切人天咸共同聲唱言善哉善哉大士時淨精進菩薩即便往彼王子門立王子見之惡言呰毀以土坌面刀杖瓦石而加其身菩薩爾時不瞋不恚心不疲猒經一千歲受如是苦過二萬歲

乃得至彼第二門下八萬四千年七日未滿方得至其第七門下爾時王子見是菩薩便作是言道士今來何所求索即於菩薩生不思議心云何是人經爾所時多受衆苦而心不猒第二第三亦如是言道士今來欲何所求爾時菩薩知彼王子心已調伏即說偈言

世間所有一切財　金銀瑠璃及玻瓈
及四供養我不須　唯爲法故來至此
此世有佛名廣光　爲衆生說無上法
衆生聞已離煩惱　亦受無量甘露味
諸佛世尊出於世　甚難於彼靈瑞華
今此世出無上尊　汝乃放逸沉欲海
一切衆生常闇行　無上如來施慧炬
自恃財色生憍慢　而不往詣如來所
一切財寶衆生命　佛說是二悉無常
衆生若聞是甘露　不詣佛者名放逸
汝本往昔行菩提　請諸衆生許法味
汝今猶屬諸煩惱　云何能調諸放逸
我今求汝共詣佛　破壞憍慢離煩惱
勤修精進捨國事　令汝終時心不悔
是時王子聞是已　遠離憍慢即生信
讚歎恭敬淨精進　懺悔先來所加苦
我今捨離國土事　及以上妙五欲樂
壞破憍慢至佛所　聽甘露法調衆生
八萬四千衆圍遶　持妙香華往供養
到已即便奉獻佛　破慢至心而聽法
禮拜合掌心歡喜　向佛世尊發是言
我今歸依淨精進　受苦不悔調伏我
雖設多供不能報　今於佛前至心悔
我所修行菩提道　以慈悲心調衆生

我更不造放逸心　乃至獲得菩提道善男子爾時王子即捨王位在佛法中出家聽法如法而住得無生忍善男子汝知爾時淨精進者豈異人乎莫作斯觀即我身是財功德者即彌勒是善男子是故菩薩調衆生行無量無邊不可思議若有菩薩能調衆生是眞菩薩所修之業善男子菩薩摩訶薩有四種業一者淨佛國土菩薩業二者淨身菩薩業三者淨口菩薩業四者求一切佛法菩薩業復有四業一者知心二者知根三者知病四者知治爾時寶髻菩薩聞是法已即以髻上眞寶之珠價直無量從無量業之所出生奉獻如來作是誓願我今以是頂寶施佛願此功德爲衆生首因是因緣得無上智爾時世尊即便微笑是時口中出大光明種種雜色悉能隱蔽一切光明爾時疾辯菩薩即起合掌白佛言世尊何因緣故如來微笑佛言善男子汝見寶髻施我頂寶不已見世尊善男子如是菩薩已於無量無邊佛所發阿耨多羅三藐三菩提心持戒精進求於菩提供養無量恒河沙等諸佛世尊亦已調伏恒河沙等無量衆生善男子如是菩薩於未來世過十阿僧祇劫當得阿耨多羅三藐三菩提號曰寶出世界名淨光劫名無垢其佛世界七寶所成光明遍照十方世界一切人民無有飢渴一切皆是清淨菩薩耳初不聞二乘之名常聞純一大乘之法是故如來名曰寶出一切菩薩具足神通其土無主唯除法王一切衆生悉得化生亦復無有三惡之名及男女根愛欲之名無有衆生不具諸根亦

無邊地衆生受命四萬中劫是佛世尊不説餘事唯除六度菩薩慈悲一切利根聞説一句悟解千句是佛常爲一切菩薩説陀羅尼金剛句云何名爲陀羅尼金剛句陀羅尼金剛句者即是一句如是一句即攝一切法句無盡法句無盡法句一切諸佛所不能盡是故名爲無盡法句行無盡法句攝一切字一切字者攝一切法句一時不得説於二字一字亦復不合二字是故名一句名爲作句名爲字句若不分別字句法句作句是名陀羅尼金剛句善男子如是陀羅尼金剛句彼佛常爲諸菩薩説善男子若我一劫若減一劫説彼如來所有功德不能具盡爾時寶髻聞受記巳心大歡喜説偈讚歎

一切知見一切事　得到一切法彼岸
遠離一切諸煩惱　是故名佛無上尊
我所供養無量佛　如來善了知一切
如來獲得無上智　故知三世無障礙
如來今爲我受記　令我遠離疑網心
我亦當得眞實道　如今釋迦牟尼尊
一切大地皆令散　虚空日月可令落
如來之言無有二　是故我定得菩提
正語實語微妙語　授我無上菩提記
若我眞實得菩提　當善調伏無量衆
我之所得淨妙國　及其大衆佛巳記
我今聞此無上法　壞疑趣向於菩提
我今精進修菩提　調伏衆生心不悔
令佛口説我信力　無上智慧及佛力

説是偈時萬二千衆生發阿耨多羅三藐三菩提心各作是言願我皆得生彼世界爾時

世尊告阿難言汝當受持如是正法讀誦廣說爲大利益諸天世人阿難若有衆生信受是經定當爲我之所授記善男子若以三千大千世界滿中七寶給施衆生滿一千年不如有人受持讀寫如是經典阿難白佛言世尊是經何名云何奉持阿難是經名曰方等大集大陀羅尼大善行菩薩入處爾時阿難聞佛說已諸天世人皆大歡喜信受奉行

大方等大集經卷第二十七

音釋

輭（而兗切柔也）　薰（許云切烟上騰也又氣烝也）　蹈（徒到切踐也）　呰（將此切口毀也）

大方等大集經卷第二十八

北涼天竺三藏曇無讖譯

日密分初護法品第一

爾時世尊故在欲色二界中間大寶坊中與大菩薩其數無量爲諸大衆說虛空目出息入息甘露門已默然而住一切大衆亦復如是各作是念如來今日深知我心欲法無猒必當降注甘露法雨作是念已合掌恭敬樂瞻如來猶如篤病樂見良醫處闇之者樂覩光明如没水者樂至彼岸如受苦者樂得歸依一切大衆亦復如是是時衆中有一菩薩名蓮華光功德大梵已於無量無邊佛所種諸功德善根增長於阿耨多羅三藐三菩提心不退轉成就具足法緣之慈從座而起合掌恭敬長跪白佛言世尊一切衆生心所緣處無有邊際駿速無形其性本淨於諸有中無能障礙欲得通達知眞實故精勤修習四無量心因修習故獲得盡智世尊若使三界性本淨者何故修習如是盡智唯願如來爲諸菩薩敷揚散說令退轉者得不退故摧滅無量煩惱界故斷破無邊諸苦聚故唯願如來垂心憐愍說未曾聞衆生聞是未曾聞已度生死海摧折愛樹何以故一切煩惱愛爲根本唯願垂哀分別演說愛之過咎如來能淨衆生六根重願演說清淨法聚佛言善哉善哉善男子若有能行六波羅蜜即能自知心所行處是人終不念聲聞乘雖復修行無量諸行未得其邊亦不怖畏退墮聲聞辟支佛地若諸菩薩不能修習四無量者如是菩薩於菩提道則爲有退是名不能清淨六根

是名於法有貪有慳如是名爲行於他行不行自行是名不能成就七財不能度脫一切衆生於生死海是故我說如是行者即是聲聞辟支佛行我初演說四聖諦行後復續說諸菩薩行爾時一切大衆咸作是念如來將欲說聲聞乘不說大乘耶將非如來不樂如是菩薩衆耶如來不欲斷三寶種性耶何故不說大乘妙法爲諸天人得信心故未發菩提心者爲發心故已發心者得增長故爲諸衆生得信心故如來若說大乘法者無量衆生當得發起菩提之心因得修行不共之法成就具足法陀羅尼善男子聲聞乘者即是大乘大乘者即聲聞乘如是二乘無有差别爾時衆中諸住十住諸菩薩等作如是言世尊我等已得無生法忍我已能行如來十八不共法行我已解了諸聲聞乘及以大乘如是衆中無量衆生不能得解小乘大乘諸善男子汝等當修不退禪定時諸菩薩即便修入入已或有身放光明猶一燈炬如釋梵身光如日月光如三日光如四日光如八日光如千日光如億日光如是遍照娑婆世界是光能令無量衆生身心寂靜在三惡者離諸苦惱邪見之人遠離惡見永離貪欲瞋恚癡怖飢渴等患爾時此佛世界衆生皆共供養佛法僧寶增長善法爾時此佛世界幷及十方恒河沙等無量世界若空不空及淨不淨光悉遍照十方佛界所有菩薩能行聖行菩提道者於一念頃悉來聚集大寶坊中頭面禮佛却坐一面爾時世尊告聲聞衆汝等比丘頗見如是善神足不如是神足能壞一切

惡魔境界及諸有處能護法界能行一切諸佛境界分别聲聞辟支佛界出勝一切所有神通善男子一切菩薩所以示現大神通者爲增衆生諸善根故爲不斷絶三寶性故爲未信者得信心故爲已信者得增長故爲令衆生受安樂故爲欲長養大乘法故爲令身得常樂我淨故以如是等諸因緣故示諸衆生如是神通善男子隨如是等菩薩行處是中佛法即得增長若現在未來久住不滅所有衆生修立塔廟供養衆僧求無盡身無苦惱身所作供養皆作生身法身生身供養者即是塔像法身供養者書寫讀誦十二部經如是勝以七寶香華妓樂旛蓋瓔珞供養善男子我於爾時心亦受之由如是施如是衆生具足當得三乘果報心不退轉若諸衆生爲我造屋及經行處我即受用若樹林華園講堂精舍及供養我所有弟子飲食卧具病藥房舍我亦受用若諸法師高坐説法我於是時亦至心聽若施法師衣食卧具病藥房舍園林服乘田宅奴婢我亦受之是名法供養如是之人能淨身心莊嚴身心亦能莊嚴阿耨多羅三藐三菩提能得無上微妙快樂能一切物施一切人施一切時施能一切果受一切人受一切時受是名成就惠施之福是人終不到三惡道得不墮法如意所求不轉三乘是人常得具足二種所謂財法所求之物隨意即得常爲十方諸佛所念能壞一切魔之境界若有信者以其所有奉施法師若有破戒受如是物乃至一葉一華一果如是癡人以是因緣得大不善果報現在即得

四大惡果一者惡名遠聞二者所親師友惡皆遠離三者得大重病苦惡而死所謂死時不下飲食覩見惡色以是因緣口不能語卧失糞穢四者所有六物及餘財貨不至僧中或爲火燒惡賊所劫後世復受四種惡報所謂地獄餓鬼畜生若得人身身無手足若受餓鬼無量歲中不見水漿不聞其名受畜生身常食泥土若得爲人處在空土無三寶處五滓之世盲無眼目常遇重病食諸糞穢捨是身已還墮地獄何以故以受法師所得物故是惡比丘能壞能滅能斷三寶是故獲得如是惡果爾時衆中有一大德比丘名伽耶迦葉白佛言世尊如是人身可名人不我今思惟非是人也何以故是人深爲利養心故受持禁戒故名非人佛言善哉善哉迦葉寧受地獄等身終不受取如是等物善男子人身難得已得佛法難遇已遇禁戒難受已受而不趣向聖行梵行是名喪失大利益事如是惡人貪食心故受持禁戒非爲法心如是癡人以多聞力及以國王大臣力故受如是物即便當得大惡業果爾時頻婆娑羅王白佛言世尊出家之人受如是物得如是果在家之人受其罪云何佛言大王汝今不應問如是事王言世尊我修聖行終不受取如是等物爲未來世諸惡王等問如是事耳佛言大王我若宣說未來惡王所得果業有不信者得大果報是故我今置之不說王言世尊唯願如來爲未來世刹利婆羅門毗舍首陀有信敬者奉持佛法守護法師及財物者具分別說佛言善哉善哉大王若未來世諸惡

王等侵奪法師如是等物當知是王現世獲得二十種惡一者天不衛護二者惡名遠聞三者親友遠離四者怨敵增長五者財物損耗六者心多散亂七者身不具足八者不得睡眠九者常患饑饉十者所服飲食變成惡毒十一者民不愛敬十二者隣國數侵十三者所有眷屬不受其教十四者秘密之事謀臣顯露十五者所有財物水火侵奪十六者常有重病十七者湯藥不行十八者醫藥不療十九者漿水不下二十者常念不淨是名二十捨是身已尋復當生阿鼻地獄一劫受苦過是劫已得餓鬼身處大空野不聞漿水飲食之名諸根殘缺身不具足無量歲中受大苦惱受是果已生大海中受大獸身無量由旬如大肉團常爲衆生之所唼食受大苦惱若得人身生無佛處五滓之世耳目不具大王未來惡王得如是等諸大惡報王言世尊我今寧受地獄之身終不受是惡王身也佛言大王今以是法法師財物付囑汝等有信諸王何以故夫法師者即是如來法身之藏王言世尊若諸刹利婆羅門毗舍首陀有能護持如是法財其人當得何等功德佛言大王如是人者勝於一切聲聞緣覺大王譬如有人能斷一切十方衆生所有壽命奪其眼目截其手足大王如是人者所得罪報爲多少耶頻婆娑羅王默然不荅佛言大王何故默然王言世尊是人所得惡業果報不可稱量不可計數世尊若於一人造此惡業罪尚難計況一切人大王若佛在世及滅度後若有惡王刹利婆羅門毗舍首陀侵奪法師

如是等物所得罪報分爲百分上所得罪不及其一頻婆娑羅王言世尊如法治國是王難得若不放逸則能護法若放逸者則不能護世尊能護法者得何功德大王譬如有人能與衆生如上壽命眼目手足是人得福寧爲多不世尊能與一人命眼目手足其福尚多況爾所人大王若有護法所得功德分爲百分先所得福不及其一王言世尊若有受取一法師物是得罪不若有擁護一法師者復得福不大王若有受取一法師物至五法師護一法師及五法師所得罪福正等無別大王若一廟寺若一村落若一樹林住五法師若鳴揵椎集四方僧客僧集已次第賦給房舍飲食臥具醫藥無悋惜心初夜後夜讀誦講論猒患生死專樂涅槃不自讚身不訟彼短少欲知足常樂讚歎少欲知足勤心精進志樂寂靜修於念定憐愍衆生大王是名衆僧如法而住護戒精進持佛密藏讀誦書寫分別教詔是名衆僧憐愍衆生利益衆生能持如來十二部經亦能奉持寂靜禁戒具足慚愧賢聖功德大王是名衆僧大功德海爲天人師能大利益無量衆生能斷一切衆生苦惱能施一切衆生解脫是五比丘猶名衆僧何況無量大王若無量僧悉破禁戒但令五人清淨如法若有施者得福無量不可稱量不可計數何以故以有護持佛法者故憐愍一切諸衆生故其心平等無二相故王言世尊破戒比丘可得處衆受信施不大王如王國內有一罪人未及擯驅王若給施剎利婆羅門毗舍首陀是人頗得受樂不耶不

也世尊大王破戒比丘亦復如是雖在衆中受取信施不得安樂何以故破禁戒故不如法故大王如是人者一切十方無量諸佛所不護念雖名比丘不在僧數何以故入魔界故持禁戒者即佛弟子毀禁戒者即魔弟子又持戒者即出世道破禁戒者即入世道我都不聽毀戒之人受人信施如葶藶子何以故是人遠離如來法故王言世尊言破戒者有何等相可得知不大王有智能知大王若有不能恭敬三寶不生信心無有慚愧於師和尚耆老長宿同師同學不生恭敬摧滅聖幢不修梵行增長慳貪樂在居家不能清淨口四種業常修食心遠離法心樂說世間無益之事是名比丘初破戒相未名具足毀禁戒也若如是等受畜奴婢象馬牛羊駝驢鷄猪乃至八種不淨之物是名具足毀禁戒也如是名爲沙門中滓沙門中曲沙門中幻沙門中賊沙門中醉沙門中旃陀羅也如是比丘不應共住不共和合不應共作九十九羯磨是名喪失比丘事業墮在貪處大王寧與旃陀羅人而共同止不與如是惡比丘住何以故如是比丘燒滅善根斷三世善慈愍之心是惡比丘即是圊厠增生死法即是人天諸惡種子何以故是人欺誑自他人天如是比丘滅解脫燈能摧法幢能涸法海破說法者能誑施主破和合僧若有惡王若剎利婆羅門毗舍首陀擁護如是諸惡比丘是王便當增三惡道業種植天人諸惡種子大王若惡比丘呵罵責數如法住者敬信諸王應當擯驅若驅擯者王多得福若王無信如法比

丘不應與彼惡比丘住如法比丘有智慧者應先往王所作如是言大王今者能持法不王若荅言大德我能如法護持佛法智者爾時便應默然若彼大王有貪心者語比丘言大德是寺廟中多有大衆我當云何爲五比丘驅遣多人智者聞已不應復往便當捨去至寂靜處王言世尊若有惡王隨順如是惡比丘語而是大地云何能載是王從此過於無量恒河沙劫終不能得復受人身無量衆生得解脫已是王猶故未能得斷三惡道業大王若未來世有信諸王若刹利婆羅門毗舍首陀能護法師造立塔像供養衆僧種種所須治惡比丘爲護法故能捨身命寧護如法比丘一人不護無量諸惡比丘是王捨身生淨佛土常值三寳不久當得阿耨多羅三藐三菩提大王我今不聽一人受畜八不淨物唯聽大衆得受畜用大王若有人能護持法者當知是人乃是十方諸佛世尊大檀越也護持大法大王僧物難掌我今唯聽二人掌護一者羅漢比丘具八解脫二者須陀洹人大王除是二人更無有能掌護僧物也

日密分中陀羅尼品第二

爾時世尊爲頻婆娑羅王說是法已東方有國名曰無量彼中有佛名五功德常說妙法教化衆生有一菩薩名曰日密至心聽法仰瞻虛空見有無量無邊菩薩從東方來趣向西方即白佛言世尊我見東方無量菩薩趣向西方以何因緣捨淨妙國趣向穢土善男子西方過此無量無邊恒河沙等諸佛世界彼有世界名曰娑婆五滓具足弊惡衆生充

滿其土釋迦如來於中宣說三乘之法爲欲增長佛正法故爲不斷絶三寶種故爲破魔界竪法幢故爲法久住不滅盡故彼佛世界有無量佛無量菩薩宣說寶髻陀羅尼法既說法已釋迦如來讃說三乘四無礙智四種梵行及四攝法無量衆生聞是法時心無疲猒樂甘露故以彼如來本願力故四方無量諸佛菩薩悉集其土佛說法時諸菩薩衆悉入禪定既入定已身放光明如一燈炬至億日光善男子若欲護法可從定起詣娑婆世界善男子彼佛世界所有衆生煩惱堅牢繫縛深重其形醜穢多起憍慢惡口兩舌遠離實語其實愚癡現智慧相多起慳貪現捨離相多有諂曲現質直相心多濁亂現清淨相多有嫉妬現柔輭相樂離别人現和合相多

起邪見現正見相彼國衆人隨女人語以隨語故斷絶善根增三惡道善男子汝今頗能爲我作使至彼國不我欲與欲令彼如來善說法要所言欲者謂眞陀羅尼是陀羅尼成就具足無量功德能斷欲貪色無色貪憍慢我慢一切取貪一切五蓋一切我見斷見戒取見取邪見常見衆生見士夫見作者見受者見人見天見色見聲見香見味見觸見四大見出見生見滅見住見是名隨如順忍是陀羅尼能眞實知色乃至識眼乃至意陰入界諸入解脫法界無上妙樂善男子彼界衆生如生聾生盲生瘂貪欲狂醉是故與欲隨如眞實陀羅尼法一切法藏不可思議諸法之門能壞一切諸魔伴黨及魔境界善男子是陀羅尼亦能調伏一切魔衆能怖一切諸

惡毒龍能使惡鬼生知足想能化一切阿脩
羅衆能調一切大金翅鳥怖緊那羅令諸剎
利婆羅門毗舍首陀生於敬信能壞一切貪
女身者令多聞者生愛樂心習禪定人心得
寂靜善療一切諸惡重病能除一切國土惡
相所謂惡賊惡鳥惡獸惡風惡雨惡寒惡熱
善男子若有人能誦如是陀羅尼者則能得
見無量諸佛善男子汝持是呪至彼國土向
彼四衆具足宣說爾時世尊即說是陀羅尼
婆移婆虵波利婆吟　婆醯婆訶波利婆吟
二毘利癡比毘利癡波利婆吟三阿脾阿婆
波利婆吟四泜泜泜闍波利婆吟五摩吟摩
羅波利婆吟六呿岐劫伽波利婆吟七阿路
翅阿路迦波利婆吟八哆咩哆摩波利婆吟
九思吟思羅波利婆吟十伽咩伽摩波利婆
吟十一阿步婆阿步婆波利婆吟十二羅摩十三羅
摩十四羅摩十五羅咩十六羅摩十七邏羅十八邏羅十九
邏羅二十摩比挫若那二十一復多其醯復多其
力摩波利婆吟二十二遮颰其力醯遮颰其力
摩波利婆吟二十三輸路多其力醯輸路多其
力摩波利婆吟二十四其浪那其力醯其浪那
其力摩波利婆吟二十五時毘其力醯時毘其
浪摩波利婆吟二十六迦虵其力醯迦虵其力
摩波利婆吟二十七摩那其力醯摩那其力摩
波利婆吟二十八撥施其力醯撥陀其力摩波
利婆吟二十九脾陀那其力醯脾陀那其力摩
波利婆吟三十室囊其力醯室囊其力摩波利
婆吟三十一優波陀其力醯優波陀其力摩波
利婆吟三十二婆婆其力醯婆婆其力摩波利
婆吟三十三闍提其力醯闍提力摩波利婆吟

三十四闍邏摩那羅其力醯闍邏摩那羅其力摩波利婆吟三十五豆呿薩多波其力醯豆呿薩多波其力摩波利婆吟三十六阿邏波邏膍闍其力醯阿邏波邏膍闍其力摩波利婆吟三十七阿拔多三十八比拔多寫三十九阿婆邏牟波摩薩寫比伽四十比尼跋多四十一阿陀利也賴咩四十二散比伽扇提四十三莎呵

爾時日密菩薩摩訶薩白佛言世尊我能向彼宣說是呪但於彼土生怖畏想何以故如來向者爲我宣說彼土衆生多諸弊惡猶如生聾生盲生瘂隨女人意世尊若有隨順女人意者當知是人永斷善根佛言善男子汝今不爲現利後利當爲饒益一切衆生但往宣說勿生疑慮善男子汝非彼土維摩詰耶何故生怖日密菩薩默然不對善男子何故默然日密言世尊彼維摩詰即我身是也世尊我於彼土現白衣像爲諸衆生宣說法要或時示現婆羅門像或刹利像或毗舍像或首陀像自在天像或帝釋像或梵天像或龍王像阿脩羅王像迦樓羅王像緊那羅王像辟支佛像聲聞像長者像女人像童男像童女像畜生像餓鬼像地獄像爲調衆生故是時衆中有諸菩薩其數八萬同一三昧出入共俱復有無量無數菩薩其心掉動至心繫念欲得親近覲見禮拜釋迦如來及諸大衆并欲聽受微妙大典如是大衆皆共同心欲往彼界我爲是輩欲說大事何以故是等大衆其心未定若往彼界或生顛倒近惡知識爾時彼佛告日密言善男子汝今不應生怖畏想何以故我今當施汝等菩薩不共法行

無想行調伏行解脫行分別生死行不斷三寶行大慈大悲行一切智解脫行破壞四魔惡邪論行盡智無生智行畢竟入涅槃行是名蓮華陀羅尼門是陀羅尼令諸菩薩不樂三界證無相解脫門入無行解脫門善男子若有信者能至心聽是蓮華持是人能薄一切貪欲一切煩惱捨身七世常得生天識知宿命雖處欲界不爲欲汙常樂出家一切人天樂與供養善男子若有人能至心七日及聽是持者終不墮墜三惡道中善男子若有人天聽是持者遠離欲法修習禪定若有人能於王刹利婆羅門毗舍首陀衆中宣説是陀羅尼聞者尋發出家之心若有女人能至心聽是陀羅尼受持讀誦即轉女身得男子身於阿耨多羅三藐三菩提心無有退轉乃至證得大般涅槃終不更受女人之身除自發願善男子若有人能以是總持呪餘藥草持塗鼓貝若打若吹若有聞者邪見蠱道諸弊惡病無能加之善男子是陀羅尼成就如是無量福德爾時世尊即說是陀羅尼句

思陀摩提一比路迦摩提二伊梨翅泜利簁三流遮修流遮四佛提比佛提五摩訶佛提六溫摩提溫摩多波羅提簁陀濘七羅伽婆羅迦陀羅波利提簁陀濘八頻豆頻豆摩提九至吒至吒波羅提簁陀濘十遏翅戰陀豆十一呵呵至置十二呵多尼咩十三呵多迦摩比歧十四呵多富那婆婆羅闍十五呵多三暮泜十六呵多比摩多佛題十七呵多虵其攤十八呵多比三摩其攤十九呵多三牟陀闍髀二十呵多比摩多邏祇二十一呵多希醯二十二呵多遮知二十三呵

多達波羅闍二十四 呵多婆休羅闍二十五 呵多婆闍摩提二十六 呵多留伽摩提二十七 呵多烏伽賴咩二十八 呵多陀摩帑提二十九 呵多薩婆優波陀那三十 若若若三十一 比闍若若三十二 比婆闍若若三十三 婆邏末力伽若若三十四 伊沙安兠邏伽豆唫三十五 莎呵

爾時世尊告日密菩薩言善男子是蓮華持能斷四流汝當至心受持是持向彼世界何以故彼佛世界有百億魔衆能壞衆生所有善法善男子汝等若誦是陀羅尼則不為彼惡魔所侵爾時日密與無量億諸菩薩俱無數人天白佛言世尊如來智慧不可思議我等昔來初未曾聞是陀羅尼爾時彼佛世界女人八萬四千聞是持已尋轉女身得男子形時彼佛以瞻婆華鬘告日密言善男子汝持此鬘并陀羅尼往娑婆世界供養彼佛釋迦牟尼爾時日密從彼如來默然而受是時會中八萬菩薩俱白佛言世尊我等亦欲往彼世界佛言善男子善哉善哉汝等若往一切當現梵天之像爾時大衆即便化為梵天之身往娑婆界釋迦如來所到已即於此娑婆界兩瞻婆華頭面禮敬釋迦如來右遶三帀却坐一面時佛故為頻婆娑羅王宣說法行爾時南方過一由旬滿城沙數諸佛世界有一世界名袈裟幢其中衆生具足五滓其土有佛名山王如來應供正遍知明行足善逝世間解無上士調御丈夫天人師佛世尊今現在為諸衆生宣說法要彼佛世界有一菩薩名香象王仰瞻虛空見無量菩薩從南方來趣向北方見已白佛言世尊如是菩薩

摩訶薩等何因緣故從南方來趣於北方佛言善男子北方過一由旬滿城沙數世界有國名娑婆釋迦如來在中宣說大集妙典分别三乘爲不斷絶三寳種故不斷法行破魔界故竪法幢故一切十方諸佛世尊悉於彼土宣說敷演寳幢陀羅尼說已各各還本住處釋迦牟尼爲諸菩薩及聲聞衆宣說法要善男子汝等頗欲詣彼世界聽受法不我今亦欲與彼佛欲所謂斷業陀羅尼隨順空門斷於色貪憍慢慢慢我慢乃至爲得盡智無生智故爾時世尊即說此陀羅尼句

豆幕提一 豆幕提二 奥叉豆幕提三 波羅婆娑豆幕提四 薩婆阿迦舍豆摩五 阿鞞呿伽六 鞞咩多呿伽七 阿鞞叉呿伽八 阿婆幕阿却伽九 阿那若却伽十 脾也佛提却伽十一 婆路遮却伽十二 式𤼵却伽十三 比提彌邏却伽十四 烏數摩却伽十五 烏羅却伽十六 阿叉却伽十七 虵婆摩那却伽十八 溼波波却伽虵婆比若那却伽十九 遮颰陀兠却伽二十 虵婆摩那比若那陀兠却伽二十一 昇利癡比陀兠却伽二十二 虵婆比若那陀兠却伽二十三 折挫利蜜兠波那却比伽二十四 虵婆阿脾陀尼迦却伽二十五 豆呿却伽二十六 虵婆末力却伽二十七 比婆婆那二十八 阿比叉婆二十九 阿婆那那三十 比那那三十一 婆牟陀那那三十二 薩婆迦邏那那三十三 薩婆散哆那比具波那那三十四 阿冀之那那三十五 叉婆三十六 叉婆三十七 伊利三十八 蜜利三十九 伊伊利四十 伊伊蘭彌利四十一 莎呵

爾時世尊告香象王菩薩言善男子是名隨空三昧陀羅尼也永斷一切貪欲色貪及無

色貪乃至斷除一切煩惱善男子汝當一心受持讀誦是陀羅尼往彼世界教化衆生香象王菩薩言世尊我已至心受誦是持今欲往彼然生畏想何以故我曾從佛聞彼世界衆生弊惡多貪瞋癡時山王佛告香象王言善男子汝常化作婆羅門像教化衆生或摩醯首羅像或帝釋像或那羅延像或鬼像天像龍像阿脩羅像轉輪王像婆羅門刹利毗舍首陀像大臣長者像聲聞像男女等像教化衆生云何方言於彼世界生怖畏耶善男子我當施汝大法行法一切智慧能知諸行破四魔行能調一切衆生行能喜一切衆生行不斷三寶行能調一切惡龍行能壞一切衆生惡業行大慈大悲行破三惡道行救衆生行破惡見行能壞女業行一切法無盡行

能破一切慳貪行能得一切三昧神通行能令衆生歡喜行乃至能得菩提道行善男子若有衆生聞是等行當知是人能得破壞恒河沙等惡業因緣斷絶三障唯除五逆謗方等經毀呰聖人善男子若有人能信心聽受如是等行是人隨意獲得三乘不離十方諸佛菩薩阿羅漢等常淨三業隨衆生意當知是人能一切捨乃至頭目一切諸惡不能加害是人若行尸波羅蜜時得具忍戒聖所樂戒聖所念戒大寂靜戒調伏梵釋四天王戒調伏婆羅門刹利毗舍首陀戒是人終不自讚已身毀呰他身心常呵責世中利養臥安悟安身無病苦易得飲食一切衆生之所樂見是人臨死則得覩見諸佛菩薩諸佛讚言善哉善哉善男子善持禁戒精進無懈當生

我國我能令汝住十住位既見佛已心生歡喜以是因緣捨身即得往生淨國位階十住乃至得阿耨多羅三藐三菩提是人若行毗梨耶波羅蜜時成就大力身心無病健行布施戒波羅蜜人天龍鬼阿脩羅等悉來供養禮拜是人乃至得阿耨多羅三藐三菩提若行羼提波羅蜜時得法緣忍不覺不見一切衆生是人若爲一切衆生之所割剥終不生於一念惡心乃至得阿耨多羅三藐三菩提常爲人天之所供養是人若行禪波羅蜜時獲得法緣禪定解脱十方諸佛無時不念乃至得阿耨多羅三藐三菩提常爲人天之所供養是人若行般若波羅蜜時常爲諸佛菩薩所護樂於寂靜調伏心界了了通達一切法界心無疑礙人天不能沮壞其心乃至得阿耨多羅三藐三菩提常爲人天之所供養善男子受是行已往娑婆世界不應生怖善男子若淨世界所擯之人悉在彼土所謂五逆謗方等經毁呰聖人犯四重禁如是人等多共汙辱娑婆世界釋迦如來本願因緣於彼現身善男子若彼世界所有惡人聞是行已七年之中修慈悲心離口四過修習六念善男子是人復當淨自洗浴著鮮潔衣向於東方至心作禮誦如是等大行陀羅尼乃至七年所有諸惡皆悉除滅若有女人能如是行即轉女身得男子身乃至得阿耨多羅三藐三菩提爾時世尊即説此陀羅尼

舍羅那脾虵一 式叉脾虵二 寃提脾虵三 波羅呵那脾虵四 律提脾虵五 因提利虵脾虵六 婆羅脾虵七 蕱澄伽脾虵八 三摩提脾虵

九陀羅尼脾虵十叉提脾虵十一長那脾虵十二阿留波脾虵十三阿尼闍脾虵十四末力伽脾虵十五阿炂若脾虵十六波羅提散比陀脾虵十七復彌脾虵十八炂陀脾虵十九摩訶咩羅脾虵二十訶伽留那脾虵二十一昇利癡比脾虵二十二薩埵脾虵二十三陀摩脾虵二十四多摩脾虵二十五阿路迦脾虵二十六波羅提婆娑脾虵二十七波羅提首六迦脾虵二十八伽伽那脾虵二十九摩留多脾虵三十首若咃脾虵三十一波羅提多脾虵三十二阿尼蜜多脾虵三十三具沙脾虵三十四斬遮那脾虵三十五阿比婆娑三十六阿炂那三十七阿炂那三十八阿婆訶遮遮三十九遮遮羅比牟四十叉虵比牟四十一阿摩脾虵比牟四十二阿三牟陀遮羅比牟四十三車陀比牟四十四阿迦舍比牟四十五蒱波舍摩比牟四十六阿那婆娑比牟四十七阿訶訶比牟四十八阿羅波邏比牟四十九郁波舍摩娑利羅比牟五十莎呵

爾時香象王菩薩白佛言世尊我當受持讀寫大行陀羅尼已往娑婆世界是時彼土多有無量菩薩摩訶薩俱從定起共白佛言世尊我亦欲往娑婆世界覲見禮拜釋迦如來聽受諮啓大集經典佛言善哉善哉善男子欲往隨意今正是時善男子汝等可化作帝釋像時香象王菩薩摩訶薩及其大衆悉皆變身爲帝釋像俱共發來詣娑婆界到已即於娑婆世界雨散諸香所謂牛頭栴檀香堅鞹香多摩羅跋沉水諸香多伽羅香以用供養釋迦如來爾時香象王菩薩與其大衆從空而下頭面禮佛右繞三帀却坐一面

大方等大集經卷第二十八

音釋

駿須閏切敏疾也唼子荅切入口也揵椎梵語也此云鐘亦云磬又凡法器之類皆曰揵椎揵渠馬切椎音椎圊廁圊七情切廁初吏切圊廁溷也泜遲紙一音膇直偽切鞞騈迷切唫丘爾切邲毗必切自泜字起呪中字也

大方等大集經卷第二十九

北涼天竺三藏曇無讖譯

日密分中陀羅尼品第二之餘

爾時西方過四十恒河沙等諸佛世界有佛世界名曰堅幢具足五滓其土有佛名高貴德王如來應供正遍知明行足善逝世間解無上士調御丈夫天人師佛世尊今現在宣說法要教化衆生彼大衆中有一菩薩名光密功德仰瞻虛空見諸菩薩從西方來趣於東方見已白佛言世尊何因緣故無量菩薩從西方來趣於東方佛言善男子東方去此四十恒河沙等世界彼有世界名曰娑婆具足五滓釋迦如來以是因緣爲諸衆生宣說妙法名曰大集分別三乘爲不斷絕三寶性故破魔界故竪法幢故一切十方無量諸佛悉集彼國咸共宣說寶幢陀羅尼說已各各還本住處釋迦如來爲諸菩薩及聲聞衆敷揚宣說四無礙智清淨梵行善男子汝今頗欲詣彼世界見彼佛不我今亦欲與彼佛欲所謂斷業陀羅尼隨無願定成就具足無量功德能斷欲貪色無色貪憍慢慢慢我慢乃至盡智無生智得阿耨多羅三藐三菩提爾時世尊即說此陀羅尼句

舍那舍婆一摩舍那舍婆二阿婆叉舍三叉颰舍婆四遮颰舍婆五輸盧多舍婆六其浪那舍婆七視毘婆八迦虵舍婆九摩那舍婆十叉婆邲陀十一遮颰卑利癡比叉婆十二輸盧多阿婆叉婆十三其浪那泜祇叉婆十四視毘婆由叉婆十五迦虵迦邏摩叉婆十六摩那烏闍叉婆十七阿路迦若虵叉婆十八頻闍散迦羅摩叉

婆十九安仇邏㧗伽叉婆二十三摩流波脾虵叉婆二十一舍摩伽闍叉婆二十二叉虵邏娑叉婆二十三扇多脾娑邏叉婆二十四那奴那二十五泥那奴那二十六阿婆泥那奴那二十七那虵波那移那奴那二十八伊樂都頭呿寫莎呵

爾時佛告光密功德言善男子汝持是持至彼世界先問訊起居然後說之時諸菩薩白佛言世尊我已受持是陀羅尼我雖欲往然生畏想何以故曾從佛聞彼土衆生惡見成就多貪恚癡隨女人語能速造作阿鼻獄業佛言善男子汝非彼土諸四天下二界中間二十一日大金翅鳥恐怖大海六萬四千億諸大龍王令得歸依佛法僧寶發菩提心耶世尊實如聖教善男子國土亢旱汝非象龍馬龍金翅鳥龍於七日中降注大雨令諸惡龍生恐怖耶世尊實如所言善男子汝於如是諸惡龍中猶不生畏何緣而今生怖畏耶世尊譬如智人聞於他處多有寶藏是人即往以抓把之把已漸見心生歡喜竟無疲猒我亦如是因問如來得聞如是實語因聞是語得大勢力能執佛印調伏彼土佛言善哉善哉善男子我當施汝大神良呪能淨諸業淨於因緣淨於調伏淨於欲淨增長淨平等淨惡風淨行淨無明淨生死淨一切煩惱淨一切三界有爲之法淨於彼此是名曰呪善男子如是神呪彼國聞已上中下結皆悉微薄色無色有亦復如是皆得超越恒河沙等劫中諸業一切五有身口意惡皆能令淨善男子若有人能聽受是呪持諷誦讀乃至七日至心不忘當知是人一切惡罪皆悉消滅

除五逆罪謗方等經毀呰聖人犯四重禁是人所求乃至菩提隨意即得若欲修行檀波羅蜜亦得成就乃至般若波羅蜜亦復如是善男子娑婆世界所有衆生無有因緣得呵責法何以故十方世界所可擯遣諸惡衆生皆徃生彼娑婆世界是故能作五逆惡罪謗方等經毀呰聖人犯四重禁是人以是業因緣故多生惡道受無量苦既受苦已又不能得十善之法以是因緣復還生於娑婆世界是人若本修習信根乃至慧根終不生於弊惡國土以修如是惡法因緣故生於惡國諸根殘缺不具人身無有念心飲食衣被卧具醫藥嚴身資生所須難得壽命促短不得安眠智慧善根福德不具吉事尠少無有慈心樂行惡業樂修惡見樂讀邪書樂信惡友樂發惡願多諸病苦多惡遽務常喜增長三惡道法敬事邪神受性弊惡調戲嫉妬具足成就諸不善業樂謗三寶樂行三惡道善男子是惡衆生聞是呪已於生死法而生悔心離三惡道修習信根乃至慧根亦樂修行六波羅蜜清淨梵行增壽益筭除惡病苦智慧熾盛親厚無損一切善法無有耗減具足成就十善之法長益三寶樂修法行令諸衆生具足如是無量善法善男子釋迦如來娑婆世界若有衆生受持禁戒敬信三寶諮啓妙法讀誦書寫得歡喜心以是因緣即得過於三惡道業若有未來重惡之罪即現在受若小遇頭痛若失財物眷屬離壞惡名遠聞若被打罵則得除滅善男子唯是神呪成就具足無量功德能壞一切所有惡業能爲衆生作

大利益能浣衆生無量惡心作大光明得大念心作大寂靜是人常爲十方諸佛菩薩聲聞縁覺諸天龍鬼人王之所擁護是人臨死得見十方無量諸佛聞佛所説諸佛讃言善哉善哉善男子汝來生我淨妙國土我能令汝速住十地是人尋時生歡喜心歡喜心故則得深信以是因縁則得生於淨妙國土生已即階十住正位得阿耨多羅三藐三菩提善男子汝可受持如是神呪讀誦通利向娑婆世界先往問訊釋迦如來然後宣説爾時世尊即説此陀羅尼

却伽波利車阤一　竭婆叉斯二　竭婆呤三　邲陁波邏婆伽差四　叉婆俞岐五　波邏提呵呤六　舍摩那思迦提七　三摩咩伽受蓰八　呵叉虵那泜九　叉婆婆祇十　尼陀那闍蓰十一　三摩那闍蓰十二　阿陀舍虵闍蓰十三　比波邏嘍闍蓰十四　斯叉闍蓰十五　斯若闍婆闍蓰十六　娑利羅仇呵闍蓰十七　沙羅仇呵闍蓰十八　厠婆那拘施十九　娑陀那拘薄二十　思婆陀那緹二十一　比婆波邏羅泜二十二　優波迦羅摩那緹二十三　阿那婆哆羅唫二十四　波羅提迦邏咩那二十五　婆迦吔施二十六　婆盧遮那嘍咩迦邏吔陀呤二十七　迦摩娑施二十八　阿舍却岐二十九　那虵軍祇三十　邲陀嘍濘三十一　基離那婆濘三十二　留遮婆濘三十三　婆咩摩迦呤三十四　舍利虵嘍嚀三十五　摩伽闍蓰三十六　訶利拘那婆三十七　那虵那目唫三十八　娑羅叉拘羅三十九　那虵那受呤四十　因陀羅嘍娑濘四十一　烏阿四十二　阿婆阿四十三　阿邏嘍阿四十四　嘍邏阿嘍邏邏四十五　婆咩伽豆佉尼提羅涅槃希四十六　莎呵

爾時彼佛說此陀羅尼已時彼會中復有無量菩薩大衆同聲讚言善哉善哉我等今日亦欲往彼彼佛告言宜知是時汝若往者一切變身爲那羅延像皆言如是世尊爾時光密菩薩與諸大衆一切化爲那羅延像俱共發來至娑婆界既至此已於虛空中雨細金沙持以供養釋迦如來既供養已從空而下頭面敬禮右繞三帀却住一面爾時北方過於八萬恒河沙等諸佛世界彼有世界名普香身具足五滓是中有佛號德華密如來應供正遍知明行足善逝世間解無上士調御丈夫天人師佛世尊今現在爲諸衆生宣說法化彼大衆中有一菩薩名虛空密在會聽法仰瞻虛空見諸菩薩其數無量從北方來趣於南方即白佛言世尊何因緣故無量菩薩從北方來趣於南方佛言善男子南方過於八萬恒河沙等諸佛世界彼有世界名曰娑婆具足五滓有佛世尊名釋迦牟尼今現在世爲諸衆生宣說妙法分別三乘竪大法幢廣說法聚十方諸佛悉集彼國爲諸菩薩解說寶幢陀羅尼已各各還歸本所住處釋迦如來故爲大衆菩薩聲聞宣說法要多有祕密甘露之語若欲聽者可往彼國釋迦如來常發大願若有十方諸菩薩等來聽我語即得十八不共之法又復願言我成佛已願我土地具足上味彼佛世界所有菩薩有大念心精進持戒智慧具足猶如諸佛清淨世界修習禪定成就具足若入禪定其身放光或如一燈或如百千無量日月悉共集會聽佛說法若有十方諸菩薩等來至彼者皆從

定起往至彼國覲見釋迦牟尼如來及其大會聽陀羅尼遊戲神通善男子汝若欲往娑婆世界彼土衆生壽命短促多諸惡病智慧善根福德善行皆悉薄少於三惡道不生怖畏貪著財物心不清淨多懷嫉妬無有慚愧樂行十惡是諸衆生或有雜行捨是身已即於其國作大惡鬼乃至作惡迦那富單那作惡鬼已收取地味乃至一切果蓏穀米草木等味若有食者身得惡病無有勢力是諸惡鬼常伺衆生初生長大能斷其命是故其土衆生短壽善男子我本修習菩提道時亦常發願願我來世常勤精進不休不息恭敬供養無量諸佛聽受正法問難深義我當云何護處胎者令其母子產生安隱若天龍鬼若羅刹鬼若阿脩羅若迦樓羅若緊那羅若摩睺羅伽若拘辯茶若茘蘱多若毗舍遮若富單那若迦多富單那若受多羅若阿衞木羅若一行乃至四行若起死尸鬼若毒蠱道若惡毒藥若觸身心如是等事不能爲是母子作惡乃至生已乳哺飲食長養大時不能作惡令其心濁乃至夢中亦復如是常行十善樂施樂戒於三惡道心生怖畏世尊有何呪藥能辦是事時無量佛即時施我淨陀羅尼以是持力令我往於無量世中調伏無量無數衆生勸之令行六波羅蜜我於無量無數世中常念何處有是姙身諸女人等防遮惡鬼乃至惡藥是故我往先教三歸教三歸已一切惡鬼及諸毒藥無能加害是兒生已常得善心智慧具足身體無缺若遊行時常爲無量善神擁護面貌端正衆生樂見樂修慈

悲布施持戒忍辱精進處在寂靜樂修禪定近善知識具足智慧壞諸苦惱一切天鬼樂爲供養猒離生死甘樂涅槃若發無上菩提之心即得阿耨多羅三藐三菩提若發辟支佛心即得辟支佛道若發聲聞心即得如實忍是諸衆生永離惡趣常行善道善男子我以如是無量方便調伏衆生爲阿耨多羅三藐三菩提善男子若有衆生遇大重病取師子皮以呪呪之持與病者如其無皮若肉若骨若無肉骨若取糞塗及屎處土若無糞土以呪結索或作符書以與病者病即除愈若樹無華果以呪雨水持以溉灌便得華果若亢旱時求覓龜心五返呪之置龍泉中則降大雨若多雨時壞敗穀麥城邑聚落求蟒蛇皮七返呪之置龍泉中霖雨即止若其國土多有怪異惡風惡雨惡星日月應於七日中淨自洗浴服食乳糜七日之中讀誦是呪諸惡異怪尋即消滅善男子若有人聞是陀羅尼所有煩惱尋即薄少入正定聚善男子我以如是無量方便調伏衆生令得修習六波羅蜜乃至得阿耨多羅三藐三菩提善男子是陀羅尼能爲衆生作大利益能斷一切諸惡重病能護一切妊身女人及處胎者滅一切結知陰入界摧伏四魔所有境界能令一切諸天歡喜令諸惡鬼生知足想能令惡龍心大怖畏能壞一切惡邪諸論令諸四姓心生歡喜能令女人貪心除息令多聞者念心堅牢坐禪之人心得善寂能壞一切國土惡相令三寶種無有斷絶能令法界增長無減能令佛法廣普流布能壞一切無明癡聚能

得盡智及無生智爾時世尊即說此陀羅尼句

摩那叉一 阿婆叉二 伽羅婆叉三 闍羅叉四 摩摩那叉五 叉婆叉六 摩陀叉七 那荼叉八 那荼羅休九 比婆那吒十 却伽那吒十一 阿吒那吒十二 究那吒十三 波利究婆那吒十四 那荼那吒十五 富利迦那吒十六 優多羅那吒十七 伽毗那吒十八 君闍那吒十九 阿目佉那吒二十 遮凡婆羅那吒二十一 却鉗婆羅那吒二十二 佛迦羅那吒二十三 帝婆留陀邏那吒二十四 三摩羅虵那吒二十五 尸利拘婆那吒二十六 憍多吒二十七 多荼羅婆二十八 摩留多却婆二十九 提休叉三十 婆提邏酬三十一 挫摩那酬三十二 婆呵那富置三十三 散提邏闍婆三十四 阿摩摩闍婆三十五 摩休羅伽闍羅三十六 阿涅那三十七 阿涅那邏婆三十八 阿涅那叉三十九 阿婆呵未力伽涅那叉四十 伊槃都豆咶寫四十一 莎呵

畢竟盡苦是名爲呪說是呪時彼大衆中六萬億人得如法忍復有六萬人入正定聚善男子我今以是淨陀羅尼與彼佛欲汝當受持諷讀誦寫時虚空密菩薩摩訶薩敬承佛教受持讀寫是陀羅尼與無量菩薩俱共發來至娑婆界悉自變身爲轉輪王以種種寶供養如來頭面敬禮右繞三帀却坐一面

日密分中分別說欲品第三

爾時頻婆娑羅王見無量菩薩或作梵像及帝釋像那羅延像轉輪王像從座而起敬意合掌在一面立爾時日密菩薩摩訶薩即於佛前以偈讚歎

於諸足中最殊勝　施諸惡見大光明

行正道者施法印　摧滅惡龍及四魔
堅豎法幢施解脫　以大法炬壞衆闇
親近善友修習定　愍衆生故說福田
佛法僧寶甚難得　人身信心亦復難
雖得人身善友難　得善友者壞煩惱
衆生闇行没結河　如來船師能拔濟
四方諸佛遣我來　今於大會說與欲

日密菩薩說是偈已如其本土所教戒事悉皆說之爾時世尊告舍利弗是陀羅尼四方諸佛所與欲也爲欲利益此土衆生舍利弗汝當受持讀誦書寫是陀羅尼於四衆中廣分別說時虛空日密菩薩摩訶薩復以偈讚於佛

如來眞實知法界　示魔衆生正直道
若有眞實生信心　是則能破三惡道
供養如來一香華　無量世受無上樂
無量世中身具足　亦得無上眞智慧
若能一聞是總持　即得摧滅諸煩惱
一切人天所供養　獲得無生及盡智

日密分中分別品第四

爾時世尊告四大菩薩善男子汝若樂住此世界者隨意修習所有善法時四菩薩及其大衆即便各各隨意入定既入定已身出光明猶如一燈乃至猶如無量日月爾時大德阿若憍陳如承佛神力即作是念我今若問如來一義如來因是或當分別廣說如是四陀羅尼如來說時其聲必聞娑婆世界衆生聞已疑網心壞於向法中得大光明度於彼岸到正定聚不墮惡道一切悉行純善之法作是念已即從坐起敬意默然合掌而立爾

時佛告阿若憍陳如汝將不欲聞大義耶如是世尊實欲諮啓唯願聽許佛言憍陳如汝今知時我當破壞一切疑網憍陳如言如佛經中說有二種所謂愛與士夫行於生死云何名愛云何士夫何故如來說是二種行於生死佛言善哉善哉憍陳如快發斯問能大利益無量衆生是知時問是如答問諦聽諦聽吾當爲汝分別解說憍陳如愛有三種所謂欲愛色無色愛復有三種所謂有愛斷愛法愛憍陳如云何欲愛所言欲者名爲放逸放逸因緣則爲貪觸以觸因緣則生樂想樂想因緣則燋身心燋身心故樂行十惡十惡因緣則能增長三惡道苦若受人身貧窮困苦貪因緣故五道受生生在羊中多受苦惱雖受是苦心無慚愧不生悔恨若因少善還得人身愛心增長愛增長故身口不淨造作無量諸重惡業乃至五逆以是因緣復於地獄受大苦惱一切受苦皆因愛心是故如來爲愛解脫宣說正法呵責欲法若有衆生得聞如是呵責欲已觀欲如焰如大毒樹毒盆行厠如刀如賊如旃陀羅如熱鐵丸如惡雹雨如惡暴風毒虵怨家空野羅刹如殺害人如糞如塚若有人能作如是觀是人所有愛之與貪愛膩愛著愛宅愛熱愛增等法尋即除滅滅已念法樂法學法受法取法勤求於法財法藏法淨法行法歸依於法是人臨死獲得法念因法念故尋得聞於十方諸佛宣說法要教化衆生既聞法已心生歡喜生歡喜故即得覩見諸佛色身是人捨身生淨國土無三惡道常與善人遊止共俱具足智慧

捨施精進修習慈悲調伏衆生斷煩惱習具足無量莊嚴功德譬如香篋以盛衣服衣服皆香篋香不滅憍陳如若諸衆生善願力故生淨國土共善衆生同共事業亦復如是自增諸善彼善無減憍陳如是故善男子善女人若欲自利利他共利常當勤求依於善友憍陳如若人能作如是觀察欲性之相當知是人不久當得阿耨多羅三藐三菩提世尊云何善友憍陳如夫善友者所謂諸佛菩薩諸阿羅漢又善友者即我身是何以故我常憐愍一切衆生能說諸欲所有過患是故大衆應受我語我所出語終無有二言不虛妄不兩舌語非無義語非麤惡語所言誠實慈語悲語安衆生語我今宣說諸欲罪過汝等應當一心受持既受持已脫三惡道疾得阿耨多羅三藐三菩提爾時娑婆世界一切衆生同發聲言世尊唯願宣說欲之罪過我等今當至心受持佛言諸善男子有四種欲一者色欲二者形欲三者天欲四者欲欲是名爲四云何色欲四大造色凡夫不見無我衆生生顛倒想見男女想上下色想見色可愛是色可惡因是顛倒見男女相故令貪欲未生便生生已增長是人因是遠離善根及善知識不能善護身口意業是故名爲惡法之聚何以故不能觀察欲解脫故以是義故增三惡道受於地獄餓鬼畜生身無量世中受大苦惱皆由貪欲貪欲因緣令欲增長若有智者觀察女色見不淨相皮膚肌肉筋骨血脉見已心樂修習是想如女女身男身亦爾如近遠亦如是如此彼亦如是如他自亦如

是是人若能修習是心即於貪愛疾得解脫觀是身骨筋節相連心隨身行爾時繫心在於額上如棗許處心樂修習如是相已身得寂靜不見惡相不見惡事不見惡緣是則名爲奢摩他名心寂靜云何復名身寂靜耶是人入定滅於入息旣無入息何有出息是則名爲身心寂靜身心寂靜即舍摩他之因緣也是人觀身所有骨節離散如沙爲風所吹見已即生空無物想觀於虛空是則名爲身心寂靜是名因於舍摩他定而得解脫世尊虛空相者是有爲相不憍陳如是有爲相世尊虛空若是有爲相者爲是自相是他相耶憍陳如若能觀察一切法界及有爲界是名爲自相何以故若能觀察色寂靜者即見佛身所以者何若人觀骨能令如沙爲風所吹

是人能破色貪色欲能深觀察色之實性是人所見皆如虛空十方諸色空如瑠璃於中復見無量諸佛乃至十方亦復如是復見如來三十二相八十種好十方世界亦復如是是人若得悔生死法即自思惟我當問佛如是虛空誰之所作當云何滅作是念已我已問已我已知已虛空之性無有作者當云何滅言虛空者無有覺觀無物無數無有相貌無出無滅一切諸法亦復如是作是觀時得阿那含果是阿那含悉斷一切貪欲之心唯有五事未能除斷一者色愛二者無色愛三掉四慢五者無明是人若得見如來身便作是念我當知數是人爾時觀少見少觀多見多復作是念如是諸佛從何處來復作是念如是諸佛無所從來去無所至我三界心是

心因身我隨覺觀欲多見多欲少見少諸佛如來即是我心何以故隨心見故心即我身我即虛空我因覺觀見無量佛我以覺心見佛知佛心不見心心不知心我觀法界性無堅牢一切諸法皆從覺觀因緣而生是故一切所有性相即是虛空虛空之性亦復是空若有初發菩提心者當觀無量諸法因緣是人若發求聲聞心爾時即得無相三昧令彼無明永滅寂靜亦復獲得隨順空忍是人若見虛空是空爾時即得身心寂靜是則名爲空解脫門取阿羅漢則爲不難若復修行滅定解脫爲滅無量諸法因緣說是法時九萬九千億衆生得修定忍八萬四千衆生得修空忍六萬衆生得空三昧解脫門二萬衆生悉得現見諸佛三昧八萬四千衆生得阿羅漢果無量衆生得須陀洹果復次憍陳如若有比丘自觀已身作不淨想不能調伏自已心者是人次應諦觀死尸若青色若爛壞若赤色若膖脹若離散若骨白如貝當深觀心樂住何處知已即取如觀外色自身亦爾若青色乃至如貝如晝夜亦如是如夜晝亦如是如去來亦如是如來去亦如是爾時若見外物樹木人畜雜物皆作骨想作是觀已乃至命終不生貪心是人現在能離於欲他世未能是人若能獲得修空陀羅尼者即能觀骨作離散相如沙微塵若自若他不見色相如一微塵即時獲得虛空之相見一切色如青瑠璃見已復觀虛空黃色能觀黃色赤色白色雜色瑠璃色若見地水亦如瑠璃是人能觀一切大地如四指許若欲動者即以足

指蹤之令動隨意久近乃至大地樹木山河悉爲之動若觀諸水作種種色或分陀利華優鉢羅華拘物頭華波頭摩華於一切水行住坐卧觀一切山作種種色其形細輭如兠羅綿而於其中行住坐卧又自觀身輕漂如風作是觀已能遊虛空行住坐卧是人復入火光三昧身放種種妙色光明又復遊入炎摩迦定身上出水身下出火作如是等大神變已復作是念我當云何得見諸佛爾時隨其所觀方面悉得見佛多觀多見少觀少見見已復念諸佛世尊無所從來去無所至我三界心是心因身我隨覺觀欲多見多欲少見少諸佛如來即是我心何以故隨心見故心即我身我即虛空我因覺觀見無量佛我以覺心見佛知佛心不見心心不知心我觀法界性無堅牢一切諸法皆從覺觀因緣而生是故法性即是虛空虛空之性亦復是空我因是心見青黃赤白雜色虛空作神變已所見如風無有眞實是則名爲共凡夫人如實陀羅尼是人復作是念若有虛空即是無取無有覺觀不可宣說如我心離觀虛空相亦觀心相不作遠離離一切作不作發心設發尋滅以心緣滅故是心便滅淨身口意修習滅定是人長夜繫心在定從滅定起捨其壽命入於涅槃是名不共凡夫如實陀羅尼云何名爲共凡夫人如實陀羅尼若有能作如是思惟我隨意觀色即是見色即是我心我心即色如我遠離一切色相觀虛空相是人爾時修虛空相是則名爲共凡夫人如實陀羅尼若有能作如是觀色即是虛空我以

如是色因缘故得觀虛空虛空之性名無障礙是風住處如是風者因四大生我是色相亦復如是因四大起虛空風色等無差別一切法性性自空寂觀自他性亦復如是是虛空者即是無生無滅作是觀時繫念如來作是念已見虛空中有無量佛即時獲得阿那含果是名不共凡夫如實陀羅尼也復作是念言虛空者即是我也即是淨我即是我心我者無色如空無邊我亦如是是名共凡夫如實陀羅尼若有能觀一切法中無我無我所言空處者即是無我色無有我若念如來若觀如來即是我也我見佛已得沙門果乃至阿羅漢果是名不共凡夫如實陀羅尼也若觀淨我者即是空處空即我心若能求斷一切煩惱即是淨心若能修習八直正道是名淨心能如是修即能獲得須陀洹果乃至阿羅漢果是名不共凡夫如實陀羅尼復有觀色觀色相者即分別相分別相者即是瞋相瞋恚相者即生死相我今爲斷生死相故觀心相空是名共凡夫如實陀羅尼又復觀我即是寂靜我今亦未斷於覺觀若我觀我我如虛空我我者即是苦苦所從生即名爲集如是苦集是可斷法是名爲滅觀苦集滅是名爲道得須陀洹果乃至阿羅漢是名不共凡夫如實陀羅尼又復念言我何以故觀於虛空虛空者即我我若遠離虛空觀者次觀識處如虛空觀識觀亦爾如空無邊心亦如是是名共凡夫如實陀羅尼若能觀識即是苦者知苦所從名之爲集苦集可斷是名爲滅觀苦集滅是名爲道得須陀洹果乃至

阿羅漢果是名不共凡夫如實陀羅尼若觀識處即是覺觀瘡疣煩惱如我遠離空處識處修無想處是人修無想已得無想定是名共凡夫人如實陀羅尼若觀識處即是瘡疣苦惱之法如我遠離觀於識相次觀無想相言無想者即是無我無我所相作是觀已即得須陀洹果乃至阿羅漢果是名不共凡夫如實陀羅尼若有能觀無想處者即是細想如我遠離是無想處觀非有想非無想處是名共凡夫人如實陀羅尼若觀非想非非想處即是大苦是處可斷可得解脫作是觀時得須陀洹果乃至阿羅漢果永斷一切欲貪色貪離凡夫名得聖人號永斷一切三惡道因是名如實陀羅尼也是彼諸佛之所遣來日密菩薩所齎持欲能斷一切諸結煩惱一切惡見我見取見戒見常見斷見命見作見士夫見受見色見觸見出見四大見能斷如是等見是陀羅尼善能了達陰入界等能淨諸見能令受者永受安樂沮壞衆魔調伏惡龍令諸天喜壞阿脩羅調迦樓羅能喜刹利婆羅門毗舍首陀能斷惡欲令坐禪者貪樂寂靜能療一切諸惡重病能防一切諸惡鬬訟能增法界能護三寶能得盡智及無生智壞無明聚如來說是陀羅尼時無量衆生得須陀洹果無量衆生得阿羅漢果無量衆生獲得是持無量衆生發阿耨多羅三藐三菩提心無量衆生得無生忍爾時阿若憍陳如白佛言世尊云何名爲蓮華陀羅尼如日密菩薩之所宣說智者受持讀誦書寫得大利益不樂三界得無相解脫門者皆能斷諸煩

惱七返常受人天之身雖在欲界不爲欲汙諸天世人常所恭敬佛言憍陳如所問蓮華陀羅尼者非諸聲聞緣覺所知是陀羅尼乃至十八不共法行憍陳如假使我於無量劫中宣說是持終不可盡亦令聞者生迷悶心是陀羅尼唯佛能說唯佛能聽何以故是陀羅尼難知難解餘三亦爾世尊唯願如來當說如空空行陀羅尼憍陳如至心諦聽當爲汝說憍陳如若有衆生放逸因緣生觸欲心是人不知解脫之處流轉生死無量世中在三惡道受大苦惱菩薩摩訶薩見諸衆生受如是等無量苦惱生憐愍心勤行不息遍修諸道作是行已得阿耨多羅三藐三菩提已說苦解脫衆生聞已即得脫苦苦解脫者即是初果乃至阿羅漢果憍陳如云何觸欲言

觸欲者二身共合因身合故則生於觸因觸生樂因樂生苦苦因緣故生死苦惱從是而生憍陳如如四毒虵以四因緣能害衆生見噓齧觸欲亦如是有見因緣有聞因緣有念因緣有觸因緣因是四緣令諸衆生遠離一切諸善根本於生死中受大苦惱憍陳如云何名爲觸欲解脫若有比丘能觀白骨作是思惟色者即是四大所造四大所造即是無常性無堅牢離散之法皮毛肉血智者云何於是身中生淨好相作是觀已悉於一切十方淨色即時獲得不可樂相是比丘復作是念我於是相樂修習者則斷除一切煩惱生老病死是名舍摩他若觀足骨乃至頭骨是名毗婆舍那旣得如是毗婆舍那舍摩他已觀息出入見息出時即作是念如是風者從

何處來去至何處如是觀時遠離身相生於空相不見内法是名内空不見我所及外色相是名外空觀内外空已復作是念我今修習入息相已作大利益能壞一切内外諸色我壞如是内外色相皆是入息觀因縁也以是因縁令我不見内外諸色我無色相即是空力我今定知一切諸法無有去處無有來處作是觀已所有覺觀一切求斷復觀是識知是一切覺觀因縁我當遠離心意識行何以故若有生者當知定滅作是觀時得須陀洹果乃至阿羅漢果或有獲得如法忍者或得菩提若觀覺觀是滅相者即得滅定是名不共凡夫如空陀羅尼是持成就無量功德永斷無量諸大苦惱説是法時九萬二千衆生得須陀洹果六萬衆生得阿羅漢果九萬九千衆生得如空陀羅尼八萬衆生得辟支佛果八千億衆生發阿耨多羅三藐三菩提心無量衆生得不退心爾時阿若憍陳如白佛言世尊高貴德王佛所施來欲隨無願陀羅尼唯願如來分別解説憍陳如我今當説至心諦聽憍陳如有諸衆生觸欲繫縛不知解脱是人應觀無願解脱作如是念欲欲色欲及無色欲觸欲解欲如是諸欲因覺觀生諸行因縁如是諸行無有作者無有受者因風而生我身口行亦復如是因風而生因是風故身得增長因是風故口得增長如我觀風即入出息諦觀一切身諸毛孔從風因縁復觀一切不淨之物復觀是身命終之時是尸更無風息入出復作是念我身口行因縁於風若無風者無身口行因縁是故爾時得

空三昧修習增長因修習故能斷欲貪乃至觸欲作是觀已得須陀洹果乃至阿羅漢果或有發阿耨多羅三藐三菩提心爾時善意覺觀菩薩摩訶薩白佛言世尊若聲聞人修不淨相成得相已有何等相善男子若爲破壞欲貪之結修不淨相繫心眉間自觀身骨是名一相若觀自身及以他身是名二相又觀一切悉是不淨是名三相是人能觀苦集盡淨名舍摩他得暖法相是人如是觀白骨時見智如燈觀身四行乃至微塵是名頂法觀四眞諦是名聲聞不淨觀成就獲得舍摩他定是名白骨觀相觀是相時得八正道因八正道得須陀洹果乃至阿羅漢果善男子光明佛土聲聞之人觀如是法即得道果説是法時無量衆生得如法忍無量衆生得如實忍

大方等大集經卷第二十九

音釋

抓把 抓側絞切手指甲也把蒲巴切搯也 遽 其據切急迫也 緹 音提呪中字也 蓏 郎果切草實也 蟒 莫朗切大蛇也 疣 羽求切贅瘤也 疣 嘘 居休切吹氣也 齧 五結切噬也

大方等大集經卷第三十

北涼天竺三藏曇無讖譯

日密分中分別品第四之餘

爾時世尊復告憍陳如若四眞諦可一念證者如來應爲一切衆生演說一行一法一事若一人證時一切衆生亦應同證何以故煩惱同故亦不應有八萬法聚差別之異憍陳如是故衆生應以種種因緣調伏不以一緣憍陳如一切衆生非實一乘一行一貪一念一欲一解一信是故如來宣說種種句偈名字種種法門以是義故如來具足十種神力憍陳如一切衆生具有種種顛倒之相是故如來爲破淨倒說無常相苦相無我相脹相爛相青相壞相離散等相世尊云何名爲一切世間不可樂想云何復名食不淨想佛言憍陳如汝今不應問如是事何以故彼界得道此界得道其相各異憍陳如我若具說衆生聞者或生迷悶世尊唯願憐愍爲諸菩薩能信解者分別宣說世尊是諸衆生若聞宣說如是二相能種善子增長善根能破無明世尊一切衆生癡愛因緣樂於生死是故生死無始無終世尊一切衆生以食因緣增長貪欲世尊一切衆生初未得聞如是二相是故流轉生死五道受大苦惱如來世尊大慈大悲無量世中常念衆生唯願如來憐愍故說不可樂想食不淨想若佛宣說不可樂想食不淨想衆生聞者不生欲貪不生食貪世尊若有衆生能苦呵責欲心食心當知是人速到彼岸佛言憍陳如至心諦聽我今當說一切世間不可樂想食不淨想憍陳如世有

二種一衆生世二者器世衆生世者所謂五道衆生器世者欲界之中有二十處色界十六無色四處云何欲界有二十處八大地獄一一地獄有十六圍繞一者活二者黑繩三者衆合四者叫喚五者大喚六者熱七者大熱八者阿鼻地獄若有衆生身口意惡悉生如是大地獄中受大苦惱是諸衆生雖見妙色不生樂想以是因緣復生大苦聲香味觸亦復如是有智之人觀是事已不生樂想憍陳如若觀畜生其身細小猶如微塵十分之一有如微塵乃至如棗有一由旬乃至百千萬由旬等是諸衆生或有壽命如一念頃至七念頃或有一劫至千萬劫頃是諸衆生無有法行智慧慚愧憐愍之心當受苦惱生大怖畏各各常生相害之心遠離一切諸善之法常行黑闇常行邪道是故智者修不可樂想憍陳如智者復觀餓鬼之身或長一尺或如人等或百由旬或如雪山常患飢渴裸形無衣被髮纏身無有慚愧羸瘦骨立身無血肉各生惡心心無憐愍濕冷諸氣永無復有或食鐵漿鐵麨鐵丸熱糞熱膿熱血熱風熱草熱菓然不能得恒不供足壽千萬劫常受苦惱行於黑闇智者觀已修習世間不可樂想憍陳如有智之人次觀人身一切皆有生苦老苦病苦死苦愛別離苦怨憎會苦求不得苦飢渴困苦欲苦瞋苦嫉妬等苦兩舌惡口寒熱等苦諸惡獸苦惡王等苦是人身中受如是苦智者云何而不修習不可樂想憍陳如智者云何觀於欲天不可樂想智者觀初欲界六處是中衆生欲愛所燋所受果報

不等故苦無常故苦取苦盡苦愛别離苦智者云何於中不修不可樂想次觀色界十六住處是中諸天修世禪定有漏故苦無寂靜苦所欲故苦有勝定苦善法藏苦未解脫苦不知彼岸不盡地獄餓鬼畜生人因緣苦觀是苦已智者即修不可樂想復次色界衆生或有修習無漏禪定是等不能具足八正道苦欲具八正道方便時苦得無學地不自在苦不得緣覺三昧故苦不得如來三昧故苦不得如來三昧亦苦不能觀察一切衆生境界故苦如是衆生於色界中若入涅槃受如是苦智者云何於色界中不修世間不可樂想次復觀察於無色界不可樂想彼中衆生修有漏三昧苦學地不得自在苦又不得聽聞正法故苦不能畢竟斷愛故苦捨命退時生邪見苦不能永斷三惡道苦捨命墮苦知如是時修習世間不可樂想復次憍陳如世間者即是行行有三種身行口行意行身行者謂入出息口行者所謂覺觀意行者所謂想受是三種行其相是一智者云何能分別知智者觀息出入數時深觀息之冷暖乃至一切毛孔入出是人觀息諦知是息本無今有若本無今有是無常相無決定相如電畫水如是觀時得身行相觀如是相從何因緣即知是相因於覺觀覺觀之性本無今有是故無常是可斷法是可解脫是覺觀相因心而生心亦本無今有本無今有是無常相可破壞相無歸依相無有物相無有我相作是觀時於諸行中心則生悔能修世間不可樂想汝等比丘若能深觀如是三世則能永斷

一切煩惱能淨正見斷生死法成平直道正聚所攝得須陀洹果乃至阿羅漢果憍陳如智者於諸行中修不可樂想憍陳如云何比丘觀所著衣作不樂想若有比丘縫衣見衣觸衣著衣脫衣觀如是時如血塗皮爛臭可惡虫所住處無可樂處如是觀時於衣貪心即時除滅憍陳如云何修習食不樂想若有比丘執持鉢時如血塗髑髏爛臭可惡虫所住處若得食時應觀是食如死尸虫若見麨時如末骨想得飯漿時作糞汁想得諸餅時作人皮想所執錫杖作人骨想得乳酪時作膿血汙想若得菜茹作髮毛想得種種漿作生血想憍陳如若有比丘作如是觀是名於食不可樂想憍陳如云何於房舍生不可樂想比丘若入房舍之時應生是念如入地獄受諸苦惱如是房舍即是和合所有材木即是人骨土是人肉乃至一切牀榻被褥亦復如是作是觀時是名世間不可樂想若能觀察如是想者是人即得如實法忍隨空無相無願等忍是人樂修空相因修空相見一切法悉是生滅苦空無我觀陰入界十二因緣一切法性苦空無我如是見已即得須陀洹果乃至阿羅漢果憍陳如修習世間不可樂想能斷欲貪色無色貪一切憍慢疑掉無明乃至得無學地是名具足隨無願陀羅尼憍陳如是陀羅尼能破一切惡魔乃至能令三寶增長說是法時無量眾生得法眼淨無量億眾諸漏永盡八那由他眾隨無願陀羅尼無量眾生發阿耨多羅三藐三菩提心五萬八千眾生得不退菩提心無量眾生得如法

忍爾時無量衆生白佛言世尊一切衆生若聞是法云何不發阿耨多羅三藐三菩提心我今護持聽受是法佛言善哉善哉諸大檀越汝等今者欲護大法因護法故未來之世當得無量福德果報爾時舍利弗白佛言世尊德華密佛遺虛空密菩薩摩訶薩所持來欲淨陀羅尼唯願說之佛告舍利弗諦聽諦聽善思念之當爲汝說德華密佛所遣來欲淨陀羅尼爲壞此土衆生四倒舍利弗此土衆生實無有我顛倒心故横生我想智者深觀知無有我作是觀已則破顛倒舍利弗云何智者觀於無我所謂觀身諦知無我何以故以和合故復次觀眼亦無有我何以故四大合故若眼轉瞬即是風力如是風者因於虛空去來迴轉而虛空性性無所有亦不可說若無所有不可說者即是無我是故虛空實無有我是空中風亦復無物不可宣說是故無我如觀風地亦如是地亦無物不可宣說是故無我水火亦爾是故當知眼之四大亦復無物不可宣說是故無我若復有言眼色因緣故有我相者是義不然何以故眼中無我色亦如是而和合中亦復無我和合因緣生於眼識而是識中亦復無我因識生色名爲名色名色因緣生於六入六入因緣觸觸因緣受受因緣愛愛因緣取取因緣有有因緣生老病死等如是等法因眼識生而是眼識亦復不從十方而來所因之念生眼識者是念亦滅眼識不住於二念中亦不語念汝住我滅而是滅法亦無處所是故諸法緣合故生緣離故滅若因緣故生無緣則滅是

故當知實無有我而是因緣亦無作受無有作者是故無我若無我者我所亦無是故眼性無我我所無合無散即是生滅一切諸法亦復如是一切法性無取無捨非諸聲聞緣覺諸佛之所造作如眼識空一切法空亦復如是作是觀時得空三昧門或得須陀洹果乃至阿羅漢果觀眼既然耳鼻舌身亦復如是觀身無我髮亦無我皮毛血肉筋骨膿髓腸唾暖氣上下諸風壽命名字皆無有我直以衆緣和合故名爲身身觸因緣故生身識識因緣名色名色因緣六入六入因緣觸觸因緣受受因緣愛愛因緣取取因緣有有因緣生老病死等如是等法因生身識而是身識亦復不從十方而來所因之念生身識者是念亦滅身識不住於二念中亦不語念汝住我滅而是滅法亦無處所是故諸法緣合故生緣散故滅若緣故生無緣故滅是故當知實無有我而是因緣亦無作受無有作者是故無我若無我者我所亦無是故身性無我我所無合無散即是生滅一切諸法亦復如是一切法性無取無捨非諸聲聞緣覺諸佛之所造作如身識空一切法空亦復如是作是觀時得空三昧門或得須陀洹果乃至阿羅漢果舍利弗若有比丘能如是觀眼身無我當知是人得三昧門爲諸天世人之所供養說是法時無量衆生過去惡業悉得除滅無量衆生得法眼淨無量衆生得須陀洹果乃至阿羅漢果九萬四千衆生獲得如是淨陀羅尼無量衆生發阿耨多羅三藐三菩提心無量衆生於菩提中心不退轉無量衆

生得如法忍無量衆生得破欲貪色無色貪無量衆生得隨空無相願陀羅尼無量衆生成就不淨觀無量衆生成阿那波那或得舍摩他或得毗婆舍那或得性地或得聲聞辟支佛法或得菩薩法一切女人聞已悉得轉於男身欲界衆生悉受快樂如三禪地爾時一切天人八部供養於佛歡喜而住

日密分中不思議大通品第五

爾時頻婆娑羅王白佛言世尊此世界中無量菩薩所可成就光明妙色我從本來初未曾見初未曾聞世尊是菩薩光能照一切娑婆世界若是菩薩近於阿耨多羅三藐三菩提者其光云何大王若有菩薩成就無上菩提道者其光能照十方世界何以故善法莊嚴諸功德故成就具足莊嚴法故一切善根多增長故以近無上菩提道故畢竟無上菩提道故受於如來正法果故分別演說無邊法故所可得身無罣礙故獲得清淨眞實法故所可修習到彼岸故未來世業已得盡故成就無量佛正法故能轉無上妙法輪故於一切法得自在故通達一切衆生根故永斷一切煩惱習故是故光明悉能遍照十方世界大王隨佛功德大勢力故亦能覩見十方諸佛王言世尊我今欲見十方諸佛菩薩聲聞爾時世尊告阿若憍陳如若我弟子聲聞之人在家出家是人各各深自思惟所有善法我亦欲入如來三昧若有人天得如實忍若有不退於三乘者如是衆生亦入於定復有衆生於三寶所得信敬心亦復如是入於禪定爾時世尊即入三昧其三昧名一切佛

境界行智廣如虛空一切智者喜日月光明如是三昧聲聞緣覺及諸菩薩所不能知不能計量是名佛境界三昧如來入是三昧已娑婆世界百億四天下百億須彌山百億日月乃至百億有頂如是等土悉入佛身娑婆世界地獄餓鬼畜生天人有受苦者皆得除滅一切歡喜譬如比丘入第三禪所有一切菩薩摩訶薩悉從定起見佛光明見光明已自所有光尋滅不現一切聲聞所受快樂譬如比丘入第三禪爾時一切無量衆生悉皆自覩如來毛孔一一毛孔出無量光如恒河沙等日月光明亦如恒河沙十住菩薩所有光明如是光明悉能遍照十方佛土爾時十方諸佛世尊各告大衆諸善男子汝等頗見釋迦如來大光明不如是光明成就無量無邊功德是光因於大慈大悲爲於憐愍諸衆生故是故今者示諸衆生大神變相一切衆生見是光已皆發阿耨多羅三藐三菩提心他方世界有諸衆生得神通者皆集至此娑婆世界其不得者遥禮供養爾時一切諸佛菩薩及聲聞衆皆悉來詣娑婆世界一切菩薩悉以七珍種種華香妓樂幢蓋供養恭敬尊重讚歎有諸衆生處佛身者皆悉見之見已復受無量快樂爾時娑婆世界一切衆生同共發聲作如是言我等以是善因緣故願後共生一國土中令得覩見十方諸佛三惡業道已得消滅若有衆生見佛神變不發阿耨多羅三藐三菩提心者當知是人常行黑闇諸菩薩等爲衆生故受種種苦或化作佛或作辟支佛或作聲聞梵天帝釋四大天王

那羅延像自在天像龍像鬼像阿脩羅像轉輪王像若有佛界應以聲聞得調伏者現聲聞像如是等化自非十住不能爲也是故無上菩提之心成就無量無邊功德爾時一切諸佛身内所有衆生以偈頌曰

以諸惡心因緣故　流轉生老病死苦
以不親近善知識　是故不能到彼岸
若能遠離諸惡心　諸惡邪見惡因緣
能斷三有生死者　是則能到於彼岸
衆生難得於人身　得已值遇善友難
篤信之心復難得　得已難得聽正法
若有能發菩提心　是人能斷諸煩惱
亦能教化無量衆　現大神變如今佛
若能求斷二法者　所謂常斷二見等
若見一切行無我　是人名爲善思惟
若能修習苦集諦　是人能斷諸煩惱
若能發起菩提心　是人則勝諸世間

説是偈已無量衆生發阿耨多羅三藐三菩提心復有衆生發緣覺心復有衆生發聲聞心或有衆生得無量陀羅尼復有衆生得如法忍不退忍如實忍或有獲得須陀洹果乃至阿羅漢果爾時波旬悉見娑婆世界在佛身内見已悲泣涕淚橫流心生愁惱若坐若起若行若立進止出入以手拍頭亦受苦惱乃至一切魔之眷屬亦復如是時魔波旬有一大臣名曰空樹見魔愁惱而説偈言

何故愁惱而獨行　其心迷亂如狂人
所至之處心不樂　唯願天王説因緣

時魔波旬復以偈答

我見瞿曇大神力　是故生惱而狂行

内心躁動無安所　愁熱逼切及眷屬
覩見如來無邊身　悉受一切娑婆界
令我境界悉空虛　是故我今生愁惱
十方所有諸聖人　悉來集會此世界
大設供養供養佛　是故令我生愁惱
瞻覩如來大神力　及見眷屬歸依佛
我今獨行無伴侶　是故令我生愁惱

爾時大臣復說偈言

我今多有諸眷屬　其心弊惡具器甲
力能破壞如來身　及能毀壞大神力

時魔波旬復說偈言

我今眷屬深畏佛　云何能壞神通力
若欲生心毀壞時　則自見身被五縛

是時大臣復說偈言

如其怨敵勢力大　當詐現親則可壞
若知瞿曇有大力　先當詐現親厚心

時魔波旬復說偈言

若我詐現親厚心　爲欲毀壞瞿曇身
即見頸下繫死屍　爲一切人所呵責

是時大臣復說偈言

一切欲有是魔界　所有人天屬如來
願王切勑惡龍王　是能破壞瞿曇身

時魔波旬復說偈言

若汝審知龍有力　我已失心汝自約
若實能壞瞿曇者　我還得土及本心

爾時大臣即便宣說告諸惡龍王汝當爲我壞瞿曇身時諸惡龍將欲飛空而不能動即語大臣敬奉來命欲往毀壞適生此心便不得去爾時大臣即生怖畏作如是念我若今者現魔大力令諸惡龍心生瞋恚以瞋恚故

則能毀壞瞿曇之身爾時龍宮有化死尸充滿畟塞諸龍見已自於宮室心不甘樂作是念言是誰化作此死尸耶雖復思惟莫知誰爲爾時一切四天下中諸大龍王及其男女大小眷屬即出宮室至佉羅坻山其山平坦縱廣正等四萬由旬皆是先聖所遊居處七寶具成乃至難陀婆難陀龍王亦捨住處至此山中四大海中所有龍王及其眷屬無量無邊伊羅跋龍王善住龍王黿龍王阿那婆達多龍王目眞隣陀龍王德海龍王水德龍王舍德龍王樂德龍王阿波那羅龍王山德龍王牛德龍王伊羅跋多龍王長臂龍王長髮龍王淨龍王迦羯羅龍王水漂龍王黑髮龍王金色龍王含拘龍王念彌龍王象龍王利牙龍王有行龍王疑網龍王長面龍王赤眼龍王樂見龍王如是等閻浮提土所有龍王其數八萬幷其眷屬乃至四萬四千國土所有龍王皆至佉羅坻山北鬱單越有二龍王一名無遍二名金身是二龍王與無量衆及四萬四千國土龍王亦至此山東弗婆提有二龍王一名爲月二名婆私吒是二龍王與無量衆生及四萬四千國土龍王至此山中西瞿耶尼有二龍王一名寶髮二名光髮及四萬四千國土龍王至此山中及四天下四生龍王幷其眷屬亦至此山是諸龍王其身皆如四寸藥根以瞋恚故身如須彌時魔波旬見如是等諸龍王已告其眷屬諦聽諦聽以我力故令如是龍從宮室出至彼大山悉失勢力不能毀壞瞿曇沙門爾時復有大臣名曰戒梯即白魔言大王如是龍王爲欲

破壞釋迦身故集會一處各作是念我今當以何等方便壞瞿曇身波旬答言我有是事若審汝當往看爾時大臣與百千萬衆生欲往彼山爾時如來從禪定起坐於一面示現常身大臣既見如來常身在摩伽陀國見已即作是念瞿曇沙門退失神通將不於我生怖畏耶欲於我所生大惡乎我應先至彼瞿曇所與共談論爾時大臣即與大衆往至佛所而說偈言

汝身未度生死海　云何當能度衆生
瞿曇勿誑諸衆生　說言當得大涅槃

爾時如來復以偈答

我已得度生死海　亦得永脱一切有
我以慈悲因緣故　說言衆生當涅槃
汝已於昔無量世　發起無上菩提心
已曾供養無量數　百千巨億諸世尊
汝今定當得佛道　云何言我誑衆生
我今施汝大念力　便可至心觀本身

爾時大臣聞是偈已即自觀察過去本身了了明見發菩提心供養無量無邊諸佛見已即時心大慚愧於如來前頭面著地懺悔作禮白佛言世尊我今已憶無量世中發菩提心已曾供養無量億佛於諸佛所聽受妙法已得修行六波羅蜜世尊迦葉佛時有一比丘說聲聞乘我不思惟便言是語非是佛語魔之所說是人已發菩提之心行菩薩道以是因緣迦葉如來不授我記我因是事生於魔界受是身來已經五萬七千億歲世尊我寧以是過去等身受地獄苦終不退於菩提之心佛言大臣善哉善哉若人以金如須彌

山幷七寶物於無量世供養於佛其福不如發菩提心何以故發是心者乃是供養十方諸佛爾時戒㮇菩薩即於座上得如法忍從坐而起頭面作禮繞佛三帀以身上衣供養於佛乃至四萬四千大衆亦復如是時魔波旬見其大臣及其眷屬已歸依佛心生苦惱牢閉門戶却坐一面爾時世尊即爲大衆說三種慈所謂生緣法緣無緣如虛空目中之所宣説爾時一切諸天龍王悉皆集會佉羅坻山先聖住處欲動不能欲行亦然欲現大身而復不能尋向難陀婆難陀王而作是言大王先者所作臭穢死屍皆是波旬之所爲也是故令我悉來至此受是小身若能歸依魔波旬者可得解脱爾時伊羅跋羅龍王言魔王今者喪失本心及其神足云何當能救濟汝等爾時龍王或有歸依四天王者或有歸依忉利天或焰摩天或兜術天或化樂天或他化自在天或梵天等爾時海龍王即作是言汝等不見釋迦如來一切賢聖人天雜類大設供養而歸依耶爾時或有龍王歸依那荼仙人或馬藏仙人或皈廣仙人或光味仙人或跋伽婆仙人歸依如是等五種仙人是五仙人悉得五通住於雪山悉在光味大仙人所聽受正法光味菩薩亦以種種無量讚歎讚歎如來爾時仙人悉聞一切龍王音聲聞已即白光味仙人願聞諸龍哭聲不耶答言已聞大士唯願往彼救濟其苦光味答言汝等可往我不得去所以者何今有大天欲得聞受無緣慈故時四仙人禮拜光味往佉羅坻山而救濟之諸龍見已即各擧聲求

哀求救仙人答言我不能救彼雪山中有一菩薩名曰光味彼能救拔吾等不能汝當一心求哀作禮時諸龍王各自同聲向彼作禮爾時光味聞是聲已與無量諸天大衆至佉羅坻山龍王見已頭面作禮唯願大士救我等苦爾時光味菩薩知時已到欲説星宿爾時大海龍王白光味菩薩言大士是星宿者誰之所説誰作大星誰作小星誰作日月何日之中何星在先云何滿月云何爲時如是星宿繫屬何天性是何等何輕何重何善何惡何食何施誰造此晝誰作此夜影有幾步名曰爲轉云何南轉云何北轉大士汝於諸仙最爲第一唯願具足分別解説爾時光味菩薩告諸龍王大王先過去世賢劫之初旃陀延城其城有王名無量淨正法治國不貪

欲樂常樂寂靜才智聰達王有夫人欲心發動與王遊行在一林中貪心視王即便姙身是時夫人時滿即生其兒頭耳項眼脣口悉皆似驢餘分似人其母見已即生怖畏擲之厠中身未至地是時驢鬼於空接取往雪山之中瞻看哺養猶如生子時雪山之中有甘美藥驢鬼採取以食是兒是兒食已身則轉異有大光明福相具足智慧慈悲以是因緣諸天禮拜供養讚歎爲是兒故於雪山中有諸種種藥草果蓏餘相悉轉唯脣似驢是故名爲驢脣仙人於六萬年受持禁戒常翹一足一切梵天魔天帝釋大設供養而供養之皆悉合掌白驢脣仙人欲求何願唯願語之若我力能我當施汝仙人答言我今欲得了知星宿爲衆人故心生憐愍一切天言若爲

憐愍一切衆生欲得知者願當說之仙人言梵天我實不解最初宿說是星時諸大龍王於光味菩薩心生歡喜爾時光味菩薩爲諸龍王出微妙音讃歎三寶又作是言我今真實不能救拔汝等苦惱唯有如來釋迦之尊乃能救之釋迦如來爲欲調伏諸衆生故於無量世能捨所珍修習慈悲爲救苦惱爾時一切龍王男女大小至心念佛讃歎歸依南無世尊於衆生中最爲殊勝一切法中心得自在於諸法海已到彼岸能救一切衆生苦惱施其安樂平等無二憐愍一切能示正道惠施正眼一切天龍之所供養能受一切十方世界所有人天微妙供具世尊我今多受無量苦惱唯願慈悲少垂救拔是諸龍王心念佛已尋自見身如先無異時光味菩薩語諸龍王如來功德不可思議爲衆生故於無量世修行具足六波羅蜜說三慈悲調伏衆生說一切法無我無作說陰入界四大煩惱說煩惱性及衆生性說一切法無性無相無礙無作無垢無淨無明無暗無取無捨無行無住無一無二陰入界等及以四大亦復如是名第一義空是故如來能調衆生爲無上尊是故如來能拔汝等無量苦惱

日密分中救龍品第六

爾時世尊告光味菩薩善男子汝今欲聞諸龍業不光味菩薩白佛言世尊今正是時唯願演說佛言善哉善哉善男子至心諦聽當爲汝說爾時一切天人以好香華妓樂旛蓋供養於佛爾時世尊與欲色界一切諸天無量聲聞及菩薩衆從摩伽陀國趣須彌山爾

時梵天設七寶座以待如來復有造作七寶街道是時梵王作如是言唯願如來經涉此路坐我座上爾時他化自在天復以閻浮檀那寶造牀及道亦言如來願行此路坐我座上爾時化樂諸天復以天金造牀及道亦言如來願行此道坐我金牀爾時删兜術陀天復以天銀造牀及道亦言如來願行此道坐我銀牀時夜摩天復以瑠璃造牀及道亦言如來願行此道坐瑠璃牀時忉利天復以眞珠造牀及道亦言如來願行此道坐眞珠座時四天王復以瑪瑙造牀及道亦言如來願行此道坐瑪瑙牀時四阿脩羅復以栴檀造牀及道亦言如來願行此道坐栴檀牀爾時世尊心憐愍故化作佛像遍行六道遍坐六座以如來眞身處在梵王所設道座一一化

像皆有無量聲聞菩薩以爲眷屬一一化像所有光明猶如無量日月光明是諸龍王見化像已心生恭敬各作是言今須彌山乃至如是千日月耶難陀婆難陀言如來世尊與無量梵天趣須彌山是其光明非日月也汝等若欲得解脫者應當至心專念如來如來世尊已壞無明是故今有如是光明阿那婆達多龍王言是光明者是魔所有非佛光也何以故一切欲界屬魔波旬故是魔波旬能作是惡波旬今者憐愍故能救如是諸龍王苦或有說言如此乃是化自在天化樂天兜率陀天夜摩天忉利天四天王等以憐愍故能救如是諸龍王苦善住龍王言是光明者即是光味菩薩光明以憐愍故救諸龍王苦實髻龍王言是光明者乃是出家剃除鬚髮

大德人光以憐愍故救諸龍王苦海龍王言是光明者是如來光何以故以憐愍故如來世尊於諸衆生修一子想能救衆生一切苦惱於無量世修行具足六波羅蜜唯爲救濟一切衆生無量苦惱是故一切欲色界天設大供具而供養之爾時世尊告帝釋言憍尸迦如我遊此娑婆世界爲化衆生如汝在於三十三天爲度諸天憍尸迦言世尊我今未有無邊之智云何説我能化諸天世尊是須彌山有無量天無量梵天無量鬼神無量乾闥婆無量緊那羅無量迦樓羅無量阿脩羅無量摩睺羅伽無量諸龍無量大仙無量聖人唯願如來以憐愍心化度如是無量衆生爾時世尊熙怡微笑無量色光從其口出青黃赤白玻瓈雜色遍照十方幽冥之處勝無量億梵天光明無量億數釋天日月能壞一切諸惡魔業爾時世尊告帝釋言憍尸迦娑婆世界所有諸山須彌爲最我亦如是於諸衆生最爲第一爾時一切龍王聞是語已各白佛言世尊唯願憐愍救我等苦佛言諸善男子汝等先當至心念佛我當救之爾時世尊告憍陳如其音遍聞十方世界憍陳如一切諸法悉皆無常一切諸法生住無常何以故生因緣故一切因緣生法即是苦也若法生時即是苦即是癰瘡即是有支即是生老即是生滅憍陳如眼即無常若眼生者即是苦即是癰瘡即是有支即是生老即是生滅乃至意亦如是憍陳如若眼滅者即是生老病死等滅即是一切有支滅乃至意亦如是衆生不知眼之生滅是故流轉在五道中如

來爲斷眼生滅故而演說法亦爲說苦斷苦行法是故如來是梵中大梵天中大天象中大象是沙門中大沙門婆羅門中大婆羅門慈中大慈悲中大悲無上之尊爲大丈夫已到生死大海彼岸最大福田無勝施主其心平等爲大法王持大禁戒無上精進善修梵行了知正道爲大導師通達餘業憍陳如善知眼之生滅因緣故名如來不了知故名爲凡夫云何不知名爲凡夫憍陳如一切衆生皆說有我是故不見眼生滅相輪轉五道憍陳如有諸外道說言見者名之爲我乃至知者是我眼者即是我之因緣乃至意者亦復如是憍陳如諸外道說眼喻於向我者喻見若如是者是名顚倒何以故所言見者即是和合於和合中而生我想是故顚倒若言向喻於眼見喻我者是義不然何以故向中見者亦見亦聞亦識亦觸眼不如是是故見者不得名我向雖久故見猶明了眼若久故不得如是我者名常若我見聞我則無常若無常者云何說我憍陳如衆生以是顚倒因緣不見四諦如來了是顚倒相故名爲正智我者即是如來若有能知如來我者是人則能壞顚倒相若壞顚倒則破魔業若破魔業是人則能救拔諸龍憍陳如是故我今能救諸龍

大方等大集經卷第三十

音釋

麨尺沼切乾粮也榻吐盍切牀之狹長者曰榻瞬舒閏切目動也躁則到切不安靜也畟塞畟察色切亦作塉遮遏卄塞悉則切充滿也坻都禮切

大乘大方等日藏經

隋天竺三藏那連提耶舍譯

清刻龍藏佛說法變相圖

大乘大方等日藏經卷第一

隋天竺三藏那連提耶舍　譯

護持正法品第一

如是我聞一時婆伽婆在王舍城迦蘭陀竹園與大菩薩其數無量不可稱計前後圍遶及餘十方諸佛世界無量無數不可思議阿僧祇諸大菩薩聲聞之衆地及虚空皆悉遍滿俱來集會前後圍遶復有十方無量世界帝釋天王梵天王四天大王諸大龍王夜叉王乾闥婆王阿脩羅王迦樓羅王緊那羅王摩睺羅伽王如是等無量無數不可稱計俱來集會復有欲界色界天龍夜叉羅刹乾闥婆阿脩羅迦樓羅緊那羅摩睺羅伽等皆悉一心瞻仰如來爾時世尊為諸大衆說虚空目安那波那甘露法門四無量已默然而坐

娑婆世界地及虛空一切大衆亦皆默然合掌向佛惟悕如來甘露法雨而無厭足猶如重病思遇良醫如在大闇思見光明如溺大河思登彼岸如遭急難思求依護如是遍滿娑婆佛剎地及虛空諸大菩薩及諸聲聞釋梵天王摩睺羅伽王乃至人非人等合掌默然瞻仰法王亦復如是爾時衆中有一大梵天王名曰功德蓮華光已於往昔供養無量無邊諸佛於諸佛所植諸善根於阿耨多羅三藐三菩提得不退轉繫心緣法善修慈愍即從座起合掌向佛而說偈言

大聖神通力　能速遍諸剎　如心無所障
光照十方國　巧說奢摩他　盡智及方便
阿那波那念　及四無量等　佛於三界中
生死際已捨　淨慧悉滿足　勝人天脩羅
已離於愛縛　度疑到彼岸　了知諸菩薩
現證於佛法　衆生心亂故　墮在生死河
如盲無所見　常爲苦所沒　遠離善知識
不聞清淨法　輪迴生死中　爲諸結所縛
佛度生死海　慈悲故說法　爲煩惱衆生
斷生死羅網　愛爲煩惱本　諸衆生染著
能仁巧分別　令盡生死際　以癡愛因緣
不修諸功德　若能斷之者　六根皆寂滅
大慈牟尼王　悲心爲說法　聞已除癡愛
獲甘露涅槃

爾時佛告功德蓮華光大梵天王而說偈言

過去修諸度　今亦如是行　不樂聲聞乘
及辟支佛地　復有諸衆生　數起瞋恚心
及念二乘等　是則爲障礙　以是諸障故
退失於佛法　不起是障者　得佛法滿足

有四生衆生　俱來至此刹　非惟愛欲身
非盡念不淨　是中大智人　能行菩提道
已曾久修習　定忍總持等　能守護諸根
正念跏趺坐　安住自境界　佛當爲汝說
樂五欲衆生　爲說不淨法　令斷於繫縛
七菩提分滿　我無嫉妬心　憐愍故爲說
菩薩聞此法　莫捨菩提心　十方一切佛
已曾住此刹　晝夜常加護　令佛法久住
汝等諸菩薩　愍此刹衆生　常生歡喜忍
令我法久住　我說聲聞法　爲斷貪欲心
示五陰諸入　及諸界等空　十三奢摩他
及毗婆舍那　能斷難斷愛　是人得清淨
顯說無漏行　聲聞四眞諦　憐愍衆生故
爲令法久住　說此四諦法　令度生死海
復告諸菩薩　汝等莫生疑　佛當爲汝等

廣說菩薩行

爾時此娑婆世界中所有衆生在佛會者作如是念如來今者欲說聲聞法不說菩薩道十方世界諸來菩薩復作是念如來慈愍欲令我等於此世界修諸禪行使三寶種不斷絕故於此刹中所有天龍夜叉羅刹乾闥婆阿脩羅乃至人非人等未信者令信已信者令增進故欲令一切衆生悉受安樂捨諸疑悔滿足涅槃八正道故令此佛刹有大福德具足熏修衆善法故十方世界所有衆生作如是念娑婆佛刹福德吉處我今恭敬尊重供養禮拜彼佛刹中諸菩薩等各作是念我今應當於此世界結跏趺坐各各入於種種勝忍陀羅尼門及諸三昧放大光明利益安樂諸衆生故作是念已即於此刹跏趺而坐

入乎勝忍陀羅尼諸深三昧是諸菩薩或有經於百大劫中修菩薩行有得無生法忍乃至十地具足修習十八不共四無所畏等諸功德法各以勝忍陀羅尼諸深三昧因緣力故放大光明其中或有光如燈炬野火之明有如釋梵諸天大梵王光又如一日之光二三四五如是轉倍乃至百千萬億日光此諸光明遍照三千大千世界其中衆生遇斯光者身心安樂皆大歡喜如人熱悶入清涼池是光能除衆生三惡道苦饑渴寒熱種種諸病及貪瞋癡邪見等患乃至能令三界獄中所有恐怖厄難衆生令盡苦際是時此刹諸衆生等蒙光力故咸共深心恭敬供養尊重讚歎佛法僧寶厭捨諸惡勤修善法從是諸光乃至遍照十方如恒河沙等諸佛世界淨穢等刹有佛無佛皆悉普照猶如重夜幽闇之中忽有百千萬億日光俱時普照此及他方恒河沙刹土光明遍照亦復如是爾時十方恒河沙等諸佛世界有諸菩薩摩訶薩等承佛神力於一念頃來至此刹各在一面結跏趺坐是諸菩薩或有已經百千大劫修菩薩行或有乃至具足十地皆善修習十八不共四無畏等諸功德法各以善根福德力故入深三昧放大光明遍照三千大千世界其中所有魔王龍王乃至人天諸光明等皆悉不現爾時世尊告諸聲聞四輩等衆汝念應知此諸菩薩摩訶薩等大善根力入於三昧放此光明遍照三千大千世界又彼十方諸佛如來曾於此刹作佛事已而還本國令共加護此諸菩薩摩訶薩等令入禪定現神通

力爲令現在及未來世三寶久住不斷絶故以是菩薩神通光明因緣力故令諸天龍夜叉羅刹阿脩羅迦樓羅緊那羅摩睺羅伽人非人等未信者令信已信者令增長於正法中發大精進如法修行自在無礙得不退轉乃至修學涅槃正道具足滿故是諸菩薩隨所住處於當來世是中皆應起立塔寺造作法堂安置舍利經法形像以種種七寶而修供養所謂金銀瑠璃硨磲碼碯玻瓈眞珠珂貝璧玉及上繒綵種種衣服牀榻卧具種種旛蓋袈裟法服種種瓔珞華香末香塗香燒香作諸音樂禮拜供養爲令恐怖生死衆生求涅槃道修功德故爾時世尊作如是言於未來世若有善男子善女人於三寶所如是布施我悉受之令彼衆生於三乘中隨其所樂得不退轉若復有人爲供養故或造一舍一僧伽藍經行之處布施園林衣服飲食卧具牀褥種種湯藥而供養之或有建立講讀論堂經行禪室於中布施奴婢田宅象馬車乘駝驢牛羊種種諸物衣服卧具及諸湯藥資生所須令持法比丘身心安隱坐禪修道講讀論議如法修行具足莊嚴得勝自在涅槃道故欲令佛法久住於世故捨如是等種種諸物我於爾時與諸菩薩及聲聞衆皆悉受之若未來世有善男子善女人爲供養三寶故能捨如是種種諸物建立講讀論堂經行禪室給其所須我悉知見而生隨喜與諸菩薩及聲聞衆同共受用何以故爲令是等得大果報於三惡道得遠離故隨其所欲於三乘中得不退轉乃至各於三乘而般涅槃

故又善男子善女人以如是等種種諸物供養因緣故於未來世當獲二利何等爲二一者法利二者財利隨所生處資財具足宿習因緣故於是諸物不生慳悋悉能捨施爲欲供養比丘比丘尼優婆塞優婆夷故隨其住處或在山林樹下阿蘭若處無憒鬧聲堪可坐禪繫念之處建立塔寺房堂靜室隨彼所須皆能給施是比丘等受彼施已如法行故天龍夜叉隨其所在皆悉擁護爾時佛告諸比丘言汝等當知十方諸佛已曾於此娑婆世界入深禪定現大神通破壞魔王及諸龍等慈愍衆生故演說妙法爲令三寶久住世間各於此土作佛事已歸還本國爾時如恒河沙等諸佛世界有無量無邊阿僧祇菩薩摩訶薩欲見於我禮拜供養聽聞正法及受持故復爲聞說虛空目修多羅四無礙法各於他方來集此剎慈悲憐愍諸衆生故入於禪定現大威力破壞魔王及諸龍等欲令此土諸衆生輩供給供養施其所須修諸功德於三乘中得解脫故若未來世有善男子善女人信心清淨爲欲供養如法修行諸比丘故或捨家宅園林田地奴婢乃至資生種種所須爾時若有破戒比丘受他所捨乃至一華一果是惡比丘以愚癡故受他淨心所施諸物獲大惡報於現在世得四惡報何等爲四一者惡名遠聞流布十方二者父母師長兄弟眷屬奴婢親戚皆悉離散三者獲大重病臥糞穢中惡報相現痛苦而死四者衣鉢坐具所有資財悉爲五家之所分散是名四種惡報於未來世復獲四種大惡果報何等

爲四一者身壞命終墮大地獄二者於地獄中久受衆苦地獄終已復生畜生餓鬼道中得無手足報居在曠野無水之處經百千萬歲具受辛苦三者從彼命終生毒蛇中得無眼報經無量歲惟食於土四者於彼命終得生人中墮五濁世不值諸佛於彼世中雖得人身常無眼目亦無手足住在曠野惟食世間所棄穢食恒不充足不得與人同其所止從彼命終復墮地獄於三惡道難得免出何以故彼善男子善女人淨心捨施田宅園林衣服湯藥種種諸物惟欲供養如法比丘然破戒者受他所施惟欲供身不與如法持戒比丘以是因緣獲如是罪又破戒者久處生死具受諸苦雖得人身不值佛世所以者何諸佛如來不可思議難可值遇彼破戒者斷滅法毋不樂精進不用見聞佛法僧故以是因緣不值佛世彼惡比丘於當來世得如是等大惡果報爾時大德伽耶迦葉聞此語已悲泣雨淚而白佛言世尊如我解佛所說義者寧處地獄具受衆苦終不受此破戒之身所以者何雖得此身而復出家爲衣食故具犯禁戒受他淨施獲如是等種種苦惱佛言迦葉如是如是如汝所說寧處地獄受種種苦不受人身起如是等破戒罪業何以故地獄罪畢更不造新故業盡已便於苦報而得解脫迦葉諸身之中人身難得得人身已值佛出世復難於是雖值佛世出家受戒是最爲難所以者何得受戒已如法修行能盡苦際斷諸漏結而得解脫是淨信心善男子善女人若刹利婆羅門毗舍首陀欲供養淨行

持戒比丘以其具足福德善根故或捨家宅園林靜室奴婢象馬牛羊等物種種資生以爲常住僧業令彼比丘身心安隱集善根故是愚癡比丘毀犯淨戒捨諸善根遠離靜念專爲非法彼善男子等而不供養以是因緣衣服卧具資生所須皆不充足便作是言我大智人堪可受彼所施諸物或假檀越豪強勢力奪彼如法比丘所受諸物惟自供身以爲私用言是已有此非僧物彼愚癡人造是罪故於當來世受如是等諸惡果報爾時頻婆娑羅王白佛言世尊若善男子善女人若剎利婆羅門等欲供養如法比丘故捨彼田宅園林種種諸物資生所須是破戒者奪他所受惟自供已以是因緣獲如是等大惡果報若在家人奪彼持戒行法比丘如是布施種種資生而自用者是諸人等得幾許罪佛言大王不須問此得幾罪報王復白佛若未來世有剎利等以種種諸物施與持法比丘以是因緣諸比丘等多有資生是剎利婆羅門毗舍首陀不信佛法及因果故又不畏罪如是人輩奪而用者得幾許罪佛言大王是諸人等奪他施故當得無量大惡果報若我具說重增彼罪所以者何是剎利婆羅門毗舍首陀淨心施彼行法比丘種種諸物是比丘等多有資生如是愚人猶彼癡驢以不信故奪他所受種種施物而自供已以是因緣故當得大罪彼人若聞我說惡業差別種種果報誹謗不信如是愚人得二種罪一者奪他所施二者於我所說誹謗不信時頻婆娑羅王復白佛言世尊惟願說之惟願說之於

當來世若剎利婆羅門毗舍首陀四種姓中有信佛法深識因果怖畏罪者聞佛所說初中後善義味甚深純備具足清淨梵行如是之人聞已能信如法修行作諸功德復爲供養行法比丘故捨種種諸物給其所須若有破戒比丘及愚癡人奪彼持法比丘如是種種所受諸物彼信心人方便擁護持戒比丘終不令彼侵奪欺陵頻婆娑羅王說是語已佛言大王善哉善哉快說是語大王於當來世若有剎利婆羅門毗舍首陀爲欲供養行法比丘故或捨田宅園林奴婢象馬衣服卧具飲食湯藥資生所須若有剎利婆羅門毗舍首陀以不信故奪他所施而彼愚人於現身中得二十種大惡果報何者二十一者諸天善神皆悉遠離二者有大惡名流布十方三者眷屬知識違背乖離四者怨憎惡人同共聚會五者所有資財悉皆散失六者心狂癡亂恒多躁擾七者諸根不具八者睡眠不安九者恒常饑渴十者所食之物猶如毒藥十一者所愛之人悉皆離別十二者共事之人常多鬬諍十三者父母兄弟妻子奴婢不信其言十四者所有隱密覆匿之事知識親友共相顯露十五者所有財物五家分散十六者常遇重病無人瞻視十七者資生所須常不稱意十八者形體枯悴十九者久受勤苦難得免離二十者常處糞穢乃至命終大王是愚癡人於現身中得如是等二十種諸惡果報命終之後墮阿鼻地獄一劫受苦饑食鐵丸渴飲融銅用熱鐵鍱以爲衣服行住坐卧所受之物皆是火聚六方熾炎更相通

徹彼諸罪人於阿鼻地獄具受如是種種等苦從彼命終生末伽車馱餓鬼中居在曠野無水之處生便無眼又無手足四方熱風來觸其身形體楚毒猶如劒切宛轉在地受大苦惱脂髓膏流猶居熱熬寃神逃亂出大惡聲具受如是百千種苦經無量歲然後命終生大海中受肉團身其形長大滿百由旬然彼罪人所居之處於其身外面一由旬滿中熱水狀若融銅經無量百千歲受如是等種種苦惱如地獄中等無差別從彼命終於閻浮提曠野澤中忽然化生形如肉團猶若大山四方熱風來燒其身飛禽走獸競來食之經無量歲爾乃命終還墮地獄復經無量百千萬歲備受衆苦然後命終生餓鬼中乃至肉團等身經無量百千往返輪迴具受衆苦

其罪漸薄得出爲人生無佛國五濁剎中從生而盲諸根不具身形醜惡人不喜見佛告頻婆娑羅王言大王如是罪人於當來世獲如是等大惡果報所以者何是持法比丘如法行故有信心者種種資財具足施與彼惡比丘愚癡人等奪而自用故獲如是諸惡果報爾時頻婆娑羅王聞此語已悲泣雨淚而白佛言世尊我今寧受地獄等身終不欲受是人身也何以故以此人等造是罪故獲如是種種大苦果報爾時佛告頻婆娑羅王言大王汝等諸王及剎利婆羅門毗舍首陀聚落主等如今現在及未來世乃至法住於是時中所有持法比丘付囑汝等應好擁護若有信心善男子善女人爲供養行法比丘故或捨種種資生雜物汝好擁護勿令非法比

丘及諸惡人欺奪侵陵若有惡人欺奪如法比丘所受信施汝等應當如法治之王白佛言世尊若有國王見彼非法比丘及諸愚人奪彼行法比丘所受信施不如法治者當得幾許罪報乃至刹利婆羅門毗舍首陀聚落主等見此非法比丘及諸愚人侵奪行法比丘所受信施當得幾許罪報佛告大王我今問汝隨汝意荅除諸佛如來所有功德一切聲聞及辟支佛所有福德若有一人具足成就如是等大福德聚是人福德是爲多不王言世尊如是如是是人福德甚多甚多佛言大王如彼一人所得福德如是一切衆生各皆備足是等功德若有惡人於彼一切有福人所割其手足耳鼻生挑其目如是惡人得幾許罪王聞此語悲泣哽咽不能自勝佛言大王何以不荅時王聞已猶復悲泣而白佛言世尊如是愚人所獲罪報無量無邊阿僧祇不可稱計乃至筭數譬喻所不能及世尊若毀壞一人具上福者手足耳鼻生挑其眼其罪大多不可思議何況毀壞一切具是福者佛言大王如我現在及未來世乃至法盡於其中間若有信心善男子善女人俱捨如是資生所須田宅園林象馬奴婢衣服卧具湯藥等物施與行法比丘若非法比丘及諸愚人奪彼所施是刹利婆羅門毗舍首陀聚落主等見此非法惡人不如法治者獲大重罪復過於彼爾時頻婆娑羅王白佛言世尊如是國王治國之事甚難甚難何以故彼放逸王等不如法治是非法惡人獲如是罪若有國王及刹利等不放逸故擁護是等持法

比丘若有信心檀越施彼所須若有非法惡人侵奪欺陵當如法治者得幾許福佛言大王如上所說具福諸人若復有人有大勢力禁閉獄中具受饑渴無量苦惱若有一人具足大力勝於前者出彼獄中爾許諸人悉令解脫經於百年四事供養衣食湯藥種種所須無不備足佛言大王彼有力人得幾所福王白佛言世尊彼有力人所得福德不可思議不可稱計乃至筭數譬喻所不能及佛言大王彼刹利婆羅門毗舍首陀及聚落主等如今現在及未來世乃至法住是諸人等如法治彼非法比丘及愚癡人故所得福德復過於彼若復有人於今現在及未來世乃至法欲滅時若有信心善男子善女人俱捨種種所須施彼行法比丘若有非法惡人侵奪欺陵若復有人方便敎化不令侵奪語言汝等今者若不隨敎當治汝罪如彼惡人隨其敎誨止彼欺心不復侵奪持法比丘所受信施是刹利乃至聚落主等所得福德甚多甚多王復白佛言世尊若有乃至一比丘能如法住所有諸物若有惡人欺陵侵奪者我等刹利及婆羅門乃至聚落主等不如法治當獲大罪是一比丘所有資生彼非法惡人有侵奪者我等刹利乃至聚落主等如法擁護不令彼人侵奪欺陵乃至如法治之獲大功德佛言大王不如汝所說所以者何於我法中有諸比丘假令如法始從一人乃至四人我不聽受彼田宅園林象馬車乘奴婢等常住僧物若滿五人乃可得受若在僧伽藍中或阿蘭若處持法比丘在中止住鳴鍾集僧

和合布薩羯磨等事房舍牀榻卧具湯藥同共受用乃至百千衆僧在一伽藍若阿蘭若處鳴鍾集僧和合布薩房舍卧具衣服湯藥同心受用而不貪著亦不繫念不如騏驎陀鳥貪著諸肉食盡乃止終不中捨持法比丘則不如是初中後夜減省睡眠精進誦經坐禪修道背捨生死向涅槃路如是比丘不稱他短不說巳長謙下卑遜不自憍高衣食知足頭陀精進不放逸行繫念思惟心不馳散於一切衆生起慈悲心憐愍覆護大王如是僧中有劫奪者獲大罪報守護饒益得大功德復次大王隨其所在若僧伽藍或阿蘭若處有五比丘止住其中持戒不破清淨具足乃至於小罪中生大怖畏如佛修多羅中所說空行若自讀誦敎他讀誦不誹謗他不說他過不稱巳長謙下自卑不生憍慢嫉妬之心慈悲憐愍一切衆生求解脫道出生死海如是衆僧若在伽藍或阿蘭若處鳴鍾集僧和合受用常住僧物乃至湯藥若復有人如法供養獲大功德劫奪侵陵得大罪報大王是五比丘精進持戒慚愧具足於小罪中生大怖畏行頭陀法住四聖種如是衆僧所有福德猶若大海即是世間天人阿脩羅中最上福田能令一切衆生離諸苦惱而得涅槃何況十人二十三十乃至百千若有信心刹利婆羅門毗舍首陀爲供養故鳴鍾集僧是僧集時其中或有非法比丘若多若少共如法比丘同處集者於是衆中乃至有五比丘持戒清淨具足慚愧於小罪中恒生怖畏終不毀犯如是衆僧大修精進棄捨世間所有

諸事惟希出世涅槃之道所有功德無量無邊是大福田應受世間天人供養是故大王汝等應好擁護如法安置供給所須勿令之少若有非法之人欲相欺陵輕心毀辱者汝好護持勿令是等侵擾之也頻婆娑羅王白佛言世尊我於今者欲有所問惟願聽許佛言大王隨汝意問王白佛言世尊若有破戒比丘得與如法衆僧和合共住受彼上妙衣食卧具資生所須乃至湯藥不佛言大王我今問汝隨汝意荅如王國中羣臣百官乃至親屬如是之人若一若二乃至衆多犯王國法合其重罪王時瞋怒方欲刑戮王於爾時設於大會歌舞作樂歡樂集特是犯罪人得在會次同食歌舞歡娛作樂不王白佛言如是之人不得在會乃至不令與我相見何況共受集會歡樂佛言大王如是如是若有比丘破戒犯罪實非沙門自言是沙門實非梵行言我梵行如是之人猶如盲人於生死中流轉退没大王如是之人於三世諸佛法中具犯禁戒以是因緣諸佛如來之所棄捨非佛弟子是魔眷屬常趣惡道不墮僧數不得在如法僧中行住坐卧同受房舍卧具資生諸物乃至糠麫亦不得受何況得受衆僧上妙供具資生所須如是之人佛法之外衆所棄捨頻婆娑羅王白佛言世尊是破戒比丘不得與如法衆僧和合共住同受種種衣食卧具湯藥等物世尊是破戒人有何等行類相貌而可得知佛言大王是破戒相初未現時難可了知何者是破戒初相所謂不樂供養三寶和尚阿闍梨亦不信重四聖種法而

不修習又不修行三十七助道法是名破戒初相心貪利養無有慚愧與諸俗人以爲親友稱讚已德以自貢高輕懱誹謗毀呰他人心不樂說正法之言惟喜好談無益之語專行魔業惱亂衆僧他說一言十語加報縱心蕩逸終不相下猶如惡狗復似飛烏衆聲亂鳴惟欲求勝雖復出家處在衆中諂曲虛僞專行刺毒又如商人持種種物在道而行逢彼惡賊是破戒人爲沙門中賊又似獼猴糞塗身已搪揬於人在於衆中猶如俱蘭吒華無色無香心不和合恒出諍訟之言常貪利養名聞等事樂惡比丘及諸俗人以爲伴侶而共談話是諸比丘乃至未盜衆僧田宅園林奴婢象馬駝騾牛驢如是等物難可了知是名破戒初相若盜如是等物是名破戒等相是相出已失比丘法是波羅夷非沙門不得與如法衆僧同共止住應當擯出佛告大王是持戒比丘寧與旃陀羅同共止住不與破戒之人同住居止如樹枯朽火從內起根本既燒枝葉亦盡破戒比丘亦復如是以破戒火燒諸功德善根果報悉盡無餘於未來世墮三惡道遠捨慈悲而行魔業譬如厠圂不可爲淨謗諸賢聖斷三寶種法海乾竭壞正法城誑惑施主惱亂清衆如法比丘僧和合時違諍不隨彼破戒比丘盜僧物因緣故國主剎利婆羅門毗舍首陀乃至若男若女一切施主等雖捨所須空無所得失人天路墮惡道中是故大王汝等當知彼破戒人無有慚愧以劫盜心取彼僧物以爲己有是如法比丘隨其住處若在林中或在伽藍不應

共住應生慈愍方便示教遣令出衆語言長老汝等不應住此如是三諫是破戒人若去者善若不出衆如法比丘不得瞋駡應告國王刹利婆羅門毗舍首陀及有勢力者言此有比丘不如法行恒相擾亂不令我等安心行道惟願檢校勿令侵惱而彼國王刹利乃至聚落主等應當治之驅逐令出若彼刹利王等取彼破戒比丘飲食財物而不驅遣者如法比丘亦不應瞋莫貪住處及資生等默然捨去更求餘處無難之所若在山林窟中或阿蘭若地隨其靜處就彼而住頻婆娑羅王聞此語已悲啼號泣而白佛言世尊刹利婆羅門毗舍首陀乃至聚落主爲衣食資財故護彼破戒比丘與其勢力令此如法比丘捨其住處以是因緣於當來世墮大地獄受

無量苦於三惡道輪迴往返難得免出於未來世有無量無邊恒河沙等諸佛出現於世具大慈悲入生死中度苦衆生而不能令彼等國王刹利婆羅門及聚落主捨惡趣報得人天身何以故不受如法比丘語故又不供給供養故受如是等大罪果報佛言大王於當來世諸國土中有信心刹利婆羅門毗舍首陀爲供給供養如法比丘因緣故若造伽藍靜處或阿蘭若處起立房堂施與如法比丘或捨田宅園林奴婢種種所須資生雜物乃至湯藥以如是供養因緣故彼諸施主於當來世或生刹利婆羅門大姓等家六欲諸天乃至有頂或生他方淨佛世界值佛聞法不久當得阿耨多羅三藐三菩提若復有人於我法中爲求福德涅槃道故應當供養供

給如法比丘爾時頻婆娑羅王白佛言世尊是諸比丘雖犯破戒初相然未盜僧物如是之人云何不得與如法比丘同共止住飲食衣服等和合受用佛言大王我今問汝隨汝意荅若王眷屬大臣宰相犯王國法造種種罪惟不合死有刑流者如是之人王若設會歌舞作樂大集之時得在會次同受飲食共歡樂不王白佛言世尊如是之人尚不欲見何況得在會所同受歡樂爾時佛告大王若有富伽羅具造諸惡於三惡趣不能免離如是之人受他田宅園林象馬車牛資生之具如此之人非佛弟子非沙門非釋子於三世佛法中是大罪人不得與行法比丘乃至和合少時共住同受衣服卧具飲食湯藥若有剎利婆羅門毗舍首陀及聚落主等見破戒人與持法比丘同住共受衣服等物而不驅遣彼剎利等是三世諸佛正法之中爲大罪人如是剎利婆羅門等若不驅擯彼惡比丘雖復更修功德種種布施欲免此罪終不能滅要必當墮阿鼻地獄是故大王若有欲得自利利他者於彼破戒人所不應擁護何以故若有供養彼惡比丘失人天善根斷三寶種墮諸惡趣若剎利婆羅門等擁護行法比丘不令彼惡比丘與共同住和合受用衣服飲食是剎利等雖不布施修餘功德即是三世諸佛之大檀越能持三世諸佛正法是人命終生於他方淨佛國土不久當得阿耨多羅三藐三菩提是故大王汝等剎利婆羅門等應當擁護供養供給行法比丘乃至法欲滅時所有如法比丘應當擁護供養供給以

是因縁能令三寶久住不滅若不擁護如法比丘我法即滅若法在世能令人天充滿惡道減少王言世尊有何等人堪爲知事守護僧物供養供給如法比丘佛言大王有二種人堪持僧事守護僧物何者爲二一者具八解脱阿羅漢人二者須陀洹等三果學人此二種人堪知僧事供養衆僧諸餘比丘或戒不具足心不平等不令是人爲知僧事

大乘大方等日藏經卷第一

音釋

奢摩他（梵語也此云止奢詩遮切）繒（慈陵切帛也）阿蘭若（梵語也此云閑靜處若爾者切）憒閙（憒古對切心亂也閙女教切不靜也）躁（則到切謂躁動不安靜也）悴（秦醉切憔悴也）鐵鍱（與涉切鐵鍱以鐵爲薄鍱也）挑（吐凋切挑撥也）騏驎（騏渠羈切驎力珍切騏驎吒鳥名梵語也）䴸（方無切麥皮也）搪揬（搪徒郎切揬陀骨切搪揬觸也）俱蘭吒（梵語也此云紅色華吒陟嫁切）擯（必刃切斥也）廁圂（廁初吏切圂胡困切廁圂圊也）富伽羅（梵語也或云補特伽羅此云數取趣謂數數往來諸趣也伽求迦切）

大乘大方等日藏經卷第二

隋天竺三藏那連提耶舍譯

陀羅尼品第二之一

爾時世尊共頻婆娑羅王說是法時東方過無量無邊恒河沙等諸佛國土有佛世界名無盡德佛號瞻波迦華色如來應供正遍知明行足善逝世間解無上士調御丈夫天人師佛世尊於今現在常說妙法教化衆生彼有菩薩名日行藏仰觀虛空見有無量無邊阿僧祇菩薩摩訶薩衆從東方來往趣西方復見西方有大光明是等菩薩尋光而去爾時日行藏菩薩見此事已即從座起頂禮佛足恭敬合掌白佛言世尊我見空中無量無邊恒河沙等諸菩薩衆從東方來往向西方復見西方有大光明以何因緣有此大光諸菩薩等尋光而去爾時瞻波迦華色佛告日行藏菩薩言善男子西方過無量無邊恒河沙等諸佛世界彼有世界名曰娑婆具足五濁其國有佛名釋迦牟尼如來應供正遍知明行足善逝世間解無上士調御丈夫天人師佛世尊於彼世界召集大衆以方便力廣說三乘論議法門教化衆生爲令法毋求久住故爲令三寶不斷絶故爲令法行常住不滅故爲令魔王失勢力故爲欲建立正法幢故爲令正法常久住故以是因緣諸菩薩等集彼世界十方諸佛已於彼處說寶幢陀羅尼竟各還本土今釋迦牟尼佛復於彼界爲諸菩薩摩訶薩大阿羅漢一切大衆演說三乘四無礙智四梵天行及四攝法娑婆世界地及虛空大衆充滿咸皆渴仰樂聞佛說何

以故彼佛如來所説妙法猶如甘露一切聽者心無猒足又以彼佛本願因緣十方佛刹諸菩薩衆皆集其土彼諸菩薩或有百劫修行者乃至一生補處者有於十八不共法中自能修習不由他悟者有得自在無礙智慧方便具足者是諸菩薩既集彼已一切皆坐以自善根方便力故入於三昧入三昧已身放光明有菩薩光如一燈者有如山上烽火者有如一日十日百日千日光者有如無量千萬日光明者以彼菩薩力故於大集所遍覆三千大千世界爲欲令彼娑婆世界福德莊嚴四大滋味地轉增勝衆生受用增益身力得四念處得大精進遠離慳貪能行布施如淨佛刹諸衆生等以是因緣諸菩薩衆各各端坐以自善根力入諸三昧放大光明復有十方諸佛刹中菩薩摩訶薩未來集者從禪定起見大光明亦欲往詣娑婆世界見釋迦牟尼佛及大集衆恭敬禮拜聽受妙法欲聞日藏法行壞龍境界燄品一切衆生惡業盡陀羅尼故諸菩薩等欲集彼處以自善根力入種種三昧汝今亦可從禪定起詣彼世界善男子彼佛世界諸衆生等有種種惡多諸渴愛爲諸煩惱之所繫縛猶如厠豬樂處不淨諸女人等身體醜陋自謂端正猶如醉人不自覺知種種臭穢自言清淨兩舌惡口遠離實語常樂婬欲行非梵行實大愚癡現智慧相心大慳貪現能施相心懷諂曲虛幻不實現質直相於他善事心生妬忌口言讚美心懷瞋嫉現慈愍相常樂破壞現和合相邪見偏多現正見相彼土衆生有得禪定獲

身通者或有具足得五通者或有久修四禪定者如是智慧丈夫爲諸女人之所惑亂心隨染著爲欲所使猶如僮僕於一念頃退失是等諸妙功德當墮惡道以諸女人惡因緣故得如是罪善男子彼佛世界有如是等種種諸惡汝今頗能往彼國不我欲與欲善男子彼釋迦牟尼佛說日藏法行壞龍境界噉品盡一切衆生惡業陀羅尼我今說欲所謂四諦順忍陀羅尼汝可持去此陀羅尼有大勢力有大利益能除一切欲貪色無色貪能除我慢大慢增上慢能除一切不淨資生能除一切惡貪種種戲笑及諸歌舞無利益事能盡一切我見一切邊見一切疑一切戒取一切常見一切斷見一切衆生見一切障礙見一切甫沙見一切富伽羅見一切作者見

一切受者見一切色見一切聲見一切香味觸見一切四大見一切生見一切滅見一切住見此四諦順忍能如實知色陰乃至識陰能知十二入十八界知已能捨此陀羅尼能照諸法悉能現見諸涅槃道何以故彼界衆生甚大愚癡如生盲人此四諦順忍一切法常住藏不可思議法門能斷一切惡見能得一切自在能破魔王境界及魔伴黨能破魔事及他境界悉能降伏一切外道能怖一切諸惡毒龍能令一切諸天歡喜能令善夜叉皆得安隱能怖諸惡阿脩羅迦樓羅能令緊那羅心生歡喜能令摩睺羅伽生大怖畏能令剎利生大信心能攝婆羅門令住佛法能令毗舍生大信心能令首陀羅生歡喜心能斷一切婦人貪欲令多聞人生大歡喜令坐

禪人心得安隱能却一切種種惡事及諸鬭諍能除饑饉及天横死能除外賊惡風惡雨惡獸暴水非時寒熱枯澀苦辛惡草等物能令法母常住不斷能建三寶佛法欲滅生大怖畏能令不滅怖畏衆生能施無畏能生盡智覺無生智能破一切無明闇障能除一切生死苦擔爾時世尊即說呪曰

嗚經吔一婆蘘婆野波履婆隸二婆醯婆訶波履婆隸三必利洟他地切仳必利洟他地切鼻波履婆隸四阿捭阿跛波履婆隸五低誓低社波履波隸六末隸末羅波履婆隸七却偈其鋡切却伽其箇切波履波隸八阿盧翅阿盧迦其可切波履波隸九薩他謎芒閉切薩他麼波履婆隸十曷羅鼈可切誓曷羅鼈可切社波履婆隸十一徙隸徙邏波履婆隸十二伽迷伽麼波履婆隸十三阿蒲婆阿蒲婆波履婆隸十四羅麼羅羅麼十五羅謎芒閉切羅麼十六曷囉斷勒可切曷羅邏十七阿囉羅阿囉囉麼十八眦揄婆蒲麼切攘娜復須登我切十九伽邏彌復須登我切二十揭邏麼波履婆隸二十一斫芻揭邏醯斫芻揭邏訶波履婆隸二十二輸嚧呾囉揭邏醯輸嚧呾囉揭邏訶波履婆隸二十三伽羅娜揭邏醯伽羅娜揭邏訶波履婆隸二十四什婆揭邏醯什婆揭羅訶波履婆隸二十五迦居佉切耶揭邏醯迦耶揭邏訶波履婆隸二十六麼娜揭邏醯麼娜揭邏訶波履婆隸二十七馺跛曷利捨揭邏醯馺跛曷利捨揭邏訶波履婆隸二十八鞞須娜揭邏醯鞞須娜揭邏訶波履婆隸二十九怛履瑟那揭邏醯怛履瑟那揭邏訶波履婆隸三十優波陀那揭邏醯優波陀那揭邏訶波履婆隸三十一

婆嘍揭邏醯婆嘍揭邏訶波履婆隸三十二闍
帝揭邏醯闍帝揭邏訶波履婆隸三十三社囉
摩囉娜揭邏醯社囉摩囉娜揭邏訶波履婆
隸三十四獨佉珊多跛揭邏醯獨佉珊多跛揭
邏訶波履婆隸三十五阿囉波囉蹻陛社揭邏
醯阿囉波囉蹻陛社揭邏訶波履婆隸三十六
阿跋須鞞婆須寫三十七阿跋囉摸跛麽娑卸思夜切
鞞也三十八毗尼跛須三十九阿梨也曷囉
捨彌四十薩鞞伽羶帝娑波訶四十一
善男子此日藏法行壞龍境界餤品盡一切
衆生惡業陀羅尼欲四諦順忍汝可持往娑
婆世界問訊釋迦牟尼佛作如是言東方過
無量恒河沙佛剎彼有世界名無量德佛號
瞻波迦華色多陀阿伽度阿羅訶三藐三佛
陀今現在說法彼佛如來令我送欲并問訊
釋迦牟尼佛少病少惱氣力安樂及諸弟子
悉安隱不聞佛說法如教行不彼釋迦牟尼
佛已能破壞一切魔王境界一切龍王境界
獨超衆聖轉妙法輪但彼五濁諸惡衆生障
礙未盡爲是等故我今說此日藏法行壞龍
境界餤品一切衆生惡業盡陀羅尼欲此四
諦順忍陀羅尼有大威德若有人能受持讀
誦得大勢力爾時日行藏菩薩摩訶薩作如
是言我已受持此陀羅尼得大勢力能向彼
國具足宣說但彼世界有諸惡事我甚怖畏
何以故我向親聞佛口所說彼土衆生多諸
貪欲如生盲人諸女人等多諸姧諂誑惑於
人實不端正自言端正實大愚癡現智慧相
能令衆生迷沒貪著乃至久修禪定得五神
通諸智慧人於一念頃爲諸女人之所惑亂

退失是等神通智慧一切善根墮大地獄彼諸衆生有如是事故我怖畏時瞻波迦華色佛聞此語已告日行藏菩薩言善男子汝今不爲自身得力自身安樂當爲利益一切衆生故往彼宣說爾時瞻波迦華色佛告日行藏菩薩言善男子彼娑婆世界釋迦牟尼佛大集衆中有一優婆塞名毗摩羅詰是汝身不時日行藏菩薩默然不荅爾時世尊復更問言善男子何故默然如是三問然後乃荅作如是言如是如是我於彼剎爲欲教化諸衆生故名毗摩羅詰彼諸衆生皆謂我是優婆塞毗摩羅詰世尊我於無量阿僧祇諸佛剎中爲化衆生作種種身或於餘剎作梵王身或作帝釋或作燄摩兜率化樂他化自在天王等身復於餘剎或作龍王阿脩羅王迦樓羅王緊那羅王摩睺羅王如是等身復於餘剎或作聲聞辟支佛身或作人王剎利等身婆羅門身長者身女人身童男身童女身復於餘剎或作畜生身餓鬼身地獄身世尊於此剎中有八十百千諸菩薩等同修禪定行住坐卧未曾捨離其中菩薩或有初習行者或有久習行者是等菩薩見我欲往娑婆世界皆樂隨從欲見釋迦牟尼佛及大集衆禮拜供養并欲聽法而諸菩薩有初行者其心未定而彼世界多諸惡事是等菩薩或生貪染恐於彼處近惡知識心生顛倒我甚怖畏爾時瞻波迦華色佛告日行藏菩薩言善男子勿怖勿怖今爲汝等一切菩薩說離受不共行法無想處行調伏地行解脫之行到有海岸行三寶性久住不盡行大慈大悲行

一切智解脱行壞四種魔降外道行盡智無生智行盡一切作業一切壽命陰行善男子今爲汝說日眼蓮華陀羅尼此陀羅尼能令衆生厭離生死三有牢獄得無相三昧解脱門蘇息處得無相三摩跋提捨最後一念身智而入涅槃善男子若有人能一心聽受此日眼蓮華陀羅尼是人所有一切貪欲及諸煩惱皆悉微薄捨身之後七返生天得宿命智不爲欲染而得聖道一切諸天皆樂供養大上壽盡復得七返生於人中雖處欲界不爲欲染即於人中得成聖果常爲一切禮拜供養善男子若有得聞此陀羅尼乃至七遍一心善聽者此人命終七返生天獲得五通爲諸天師一切諸天皆悉禮拜恭敬供養天上壽盡七返生人得五神通爲人中聖師一切天龍夜叉乾闥婆阿脩羅等皆悉供養善男子若有人能於天衆中七遍宣說此蓮華陀羅尼一切諸天及天女等能一心聽皆離五欲樂修禪定若有人能於國王所或刹利婆羅門毗舍首陀等衆中七遍宣說此陀羅尼如是等衆能善聽者即得出家若有女人得聞此呪一心善聽七日七夜不念餘事專心誦持捨此身已得轉女身隨所生處能薄貪等一切煩惱於阿耨多羅三藐三菩提無有退轉乃至得證大般涅槃終不更受女人之身除化衆生自願受身善男子若有誦此蓮華陀羅尼七遍呪諸藥草用塗鼓貝若打若吹隨其音聲所至之處一切呪咀一切厭蠱一切毒藥一切符書一切諂縛婬欲煩惱不能爲害善男子我今說此大力日眼蓮華

陀羅尼即說呪曰
哆經他一徙陀摩帝二毗盧迦基我切麽帝三
唖琭四羈基離切須丁可切矣利師五漚制六蘇
樓漚制七佛地徙紙切毗佛地八摩訶佛地九
鬱奴摩提十鬱奴摩爹徙娜切十一鉢飯底篩䟢皆
切十二達膩阿羅伽度盧婆十三阿囉伽度盧婆
十四鉢飯底篩達膩十五頻豆頻豆麽底十六質吒
質吒鉢飯底篩達膩十七頞勤羈十八旃陀羅提
十九呵呵虎我切質㮷竹几切二十訶須膩弭二十一訶
須迦其我切麽鞞祇二十二訶須富娜曷囉婆嘍
二十三曷囉移社奚切二十四訶須斫芻三摩帝二十五
訶須毗麽須佛地二十六訶須夜奇離二十七訶
須毗三麽揭離二十八訶須三姥爹囉社裨二十
九訶須鞞麽須曷囉誓三十訶須咥呼旨切喊呼計
四三十一訶須者者帝竹帝切三十二訶須達麽曷囉誓

三十三訶須蒲呼曷囉誓三十四訶須跛社麽帝
三十五訶須嚧伽曷囉捨彌三十六訶須達麽徒
竃帝三十七訶須薩婆憂波陀娜三十八若如者切
茹若三十九毗社樹竪四十毗者社若四十一若婆
羅末伽其我切若若四十二唖沙桊須四十三娑囉
伽四十四獨皷莎波訶四十五
善男子此日眼蓮華陀羅尼能乾一切欲河
能出一切苦海到於彼岸汝當至心持此陀
羅尼往彼世界如從我聞至彼說之何以故
彼佛世界有百千萬種種魔事呪藥蠱道能
壞衆生所有善法汝等若誦此陀羅尼一切
魔王內外眷屬所作種種無量惡事及上妙
五欲不能侵惱何況餘人鄙陋穢欲而能爲
害爾時日行藏菩薩與無量千萬億那由他
諸菩薩等及無量百千那由他諸天及人白

佛言世尊如來功德智慧辯才不可思議大不可思議最大不可思議我等昔來未曾得聞如是壞欲大陀羅尼說此語時衆中八萬四千天女至心聽受生大信心恭敬供養即轉女身得男子身於阿耨多羅三藐三菩提得不退轉爾時瞻波迦華色佛提瞻波迦華鬘告日行藏菩薩摩訶薩言善男子持此華鬘弁日眼陀羅尼四諦順忍陀羅尼往彼世界供養釋迦牟尼佛此陀羅尼有大勢力猶如電光速能破壞一切欲事能大利益能盡一切欲貪乃至能除一切苦擔汝可持去問訊釋迦牟尼佛時日行藏菩薩於彼佛所默然受之爾時衆中八萬菩薩俱白佛言世尊我等皆欲往彼娑婆世界見釋迦牟尼佛及大集衆禮拜供養聽受妙法佛言善男子隨汝意去咸可一心作梵天像形色長短威儀服飾往彼世界爾時日行藏菩薩及無量百千那由他諸菩薩等皆作大梵天像形色長短威儀服飾等無有異作此化已頂禮佛足右遶三帀遶已復禮禮已於彼界没如一念頃即至娑婆世界初入娑婆世界即以瞻波迦華散釋迦牟尼佛積至于膝如是漸行往詣佛所到佛所已頂禮佛足却一面立當爾之時釋迦如來猶爲頻婆娑羅王宣說法行爾時南方去此娑婆世界譬如有城方一由旬沙滿其中復有一人具大神力擔負而行盡一世界乃下一沙過是數已有佛世界名袈裟幢具足五濁佛號山帝釋王如來應供正遍知明行足善逝世間解無上士調御丈夫天人師佛世尊今現在說法於彼衆中有

菩薩摩訶薩名曰香象仰觀虛空見無量無邊阿僧祇菩薩摩訶薩衆從南方來往詣北方又見北方有大光明見此事已問山帝釋王佛言以何因緣諸菩薩等從南方來往詣北方爾時山帝釋王佛告香象菩薩言善男子北方過一由旬城沙滿其中從是北行一沙爲一世界過是數已有佛刹土名曰娑婆具足五濁有佛號釋迦牟尼於今現在爲無量大衆以方便力廣說三乘論議法門爲教化衆生故爲令法毋常住故三寶性不斷絶故增長法行故壞魔境界故建立法幢故十方諸佛已於彼刹說寶幢陀羅尼竟各還本土今釋迦牟尼佛復爲諸菩薩摩訶薩大聲聞衆宣說妙法娑婆世界地及虛空大衆充滿間無空處樂聞佛說何以故彼佛如來所說法要言辭美妙猶如甘露一切聽者心無疲厭善男子汝能往彼娑婆世界聽受法不我今亦欲與彼佛欲并說隨順空忍陀羅尼此陀羅尼有大勢力能大利益能盡一切欲貪一切色貪一切無色貪能盡一切我慢大慢增上慢能生盡智能覺無生智能裂一切無明闇障能捨一切苦擔爾時世尊而說呪曰

哆經他一 頭摩帝頭摩帝二 惡蹄軀宜切 頭摩帝三 鉢囉婆娑頭摩帝四 薩婆迦捨頭摩帝五 阿鞞刼伽其我切六 培鞞娜刼伽七 碎蘇骨切朱叉刼伽八 阿嘍摸訶刼伽九 阿娜涅也刼伽十 毗耶佛履帝刼伽十一 僧逗嘍者刼伽十二 阿泥麼刼伽十三 盧者那刼伽十四 尸棄刼伽十五 毗底都履切 寐囉刼伽十六 郁蒭麼刼伽十七 塢囉刼

伽十八惡敲却伽十九耶婆歷娜却伽二十尤嘍跛却伽二十一耶婆毗娘那却伽二十二斫蒭陀姤却伽二十三耶婆歷娜毗娘那陀姤却伽二十四必利淲陛蒲比切陀姤却伽二十五耶婆毗娘娜陀姤却伽二十六靼埵都和切履悉蜜駐跛薩他娜却伽二十七耶婆阿虱吒達奢阿鞞尼迦佛陀達摩却伽二十八獨佉却伽二十九耶婆磨勒伽却伽三十毗婆嘍娜毗踦嘍三十一阿那娜娜三十二阿陛娜娜三十三三姥陀斫娜娜三十四薩婆迦囉娜娜囉三十五薩婆僧薩他娜毗瞿跛娜娜三十六阿緊吉因切栢若女我切娜娜三十七叉　婆叉嘍三十八婆叉嘍三十九伊犁伊儸四十伊犁伊伊羅四十一䅘利莎波訶四十二善男子是名順空陀羅尼汝可持往娑婆世界教化衆生問訊釋迦牟尼佛爾時香象菩

薩作如是言我已受持此陀羅尼得大勢力得大利益今欲往彼惟有一事心生怖畏何以故我親從佛聞彼土衆生多諸惡貪乃至女人諂詐弊惡令久修禪得五神通智慧之人於一念頃退失神通及諸功德墮大地獄故我今生怖爾時山帝釋王佛告香象菩薩言善男子譬如雪山以十三因緣令虛空中有清涼風以冷風故熱惱皆除一切河水悉皆清涼善男子如是久學無生忍智慧菩薩以十三因緣防護身心不生煩惱六根無熱不爲無明河之所漂流智慧之人能爲愚人説無衆生等法令離癡縛除五陰重擔善男子汝以十三種因緣久學無生忍何故而言我今怖畏汝於餘界或作梵天身教化衆生復於餘剎或作摩醯首羅身教化衆生復於

餘剎或作帝釋身教化衆生復於餘剎或作那羅延身教化衆生復於餘剎或作天身教化衆生復於餘剎作夜叉身教化衆生復於餘剎或作龍王身教化衆生復於餘剎或作阿脩羅王身教化衆生復於餘剎或作轉輪聖王身教化衆生復於餘剎或作大醫王身教化衆生復於餘剎或作剎利身教化衆生復於餘剎或作婆羅門身教化衆生復於餘剎或現聲聞身教化衆生復於餘剎作大臣身教化衆生復於餘剎作辟支佛身教化衆生如是無量剎中以種種色身現化衆生而作佛事云何方言我今怖畏善男子勿生怖畏今爲汝說無盡根大受記持心法行一切智智壞四魔行三寶久住行壞一切毒龍境界行盡一切衆生惡業行大慈教化衆生行大悲淳至入三惡道救拔衆生行於一切衆生作歡喜心行斷一切衆生惡見惡愛惡願惡乘行解脫一切衆生地獄行斷一切女身得丈夫身行說一切法陰無有盡行斷一切衆生慳嫉行得一切三昧神通無盡行攝一切衆生安置菩提道行捨聲聞辟支佛乘行乃至說得無上最勝涅槃行善男子若有衆生聞此無盡根受記法行生信樂者彼人所有無量生死恒沙業障衆生障法障煩惱障能障一切善根未受未盡未吐者如是等業皆悉滅盡不受罪報不生惡處惟除三事何者爲三一五無間二謗正法三謗聖人此三種罪必定受報善男子若有衆生乃至一念聞此無盡根受記陀羅尼能至心聽信受憶念生尊重者彼人所有恒沙罪業不受果報

常樂修行一切善根若行檀波羅蜜時十方諸佛一切菩薩辟支佛大阿羅漢皆以神力加護是人得聖加故多饒財寶以用布施不可窮盡乃至能捨頭目髓腦遠離嫉妬得平等心於一切田心無優劣亦復不見我能行施彼爲受者作是施時一切天龍鬼神阿脩羅夜叉乾闥婆等不能爲障惟除三種所謂五逆誹謗正法毀呰聖人此三種罪一切聖人神力不加故有障礙若行尸波羅蜜時常勤精進住忍辱中得歡喜心得隨順心憐愍衆生猶如一子亦如已身常爲一切聖人之所讚歎常爲諸天釋梵四王龍神夜叉人非人等刹利婆羅門毗舍首陀禮拜供養得聖力加心不自高亦不毀他亦復不樂多積衣食趣得支身心無憂惱於一日夜六時自省卧覺安隱無多惱患衣食豐饒於一切衆生慈悲不捨隨心所念皆悉不空臨命終時得見諸佛一切諸佛皆讚歎言善哉善哉大丈夫善能持戒清淨不破善來將汝詣清淨佛刹令汝得住十地位中彼人見佛得清淨心得歡喜心心歡喜故捨身則得往生淨國速得十地不久即得阿耨多羅三藐三菩提乃至一念聞此無盡根受記陀羅尼得如是利是菩薩若學行羼提波羅蜜時一切聖人神通力加令得法忍不見衆生不見彼不見此若有人來截其手足割其耳鼻乃至不起一念瞋心離瞋心已一切天王一切人王禮拜供養乃至速得阿耨多羅三藐三菩提是菩薩若學行毗梨耶波羅蜜時得無患身成就大力壯健智慧精進勇猛能行四攝布施

愛語利益同事教化衆生具四攝已一切天王龍王夜叉王阿脩羅王迦樓羅王緊那羅王摩睺羅伽王人王合掌燒香恭敬禮拜是人名聞流布常爲一切人天之所愛念樂欲見之常欲擁護乃至速得阿耨多羅三藐三菩提是菩薩若學禪波羅蜜時聖人加故得四禪四空三摩跋提乃至千萬三摩提門陀羅尼門忍門常爲一切諸佛所念常爲一切天王人王擁護愛念恭敬禮拜乃至速得阿耨多羅三藐三菩提彼菩薩若學般若波羅蜜時常爲諸佛菩薩阿羅漢辟支佛之所擁護心得安隱遠離憒鬧得勝法念心心數法成就得聖人智慧根具足入一切法中所作已辦度疑網河於一切法不生疑礙一切天人阿脩羅所不能壞常爲天人八部供養恭敬愛念守護聞名見形皆生歡喜樂欲親近若自供養若教人供養此人臨終見十方佛一切諸佛皆悉授手讚言善哉善哉大丈夫善來將汝往向我清淨佛刹令汝得住十地位中是人聞已得歡喜心心歡喜故命終即得生佛淨土淨土生已速得住於十地不久即證阿耨多羅三藐三菩提善男子此無盡根大受記陀羅尼有如是大力如是大利益汝當受行往彼世界不應怖畏善男子釋迦牟尼佛本所誓願若有衆生造作五逆謗方等經毀呰聖人犯波羅夷如是之人清淨佛刹所不容者皆生我國我當教化以是因緣諸惡衆生悉集其國善男子若彼世界諸惡衆生聞此無盡根大受記陀羅尼能於七年常行慈心不動心憐愍心平等心遠離兩舌

不惡口不妄語不綺語如是晝夜常念諸佛當淨洗浴晝三夜三整衣服右膝著地合十指掌對十方佛前念無盡根大受記陀羅尼一心誦者彼人經七年已所有諸難極重罪業皆滅無餘若有女人欲求自在能於七月晝三夜三如前念此無盡根大受記陀羅尼一心誦者如是女人隨所生處得大自在於流轉中更不復受女人之身乃至得阿耨多羅三藐三菩提惟除自願若有女人求好夫主求好種姓求大自在求不用男女或願多有男女者應當澡浴清淨著淨潔衣獨處閑靜晝三夜三右膝著地合掌向佛一心誦念此無盡根大受記陀羅尼者隨心願樂皆得稱意所求男女多少皆得端正聰明無有疑難善男子此無盡根大受記陀羅尼如是大力如是大利益汝從生死已來未曾得聞爾時世尊即說呪曰

哆經他一 捨羅娜毗夜也二 弍叉毗夜也三 徙寐履帝毗夜也四 鉢囉阿娜奴下切毗夜也五 矣履地毗夜也六 因地利夜毗夜也七 嘍斲毗夜也八 蒲騰伽毗夜也九 三摩地毗夜也十 陀羅尼毗夜也十一 羼查盞切帝毗夜也十二 毗梨耶毗夜也十三 闍娜毗夜也十四 鉢邏若女我切 阿霤力口切必也毗夜也十五 阿紉奴隣切社毗夜也十六 摩伽毗夜也十七 過鼻娘毗夜也十八 鉢囉帝 三陛蒲履切爹毗夜也十九 步寐莫履切毗夜也二十 坒毗必切經哪余歌切毗夜也二十一 摩訶梅怛梨毗夜也二十二 摩訶迦霤力口切那毗夜也二十三 摩訶牟帝多毗夜也二十四 摩呼畢叉毗夜也二十五 必利湊鼻毗夜也二十六 薩埵毗

夜也二十七達摩毗夜也二十八荅摸毗夜也二十九阿盧迦毗夜也三十鉢囉帝　婆娜毗夜也三十一鉢囉帝　輸盧得迦毗夜也三十二伽伽那毗夜也三十三摩霤須毗夜也三十四鉢囉帝多三姥波爹毗夜也三十五輸娜多毗夜也三十六阿尼蜜多毗夜也三十七拚烏合切鉢囉尼系多毗夜也三十八侯嘍須毗夜也三十九瞿沙毗夜也四十緊吉因切柘那毗夜也四十一阿鼻三摩夜毗夜也四十二阿怒娜四十三阿奴娜四十四拚嘍呵者者四十五者遮囉四十六者遮囉毗姥四十七柘陛蒲履切斫芻者遮囉毗姥四十八毗夜也毗姥四十九察夜毗姥五十阿麼毗夜也毗姥五十一阿三姥陀遮囉毗姥五十二塢眵陀毗姥五十三阿迦舍毗姥五十四驃鉢舍麼毗姥五十五阿那婆娑毗姥五十六阿呵呵毗姥五十七阿囉波囉毗姥五十八優波舍麼毗姥五十九薩利囉毗姥六十莎波呵六十一

善男子此無盡根大受記陀羅尼有大威德有大勢力能大利益一切衆生攝護衆生憐愍衆生洗除衆生令得寂滅善男子持此陀羅尼往詣娑婆世界如我所言問訊釋迦牟尼佛爾時山帝釋王佛說此陀羅尼已一切大衆皆大歡喜讚言不可思議大不可思議得見離障第一智慧說此大受記陀羅尼一切衆生所有小罪中罪大罪最大罪輕重業障牢固難捨能與善根作障礙者此陀羅尼速能除盡得無漏道爾時香象菩薩生大歡喜而說偈言

此無盡根陀羅尼　最勝第一無過者
能盡衆生諸惡業　亦斷一切罪駛河

生死流轉自所作　悉能遠離無有餘
以福德力因緣故　於一切苦得解脫
能竭生死三有海　速生清淨有佛國
於流轉中大怖畏　現見無量大障礙
悉能傾動諸煩惱　疾證無上勝菩提
一切衆生不能壞　若有聞此陀羅尼
速能受持常憶念　具足如是諸功德

爾時香象菩薩白山帝釋王佛言我已持此無盡根受記陀羅尼竟今欲往彼娑婆世界是時衆中有無量阿僧祇菩薩摩訶薩從無垢三昧起異口同音白佛言世尊我等今者渴仰欲見釋迦牟尼佛及大集衆禮拜供養我從昔來未曾得聞日藏法門惟願聽我往彼世界爾時世尊告諸菩薩言善男子隨汝意去咸可一心作帝釋像身色形貌長短威儀勢力自在往彼世界爾時香象菩薩及無量阿僧祇菩薩咸共一心悉皆化作帝釋王身形貌色像長短威儀勢力自在皆無有異作此化已三禮山帝釋王佛右遶三帀遶已從彼界沒如一念頃即到娑婆世界入此剎已放諸香雲雨種種末香所謂牛頭栴檀香龍身牢固香多摩羅葉香沉水香多伽羅香隨六時變異香為供養釋迦牟尼佛故放香雲已次第漸向釋迦牟尼佛所到佛所已以帝釋身頂禮佛足右遶三帀却一面立當爾之時釋迦如來猶共娑婆羅王宣說法行

大乘大方等日藏經卷第二

音釋

褻余制切眭㩉眭薄啓切㩉都合切攘汝陽切馺蘇合切蹹徒合切敧丘儀切駛踈士切疾也

大乘大方等日藏經卷第三

隋天竺三藏那連提耶舍譯

陀羅尼品第二之二

爾時西方去此佛刹四十二恒河沙等諸佛國土過是數已有佛世界名堅固幢其國有佛號智德峯王如來應供正遍知於五濁世與諸四衆眷屬圍遶而爲說法時彼衆中有菩薩摩訶薩名啖德藏在大衆中聽佛說法仰觀虛空見無量無數阿僧祇菩薩摩訶薩衆從西方來而往東方復見東方有大光明覩是事已即白智德峯王佛言世尊以何因緣有如是事爾時智德峯王佛告啖德藏菩薩摩訶薩言善男子東方去此四十二恒河沙等諸佛世界有世界名曰娑婆佛號釋迦牟尼如來應供正遍知現處五濁爲無量無邊衆生說三乘法欲令法毋三寶種久住故法行不斷故破魔界故爲欲建立佛法幢故十方一切諸如來等皆悉至彼娑婆世界共說寶幢陀羅尼說已各還本刹今釋迦牟尼佛復爲菩薩摩訶薩及聲聞衆更大集會以四無礙智說三解脫門清淨梵行娑婆世界地及虛空皆悉充滿是諸大衆皆悉樂聞釋迦如來所說法門心無猒足爾時智德峯王佛告啖德藏菩薩摩訶薩言善男子汝可持我語往娑婆世界問訊釋迦牟尼佛彼佛今說日藏法行壞龍境界名曰啖品能盡一切衆生惡業善男子我有陀羅尼欲名無願順汝可送往此陀羅尼有大勢力有大利益能盡一切欲貪色貪無色貪能盡一切我慢慢慢增上慢能破一切無明闇聚能捨一切諸

苦重擔乃至能得盡智無生智得阿耨多羅三藐三菩提時彼世尊而說呪曰

怛經他一舍摩那舍婆二奢摩那舍婆三阿婆叉舍婆四斫芻舍婆五輸嚧哆囉舍婆六伽拏舍婆七什婆舍婆八迦耶舍婆九摩那舍婆十叉婆毗陀十一斫芻畢利洟鼻叉婆十二輸嚧哆囉阿婆叉婆十三伽囉拏帝闍叉婆十四視婆婆喻叉婆十五迦耶羯囉摩叉婆十六摩那烏闍叉婆十七阿盧迦若那叉婆十八毗闍僧羯摩叉婆十九唵句囉呿伽叉婆二十婆摩嘍畢也鼻耶叉婆二十一舍摩迦闍叉婆二十二叉耶囉婆叉婆二十三羶哆鼻耶婆叉婆二十四那都那二十五泥那都那二十六阿婆泥那都那二十七那耶波那夷那都那二十八伊沙伊婆都度呿嗚二十九莎呵三十

善男子汝可持此無願順陀羅尼往彼娑婆世界如我辭曰智德峯王如來問訊釋迦牟尼佛起居輕利氣力安樂不轉正法輪無障礙不彼惡衆生樂聽所說日藏法行壞龍境界餤品不爾時餤德藏菩薩白智德峯王佛言世尊我今已受持此陀羅尼今雖欲往娑婆世界而懷怖畏何以故我親從佛聞彼佛世界五濁熾盛彼諸衆生衆苦逼迫貪欲瞋恚愚癡邪見貪著女色於須臾間能成阿鼻地獄惡業以是義故我甚怖畏爾時智德峯王佛告餤德藏菩薩言善男子汝非於彼娑婆世界四天下中二十一日化作金翅鳥王令彼大海六十四萬億諸龍見汝形故皆生怖畏以是因緣受三歸依乃至發阿耨多羅三藐三菩提心不餤德藏菩薩言如是世尊

實如聖說爾時智德峯王佛復告燄德藏菩薩言善男子汝非於彼娑婆世界四天下中亢旱之處於七日中化作象頭馬頭大龍王身令舊住龍心生怖畏不安本處悉騰虛空七日之中澍大甘雨耶燄德藏菩薩言世尊實如聖說佛言善男子汝於如是諸惡龍中尚不怖畏又汝過去發弘誓願在在處處利益衆生何故今者忽生恐畏汝受我使莫生驚怖爾時智德峯王佛告燄德藏菩薩言善男子我復教汝智慧依止大授記陀羅尼汝持往彼得無怖畏爾時燄德藏菩薩白佛言世尊譬如智人坐伏藏上以手爬土忽得一寶得已歡喜復更重爬如是漸漸得寶轉多我亦如是重問如來望得如來無價法寶得是寶已爲欲教化諸衆生故若蒙如來開大法印以法印力如來力故則能教化一切衆生故爾時智德峯王佛即說呪曰

怛經他一 珊提 囉哪奢摩二 三摸他那奢摩三 阿跋闍那奢摩四 莎凌楞伽奢摩五 僧逾伽奢摩六 拔馱那奢摩七 三摩毗沙摩奢摩八 婆多那奢摩九 三摩羯嵐摩奢摩十 遏毗馱奢摩十一 耶婆闍羅摩邏拏奢摩十二 邪婆薩婆摩奴闍奢摩十三 耶婆薩婆怛利陀都十四 三斯羯利哆奢摩十五 阿邏波羅奢摩十六

佛言善男子此智慧依止授記陀羅尼彼土衆生若有聞者皆能輕薄下中上結色無色有亦復如是恒河沙等劫生死過惡皆悉散滅過去五有身口意業生於有中受不受果所在生處障修善根四大衰惡所愛之財求不能得舊所親愛悉皆離散所不樂事而悉

和合身受諸苦心多濁亂不樂修習一切善根樂著一切諸不善法如是等業悉滅無餘善男子若有人聞此陀羅尼一心聽受七日七夜專精修習如上所說諸惡罪業皆得消滅除五無間誹謗正法毀呰聖人犯四重禁此四種人失陀羅尼力畢定受罪若復有人無是四罪樂修善根修行檀波羅蜜種種布施是人則爲一切諸佛諸菩薩衆聲聞緣覺之所加護以聖加故得無盡物亦樂持戒忍辱精進禪定智慧一切天人阿修羅等不能沮壞常爲一切天王人王見者恭敬供養禮拜聞者歡喜心常憶念讚歎守護臨命終時得見十方曾所念佛皆來授手作如是言善男子來我今將汝向我世界令汝安住十地位中彼人見佛心大歡喜以歡喜故得生清淨有佛國中速住十地是人不久當得阿耨多羅三藐三菩提善男子此智慧依止大授記陀羅尼有如是大力有大利益善男子彼娑婆世界有諸衆生不到涅槃道何以故造五無間誹謗正法毀呰聖人犯四重禁如是衆生十方淨土所不容者皆生彼國是諸衆生於三惡道長夜受於種種諸苦彼衆生等雖出三塗已無清淨業因緣故釋迦如來本願力故還復生於彼娑婆界若諸衆生過去所有信根乃至慧根曾修布施乃至智慧曾修願行不樂流轉學涅槃道淨修梵行如是人等生彼世界惡業衆生得醜陋身諸根缺減其心暗鈍衣服飲食卧具湯藥資生乏少壽命短促癡無智慧睡眠不安薄善根少福德諸適意事而不從心復無悲心樂行惡行

樂著惡見樂習惡論樂起惡願樂受惡法不信正法多諸病苦多散亂心多樂惡事造三惡業虛妄憶想非吉爲吉心不樂忍其心麁獷常樂修習十不善業誹謗三寶趣三惡道善男子彼佛剎中如是衆生聞此智慧依止授記陀羅尼至心一聽者彼諸衆生生厭離心度三惡道復有衆生曾修信根乃至慧根亦曾修習六波羅蜜不樂流轉淨修梵行若得聞此陀羅尼已增益壽命身少病苦智慧增益資財無損長善根海增善知識乃至增益一切善業皆悉成就成就正見具足十善種三善根樂三自歸樂起諸願樂阿蘭若光顯三寶復能於此智慧依止大授記陀羅尼至心聽受專精修習讀誦受持乃至七日七夜憶念不捨成就如是無量功德除五無間

誹謗正法毀呰賢聖犯四重禁如是衆生墮於惡趣於彼命終而來生此娑婆世界以彼業氣習未盡故於未來世應受惡報由得聞此智慧依止大授記陀羅尼於現在身雖不能得勝妙果報以陀羅尼力故於當來世無量惡報悉滅無餘彼諸衆生爲滅如是諸惡業故應當書寫此陀羅尼門復應造作七佛形像於釋迦牟尼佛法之中建立寺舍供養供給法行比丘亦當數數受八戒齋勤行精進樂聽正法如說修行此諸衆生於三寶中得決定信生歡喜心因緣故能滅無量百千萬億那由他劫在在生處應受惡道種種諸苦於現在世多諸病苦受身形殘資生減失眷屬離散爲人奴僕受諸撾打惡口麁獷不得自在爲人誹謗已受如是種種苦故過去

惡業皆悉滅無如是善男子此智慧依止授記大陀羅尼於諸衆生有大勢力今我更說

爾時世尊即說呪曰

怛經他一佉伽波利眵姝兮切提二伽唎婆叉三西伽跋黎四鼻陀鉢囉婆伽叉五叉婆踰岐六鉢底呵梨七奢摩那四迦涕八三摩迷伽闍篩蹀齊切九阿叉夜那低十叉婆跋移常兮切十一禰駄那闍篩十二娑摩娜闍篩十三婆摩伽羅闍篩十四阿地呵奢夜闍篩十五鼻鉢囉婆闍篩十六西叉闍篩十七西禰夜闍婆闍篩十八娑利羅瞿咥馨之切夜闍篩十九娑利羅瞿咥夜阿鞞綺婆那鳩世二十薩檀拘帝二十一私婆擅那梯二十二毗哆鉢囉鼻利低二十三嘔波羯囉磨那梯二十四阿那叱地夜跋羅企丘兮切二十五鉢羅帝羯迷那二十六三迦太夜世二十七薩盧遮那婆迷二十八拘嚧太利二十九迦摩薩世三十阿世奢佉岐三十一那夜軍闍三十二鼻地夜跋泥三十三羯羅那跋泥三十四欝遮跋泥三十五三迷摩迦黎三十六奢利夜跋泥三十七模伽闍師三十八呵利拘那婆三十九那夜那目企四十娑囉叉拘黎四十一那羅延拏樹黎四十二因陀羅婆薩泥四十三烏阿阿婆阿阿阿烏可切阿羅婆阿四十四婆囉四十五阿婆囉四十六何羅薩彌伽其我切四十七豆佉禰提羅四十八涅槃醯莎和呵四十九

善男子此大授記陀羅尼有大功德有大勢力有大利益能盡一切惡業憐愍救護一切衆生悉能洗除諸罪垢穢身心光潔能與念力與寂滅力若有衆生一心聽受如說修行一切如來一切菩薩一切辟支佛一切阿羅漢悉皆加護乃至天王人王亦常護念敬愛

禮拜供養供給彼人臨終得見過去曾所誦念十方諸佛皆悉授手作如是言善男子來我今將汝生淨佛土汝生我國速住十地彼人見佛得大歡喜大歡喜故命終得生淨佛國土既生彼已得住十地不久得成阿耨多羅三藐三菩提善男子此智慧依止大陀羅尼有如是力能淨惡業成就淨心證涅槃道爾時智德峯王佛告談藏菩薩言善男子持此陀羅尼往詣娑婆世界至釋迦牟尼佛所如我辭曰智德峯王佛問訊世尊談藏菩薩摩訶薩言唯然受教時彼衆中無量無邊阿僧祇菩薩摩訶薩異口同聲作如是言我等今者樂欲見彼娑婆世界釋迦牟尼佛禮拜供養及見大衆聽受日藏壞龍境界能盡惡業陀羅尼門我等昔來初未曾往彼娑婆界今從定起欲往彼土惟願世尊聽我等往爾時智德峯王如來告衆菩薩摩訶薩言善男子欲往隨意應當攝心以遊彼國汝等各自變身如那羅延具足莊嚴時談藏菩薩與諸菩薩摩訶薩衆一切皆作那羅延身莊嚴示現頂禮佛足右遶三帀即從彼發如一念頃至娑婆界四天下中摩伽陀國釋迦牟尼佛所到已以閻浮金末而散佛上既供養已頂禮佛足白佛言世尊智德峯王如來問訊世尊少病少惱起居輕利氣力安不轉正法輪無障礙不作是語已却住一面爾時北方去此娑婆世界八十恒河沙佛刹過是數已有佛世界名普上香五濁充滿彼國有佛號德華藏如來應供正遍知現在說法彼佛衆中有菩薩摩訶薩名虛空藏在會聽法爾時虛

空藏菩薩摩訶薩仰觀虛空見虛空中無量無邊阿僧祇菩薩摩訶薩從北方來往詣南方復見南方有大光明見是事已即白佛言世尊我始從定起在會聽法見虛空中無量無邊阿僧祇菩薩摩訶薩從北方來往詣南方復見南方有大光明以何因緣有如是事爾時德華藏佛告虛空藏菩薩言善男子於此南方過八十恒河沙佛刹有佛世界名曰娑婆亦如我刹五濁充滿彼中有佛號釋迦牟尼如來應供正遍知今現在世爲諸衆生說三乘法欲令法毋久住世故令三寶種不斷絶故建大法幢壞魔網故十方諸佛皆集彼國說寶幢陀羅尼說已各還本土釋迦牟尼佛爲諸菩薩摩訶薩大聲聞衆作大集會以四無礙智說三解脫門彼佛土中地及虛

空大衆充滿如來處於師子之座放大光明說深妙法清淨梵行及以四攝日藏法門壞龍境界談品除諸衆生不善惡業陀羅尼門一切樂聞無有猒足常作是念若有十方一切刹中菩薩摩訶薩億百千劫行菩薩行欲得逮於一生補處乃至十八不共之法自具足得無障礙智不隨他教者彼諸菩薩悉應來集娑婆世界以自善根入種種三昧令此世界大地得大利益令諸衆生不失念力布施持戒忍辱精進得大智慧亦如他方清淨佛土具諸功德令此娑婆世界亦有十方諸大菩薩摩訶薩衆悉來集會彼菩薩衆於娑婆界隨自分力各入三昧從於身邊而放光明或如大燈或如百千萬億無量無邊日月光明彼諸菩薩摩訶薩皆大集會彼娑婆界

以是因縁有大光明彼十方佛刹諸菩薩衆未至彼者從三昧起趣於南方往娑婆世界欲見釋迦牟尼佛及諸大衆欲聞破壞一切惡業陀羅尼門結跏趺坐各各入於奮迅遊戲諸深禪定善男子汝今可往彼娑婆世界善男子彼中衆生短命多病少智慧少善根少福德於三惡道心無怖畏乏少資生多貪愛欲行不淨行無慙無愧樂行十惡如是衆生捨此身已墮於惡道復有生於惡夜叉中迦吒富單那中乃至阿迦富單那中既生彼已收地精氣及種種穀華果草木一切等味其有食者身力減損彼諸惡鬼增益勢力常伺人便住胎出胎隨其成長乃至奪命是故彼諸衆生多病短命無念慧力不畏未來三惡道苦乃至樂行十不善業墮於惡道善男子我於過去行菩薩行時作如是願牢固勇猛勤無休息供養諸佛如說修行諮問彼佛何等陀羅尼呪能護胎藏及以母身令得安隱令諸惡龍夜叉羅刹阿修羅迦樓羅緊那羅摩睺羅伽鳩槃茶椑棃多毗舍闍富單那迦吒富單那烏摩羅阿跛思摩羅或一日瘧乃至四日或毒藥惡呪或行惡藥能令身心逼迫苦者令是諸惡悉不得便或在母胎乃至出胎乳哺長養種種飲食吸其精氣身心濁亂悉不得便令彼衆生安隱住胎乃至乳哺長養身心不濁無病長命增益智慧乃至能行十善業道樂行布施樂持禁戒怖畏未來三惡道苦何等陀羅尼能得如是惟願大慈爲我宣說我得聞已於當來世教化衆生爾時彼佛即爲我說奢摩裴多悉致蔓多羅

大授記陀羅尼我聞此呪受持流布無量億劫常以此呪化導衆生令得修行六波羅蜜牢固精進復以此呪護諸母人及護胎藏若天若烏摩羅阿跋娑摩囉人非人等於彼婦人及以胎藏不能令彼四大不調身心濁亂奪人精氣惡呪惡藥乃至阿修羅及餘世間壞胎藏者亦不得便胎藏安隱產生無難諸根滿足身體清淨顏貌端正具足智慧不失念力大力諸天百千萬億及諸眷屬無量衆數常隨衛護能令彼得宿命智慧怖畏惡道生慈悲心樂行布施持戒忍辱精進禪定樂善知識易得聖智能得盡苦具足智慧樂空寂處滅諸煩惱天龍夜叉諸鬼神等供養供給厭惡生死志求涅槃乃至能發阿耨多羅三藐三菩提心在在生處終不忘失菩提之心速得成就菩薩三昧若生辟支佛心現得順忍於未來世成辟支佛若發聲聞心得四諦順忍不墮三惡生天人中善男子我於過去行菩薩行時以無量方便教化衆生令住阿耨多羅三藐三菩提善男子此陀羅尼如是大力有大利益善男子若諸衆生遇重癩病應以此陀羅尼呪獅子乳與病者服一切諸病悉皆除愈若不能得獅子乳者取祭死屍邊食以此陀羅尼呪之與病者服一切諸病亦悉除愈若無此食應取塵棄藥持此陀羅尼呪之與病者服一切諸病亦得除愈善男子我於過去行菩薩行時如是勤求方便教化衆生乃至令住阿耨多羅三藐三菩提若見諸樹無華果者我時即以此呪用呪雨水澆灌樹根彼樹華果即得滋茂乃至蒲萄

種種穀草皆令茂盛若天無雨取溝瀆中諸不淨汁安龜甲中以呪呪之以瞻波迦樹葉裹此龜甲置龍池中即時大雨若天多雨損敗苗實當取阿闍迦羅蛇頭中珠以呪呪之置龍泉中雨即便止若非時黑風大寒大熱日月星宿失其常度年節四時變異灾怪應愍衆生七日七夜淨修梵行澡浴身體服食乳糜若但食菜一心專念更無異想七日七夜諷誦受持此陀羅尼復以此陀羅尼呪呪淨葵菜裹摩陀那果安天廟中即除非時風雨寒熱種種災惡日月星宿還依常度善男子我於過去修菩提時欲令衆生所在安隱若見虛妄憶想倒見衆生我於爾時爲彼說此陀羅尼呪彼諸衆生聞此呪已虛妄顛倒皆悉捨離修十善業起於善願婬欲薄少善男子我於過去以方便力教化衆生令住六波羅蜜亦自具行六波羅蜜乃至得阿耨多羅三藐三菩提善男子此陀羅尼能與衆生如是大力與大利益能除一切諸病苦惱能護懷妊婦人及以胎藏能壞一切煩惱諸結能知四大五陰十二入十八界示方便道能覺安隱快樂涅槃能令衆生信心清淨能入諸法差別法門攝諸外道壞魔境界善男子此陀羅尼力能令一切諸天歡喜夜叉惡鬼心生知足諸阿修羅極大怖畏迦樓羅緊那羅等亦皆歡喜摩睺羅伽不能反顧摧伏邪論能令刹利婆羅門毗舍首陀信心歡喜能令女人薄少婬欲於多聞者益其念力修禪定者樂阿蘭若能却一切盜賊鬭諍饑饉疫病旱澇寒熱麤澀惡觸如是等事皆悉除滅

法毋增長佛法流布三寶不斷除生死畏破無明聚棄捨苦擔能得盡智及無生智爾時世尊即說呪曰

怛經他一 摩那叉娜我切已下並同二 阿婆叉三 羅伽娑叉四 闍羅叉五 末磨那叉六 阿婆叉七 曼陀叉八 那荼叉九 那荼囉休十 鼻薩那吒十一 佉伽那吒十二 阿吒那吒十三 拘那吒十四 鉢利鳩薩那吒十五 那荼那吒十六 富利迦那吒十七 鬱怛羅那吒十八 迦毗那吒十九 軍闍那吒二十 蘇目伽那吒二十一 遮婆茂婆羅那吒二十二 佉伽凡鉗婆囉那吒二十三 富沙迦囉那吒二十四 系娑蘇我切 鬱盧達囉那吒二十五 三摩羅耶那吒二十六 失囉鳩三二十七 憍怛吒二十八 怛羅二十九 摩姤佉囉婆三十 提畜叉三十一 婆帝囉竪三十二 豆婆那摩囉竪三十三 婆呵那否智三十四 僧低囉闍婆三十五 阿摩囉闍婆三十六 摩呼囉伽闍羅三十七 阿禰拏婆囉三十八 阿禰拏叉三十九 阿婆呵摩唎伽禰拏叉四十 喱沙喱婆都豆佉寫四十一 娑和呵四十二

爾時世尊說此陀羅尼時彼大衆中六萬億人得柔順忍復有六十頻婆羅人得須陀洹果斯陀含果阿那含果阿羅漢果善男子汝可持我此陀羅尼往娑婆界如我辭曰北方去此八十恒河沙佛刹過是數已有佛世界名普上香亦具五濁彼中有佛號德華藏如來應供正遍知現在說法問訊釋迦牟尼佛少病少惱氣力安不諸弟子衆樂聽法如說行不能摧四魔諸惡龍不佛轉法輪無障礙不善男子於彼釋迦牟尼佛所說日藏法門能壞魔王龍王境界滅除惡業說此奢摩裴

多悉致大授記陀羅尼欲令此陀羅尼有大勢力大利益能令衆生安隱快樂滅諸煩惱乃至棄捨苦擔爾時德華藏佛諸弟子衆咸共讃言善哉善哉希有世尊希有世尊如來智慧一切法中無障無礙我等從昔已來初未曾聞如是甚深大陀羅尼能與衆生安隱快樂聽此陀羅尼已悉發勇猛讀誦受持何以故此陀羅尼有如是無量無邊大功德故爾時虚空藏菩薩摩訶薩白佛言世尊若有衆生怖畏生死欣樂涅槃一心稱名禮拜供養德華藏佛并誦此陀羅尼生希有心彼諸衆生增長善根獲大利益爾時德華藏佛告虚空藏菩薩摩訶薩言善男子如是如是如汝所說善男子我於往昔修菩提時勤求方便作如是願我得阿耨多羅三藐三菩提時若有十方諸佛國土其中衆生樂行布施乃至智慧若能至心稱我名號禮拜供養令彼衆生無有天人阿修羅等能加惡者亦無有能障礙修行六波羅蜜者又能增益無量善根惟除過去造極惡業者若此願不成我誓不取成等正覺善男子若有婦人欲求子者若復不願有多子者若有懷妊怖畏産難彼諸人等應當至心稱我名號禮拜供養若人非人無能得便亦無惡呪毒藥能令身心受逼迫苦乃至一念能加惡者我誓不取阿耨多羅三藐三菩提善男子我於往昔求菩提時作如是願覆護利益一切衆生是故衆生應當志心稱我名號禮拜供養一切諸惡皆悉除滅決定無疑惟除過去極重惡業現受報者爾時虚空藏菩薩白佛言希有世尊不

可思議我今欲往娑婆世界見釋迦牟尼佛但彼衆生弊惡嫉妬無慈悲心不知報恩言常麤獷多行邪見無惱我耶我今往彼或無利益佛言善男子無如是事誰有成就四無量心而能加惡假使百千諸魔眷屬亦無障礙者善男子汝於往昔無量劫來而常修行四無量心汝莫怖畏善男子我有陀羅尼從四無量梵行中生能滅諸惡乃至惡夢汝可受持此陀羅尼若有多瞋衆生聞此呪者皆生慈心若不生者或便惛睡爾時世尊即說呪曰

怛經他一 浮呼鼻利呵二 浮浮囉三 哩邏囉婆四 一羅五 娑呵六 呵籌七 伽籌八 伽伽那叉九 奢摩奢摩十 審多囉審多囉十一 斫迦羅十二 䟦帝帝䘑十三 娑伽囉帝䘑十四 亘利哆唎香指切 窼十五 唎黎呵䟦醯十六 那羅闍嚌吒戒切十七 夜婆那審低黎十八 綺底審低黎十九 婆利審低黎二十 始佉審低黎二十一 摩都囉審低黎二十二 佉伽審低黎二十三 薩都闍審低黎二十四 薩婆羯摩審低黎二十五 摩那䟦利多審低黎二十六 陀胝張夷切 濕婆囉審低黎二十七 娑和呵二十八

善男子此陀羅尼名滅一切惡及諸惡夢其有誦持者應以膽蔔油呪之七遍用塗兩手及用塗面諸惡心人覩見之者皆生歡喜乃至惡龍夜叉迦吒富單那等乃至千萬諸魔眷屬不起惡心況加惡事假使滿四天下諸惡衆生呪一合水而以散之令彼衆生皆生信心乃至不起一念之惡若有濁水滿四大海取一合水以此呪呪之投彼大海能令濁水悉變澄清善男子汝可持此陀羅尼往娑

婆界爾時無量阿僧祇菩薩摩訶薩異口同聲作如是言我等今者渴仰欲見大德世尊釋迦牟尼佛禮拜供養尊重讚歎亦欲觀彼大衆集會聽日藏法門壞龍境界燄品爲除一切衆生諸惡業故惟願世尊聽我往彼佛言善男子欲往隨意應當一心以遊彼國汝等皆可變作轉輪聖王七寶成就千子具足莊嚴其身如轉輪王法即時八十千萬菩薩摩訶薩與虛空藏菩薩恭敬圍遶德華藏佛遶三帀已上昇虛空是諸菩薩摩訶薩衆各自化作轉輪王身七寶成就千子具足象兵馬兵車兵步兵如是種種莊嚴如輪王法即從彼發一念之頃至娑婆世界以閻浮提金末散娑婆世界佛及菩薩聲聞大衆如是金末皆悉遍滿娑婆世界復以龍栴檀香末而以散之復以眞珠亦以散之復以眞珠金瓔珞具亦以散之復以頸珠而用散之復以種種瓔珞種種衣服而以散之復以種種幢旛寶蓋亦以散之是諸菩薩摩訶薩衆皆爲供養釋迦牟尼多陀阿伽度阿羅呵三藐三佛陀彼諸菩薩摩訶薩衆作是供養已恭敬圍遶右遶娑婆世界遶三帀已而來至此四天下中摩伽陀國釋迦牟尼佛所到已恭敬禮拜遶佛三帀却住一面

大乘大方等日藏經卷第三

音釋

呿丘迦切 嗚思夜切 爬蒲巴切掊也 嵐魯甘切 沮壞沮在呂切止之也壞音怪毀之也 撾陟爪切擊也 瘧魚約切痁病也 哺薄故切口飼也 蔓無販切 乳麋乳忍與切湩也麋靡爲切粥也 澇郎到切潦雨也 澀色立切不滑也 鉗巨鹽切 咽音烟

大乘大方等日藏經卷第四

隋天竺三藏那連提耶舍譯

菩薩使品第三

爾時頻婆娑羅王見未曾有無量阿僧祇梵天帝釋天那羅延天四天下轉輪聖王見已心大歡喜從座而起在一面立爾時四使菩薩摩訶薩及其眷屬合掌向釋迦牟尼佛時日行藏菩薩以瞻波迦華鬘散釋迦牟尼佛上而讚歎曰

於諸足中最殊勝　施諸惡見大光明
能說出世平等行　行正道者施法印
摧滅毒龍及四魔　解世煩惱佛爲勝
堅豎法幢施解脫　以大法炬滅衆闇
親近善友修習定　愍衆生故說福田
佛法僧寶甚難得　人身信心亦復難
雖得人身善友難　得善友者壞煩惱
衆生惡智煩惱覆　速能爲滅煩惱網
衆生没於煩惱河　佛如大船能拔濟
我等諸佛使說欲　隨喜如來佛法藏

爾時日行藏菩薩白釋迦牟尼佛言世尊東方過無量恒河沙佛剎彼有世界名無盡德佛號瞻波迦華色如來應供正遍知現在說法彼佛如來使我送欲并問訊釋迦牟尼佛少病少惱無多患不弟子眷屬身力樂不常安隱不樂聽法不聞佛所說如教行不樂阿蘭若不世尊於此破壞衆魔獨超衆聖轉於無礙微妙法輪但此五濁諸惡衆生障礙未盡於佛法輪不信受者爲是等故彼瞻波迦華色佛說此日藏法行壞龍境界餤品一切衆生惡業盡陀羅尼欲名四諦順忍陀羅尼

此陀羅尼有大勢力有大利益能盡一切欲貪色無色貪一切慢增上慢我慢等如上所說此四諦順忍陀羅尼能壞一切魔王勢力能令諸天心生歡喜能令阿修羅迦樓羅生大怖畏能令緊那羅心生歡喜能令摩睺羅伽生怖畏心能壞外道於刹利所能與知足能攝婆羅門令入佛法能令毗舍生大信心能令首陀羅生歡喜心能令女人離諸貪欲能令智人生歡喜心令坐禪人樂阿蘭若能却一切種種惡事及諸鬪諍饑饉疫病夭横死者能除外賊非時寒熱惡風惡雨惡獸暴水苦辛枯澀諸惡觸等能建立法幢光顯佛法令法母久住佛種不滅能安慰生死流轉衆生能生盡智能覺無生智能裂一切無明闇聚能捨一切苦擔能乾一切苦海爾時日

行藏菩薩即說如上四諦順忍陀羅尼

怛絰牠一　婆裔婆野波履波䤫二　婆醯婆訶波履婆䤫三　必利洟他地切　佌必利洟鼻波履波䤫四　阿捭阿跛波履婆䤫五　低誓低社波履婆䤫六　末䤫末邏波履婆䤫七　却偈却伽其箇切　婆履婆䤫八　阿盧翅阿盧迦其可切　婆履婆䤫九　薩他迷　薩他麽波履婆䤫十　曷羅誓曷羅　社波履婆䤫十一　徙䤫徙邏波履婆䤫十二　伽迷伽麽波履婆䤫十三　阿蒲婆阿蒲婆波履婆䤫十四　羅麽羅羅麽十五　羅謎　邏麽十六　曷囉盺勒可切　曷羅邏十七　何囉囉何囉囉麽十八　脞蹋婆　攘娜復䫀登我切十九　伽邏彌復䫀二十　揭邏麽波履婆䤫二十一　斫芻揭邏醯斫芻揭邏訶波履婆䤫二十二　輸嚧怛囉揭邏醯輸嚧怛囉揭邏訶波履婆䤫二十三　伽羅娜揭邏醯

揭羅娜揭邏訶波履婆簶二十四什婆揭邏醯什婆揭邏訶波履婆簶二十五迦耶揭邏醯迦耶揭邏訶波履婆簶二十六麽娜揭邏醯麽娜揭邏訶波履婆簶二十七駁跋曷利捨揭邏醯駁跋曷利捨揭邏訶波履婆簶二十八鞞須娜揭邏醯鞞須娜揭邏訶波履婆簶二十九怛履瑟那揭邏醯怛履瑟那揭羅訶波履婆簶三十憂波陀那揭邏醯憂波陀那揭邏訶波履婆簶三十一婆嘍揭邏醯婆嘍揭邏訶波履婆簶三十二闍帝揭邏醯闍帝揭邏訶波履婆簶三十三社囉摩囉娜揭邏醯社囉摩囉娜揭邏訶波履婆簶三十四獨佉珊多跋揭邏醯獨佉珊多跋揭邏訶波履婆簶三十五阿囉波囉蹹陛社揭邏醯阿囉波囉蹹陛社揭邏訶波履婆簶三十六阿跋須鞞婆須寫三十七阿跋囉摸跋麽娑卸思夜切鞞也三十八毗尼跋須三十九阿梨耶曷囉捨彌四十薩鞞伽羶帝莎波訶四十一

説此呪已白佛言世尊此四諦順忍陀羅尼是彼瞻波迦華色佛所送爾時釋迦牟尼佛聞此呪已讃言善哉善哉乃至一切娑婆世界諸佛刹中十方來衆及此刹衆亦稱善哉除入定者爾時釋迦牟尼佛告日行藏菩薩言善男子我今不起此座於大衆中廣爲衆生説此四諦順忍陀羅尼文字及義不增不減善男子汝欲來此彼瞻波迦華色佛爲護汝身不怖畏故説身受行陀羅尼乃至説涅槃道日眼蓮華陀羅尼汝今當爲一切衆生於此宣説爾時日行藏菩薩即於佛前説所持來日眼蓮華陀羅尼

怛絰他一徙陀摩帝二毗盧迦其我切麽帝三

哩錄四羈基離切須矣利師五漚制六蘇樓漚
制七佛地毗佛地徒紙切八摩訶佛地九鬱奴摩
提十鬱奴摩爹十一鉢所底篩蹀皆切達臓十二阿
羅伽度蘆婆十三阿囉伽度蘆婆十四鉢所底篩
達臓十五頻豆頻豆麼底十六質吒質吒鉢所底
篩達臓十七頞勤羈十八旃陀羅提十九呵呵虎我切
質榔竹机切二十訶須臓弭二十一訶須迦麼鞞
祇二十二訶須富娜曷羅婆嘍二十三曷囉栘二
十四訶須斫芻二十五三摩帝二十六訶須毗麼須
佛地徒紙切二十七訶須夜帝離二十八訶須毗三麼
揭離二十九訶須三姺爹囉社禪二十訶須鞞麼
須曷囉誓三十一訶須唖呼旨切喊呼計切三十二呼戒
訶須者者帝嘲錄切三十三訶須達麼曷囉誓三十四
訶須蒲呼曷囉誓三十五訶須跋社麼帝三十六
訶須嚧伽曷囉捨彌三十七訶須達麼徙蜜帝

三十八訶須薩婆憂波陀娜三十九若如者切茹若
如者切四十毗社樹豎四十一若者社若若四十二娑
羅末伽其我切若若四十三唖沙寀須四十四娑羅
伽其我切四十五獨歆莎波訶四十六
說此呪已白佛言世尊彼瞻波迦華色佛爲
護我故說此陀羅尼爾時釋迦牟尼佛告長
老耶舍汝可持此日眼蓮華陀羅尼何以故
佛出世難聞此陀羅尼亦復甚難若佛如來
及弟子衆或阿羅漢須彌山王及於大海其
德可說此日眼蓮華陀羅尼非於一劫若百
千劫可說其德此陀羅尼如是甚深汝當一
心受持讀誦於四衆中廣宣說之彼娑婆界
一切衆生聞此呪已一切欲貪色無色貪悉
皆除滅乃至能得漏盡智證得涅槃樂爾時
香象菩薩復以偈讚

惟佛坐於菩提樹　能壞衆魔及眷屬
獨得無上勝菩提　證知一切衆生類
佛放勝光蔽外道　如日能映諸螢火
法母三寶種常住　聖集爲度諸衆生
爲求善法及菩提　供養佛故同集此
惟佛甘露洗衆生　演說菩提勝行故
能度衆生更不生　盡漏盡惡盡煩惱
安置衆生寂滅法　惟佛於世如妙藥
能除衆生諸憂愁　彼佛使送陀羅尼
并復問訊牟尼月　多聞智海慈悲行

說此偈已白佛言世尊譬如有城方一由旬沙滿其中如是一沙爲一佛剎過是數已南方有佛世界名袈裟幢具足五濁佛號山帝釋王如來十號具足今現在說法彼佛如來使我送欲并問訊釋迦牟尼佛少病少惱常安樂不弟子衆等無多患不樂聽法不既聞法已如說行不樂阿蘭若不樂坐禪不佛於此剎破壞魔王及諸惡龍光顯正法轉無障礙清淨法輪但此佛剎諸惡衆生障礙未盡不受法輪者爲是等故彼山王如來令我送此日藏法行壞龍境界餤品一切衆生惡業盡陀羅尼欲名空順忍陀羅尼此陀羅尼有大勢力有大利益能却一切欲貪能盡一切色非色貪能盡一切慢增上慢如上所說乃至能捨苦擔爾時香象菩薩即說所送空順忍陀羅尼

怛經他一　頭摩帝頭摩帝二　惡踦軀宜切　頭摩帝三　鉢囉婆頭摩帝四　薩婆迦捨頭摩帝五　阿鞞却伽其我切六　培鞞娜却伽七　碎蘇骨切朱叉却伽八　阿嘙摸訶却伽九　阿娜涅也却伽十

毗耶佛履帝却伽十一僧迂嘍者却伽十二阿泥麼却伽十三盧者那却伽十四尸棄却伽十五毗底䆿囉却伽十六郁芻麼却伽十七嗚囉却伽十八惡敔却伽十九耶婆麼娜却伽二十尨嘍跛却伽二十一耶婆毗娘那却伽二十二斫芻陀姤却伽二十三耶婆麼娜毗娘那陀姤却伽二十四必利淒陛蒲比切陀姤却伽二十五耶婆毗娘娜陀姤却伽二十六鞙之結切埵都和切履悉窴駐跛薩他娜却伽二十七耶婆阿瑟吒達奢阿勒尼迦佛他達摩却伽二十八獨佉却伽二十九耶婆磨勒伽却伽三十毗婆嘍娜毗敔嘍三十一阿那娜娜三十二阿陛娜娜三十三姥陀飳娜娜三十四薩婆迦囉娜娜囉三十五薩婆僧薩他娜毗瞿跛娜娜三十六阿緊吉因切姤若女我切娜娜三十七叉初詐切婆叉嘍三十八伊犁伊儸三十九伊犁伊伊羅四十䆿利蘇波呵四十一

說此呪已白佛言世尊此陀羅尼是彼山王如來所送爾時釋迦牟尼佛心大歡喜讚言善哉善哉并及一切娑婆世界諸大集衆皆大歡喜同讚善哉除空靜處入禪定者爾時釋迦牟尼佛語香象菩薩言善男子我今不起此座於大衆中廣爲衆生說此空順忍陀羅尼文字及義不增不減善男子汝欲來此彼山王佛爲護汝故說無盡根陀羅尼汝可說之何以故能却一切心受行故得平等一切智智故四魔境界壞故法毋三寶性不斷故爾時香象菩薩白佛言世尊我今當說即於佛前說所持來無盡根大授記陀羅尼

怛經他一捨囉娜毗夜也二式叉毗夜也三徙䆿履帝毗夜也四鉢囉阿拏　毗夜也五

矣履地毗夜也六因地利夜毗夜也七囉斷毗夜也八蒲騰伽毗夜也九三摩地毗夜也十陀羅尼毗夜也十一羼帝毗夜也十二毗棃耶毗夜也十三闍娜毗夜也十四鉢邏若阿霤力口切必也毗夜也十五阿紉奴陵切社毗夜也十六摩伽毗夜也十七遏鼻娘毗夜也十八鉢囉帝三陛爹毗夜也十九步寐無沸切毗夜也二十坒那因切經哪余歌切毗夜也二十一摩訶梅怛梨毗夜也二十二摩訶迦霤那毗夜也二十三摩訶牟帝多毗夜也二十四摩呼卑叉毗夜也二十五必利溸鼻毗夜也二十六薩埵毗夜也二十七達摩毗夜也二十八答摸毗夜也二十九阿盧迦毗夜也三十鉢囉帝婆娜毗夜也三十一鉢囉帝輸盧得迦毗夜也三十二伽伽那毗夜也三十三摩霤須毗夜也三十四鉢囉帝多三姥波爹毗夜也三十五輸娜多毗夜也三十六阿尼簸多毗夜也三十七揜烏合切鉢囉尼系多毗夜也三十八侯嘍須毗夜也三十九瞿沙毗夜也四十緊柘那毗夜也四十一阿鼻三麼夜毗夜也四十二阿怒娜四十二阿奴娜四十四阿嘍呵者者四十五者遮囉四十六者遮囉毗姥四十七柘陛斫芻者遮囉毗姥四十八毗夜也毗姥四十九察夜毗姥五十阿麼毗夜也毗姥五十一阿三姥陀遮囉毗姥五十二塢眵陀毗姥五十三阿迦舍毗姥五十四驃鉢舍麼毗姥五十五阿那婆娑毗姥五十六阿呵呵毗姥五十七阿囉婆囉毗姥五十八優波舍麼毗姥五十九薩利羅毗姥六十莎波呵六十一

說此呪已白佛言世尊此是山王如來所說無盡根授記陀羅尼護我身故爾時釋迦牟尼佛告長老憍陳如汝可受持讀誦此無盡

根陀羅尼憍陳如佛出世難聞此陀羅尼者亦復倍難善男子若佛如來或佛弟子大阿羅漢等於百千劫可得數知一切衆生三世心心數法此陀羅尼德非百千劫說能盡其邊以是故憍陳如當受持此無盡根陀羅尼於四衆中如聞廣說若有衆生得聞此法能盡惡業乃至得四無礙不壞辯才能常樂說於三界中得最勝身爾時燄德藏菩薩摩訶薩合掌向釋迦牟尼佛以偈讚曰

六道煩惱苦所漂　佛智如船自他度
六根所迷魔羂縛　佛出世難說實道
智人能捨六種家　佛爲世親除儉法
得六神通諸三昧　諸佛大聖實語者
能解衆生流轉縛　我等信心聞佛讚
世親使我來此刹　惟願世尊聽我說

爾時燄德藏菩薩摩訶薩白佛言世尊西方過四十二恒河沙等佛刹有佛世界名堅固幢佛號智德峯王如來十號具足今現在說法彼佛如來使我說欲并問訊釋迦牟尼佛安隱住不起居輕利不弟子衆等無多患不樂聽法不若聽法已能如說行堅固住不樂阿蘭若行不如來於此破壞衆魔及龍眷屬光顯正法最勝無礙轉妙法輪但此世界諸惡衆生障礙未盡於佛法輪不順行者是故彼佛說此日藏法行壞龍境界燄品一切衆生惡業盡陀羅尼欲所謂無願順陀羅尼此陀羅尼有大勢力有大利益能盡一切欲貪色無色貪一切慢增上慢我慢等如前所說能裂一切無明闇聚能捨一切苦擔爾時燄德藏菩薩即說所送無願順陀羅尼

怛經他一舍摩那舍婆二阿婆叉舍婆三斫芻舍婆四輸嚧哆囉舍婆五伽拏舍婆六視婆舍婆七迦耶舍婆八摩那舍婆九叉婆毗陀十斫芻畢利洟鼻叉婆十一輸嚧哆囉阿婆叉婆十二伽囉拏帝闍叉婆十三什婆婆喻叉婆十四迦耶羯羅摩叉婆十五摩那烏闍叉婆十六阿盧迦若那叉婆十七毗闍僧羯摩叉婆十八唵句囉呿伽叉婆十娑摩嘍畢也鼻耶叉婆二十舍摩迦闍叉婆二十一叉耶囉娑叉婆二十二攞哆鼻那婆叉婆二十三那都那二十四泥那都那二十五阿婆泥那都那二十六那耶波那夷那都那二十七伊沙伊婆都度呿嗚莎呵二十八

說此呪已白佛言世尊此無願順陀羅尼是彼智德峯王如來所送爾時釋迦牟尼佛及一切娑婆世界諸大集衆皆讃善哉善哉惟除在定爾時釋迦牟尼佛告𧄼德藏菩薩摩訶薩言善男子我今不起此座於大衆中廣爲一切衆生說此無願順陀羅尼文字句義不增不減善男子汝從彼來智德峯王佛爲護汝故說智慧依止陀羅尼汝今當爲一切衆生於此宣說若有衆生聞此法已所有上中下結欲有因緣所有煩惱悉皆微薄復能除却恒河沙劫生死之苦一切惡業亦皆除滅一切善根具足圓滿爾時𧄼德藏菩薩白佛言世尊如是如是我今當說即於佛前說智慧依止陀羅尼

怛經他　佉伽波利眵妹兮切提伽唎婆叉西伽跋梨鼻也娑囉婆伽叉　叉婆踰歧疆兮切鉢底呵梨　奢摩那四迦渧　三摩迷伽闍師踈齋切阿叉夜那低　叉婆跋移常兮切禰

馱那闍師　娑摩娜闍師　娑摩伽邏闍師　阿地呵奢夜闍師　鼻鉢囉婆闍師　西叉闍師　西禰夜闍婆闍師　娑利羅瞿啞(香之切)夜闍師　娑利羅瞿啞夜阿鞞綺婆那鳩世　薩檀拘帝　私婆檀那梯　毗哆鉢囉鼻利低　嘔波羯囉磨那梯　阿那叱地夜跋羅企(魑兮切)鉢羅帝羯迷那　三迦太夜世薩盧遮那婆迷　拘嚧太黎　迦摩薩世阿世奢佉歧　那夜軍闍　鼻地夜跋泥羯羅那跋泥　欝遮跋泥　三迷摩迦梨奢利夜跋泥　摸伽闍師　呵利拘那婆那夜那目企　娑囉叉拘黎　那羅延拏樹黎　因陀羅婆薩泥　烏阿阿婆阿　阿阿(烏可切)何羅婆阿　婆囉阿婆囉　阿羅薩彌伽(其我切)豆佉禰提　囉涅槃醯莎和呵

說此呪已作如是言此是智德峯王佛所說陀羅尼爾時釋迦牟尼佛告長老舍利弗言汝可受持此智慧依止陀羅尼所以者何佛出世難聞此陀羅尼亦復倍難舍利弗若佛如來及佛弟子大阿羅漢於百劫中可得知此四天下微塵等數此智依止陀羅尼德於百千劫說不能盡此陀羅尼如是甚深是故應當受持讀誦於此衆中廣爲人說若有衆生能聽受者彼人所有下中上欲有因緣所生煩惱及色無色有因緣所生煩惱皆悉微薄復能除却恒河沙劫生死之苦五無間業及於女人舊所造業皆悉除滅乃至漏盡得涅槃道爾時虛空藏菩薩摩訶薩合掌向佛而說偈言

如來眞實知法界　示魔衆生正眞道

若有真實生信心　是則能破三惡道
供養如來一香華　無量世受無上樂
無量世中身具足　亦得無上真智慧
若能一聞是總持　即能摧滅諸煩惱
一切人天所供養　獲得無生及盡智
華德藏佛功德具　彼佛使我來問訊

爾時虛空藏菩薩白釋迦牟尼佛言北方去此八十恒河沙世界彼有佛剎名一切香上具足五濁佛號德華藏如來應供正遍知明行足善逝世間解無上士調御丈夫天人師佛世尊今現在說法彼佛使我送欲并問訊釋迦牟尼佛如來於此降伏衆魔及龍眷屬最勝無礙轉妙法輪但此剎中諸惡衆生於佛法輪不順行者是故彼德華藏佛說此日藏法行壞龍境界談品一切衆生惡業盡陀羅尼欲所謂奢摩裴多悉致那利陀羅尼此陀羅尼能令衆生得大勢力得大利益得大安隱能除一切病苦能壞一切煩惱一切陰入界能差別知一切法能示一切方便能清淨涅槃道能令一切衆生心生歡喜能入一切法門無有障礙能以正法降伏外道令住佛法能壞一切魔王境界此陀羅尼有大力用善攝一切諸魔外道令失勢力能令諸天生大歡喜能令夜叉心生知足能怖阿修羅能壞金翅鳥能令緊那羅生大歡喜能令摩睺羅伽不敢迴顧能令外道默然無對能令剎利心生歡喜能令婆羅門信入佛法能令毗舍首陀羅等皆大歡喜能令女人不樂多欲能令懷孕女人產生安隱能令多聞人心不失念能令坐禪人樂阿蘭若能除一切患

難一切鬪諍飢饉疫疾能除内外蚪究能除非時寒熱風雨暴水苦辛枯澀惡觸等事能光顯法毋建立佛法紹三寶種令不斷絶於生死中作大安慰能生盡智能證無生智能壞無明闇聚一切苦擔此名奢摩裴多悉致陀羅尼爾時虛空藏菩薩即於佛前說奢摩裴多悉致那利大授記陀羅尼

恒經他一摩那叉二阿婆叉三羅伽婆叉四闍羅叉五末摩那叉六阿婆叉七曼陀叉八那荼叉九那荼囉叉十鼻薩那吒十一佉伽那吒十二阿吒那吒十三拘那吒十四鉢利鳩薩那吒十五那荼那吒十六富利迦那吒十七欝怛羅那吒十八迦毗那吒十九軍闍那吒二十蘇目伽那吒二十一遮婆茂婆囉那吒二十二佉伽凡鉗婆羅那吒二十三富沙迦囉那吒二十四系娑蘇我切欝盧達囉那吒二十五三摩羅耶那吒二十六失囉鳩三二十七憍怛吒二十八怛羅二十九摩姤佉囉婆三十提畜叉三十一婆帝囉竪三十二豆婆那摩囉竪三十三婆呵那否智三十四僧低羅闍婆三十五阿摩囉闍竪三十六摩呼囉伽闍羅三十七阿彌拏婆囉三十八阿彌拏叉三十九阿婆阿摩唎伽彌拏叉四十哩沙哩婆都豆佉寫莎波呵四十一

說此呪已白佛言世尊此陀羅尼有大勢力有大利益彼德華藏佛令我送來爾時釋迦牟尼佛讚言善哉及一切大衆皆讚善哉除坐禪者爾時佛告虛空藏菩薩摩訶薩言善男子我今不起此座廣爲大衆說此陀羅尼文句及義不增不減善男子汝從彼來德華藏佛爲護汝故說陀羅尼令惡心者生歡喜心諸不信者悉皆惛睡此陀羅尼從德華藏

佛所久修四無量行生汝今當爲一切衆生於此宣說若有聞此陀羅尼一切惡人皆生歡喜爾時虛空藏菩薩即說一切惡心衆生生歡喜心不信衆生悉皆惛睡陀羅尼

怛經他一浮呼鼻利呵二浮浮囉三哩邏囉浮四一邏五婆呵六呵籌七伽籌八伽伽那叉九奢摩奢摩十蜜多囉蜜多囉十一斫迦羅十二跋帝帝𨽻十三娑伽囉帝𨽻十四豆利哆吲香指切㝹十五吲棃呵跋醯十六那羅闍嚌吒戒切十七夜婆那蜜低棃十八綺底蜜低棃十九婆利蜜低棃二十始佉蜜低棃二十一摩都囉蜜低棃二十二佉伽蜜低棃二十三薩都闍蜜低棃二十四薩婆羯摩蜜低棃二十五摩那跋利哆蜜低棃二十六陀胝張夷切濕婆囉蜜低棃二十七莎和呵二十八

說此持已一切惡龍各還所住悉皆睡眠惟除得忍不退轉者乃至惡夜叉惡阿修羅惡迦樓羅惡緊那羅惡卑離多惡毗舍闍惡富單那惡迦吒富單那彼一切衆各還所住皆悉睡眠惟除得忍不退轉者若復有人惡心麤獷無有慈悲彼此懷恨常不捨離不畏當來墮於惡道造五無間誹謗正法毀呰聖人樂行不善彼惡衆生聞此呪已悉皆惛睡有信心者得慈悲心不鬪諍心得不濁心得念法緣心畏當來世墮三惡道得恭敬三寶心得念法心念寂滅心一切衆生聞此陀羅尼已即得住於如是等心爾時虛空藏菩薩白佛言世尊我欲來此彼德華藏佛爲護我故說此陀羅尼爾時釋迦牟尼佛告長老目揵連言汝可受持此陀羅尼目連如來多陀阿伽度阿羅訶三藐三佛陀出世甚難聞此陀

羅尼亦復倍難所以者何此陀羅尼從無限齊四梵行生目揵連如來百千劫不行餘業說此陀羅尼義一切天人無有能知者乃至十地菩薩亦不能知惟除諸佛此陀羅尼如是甚深如是大力能與大利益能速滿足阿耨多羅三藐三菩提又能滿足大慈大悲教化衆生是故目連汝當受持讀誦此陀羅尼於大衆中廣爲人說若有聞此陀羅尼者得大利益多瞋衆生於未來世應受惡者皆悉盡滅不受果報能知生死多諸過惡修大善根取大福德親近大善知識供給供養是故速得不退阿耨多羅三藐三菩提目連此陀羅尼能然法燈紹三寶種

大乘大方等日藏經卷第四

音釋

裨（薄雞切）栘（余支切）培（薄回切）坒（毘利切）眵（赤脂切）驃（毘召切）羂（姑泫切網也）豻宄（豻居閑切宄居洧切）

大乘大方等日藏經卷第五

隋天竺三藏那連提耶舍譯

定品第四

爾時世尊告四使菩薩及其眷屬諸菩薩等善男子汝若樂住此娑婆界者各各隨意入所修學自福德善根三昧陀羅尼三摩提三摩跋提時四菩薩及其眷屬即便各各隨意入定入禪定已身出光明有菩薩光如大炬火有菩薩光乃至如百千萬日月光者爾時大德憍陳如承佛神力作如是念我今欲問如來一義如來因是或當分別廣說如是四陀羅尼文字及義如來若說此娑婆界十方之衆若得聞者壞疑網心於一切法得大光明速得四果未得須陀洹果速得須陀洹未得斯陀含得斯陀含未得阿那含得阿那含未得阿羅漢得阿羅漢過三惡道得人天身一切悉行純善之法作是念已即從座起合掌向佛默然而住爾時佛告阿若憍陳如汝將不欲問我義耶憍陳如白佛言如是世尊我實欲問願佛聽許如我意說佛告憍陳如隨汝意問我當廣說令汝心喜一切天人聞此語已皆生歡喜爾時憍陳如白佛言世尊如佛經中說有二種所謂愛及富伽羅行於生死云何名愛云何名富伽羅何故如來說此二種行於生死佛告憍陳如善哉善哉快發斯問憍陳如汝爲憐愍一切衆生故作是問欲與一切衆生樂故作如是問如是問者是知時問憍陳如至心諦聽我今當說憍陳如言如是如是如佛所說我當受持爾時世尊告憍陳如愛有三種所謂欲愛色愛無色

愛復有三種所謂有愛離有愛法愛憍陳如何者欲愛欲名放逸放逸因緣則生貪觸以觸因緣則生樂想如是等法衆生樂著欲心發動如火所燒欲因緣故樂造十惡捨離十善以是因緣墮於地獄畜生餓鬼生貧窮夜叉中欲因緣故於生死中受五陰身具種種苦雖受是苦不生怖畏心無慚愧不樂修善於流轉中難得人身設得人身以欲因緣身口不淨造作無量諸重惡業乃至五無間業以是因緣復於生死三惡道中受大重苦一切受苦皆因欲心欲集因緣猶如糞豬被於繫縛趣三惡道受諸苦惱是故如來爲斷貪欲宣說正法呵責欲法若有衆生得聞如是呵責欲已能如實觀諸欲不淨如毒生果如大火聚如滿瓨毒藥如滿瓶糞如利刀如賊如旃陀羅伽絺那如熱鐵丸如大雹雨如惡毗嵐婆風如惡毒蛇如惡野澤如羅刹洲如跋陀伽都如種種糞掃聚如尸陀林是人如是知欲過患於欲事中生大怖畏身大戰動愛法樂法學法欲剃除鬚髮身被法服求於正法求法自在於正法中生清淨心於法道中行法救濟如是樂者彼人臨終獲得正念以念法故樂法氣味故念法果報故見十方佛在大衆中宣說法要教化衆生既聞法已得歡喜心心歡喜故數數得見諸佛色身是人死已離三惡道生有佛刹常與善人遊止共俱能行布施忍辱精進樂於禪定修習五通樂涅槃道大慈悲心教化衆生能得諸佛瓔珞莊嚴功德之身過去所有煩惱及習悉皆盡滅彼諸衆生得如是莊嚴身心譬如香

篋盛種種衣服皆香而彼香華不失稱兩不損其色如是憍陳如若有衆生樂法因緣臨命終時得見諸佛見佛因緣得歡喜心心歡喜故生有佛刹共善衆生同其事業亦復如是自增善根得種種瓔珞莊嚴身心不久得阿耨多羅三藐三菩提覺而彼善不滅是故憍陳如若有善男子善女人見自利益見他利益見彼此利益常應親近善友學善友法常聞善友呵責欲法種種過患如是聞已乃至得阿耨多羅三藐三菩提道憍陳如所言善友者謂諸佛菩薩辟支佛阿羅漢又善友者即我身是何以故我今出世憐愍衆生欲爲斷除一切苦惱能說諸欲一切過患是故大衆應受我語我不妄語常真實語非無義語非麤獷惡語慈悲心語我今當說諸欲罪過汝等應當一心受持既受持已於三惡道速得解脫乃至得阿耨多羅三藐三菩提爾時一切娑婆世界三千大千一切大集諸來衆等同發聲言惟願如來宣說欲過我等聞已如佛所說至心受持佛言憍陳如諦聽諦聽四種因緣衆生生欲何者爲四色貪長短赤白等貪觸貪樂貪樂歌舞種種莊嚴瓔珞服飾等貪何者色貪色名四大和合生生滅不住無我無衆生如是四大無我無衆生一切凡夫無明顛倒横於色中而生覺觀此是男此是女此好此惡此可樂此不可樂欲火入心猶如鬼著男見女身執相取著長短黑白以是因緣未生欲能令生已生欲能令增長是人如是念欲轉多常不捨離一切善根悉皆減少不復愛樂諸善知識不能善護身口

意業與一切罪而共和合不見一切諸欲過患以不見故命終即入三惡道中或在地獄或在畜生或在餓鬼於彼惡道無量世中受諸大苦皆由貪欲貪欲因緣令欲增長諸有智者觀察女色念不淨想不念女身所有髮毛皮肉筋血但念白骨專心不捨如女人身男子身亦如是如見近身遠身亦如是如他身自身亦如是但念白骨不念髮毛皮肉筋血如是念已數數思惟心常信念不忘失者此名心順行道初斷欲法門是人復念彼骨中心三摩跋提住於眉間如棗許處如是念已數數思惟心住不失彼人爾時心得寂靜氣息不出不入不見惡相不見惡事不樂不念乃至不緣一法是則名爲奢摩他名心寂靜此名煩惱順行道第二斷欲法門云何身寂靜是人如是念故能令身中出入息定不入不出彼智慧人波羅娑佛陀身心樂寂滅如是念故心速順奢摩他此名第三寂滅攀緣斷煩惱道法門是人復念頭骨頂中如一小棗處如是數數念已見彼中空如是數數念空見彼頂骨如一沙塵如是第二第三見骨末依此法用一切頭骨皆如塵末見彼骨末爲風所吹如是見一切身骨皆悉如末爲風所吹如是不見身骨乃至見虛空彼中身心波囉娑三跋帝此名第四順奢摩他寂滅攀緣斷煩惱道法門爾時長老阿若憍陳如白佛言世尊虛空相者是有爲相不佛言如是善男子虛空之相是有爲相時憍陳如復白佛言世尊若虛空相是有爲者爲是自相爲他相耶佛言憍陳如若能觀察一切法界

及有爲界是名自相何以故若能觀察色寂靜者當知彼人能見如來所以者何若人觀骨見骨如末爲風所吹見是事已能深觀察色之實性是人爾時見一切色悉皆空寂乃至不見一切諸相惟見虛空但念虛空於彼虛空數數修習見十方色一切皆空如淨瑠璃於中復見無量諸佛乃至十方亦復如是見佛身已又見如來三十二相八十種好乃至十方悉見諸佛色身具足光照團圓如尼俱陀樹彼人過去若曾習學涅槃之道有善根者即作是念我當問佛如是虛空誰之所造久近當滅作是念已即便問佛爾時如來即爲宣說夫虛空者但有名字無有作者當何所滅言虛空者無有覺觀無物無數無有相貌無出無滅一切法相亦不可得能想所想亦皆是無了知是已於諸想縛悉皆解脫即便獲得阿那含果能斷一切貪欲之心惟有色愛無色愛結及於掉慢諸無明在彼人爾時見佛身已作如是念我今當知如來身相長短廣狹作是念已見所在處十方空中悉有如來彼人爾時欲得觀少即便見少欲得觀多隨意見多無量無邊亦復如是復次彼人更作是念如是諸佛從何所來復作是念如是如來無所從來去無所至彼人爾時不見諸佛有去來已又作是念三界受身心但虛假以是因緣我隨覺觀欲多見多欲少見少諸佛如來即是我心何以故自心作佛自心見故心即我身身即虛空我因覺觀故見無量無邊諸佛我以覺心見佛知佛非心心知非心心見見心相者則不可斷我觀法

界性無牢實隨念生故是故一切所有性相及心覺觀即是虛空虛空之性亦復非有若能如是見彼空者已於過去發菩提心彼人修習三昧因緣即得諸佛現其前住是人若發求聲聞心即得一切無相三昧既修習已復得無著清淨智心遠離無明亦復獲得隨順空忍不久得於四果眞證彼人若見空即是空爾時即得身心寂靜得寂靜已是則名爲空解脫門入是門已欲得取於阿羅漢果則爲不難此名第五修習寂滅諸攀緣斷煩惱道眞實法門爾時世尊說此法已彼大衆中有九十九百千萬億諸天及人得奢摩他順忍八萬四千人得空順忍如是六萬天人得空三摩提解脫法門二萬衆生皆得諸佛現在三昧無量衆生得須陀洹果八十四百千比丘得無漏道爾時佛告憍陳如言若復有人自觀頭骨心若不停及不樂者是未調伏既未調伏亦復不能得於解脫彼人爾時應當更詣屍陀林所觀察死人或見青瘀膖脹血塗或見膿流處處淹漬皮肉爛潰筋脉相交禽獸往來爭共噉食或見白骨其色如珂髑髏頷差移手足分散見是相已當熟察心樂住何處知已即觀常念不捨一切外色敗壞若斯自揆我身亦應如是始從青瘀臭處腥臊終至白骨支離消散心常專念勿使他緣若住若行若坐若卧勤修觀行滑利流通晝夜相續不令馳散閉目開目恒使分明從少至多内外洞徹如是展轉乃至山河草木叢林人畜等物皆作骨相亦復如是於四威儀常見自身骨具等事未曾捨離如是心住

不動如山於一緣中常定無亂不淨念等悉具足滿彼人爾時於此身中作是觀已乃至命終不起染心於現在時能離貪欲他世未能此人若得順虛空陀羅尼即能觀骨作離散相如是念已四方俱時皆令風起吹此骨身皆悉磨散使如微塵如是自身風因緣故皆作塵已一切諸色一切大地亦各以風因緣力故散如微塵如是作已身及萬物悉皆隨風塵飛消散都無所見猶若虛空離諸言說如是觀已得虛空相見一切物如青瑠璃數數修習如是等念令不馳散如是觀已復觀虛空作於黃色係心憶想亦令成就無分散意如是觀已復觀赤色想念赤色觀赤色已復作白色想念白色觀白色已復觀紫色紫色成已觀玻瓈色於虛空中作如是念如是萬法色及地等一切諸物皆見青色及玻瓈色令不馳散作是觀已次作水想亦見青色及玻瓈等一切諸色皆見於水更無餘想惟見大地如四指許餘皆爲水彼人見是四指地已更無增減復作是念我於今者當以足指動此大地使令動轉隨意久近若欲令於少分動者即隨所念如是動已乃至能令諸山大地大海江河一切隨動出大音聲其聲遠徹聞於餘方復觀諸水有種種色或優鉢羅華拘物頭華鉢頭摩華分陀利華如是種種一切諸華皆隨念見復觀虛空皆作地想於其地上行住坐臥俯仰屈伸復觀一切土石諸山作種種色其形細輭如兜羅綿於其山上迴轉去來經行宴坐彼人爾時作如是等諸外觀已悉皆放捨還更攝念復自觀

身作輕微想更增修習令其成就如兜羅綿隨風飄散作是觀已於虛空中行住坐卧是人復入火光三昧身現種種妙色光明青黃赤白及玻瓈色又復遊入燄摩迦定於身上下互出水火乃至地中現於出沒如鳥處空無諸障礙日月威力有大光明能以手摩不生驚畏又復身上到於梵天作如是等現神變已復隨所樂作如是念於其身內或青或黃或赤或白或復現紫及以玻瓈復作是念我當云何得見諸佛隨其方所皆悉覩見彼人爾時若欲見小隨念即見若欲見大亦隨念見乃至塡塞遍滿虛空復作是念是等諸佛無所從來去無所至惟我心作於三界中是身因緣惟是心作我隨覺觀欲多見多欲少見少諸佛如來即是我心何以故隨心見故心即我身即是虛空我因覺觀見無量佛我以覺心見佛知佛心不見心心不知心我觀法界性無牢固一切諸法皆從覺觀因緣而生是故法性即是虛空虛空之性亦復是空我因是心見種種色青黃赤白一切雜色及以虛空種種示現作神變已所見如風無有眞實但妄想心依止於色是則名爲共凡夫人順四諦陀羅尼佛言憍陳如何者名爲不共凡夫四諦順陀羅尼若有人能作如是念此虛空者不可捉持無有覺觀不可宣說心亦如是猶如虛空不可捉持不可宣說如是二種皆悉虛妄憂愁惱亂猶如火燒虛誑鬪諍我今捨離是空色等一切諸念亂想覺觀如是捨諸虛空色等虛妄覺觀一切心已心不復生離諸念故心得寂滅得寂滅已更

不復生何以故心縁滅故是心便滅身心釋悗悉皆捨離以捨離故身得安隱捨覺觀故口離語言心安一縁修習滅定是人爾時一日一夜入於如是寂滅三昧如意自在經無量億百千萬歲於是三昧堪忍不散從滅定起捨有漏法及其壽命入於涅槃此名無漏不共凡夫四諦順陀羅尼第一解脱門佛復告憍陳如云何名爲共凡夫人四諦順陀羅尼若有人能作如是念我隨覺觀觀如是色觀如是我我心即色色即我心若我遠離一切色相觀虛空相是人爾時修虛空相即入無量空處三昧此則名爲共凡夫人順四諦陀羅尼義若有人能作如是念色即是空我以此色因縁空故得見虛空何者境界是虛空相虛空之性名無障礙是風住處如是風

者是四大相我色亦爾是四大攝此二法者無有差別心亦如是猶如虛空復作是念此四大者以何爲體一切諸法性自空寂自他等性亦皆空寂夫虛空者即無所有不生不滅無處無家作是觀時繫念諸佛既繫念已見虛空中有無量佛一心念已得阿那含果此則名爲不共凡夫四諦順陀羅尼第二解脱門復次行者作如是念何者境界是虛空相復何因縁名爲我相行者自念言虛空者即是我也即是淨我即是我心我者無色如空無邊我亦如是此則名爲共凡夫人如實陀羅尼若有能觀一切法空無我我所言空處者即是無我色亦無我若觀如來即是我也我見佛已得須陀洹果斯陀含果阿那含果乃至一切有漏法盡得阿羅漢果此則名

爲不共凡夫四諦順陀羅尼第三解脫門復次行者若觀於我清淨不濁即是空處空即我心若能永斷一切煩惱即是淨心若能修習八直正道是名淨心作如是學即能獲得須陀洹果乃至證得阿羅漢果此則名爲不共凡夫四諦順陀羅尼第四解脫門復次行者若有欲觀於色相者即分別相分別相者即是瞋相瞋恚相者即生死相我今爲斷生死相故觀心相空此則名爲共凡夫人四諦順陀羅尼行者若觀於我即是寂靜我今亦未斷於覺觀若觀於我及我我所如觀虛空我我所者即是苦也苦所從生即名爲集如是苦集是可斷法是名爲滅觀苦集滅是名爲道得須陀洹果斯陀含果阿那含果乃至獲得阿羅漢果此則名爲不共凡夫四諦順陀羅尼第五解脫門復次行者作如是念何以故我今已觀此虛空相夫虛空者即是於我我若遠離虛空觀者次觀識處如虛空觀識觀亦爾如虛空處無量無邊識亦如是無量無邊此則名爲共凡夫人四諦順陀羅尼行者若念識名爲想亦名覺觀識即是苦知苦所從名之爲集苦集可斷是名爲滅觀苦集滅是名爲道得須陀洹果斯陀含阿那含阿羅漢果此則名爲不共凡夫四諦順陀羅尼第六解脫門復次行者若觀識處即是覺觀如刺入身如瘡如病如我前時遠離空處離空處已亦離識處離識處已修無想處是人爾時得無想已不緣一法即得住於無想三摩䟦提此則名爲共凡夫人三摩䟦提若觀識處即是瘡痍苦惱之法如病如癰如我

遠離觀於識想次觀無想言無想者即是無我無我我所想念清淨大般涅槃作是觀時即得須陀洹果斯陀含果阿那含果乃至得於阿羅漢果此則名爲不共凡夫四諦順陀羅尼第七解脱門復次行者若有能觀無想處者即是細想如我遠離是無想處觀非有想非無想處亦復如是此則名爲共凡夫人如實陀羅尼若觀非想非非想處即是大苦是處可斷可得解脱作是觀時彼人即得須陀洹果斯陀含果阿那含果乃至得於阿羅漢果此則名爲不共凡夫四諦順陀羅尼第八解脱門憍陳如此陀羅尼有如是等不可思議種種利益又能除斷一切欲貪一切色貪一切非色貪離凡夫位得聖人法永斷一切三惡道因於當來世不更受於地獄畜生

及以餓鬼是名四諦順陀羅尼汝今當知此即是彼瞻波迦華色如來所遣日行藏菩薩所賫持欲我今在此説大集經是故彼佛送此欲來此陀羅尼能斷一切諸結煩惱又能永盡一切結根諸增上慢及我慢等一切妬嫉能刦世間一切家業一切戲笑能斷一切我見一切疑見及婆羅多觸能斷一切常見斷見壽命見逋沙見富伽羅見作見知見一切色見乃至觸見一切生見一切四大見能斷如是一切諸見能知一切五陰十二入十八界等能令受者得涅槃樂能壞衆魔調伏惡龍能令一切諸天及諸夜叉皆生歡喜能怖阿修羅及迦樓羅緊那羅摩睺羅伽能壞一切惡邪外道能悦一切刹利婆羅門毗舍首陀羅能令一切多貪婦人念於少欲能令

多聞人心生歡喜能令坐禪人樂阿蘭若能療一切諸惡重病能却一切鬬諍饑饉疾疫凶衰及諸横死能除外賊惡風惡雨惡水暴河非時寒熱種種苦辛麤澀惡味能光法母建立法幢紹三寳種使不斷絶又能安慰生死流轉恐怖衆生令其快樂能生盡智證無生智能裂無明破諸闇聚能捨苦擔入於涅槃佛説此四諦順陀羅尼忍時無量無邊阿僧祇衆諸天及人遠塵離垢於諸法中得法眼淨九十六億那由他衆生捨諸煩惱心得解脱八十億百千那由他衆生得此四諦順陀羅尼無量無數阿僧祇衆生發阿耨多羅三藐三菩提心亦復得於不退轉道四萬二千衆生得無生法忍一切天龍夜叉羅刹阿修羅迦樓羅乾闥婆緊那羅摩睺羅伽薜荔多鳩槃茶毗舍遮人非人等皆悉讃言善哉善哉無上世尊言音微妙不可思議最勝難量不可稱説無慧眼者爲出智光苦擔衆生能爲除却於流轉海作大船栰如是善巧無礙智説誰有聞者不樂發於阿耨多羅三藐三菩提心爾時長老阿若憍陳如白佛言世尊云何名爲日眼蓮華陀羅尼如日行藏菩薩摩訶薩之所宣説智者受持讀誦書寫得大利益於三界獄不生樂想得無相三摩提解脱門得無所有處三昧得雙頭滅結若有聞者能薄煩惱七返常受人天之身於人天中能得聖道不爲貪欲之所染汙諸天世人常所恭敬佛告憍陳如諦聽諦受精勤用心莫生疲懈汝所問此日眼蓮華陀羅尼者非是一切聲聞辟支佛心行境界何以故此陀

羅尼乃是清淨十八不共佛法力生憍陳如若我今於百千萬劫說此日眼蓮華陀羅尼終不可盡亦令聞者一切天人心生迷悶此陀羅尼惟佛能說惟佛能聽何以故此陀羅尼有無量義難知難覺如日眼蓮華陀羅尼自餘三方無盡根陀羅尼智依止陀羅尼惡睡眠衆生陀羅尼亦復如是憍陳如白佛言世尊惟願說彼南方山王如來香象菩薩所送空順陀羅尼佛言如是如是至心諦聽當爲汝說憍陳如若有衆生觸欲因緣惛醉迷亂不知解脫醒覺之處流轉生死於無量劫在三惡道受諸苦惱不可堪忍菩薩摩訶薩大慈悲心見諸衆生受如是等無量苦惱起大精進修行諸道修行道已得阿耨多羅三藐三菩提得阿耨多羅三藐三菩提已說出

苦道若有衆生能至心聽如說順行即得脫苦得須陀洹果乃至阿羅漢果佛告阿若憍陳如云何觸欲若有衆生和合欲事因和合故則生於觸因觸生樂因樂生苦苦因緣故生死苦惱從是而生憍陳如如四毒蛇以四因緣能害衆生所謂見毒嘘毒嚙毒觸毒如是一切念欲衆生亦復如是有見因緣有聞因緣有念因緣有觸因緣以是四緣令諸衆生遠離一切諸善根本於生死中受大苦惱佛告憍陳如云何名爲觸欲解脫若彼行者作如是念以何方便得離觸欲復作是念若我能觀骨鏁遠離貪欲是則名爲最勝方便作是思惟色者即是四大所造四大所造即是無常性無牢固破壞離散皮肉髮爪膿血筋骨智者終不於是身中生淨好相作是觀

已若晝若夜悉見一切十方清淨猶如珂貝見是事已即時獲得一切世間不可樂想如是行者復作是念我此生死煩惱鼓作我於此想若樂修者則能斷除一切煩惱生老病死如是行者於一切骨正覺觀已一心正念不失不動此名奢摩他如是次第正觀頭骨乃至足骨一心正念不失不動此名毗婆舍那復作是念以何方便得破生死作是思惟觀於口鼻和合入出風方便故破生死鼓如是行者自觀身骨猶如碎末為風所吹於自身中骨想皆盡不見身相如是觀時遠離身相生於空相不見内法此則名為第一空門復次行者於自身中復更思惟一切外色風力所壞作是觀已於此内外一切諸色不念不見此則名為第二空門復次行者作如是念我今不見一切内外諸色相貌皆是空力我今定知一切諸法無有去相無有來相作是觀時一切覺觀悉皆永斷此則名為第三空門復次行者作如是念識為大罪復觀是識知是一切覺觀因緣我當遠離心意識行何以故若有集法當知定滅一切有法體非真實一切有法性是寂滅此則名為第四空門作是觀時得須陀洹果乃至阿羅漢果或有獲得法順忍者或有獲得菩提證者復次行者若觀覺觀是滅相者即得滅定此則名為不共凡夫空順陀羅尼是陀羅尼成就無量一切功德有大力勢能大利益永斷無量諸大苦惱善能除斷一切欲貪一切色貪乃至一切想非想貪能捨一切煩惱苦擔此即是彼山王如來香象菩薩摩訶薩所送以我

說此大集經故彼佛送此陀羅尼欲說此法時九十二萬百千衆生得須陀洹果六百萬諸衆生等不生煩惱得無漏道慧心解脫九十九那由他百千衆生於初學中得此空順陀羅尼八百萬諸衆生等得辟支佛證智定心六十六頻婆羅衆生發阿耨多羅三藐三菩提心無量衆生亦得住於不退轉道一切大衆皆讃善哉天雨雜華并散香末爾時憍陳如復白佛言世尊惟願如來爲我說彼智德峯王佛遣啖德藏菩薩摩訶薩所送無願順陀羅尼佛言如是如是憍陳如至心諦聽當爲汝說有諸衆生處在世間愛樂於欲晝夜貪味不知出道不知出故於流轉身受大苦惱是人應當觀於無願解脫法門作如是念欲欲色欲及無色欲觸欲解欲如是等欲因覺觀生諸行因緣和合故有復次行者更如是念如是諸行無有作者無有受者因風造作故有於我身口意行亦復如是因風而生因是風故身得增長因是風故口得增長復作是念若身口意因風造者我當碎身令如微塵如是念已諦自觀察我此身中入出氣息即同彼風諦觀一切身諸毛孔從風因緣故有生死復觀一切不淨之物肉血髮爪因風故成復觀是身命終之時是屍更無風息入出復作是念我身口行因緣於風若無風者無身口行是故爾時得空三昧修習增長因修習故一切有本葉薄花萎乃至漸漸能斷欲貪及以解欲作是觀已得須陀洹果乃至阿羅漢果或有發阿耨多羅三藐三菩提心復次行者若心亂時應如是觀彼欲因

縁念種種色乃至念天以是心散時彼行者更如是念若我一切諸生處中欲未斷故此心更生譬如伐樹不除於根惟却枝榦不除根故其樹更生愛亦如是愛入未斷能生諸苦復次行者不念於取一心專修乃至我身骨鎖雪白色如珂貝悉皆筋連見骨鎖已是時若眼中見内外色或復見彼一切皆空但骨鎖連色白如貝不增不減時彼行者如是念已不失於心此名奢摩他復次行者若如是學此我頭骨齒骨項骨乃至此是我脚指骨如是念者坐不得禪何以故以有奢摩他毗婆舍那兩種念故心不得禪時彼行者攝念縁中心住不動歡喜快樂速疾得修若獨念一毗婆舍那心正住者應當速疾念彼骨鎖專繫思惟此行若明更好觀察骨相成塵磨滅分散隨逐因縁作是觀者此名毗婆舍那順忍覺若一切骨離垢色白碎末爲塵與心和合如是思惟此名生順忍覺若彼行者觀一切色離垢潔白及骨成塵離我和合心識去來如是觀者此名無我盡順忍覺若一切色爲識境界眼中來者離垢淨白及以骨塵作如是念彼不可說不可捉持亦不可停住如是念者此名奢摩他順忍覺如是行人得此順忍覺因縁故於三世中現在未來一切貪欲悉皆除滅及盡三有於三界中脱三垢縛即得入於三解脱門如是念已得須陀洹果乃至如是一相念者得阿羅漢果復次行者觀一切色及以骨鎖猶如珂貝離垢筋連見骨鎖已時彼行人心定不動若心不動行住坐卧常繫一縁如是念者名奢摩他調

柔修習時彼行人復更内外觀察於空念内外空得入三昧觀一切色悉皆青相念此骨鎖亦作青色見諸骨鎖作青色已時彼行人復作是念誰作此色及骨鎖青誰造誰安乃至瑠璃及玻瓈色作此思惟分別想已更如是念此青色者心因緣見是虛妄見非是實見如是念已知法從緣精勤修習於諸世間常爲衆生禮拜供養佛告憍陳如此無願順陀羅尼義除不樂想及除食中諸顚倒想是彼智德峯王如來遣燄德藏菩薩摩訶薩所送來欲爾時座中有菩薩摩訶薩名正念智白佛言世尊若諸聲聞修不淨相及奢摩他得成相已有何等相佛言善男子若爲破壞貪欲之結修不淨念繫心眉間自觀已身三百碎骨如是相出及不淨念於是時中彼行人身亦熱亦動此名初相得是相已乃至常觀彼如是相見自已身澀觸等相及以他身亦復如是名第二相又彼行者修不亂心一切悉觀亦皆不淨名第三相是人能觀苦集盡淨名奢摩他行者身中如是相出得於煖法如溫乳汁灌注身心此則名爲不動心相時彼行者若有心中樂如是相當捨念心此相清淨貪染自除無明汙心智慧斷故行者如是觀白骨時念此骨相乃至寂滅因緣故有如是觀察即見一切身中煖出此如是相名奢摩他得具足滿此則名爲煖相善根行者爾時緣於過去福德善根今作此修心行清淨見智如燈内心自知復次行者觀身四行從於鎖骨乃至微塵洞徹明了如自額中覩於燈燄見一切色及以自心并心數法盡

分別知譬如窻中日光明照微塵迴轉無暫時停一切有爲譬於塵性作如是念乃至世間一切有法見無我見寂滅實智行者爾時得頂善根是名頂法復次行者得頂法已更自觀身或見火出或見火然或見大光滿十方面從初禪地乃至四禪善根所生如是色陰微妙四大彼行者身亦如是得所見身色滿足禪樂不異於天時彼行人更從心裏復出日光見於十方處處日輪皆悉遍滿見是相已不生心念是時得入空三昧中復見頂上種種色出猶如傘蓋此名頂相功德善根復次行者不取緣相四諦順忍爾時彼中得四諦證善男子此名聲聞修習不淨正念因緣不淨正念因緣成已得奢摩他是名白骨燈光觀相復於彼中如是相生亦見是相見是相已得歡喜心歡喜因緣得八正道因八正道能斷一切煩惱愛結得須陀洹乃至阿羅漢果善男子汝自剎中勝燄佛土聲聞之人若富伽羅樂阿羅漢觀如是法不淨因緣即得道果說此不淨解脫法時無量無數無邊衆生得證四諦如法順忍乃至無量無邊衆生得如實果爾時世尊復告阿若憍陳如言善男子若一切衆生共同一心其四眞諦可以一念而證得者如來應爲一切衆生演說一行一法一事亦不應有八萬法聚隨逐因緣差別之異若一人證時一切衆生亦應同證若一人斷時一切衆生亦應同斷不應別有聲聞三乘不應別有菩薩十地何以故煩惱同故斷時證處處所是同憍陳如是故衆生應以種種因緣調伏不以一緣及以一

事憍陳如若一切衆生覺觀未盡如是時中一切有法大瘡大刺種種有生種種生中有法增長種種相種種色種種心時彼行者如是思念若欲自心樂心取相觀此骨鎖心和合生彼念因緣作此初心次第思惟如是必定得涅槃道果證不難又見此身得樂因緣不退轉故復次行者作如是念何因緣故心和合生彼因緣故樂說方便能知是者此則名爲第二勝心現見法樂住必定心得不退轉復次行者如是思念我今此心幾許因緣和合共生處處覺觀攀緣取捨如是身心有樂受故或妄想住我於彼身心樂寂滅又如是念若我因緣和合故生緣骨鎖故身心安樂樂已還滅若彼行人生於眼識乃至意識生及住滅方便因緣亦皆寂滅作如是念此則名爲第三勝心現見法樂必定不退得涅槃道以是因緣及得四果不久不難復次行者作如是念若我此身一切法界通達方便清淨體性亦非體性寂滅方便住復如是念我一切心相寂滅方便住又一切心相覺觀相滅寂靜心住此則名爲第四勝心現見法樂如是必定得涅槃道身雖未證欲證不難憍陳如如是四種最勝尚心和合現時即得明見八十四百千三摩提行門見是行已得阿那含果乃至得阿羅漢果爾時又得二種解脫有大勢力具大神通爲諸天人禮拜供養憍陳如一切衆生非實一乘一行一貪一念一欲一解一信是故如來宣說種種句偈名字種種法門以是義故如來具足十種神力憍陳如一切衆生具有種種顛倒之想是

故如來爲淨衆生顛倒想故說無常想或樂苦想或無我想或樂死想或膖脹想或樂爛想或樂膿想或青瘀想或樂種種蟲噉食想或樂臭想或樂骸骨離散等想爾時阿若憍陳如重白佛言世尊云何名爲一切世間不可樂想云何復名一切世間食不淨想憍陳如汝今不應問如是事何以故我此剎中別有方便得涅槃道及四果法彼剎衆生根性不同信心行別方便力別得涅槃道國界既殊其相各異憍陳如若我具說如是之法惟除得無生忍菩薩摩訶薩能信受此其餘衆生聞即迷沒時憍陳如復白佛言世尊惟願憐愍爲諸菩薩能信解者分別宣說世尊是諸衆生若聞宣說一切世間不可樂想及以食中不淨想等聽聞如是二種相已能生種種上妙善根能破無明種種障礙一切衆生愛入和合癡見纏縛如揭頭羅於流轉中處處受生於流轉中處處造行又過去際諸流轉中不可見知以是因緣樂於生死是故生死無有始終何以故一切衆生在流轉中不聞如是食不樂想以食因緣增長貪欲又不聞於此法門故是故五處流轉受生困苦疲極如來世尊大慈大悲無量世中常念衆生惟願如來憐愍故說此具足滿無願順陀羅尼

大乘大方等日藏經卷第五

音釋

瓨 下江切長頸甖也

篋 詰叶切箱屬

瘀 依據切瘀謂氣血壅瘀而色青也

胮 匹絳切脹臭貌

脹 知亮切脹滿也

漬 疾智切浸也

潰 胡對切決也

唼 色甲切唼喋食貌

髏 落侯切髑髏首骨也

頷 胡感切口下曰頷

揆 求癸切度也

腥臊 腥桑經切臊蘇遭切腥臊臭也又魚臭曰腥犬豕臭曰臊

兜羅綿 梵語也亦云堵羅此云細香苑蓋樹名也綿從此樹生因而立稱

⿰土則塞 ⿰土則初力切過遮也塞悉則切填滿也

瘖瘐 瘖初莊切亦瘐也瘐弋支切傷也

噓 朽居切吹噓也

囓 五結切噬也

萎 邑危切蔫也

骸 戶皆切骸骨也

大乘大方等日藏經卷第六

隋天竺三藏那連提耶舍譯

惡業集品第五

爾時世尊告憍陳如言善男子彼智德峯王如來愍此世界五濁衆生及天人故命彼焰德藏菩薩摩訶薩送此欲來爲欲安樂諸衆生故時憍陳如重白佛言世尊如是如是惟願如來廣演分別一切世間不可樂想食不淨想若佛宣說不可樂想食不淨想衆生聞者能捨欲貪不著諸味世尊若有衆生能於諸欲及飲食中皆生怖畏於此二事生猒離心苦切呵責應修清淨當知是人越流轉河速到彼岸能得解脫諸有繫縛佛言憍陳如如汝所說一切世間不可樂想食不淨等對諸天人及餘大衆如智德峯王如來無願順陀羅尼焰德藏菩薩摩訶薩所送汝至心受憍陳如言惟然世尊我今諦聽佛語憍陳如云何名爲一切世間不可樂想憍陳如言世間者凡有二種一者衆生世間二者器世間云何名爲衆生世間所謂五趣衆生天人餓鬼畜生地獄此名五趣衆生世間器世間者欲界之中有二十處色界十六無色有四此四十種名器世間衆生住處欲界之中有二十處者第一謂於八大地獄一一地獄四面各有十六隔子以爲眷屬周帀圍遶彼中觀察生不樂想云何名爲八大地獄一名一死一活地獄二名黑繩地獄三名衆合地獄四名叫喚地獄五名大叫喚地獄六名熱地獄七名大熱地獄八名阿鼻地獄若過去未來及現在世有諸衆生自身口意造諸惡業故

生於彼大地獄中經無量劫備受種種百千苦惱彼地獄中設覩妙色以心遍切不生樂想以見因緣無樂想故復生大苦如是轉轉從一地獄至一地獄苦中極苦不可堪忍不可言説若耳聞聲及鼻齅香舌嘗其味身中覺觸心緣諸法亦復如是彼一切心不愛不樂不曾歡喜一切不好無一可意身常火然食熱鐵丸飲融銅汁所有觸處悉皆是火不可忍耐極大苦受彼諸衆生以其惡業未畢盡故如是不死乃至一切未受果報亦彼中生次復人中身口意行造惡業故亦彼中受憍陳如世間衆生多樂於樂不樂辛苦彼地獄中誰欲樂入此名最初惡業地獄衆生所住之處智慧之人觀是事已生不樂想憍陳如何者名爲第二所居畜生生處觀察彼已

生不樂想憍陳如畜生之中身有差别或有衆生其身大者如析一毛以爲百分如一分許有於如是不可思議微細之身復有衆生身如窻中遊塵復有衆生身如十千由旬復有衆生壽命如一時頃復有衆生壽命如七時頃復有衆生壽命一劫乃至百劫千萬億劫以惡業故在彼中生不樂善法不種善根無有法行亦無智慧無慙無愧無慈悲心常受苦惱生大怖畏各各互生相害之心遠離一切諸善之法常行不善無明黑暗險惡道中造地獄業起瞋忿心不樂福德是報熟時惡道中受下身下心生如是處常受種種飢渴寒熱搥打乘騎負重困乏領穿脊破蚊虻毒蟲競相唼食如是苦惱無量無邊何有智人樂於彼處智慧之人觀是事已於畜生中

不生樂想是名第二惡業衆生畜生住處憍陳如云何名爲第三所居餓鬼生處觀察彼處生不樂想憍陳如餓鬼之中身有差別或有餓鬼身長一尺或有餓鬼身量如人或有身如千踰闍那或復有鬼身如雪山彼諸餓鬼躶形無衣被髮自纏黑瘦羸瘠惟皮裹骨肉血都無身體麤澀猶如枯樹恒苦飢渴思念食飲常不能得口內火然焰出於外心常瞋忿無有慈悲熱悶憧惶求涼不得又爲飢渴之所逼切飲銷銅汁食燒鐵丸及諸熱惡臭爛膿血熱屎熱尿熱麨熱漿及諸熱風或復熱雨一切草木江海河池樹葉華果所食之物求覓甚難恒不能得設復得之或經千年或百千年如是壽命常受苦惱行住坐卧黑暗無明何有智人樂於彼者智慧之人觀是事已於餓鬼中不生樂想是名第三惡業衆生餓鬼居處憍陳如云何名爲第四人間所居之處觀察彼處不生樂想憍陳如有智之人次觀人中一切皆有種種諸苦所謂生苦老苦病苦死苦愛別離苦怨憎會苦求不得苦五盛陰苦飢苦渴苦貪苦瞋苦妬嫉等苦妄言綺語兩舌等苦惡口罵詈誹謗等苦寒苦熱苦惡風惡雨疫蝗等苦毒惡禽獸傷害等苦惡世惡王牢獄等苦貧窮下賤短命等苦既念此苦更生重苦緣苦生苦還造苦因於未來身復受苦報如是轉轉無量無邊受諸辛苦無有窮盡何有智者樂於彼中是名第四衆生人中居處智慧之人觀是事已於人道中不生樂想憍陳如云何名爲第五所居欲天生處觀察彼處生不樂想憍陳如

有智之人觀初欲界有於六天是中衆生常樂欲事欲愛所纏所受果報差别不等生於苦受或復果報勝劣不同或上或下其下果報見上果報耻媿羞慚常生苦受或於過去修福來者今得生此果報將終福德欲盡如是念時則生苦受或復種種有所爲作勤勞辛苦故生苦受或所愛人玩弄之物分張離散故生苦受一切福德果報畢盡見好處所心生愛樂既不得徃生大苦受又知業行速墮惡道畜生餓鬼及地獄中以如是故倍大苦受如是種種無量諸苦何有智者樂於彼處此名第五欲界六天受報處所智慧之人觀是事已於彼欲天不生樂想復次憍陳如云何名爲色天中不生樂想智慧之人觀彼色界十六住處一切諸天修於世禪得生於彼因既有爲是有漏法苦未盡故不得寂滅心意快樂及於種種其餘勝樂是故苦受又未到於樂彼岸故是故在此苦流轉中不知出道以是義故三惡趣中未得解脱是故苦受何有智者樂於彼處此名第六有漏色天智慧之人觀是事已於彼色天不生樂想復次憍陳如智者觀彼色界衆生如是修習無漏禪故得住彼天以未具足滿八正道是故苦受爲八正道欲滿足故精勤方便是故苦受一切無學三摩提地心未得故生於苦受彼辟支佛諸陀羅尼未自在得故生苦受於諸如來三昧境界未自在得故生苦受一切衆生境界皆苦如是衆生於色界中若欲雙頭入般涅槃如上所説種種諸苦具足受之何有智者樂於彼處是名第七無漏色天智

慧之人觀是事已於色天中不生樂想復次憍陳如云何名爲觀無色天不生樂想智慧之人觀無色界四種天處以能修習有漏三昧故得生彼一切漏中未得解脫是故生苦一切學地及無學地未得自在是故生苦不得聽聞諸佛正法是故生苦一切愛欲未畢竟斷於流轉中不得自在是故生苦彼處壽終不得勝趣生於邪見如是大苦一切三惡煩惱業道未能永斷如是生苦一切三惡道中未得度脫如是生苦何有智者樂於彼中是名第八無色四天智慧之人觀是事已於無色天不生樂想故得出於一切有獄及離一切諸有中生如是八種和合觀時智慧之人乃能獲得雖不生心而常至心修八正道憍陳如此則名爲一切世間不可樂想復次

憍陳如言世間者即名爲行云何智者於行世中不生樂想行有三種何者是三一者身行二者口行三者意行云何身行身行者謂氣息入出是名身行云何口行口行者所謂覺觀言說是名口行云何意行意行者名爲想受是名意行是名三行此三種行其相如是一切衆生一種心想智者云何能分別知於身口意生不樂想智者觀身出入氣息取九十九數時深觀息之涼暖和合方便一切身分出入氣息彼一切身出入氣息從口鼻中乃至一切毛孔道中氣息出入是人觀息諦知是息本無有生亦無有滅若本來無今始有者是無常相無決定相如水上泡如空中電如是觀時一切行中得身行相觀如是相從何因緣即知是相因於覺觀覺觀之性

本無今有是故無常是可斷法是解脫法而是覺觀因妄心生而此心性本無今有本無今有是無常相可破壞相無歸依相無有物相無有我相無有實相作是觀時於諸行中心則生悔能修世間不可樂想復次智者若能深觀如是三世則能永斷一切煩惱十二入等能淨正見斷除流轉相續之法成平直道正聚所攝作如是等方便修時決定能得須陀洹果乃至阿羅漢果憍陳如是名智者於諸行中得不樂想以是義故名不樂想方便攀緣復次憍陳如云何智者觀所著衣作不樂想憍陳如若智慧人觀於衣裳或造或縫或割或染及成就已在其身邊或見或摩或著或脫如是想念此如人皮見新色衣作血塗想諸惡臭蟲之所居停蚊虻蟣虱不淨充滿智者見已不生樂心如是憍陳如此名智人於衣服中得不樂想憍陳如云何名爲智慧之人觀於食中得不樂想憍陳如若有行者執持鉢時作如是想此之盂器如剃髮皮膿血所汙不淨髑髏爛臭可惡諸蠅蛆數徧滿其中無可貪者若見食時應觀是食如死屍蟲穢惡充徧若得麨者作如是觀此麨骨塵猶如骨末若得於麪應觀是麪作人皮想如是得臛或復得漿得粥得羹如是想念此如膿血或大小便或如人脂或如人腦若得種種衆雜菜茹復作是觀此如馬騣或如人髮若得蘿蔔蘆者復作是念此如人齒若得肉者作如是念此如人肉得白石蜜或黄石蜜或蒲萄飲或石榴漿乳酪醍醐生熟酥等作如是念此如人血或如人膿或涕或涎

腦髓唾等如是惡露臭處難看智慧之人於是食中不生樂想復次憍陳如云何智人於房舍中生不樂想智者如是入諸堂宇房廊屋室或樓閣中入已思惟應生怖畏我今入此外有四門如大地獄焚燒我身若見屋梁椽柱脊檁如是觀察此之材木共相樘柱猶如人身一切碎骨見泥泥壁如肉覆骸見畫莊嚴如血塗漫又觀種種牀褥鋪席猶如人皮又觀坐卧眠止處所或如骨鎖或如死人如是種種飲食湯藥丸散煎膏皆作是想起諸厭離憍陳如是名智人一切食中得不樂想如是念已得何利益即能獲得三種順忍何者三忍謂空順忍無相順忍無願順忍是人如是得三忍已樂修空想因修空想住是空中見一切法悉皆是空入是空已復得利益能知生滅方便利行如是陰界無常苦空無我不淨見十八界及十二入乃至四諦十二因緣一切法性苦空無常及以無我如是念已得須陀洹果乃至阿羅漢果得解脫相復次憍陳如此三摩提無學解脫如是利益一切世間不生樂想善能除斷一切欲貪一切色貪及非色貪一切疑慢一切掉戲一切無明又能安置於無學地憍陳如此名二種一切世間不可樂想如是種種名具足滿無願順陀羅尼微妙之義此陀羅尼有大勢力能除欲色非色掉慢能證盡智及無生智能裂一切黑暗羅網能捨一切苦惱重擔以我說此大集經故彼智德峯王如來命焰德藏菩薩摩訶薩手中送此無願順陀羅尼欲來憍陳如是陀羅尼能摧一切諸惡魔等能勝

一切毒害龍衆諸天敬信倍更歡喜夜叉順奉生大踊悅諸阿修羅内心怖畏又能恐懼迦樓羅王令緊那羅生於愛樂摩睺羅伽自然攝伏能破一切邪見外道令刹利王生歡喜心諸婆羅門信心增長又令毗舍及首陀羅悉生歡喜能令多欲女人貪心止息令多聞者進益受持坐禪行人樂阿蘭若能除一切種種諸患能却一切鬪諍怨家饑饉非時外賊横死惡風雹雨暴水災霜寒熱苦辛麁澀味觸如是變怪悉能消除光讚大乘紹三寶種照曜佛毋竪立法幢安慰流轉怖畏衆生此名微妙無願順陀羅尼說是法時無量無數阿僧祇衆生遠塵離垢得法眼淨九十八頻婆羅人得阿羅漢果八那由他衆生得彼無願順陀羅尼無量無數阿僧祇衆生發阿耨多羅三藐三菩提心得不退轉五百八十萬衆生得無生法忍爾時一切無量大衆天龍夜叉羅刹阿修羅迦樓羅緊那羅摩睺羅伽餓鬼毗舍遮鳩槃茶富單那迦吒富單那人非人等異口同音俱稱讚言善哉善哉大聖世尊不可思議最大最妙不可思議如來世尊得無礙智明見我等於此阿耨多羅三藐三菩提中敢有不發歡喜心者世尊如來知諸衆生善知諸根知諸煩惱知諸方便知到彼岸能令衆生充足法味能令衆生見八聖道能除衆生擔苦之擔能與衆生樂擔令擔我令一切天龍夜叉阿修羅迦樓羅緊那羅摩睺羅伽等一切合掌各各如是齊心唱言在在處處有佛世尊說此四種無願順忍陀羅尼處乃至國王大臣長者沙門婆羅

門毗舍等衆有能書寫置此經處或復有人能讀能誦講說之者如是等處我等衞護加助威神有所求須一切供養禮拜供給彼說法人不令乏少無有衰耗不如意事一切怨家不能得便一切資生常使具足身無病惱得歡喜心樂於法者我如是護彼人終不更生惡道以是因緣成於法器一切供養得具足滿佛言善哉善哉諸大檀越汝等今者欲護大法因護法故三寶不斷未來之世當得無量福德果報爾時長老舍利弗於大衆中即從座起一心合掌前白佛言世尊德華藏佛遣虛空藏菩薩摩訶薩所送耆摩裴多悉帝那惡業衆生不信心者令彼睡眠陀羅尼欲我及一切世間天人欲得聞知惟願如來廣爲宣說佛告舍利弗諦聽諦聽善思念之

我當爲汝廣分別說德華藏佛所送淨陀羅尼欲彼佛如來爲於此土諸衆生等薄少善根多諸煩惱以煩惱故起四倒心樂著我想著我想故顛倒迷惑流轉生死失八正道是故彼佛送此欲來舍利弗一切衆生實無有我此土衆生顛倒心故橫生我想舍利弗智慧之人深自觀察知無有我作是觀時則破四倒舍利弗云何智者觀於無我所謂觀身諦知無我何以故以和合故復次觀眼亦無有我何以故眼識初生如是觀察至心思惟或見種種服飾衣裳鋪卧牀褥結跏趺坐坐已攝念一切六根不相捨行心不捨故如是可見而此眼根四大合生筋連水滿餘不能動若眼轉時但是風力風故能轉而彼風性因於虛空出入眼中左右迴轉眼清淨故則

能明見而彼虛空性無所有無有依止不可捉持亦不可說若無所有不可說者即是無我是故虛空實無有我是空中風亦復無物以無物故不可宣說是故無我是風因緣亦入眼中左旋右轉清淨照了彼風如幻亦不可捉亦不可說離於我所覔不可得如是眼中地界牢固如尼拘陀子至心諦觀觀已拔出碎末爲塵吹令飛散如是推求永不見我如是決定知無有我此地界中分析無我彼地地相但有名字不可捉持無我無主如是次第觀察水界及以火界猶如風界如是思惟既思惟已定知無我故不復疑眼大中我是故當知眼之四大一切無物不可宣說是故無我若復有言眼色因緣故有我者是義不然何以故眼中無我色亦如是而和合中亦復無我和合因緣生於眼識如是識中亦復無我風中空中悉亦無我如是推覔竟不可得此識但是十二因緣循環流轉離十二因緣識不可見但因識生名色名色因緣故六入生六入因緣故觸生觸因緣故受生受因緣故愛生愛因緣故取生取因緣故有生有因緣故生生生因緣故則有衰老及以病死如是等法因眼識生而是眼識非東方來南西北方四維上下亦復如是所因之念生眼識者是念亦滅眼識不住第二念中亦不語念汝住我滅而是滅法亦非復去至十方面亦復不專一處住止是故諸法因緣故生若離因緣則不得生因因緣生因因緣滅如是因緣名相續法是故當知實無有我而是因緣亦無作者無有受者無有起者無他起

者是故無我若無我者我旣是空我所亦空何以故然體性爾故是故眼性無我我所無有積聚非合非散即生滅故一切諸法亦復如是一切法性無取無捨非羅漢作亦復非是辟支佛作非菩薩作非如來作如眼識空一切法空亦復如是離我無我空故不見作是觀察無相無願三種解脫空門之時悉能除斷一切慳貪及諸煩惱如是念已或有得於須陀洹果阿羅漢果觀眼旣然耳鼻舌中亦復如是復次行者知身無我次觀於髮枅一一毛以爲百分燒使成灰風吹散滅如是一髮體性旣空行人心疑自然明了何以故一髮之中不見有我如是皮中肉中血中唾中涕中腸中腦中骨中髓中筋脈甲爪喘息冷煖上下諸風壽命名字皆無有我直以因緣共相和合故名爲身如是思惟至心觀巳知身觸因故生身識識因緣名色名色因緣六入六入因緣觸觸因緣受受因緣愛愛因緣取取因緣有有因緣生生因緣老死彼一切法心識依止故生身識而是身識非東方來南西北方四維上下亦復如是所因之念生身識者彼念滅時身識不住第二念中亦不語念汝住我滅而是滅法亦無處所不見聚處不見散處是故諸法緣合故生緣離故滅有緣故生無緣故滅一切因緣相續故見若離相續則不可見是故當知實無有我而是因緣亦無作者無有住者無有起者無使起者如是因緣不可得故是故無我若無我者我所亦無是故身性無我我所無聚無散生滅法故一切諸法亦復如是彼法性中亦

不可得無取無捨非聲聞作亦復非是辟支佛作非菩薩作非如來作如身識空一切法空亦復如是體性無我亦無我所彼空故我不可見一切諸法悉皆離我亦離我所以離故空作是觀時即能獲得無相無願三種解脫空行法門證空因緣能斷一切慳貪煩惱或有得於須陀洹果乃至第四阿羅漢果智者如是一一推尋我不可得不可得故自知無我諦觀無我離疑網心爾時知身了了無我舍利弗若有行者能如是觀當知是人得此無相無願解脫三種空門爲諸天主釋提桓因之所供養并護其身令常受樂猶如帝釋如是梵天乃至一切諸餘天王一切龍王一切夜叉王一切迦樓羅王一切緊那羅王一切摩睺羅伽王彼諸王等如是禮拜供養供給無令乏少常加衛護親奉所須慈心衆生不得其便若在一切諸人王中所得禮拜供養護身亦復如是舍利弗此名奢摩裴多悉帝那持陀羅尼是德華藏如來命虛空藏菩薩摩訶薩送來至此以我此刹說於日藏大集經故彼持欲來此陀羅尼有大勢力能大利益慈悲憐愍一切衆生能救一切危厄患苦能除一切煩惱諸結能知一切陰入界等能辦一切法之差別能示一切善巧方便能與一切涅槃道樂能入一切諸法之門能摧一切難降伏魔能破一切邪論外道能與一切諸天歡喜能令一切夜叉知足能怖一切諸阿修羅能令一切諸迦樓羅心生喜悅能令一切諸緊那羅歡樂無猒能令一切摩睺羅伽不得迴顧能令一切刹利喜歡諸婆

羅門信心增廣毗舍眷屬及首陀羅皆大歡喜踊躍無量多欲婦女能令少貪妊娠女人使得安隱令念持者樂於多聞修習定人樂阿蘭若能却鬬諍國土飢荒能除死殃及諸盜賊非時風雨凍暍苦辛麤澀肥䵣如是惡觸照曜法母竪立法幢於流轉中紹三寶種解諸繫縛怖畏衆生能生盡智證無生智能破黑暗與大光明能捨衆生苦惱重擔如此奢摩裴多悉帝那持大授記陀羅尼能令一切三有衆生惡業道中截流而過入佛界中於一切法自在無礙乃至十八不共佛法無爲彼岸能轉法輪雨諸法雨善能教化一切衆生悉令得住於涅槃道說此惡業盡陀羅尼法時無量衆生過去惡業悉得除滅無量阿僧祇諸天及人遠塵離垢得法眼淨無量衆生得須陀洹果百千頻婆羅衆生得於無漏阿羅漢果七十那由他衆生獲得如是奢摩裴多悉帝那持陀羅尼得此陀羅尼已於三乘中更不退轉無量無數阿僧祇諸天及人發阿耨多羅三藐三菩提心無量衆生於菩提中亦得住心不退轉道八萬四千諸衆生等得無生忍一切現在娑婆世界刹中衆生聞此四種四諦順空順無願順奢摩裴多悉帝那持等陀羅尼義已悉得破壞一切欲貪長短色貪觸貪樂貪色非色貪又諸衆生得如實見知貪障礙聽聞法已其中有得不淨觀善根者有得六入念者或有得於普不散心善根者或有得於徧善根者或有得於阿那波那善根者或有得於奢摩他者或有得於毗婆舍那者或有得於初禪定者或有

得於中間禪者或有乃至得四禪者或有得於四空定者或有得於四諦順忍者或有得於性人地者或有得於八法地者或得和合小乘善根者或得小乘非和合者或復有得一切智知善根者或復有得三摩提忍陀羅尼善根者又彼衆中有諸女人猒離心生觀察女身有種種過窮極鄙惡我以何故受於此身貪著色欲如是呵責以聞法故一切婦人悉各修念不樂自身其中九十一頻婆羅人中女人轉女人相得男子身九千九百億天中女人八萬四千龍中女人八百六十萬夜叉中女人八十四萬阿修羅中女人七萬迦樓羅中女人十二頻婆羅緊那羅中女人一千摩睺羅伽中女人九十頻婆羅餓鬼中女人四十二頻婆羅毗舍闍中女人如是一切諸女人等悉失本根得成男子其中若有妊娠婦女胎藏安隱無諸傷損乃至畜生亦復如是其產生者具足五根男女聰明智慧端正或有藏內未時節生或有他患皆能除却悉令安隱如第三禪修習行人得於定樂身心悅豫亦復如是爾時一切天龍夜叉阿修羅迦樓羅緊那羅摩睺羅伽薜荔多毗舍遮鳩槃茶富單那迦吒富單那人及非人一切大衆同作是唱善哉善哉佛婆伽婆如是妙法不可思議我等昔來未曾聽受如今如來所轉法輪能令我等一切惡業障礙盡除於流轉中度一切有飲甘露漿得寂滅樂教化擁護一切衆生捨於五濁得勝智慧入佛境界照曜三寶不令斷絕如來今者降諸法雨稱我等力一心供養如是乃至迦吒富單

那等種種諸天作於諸天種種音樂復雨天上細末金銀猶如雨下乃至華香衣服繒綵種種瓔珞種種天鬘以散如來爲供養故一切天人悉皆雲集惟除坐禪入三昧者如是衆生各於生處所有華香衣服瓔珞金銀寶鬘供養佛已歡喜而住

護持品第六

爾時一切諸天大王并其眷屬一切龍王一切夜叉王阿修羅王迦樓羅王緊那羅王摩睺羅伽王薜荔多王毗舍遮王富單那王乃至迦吒富單那等一切諸王各并眷屬禮拜於佛同心合掌作如是言世尊我等從今在在處處若有比丘或比丘尼諸優婆塞及優婆夷但有信心若男若女能作如是念不淨觀寂滅三昧如前佛說善根因緣得攝心住者我等一切天諸眷屬乃至清淨信心之人或男或女常當救濟猶如導師令彼身心及其眷屬爲作供養衣食牀鋪臥具湯藥種種資生所須皆與如是具足令其安隱更不愁於一十五種濁惡之事設復有者我等於中常共加護何者名爲十五濁心所謂或以石擲或以杖打或以刀斫或以槊貫或毒藥中或崖上擲或復惡人或復不信或四大動我爲作護或以惡心送彼人所好飲食湯藥者我爲作護貪瞋妒嫉兩舌惡口如是惡事欲相加者我爲作護或有惡人用濁惡心以諸衣鉢牀臥鋪具病患湯藥常作檀越或勸化他或自親舊爲供養者彼諸惡事我爲作護或復怨家或復惡鬼如是等惡我爲作護或毒中護或惡天子或內國土或外國土 如是

賊起我爲作護此十五種濁惡之事或比丘或比丘尼或優婆塞或優婆夷或餘信心男子女人或今現在或復當來乃至劫盡末法世時何者名爲末法世時謂讀誦人無不依於波羅提木叉道中行若不坐禪則不能得於三摩提乃至不得第四之果乃至不得寂滅三昧是則名爲末法世時若如上說初夜後夜不曾睡眠讀誦是經或坐禪定如是住者彼諸眷屬比丘比丘尼優婆塞優婆夷乃至信心或男或女一切眷屬乃至住處或復聚落都邑國城或阿蘭若處或聚落主家隨所在處有此十五濁者我盡救濟爲作擁護令是諸惡一切悉除於何聚落有福德人常住之處或多人住或一人住乃至復有一日一夜修福德者乃至一日一夜所住處者或復城邑或聚落家我皆救濟爲作護助不令其人逢諸惡事無問一切諸檀越家或復刹利或婆羅門毗舍首陀或男或女小男小女一切救濟常爲守護不令入惡若有如是修福德者身心精進若有人供養禮拜恭敬種種供給或爲造房或大寺舍或林或苑或作衣裳食飲所須坐卧處所或復病患湯藥針灸種種醫療如是檀越我等如是十五濁中一切悉護若有胎藏妊娠女人供養如是福德人時我等護持無時暫捨設諸惡人及以惡鬼欲加惡者迴彼惡心悉令歡喜如是兒女在在處處修福德者念善根者爲他愛敬或餘衆生勸助讚美或復家人稱說其名或呪結索擁護衆生或教福德或教捨惡我等於彼如是衆生十五濁中常親護持諸惡鬼

神不得其便若有如是修福德者或人非人能信其語如教而行如是一切我等亦護若有惡人於彼行者修福人中或瞋或罵或欲加惡或生障礙者如是等輩諸惡衆生我等不護是惡衆生十五濁事不得護者名字云何十五濁者第一惡患第二失於自在第三散失種種資生第四身中四支種種割截或眼或耳口鼻手足或復斫頭第五失於所愛妻子及諸眷屬第六失於官位第七失居家第八爲諸怨家所侵第九心常憂愁第十瞋於刹利心常作惡第十一濁邑國城衆生觸惡第十二諸偷盜來失種種物第十三自家婦女恒相鬪諍第十四國土賊盜他國賊來第十五短命速死若惡衆生有如是十五種事我等不護富伽羅等言若復有人雖修福業不受善語恒起惡瞋欲爲造福德者作諸惡事種種福中爲作障礙若有如是諸惡衆生來歸於我望呪術中得種種力如是呪中種種法用雖具足有我等於彼如是衆生不加不護不與其力亦不救濟若彼衆生意欲規求望得如是如是之物我亦不與若有衆生於常修常念福德之人生瞋作惡種種障礙者如是我等亦如上說或復今世及未來中能依此法憶念修行及法欲盡常有諸天龍神乃至迦吒富單那等惡心瞋忿無有慈悲不樂當來妙好之身不畏三塗惡道果報若有如是造福德人樂阿蘭若種諸善根或住塚間或復樹下或在寺舍或屍陀林行住處所福德之人悉如上說天龍乃至迦吒富單那惡見惡心此福德人是處住止或身心

濁或奪精氣或彼行人供養檀越我諸天龍乃至迦吒富單那等離慈悲心不知恩報於當來生不怖惡道垢濁身心奪其精氣惟除過去極重惡業此惡業中非可得護若我天龍乃至迦吒富單那等應可得護而不護者現世則爲欺誑一切三世諸佛於流轉中不見羅漢及辟支佛常令我身不成福器不得涅槃佛言善哉善哉善男子汝能如是發於此心亦如一切三世諸佛過去世時修行無異紹三寶種豎立法幢光照法毋汝等如是則爲供養一切三世十方諸佛汝善男子或男或女能作如是勤精進心於正法中好守護者如是法行富伽羅故常護常念常供給足如是衆生於流轉中常得尊貴和合眷屬常受安樂不經辛苦乃至速成阿耨多羅三藐三菩提道善男子汝等求樂不求於苦是故應當常勤精進作諸善根諸天等言善哉善哉我從今日如是修習如是發心爾時此娑婆界有於惡心諸餓鬼等常仰食噉一切衆生精氣血肉以爲生活如是鬼等無量阿僧祇同白佛言世尊我等惡業罪報所招常噉於人肉血精氣以活性命今日發心入佛法住爲佛弟子更不造惡不生惡念若佛弟子如佛今說不淨觀法常如是修如是習行一種無異若我不如富伽羅心所在存念者令於我眼黑暗常盲一切四支不能動轉又不具足身中五根我等亦如富伽羅護此福德人并其施主造立寺舍房室樹林園苑浴池衣鉢飲食卧具倚牀湯藥一切所須如是檀越我等亦護佛言善哉善哉善男子汝好

發心常當如是莫令放逸爾時牢固地天從座而起作如是言世尊若佛弟子常攝五根如佛今說不淨觀法如是繫念至心行時我等地天爲此行者常出地味資潤彼人令其身中增益壽命是地精氣充溢因緣行者身中得色得力得念得喜得精進得大智慧佛言善哉善哉汝大檀越能發是心真是佛子從佛口生從法化生與如是食益於彼身此福因緣速於大乘成就滿足爾時衆中有大德天復從座起前白佛言世尊若有如是法行比丘佛弟子等彼諸檀越或以種種金銀寶珠種種資生種種穀米具足供給若諸弟子如佛所說不淨觀法乃至寂滅三昧空門如是繫念從於初夜至中後夜坐卧行立如是念法心無外緣彼諸檀越爲營寺舍或造一屋或一樹林或復衣食坐卧牀鋪病患湯藥種種資生常供給足彼得如是無乏少已身得安隱無有憂愁心常歡喜得好福田成就法器如是施已當來之世得大果報深心樂法不生惡道不造惡法我如是護彼人即得修慈悲心如是種種勝妙善根增長不減佛言善哉善哉大檀越此是汝等精進之心於大乘中速能增長福德之力爾時衆中金剛力士復白佛言世尊如來說此大集經已諸大檀越并眷屬衆各各發心護持佛法利益衆生彼因緣故此娑婆界佛刹之中法母照曜增進光明爾時彌勒菩薩摩訶薩爲欲利益於未來故即於衆中問金剛力士言善男子何者爲虛空之法此可見不若不可見此事云何又復問言何者名爲諸法和合金

剛力士報彌勒言實際之岸不可見故此和合法亦不可見彌勒又問善男子何者名爲真實虛空不和合法金剛力士報彌勒言彼中無異彌勒又問善男子何者名爲虛空之法何者名爲不和合法金剛力士報彌勒言不動不生法界入事是故不異彌勒又問善男子云何名爲有爲無爲漏無漏法金剛力士報彌勒言如本真實如是如如性無有異漏無漏法虛空和合是故不異彌勒又問善男子何者名爲真實如如漏無漏法金剛力士報彌勒言虛空合故真實如如非是漏法非無漏法彌勒又問善男子何者名爲虛空和合法金剛力士報彌勒言一切諸法離於障礙和合故空非集非散何以故體性不失故而彼空中亦不可得物及空故故名空法善男子一切法中此方便故當知一切如如體性體性本來是空故空如是萬法和合故空想離想故此空非想非想亦空何以故如是一切和合法空不可說故一切諸法體性爾故此如是法非沙門造非羅漢造非辟支佛造非菩薩造非如來造如是如是真實如如漏無漏法一切皆空和合法故非相離故非異法故彌勒菩薩如是當知爾時金剛力士說是法已無量衆生曾於過去學空來者一切惡業悉皆除盡遠塵離垢於諸法中得法眼淨九十二那由他衆生於此法中發阿耨多羅三藐三菩提心無量衆生亦得住於不退轉道究竟阿耨多羅三藐三菩提

大乘大方等日藏經卷第六

音釋

捶打（捶主蘂切打音頂捶打杖擊也）躶（郎果切赤體也）瘠（秦昔切瘦也）

麨（尺沼切乾粮也）蟣虱（蟣居豈切虱所櫛切）蠅蛆（蠅余陵切蒼蠅也蛆七余切蟲也）䴵（必郢切麨餈也）臛（黑各切凡肉菜類細切以五味調和之皆曰臛）騣（子紅切馬鬣也）蔔（傍北切蘿蔔菜名）齏（祖稽切凡瓜菜細切加醯醬和之皆曰虀）檁（力稔切屋上橫木也）撐（丑庚切邪柱也）妊娠（妊汝鴆切娠時人切妊娠並裹孕也）羶（式連切羊臭也）暍（音謁熱也）

大乘大方等日藏經卷第七

隋天竺三藏那連提耶舍譯

佛現神通品第七

爾時頻婆娑羅王聞佛説此不淨觀法一切大衆各欲護持踊躍歡喜即從座起前白佛言世尊如是法門福德最勝不可思議今此國土娑婆世界佛刹之中無量諸大菩薩摩訶薩所可成就光明妙色我從本來初未曾見初未曾聞世尊是菩薩光悉能徧照大千世界乃至有頂亦皆充滿我今眼中不覩餘色但見於此娑婆世界佛刹之中乃至大小諸鐵圍山悉滿光明世尊如是菩薩摩訶薩等若得近於阿耨多羅三藐三菩提者其光云何如來入於三昧所放光明相復云何如來光明我得見不緣彼光明復得見於其餘佛刹種種妙好奇特事不佛言如是如是大王若有菩薩成就無上菩提道者其光能照十方世界何以故能於如來境界之中行大福德莊嚴力故於過去世菩薩行中成就具足大福德力莊嚴法故一切菩薩修行善根多增長故具無量福生於佛家親近無上菩提道故畢竟無上菩提妙道於不可宣説如來智力奮迅遠離一切障礙佛境界中勝疾智故入佛智慧正法果故分別過去無量劫來無邊佛法境界依故此地最勝轉妙法輪一切自在所可得身如是福德無罣礙故獲得清淨真實法故所可修習到彼岸故未來世業已得盡故通達一切衆生善根永斷一切煩惱習故離於障礙住佛界中是故光明悉能徧照十方世界大王如是隨佛功德光

明力故亦能覩見一切十方無量無數阿僧祇佛王言世尊我今欲見如是十方無量無數阿僧祇佛并諸菩薩摩訶薩及聲聞衆時頻婆娑羅王隨從眷屬有無量億諸衆生等異口同音復白佛言如是世尊亦願如來示現我等諸佛境界過去所行福德莊嚴離障礙事我等見已發歡喜心爾時世尊告阿若憍陳如汝等大衆在家出家聲聞弟子皆各繫念深心思惟以自善根力入於禪定我於今者亦欲入於如來三昧當于爾時此佛刹中天龍夜叉乃至一切人及非人或有見四諦者或有得順忍者或於三乘得不退者如是衆生皆結跏坐亦入禪定復有衆生於三寶中得信敬心亦復如是入於禪定爾時世尊即入一切如來境界日月三昧行智廣大悉能徧覆一切虛空能令一切智慧衆生皆生歡喜如是三昧不可計量不可覩見非諸聲聞及辟支佛乃至十方恒河沙等補處菩薩之所能知惟佛如來乃能得之是名如來境界三昧如來如是入三昧已此娑婆世界三千大千百億四天下百億須彌山百億日月乃至百億諸有頂天皆悉影現入佛身中如是娑婆世界一切佛刹入佛身已其中所有一切衆生地獄餓鬼及以畜生或天或人彼諸衆生或身或心有苦受者皆得除滅一切自在悉生歡喜譬如比丘入第三禪得具足樂爾時一切諸大菩薩摩訶薩衆先在座中入三昧者皆從定起從定起已見佛光明見光明已自所有光尋滅不現如是聲聞及佛弟子乃至一切諸天人衆入禪定者各各

皆起彼諸大衆身心得樂譬如比丘入第三禪爾時一切無量衆生生大歡喜踊躍無量不可思議未曾聞見又其六根一切清淨現佛身中或坐或行或住或卧復見如來一一毛孔出無量光譬如十方恒河沙等日月光明亦如一切恒河沙等大摩尼珠亦如恒河沙等十地菩薩摩訶薩衆一時普放大燄光明如是光明悉能徧照十方佛土如是如來一一毛孔所出光明處處皆滿於十方刹最爲殊勝爾時十方一切諸佛於其刹中自在而住各爲大衆異口同音稱讚我名説於此偈

汝觀具足功德滿　憐彼一切諸衆生
智慧大力能拔除　釋迦如來勝中最
慈悲心故放此光　一切佛刹皆充滿
又愍是諸衆生故　令其悉現於身中
一一佛刹滿光明　衆生見者皆歡喜
發心清淨悉牢固　得勝無上實菩提
汝等若有得神通　一切宜應急疾往
恭敬接足稽首禮　釋迦師子最勝尊
若有未得神通者　向彼低頭遥禮拜
速起菩提真智念　得見牟尼正覺身

爾時十方一切諸佛各於其國説如是偈慈悲教化諸衆生故又以如來過去修行願力莊嚴具足滿故彼諸佛刹一一如來亦有無量恒河沙等諸大菩薩摩訶薩衆并大弟子聲聞比丘復有無量億恒河沙諸天及龍夜叉乾闥婆阿修羅迦樓羅緊那羅摩睺羅伽等無量大衆圍遶彼佛各乘神通俱來詣此娑婆世界到此刹已向於如來頭面接足右

遶三帀右遶畢已各賫持來一切所有種種寶物種種寶衣種種袈裟種種瓔珞種種旛蓋種種雜華種種熏香種種塗香種種音樂種種讚歎種種歌舞供養如來設供養已與其眷屬各還所住時諸衆生在娑婆世界佛身中者皆悉見之見已歡喜復受無量無邊快樂又諸衆生得見十方一切諸佛於其剎土坐金剛座而演說法又見諸佛各各剎中於自坐處爲諸衆生說此世界釋迦如來一切功德有大名稱大智慧力福德莊嚴具大精進大慈悲力教化衆生彼諸剎中無量阿僧祇恒河沙等衆生發阿耨多羅三藐三菩提心於自剎中得受記莂無量衆生於緣覺乘得受記莂彼諸大衆亦見此土一切衆生入於佛身亦得如是受於記莂其中衆生或有受樂或有受苦一切皆現釋迦如來身內住止若空五濁佛剎衆生得見如來及見十方無量無數說法諸佛一一如來各有無量無數衆生恭敬圍遶見已起大愛敬生歡喜心彼諸衆生一切身中所有惡受悉得除捨安隱快樂若不空五濁剎者十地菩薩摩訶薩等教化衆生故隨何剎中得見於佛見已生信得信心已聽受妙法彼諸菩薩各於彼處化作佛身以一音聲滿一切剎各各異口同說偈言

十方諸佛同一乘　成就善根故來此
離佛及餘菩薩衆　更無如是大德人
汝等一一諸衆生　速發菩提無上道
若不勇猛勤精進　流轉苦海無出期
汝等宜應一切來　速隨於我相逐往

供養人中釋師子　頂禮右遶彼世尊

時諸菩薩摩訶薩等化作佛身說此偈已各與無量無邊恒河沙數得神通力一切衆生俱來詣此見釋迦牟尼佛見已右遶三帀遶已各持賫來種種寶物種種寶衣種種音樂種種歌舞以用供養釋迦如來供養畢已悉發阿耨多羅三藐三菩提心或有衆生於辟支佛乘而發願者如是悉得不退轉道彼諸衆生又皆各各得種種忍種種陀羅尼種種善根得已各還本剎或有菩薩化作辟支佛身或復化作阿羅漢身或復化作梵天王身或復化作帝釋天身或復化作四天王身或復化作那羅延身或復化作摩醯首羅身或復化作自在天身或復化作星宿天身或復化作阿修羅身或復化作轉輪聖王如是種種龍身鬼身隨所在處佛剎之中若有衆生樂見阿羅漢身見羅漢已歡喜受法彼諸菩薩摩訶薩等爲欲教化諸衆生故即於彼中作羅漢身爲彼衆生說種種法彼諸衆生見大光明及釋迦佛得見佛已心中愛敬生大歡喜具足六根滿一切願惡業皆盡悉樂受生又彼菩薩摩訶薩等於佛剎中化作如是阿羅漢身說法教化大福德聚具足成就善根力故能以一音徧一切剎作諸言辭說如是偈

衆生久處流轉中　愚癡不知出要道
以諸種種罪業故　得此生死苦惱身
是故應速捨惡心　邪見顛倒諸煩惱
早度有流到彼岸　云何汝等不覺知
難見導師今已見　難得人身今已得

難遇善友今逢值　難聞正法今得聞
是故汝等應至心　速發無上菩提道
出離一切生死獄　證佛微妙功德身
若能永捨兩種邪　所謂斷常等二見
知於一切行無我　如是名入正觀門
愛行取入有於生　智水洗除悉令淨
同共往詣娑婆國　恭敬供養釋師子

時諸菩薩摩訶薩等如是化作阿羅漢身說此偈已與於無量恒河沙等得神通力一切衆生俱共發引來到此刹到已頭面頂禮釋迦牟尼如來并其眷屬恭敬圍遶三遶佛已出所賷來種種寶物種種寶衣種種袈裟種種瓔珞種種傘蓋種種幢旛種種寶華種種寶香種種音樂偈讚歌舞以用供養釋迦如來供養畢已各還自刹到自刹已坐於自座各爲於已衆稱揚讚說釋迦如來作如是言釋迦如來憐愍教化一切衆生能與衆生一切利益是諸菩薩各自衆中如是稱說彼衆聞已悉皆讚歎釋迦如來既讚歎已無量無數阿僧祇衆生發阿耨多羅三藐三菩提心或復有於辟支佛乘而發心者或復有於聲聞乘中而發心者各各乘中得不退道有得種種陀羅尼忍種種善根亦見此土娑婆佛刹諸衆生等入釋迦如來身中是諸衆生見此不可思議神德變已無量阿僧祇恒河沙等衆生皆發阿耨多羅三藐三菩提心其中或有發聲聞辟支佛心者各於自乘得不退轉或有作轉輪聖王微妙之身得受記莂

魔王波旬品第八之一

爾時欲界魔王波旬悉見一切娑婆國土所

有衆生及諸天宮合家眷屬在佛身中時魔波旬見已悲泣涕淚橫流心大懊惱徧身汗出啼哭失聲稱怨大喚或起或立或坐或行入出家居東西狂走頻申欠呿怖懼憧惶憒歎長歔喘息麤短合眼張口吐舌舐身露背現胷伸臂縮脚搖動頭項捼手揩摩種種施爲受大苦惱乃至一切魔之眷屬心內愁憂亦復如是時魔波旬有一軍主名戒依止見王身心如是煎迫說偈問言

何故愁惱獨行住　唱喚馳走似癲狂
出入家居心不安　如是因緣願王說

時魔波旬聞是語已倍更懊惱啼哭雨淚說偈答言

我今身體汗遍流　心中分裂如刀割
啼哭眼中淚如血　爲覩瞿曇現變通
其形廣大無有邊　剎土悉皆居腹內
我失臣民及眷屬　境界宮殿悉空虛
復有十方大衆來　充滿於此娑婆界
各設無邊大供養　禮拜圍遶或往還
令我自在無威力　伴侶眷屬歸於彼
如來有是大神力　云何令我心不愁

時戒依止大魔軍主爲於波旬復說偈言

我所統領諸軍衆　強壯勇健實難當
刀輪奮擊擬如來　須臾破身令粉碎

時魔波旬說偈答言

我等諸軍及眷屬　久已歸依佛世尊
設欲自往生惡心　即見項邊帶枷鎖

時戒依止大魔軍主復說偈言

我今多設諸方便　誘誑於彼惡怨家
詐現親善作識知　得便然後當摧滅

時魔波旬說偈荅言

若我發起毒惡心　如是方便欲毀佛
即見死屍繫頸下　如是臭惡難可看

時戒依止大魔軍主復說偈言

一切欲界屬於魔　惟有天人信歸佛
諸惡毒龍亦王領　願勑速害瞿曇身

時魔波旬說偈言

若審知龍有力能　我巳荒迷汝自勑
若實能壞瞿曇身　我還得土復本心

爾時戒依止大魔軍主即自念言世間難摧謂三種毒一者天魔二者惡龍三者得定五通仙人我今魔宮巳被破壞惟龍境界牢固光明照耀海中威力自在眷屬圍遶不可思議龍旣屬魔其餘兵衆悉皆統領今當爲王約勑速往壞彼瞿曇魔波旬言善哉善哉智慧軍主汝可疾去到彼龍宮如是切勒早與瞿曇共相鬪戰時戒依止大魔軍主辤王畢巳即自舉手普告無量百千軍衆唱如是言汝等宜應速整衣鉀我今欲往彼龍王宮令諸惡龍與發毒風害瞿曇命使令破碎如是說巳一切軍衆悉不能動其戒依止軍衆及身旣不得前眼中淚出身毛皆竪合掌向魔波旬說言我等今者不能得去沙門瞿曇竒僞多幻知我等家繫縛於我令我身內一切火然焦沸熱惱猶如湯煑我今如是力不自在云何復欲假力於他時魔波旬倍更懊惱憂愁不樂令戒依止具以上事宣告諸龍汝當爲我壞瞿曇身時諸惡龍將欲飛空而不能去語戒依止敬奉來命欲往毀壞適生此心便不得往時戒依止即生恐怖作如是念

若我今者現魔大力令諸惡龍心生瞋忿以瞋忿故則能破壞瞿曇之身時魔波旬及戒依止化龍宮内作諸蚊䖟蠅蛆毒蟲死屍人糞臭處狼藉充滿其中諸龍見已於自宮室心不甘樂作是念言是誰化作此惡物也雖復思念莫知誰爲爾時一切四天下中諸大龍王及其男女大小眷屬悉生瞋忿即出宮殿至須彌下佉羅坻山其山平坦於山頂頭有大聖人先所居住彼山周帀縱廣正等四萬由旬一切莊嚴純是七寶乃至難陀優波難陀龍王亦與無量百千眷屬捨自住宮往佉羅坻大聖人處請求救濟彼龍奮身如須彌山既到彼已其身皆小猶如銅筯雖如是知不能得語各各自說我等欲往而不能動即大憂愁瞋忿停坐爾時復有娑伽羅龍王亦與無量億那由他百千眷屬如是伊羅鉢龍王如是善住龍王如是德叉迦龍王如是阿那婆達多龍王如是目真隣陀龍王如是海德龍王如是婆婁那龍王如是大德龍王如是那吒達都龍王如是阿鉢羅邏龍王如是山德龍王如是牛頭龍王如是阿藍浮龍王如是伊羅鉢多龍王如是鬱車加臂龍王如是婆羅那那龍王如是斯羅摩羅龍王如是迦迦吒行龍王如是稽羅綺龍王如是水行龍王如是安闍那致殊龍王如是迦那迦實闍那龍王如是奢俱奢伏綺龍王乃至閑眼龍王乃至白象脇龍王乃至天利龍王乃至天婆婆遮羅龍王乃至天迦龍王乃至伊羅口龍王乃至天眼赤龍王乃至端正龍王乃至光行龍王乃至此閻閻浮提地八十六

千諸大龍王時彼一切一一龍王各有無量百千眷屬悉皆來詣此聖人處請求救濟如是乃至八十四萬諸海洲中一一海洲則有無量億那由他百千諸龍各捨宮宅爲救濟故來佉羅坻大聖人處如是鬱單羅拘盧洲中鼻撜比龍王大遍龍王彼二龍王各與無量億那由他百千諸龍眷屬圍遶請求救濟故來到此聖人住處如是弗婆毗提洲中蘇摩婁叉龍王婆斯目叉龍王彼二龍王亦與無量億那由他百千諸龍眷屬圍遶悉來到此求於救濟如是瞿耶尼洲中曷賴多那龍王瞿波羅婆龍王彼二龍王亦與無量億那由他百千諸龍眷屬圍遶前後隨從爲求救濟故來到此大聖人處爾時復有此四天下八萬四千一切洲中所有諸龍卵生胎生濕生化生如是諸龍所在生處龍婦龍男龍女龍子爲救濟故一切悉來此大聖人牟尼處所到已一切皆得小身譬如銅筋彼龍瞋忿各作是念我等本身如須彌山今者云何如是細小時魔波旬見於諸龍皆來入此牟尼處所悉受小身見已波旬心中懊惱亦生瞋忿怖畏不安語其衆軍及眷屬言汝等看此一切諸龍以我力故變其宮殿化作一切蚊虻毒蠅及餘臭惡種種糞穢皆捨自家來詣大山聖人處所悉失勢力無復自在不能毀壞沙門瞿曇時戒依止大魔軍主白波旬言大王莫愁願聽我語如是諸龍受此身者非是沙門瞿曇所化龍自集會一處戲笑作於是身望得方便害彼釋子魔波旬言如是者善汝可速去聽問彼龍說何語言作何方便

可得令彼沙門瞿曇破壞離散若得碎者我境界勝龍宮亦全時戒依止大魔軍主前後導從百千萬衆欲往彼山發於自家乘空而進爾時世尊宣揚過去一切諸願通達顯示究竟無餘一切聖人現在世者一切牟尼處所作證一切衆生教化畢了一切諸佛眷屬家生奮迅境界皆已示現一切菩薩摩訶薩衆所得壽命一種無差一切天龍夜叉羅刹人及非人得見一切諸佛刹土光明遍照種種莊嚴心皆歡喜十方一切餘佛刹中此刹光明最勝巍巍福德因緣得此殊勝餘佛刹中一切五通皆來此刹供養禮拜釋迦如來是時佛神力故此娑婆界及十方佛土一切衆生入佛身內如是神通諸佛境界三摩提力彼諸衆生見佛身光出過十方一切諸佛世界普皆充滿照曜殊特能蔽餘光於自坐處作如是說釋迦如來不可思議未曾聞見彼諸菩薩如是說已各以種種華香寶衣袈裟瓔珞種種音樂供養如來供養畢已無量百千右遶禮拜悉皆退坐時此大衆一切天龍夜叉羅刹阿修羅迦樓羅緊那羅摩睺羅伽鳩槃茶薜荔多毗舍遮富單那迦吒富單那乃至一切人及非人亦設種種供養如前作禮右遶畢皆退坐如是聽法時戒依止大魔軍主將領眷屬在於閻浮地上遊行爾時如來在衆中坐示現常身安然不動大魔軍主見已念言沙門瞿曇示現大身今復本形在摩伽陀國端坐不異或能見我大魔軍衆怖畏失力無復神通彼戒依止大魔軍主復作是念沙門瞿曇多諸巧慧或能於我欲生

惡心我今先當到瞿曇所看彼道術方便因緣試共談論觀其詐僞時戒依止大魔軍主眷屬圍遶前至佛所對如來立而說偈言

未能度脫於自身　生死海中得出離
何以誑他衆生類　云我安汝置涅槃

爾時如來荅戒依止大魔軍主而說偈言

我久越度流轉海　更不生於諸有中
慈悲愍念諸羣生　是故設於出要道
汝於往昔無數劫　已發最勝菩提心
值遇然燈佛世尊　修行布施及持戒
如是過去億千佛　悉已恭敬曾供養
當得於此清淨乘　我今決定授汝記
未來成佛還如我　云何乃說誑衆生
我今施汝智慧眼　可念前生行本末
時戒依止魔軍主　即得宿命識往身
頭陀苦節習於禪　業果福德皆明了

時戒依止大魔軍主聞此偈已念彼過去福德因緣對於如來五體布地眼中淚出長跪合掌作如是言如來世尊我大懊惱我大慚愧如大癡人如迷如醉如著鬼癲我念過去經一阿僧祇劫大精進力發阿耨多羅三藐三菩提心行六波羅蜜修習聖道作諸福德值佛現在種種供養聽受妙法發弘誓願乃至迦葉如來法中有一比丘說聲聞法有大乘人說菩薩法我於爾時心錯口惡謗此說人言是魔語或魔眷屬大乘人邊說小乘過如是惡口說因緣故我於彼中迦葉如來不授我記得阿耨多羅三藐三菩提以彼惡口罪業因緣我於彼死魔界中生受是身來已經五十七億千歲世尊我寧更歷六百千年

受地獄苦終不一念失阿耨多羅三藐三菩提心何況退於四梵行念第一第二如是懺悔乃至第三如是懺悔并餘眷屬亦復如是又過去世流轉際中如是當來於生死海及在地獄終不暫退阿耨多羅三藐三菩提心佛言軍主善哉善哉善男子若復有人然於大燈如須彌山并七寶物於無量世供養諸佛是福德聚不如有人至心慈悲發菩提心何以故發是心者乃至供養十方諸佛彼過去福此最爲勝汝善男子今盡此罪更莫餘念生死五陰一切有中得導師身爾時戒依止菩薩摩訶薩即於坐處得法順忍從座而起頭面作禮遶佛三帀即脱身上無價寶衣真珠瓔珞供養如來設布施已說偈問言

菩薩云何修諸法　達了一切悉皆空
觀察世間如水泡　能盡諸有無明縛
一切惡見性非實　得勝無生順忍心
常於菩提道中行　能令衆生得解脱

爾時世尊荅戒依止而說偈言

不動如山四種心　智慧之人乃能有
無量億劫受諸苦　爲愍一切諸衆生
佛說禁戒堅固持　乃至不破如一點
一切三世佛正法　具足圓滿悉能行

爾時八萬四千魔軍及戒依止菩薩眷屬聞戒依止得授記已心大歡喜即於佛前至心悔過一切皆發阿耨多羅三藐三菩提心此菩提心名爲三昧順菩提心得此心已歡喜踊躍各各脱衣以用布施布施已坐爾時波旬見其軍主并及眷屬已歸依佛心生瞋忿苦惱不安更大怖畏作如是言我今得出沙

門腹中復失眷屬未知幾人於此得出作佛弟子有幾人在速閉城門莫放一人令其出外自魔境界安隱住止爾時世尊更爲彼魔大衆眷屬說三種梵行所謂衆生攀緣法攀緣離攀緣如虛空眼品中說爾時一切諸天龍王悉皆集會佉羅坻山牟尼聖人處所中住彼一切龍各見自形小如銅筯欲動不能遊行絶望思念奮體懊惱細身宛轉彼中不得自在怖畏毛竪一切相與向難陀跋難陀王邊禮拜作如是言大王我龍國土今者所有蚊虻蜣蠅毒蟲糞穢種種不淨皆是瞿曇之所爲也是故我等皆捨宮宅來到此間求覓救濟又不能得離於小身及以怖畏若能歸依佛世尊者可得免脫是時難陀跋難陀龍王作如是言沙門瞿曇多諸方便種種幻術能內一切娑婆佛刹安置身中於我龍家亦復化作一切諸惡令我怖畏來此求救今者沙門自失勢力無復方便神通道術身今如本坐舊座中豈能救我如是小身既造此獄安置於我皆不得去何能救濟今無怖畏一切諸龍繫屬波旬欲界自在惟有魔力今可禮拜求出此難各各還家安隱而住爾時伊羅婆龍王復作是言汝等諸龍莫生懊惱何以故沙門瞿曇已能降伏魔之眷屬群臣人民作於弟子惟魔王在喪失本心及其神力云何當能救濟汝等時諸龍王聞伊羅婆如是說已或有禮拜四天王者或有禮拜帝釋天者或有禮拜須夜摩天或有禮拜那兜率陀或有禮拜化樂天者或有禮拜他化自在或有禮拜大梵天者爾時娑伽羅龍王復

語一切諸龍王言汝等不見彼諸天王人及非人聖賢雜類禮拜供養沙門瞿曇而歸依耶爾時諸龍即復歸依其餘仙聖時彼山頂有六聖人第一名蘇尸摩第二名那籌第三名阿收求多第四名毗梨呵第五名婆揭蒲第六名殊致阿羅娑彼一切龍或有歸於蘇尸摩邊禮拜者或有歸依於那籌者或有禮拜阿收求多或有禮拜毗梨呵者或有歸依婆揭蒲者或有歸依殊致羅娑彼一切龍皆悉歸命此六聖人請求救濟是六聖人得五神通悉各在於雪山邊住彼五聖人皆在殊致羅娑菩薩摩訶薩大聖人所聽於正法時殊致羅娑菩薩亦以種種無量言辭讚歎釋迦如來神德時五聖人悉聞一切龍王哭聲求乞救濟聞已即起白殊致羅娑菩薩摩訶

薩言大德頗聞彼龍啼哭號咷求救聲不荅言已聞大士今聖人處一切諸龍大懊惱心我等聞知尚欲往救況大德乎惟願慈悲往至彼所救一切龍與其解脫時殊致羅娑大聖人言汝等可往我未及去所以者何此中大天龍王夜叉百千萬衆今對我坐問離障礙四梵行法彼心歡喜聽我所說時五聖人禮彼殊致羅娑大士三帀遶已以神通力飛騰虛空到佉羅坻大山頂頭牟尼聖人處所爾時彼處一切龍王見五聖人心生歡喜恭敬禮拜作如是言汝等大仙福德之人智慧方便一切莊嚴於苦惱中已到彼岸願救濟我出惡獄中令得解脫彼五聖人如是荅言我等不能救濟汝等所以者何現今雪山有大菩薩名殊致羅娑諸聖人中最大智慧大

解方便彼菩薩能與汝解脱汝可一心求哀勸請諸龍聞已如是異身同共合掌遥向殊致羅娑聖人恭敬禮拜皆唱是言大德聖人願救濟我願憐愍我爾時殊致羅娑菩薩摩訶薩聞彼龍王唱救濟聲即與大天緊那羅等夜叉羅刹百千萬人前後圍遶以神通力發於雪山乘空而往到佉羅坻山頂時諸龍王見彼聖人各各恭敬合掌禮拜一心同聲作如是言大仙聖人願救濟我於此獄中與我解脱令我自身及以眷屬安隱還家離諸苦惱爾時殊致羅娑菩薩善解方便知世因緣欲爲諸龍説星宿法星宿法者各有度數和合時節合時則易不合則難時節未合不得解脱諦聽次第我當爲汝分別解説今此月者名奢婆拏星宿名爲富那婆藪富那婆藪屬此五月此月復繫屬於日天汝諸龍王與此星辰時未和合爾時娑伽羅龍王白殊致羅娑菩薩言大士是星宿者本誰所説誰作大星誰作小星誰作日月何日之中何星在先於虚空中復誰安置三十日月十二月年云何爲時繫屬何處姓何字誰何善何惡何食何施若爲是晝若爲是夜日月星宿復若爲行何者名爲月初一日何者滿月若爲時節若爲行度一一各幾復若爲停幾許時行何者是輕何者是重何者是合何者非合云何力多云何力少云何名爲日前後行上行幾影下行幾影影有幾步名曰爲轉初轉云何月北月南云何次第大士汝於諸聖第一最尊願愍我龍具足解説我等聞已脱苦奉行爾時殊致羅娑菩薩告諸龍言大王過

去世時此賢劫初有一大城名曰瞻波彼中人民和合熾盛有一天子名大三摩名端正少雙才智聰明正法行化常樂寂靜不著世榮爲諸人民之所宗仰恭敬禮拜而侍衛之彼三摩多清淨慈悲愍念衆生猶如赤子不樂愛染常自潔身王有夫人多貪色欲王旣不幸無處遂心曾於一時遊戲園苑獨在林下止息自娛見驢合群根相出現欲心發動脫衣就之驢見即交遂成胎藏月滿生子頭耳口眼悉皆似驢惟身類人而復麤澀駿毛被體與畜無殊夫人見之心驚怖畏即便委棄投於屏中以福力故處空不墜時有羅刹婦名曰驢神見兒不汙念言福子遂於空中接取洗持將往雪山乳哺畜養猶如巳子等無有異及至長成教服仙藥與天童子日夜

共遊復有大天亦來愛護此兒飲食甘果藥草身體轉異福德莊嚴大光照耀如是天衆同共稱美號爲佉盧虱吒大仙聖人以是因緣彼雪山中并及餘處悉皆化生種種好華種種好果種種好藥種種好香種種清流種種和鳥在所行住並皆豐盈以此藥果資益因緣其餘形容麤醜相悉轉身體端正惟脣似驢是故名爲驢脣仙人是驢仙人學於聖法經六萬年翹於一脚日夜不下無有勸心天見大仙如是苦行時諸梵衆及帝釋天并餘上方欲色界等和合悉來禮拜供養乃至龍衆修羅夜叉一切雲集所有仙聖修梵行人皆來到此驢聖人邊種種供奉讃歎稱揚如是苦行生來未覩設供養巳合掌問言大仙聖人欲求何等惟願爲我諸天說之若我力

能即當相與終不悋惜爾時驢脣聞是語已內心慶幸荅諸天言必能稱我情所求者今當略說我念宿命過去劫時見虛空中有諸列宿日月五星晝夜運行各守常度為於天下而作照明我欲了知分別識解愍瞔瞑故不憚劬勞此賢劫初無如是事汝等一切諸天龍神憐我故來願說星辰日月法用猶如過去置立安施造作便宜善惡好醜如我所願具足說之一切天言大德仙人此事甚深非我境界若為憐愍一切眾生如過去時願速自說

大乘大方等日藏經卷第七

音釋

欠呿 欠去劒切呿丘加切欠呿謂氣擁滯欠呿而解也　歔 朽居切出氣也　喘息 喘昌兗切疾息也　舐 甚爾切以舌餂也　𢱢 素各切摸𢱢也　揩 口皆切拭也　鉀 古洽切鎧鉀也　癲 都年切狂也　懊惱 懊烏皓切懊惱有所恨痛也　號咷 號胡刀切咷徒刀切號咷哭聲也　翹 渠堯切舉也　勸 逵眷切勞也　阿羅娑 隋言光味　佉盧虱吒 隋言驢脣

大乘大方等日藏經卷第八

隋天竺三藏那連提耶舍譯

魔王波旬星宿品第八之二

爾時佉盧虱吒仙人告一切天言初置星宿昴爲先首衆星輪轉運行虛空告諸天衆説昴爲先其事是不爾時日天而作是言此昴宿者常行虛空歷四天下恒作善事饒益我等我知彼宿屬於火天是時衆中有一聖人名大威德復作是言彼昴宿者我妹之子其星有六形如剃刀一日一夜歷四天下行三十時屬於火天姓鞞耶尼屬彼宿者祭之用酪佉盧虱吒仙人語諸天曰如是如是如汝等言我今以昴爲初宿復次置畢爲第二宿屬於水天姓頗羅墮畢有五星形如立义一日一夜行四十五時屬畢宿者祭用鹿肉復次置觜爲第三宿屬於月天即是月子姓毘梨伽耶尼星數有三形如鹿頭一日一夜行十五時屬觜宿者祭根及果次復置參爲第四宿屬於日天姓婆私失絺其性大惡多於瞋忿只有一星如婦女黶行一日一夜四十五時屬參宿者祭用醍醐次復置井爲第五宿屬於日天姓婆私失絺其有兩星形如脚跡一日一夜行十五時屬井宿者以秔米華和蜜祭之次復置鬼爲第六宿屬歲星天歲星之子姓炮波那毗其性温和樂修善法其有三星猶如諸佛胷前滿相一日一夜行三十時屬鬼星者亦以秔米華和蜜祭之次復置柳爲第七宿屬於蛇天即姓蛇氏只有一星如婦女黶一日一夜行十五時屬柳星者祭用乳糜右此七宿當於東門次復置南方

第一之宿名曰七星屬於火天姓賓伽耶尼其五星形如河岸一日一夜行三十時屬七星者宜用秔米烏麻作粥祭之次復置張爲第二宿屬福德天姓瞿曇彌其星有二形如脚跡一日一夜行三十時屬張宿者毘羅婆果以用祭之次復置翼爲第三宿屬於林天姓憍陳如其有二星形如脚跡一日一夜行十五時屬翼星者用青黑豆煑熟祭之次復置軫爲第四宿屬沙毗梨帝天姓迦遮延蝎仙之子其星有五形如人手一日一夜行三十時屬軫星者作麨粺飯而以祭之次復置角爲第五宿屬喜樂天姓質多羅延尼乾闥婆子只有一星如婦人黶一日一夜行十五時屬於角者以諸華飯而用祭之次復置亢爲第六宿屬摩妬羅天姓迦旃延尼其有一

星如婦人黶一日一夜行十五時屬亢星者當取菉豆和酥蜜煑以用祭之次復置氐爲第七宿屬於火天姓呰吉利多耶尼氐有二星形如脚跡一日一夜行四十五時屬氐宿者取種種華作食祭之右此七宿儅於南門次復置西方第一之宿其名曰房屬於慈天姓阿藍婆耶尼房有四星形如瓔珞一日一夜行三十時屬房宿者酒肉祭之次復置心爲第二宿屬帝釋天姓迦羅延那心有三星形如大麥一日一夜行十五時屬心星者以粳米粥而用祭之次復置尾爲第三宿屬獵師天姓迦遮耶尼尾有七星形如蝎尾一日一夜行三十時屬尾星者以諸果根作食祭之次復置箕爲第四宿屬於水天姓持叉迦旃延尼箕有四星形如牛角一日一夜行三

十時屬箕宿者取尼拘陀皮汁祭之次復置
斗爲第五宿屬於火天姓摸伽羅尼斗有四
星如人拓地一日一夜行三十五時屬斗宿
者末秔木華和蜜祭之次復置牛爲第六宿
屬於梵天姓梵嵐摩其有三星形如牛頭一
日一夜行於六時屬牛宿者以醍醐飯而用
祭之次復置女爲第七宿屬毗紐天姓帝利
迦遮耶尼女有四星如大麥粒一日一夜行
三十時屬女宿者以鳥肉祭之右此七宿當
於西門次復置北方第一之宿名爲虛星屬
帝釋天娑婆天子姓憍陳如虛有四星其形
如鳥一日一夜行三十時屬虛宿者煑烏豆
汁而用祭之次復置危爲第二宿屬多羅拏
天姓單那尼危有一星如婦人黶一日一夜
行十五時屬危宿者以秔米粥而用祭之次

復置室爲第三宿屬蛇頭天蝎天之子姓闍
都迦尼拘室有二星形如脚跡一日一夜行
三十時屬室星者肉血祭之次復置壁爲第
四宿壁屬林天婆婁那子姓陀難闍壁有二
星形如脚跡一日一夜行四十五時屬壁星
者以肉祭之次復置奎爲第五宿屬富沙天
姓阿虱吒排尼奎有一星如婦人黶一日一
夜行三十時屬奎宿者以酪祭之次復置婁
爲第六宿屬乹闥婆天姓阿舍婆婁有三星
形如馬頭一日一夜行三十時屬婁星者以
大麥飯并肉祭之次復置胃爲第七宿屬閻
摩羅天姓跋伽毘胃有三星形如鼎足一日
一夜行三十時屬胃宿者秔米烏麻及以野
棗而用祭之右此七宿當於北門二十八宿
有五宿行四十五時所謂畢參氐斗壁等二

十八宿言義廣多難曉深趣不可具宣我今略說說是宿時同聞諸天皆悉歡喜爾時殊致阿羅娑仙人告諸天曰是佉盧虱吒仙人於過去世亦造惡業罪因緣故雖得人身半爲驢狀以有慈力其罪除滅更得最好端正之身猶如帝釋告諸龍等我以福德諸因緣故如彼仙人爲一切天而作導師今亦如是能教汝等深實語言諸龍當知佉盧虱吒似釋身已是天人衆皆悉歡悅一心合掌作如是言今大聖人爲我等說往昔之事何者星宿行最在前食何等食作何事業行於虛空復幾許時如是問已仙人荅言汝等一切至心聽受我以慈力還得端正今復憐愍安隱衆生說一年內事之終始令於汝曹如盲得目初日星宿乃至月滿諸星所在皆悉具說爲欲利益諸衆生故安置昴宿在衆星前汝等諸天以爲是不一切天言善哉善哉我等經歷星宿知昴最尊大威德天之外甥也其有六子運行虛空是故昴星可爲先首佉盧虱吒仙人言月合諸星起昴終胃月行宿訖一月將滿八月黑初月合在胃如是次第輪轉不息我今復說刹那之數一千六百刹那名一迦羅六十迦羅名摸呼律多三十摸呼律多爲一日夜胃宿縱惡自在如首羅天能護四方皆得安隱汝等天人見彼爲惡勿生嫌怪嚴治形法乃護衆生一切天言如是如是如聖人教嚴於法令乃濟衆生月與胃合其日病者或輕或重難可療治其日生者性多瞋憤獷惡剛毅難可親昵有大官位能勝衆生亢虛參胃此四宿日不得入陣鬭戰不

可遠行不得剃頭及以治鬚畢牛軫星此三宿日乃宜鬭戰及以遠行剃頭洗頭柳張宿日可得造作一切諸事昴宿翼宿斗宿此三宿日求財可得宜服醫藥持戒布施宜作新衣及造瓔珞觜宿角宿女宿七星之宿此四宿日宜於行來道路安隱氐宿井宿危宿此三宿日作惡得成房宿柳宿心宿婁宿七星之宿張宿此六宿日得造轝車牀及繩牀并諸衣服要結知識昴宿速疾作種種業其速如火其日得病酪飯祭之四日除愈其日生者常得大富其日入胎斗宿房宿虛宿柳宿室宿此五宿日不宜造作一切諸事惟得共於大敵鬭戰井氐翼宿此三宿日善惡之事皆悉得作畢宿之日亦得自在井氐危宿此三宿日昴宿生者於此日内不得作事遠行鬭擊假令急事亦不得作女角觜宿此三宿日亦爲最惡翼宿之日與怨家鬭獲得其勝或剛或柔還致和合軫宿牛宿此二宿日求伴不得服藥合藥出家布施造新衣服瓔珞牀鋪卧具等物皆得成就參宿虛宿亢宿此三宿日行來安隱鬼尾室宿此三宿日共他造惡離於慈心種種得作七星宿日心宿房宿柳宿壁宿此五宿日宜結婚姻宜造轝車及以牀褥參宿之日作事亦吉然於一切須生憐愍畢星水姓汝等於此第二宿日造柔輭事悉得和合其日病者以香祭火五日後愈其日生者其人大富福德樂法牛宿奎宿七星宿日及心宿日而受胎者其人薄德常作下事鬼尾室宿此三宿日一切事業皆不得作不得鬭戰不得遠行不得詣官賣買交

易工巧作務皆不得作亢宿虛宿此二宿日若作好事不得和合惟宜鬬戰剋獲勝捷軫宿之日爲事有利利作柔輭無有障礙觜宿角宿女宿等日衆事和合所作成辦服藥得力若欲捨施若造衣服及以瓔珞皆悉得作井宿氐宿危宿等日遠行安隱房宿柳宿壁宿等日欲離慈心造罪得成斗宿箕宿婁宿胃宿室宿翼宿此六宿日宜結親友婚娶知識牀鋪輦轝皆悉得造觜宿四日用事於此世間作諸事業疾速自成其日病者豆糜祭月八日除愈其日生者爲人猛健大富饒財當爲婦女見諸惡事宜自防護我說不虛觜宿生人若以女宿婁宿斗宿張宿等日而入胎者爲惡不善昴宿房宿柳宿此三宿日不得鬬戰不得遠行及向官府有須行者應止

勿去井宿氐宿危宿等日造作衆惡不相和順妄言謟曲欲殺怨家皆得成就角宿之日欲作事者剛柔並得參宿之日作事利益能致自在亢虛二宿不相和合參宿之日乃得利益其日服藥出家布施瓔珞衣服並皆得作鬼宿尾宿室宿等日遠行安隱心宿奎宿七星宿日此三宿日欲作惡者惡事得成軫宿胃宿畢宿牛宿箕宿等日宜結親友得好知識婚嫁吉事轝車牀褥皆悉得造參宿五日用事能成諸惡欲爲業者少於利益其日病者以生酥糜祭於四道十日得愈其日生人性雖聰明而心懷惡求於錢財遂至於死亦主作賊致失身命其日生人及入胎者虛宿心宿奎宿翼宿斗宿胃宿此六宿日多爲障礙乃至鬼尾室宿等日亦不和合一切諸

事皆不得作亢宿之日欲造作者宜爲輕事氐宿危宿井宿奎宿此四宿日乃得自在井宿六日用事其爲惡業分判果決其日得病炒秔穀華祭於日天八日得愈其日生人及受胎者宜爲田作當得大富又饒畜產象馬羊等於壁宿日百事不宜柳宿房宿此二宿日造作百事多有耗散氐宿之日宜作衆事如意自在鬼宿參宿尾宿等日宜造百事所求稱意心宿星宿奎宿等日宜出遠行道路安穩所向和合斗宿翼宿奎宿等日宜結朋友求善知識亢宿畢宿觜宿虛宿此四宿日爲井生人作諸障礙鬼宿七日用事能爲柔輭不破善法其日得病以黃石蜜祭於歲星五日除愈其日生者此人持戒好樂善事得大官位國師宰輔常教國王善法治世至於娶妻特難和合慇懃因人然後成就其日生人欲在室宿鬼宿翼宿婁宿斗宿等日受胎者吉畢角女宿此三宿日爲其障礙七星心宿奎宿之日作事不成當失財物尾宿之日作事得成房宿之日亦多利益壁宿柳宿此二宿日爲事不稱張宿之日遠行安隱婁宿箕宿爲其障礙軫牛昴宿此三宿日作事和合必得良伴亢宿觜宿參宿虛宿宜結朋友及善知識亢宿危宿此二宿日所求者得多有利益柳宿八日用事一切惡業皆悉能作於世間中如閻羅王其日病者不可療治其日生者性多瞋怒無有慈悲多造愆過人所憎嫉能破善法常好獵射壁宿牛宿此二宿日入胎者吉軫宿昴宿入胎者凶觜宿虛宿亢宿張宿此四宿日不宜作事多有耗散箕

宿婁宿房宿等日宜作衆事得好成就心宿之日七星宿日胃宿之日遠行安隱翼宿斗宿女宿等日宜修讀學技藝成就角宿斗宿危宿尾宿畢宿此五宿日宜結知識氐宿參宿井宿室宿此四日亦復宜結諸善知識七星九日用事於諸衆生温和柔輭其日病者以胡麻油和秔米飯祭其先人八日除愈其日生者聰明福德常爲善事然彼人性微好妄言若護其身宜慎妄語其人作事利心宿日奎宿氐宿此三宿日受胎者貧乏少財物參宿危宿畢宿等日受胎者凶常作惡事角宿女宿此二宿日受胎亦貧好爲惡事翼胃斗宿此三宿日而受胎者作事自在得他人物婁宿張宿箕宿等日欲作事者多饒障礙軫宿牛宿昴宿氐宿此四宿日行來安隱作事和合虛宿觜宿此二宿日爲其障礙張宿十日用事作柔輭事安隱世間其日病者以頻婆果生蘇祭神七日得瘥其日生者性樂芳香衣裳瓔珞貪於欲事而復嗜酒若在衆中須自慎儆婁宿井宿此二宿日受胎最惡虛亢觜宿是三宿日受胎亦惡不宜作事昴軫牛宿此三宿日亦多障礙張宿之日乃得自在胃宿斗宿此二宿日有所求者不得如意氐宿之日其受胎者能除障礙危宿參宿畢宿女宿此四宿日遠行安隱柳宿奎宿鬼宿心宿房宿壁宿此六宿日欲結知識障礙不成翼宿十一日用事行四天下作兩種業所謂諂曲及柔輭事其日得病煮黑青豆以用祭神十日除愈其日生者宜於種植然性愚癡慳貪鄙悋不能喜捨亦能不食五日六

日乃至七日不為世人之所愛樂善須謹慎防護怨家不宜鬪諍胃宿之日而入胎者多造諸惡危宿參宿氐宿房宿此四宿日善惡二事並皆得作房宿之日無有善惡壁宿鬼宿此二宿日有受胎者好失財物胃宿婁宿斗宿此三宿日受胎之者軫牛昴宿此三宿日作事和合若於虛宿觜宿亢宿此三宿日作事者成得三宿力遠行安隱井室尾宿此三宿日無善無惡婁宿七星奎宿柳宿心宿等日結善知識嫁娶之事皆得和合軫宿十二日用事為惡自在速疾如風其日得病以酪祭神五日除愈其日生者大富饒財能用五兵刀槊弓箭鬪輪羂索能作大賊殺害衆生若修善者亦能持戒喜捨布施種種功德皆悉能作其人行處七步之內蛇不敢前其日入胎於諸賊衆而得為主又能持戒喜捨布施尾宿之日其受胎者所在之處無有障礙入陣鬪戰能勝怨敵井宿室宿二宿之日其受胎者從生至死常宜作事牛亢虛宿此三宿日其受胎者惟除牛宿不宜作事其餘亢虛及女觜宿此四宿日作事利益得於自在亢畢危等此三宿日遠行安隱氐宿參宿房宿壁宿此四宿日作種種事得人氣力又宜娶婦要結親友及善知識箕宿七星婁宿斗宿張宿胃宿此六宿日有造作者如上利益角宿十三日用事為惡速疾其日病者去菉豆皮生擣祭神六日除愈其日生人嘲戲音樂歌舞伎唱皆悉能解復能捨施又多色欲亦復愛樂有智之人其人入胎宜畢宿日婁宿七星箕宿等日其人入胎多造作惡事

壁宿房宿鬼宿等日其人作事種種皆吉無有障礙危宿氐宿參宿等日若作事業亦得自在觜宿亢宿虛宿尾宿此四宿日遠行安隱觜宿柳宿營事業者得知識力心宿奎宿斗宿昴宿翼宿牛宿張宿此七宿日宜結親友婚姻等事亢宿十四日用事能於世間作諸惡業其性疾速爲業快利其日得病極惡難治華蜜祭神二十五日乃可得愈其日生者善能算計大富饒財其性慳貪不能喜捨又多瞋恚心意難得若見特牛及黃腰者須自防護其人若在觜宿箕宿此二宿日而入胎者爲惡不善張宿胃宿柳宿心宿此四宿日欲作事者無有善惡室宿尾宿井宿等日欲爲事者多有障礙參氐危宿此三宿日有所營者得他人力婁宿箕宿七星之宿此三宿日遠行安隱房鬼壁宿此三宿日宜結親友娶婦之事軫宿女宿畢宿昴宿牛宿異宿亢宿此七宿日但宜行來餘不可作氐宿十五日用事能作諸惡人所畏敬其日得病以華祭神滿十五日乃得除愈其日生者威德肅然大富饒財其性慳貪婬他婦女須自治身勿行此事其人入胎宜在參宿欲作諸事宜在危宿若七星宿婁宿箕宿日作事者成無有善惡若昴宿日牛宿翼宿營事則惡多有障礙壁宿房宿尾宿此三日則有利益室宿之日遠行安隱心奎柳宿此三宿日欲爲事者得他人力張宿斗宿胃宿此三宿日宜結親友娶婦之事房宿白月一日用事能於世間作速疾事其日病者作青豆飯以用祭神十日除愈其日生者有墮崖岸刀兵之厄

於此二事須自護身宜於治生販賣之業輭弱儒雅樂法信福其人入胎宜井宿日張宿斗宿胃宿等日欲作諸事無有善惡軫畢女宿此三宿日作事者凶心宿柳宿奎宿此三宿日作事者吉室宿房宿鬼宿壁宿此四日作事安隱而得自在箕宿婁宿此二日遠行安隱得知識力虛宿昴宿張宿翼宿作事有利得其星力觜宿角宿虛宿亢宿參宿此五宿日要結親友大小知識娶婦皆吉心宿二日用事好作惡事其日得病以秔米飯并大麥飯黃石蜜等祭帝釋天經十三日然後除愈其日生者性多瞋恚無有慈心縱持戒者亦復破戒若見於他行淨行法宜於此處須自慎儆生產之所亦須護身此心宿日入胎者吉角虛觜宿此三宿日入胎不吉昴牛翼宿此三宿日宜作諸事壁宿之日若作事者多有障礙七星箕婁此三宿日乃得自在多有利益尾宿柳宿奎宿危宿軫宿畢宿此六星宿得他人力胃張斗宿此三宿日宜遠行來道路安隱室宿亢宿危宿井宿氐宿參宿此六宿日宜結親友及以娶婦尾宿三日用事剛柔二事皆悉能作其日得病取諸果根及果華氣以用祭神三十日愈其日生者大富饒財多有穀麥其人有相福德之人惟生產處須自防慎亦復好爲草馬所蹋至草馬所又須自備尾宿之日而入胎者柳宿角宿危宿參宿此四宿日宜作惡事軫宿房宿畢宿奎宿此四宿日不可造作諸種事業危宿之日惡事得作斗宿翼宿胃宿此三宿日欲作惡事無有利益多諸煩惱箕宿七星婁宿

此三宿日乃得自在爲有利益角宿虛觜宿此三宿日得他人力而獲自在昴宿牛宿張宿此三宿日行來安隱室宿壁宿井宿鬼宿房宿氐宿此六宿日宜結知識大小親友婚姻嫁娶其事皆吉箕宿四日用事其日得病應以麻糜尼俱陀子祭於水神八日乃愈其日生人善能耕田行船之業其性精進行十善業多聞智慧有大名譽大富饒財常與智人共相隨逐七星宿日及婁宿日宜作諸業角觜虛宿此三宿日造作諸事無善無惡氐宿室宿此二宿日爲事不吉井宿之日經營事者失於舊業翼宿昴宿牛宿等日欲爲事者自在如意能有利益張宿胃宿斗宿等日造作事者得他人力亦爲有利參宿亢宿危宿等日欲作事者亦得他力軫宿畢宿女宿等日若欲遠行道路安隱奎宿鬼宿柳宿房宿壁宿此五宿日宜結親友娶婦之事斗宿五日用事作柔輭業其日得病炒秔穀華以蜜和之用祭諸神七日除愈其日生者是智慧人少病大富多有知識其人入胎宜在張宿若在危參亢宿等日平無善惡欲營衆事皆悉成就壁宿房宿鬼宿胃宿此四宿日作事不吉畢女軫宿此三宿日欲求自在多有障礙昴宿牛宿翼宿等日欲營事者自在如意氐宿井宿室宿等日亦宜作事有其福力角宿觜宿虛宿等日若遠行者道路安隱奎宿柳宿房宿婁宿七星心宿此六宿日宜結親友嫁娶之事牛宿六日用事其日生者爲性剛毅心無怖畏猛健勝人能破國土前無強敵大富饒財若入胎者宜在翼宿一切衆

星不爲障礙皆作善友女宿七日用事其日得病經十二月石蜜及華祭於山神乃得除愈其日生者遠行遇伴宜以治生作柔輭事其人有智少於疹疾常得世間國王供養軫宿之日入胎者平無有善惡鬼宿房宿此二宿日爲作障礙七星宿日心宿女宿畢宿此四宿日宜造衆事亢宿危宿參宿等日作事不合虛宿觜宿乃得和合如意自在室宿井宿氐宿等日遠行安隱亦得自在奎宿房宿柳宿等日欲營事者得他人力亦遇良友昴宿張宿翼宿等日宜結親友虛宿八日用事其日得病一年乃愈應以菉豆烏豆小豆江豆作四種臛香華祭神其日生者性多瞋貪貧無衣食於色欲閒亦復乏少依約親屬常多怖畏若角宿日受胎者吉張宿胃宿箕宿之日受胎者惡多有障礙房宿柳宿奎宿等日入胎者平無有善惡氐宿井宿室宿等日受胎亦惡離散不合亢危參宿此三宿日作事利益得有和合觜宿之日欲作事者一切得作鬼宿尾宿壁宿此三日宜以遠行道路安隱婁宿七星心宿等日若爲事者得善知識及於良伴翼宿箕宿昴宿等日亦宜要結諸親友等畢宿牛宿此二宿日亦復宜於結大善友危宿九日用事其性柔輭其日得病酥乳酪糜以祭水神七日除愈其日生者性多瞋忿猛健勇銳而有水厄若至水所須自防慎亢宿之日入胎者吉婁宿七星心宿等日若作事者平無善惡斗宿昴宿翼宿此三宿日作事者惡壁宿鬼宿尾宿參宿此四宿日作事亦惡不得如意室宿井室氐宿之日

作事和合而得安隱七星之宿房宿柳宿奎宿等日遠行安吉張宿箕宿胃宿等日欲作事者得良伴力角宿女宿觜宿軫宿畢宿牛宿此六宿日宜結善友及以納妻室宿十日用事其性速疾其日得病以種種華用祭於神三十日愈其日生者姧僞作賊愚癡妄語殺害衆生心常作惡不畏父母若鬪諍盜賊如是等處横羅其殃其人入胎必在氐宿若作事者箕宿胃宿張宿之日無有障礙處處可爲畢宿軫宿牛宿此三宿日若作事業一切皆惡井宿之日作事乃吉房宿柳宿奎宿之日造作事者多有障礙不得利益鬼宿尾宿壁宿之日宜作事業爲得利益婁宿七星心宿等日遠行安隱昴宿斗宿箕宿等日若作事者得良伴力虚宿觜宿角宿等日宜以要結小知識者虚宿參亢宿等日宜以要結大知識者壁宿十一日用事其日得病華及鹿脯以祭火神滿七日愈其日生者其人智慧樂聖人法學於衆藝種種皆能歌舞作唱亦復悉解又主大富多有金銀及饒穀帛若入胎者宜尾宿日昴宿斗宿此二宿日造作衆事平無善惡觜女鬼宿此三宿日爲事成就心婁七星此三宿日爲事多障柳宿房宿此二宿日欲作事者和合如意軫宿牛宿畢宿之日作事自如逢遇良伴張宿胃宿箕宿之日行來安隱亢宿虚宿參宿宜可要結小知識者井宿氐宿危宿等日宜可要結親友大者奎宿十二日用事其日得病宜以香華祭於神祇經二十日乃得除愈其日生者作柔輭事有大勢力人所尊重惟於闇裏須自

護身大富饒財金銀穀帛無有限量治生有利得他人物彼人入胎宜在心宿軫宿畢宿牛宿等日亦多蓄積亢宿虚宿此二宿日作事者平無有善惡參宿之日不可作事柳宿翼宿斗宿昴宿此四宿日行來安隱女宿畢宿角宿之日若作事者爲得良伴箕宿張宿胃宿等日欲作事者無有障礙爲得人力婁宿心宿尾宿此三宿日欲結知識爲有利益井宿氐宿危宿此三宿日宜可要結知識小者鬼宿尾宿室宿此三宿日宜可要結知識大者婁宿十三日用事其日得病麥粥祭神二十五日然後除愈其日生者爲性躁疾常護衆生不害物命若至關津須自防慎當作醫師善解方藥能療衆病亦復善能歌舞之事心宿之日有入胎者無有障礙角宿觜宿

女宿虚宿井宿亢宿危宿此七宿日若作事者平無善惡此星宿日惟莫賣買不宜行來及以剃頭亦不得至相鬪處所昴宿斗宿張宿此三宿日宜報怨仇鬪諍得勝宜作輕利輭事得成七星宿日作事牢固亦有利益張宿箕宿胃宿此三宿日欲遠行安隱壁軫畢宿此三宿日作事利益亦宜密語參宿虚宿亢宿之日宜作惡事鬼宿尾宿室宿等日宜可要結諸小知識柳宿房宿壁宿等日宜可要結諸大知識爲得衆人愛護於已宜造牀轝及買牛馬胃宿十四日用事人生吉凶造作善惡疾病等事如上說了月行虚空周帀宿訖還更起昴是故言曰虚空月滿三十晝夜亦名月滿八月滿者起胃終昴其月如是夜十五時晝十五時日午之影長六脚跡婁

宿夜行房在日前熒惑日子是時隨日是八月時蝎神主儅昴宿爲業前已說竟是白月内次十五日昴又用事月合昴星是八月滿昴與月合一日夜訖其次復轉合於畢宿九月初日畢用事也九月黑月一日合畢二日合觜三日合參四日合井五日合鬼六日合柳七日合星八日合張九日合翼十日合軫十一日合角十二日合亢十三日合氐十四日合房十五日合心是黑月滿白月一日合尾二日合箕三日合斗四日合牛五日合女六日合虛七日合危八日合室九日合壁十日合奎十一日合婁十二日合胃十三日合昴十四日合畢十五日合觜是白月滿九月合觜宿滿晝十四時夜十六時日午之影長八脚跡日行南陸昴宿夜行尾在日前其九

月時歲星用事爲一切天之所尊敬得失諸事皆悉由之是九月時射神主儅十月黑月一日合參二日合井三日合鬼四日合柳五日合星六日合張七日合翼八日合軫九日合角十日合亢十一日合氐十二日合房十三日合心十四日合尾十五日合箕是黑月滿白月一日合斗二日合牛三日合女虛四日合危五日合室六日合壁七日合奎八日合婁九日合胃十日合昴十一日合畢十二日合觜十三日合參十四日合井十五日合鬼是白月滿十月合鬼宿滿晝十三時夜十七時日午之影長十脚跡觜宿夜行女在日前當此之時辰星用事是十月時磨竭之神主儅其月十一月黑月之内一日合柳二日合七星三日合張四日合翼五日合軫六日

合角七日合亢八日合氐九日合房十日合心十一日合尾十二日合箕十三日合斗十四日合牛十五日合女是爲黒月滿白月一日合虚二日合危三日合室四日合壁五日合奎六日合婁七日合胃八日合昴九日合畢十日合觜十一日合參十二日合井十三日合鬼十四日合柳十五日合七星是白月滿十一月合七星滿晝十二時夜十八時日午之影十二脚跡鬼宿夜行危在日前近南轉辰星用事是十一月水器之神主當其月十二月黒月一日合張二日合翼三日合軫四日合角五日合亢六日合氐七日合房八日合心九日合尾十日合箕十一日合斗十二日合牛十三日合女十四日合虚十五日合危是黒月滿白月一日合室二日合壁三日合奎四日合婁五日合胃六日合昴七日合畢八日合觜九日合參十日合井十一日合鬼十二日合柳十三日合七星十四日合張十五日合翼是白月滿十二月合翼宿滿晝行十三時夜行十七時日轉近北日午之影十二脚跡七星夜行天師歳星用事之時是十二月天魚之神主當其月正月黒月一日合軫二日合角三日合亢四日合氐五日合房六日合心七日合尾八日合箕九日合斗十日合牛十一日合女十二日合虚十三日合危十四日合室十五日合壁是黒月滿白月一日合奎二日合婁三日合胃四日合昴五日合畢六日合觜七日合參八日合井九日合鬼十日合柳十一日合七星十二日合張十三日合翼十四日合軫十五日合角

是白月滿正月合角宿滿晝行十四時夜行十六時日轉近北日午之影長八脚跡張宿夜行婁在日前日子熒惑嚴惡速疾此時用事是正月時特羊之神主當其月二月黑月一日合亢二日合氐三日合房四日合心五日合尾六日合箕七日合斗八日合牛九日合女十日合虛十一日合危十二日合室十三日合壁十四日合奎十五日合婁是黑月滿白月一日合胃二日合昴三日合畢四日合觜五日合參六日合井七日合鬼八日合柳九日合星十日合張十一日合翼十二日合軫十三日合角十四日合亢十五日合氐是白月滿二月合氐宿滿晝行十五時夜行十五時日近北行日午之影長六脚跡角宿夜行昴在日前阿修羅師名曰太白此時用

事是二月時特牛之神主當其月三月黑月一日合房二日合心三日合尾四日合箕五日合斗六日合牛七日合女八日合虛九日合危十日合室十一日合壁十二日合奎十三日合婁十四日合胃十五日合昴是黑月滿白月一日合畢二日合觜三日合參四日合升五日合鬼六日合柳七日合星八日合張九日合翼十日合軫十一日合角十二日合亢十三日合氐十四日合房十五日合心是白月滿三月合心宿滿晝行十六時夜行十四時日行近北日午之影長四脚跡氐宿夜行觜在日前日子名曰佛陀懸多此時用事作柔輭業是三月時雙鳥之神主當其月四月黑月一日合尾二日合箕三日合斗四日合牛五日合女六日合虛七日合危八日

合室九日合壁十日合奎十一日合婁十二日合胃十三日合昴十四日合畢十五日合觜是黒月滿白月一日合參二日合井三日合鬼四日合柳五日合七星六日合張七日合翼八日合軫九日合角十日合亢十一日合氐十二日合房十三日合心十四日合尾十五日合箕是白月滿四月合箕宿滿晝行十七時夜行十三時日近北行日午之影長兩脚跡房宿夜行日隨井星是四月時蟹神主當五月黒月一日合斗二日合牛女三日合虛四日合危五日合室六日合壁七日合奎八日合婁九日合胃十日合昴十一日合畢十二日合觜十三日合參十四日合井十五日合鬼是黒月滿白月一日合柳二日合七星三日合張四日合翼五日合軫六日合角七日合亢八日合氐九日合房十日合心十一日合尾十二日合箕十三日合斗十四日合牛十五日合女是白月滿五月合女宿滿晝行十八時夜行十二時日極行北日午之影長半脚跡箕宿夜行心在日前是時日光炎熾大盛此五月時師子之神主當其月六月黒月一日合虛二日合危三日合室四日合壁五日合奎六日合婁七日合胃八日合昴九日合畢十日合觜十一日合參十二日合井十三日合鬼十四日合柳十五日合七星是黒月滿白月一日合張二日合翼三日合軫四日合角五日合亢六日合氐七日合房八日合心九日合尾十日合箕十一日合斗十二日合牛女十三日合虛十四日合危十五日合室是白月滿六月合室宿滿晝

行十七時夜行十三時強日近南行日午之影長二脚跡女宿夜行張在日前月子名覺此時用事此六月時天女之神主償其月七月黑月一日合壁二日合奎三日合婁四日合胃五日合昴六日合畢七日合觜八日合參九日合井十日合鬼十一日合柳十二日合七星十三日合張十四日合翼十五日合軫是黑月滿白月一日合角二日合亢三日合氐四日合房五日合心六日合尾七日合箕八日合斗九日合牛女十日合虛十一日合危十二日合室十三日合壁十四日合奎十五日合婁是白月滿七月合婁宿滿晝行十六時夜行十四時日轉近南日午之影長四脚跡室宿夜行角在日前阿修羅師名曰太白此時用事是七月時秤量之神主償其月爾時佉盧虱吒告天衆言是諸月等各有主償汝可救濟四種衆生何者爲四救地上人諸龍夜叉乃至蝎等如斯之類皆悉救之我以安樂諸衆生故布置星宿各有分部乃至摸呼羅時等亦皆具說隨其國土方面之處所作事業隨順增長佉盧虱吒於大衆前合掌說言如是安置日月年時大小星宿何者名爲有六時也正月二月名暄暖時三月四月名種作時五月六月求降雨時七月八月物欲熟時九月十月寒凍之時十有一月合十二月大雪之時是十二月分爲六時又大星宿其數有八所謂歲星熒惑鎮星太白辰星日月荷羅睺星又小星宿有二十八所謂從昴至胃諸宿是也我作如是次第安置說其法已汝等皆須亦見亦聞一切大衆於

意云何我所置法其事是不二十八宿及八大星所行諸業汝喜樂不爲是爲非宜各宣說爾時一切天人仙人阿修羅龍及緊那羅等皆悉合掌咸作是言如今大仙於天人間最爲尊重乃至諸龍及阿修羅無能勝者智慧慈悲最爲第一於無量劫不忘憐愍一切衆生故獲福報誓願滿已功德如海能知過去現在當來一切諸事天人之間無有如是智慧之者如是法用日夜刹那及迦羅時大小星宿月半月滿年滿法用更無衆生能作是法皆悉隨喜安樂我等善哉大德安隱衆生是時佉盧虱吒仙人復作是言此十二月一年始終如此方便大小星等刹那時法皆已說竟又復安置四天大王於須彌山四方面所各置一王是諸方所各饒衆生北方天王名毘沙門是其界内多有夜叉南方天王名毘留茶俱是其界内多有鳩槃茶西方天王名毘留博叉是其界内多有諸龍東方天王名題頭隷吒是其界内多乾闥婆四方四維皆悉擁護一切洲渚及諸城邑亦置鬼神而守護之爾時佉盧虱吒仙人爲於衆生演說法已時諸天龍夜叉阿修羅緊那羅摩睺羅伽人非人等一切大衆皆稱善哉歡喜無量是時天龍夜叉阿修羅等日夜供養佉盧虱吒次復於後過無量世更有仙人名伽力伽出現於世復更別說置諸星宿小大月法時節要略爾時諸龍在佉羅坻山聖人住處尊重恭敬光味仙人盡其龍力而供養之

大乘大方等日藏經卷第八

音釋

觜將支切宿名

絺丑知切

黶於琰切面上黑子曰黶

炮薄交切

儅丁浪切正相當也

軫章忍切宿名

莠稗莠與久切似稷今狗尾草也稗蒲拜切似禾而别稊稗也

昴莫飽切宿名

毅魚既切果敢也

轝羊諸切車也

褥如欲切正作褥裀褥也

鄙悋鄙補美切吝積而不散也悋良刃切靳惜也

槊所角切矛屬

擣都皓切舂也

嘲陟交切以言相調曰嘲

蹋徒合切踐也

疹丑刃切病也

蓄積蓄勑六切聚也

熒戶扃切熒惑星名

憩去例切

秔古衡切音庚同粳稻之不黏者

大乘大方等日藏經卷第九

隋天竺三藏那連提耶舍譯

送使品第九

爾時娑伽羅龍王白光味菩薩言大德乃能憶念如是過去宿命刼中種種善業無量往事而不忘失及說虛空星宿照明安施法用悉皆了達一一無遺於三界中最尊最勝智慧第一更無能過是故彼龍并及我等如是方便得脫此獄離於苦惱憐愍衆生慈悲一切功德戒行及婆羅多莊嚴於心一切滿足是時光味語諸龍言我今非是佉羅虱吒苦行仙人亦復不能於虛空中置於星宿今我說者神通力知汝娑伽羅諸龍王等莫作是說我實不能然此佉羅虱吒仙人宿往因緣說猶未盡爾時帝釋及諸梵天各向佉羅虱吒仙人齊共合掌作如是言我等樂聞惟願更說我等梵天諸天中尊猶如大仙聖人中尊我諸天中有梵行者若於種種神祇呪術我皆了知亦能爲他分別廣說時虱吒仙言若能如是亦可敎化一切衆生悉令知之是時青眼帝釋天主在於衆中虱吒仙人語帝釋言天主一切善法必令具足住持於世常使照明修善法人擁護勿捨若有精進樂善衆生持戒多聞修禪學慧如是等衆天主應當供給所須衣服飲食卧具湯藥種種施與令無有窮我說虛空星宿法已今此世界諸地分中各有龍王停止守衛如娑伽羅龍婆婁那德叉迦實護大行瞿娑羅婆蘇婆呼嚧俱叉婆私無俱叉等此八龍王護於海中能令大海無有增減阿奴馱致毘昌伽蘇致婆

婁那得子闍婁叉婆此四龍王守護池中出一切河是故諸河流注無竭難陀優波難陀此二龍王守護山中是故諸山叢林鬱茂婆須吉婆羅囉蓋輸盧瞿摩祇利亦爲守護毘梨沙闍浮伽赤眼娑羅娑帝於小河水而爲守護悉陀摩奴阿羅蘇摩賀盧喝利於聖人所及諸藥草而爲作護堅固緊輸迦歡喜此於地中而爲守護最勝光毗喻婆三婆毗離耶尸棄此於火中作護動摩都劣三摸地羈蘭那羈賴車此於風中作護優羅婆羅阿闍耶帝羅娑羅此於樹中作護吁嚧呵張火薄脚羅沙斯此於華中作護香常跋陀耶邏婆遮富婁那迦羅此於果中作護阿匙林婆毗遮娑多吁嚧脂多末羅伽彼中毗首羯摩蘇摩敲師奇和沙月眼此四種一切工巧爲最守護羈羅睺陀羅僧伽那斯阿蘭那懼無迦如此四種夜叉於一切福德布施等中能爲作護金剛眼師子眼善見眼三槊如此四種一切龍護如是等各各爲護爾時光味菩薩於諸仙聖天人龍中最上最勝憐愍一切苦惱衆生是故於此救諸龍厄令得解脱時光味菩薩作是思惟云何當令彼諸龍等於三寶中迴心歸向即以方便善巧音辭次第教言一切龍王信於我者我實不能拔濟於汝今有大聖一切智人乃能施汝安隱無畏我所讚歎佉羅虱吒仙人功德如是説法非我小德辦於斯事彼聖人者過去無量阿僧祇劫已曾修習種種福德一切難事皆悉能捨所謂象馬種種寶車妻子國城金銀輦轝奴婢衣裳牀榻敷具衆生須者稱意與之或復

手足耳鼻舌身頭目筋骨皮肉肌膚求無悋惜速能滿足六波羅蜜具大慈悲於苦惱衆生能令解脱爲諸衆生得安隱故乃至處於地獄之中救濟衆生心無暫捨亦不自爲得成佛道欲令一切惡趣衆生得脱種種老病死苦是大仙人乃往過去無邊劫中經歷是等種種願行而是仙人生生世世堅固精進勇猛慈悲引接衆生安涅槃道又彼佉羅虱吒仙人無量劫來種種福德具足圓滿乃至生於淨飯王家託在摩耶夫人腹内既出生已舉手唱言我三界中最尊最勝放種種光能與一切衆生安樂光因緣故感動無量天龍夜叉及阿修羅人非人等一切悉來而共供養又於生時一一方面各行七步脚所蹈處皆有蓮華承捧其足以此脚踏行步因緣一切山河地及大海悉皆濤動如是變現出生功德又釋迦子能令我等一切衆生解脱生老病死寂滅安隱離諸怖畏到涅槃城説是語時一切諸天阿修羅衆龍及夜叉乾闥婆緊那羅摩睺羅伽人非人等各散種種衆寳雜華塗香末香於虚空中猶如雨下以用供養種種讚歎爾時光味菩薩爲諸大衆而説偈言

過去無量僧祇劫　種種布施習檀那
清淨尸羅及羼提　精進坐禪學般若
安樂一切衆生故　備忍種種諸苦辛
宫中六萬后妃嬪　棄捨出家如脱屣
獨處六年修苦行　日食一麻一米麥
精進晝夜不睡眠　身形惟有皮骨在
菩提樹下思惟坐　八十萬衆天魔來

四方上下地及空　八十由旬悉充滿
如是魔軍及眷屬　皆能破壞使歸降
成就無上勝菩提　得證第一義諦果
見聞種種無怖畏　其心寂靜如涅槃
常於一切衆生中　等心慜念無偏黨
真實智慧具足滿　教導一切諸天人
無一衆生起邪惡　如是慈悲徹骨髓
又於一切衆生類　乃至蟻子及蜎飛
不生惱亂毒害心　一切衆生流轉中
悉能令其得解脫　又於繫縛諸有獄
拔出衆生使獲安　絓是小小如筋身
大聖悉皆往救濟　彼諸龍等一切衆
能却其惡及憂愁　是故大聖哀慜來
慈心出汝此獄中　廣説無邊深秘要
不自在者悉稱心　一切歸家安穩住
得彼聖人救濟者　不畏金翅諸鳥王
各還所止恣意遊　如本受樂心無異
大聖過去修萬行　不許惱亂一衆生
汝等所有諸灾惡　魔王所爲非佛作
莫起餘心謗毀佛　受我教誨發菩提
勿生疑惡自迷沒　一一皆如我前説

爾時一切諸大龍王所有眷屬男女大小在於牟尼聖人處者聞此説已各各一心齊共合掌作如是言南無南無大聖一切世間衆生中勝具一切法到自在岸能與一切衆生解脫能與一切衆生安樂能與一切衆生歡喜能令一切到智慧彼岸於諸衆生慈悲平等令修善法悉具足滿成就一切善業衆生安立善道與實法眼於天龍中作上福田於三界中最勝最尊能受世間一切供養我等

諸龍同共辛苦滿此獄中未能得出如是至心禮拜歸命說此語已一切龍等悉得本形雖復奮身而猶不能於彼山中免離得出爾時一切諸龍王等復白光味菩薩言惟願救濟如大德說彼聖人者於諸衆生不起惱亂常施安樂此言誠實我今信受無有疑心若愍衆生慈悲救濟惟願速來令我等輩出彼魔獄是時光味告諸龍言彼大聖人具足智慧牟尼如來心常憐愍一切衆生修習諸善捨於諸惡大悲普覆於流轉中精勤勇猛接引衆生於菩提道令得安隱現見因果成就佛眼一切菩薩摩訶薩過去久遠不瞋因緣悉皆具足慈悲喜捨四梵行法復次菩薩摩訶薩道行因緣中生因緣生已種種惡趣及慈悲行皆已說竟復次彼佛如來世尊住無

量阿僧祇恒河沙等諸佛刹微塵等無量無邊清淨阿耨多羅三藐三菩提行故六波羅蜜悉具足滿菩薩摩訶薩出於流轉生死海故到大涅槃智慧彼岸壞四魔故紹三寶種不斷絶故能以法水洗諸衆生一切煩惱垢令清淨故如來如是永離攀緣說四梵行復說如性出相離相及離我見一切法等無盡方便謂於五陰十八界十二入實諦觀故四大差別生死等法皆得滅盡方便離於貪瞋癡等一切煩惱體性悉空無衆生界離諸攀緣無喜離喜無行離行無物離物無想離想無諸障礙無有處所無塵無染無暗無明不可捉持無自無他不來不去無異離行乃至一切陰入界等智眼體性非暗非明不行不生法界真實不滅不壞如如不生法界真實

皆空過去一切諸法等中悉皆了達是真攀緣如來從生若有菩薩於是法中達到彼岸具足充滿六波羅蜜猶如虛空離色離觸如是心得無障礙智普斷一切諸見及習悉皆除盡如是得離一切煩惱是名菩薩摩訶薩離觀四種梵行之法是時光味說此法已時彼衆中娑伽羅龍王毗咼伽蘇脂龍王須摩呼嚧迦沙護寶龍王如是等龍王已於過去菩薩行中修習福德發弘誓願念宿命已即得光明照耀陀羅尼餘諸龍衆八十那由他亦曾過去種種願行悉修習來一切皆發三菩提心得於三昧爾時光味即自化作聖人之身如菩薩形與諸仙等乘神通力從虛空中往如來所

念佛三昧品第十

爾時一切諸龍衆等信受光味菩薩之言皆悉至心歸依於佛歸依於法歸依於僧作是歸時魔王波旬親見親聞既見聞已大生驚怪怖畏不安瞋恚憂愁遍身流汗擧手摸頭而說偈言

呵呵看彼甚大笑　姧僞幻惑釋沙門
誘誑諸龍皆歸已　迷忤一切諸衆生
惑亂道中妄安立　實非言是我法真
如是實法若得時　彼中始終應不失

爾時波旬說是偈已彼衆之中有一魔女名爲離暗此魔女者曾於過去植衆德本作是說言沙門瞿曇名稱福德若有衆生得聞佛名一心歸依一切諸魔於彼衆生不能加惡何況見佛親聞法人種種方便慧解深廣父王今者欲於如來及學佛道者邊興造惡心

終不能成時魔王言沙門瞿曇解達真如智慧廣大於空法中深入堅固自旣度脫生死大海又教衆生亦皆出離魔女荅言如王所說若於空法覺實際者設千萬億一切魔軍終不能得須臾爲害如來今者閞涅槃道女欲往彼歸依於佛即爲其父而說偈言

離相不著人中勝　如如常住天中尊
到於彼岸智慧城　我今欲往歸依彼
修學三世諸佛法　度脫一切苦衆生
若於諸法得自在　當來願我還如佛

爾時離暗說是偈已父王宮中五百魔女姊妹眷屬一切皆發菩提之心是時魔王見其宮中五百諸女皆歸於佛發菩提心益大瞋忿怖畏憂愁即作是念我今當行大魔王力大魔王威於自宮中魔王坐處極盡神化當彼聖人牟尼住所一切諸龍和合集處作大火石從虛空中一時雹下碎彼諸龍及光味仙人使其速散若彼去者我魔王宮乃可安樂作是念已即於空中放大火雹如雨而下是時如來以神通力變彼火石悉爲天華繽紛亂墜墮佉羅坻滿山頂上聖人住處悉皆充遍一切龍王莫不歡喜是時魔王見雹下於聖人住所即自指示五百女言諸女好看今彼處所一切諸龍眷屬大衆歸依沙門瞿曇邊者我已破碎一切如塵何況我宮而不能壞若我宮中有欲歸向於瞿曇者要當使其如彼不異是時五百諸魔女等更爲波旬而說偈言

若有衆生歸佛者　彼人不畏千億魔
何況欲度生死流　到於無爲涅槃岸

若有能以一香華　持散三寶佛法僧
發於堅固勇猛心　一切衆魔不能壞
何況畢定求作佛　若有精誠持一戒
或復至心來佛邊　聽受一句微妙法
即發不退菩提道　決定一切衆中尊
得佛金剛不壞身　能摧一切四魔衆
父王但看諸龍等　各散種種香華雲
惟佛世尊能了知　非是魔王之境界
獨一導師處於世　說於殊勝難思議
所作一切皆吉祥　能令衆生罪業除
我等過去無量惡　一切亦滅無有餘
至誠專心歸佛已　決得阿耨菩提果

爾時魔王聞是偈已倍大瞋恚怖畏煎心憔悴憂愁獨坐宮內是時光味菩薩摩訶薩聞佛說法一切衆生盡離攀緣得四梵行當於佛前從空而下到佛所已光味菩薩與其大衆爲佛作禮右遶三帀却住合掌而白佛言世尊如來說彼四禪地依止心念陀羅尼以是陀羅尼呪術力故我憶過去有二婆羅門子以欲事故罪應合死爲官所收殺時未到王勑有司付於牢獄半月半月時給一飡五縛繫身兩手兩足悉皆桁械咽喉被鎖飢渴難堪兼復畏於死時將逼獄中一心歸依於佛彼時有佛名曼陀羅華香專意佛邊遥求救濟是時彼佛憐愍衆生及我等故於自座中現佛境界大神通力說四禪地依止心念陀羅尼作如是言我以佛力令彼獄中二婆羅門聞此四禪地依止心念陀羅尼聞已歡喜至心憶念以是因緣令其所有一切惡業一切障礙若今生中惡業障礙若多生中諸

惡業障若煩惱障法障衆生障捨施障智慧障生活障壽命未盡横死障意欲不生繫地所牽業力障礙若有清淨佛刹之中情願欲生而不得往違心障礙如此一切惡業障礙聞此四禪地依止心念陀羅尼因緣故喉及手足五種枷鎖自然一時脱落在地即於獄中得陀羅尼力以神通力故得出於獄從虚空中到曼陀羅華香佛所禮拜供養盡其壽命即得往生山光佛刹彼佛世尊名曰雲色從雲色佛求請出家既出家已生生世世無量劫中常得不生於空佛刹恒值佛世如今此刹娑婆世界三千大千佛土地及虚空乃至阿迦膩吒天人非人等皆悉充滿時彼佛刹一切衆生地及空中乃至阿迦膩吒天亦復如是一切衆生具足惡業及諸障礙以彼如來爲衆生故説此四禪地依止心念陀羅尼身口意惡悉皆消除若聽聞此陀羅尼力一切三世諸罪惡業悉滅無餘又彼衆生種種更得大忍三昧陀羅尼乃至壽命欲盡之時此間死已如願欲生他方清淨佛刹應念即生得於宿命常勤精進行十善法常不復墮三惡道中常能修行六波羅蜜常行四攝常得見佛常聞於法常供養僧常得四禪及五神通常具足得四梵行念生生世世常與彼法和合共生乃至涅槃未曾捨離佛言善哉善哉善男子汝爲大利益衆生故作如是説過去宿命發心因縁爾時世尊復告光味菩薩言善男子諦聽諦聽若有比丘比丘尼優婆塞優婆夷或男或女有信心者欲於三乘及餘道中願得速證涅槃道盡一切苦者

欲得一切聞持在心一切身口意業清淨欲護佛法欲求種種利益種種衣食一切豐饒自在殊勝端正大力眷屬强盛國土富安職位高遷多人敬奉聰明智慧最尊最勝行住四儀常無所乏及樂種種施戒坐禪得諸三昧乃至無色一切有頂所有三昧亦復樂於四梵天行若有樂於陀羅尼人望得如是種種衆事而彼惡業堅固厚重諸業障礙煩惱障礙乃至欲生清淨佛刹不生障礙以如是故種種善願不得稱心欲令如是種種惡業速滅盡者而此衆生應淨洗浴著鮮潔衣菜食長齋勿噉辛臭於寂靜處莊嚴道場正念結跏或行或坐念佛身相無使亂也更莫他緣念其餘事或一日夜或七日夜不作餘業至心念佛乃至見佛小念見小大念見大乃至無量念者見佛色身無量無邊彼佛身形三十二相於一一相亦念亦觀皆令明了隨所見相見青光明於彼光相專精繫意無令心亂作是念時而誦是呪

哆經咃　毗視林婆毗視林婆　欝頭波馱避耶　毗視林婆　斯那婆頗羅斯那婆頗羅阿覔那多他㤈　阿覔那多他㤈　復嘘多俱致毗視林婆　毗視林婆　莎呵

如是一相在於前心勖勖專念不起亂想然後誦此陀羅尼呪乃至念於佛身相中青色出光彼光出已從行者頂入爾時安心慎莫驚怖於自身中見於此光如彼青色念此青光於自身中各各支體處處遍行乃至一切身中火然見火然已乃至成灰及四方風來吹散滅如是念時見於自身無有一相惟有

空在乃至十方皆悉是空不見一色如是念佛青色力緣誦持於咒成就此行善男子若復有人如是繫念不散亂心學四禪地依止心念陀羅尼而彼衆生一切業障煩惱障法障罪業皆盡惟除五逆破毀正法誹謗聖人若復有人如是樂者能如上習念佛三昧一日一夜口能誦持一切佛法一切外道十八種論智慧勝處如是種種句義文章悉皆憶持無有遺忘又一日夜得於四禪四種神通四無量行四種辯才及四無色三摩跋提如是等法一切成就具足得之如是修者乃至能於一彈指頃到一佛刹及無量刹又以一足能動如是無量刹土過是等刹亦能動摇能以一身結加趺坐遍滿諸刹如是世界能令水滿十方塵數皆能數知能以七寶滿諸國界又復彼人於一念頃悉能得知生死業報過去現在及以當來一切衆生所有心數又彼行人能以一身種種化作一切佛身帝釋天身梵天王身那羅延身摩醯首羅身四天王身轉輪聖王身乃至水火遍滿虚空又復彼人如是念者能一念中一切十方地及虚空種種華滿七寶充遍一切衆香傘蓋幢旛種種衣裳種種瓔珞一切虚空皆悉能滿若復有人至心修習此四禪地依止念佛三昧一一差別諦識了達時彼衆生如是無量惡業悉盡如是無量福德精進種種三昧種種陀羅尼種種忍及五神通於餘乘中速得滿足流轉海中畢定疾出除五無間謗法誹聖不得是法彼人應須經七七日此四禪地依止念佛三昧心内熏修於此法中常說修

習不捨離者一切罪盡若不專心罪兩分盡平常用心罪一分盡如是修習須精進心純信敬心能如是者彼惡乃盡若復有人此四禪地依止念佛三昧或天中說或人中說若彼天人信心聽受如此三昧內自思惟生於歡喜如是之人若在牢獄五鎖繫身或復餘處受辛苦者悉得免脫若失生活或復求財或打或燒或臨河水或被毒藥或爲種種怨家來侵或一切鬼或一切幻或復國王種種怖畏或自家中鬪諍口舌或復他人橫來瞋怒或死怖畏或惡道中欲墮怖畏如是怖畏此業皆盡生人天中若復有人一聞如是四禪地依止念佛三昧至心信受如是念佛三昧有大勢力有大利益小小用心尚得如是何況至心無有疑惑說此三昧法時衆中八十六頻婆羅那由他百千從十方來諸天人等過去已曾爲此三昧所熏修者皆悉獲得如上所說復有八十四那由他衆生得苦智忍無量衆生得此三昧或須陀洹至羅漢果無量衆生發菩提心時彼離暗五百魔女承佛神力在魔王宮悉皆得此念佛三昧悉捨本形得男子身曾於過去修學如是念佛三昧故時此五百諸魔王女得三昧已及男子身心生歡喜欲往佛所一切化作大梵天身一一梵王無量千億眷屬圍遶或作無量帝釋天身亦有千億眷屬圍遶各以無量種種音樂種種莊嚴如是化已從魔宮下向如來所設於供養種種華鬘末香塗香散於佛上頂禮佛足右遶三帀却住一面

昇須彌山頂品第十一

爾時佛告光味菩薩摩訶薩言善男子汝今當知彼一切龍惡道中生罪業悉盡復告光味空觀心念故時光味言如是世尊如來清淨戒行具足如來當爲一切諸龍作莊嚴故復次光味我於是時實爲諸龍不可思議業報差別欲廣說故爾時一切諸色欲天乃至夜叉鳩槃茶等從虚空中雨種種華散種種香衣服幢旛七寶瓔珞種種妓樂無量百千億那由他一時俱作歌詠讚歎出妙音聲人與非人僉然恭敬爾時世尊從座而起四面顧視向北方看此何處山與須彌接近彼欲界及於色天爾時如來與諸大衆菩薩聲聞天人龍神一切八部四面圍遶前後導從趣須彌山是時如來欲以足步躡於山根次第登上大梵天等知佛欲昇須彌山頂即爲如來化作七寶階橋持諸天衣及華香末種種校飾如是作已前白佛言惟願如來行我橋上他化樂天亦爲佛故用閻浮金化作寶橋以龍栴檀末而散橋上作如是言惟願如來行我橋上化自樂天亦爲佛故用諸天金化作寶橋種種牛頭細栴檀末散於橋上作如是言惟願如來行我橋上兜率陀天亦爲佛故以諸天銀化作寶橋以諸種種應時所出微妙之香名黑栴檀細末而散橋上作如是言惟願如來行我橋上須夜摩天亦爲如來以天瑠璃化作寶橋散諸種種多摩羅葉細末之香作如是言惟願如來行我橋上天帝釋亦爲佛故以赤真珠化作寶橋以天種種栴檀一切寶末用散橋上又以天繒七寶妙網而羅覆之覆已作如是言惟願如來行我

橋上如是四鎮四大天王亦以珍奇天石藏寶爲如來故化作寶橋亦持細妙種種天衣覆於橋上覆已作如是言惟願如來行我橋上上須彌山是時四大阿修羅王并其眷屬爲如來故以其所出摩娑羅寶化作寶橋持天金銀細末之屑散於橋上散已作如是言惟願如來行我橋上爾時世尊爲彼一切梵釋四鎮及阿修羅諸天王等以憐愍故一時化作八佛如來三十二相八十種好無有殊異八部四衆菩薩聲聞圍遶導從彼一切天阿修羅等如是大設諸莊嚴已時佛世尊即上寶橋昇須彌頂或餘處起或餘處去彼八如來身大明耀一一佛身皆放光明如百千億日月之光一時照明如是八佛放身光已時諸龍衆一切皆在此佉羅山聖人處所集

聚而住諸龍見已一切怪言此是何處八大護世今來依止於須彌山爾時難陀優波難陀龍王作如是言此是梵天一切欲色圍遶而住一切天中最爲殊勝到智慧岸憐愍我等故來至此今一切龍若欲得出此苦獄者皆可禮敬時阿那婆蹋多龍王作如是言此非梵天乃是魔王於欲界中威力自在愍我等故妻子眷屬皆悉圍遶爲欲界中一切衆生脫於怖畏故來是中救我龍厄時地利致色龍王作如是言此非魔王乃是欲界他化等天故來此中欲令一切諸龍解脫爾時衆中一切龍王皆發大聲作如是言願諸天等與我解脫與我解脫施我安樂令我早得出於此獄時娑伽羅龍王復作是言彼非兠率化自樂等此是天主釋提桓因所放光明照

於欲界及四天下觀彼一切四域衆生樂於善法汝等一切起慈悲心更勿生瞋於彼天所求乞解脱速離此苦時善住龍王作如是言此非帝釋乃是一切諸色界天捨於禪樂從彼下來欲雨法雨與衆生樂汝諸龍等一切至心禮拜乞救時毗曷伽蘇脂龍王復作是言此非色天神通力來是四天王毗沙門等爲護四方各各自將眷屬而來欲除罪惡諸衆生故爾時寶護龍王復作是言此非四天王我見染衣剃除鬚髮身服袈裟相好端然威德自在爲諸天人之所瞻仰恭敬供養合掌圍遶如日月天星宿遍遶此八大聖皆悉顯赫堅固照明身紫金光三十二相慈悲一切於三界中得受供養爾時毗曷伽蘇脂龍王更如是言眞實導師我親見來能救能護一切衆生能竭苦海能於此獄與解脱樂今近住此須彌山頂如是世尊神通力故此須彌頂忽更廣闊八十四百千踰闍那爾時欲色一切諸天各欲供養於如來故爲佛造作七寶階橋樓閣梯隥次第節級乃至上到阿迦膩吒天各以種種不可思議天雜瑠璃羅網校飾猶如寶蓋巧妙少雙一切衆生見無猒足無量百千種種珍寶以用莊嚴種種天衣種種瓔珞種種繖蓋繒綵幢旛螺鼓鍾鈴華香妓樂如是供養遍滿虛空爾時世尊告帝釋言天主如是三千大千世界娑婆刹土一切諸佛并大菩薩摩訶薩大阿羅漢大仙聖人及樂福德大力魔王種種色欲天龍夜叉人非人等於此三千大千刹住受用皆訖如是帝釋此須彌山如來世尊十方佛刹

諸來菩薩大阿羅漢一切聖人樂福魔王大德諸天乃至於龍夜叉羅刹人及非人此須彌山皆悉停住汝諸天等當來世中多得勢力時天帝釋白佛言若佛如來憐愍我者如是受用神通力作及此三千大千世界娑婆刹中所有菩薩大阿羅漢大梵魔王他化樂天諸帝釋天乃至於此娑婆世界所有天王龍王夜叉王乾闥婆王阿修羅王迦樓羅王緊那羅王摩睺羅伽王復有大力福德衆生天中聖人人中聖人一切皆來供養佛故見於佛故禮拜佛故聽於法故如是等衆此須彌山若受用者我於當來增大勝樂得大安隱爾時世尊受帝釋天於彼中住端坐正念熙怡微笑笑已口中出種種光青色黃色赤色白色紫玻瓈色照此三千大千佛刹之中百億魔王宮百億帝釋宮百億梵天宮百億一切諸天王宮百億阿修羅王宮百億聖人牟尼住處是一切光如是照已如上所說一切福德大力魔王乃至聖人一切驚覺各各尋光乘神通力如一念頃來到於此須彌山頂爾時世尊現神光已告帝釋言天主如是三千大千世界一佛刹中則有百億須彌山王是時一切諸須彌中此須彌山最尊最勝何以故我及天人一切大集在此受用度諸龍故說此語時無量百億帝釋天等一切梵王皆大歡喜如是如來神通力故時四龍王皆得從彼聖人住處而出既得出已各還本方如是娑伽羅龍王還於南方大海岸中復其本身大如須彌乃至舉頭到帝釋宮自見於佛如是西方護寶龍王北方毗留伽蘇脂

龍王東方蘇摩呼嚧叉龍王各還大海於舊宮中悉復本形乃至如前須彌山頭自來見佛所餘無量那由他百千萬億猶在彼處不能得出時一切龍向大聖人如是稱說願救濟我願救濟我於此獄中令速解脫爾時難陀優波難陀二龍王等從佉羅山聖人住處各以自身依須彌山化作大橋往帝釋宮作如是言惟願如來踏此橋上從須彌頂下佉羅坻聖人處坐爲一切龍歸依說法時帝釋天如是念言此龍身澀毒氣皮麤或傷如來足不安隱作是念已即以天服覆於龍身又持天中牛頭栴檀優羅伽娑羅栴檀多摩跋香此三種香及以天華種種屑末散於橋上并蔽龍身時佉羅坻牟尼住處以佛力故更增廣博八十四億那由他百千踰闍彼處廣已大梵天王以天金銀化作師子須彌寶座種種莊嚴旛華帳蓋而安置之爾時一切諸龍王等聞是語已各白佛言世尊惟願憐愍救我等苦佛言龍王汝等先應至心念佛我當救之爾時世尊在須彌頂告於長老憍陳如言憍陳如諸佛境界奮迅神通加被之力如是說法及此一切三千大千娑婆世界佛剎之中所有一切無量衆生彼諸衆生聞我說法能聽受者憍陳如一切諸法悉皆無常一切諸法生住無常何以故生因緣故如眼識生生已住住已念念更生此即是苦是生因緣即是苦生即是癰瘡即是一切十二有支即是生老病死因緣如是念念生滅如眼因緣耳鼻舌身亦復如是憍陳如住雖暫有滅更漸生此譬如窻此生住緣此苦因緣有

此百種老病及死如是展轉漸生因緣眼見造業隨見隨念隨念隨造所造生死因緣無窮憍陳如如眼寂滅光滅没故不見衆色如彼日没窻中不見若因緣滅一切患滅十二有支一切寂滅生死寂滅如日没緣耳鼻舌身亦復如是憍陳如如心寂滅所緣亦滅此窻因緣如本不生一切萬法亦復如是此名苦滅一切患滅十二有支一切寂滅究竟生死盡諸有邊亦復如是憍陳如衆生不知眼之生滅隨逐耳鼻舌身所染是故流轉於五道中我之聖法能離生死過於彼岸是故如來爲斷一切眼生滅故而演說法亦爲說苦斷苦行法一切苦中得盡其底是故如來得此法已是一切天梵中大梵天中大天人中大人沙門中大沙門婆羅門中大婆羅門大慈悲中大悲最勝無上之尊爲大丈夫已度生死流轉彼岸一切世中最勝檀那曇摩僧琰摩何者檀那所謂捨施乃至頭目手足所須支節皆悉能捨况復餘物此名檀那何者曇摩清淨持戒乃至人來索頭與頭心不瞋忿慈悲不失是名曇摩何者僧琰摩不捨六根一心禪定一切福德言語誦持憶念不忘此二思量思念已修此二種名僧琰摩一切衆生平等心法若我捨法曇摩檀那及僧琰摩四梵行法聖八正道如是之法慈心熏故此一切法於無量劫慈心修故如我所得一切諸法於衆生中廣演宣說亦作導師悲憐衆生開解其意演說此事無所缺減汝等今者應當一心信受奉持學習諸禪種種蘭若或林樹下或復塚間種種山巖崖岸中住於

彼坐禪爲盡生死故勤大精進身心不倦莫作下心無所成故死時悔惱此我一切所教之法如是說已此娑婆界三千大千佛刹之中百億四天下一四天下則有無量億那由他百千衆生彼諸衆生種種善根福德具足或得陀羅尼或得於忍或得法眼或得須陀洹乃至阿羅漢或有衆生地獄畜生餓鬼等中餘報惡業悉得盡滅如是夜叉貧窮因緣一切皆盡而得大富或有衆生人中貧窮惡業報盡及諸惡病皆得除愈獄禁衆生皆蒙解脫爾時娑伽羅龍王即於佛前說偈讚歎

眞金離垢滿月面　清淨行具最勝田
三界天人龍中尊　能去衆生濁垢惱
施戒忍辱及精進　成就眞實平等心
解脫諸龍施安樂　憶念往昔誓願力
慈悲久修衆業行　堅固勝彼諸衆生
如是備受衆苦辛　不忘彼龍諸所惱
種種流轉得越度　出過生死海彼岸
自身解脫濟群生　智水洗龍使清淨

三歸濟龍品第十二之一

爾時空中自然而雨種種香華種種寶衣種種音樂種種歌舞充滿虛空一切天龍夜叉羅刹及阿修羅悉皆恭敬爾時世尊與諸大衆菩薩聲聞左右圍遶前後隨從從須彌頂蹈龍身橋下佉羅坻聖人住處梵天所敷寶師子座坐於彼座時虛空中一切天龍夜叉羅刹幷阿修羅緊那羅等各設供養種種香末種種華香種種寶衣以散佛上右遶三帀禮已而坐爾時娑伽羅龍王白佛言世尊何因緣故我等一切在龍中生佛言龍王諦聽

諦聽我今爲王分別廣說有十種業來生龍中何者爲十有諸衆生行六波羅蜜欲得阿耨多羅三藐三菩提覺亦願欲得無惡障礙或復欲得多修布施以時捨施願因緣故來生龍中復次龍王或有衆生於大乘中修行捨施福德果報因緣故願生龍中復次龍王或有衆生爲阿耨多羅三藐三菩提故行於布施福報雖多不能清淨怖畏地獄餓鬼畜生中因緣故願生龍中復次龍王有諸衆生欲行阿耨多羅三藐三菩提時生高心大慢力因緣故願生龍中復次龍王有諸衆生發菩提願行阿耨多羅三藐三菩提時多生瞋恚恨他衆生以瞋忿向彼地獄餓鬼畜生因緣故長起瞋忿如是死已願生龍中復次龍王有諸衆生求於小乘欲得福田覓聖人中捨布施報福德供養如是因緣自願力故來生龍中復次龍王有諸衆生嫉妬慢故彼業因緣來生龍中復次龍王有諸衆生多起憍慢饒於語言以彼自業來生龍中復次龍王有諸衆生不信佛法僧寶又不供給和尚阿闍梨及餘大德又不供養父母二親於中種種瞋忿毒心愛憎憍慢癡因緣故於福田中邪錯行故以是業緣來生龍中復次龍王有諸衆生種種癡慢惡業力多福德力少心怖畏故願生龍中復次龍王有諸衆生妄語兩舌惡口無慈此三業緣故而生龍中佛言龍王以此十種業因緣故來龍中生復次龍王復有三業因緣而生龍中何等爲三有諸衆生堅固惡業造身口意彼業熟故生地獄中經無量劫受大極苦難得解脫雖免大業小

業未盡生於龍中或畜生中或餓鬼中以此三惡業因緣故來生龍中時娑伽羅龍復白佛言如是世尊而此龍中或有諸龍所受樂報猶如諸天或有餘龍受樂如人有如餓鬼如畜生者或有餘龍如地獄中受大辛苦說是語已時娑伽羅大龍王子名青蓮華面前白佛言世尊我何惡業罪因緣故來生龍中身大端正所有色觸或復衣裳及坐卧處於一切時我身受用猶如火燒常無衣服赤體而行如我父王樂受最勝如轉輪王果報不與佛言華面諦聽諦聽善思念之今當爲汝說於本事乃往過去三十一劫有佛世尊名曰尸棄多陀阿伽度阿羅訶三藐三佛陀時彼世中有王名曰裴多富沙彼富沙王於三月中供養彼佛并及無量百千須陀洹斯陀含阿那含阿羅漢并大菩薩摩訶薩衆以種種衣服飲食湯藥而供給之至心聽法既聞法已即發阿耨多羅三藐三菩提心如是三月設供養已彼富沙王爲尸棄佛及餘衆僧造立寺舍施種種衣飲食湯藥牀卧被褥具足豐饒彼富沙王第一太子名裴多娑樹帝彼娑樹帝見佛聞法於流轉中生大怖畏從父王邊禮拜諮啓請欲就佛願求出家王報子言欲往隨意任汝出家既出家已又白父言我欲父王寺上停止富沙王言亦隨汝意往彼寺中時尸棄佛衆僧弟子在彼寺中坐卧受用噉嗽飲食彼富沙子裴多樹帝妬嫉心生忿彼舊住佛弟子衆恒瞋罵之時彼衆僧被瞋罵已悉皆離寺彼娑樹帝見僧去已生歡喜心即自念言彼去者好我大安隱衆

僧去已時娑樹帝恣用寺内衣服飲食有餘人來即不聽住彼娑樹帝具造如是諸惡業已命終之後生大地獄中經無量千萬那由他歲受諸火燒地獄得脫生餓鬼中復經無量百千萬歲而受辛苦餓鬼中死還墮地獄脫地獄已生餓鬼中如是經由三十一劫汝等諸龍諦聽諦受其娑樹帝於流轉中具足如是受諸辛苦佛言華面彼娑樹帝者豈異人乎即汝身是也乃往過去惡業因緣故生大地獄餓鬼畜生輪轉受苦經是三十一大劫中備受衆苦未曾暫捨餘殘業故來生龍中受是惡報時華面龍聞是語已大聲啼哭舉身自投四支布地禮拜白佛作如是言我今至心從佛懺悔我大癡惑大慢愚蒙不解方便差别好惡造是罪業低頭合掌至心發露不敢覆藏如來世尊我今至誠入於骨髓歸佛歸法歸比丘僧從今發意乃至壽盡於是時中作優婆塞佛言善哉善哉善男子汝今有於地獄餓鬼惡道業報如是至心歸依我者得盡彼業此中死已值彌勒佛得於人身於彌勒佛法中出家證羅漢果佛言華面莫更狐疑時彼裴多富沙人王於三月中以種種資生供養尸棄如來及諸菩薩聲聞衆故今得此報受娑伽羅大龍王身猶如天樂三十一劫不生三惡常生天人受如是報彼亦爲於阿耨多羅三藐三菩提行因緣故來此龍中願欲得生説是語時一切諸龍皆大懊惱悔往先咎悉於佛前至心供養

大乘大方等日藏經卷第九

音釋

羈居宜切匙市之切屣所綺切革履也絓胡卦切罥絓也筋遲據切與箸同匙箸也桁械桁胡郎切夾足及頭曰桁械胡懈切桎梏也筧奴鈎切𩨗口骨切勤也又力作也躡尼輒切登也繖蘇旰切傘蓋也嗀口擊切與喫同噉也

大乘大方等日藏經卷第十

隋天竺三藏 那連提耶舍 譯

三歸濟龍品第十二之二

爾時衆中有一盲龍名曰頗羅機梨奢舉聲大哭作如是言大聖世尊願救濟我願救濟我諸佛慈悲憐愍一切我今身中受大苦惱日夜常爲種種諸蟲小蛇蝦蟇之所唼食居熱水中無暫時樂佛言梨奢汝過去世於佛法中曾爲比丘毀破禁戒内懷欺詐外現種種善相威儀廣貪眷屬弟子衆多名聲四遠莫不聞知彼諸弟子如是説言我和尚得阿羅漢果以是因緣多得供養得供養已獨受用之見持戒人反惡加説彼人懊惱如是念言世世生中願我所在食汝身肉如是惡業死生龍中是汝前身衆生願故食噉汝身惡業因緣得此盲報住熱水中又於過去無量劫中在融赤銅地獄之中常爲諸蟲之所食噉爾時龍衆聞此語已憂愁啼哭作如是言我等今者皆悉至心咸共懺悔願令此苦速得解脫爾時如來出金色手摩彼龍面作如是言汝等諦聽我於過去曾作國王名曰善眼是時有一盲婆羅門來從我乞求索一眼我時歡喜兩眼皆與若我此言誠不虚者令汝梨奢清淨眼生一切諸罪悉皆除盡即説呪曰

多經咃　斫芻佉婆　娑蘭那　佉婆　羯磨
佉婆阿難闍那　毗囉闍佉　破蘭多若摩
尼婆羅那都夜阿鞞旃陀羅樹低頻頭輸第
吃利波輸第　頗羅輸第　阿誓　多誓
多⿰糹來　多⿰糹來　婆細陀索繼陀索繼嗚盧羅

避摩訶嗚盧羅避　帝履何邏多那婆羅帝
娑呵
爾時世尊說此實淨眼陀羅尼已彼梨耆龍
得清淨眼餘五萬三千龍亦得淨眼及餘八
十四那由他夜叉鳩槃茶餓鬼薜荔多毗舍
遮人非人等罪垢消滅皆得淨眼爾時善德
天子向佛合掌而說偈言
看彼十力世導師　能使諸龍眼清淨
今生若不得值佛　諸失眼者常盲冥
爾時世尊告長老憍陳如汝可持此淨眼陀
羅尼呪若有衆生過去惡患於今現在或當
來世或四大病或惡人呪或因毒藥以此緣
故即便失目如是衆生應當誦此淨眼陀羅
尼自悔過去所造惡業於諸衆生起大慈悲
至心念佛捨於餘事七七日中晝夜六時以
手拭眼以是因緣得清淨眼若有衆生於過
去世作諸惡業或毀於法或謗聖人於說法
者爲作障礙或抄寫經洗脫文字或損壞他
眼或暗蔽他此業緣故今得盲報如是重惡
業因緣故七七日中不得差者應當抄寫此
陀羅尼至心誦持悔過彼業復以海沫甘草
呵梨勒阿摩羅毗醯羅此五種藥擣末蜜和
盛著舊龜甲中以久年酥火上煎已誦此陀
羅尼一千八遍以呪此藥用塗眼上捨諸緣
事七七日中念佛造像至心發願時彼衆生
惡業消盡得清淨眼若有財者并營寺舍隨
力所辦布施資生如是一切惡業皆盡於當
來世無量生中常不失眼爾時一切諸龍衆
等作如是言南無南無大悲世尊能施三世
衆生利益失眼得明一切惡業清淨無垢爾

時有龍名曰青色大聲唱喚而説偈言

世尊能除諸罪垢　猶如大河洗一切
悉知衆生種種行　是故稱佛衆中尊
我所居停住澤中　大野枯泉無有水
熱風吹身劇於火　形體屋舍臭難堪
八千億年住於彼　曾無一日受歡樂
常爲衆生所食噉　眷屬大小悉皆然

爾時世尊説偈答言

若有衆生造諸罪　而復修營於福德
建立寺舍施鍾鈴　種種飲食供養僧
以此雜福因緣故　在所生中隨業受
造惡苦辛如地獄　施食快樂似天堂
或復來生於龍中　緣彼善業因緣故
於龍頭中自然出　希有如意妙寶王
所欲念者皆隨意　種種果報皆悉具
雖處枯泉及旱澤　能出上妙清流水
清淨虛空布密雲　地平如掌泉池涌
行住坐卧所在處　皆能應念生諸水
若有一切諸衆生　雖復能得於人身
備造種種罪惡業　不能供養於三寶
死後衆苦皆聚集　地獄餓鬼具受之
設復得爲龍王身　所有眷屬并妻子
貧窮飢餓諸熱惱　頂上無有如意寶
居住空澤多毒蟲　枯涸常乾無有水
如是皆由過去世　曾於佛法作比丘
或見蘭若苦行人　嫉妬慳心惜飲食
遠客比丘來寄止　瞋忿懷怒心不喜
檀越平等施飲食　於中遮止便罵詈
設有清淨好流水　屎尿糞穢滿其中
所有居住行坐處　一切臭穢皆不淨

或有清淨持戒者　如是見已皆遠離
若有餘處好人聞　無心欲來於此者
彼人惡業因緣故　死墮地獄無量世
灰河沸屎燒赤銅　無量億年受楚毒
如是餓鬼中飢渴　生曾不聞漿水名
餘報復生龍道中　具足多年受辛苦
雖得龍身常飢餓　在所生處空無水
或在枯澤惡焦山　絶水常乾無飲食
死已數入地獄中　大火熱惱充遍身
在彼經於無量歲　如是循環餓鬼中
自非修禪能救濟　禮拜供養佛如來
持戒智慧學多聞　精進捨於慳慢想
妬嫉毒心最爲惡　此業因緣須斷除
憶念死時受是殃　決定莫疑早懺悔

爾時如來說是偈已彼龍衆中二十六億諸餓龍等念過去身皆悉雨淚作如是言惟願哀愍救濟於我大悲世尊我等憶念過去世時於佛法中雖得出家備造如是種種惡業以惡業故經無量身在三惡道亦以餘報故生在龍中受極大苦如青色龍我亦如是爾時世尊語諸龍言汝可持水洗如來足令汝殃罪漸得除滅時一切龍以手掬水水皆成火變作大石滿於手中生大猛燄棄已復生如是至七一切龍衆見如是已驚怖懊惱啼泣雨淚佛告諸龍汝造罪業得是惡報修善業人受於好果我今敎汝說眞實誓若佛導師憐愍一切於諸衆生平等無二此言不虛願我諸龍火燄時滅作是誓已火燄皆滅時餓龍等乃至八過以手捧水洗如來足至心懺悔我從今日更不造惡如是懺已各白佛

言如來大慈願救濟我佛言諸龍汝此惡業有餘未盡彌勒佛世當得人身值佛出家精進持戒得羅漢果時諸龍等得宿命心自念過業啼泣雨面各如是言我憶往昔於佛法中或爲俗人親屬因緣或復聽法來去因緣所有信心捨施種種華果飲食共諸比丘依次而食或有說云我曾喫噉四方衆僧華果飲食或有說言我往寺舍布施衆僧或復禮拜如是喫噉或復說言我毗婆尸如來法中曾作俗人或復有說我尸棄佛如來法中曾作俗人或復有說我毗葉婆如來法中曾作俗人或復有說我迦羅拘村馱佛法之中曾作俗人或復有說我迦那迦牟尼佛法之中曾作俗人或復有說我迦葉佛如來法中曾作俗人或復有說我釋迦牟尼佛法之中曾作俗人或以親舊問訊因緣或復來去聽法因緣往還寺舍有信心人供養僧故捨施華果種種飲食比丘得已迴施於我我得便食彼業因緣於地獄中經無量劫大猛火中或燒或煑或飲洋銅或吞鐵丸從地獄出墮畜生中捨畜生身生餓鬼中如是種種備受辛苦惡業未盡生此龍中常受苦惱熱水爛身熱風吹體熱沙熱土熱糞熱灰食入口中變成銅汁或作鐵丸於一切時所食之物入口口焦入咽咽爛入腹腹然直過墮地遍體穿穴受如是苦不可堪忍惟願如來慈哀救濟佛告諸龍此之惡業與盜佛物等無差別比丘逆業其罪如半然此罪報受未盡故難可得脫汝等今當盡受三歸一心修善以此緣故於賢劫中值最後佛名曰樓至於彼佛世

罪得除滅時諸龍等聞是語已皆悉至心盡其形壽各受三歸時彼衆中有盲龍女口中膖爛滿諸雜蟲狀如屎尿乃至穢惡猶若婦人根中不淨臊臭難看種種噬食膿血流出一切身分常爲蚊虻諸惡毒蠅之所唼食身體臭處難可見聞爾時世尊以大悲心見彼龍婦眼盲困苦如是問言妹何緣故得此惡身於過去世曾爲何業龍婦答言世尊我今此身衆苦逼迫無暫時停設復欲言而不能說我念過去三十六億於百千年生惡龍中受如是苦乃至日夜刹那不停爲我往昔九十一劫於毗婆尸佛法之中作比丘尼思念欲事過於醉人雖復出家不能如法於伽藍內敷施牀褥數數犯於非梵行事以快欲心生大樂受或貪求他物多受信施以如是故於九十一劫常不得受天人之身恒三惡道受諸燒煮佛又問言若如是者此中劫盡妹何處生龍婦答言我以過去業力因緣生餘世界彼處劫盡惡業風吹還來生此時彼龍婦說此語已作如是言大悲世尊願救濟我願救濟我爾時世尊以手掬水告龍女言此水名爲瞋陀留脂藥和我今誠實發言語汝我於往昔爲救鴿故棄捨身命終不疑念起慳惜心此言若實令汝惡患悉皆除瘥時佛世尊以口含水灑彼盲龍婦女之身一切惡患臭處皆瘥既得瘥已作是說言我今於佛乞受三歸是時世尊即爲龍女授三歸依時彼衆中復有一龍種種臭惡一切諸蟲滿其口中及咽喉內膿血流出有見聞者皆悉捨去時佛見已即便問言善男子汝於過去作

何惡業受如是報彼龍張口於其口内出種種蟲膿血流溢猶如熱火雖復張口竟不能言即還閉口爾時世尊即爲彼龍而説偈言

汝以過去盜因縁　輕戲聖人受是報
至誠聽我此實言　即得清涼滅諸苦

爾時世尊説實語已即以少水瀉龍口中火及蟲膿悉皆滅盡龍口清涼作如是言大聖如來我憶過去迦葉佛時曾作俗人在田犁地有一比丘來從我乞求五十錢我時報言聽待穀熟當與汝食比丘復言若當五十不可得者願乞十文我於爾時瞋彼比丘而説之言乃至十文亦不相與時彼比丘心生懊惱又於餘時往寺舍中入樹林下輙便盜取現在僧物十菴羅果而私食之彼業因縁地獄受苦惡業未盡生野澤中作餓龍身常爲種種諸蟲食噉膿血流溢飢渴苦惱又彼比丘以瞋忿心惡業縁故死便即作小毒龍身生我腋下嗽於我血熱氣觸身不可堪忍是故我身熱膿血滿龍白佛言大悲世尊惟願慈哀救濟於我令我脱彼怨家毒龍爾時世尊以手抄水發誠實語作如是言我曾往昔於饑饉世爾時願作大身衆生長廣無量以神通力於虚空中唱如是言彼野澤中有大身蟲名曰不瞋汝等可往取其身肉以爲飲食可得不饑時彼世中人非人等聞此聲已一切悉往競取食之説是真實諦信語時彼龍腋下小龍即出時此二龍俱白佛言世尊我等久近離此龍身解脱殃罪佛告龍言此業大重次五無間何以故若有四方常住僧物或現前僧物篤信檀越重心施物或華或

果或樹或園飲食資生牀褥敷具病疾湯藥一切所須私自費用或持出外乞與知識親里白衣此罪重於阿鼻地獄所受果報是故汝等可受三歸歸三寶已乃可得住於泠水中如是三稱三受身即安隱得入水中爾時世尊即爲諸龍而說偈言

寧以利刀自割身　支節身分肌膚肉
所有信心捨施物　俗人食者實爲難
寧呑大赤熱鐵丸　而使口中光燄出
所有衆僧飲食具　不應於外私自用
寧以大火若須彌　以手捉持而自食
其有在家諸俗人　不應輙食施僧食
寧以利刀自屠膾　身體皮膜而自噉
其有在家諸俗人　不應受取僧雜食
寧以自身投於彼　滿室大火猛燄中
其有在家俗人輩　不應坐卧僧牀席
寧以大熱尖鐵錐　拳手握持使焦爛
其有在家俗人等　不應私用於僧物
寧以勝利好刀砧　而自臠切其身肉
勿於出家清淨人　發起一念瞋恚心
寧以自手挑兩眼　捐棄投之擲於地
其有習行善法者　不應懷忿瞋心視
寧以熱鐵鍱其身　東西起動行坐卧
不應瞋忿心妬嫉　而著衆僧淨施衣
寧飲灰汁鹹鹵水　熱沸爍口猶如火
不應懷貪毒惡心　服食衆僧淨施藥

爾時世尊說此偈已一萬四千諸龍衆等悉受三歸所有過去現在業報諸苦惱中而得解脫深信三寶其心不退復有八十億諸龍衆等亦於三寶起歸敬心爾時世尊告憍陳

如汝觀此等諸惡衆生自誑其心或以怖畏貧窮因緣或於惡道生於恐畏修行善法或作比丘所得種種資生之具皆是信心檀越所施而是衆生或自食噉或與他人或共衆人盜竊隱藏私家自用如是業故墮三惡道久受勤苦復有衆生貧窮下賤不得自在是故出家望得富饒解脫安樂既出家已懈怠懶惰不讀誦經禪慧精勤捨而不習樂知僧事復有比丘晝夜精勤樂修善法讀誦經典坐禪習慧不捨須臾以是因緣感諸四華種種供養時知事人得利養已或自私食或復盜與親舊俗人以是等緣久處惡道出已還入如是愚瞑不見當來果報輕重我今戒勑沙門弟子念法住持不得自稱我是沙門真法行人倚衆僧故他信施物或餅或菜或果或華但是衆僧所食之物不得輒與一切俗人亦不得云此是我物別衆而食又亦不得以衆僧物貯積興生種種販賣云有利益招世譏嫌又亦不得出貴收賤與世爭利又亦不得爲於飲食及僧因緣使諸衆生墮三惡道應須勸引安善法中令比丘衆真信三寶攝諸衆生乃至父母令得安隱置三解脫

護塔品第十三

爾時長老阿若憍陳如白佛言世尊此日藏修多羅長夜照明說一切龍惡業果報不可思議復說菩薩真實行法佛言如是如是憍陳如此四天下有大支提聖人住處若有衆生精勤方便坐禪正慧當知此處則爲不空如是福地則爲流布日藏法寶何者名爲大支提處此閻浮提內王舍城中聖人處所大

支提者乃是過去無量如來無量菩薩無量緣覺無量聲聞曾於其中修道滅度今悉現有當來亦然過去諸佛菩薩聖人皆以付授婆樓那龍令使擁護住持安立我今亦欲令此處所光明久住還以付囑婆樓那龍若有衆生能護我法精勤方便坐禪正慧諸富伽羅應常守護供給供養爾時婆樓那龍王作如是言如是如是如世尊教往昔過去迦羅鳩村馱應正遍知亦以此處令我守護供給供養精勤方便坐禪正慧修善法者爲作檀越我於爾時供給守護乃至法滅次復有佛名拘那迦牟尼乃至迦葉亦以此處付囑於我守護供養我於爾時供給守護乃至法盡亦復如是彼佛法中或有弟子不受奴婢僮僕田地以清淨心精勤苦行如是一切我皆守護今日如來復以此處付囑於我住持守護爾時世尊復以西瞿耶尼須彌山下阿羅闍低羅山中聖人處所名曰雲盡付寶護龍王時寶護龍白佛言世尊如是如是如世尊教過去迦羅鳩村馱如來亦以此雲盡聖人住處付囑於我我於爾時守護此處及佛弟子如法行者乃至法滅爾時世尊復以東弗婆提須彌山下青鴦伽那山中支提聖人住處名聖人生付蘇摩呼嚧叉龍王時彼龍王白佛言世尊如是如是如世尊教爾時世尊復以須彌山下北脅之間華齒山中支提聖人住處名香峯牟尼付毗昌伽藍脂龍王乃至清淨法行比丘亦皆付囑時彼龍王作如是言如是如是如世尊教過去迦羅鳩村馱如來亦以此香峯聖人住處付囑於我及法

行比丘守護供養乃至迦葉如來亦復如是今日如來又以香峯支提處所付囑於我我當守護佛言善哉善哉汝大龍王如是能護我法住持法毋汝是我伴大善知識如法檀越一切衆生依於我法國土久住利益照明爾時世尊復以西瞿耶尼洲中那炎牟尼聖人處所付囑瞿沙嵐婆龍王乃至法行弟子守護供養亦復如是復以東弗婆提洲中昵迦羅陀蓮華牟尼聖人住處付囑婆私摸極叉龍王乃至法行弟子守護供養亦復如是復以北鬱多羅越洲中香峯炎聖人住處付囑地行龍王乃至法行弟子守護供養亦復如是復以大海之中娑伽羅龍王宮摩尼藏炎牟尼聖人住處付囑娑伽羅龍王乃至供養亦復如是復以須彌山頂帝釋住處開華藏殿牟尼聖人住處付囑伊羅跋羅龍王守護供養亦復如是復以此閻浮中難陀婆陀那大德聖人牟尼住處付囑閻浮迦龍王守護供養亦復如是復以此閻浮中鞞耆利善住牟尼聖人住處付囑婆須吉龍王守護供養亦復如是復以此閻浮中迦毗羅婆須都善香迦那迦燈牟尼聖人住處付囑阿那婆達多龍王守護供養亦復如是復以閻浮提中摩伽陀國毗富羅朋迦牟尼聖人住處付囑山德龍王守護供養亦復如是復以閻浮提中摩偷羅國名愛雲炎牟尼聖人住處付囑閻婆迦質多羅龍王復以閻浮提中憍薩羅國名闍耶首馱牟尼聖人住處付囑吃利彌迦龍王復以閻浮提中蘇波洛罽薩遮牟脂鄰陀羅名香牟尼聖人住處付囑牟脂鄰

陀羅龍王復以閻浮提中乾陀羅國名大利舍那若摩羅牟尼聖人住處付囑伊羅跋多羅龍王復以閻浮提內罽賓國中名宫摩尼佉牟尼聖人住處付囑呼留羅龍王復以閻浮提中菴浮利摩國名億藏炎牟尼聖人住處付囑邏浮羅龍王復以閻浮提中震旦漢國名那羅耶那弗羅婆娑牟尼聖人住處付囑海德龍王復以閻浮提內于闐國中水河岸上牛頭山邊近河岸側瞿摩娑羅香大聖人支提住處付囑吃利訶婆達多龍王守護供養此大支提皆是過去大聖菩薩大辟支佛大阿羅漢得果沙門五通神仙諸聖住處是故過去一切諸佛次第付囑欲令流轉怖畏衆生增長善根得菩提故如是十方無量無數阿僧祇刹過去諸佛及諸菩薩皆住於彼大支提處常加守護令諸衆生惡業盡故於未來世無量無邊阿僧祇刹諸佛菩薩摩訶薩聲聞緣覺亦復住此二十大支提常加守護令諸世間增福德故一切衆生惡業盡故復次一切菩薩摩訶薩一切辟支佛一切阿羅漢得果沙門一切五通神仙聖人於此二十聖人住處大支提中常加護持一切衆生福德增故一切衆生惡業盡故如是過去一切聖人付囑如是二十支提我今付囑亦如前佛欲令一切流轉海中怖畏衆生得安樂故堅固護持不散壞故時一切龍受佛付囑二十支提聖人處已作如是言大聖世尊我等諸龍多於障礙貪嗜睡眠如癡無異一夜睡眠當於人中二十一年如是我等睡猶不覺或有惡人及非人等或水或火毀壞支

提我等或睡或食飲時或復喜歡爲世欲事如是因緣此之惡事則不能却是故我於一切過去現在當來佛法之中成諸不善爾時世尊告二十八夜叉將言我今持此聖人住處付囑於汝此二十支提福德住處好加愛敬精心護持時二十八夜叉將言敬順佛教二十支提如來付囑豈敢不持但瞿摩娑羅香山一處我難受取時祇利呵婆達多龍王即白佛言世尊如來今者以于闐國牛角峯山瞿摩娑羅乾陀牟尼大支提處付囑於我然彼國土城邑村落悉皆空曠所有人民悉從他方餘國土來或餘天下或餘剎中菩薩摩訶薩大辟支佛大阿羅漢得果沙門五神通人坐禪力故向彼供養瞿摩娑羅舊無衆生一切來者皆是他國世尊此二十八諸夜叉將不肯護持我今怪此所以者何以彼不護我等諸龍得於惡名佛言龍王莫如是說何以故今有二萬大福德人見於四諦從沙勒國而往彼住以彼二萬福德衆生有大力故於此瞿摩娑羅香山大支提處日夜常來一切供養龍王當知如是之時恒不飢乏又迦葉佛時彼于闐國名迦邏沙摩國土廣大安隱豐樂種種果華衆生受用彼國多有百千五通聖人世間福田依止其中繫念坐禪樂阿耨多羅三藐三菩提以其國土安隱豐樂彼土衆生多行放逸貪著五欲謗毀聖人爲作惡名以灰塵土坌彼聖人時諸行者受斯辱已各離彼國散向餘方時彼衆生見聖人去心大歡喜是因緣故彼國土中水天火天皆生瞋忿所有諸水河池泉井一切枯竭

時彼衆生無水火故飢渴皆死是時國土自然丘荒佛告龍王我今不久往瞿摩娑羅牟尼住處結跏七日受解脱樂令于闐國於我滅度後一百年是時彼國還復興立多饒城邑郡縣村落人民熾盛皆樂大乘安隱快樂種種飲食及諸果華無所乏少時僧兒耶大夜叉將白佛言世尊如是如是佛言大夜叉將汝憶過去久遠事不僧兒耶言我念往昔迦葉佛時此牛角山聖人住處迦葉如來亦於彼處七日結跏受解脱樂過七日已從禪定起我時到彼瞿摩娑羅香牟尼住處禮拜供養彼迦葉佛亦以平等法行比丘精勤方便坐禪正慧修善法者付囑於我時祇利呵婆達多龍王白佛言世尊我誓於此瞿摩娑羅香大支提所常護不捨乃至佛諸弟子法行比丘精勤修善不受畜者我等守護乃至法盡或水或火或龍夜叉或鳩槃茶彌勒佛時瞋忿作惡如是時中非我所護佛言善哉善哉龍王若能如是發至誠心加護我法住持法毋令法久住是我眞伴是好檀越是時座中有六十億菩薩摩訶薩并及十方餘佛刹中一切菩薩皆悉來集娑婆世界聽於日藏大授記經聞已一切同白佛言如是世尊我等從今常來於此四天下中牟尼住處禮拜供養持種種華種種旛蓋種種金銀而以奉散亦復持此日藏授記惡業盡陀羅尼如佛所説廣爲一切衆生而宣説之我今爲利自身他身惡業盡故行菩提道滿足六度今此衆中有多億魔及於無量阿僧祇天龍夜叉阿修羅迦樓羅緊那羅摩睺羅伽悉在此

會圍遶世尊惟願如來以此二十年尼聖人住處普皆付囑莫遣當來魔天龍王夜叉羅刹及緊那羅阿修羅等生於異心於此二十大支提處空無守護令彼惡人及非人等欲興破毀佛言善哉善哉善男子汝莫怖畏何以故過去諸佛亦以此處付囑一切龍王夜叉我亦如是以此二十大支提處付囑諸龍及夜叉衆所以者何未來衆生多在八難欲令彼等惡業盡故薄慢心故樂涅槃故乃至資生所須飲食湯藥無所乏故風雨順時華果茂盛五穀熟成常安樂故以是因緣付囑諸龍及夜叉等於未來世一切諸佛亦於二十大支提處林樹經行坐禪苦行得阿耨多羅三藐三菩提轉於法輪乃至涅槃安置塔廟及佛弟子法行比丘四果聖人亦於彼住一切天人皆於彼處禮拜供養多生功德趣涅槃道彼佛世尊亦以二十大支提處及諸弟子付囑龍王及夜叉等令加守護善男子我今爲汝說一切惡心衆生悉得歡喜亦得生於諸三昧力亦除一切惡邪煩惱大授記陀羅尼呪此陀羅尼過去未來一切諸佛加助隨喜此呪能令惡心衆生得柔輭故教修一切諸福德故令習惡人心歡喜故一切福德皆成就故種種大願達彼岸故大智慧中安隱住故得大聞持陀羅尼故大方便智得究竟故一切怨家生歡喜故能除一切諸災患故出大難故離怖畏故辦大事故大諦見故得大忍故大智海中深遠入故得四神足三摩跋提能除一切諸惡見故乃至能了阿耨多羅三藐三菩提故而說神呪

多經咃阿摩　阿摩婆娑　阿摩波利婆娑　三舍耶揭婆波利婆娑　蜜多羅蜜多羅舍羅耶蜜多羅波利婆娑　蜜多羅三穼若耶　尼瞿盧陀三穼若耶　摸極叉三穼若耶示利苫伽婆　優婆矣羅闍　毗那舍耶　三摩舍羅耶帝羅　阿那薄迦嵐摩　婆婆迦嵐摩　示利地毗迦羅婆那　三摩若那阿波婆伽　那羅夜那跋　伽摩薩婆多他阿伽多地悉他那跋伽莎呵

爾時世尊說是呪已告大衆言此陀羅尼亦名賢面一切諸佛之所加護能生禪定三摩提能盡一切諸惡乃至能了阿耨多羅三藐三菩提若今現在及未來世大支提處若有餘衆或魔或天或龍夜叉或復羅剎或阿修羅或迦樓羅或緊那羅或鳩槃茶人及非人或以水火種種惡事欲壞支提汝等應念三世諸佛念諸佛已於彼衆生起慈悲心誦持如是大陀羅尼令諸一切惡心衆生悉皆除滅若諸魔王及人非人於如來所心不樂者悉生歡喜恭敬供養時佛神力令魔波旬於自宮內即得安住自然得聞此陀羅尼聞此呪已即於佛所生歡喜心得大信心得信心已啼泣雨淚集諸眷屬作如是言汝等一切諦聽諦聽我今於此大牟尼處得大忍心不動如山彼牟尼尊慈悲滿足放大光明照一切龍一切天人一切修羅我亦在彼於牟尼所興造諸惡今欲懺悔受三歸依汝若曾於佛邊作惡今可懺悔受三歸依我今共汝俱往見佛禮拜供養至心聽法斷煩惱魔入清淨道離於怖畏到涅槃城時魔波旬與其眷

屬八十億衆前後圍遶往至佛所到已接足頂禮世尊說如是偈

佛兩足尊世中勝　自得寂滅亦教他
忍辱精進愍衆生　我等愚癡與惡意
不知過去諸業行　惟佛世尊能了知
包藏國土内身中　令我心迷種種惑
三世諸佛大慈悲　受我禮懺一切殃
法僧三寶亦復然　至心歸依無有異
願我今日所供養　恭敬尊重世導師
諸惡永盡不復生　盡壽歸依如來法

時魔波旬說是偈已白佛言世尊如來於我及諸衆生平等無二心常歡喜慈悲含忍佛言如是時魔波旬生大歡喜發清淨心重於佛前接足頂禮右遶三帀恭敬合掌却住一面瞻仰世尊心無猒足時彼衆中有一魔子名伽羅支與其眷屬從座而起到於佛前接足頂禮長跪白佛作如是言世尊云何名眼爲眼是色因緣爲色是眼因緣乃至意法因緣亦復如是佛言善男子非眼是色因緣非色是眼因緣乃至非意是法因緣非法是意因緣善男子眼眼性空眼識識性空善男子眼因緣眼識生彼因緣故色可見乃至意因緣意識生彼因緣故法可知非眼識可得何以故非餘處來非餘處去眼非常住於三世中一切皆空如是眼者亦非滿見亦非滅見非和合見非相離見亦非相觸亦不依止譬如日出光照一切其有窻處明燄皆入照於壁上而是壁光不作是念我暗我明此光非但獨在一壁及衆多壁以因緣故有是光生此壁及光非合非離因壁見光而此壁光不

作是念日能生我日亦不念我生此光何以故日滅没巳光亦隨滅去處來處一切皆空無一可見以日因緣故能照耀見此光色以光顯赫照耀因緣故得可見於彼生識亦復如是内六入生外六入亦外六入生内六入外六入亦非因緣内六入亦非因緣何以故彼此性離亦非聚集亦非和合亦非依止乃至内入外入彼和合識亦非聚集亦非和合亦非依止何以故各不相待境界離故此法及識智慧知見諸行因緣行因緣故有識而此識生則三種行云何三行身行口行及以意行云何身行身行名爲氣息入出此名身行彼息出入去來動作彼此出入各不相識新識若生舊識不住體性爾故非聚集故亦非異故於如如中各不相依虛空平等風行空中風亦非空空亦非風何以故彼此不觸各非境界彼二皆空亦不可說何以故相離相故無增減故不依此岸及彼岸故第一義諦如如住故此名身行是故身行非識依止亦非伴侶非是和合非是聚集常不依止相離相故是識亦復非依止身離和合故此名身行云何口行口行二種名爲覺觀云何是覺何者是觀於出入息生三種心思惟憶念是名爲覺乃至細心次生如是漸除得清淨心亦名爲覺是覺依止出入故生生巳卽滅眼塵亦復不覺此彼境界相相離故性相無故乃至不可說其長短此名爲覺何者是觀若有人觀冷相觸身於是中行或復熱相一切氣息皆由於風彼風因緣觀觸知者此名爲觀各離境界彼此離相乃至不可說其

長短是名覺觀云何意行意行名思云何名思知一切法乃至能知時出入氣息非時出入氣息知此出息非彼入息知彼入息非彼出息差別悉知如是思量知行順相非行順相此則名爲彼風依止如是二種不可得說云何是思云何心相乃至知行差別作已入涅槃道過凡夫地名出生死於禪定中心能除却此則名思如是風者不去不來彼思議中如是依止眼如眼乃至意如意各不相觸三受盡已名爲聖人如是善男子非眼是色因緣非色是眼因緣乃至非意是法因緣非法是意因緣何以故此二境界非遠非近亦非聚集亦非思量亦非和合何以故不可說故此岸彼岸中不依止故依實際故佛說此已是時魔子伽羅支二萬眷屬曾於過去佛法之中修行福德皆得順忍復有無量無邊衆生亦於過去植衆德本或得初禪乃至四禪或有得於須陀洹果斯陀含果阿那含果或有當來於小乘中爲福種子乃至當來辟支佛中得爲種子或復有發阿耨多羅三藐三菩提心時彼衆中有六十頻婆羅龍過去已來未曾值佛今聞此法皆發阿耨多羅三藐三菩提心時此一切三千大千佛刹大地六種震動大動遍動一切十方諸來菩薩摩訶薩各得種種菩薩三昧得三昧已各以種種寶種種衣種種香種種華散於佛上供養如來作如是言如是世尊不可思議我從昔來未曾見聞如是大集說此三昧力陀羅尼此即釋迦牟尼如來第二利益轉妙法輪我等今者於此日藏大授記鞞富略修多羅一

心奉持爲諸衆生廣分别説是時衆會魔天龍王夜叉羅刹阿修羅迦樓羅緊那羅摩睺羅伽鳩槃茶薜荔多毗舍遮現在集者悉如是説不可思議釋迦如來能作如是利益衆生各大歡喜以種種音樂種種寶種種衣種種瓔珞華鬘燒香塗香從空而散供養如來是時娑伽羅龍王白佛言世尊惟願如來暫入海中往我家内受我微供憐愍我故若佛如來至我宫者我之眷屬一切皆得聞此日藏授記大陀羅尼時娑伽羅龍王復白佛言世尊彼大海中一切男女若得聞此大乘日藏大授記經專心聽者得幾許福佛言龍王若善男子以四天下滿中七寶布施如來復有衆生具足聞此大乘日藏大授記經一心聽者於前福德百倍不及百千億倍不及乃至算數所不能及大王若有聽是甚深經典其福難量爾時娑伽羅龍王復作是言若佛世尊不入大海我當抄此日藏授記大集經典置我宫中以是因緣於彼海中幾許諸龍福德增長佛言龍王隨所有處抄此日藏大授記經如法安置恭敬供養則能獲得十種利益何等爲十若有人能如法抄寫此經一心供養令其家内一切吉祥若在衆中得大自在五穀豐饒種種資生錢財寶物悉皆具足復次龍王若有宅内或復衆中抄此日藏大授記經抄已供養於其處所則有六十億菩薩摩訶薩數來禮拜供養此經以是因緣種種惡事鬬諍疾疫種種惡病穀米貴儉國土飢荒他方賊盜非時風雨一切皆滅彼六十億菩薩摩訶薩白佛言世尊我當種種擁

護供給令得稱心復次龍王若有家內或大衆中抄此日藏大授記經如法安置彼帝釋天及諸梵天四天王天二十八大夜叉將并其眷屬乃至大德天并其男女娑羅娑地天牢固地天善住樂天等一切眷屬皆至其國日夜至心常加守護與其安樂時帝釋天乃至善住樂天等聞是語已作如是言如是如來我及眷屬常當至心往護彼國復次龍王若有居家乃至國土抄寫此經福德天人於過去世供養多佛布施持戒如是之人往彼受生復次龍王若有居家乃至國土抄寫此經其中衆生精進勇猛不樂五欲常行檀那波羅蜜乃至般若波羅蜜復次龍王若有居家乃至國土抄寫此經福田衆生常樂安住復次龍王若有國土抄寫此經其國常有種種善法如雨而下復次龍王若有國土抄寫此經其中衆生於十善業常行不捨復次龍王若有國土抄寫此經其中衆生常生慈心復次龍王若有居家乃至國土抄寫此經其中衆生常人天生不入惡道大王如是日藏大授記經隨何國土如法抄寫安置供養數數讀誦具足得此十種利益何以故若有讀誦此日藏經如說行者彼福德聚於百劫中說不可盡龍王此日藏大集大授記經如是甚深能滿大願能大利益說是經已十方佛剎諸來菩薩到此三千大千世界娑婆國土大集聚會并此菩薩摩訶薩衆乃至魔王天龍夜叉羅剎阿修羅迦樓羅緊那羅摩睺羅伽鳩槃茶餓鬼毗舍遮富單那人非人等隨分悟解滿足於心皆大歡喜各設供養僉然

而住

大乘大方等日藏經卷第十

音釋

蝦蟇蝦何加切蟇謨加切蝦蟇蛙屬 涸下各切水竭也 噬時制切嚙也 腋羊益切左右肘脇之間曰腋 嗽所角切含吸也 錐職垂切鑽也 鹵郎古切鹽鹵也天生曰鹵人造曰鹽 爍式灼切灼爍光也 脅虛業切脇下也 罽賓梵語也此云賤種罽肩例切 闐音田于闐西域國名也